CW01627166

Jean M. Auel est née le 18 février 1936 à Chicago. Après le lycée, elle épouse Ray Bernard Auel avec qui elle a cinq enfants. Elle occupe à cette époque un poste de cadre supérieur dans une importante entreprise d'électronique. Quelques années plus tard, elle décide de quitter son emploi, et se lance dans l'écriture du premier roman de la série *Les Enfants de la Terre* qu'elle réécrira à quatre reprises jusqu'en septembre 1978. En septembre 1980, quand *Le Clan de l'Ours des Cavernes* sort enfin, c'est le succès immédiat. En un mois, plus de 100 000 exemplaires sont vendus. Jean M. Auel se documente toujours plus. Outre ses lectures et les cours qu'elle reprend à l'université, elle mène des recherches approfondies qui la conduisent sur les sites préhistoriques de France, d'Autriche, de Tchécoslovaquie, d'Ukraine, d'Union soviétique, de Hongrie et d'Allemagne. En 1990, elle participe, pendant quatre mois, à une campagne de fouilles organisée en Périgord. Elle choisit d'ailleurs la région des Eyzies pour cadre de *Refuges de pierre*, cinquième et avant-dernier tome de la saga *Les Enfants de la Terre*. Le sixième et dernier tome, *Le Pays des grottes sacrées*, a paru en 2011 aux Presses de la Cité et en 2012 en deux tomes chez Pocket.

Retrouvez l'actualité de l'auteur sur
www.jean-auel.net

Les Refuges de Pierre

DU MÊME AUTEUR
CHEZ POCKET

LES ENFANTS DE LA TERRE

1.
LE CLAN DE L'OURS DES CAVERNES

2.
LA VALLÉE DES CHEVAUX

3.
LES CHASSEURS DE MAMMOUTHS

4.
LE GRAND VOYAGE 1re partie
LE RETOUR D'AYLA 2e partie

5.
LES REFUGES DE PIERRE 1re partie
LES REFUGES DE PIERRE 2e partie

6.
LE PAYS DES GROTTES SACRÉES 1re partie
LE PAYS DES GROTTES SACRÉES 2e partie

JEAN M. AUEL

Les Enfants de la Terre®

* * * * *

LES REFUGES DE PIERRE

(2e partie)

Traduit de l'anglais (États-Unis)
par Jacques Martinache

PRESSES DE LA CITÉ

Titre original :
THE SHELTERS OF STONE

MIXTE
Papier issu de sources responsables
FSC
www.fsc.org
FSC® C003309

Pocket, une marque d'Univers Poche,
est un éditeur qui s'engage pour
la préservation de son environnement
et qui utilise du papier fabriqué à partir
de bois provenant de forêts gérées
de manière responsable.

ISBN : 978-2-266-29702-8

A KENDALL,
qui en sait plus sur ce qui va suivre
que n'importe qui d'autre… sauf sa mère,

à CHRISTY,
la mère de ses fils

à FORREST, SKYLAR et SLADE,
les trois champions

avec amour

1

Les membres de la Neuvième Caverne préparaient leur marche annuelle pour la Réunion d'Eté des Zelandonii depuis qu'ils étaient rentrés de la précédente, mais, à mesure que le jour du départ approchait, l'attente et le rythme d'activité devenaient plus intenses. Il fallait décider de ce qu'on emporterait, de ce qu'on laisserait, mais c'était la fermeture des habitations qui leur faisait toujours prendre conscience qu'ils seraient absents tout l'été et ne rentreraient pas avant les vents froids.

Quelques-uns ne seraient pas du voyage pour une raison ou pour une autre : une maladie passagère ou grave, un objet à terminer, quelqu'un à attendre. D'autres rentreraient de temps à autre à l'abri, mais la plupart resteraient partis tout l'été. Certains ne s'éloigneraient pas de l'endroit choisi pour la Réunion, les autres se rendraient en des lieux divers pour diverses raisons pendant toute la saison chaude.

Il y aurait des expéditions de chasse ou de cueillette, des visites à des parents, des séjours chez d'autres Zelandonii ou chez des peuples voisins. Des jeunes entreprendraient leur long Voyage. Le retour de Jondalar avec des inventions et des découvertes, une femme d'une beauté exotique aux talents rares, et des histoires passionnantes, tout cela encouragerait à partir ceux qui y songeaient depuis quelque temps. Les mères qui savaient que son frère était mort au loin ne voyaient au contraire aucune raison de se réjouir dans ce retour qui provoquait une telle excitation.

La veille du départ, toute la Neuvième Caverne était impatiente, agitée. Ayla n'arrivait pas à croire qu'elle et Jondalar allaient enfin être unis. Elle se réveillait parfois la nuit, sans oser ouvrir les yeux, de peur que ce ne fût qu'un rêve, de peur de se retrouver soudain dans la petite grotte de sa vallée solitaire. Elle pensait souvent à Iza, souhaitant que la femme qu'elle considérait comme sa mère pût apprendre, d'une manière ou d'une autre, qu'elle serait bientôt unie à un homme et qu'elle avait enfin trouvé son peuple, du moins celui qu'elle s'était choisi.

Ayla s'était depuis longtemps résignée à ne jamais connaître ceux chez qui elle était née, ni même à savoir qui ils étaient. C'était au fond sans importance. Quand elle vivait avec le Clan, elle avait voulu en faire partie, devenir une femme du Clan, quel que fût le clan. Mais lorsqu'elle avait compris qu'elle n'appartenait pas au Clan et n'y aurait jamais sa place, la seule distinction qui comptât, c'était qu'elle fît partie des Autres, qu'elle fût dans son esprit apparentée à tous les Autres. Elle avait été heureuse de devenir mamutoï après son adoption ; elle aurait été contente de devenir sharamudoï, comme ce peuple le lui avait proposé. Elle voulait être zelandonii uniquement parce que c'était le peuple de Jondalar, et non parce qu'il était le meilleur parmi les peuples des Autres.

Pendant le long hiver que la plupart des membres de la Neuvième Caverne passaient près de l'abri, un grand nombre d'entre eux fabriquaient des cadeaux qu'ils offriraient aux gens qu'ils retrouveraient à la Réunion d'Eté. Quand elle entendit parler de cette pratique, Ayla décida de s'y mettre, elle aussi. Bien qu'elle disposât de peu de temps, elle confectionna de petits souvenirs qu'elle avait l'intention de donner à ceux qui avaient été particulièrement gentils avec elle et dont elle savait qu'ils leur feraient des cadeaux, à Jondalar et à elle, pour leur Matrimoniale. Elle avait aussi une surprise pour son compagnon, quelque chose qu'elle avait porté pendant tout le Voyage après la Réunion d'Eté des Mamutoï, malgré les mésaventures et les épreuves traversées.

Jondalar préparait également une surprise. Il avait discuté avec Joharran du meilleur endroit où établir un foyer pour Ayla et lui, dans l'abri de la Neuvième Caverne des Zelandonii, et tenait à ce que tout fût prêt pour leur retour, en automne. A cette fin, il avait négocié avec ceux qui fabriquaient les panneaux extérieurs des habitations, ainsi qu'avec ceux qui édifiaient les murs de pierre, ceux qui savaient le mieux daller le sol, bref tous ceux qui participaient à la construction d'une habitation.

Cela supposait du troc et du marchandage. Jondalar avait par exemple accepté d'échanger quelques bons couteaux en pierre contre des peaux provenant pour la plupart de la récente chasse aux bisons et aux cerfs géants. Il taillerait les lames, qui seraient ensuite montées sur les manches fabriqués par Solaban, dont Jondalar admirait le travail. Pour obtenir ces manches, il avait fourni plusieurs burins adaptés aux besoins de Solaban. Les deux hommes avaient longuement discuté, parfois en s'aidant de croquis dessinés au charbon de bois sur de l'écorce de bouleau, afin de s'entendre sur la forme exacte des outils. Certaines des peaux que Jondalar avait acquises deviendraient des panneaux de cuir brut, nécessaires pour la future habitation, tandis que d'autres dédommageraient Shevola, la femme qui fabriquait les panneaux, pour son temps et sa peine. Il promit également de lui faire deux couteaux pour couper le cuir, des racloirs et autres outils.

Jondalar passa des arrangements similaires avec Jonokol, l'acolyte artiste, pour qu'il décore les panneaux en appliquant ses idées – dessin, composition – à l'utilisation des symboles et des animaux demandés par tous les Zelandonii, ainsi que de ceux que Jondalar voulait ajouter. En échange, Jonokol réclama des outils spéciaux. Il avait certains projets de gravure en relief du calcaire mais ne savait pas assez bien tailler le silex pour réaliser le burin crochu qu'il désirait. Les burins et les outils en silex étaient de toute façon difficiles à fabriquer. Ils réclamaient beaucoup d'expérience et de talent de la part du tailleur.

Une fois les matériaux prêts, la construction elle-même prendrait relativement peu de temps. Jondalar avait déjà convaincu plusieurs parents et amis de revenir avec lui à la Neuvième Caverne pendant la Réunion d'Eté – sans Ayla – pour l'aider à bâtir son habitation. Il souriait intérieurement chaque fois qu'il imaginait le plaisir qu'elle éprouverait en découvrant à leur retour, en automne, qu'ils avaient un foyer à eux.

Le marchandage avait duré plusieurs longs après-midi et Jondalar y avait souvent pris plaisir. Cela commençait en général par des plaisanteries, suivies par une discussion qui ressemblait parfois à une âpre bataille ou à un échange d'insultes, mais tout se terminait le plus souvent par des éclats de rire devant une coupe d'infusion, de vin ou de barma, voire un repas. Jondalar veillait toujours à ce qu'Ayla ne fût pas présente, mais cela n'empêcha pas la jeune femme d'assister à d'autres marchandages.

La première fois qu'elle entendit des Zelandonii marchander, elle ne comprit pas la nature de cet échange braillard de propos injurieux. Il opposait Proleva et Salova, la compagne de Rushemar, qui fabriquait des paniers. Pensant que les deux femmes étaient fâchées,

Ayla courut chercher Jondalar, dans l'espoir qu'il pourrait intervenir.

— Proleva et Salova se disputent ? s'étonna-t-il. A quel sujet ?

— Proleva dit que les paniers de Salova sont laids et mal faits. Ce n'est pas vrai, ils sont beaux, et Proleva doit le penser, elle aussi, puisque j'en ai vu plusieurs chez elle. Pourquoi dénigre-t-elle ainsi le travail de Salova ? Il faut que tu fasses quelque chose.

Jondalar comprit la sollicitude d'Ayla mais dissimula mal un sourire. Enfin, ne pouvant se contenir plus longtemps, il éclata de rire.

— Ayla, elles ne se disputent pas, elles s'amusent. Proleva veut quelques paniers de Salova, et c'est la façon de procéder. Elles finiront par se mettre d'accord et seront contentes toutes les deux. Cela s'appelle du marchandage. Si j'intervenais, elles seraient privées de leur plaisir. Retourne les observer. Tu verras qu'avant longtemps elles auront le sourire, chacune d'elles pensera qu'elle a fait un bon échange.

— Tu es sûr ? Elles semblaient furieuses…

Ayla retourna se poster à un endroit d'où elle pouvait regarder et écouter. Si c'était la façon de procéder chez les Zelandonii, elle voulait être capable de marchander, elle aussi. Au bout d'un moment, elle remarqua que plusieurs spectateurs assistaient à la confrontation, échangeant sourires et hochements de tête entendus. Elle se rendit bientôt compte que les deux femmes n'étaient pas vraiment en colère, tout en se demandant si elle arriverait un jour à dire d'une chose qu'elle était horrible alors qu'en fait elle la trouvait belle. Quel étrange comportement !

Quand le marchandage prit fin, elle retourna auprès de Jondalar :

— Pourquoi les gens profèrent-ils de telles injures, s'ils ne les pensent pas ? Je ne suis pas sûre de savoir un jour marchander de cette manière.

— Proleva et Salova savaient toutes deux que l'autre ne pensait pas vraiment ce qu'elle disait. C'était un jeu. Tant qu'on sait que c'est un jeu, il n'y a aucun mal.

La veille du départ, une fois les paquets prêts, la tente vérifiée et réparée, les occupants de l'habitation de Marthona étaient si excités que personne n'avait envie de se coucher. Proleva passa avec Jaradal pour demander s'ils avaient besoin d'aide, et Marthona les invita à entrer et à s'asseoir un moment. Ayla leur proposa une infusion. Après qu'on eut de nouveau frappé au panneau, Folara fit entrer Joharran et Zelandoni. Ils venaient de directions différentes, chacun avec des propositions et des questions, mais surtout désireux de bavarder. Ayla ajouta de l'eau et des herbes à son infusion.

— La tente de voyage avait-elle besoin d'être réparée ? s'enquit Proleva.

— Pas tellement, répondit Marthona. Ayla a aidé Folara à s'en occuper, elles ont utilisé le nouveau tire-fil.

Les tentes de voyage qui seraient plantées chaque soir étaient assez grandes pour plusieurs personnes, et celle de la famille de Marthona abriterait tout le monde : Marthona, Willamar, Folara, Joharran, Proleva, Jaradal, Jondalar et Ayla. Celle-ci fut contente d'apprendre que Zelandoni voyagerait aussi avec eux. Elle était comme une parente, une tante sans compagnon. L'abri de peau accueillerait un autre occupant, le chasseur à quatre pattes, Loup, et les chevaux seraient attachés à proximité.

— Avez-vous eu des difficultés pour les piquets ? interrogea Joharran.

— J'ai cassé une hache en les coupant, répondit Willamar.

— Tu as pu lui redonner du tranchant ?

En plus des jeunes arbres droits utilisés comme piquets, il leur faudrait du bois pour allumer du feu en chemin et plus tard, quand ils seraient arrivés au lieu de la Réunion d'Eté. Ils avaient donc besoin de haches pour abattre d'autres arbres.

— Elle a éclaté. Je n'ai même pas pu en tirer une lame, soupira Willamar.

— Mauvaise pièce, diagnostiqua Joharran. Pleine de petites inclusions.

— Jondalar m'en a fabriqué une neuve et a redonné du tranchant aux autres, reprit le Maître du Troc. C'est une bonne chose qu'il soit revenu.

— Sauf qu'il va falloir recommencer à prendre garde aux éclats de silex égarés, dit Marthona.

Ayla remarqua qu'elle souriait et comprit qu'elle ne se plaignait pas vraiment. Elle aussi était contente que son fils fût de retour.

— Je dois reconnaître qu'il a ramassé les éclats après avoir affûté les haches, ajouta-t-elle. Je n'ai pas trouvé un seul petit morceau de pierre. Mais je n'y vois plus comme avant, bien sûr.

— La tisane est prête, annonça Ayla. Quelqu'un a besoin d'une coupe ?

— Jaradal n'a pas la sienne. Tu devrais toujours l'emporter, rappela Proleva à son fils.

— Pas ici, dit le jeune garçon. Grand-mère en a une pour moi.

— Il a raison, confirma Marthona. Tu te rappelles où elle est ?

— Oui, Thona.

Il se leva, courut à une étagère basse et revint avec une petite coupe en bois évidé.

— La voilà ! s'exclama-t-il en la brandissant pour la montrer à tout le monde, ce qui suscita des sourires ravis.

Ayla remarqua que Loup avait quitté son coin près de l'entrée pour ramper vers l'enfant, la queue dressée, chaque mouvement de son corps exprimant son envie d'atteindre l'objet de son désir. Jaradal repéra l'animal, avala son infusion en quelques gorgées et déclara, en se tournant vers Ayla pour guetter sa réaction :

— Je joue avec Loup, maintenant.

Le garçonnet lui rappelait tellement Durc qu'elle ne put s'empêcher de sourire. Avec un jappement plaintif, Loup se releva pour aller à la rencontre de l'enfant, se mit à lui lécher le visage. Ayla savait qu'il commençait à se sentir à l'aise avec sa nouvelle meute, en particulier avec l'enfant et ses camarades. Elle était presque désolée pour lui qu'ils partent le lendemain : ce serait dur pour Loup de rencontrer tant de nouvelles personnes à la Réunion d'Eté. Ce serait dur pour elle aussi, et son enthousiasme se teintait d'inquiétude.

— Cette infusion est excellente, apprécia Zelandoni. Tu l'as adoucie avec de la racine de réglisse, non ?

— Oui, répondit Ayla. Tout le monde est tellement énervé par le départ que j'ai préparé quelque chose de calmant.

— Et qui a bon goût aussi, dit la doniate. (Elle marqua une pause.) Il me vient à l'idée que, puisque nous sommes tous réunis, tu pourrais peut-être monter à Joharran et à Proleva ta façon d'allumer le feu. Je sais, j'ai demandé qu'on n'en parle pas pour le moment, mais, comme nous allons voyager ensemble, ils te verront faire, de toute manière.

— J'éteins le feu ? suggéra Folara.

— Oui, pourquoi pas ? C'est plus impressionnant dans l'obscurité.

— Je ne comprends pas, dit Joharran. Qu'est-ce que c'est que cette histoire de feu ?

— Ayla a découvert une nouvelle façon d'allumer du feu, répondit Jondalar. Le plus simple, c'est que tu regardes.

— Tu leur montres, Jondalar ? fit Ayla.

Jondalar demanda à son frère et à Proleva de s'approcher du foyer à cuire. Quand Folara eut couvert les braises, que les autres eurent soufflé les lampes qui se trouvaient près d'eux, il alluma rapidement un autre petit feu avec le silex et la pyrite de fer.

— Comment t'y es-tu pris ? Jamais je n'ai vu quelqu'un allumer un feu aussi vite, s'émerveilla Joharran.

Jondalar tendit la main qui tenait la pyrite.

— Ayla a découvert la magie de ces pierres. Je voulais t'en parler mais il s'est passé tant de choses que je n'en ai pas eu le temps. Nous l'avons seulement montré à Zelandoni, puis à Marthona, Willamar et Folara.

Proleva exprima son étonnement :

— Tu dis que tout le monde peut y arriver ?

— Cela demande un peu de pratique, mais tout le monde peut le faire, oui, confirma Marthona.

— Laisse-moi te montrer, dit Jondalar.

Il frappa de nouveau les pierres l'une contre l'autre, leur arrachant des étincelles.

— Celle de droite, c'est du silex, constata Proleva. Mais l'autre, qu'est-ce que c'est ? D'où vient-elle ?

— Ayla a trouvé les premières dans sa vallée. Elle les appelle pierres à feu. Nous en avons cherché en vain sur tout le chemin du retour. Je commençais à croire qu'on n'en trouvait qu'à l'est quand Ayla en a découvert non loin d'ici. Il y en a sûrement d'autres. Nous pourrions les offrir en cadeau, ou même les troquer, comme le propose Willamar, s'il en existe en quantité suffisante.

— Il va falloir que nous ayons une longue conversation. Je me demande ce que tu as encore à me dire. Tu pars pour le long Voyage, tu reviens avec des chevaux qui te portent sur leur dos, un loup qui laisse les enfants tirer sur ses poils, une nouvelle arme puissante, des pierres magiques qui font du feu, des histoires de Têtes Plates intelligents, une femme magnifique qui connaît leur langue et a appris chez eux à guérir. Tu es sûr de n'avoir rien oublié ?

Jondalar eut un sourire malicieux.

— Je ne vois rien pour le moment. Je reconnais que, mis bout à bout, cela paraît plutôt incroyable.

— Plutôt incroyable ! Ecoutez-le ! J'ai l'impression qu'on parlera pendant des années de ton Voyage « plutôt incroyable » !

— Il a en effet quelques histoires intéressantes à raconter, convint Willamar.

— C'est ta faute, Willamar, riposta Jondalar, qui se tourna vers son frère. Joharran, tu te rappelles les soirées que nous avons passées à l'écouter parler de ses voyages et de ses aventures ? J'ai toujours pensé qu'il était plus captivant que beaucoup de conteurs itinérants. Mère, tu as montré à Joharran le cadeau qu'il vient de te rapporter ?

— Non, Joharran et Proleva ne l'ont pas encore vu. Je vais le chercher.

Marthona alla dans sa pièce, revint avec un morceau plat d'andouiller palmé qu'elle tendit à Joharran. On y avait gravé deux animaux aux formes galbées qui paraissaient nager. Ils ressemblaient à des poissons.

— Comment les appelles-tu, déjà, Willamar ? demanda Marthona.

— Des phoques. Ils vivent dans l'eau mais respirent de l'air et viennent à terre pour mettre leurs petits au monde.

— Remarquable, dit Proleva.

— N'est-ce pas ? fit Marthona.

— Nous avons vu des animaux semblables pendant notre Voyage, dit Jondalar. Ils vivent dans une mer intérieure, loin à l'est.

— Certains pensent qu'ils sont des Esprits de l'eau, ajouta Ayla.

— J'ai vu d'autres créatures étranges dans les Grandes Eaux de l'Ouest, dit Willamar. Le peuple qui habite la contrée croit que ce sont des Esprits servants de la Mère. Ils ressemblent encore plus à des poissons que les phoques. Ils enfantent dans la mer mais ils respirent et allaitent leurs petits. Ils peuvent se tenir sur la queue au-dessus de l'eau – je l'ai vu – et l'on dit même qu'ils ont leur propre langue. Les hommes qui vivent là-bas leur donnent le nom de dauphins, et certains prétendent parler leur langue. Ils ont poussé des sortes de cris aigus pour m'en convaincre.

« On raconte maintes histoires et légendes à leur sujet, poursuivit le Maître du Troc. On dit qu'ils aident les pêcheurs en dirigeant le poisson vers leurs filets, et même qu'ils ont sauvé la vie d'hommes dont le bateau s'était retourné loin de la côte. Les Légendes Anciennes de ce peuple racontent que jadis tous les êtres vivaient dans la mer. Certains sont venus sur terre, ceux qui sont restés sont devenus des dauphins. Les hommes de là-bas les appellent parfois « cousins », et leur Zelandoni – c'est elle qui m'a donné cette plaque – dit qu'ils nous sont apparentés. Son peuple vénère le dauphin presque autant que la Mère. Chaque famille possède une donii, mais tout le monde a aussi un objet-dauphin, une gravure comme celle-ci ou une partie de l'animal, un os ou une dent. Cela porte chance.

— Et tu dis que j'ai des histoires intéressantes à raconter, Willamar ! fit Jondalar. Des poissons qui respirent et se tiennent sur la queue ! J'ai presque envie de partir avec toi.

— Peut-être l'année prochaine, quand j'irai faire du troc pour avoir du sel. Ce n'est pas un très long voyage, surtout comparé au tien.

— Je croyais t'avoir entendu dire que tu ne voulais plus voyager, lança Marthona à Jondalar. Voilà qu'à peine rentré, tu penses à repartir. Tu as la bougeotte, comme Willamar ?

— Les expéditions de troc ne sont pas des Voyages, souligna Jondalar. Je ne suis pas prêt à me remettre en route maintenant, sauf pour aller à la Réunion d'Eté, mais un an, c'est long.

Folara et Jaradal, blottis contre Loup sur le lit de la

jeune fille, s'efforçaient de rester éveillés. Ils ne voulaient rien manquer, mais la chaleur de l'animal et le bourdonnement des voix finirent par les endormir.

Le jour suivant se leva sous un crachin gris qui ne parvint pas à altérer l'enthousiasme de la Caverne au moment du départ. Bien qu'elle eût veillé tard, la famille de Marthona se leva de bon matin. Après avoir avalé la nourriture préparée la veille, on finit les paquets. La pluie faiblit, le soleil tenta de percer à travers les nuages, mais l'humidité accumulée pendant la nuit sur les feuilles et dans les flaques rendait l'air froid et brumeux.

Quand tous ceux qui partaient se furent rassemblés sur le devant de la terrasse, Joharran donna le signal du départ. Le chef ouvrant la marche, les Zelandonii prirent la direction du nord, descendirent vers la Vallée des Bois. Le groupe était nombreux, remarqua Ayla, bien plus nombreux que celui du Camp du Lion lorsqu'il se rendait à la Réunion d'Eté mamutoï. Il y avait encore beaucoup de gens qu'elle ne connaissait pas très bien, mais du moins se rappelait-elle à peu près le nom de chacun.

Elle se demandait quel chemin Joharran prendrait. Après la promenade à cheval qu'elle avait faite avec Jondalar, elle savait qu'au début la plaine inondable de la rive droite – le côté de la Neuvième Caverne – était large. S'ils remontaient la Rivière en suivant, malgré les méandres, la direction du nord-est, ils longeraient des arbres proches de la berge. De chaque côté, une vaste étendue herbeuse séparait le cours d'eau des hauteurs vers lesquelles elle montait en pente douce. Un peu plus loin, l'eau serrait une paroi abrupte de l'autre côté, la rive gauche, qui se trouvait à main droite quand on se dirigeait vers la source. Rive gauche et rive droite désignaient toujours les côtés d'un cours d'eau quand on se déplaçait dans le sens du courant.

Jondalar lui avait expliqué que la communauté zelandonii la plus proche ne se trouvait qu'à une faible distance de la Neuvième Caverne mais qu'il faudrait un radeau pour terminer le voyage s'ils restaient près de la Rivière, parce que son cours changeait de direction. En aval, la configuration du terrain forçait l'eau à frôler la paroi de la rive droite, leur côté, sans même laisser d'espace pour un étroit sentier. Aussi les Zelandonii de la Neuvième Caverne prenaient-ils un chemin qui s'écartait de la Rivière lorsqu'ils rendaient visite à leurs proches voisins du nord.

Le chef s'engagea dans le sentier longeant la Rivière des Bois, le suivit jusqu'au gué puis coupa à travers la Vallée des Bois. Ayla nota qu'ils n'empruntaient pas la route qu'elle avait prise avec Jondalar et les chevaux peu après leur arrivée. Au lieu de mener au lit de torrent à sec, la piste de Joharran, parallèle à la Rivière, conduisait aux étendues plates de la rive droite. Ils obliquèrent à gauche à travers herbes et broussailles, gravirent la pente douce en suivant une succession de lacets.

Du coin de l'œil, Ayla surveillait Loup, qui courait devant en suivant son flair. Elle reconnaissait la plupart des plantes qu'elle repérait, et enregistrait dans son esprit l'endroit où elles poussaient. Un boqueteau de bouleaux noirs près de la Rivière : leur écorce peut prévenir une fausse couche, pensa-t-elle. Et ici, du lis des marais, qui peut en provoquer une. C'est toujours bon de savoir où trouver des saules ; une décoction de leur écorce soigne les maux de tête ou les douleurs dans les os des vieillards. Je ne savais pas qu'il y avait de la marjolaine par ici. On en fait une bonne infusion, elle donne un goût agréable à la viande et elle soulage aussi les coliques des bébés. Il faudra que je m'en souvienne pour plus tard. Durc ne souffrait pas de coliques mais certains bébés en ont.

La piste se fit plus escarpée à l'approche du sommet puis s'élargit sur le plateau venteux. Ayla s'arrêta au bord pour attendre Jondalar, qui avait quelques difficultés à faire monter Rapide et son travois sur la piste rocailleuse aux tournants abrupts. Whinney en profita pour brouter quelques brins d'herbe fraîche. Ayla ajusta les perches à tirer de la jument, vérifia la charge qu'elle portait dans des paniers et sur son dos, puis la caressa et lui parla dans la langue qu'elle utilisait avec ses chevaux. Elle baissa les yeux vers la rivière et sa plaine inondable, vers la longue file de Zelandonii, jeunes et vieux, qui s'étirait sur la pente, puis regarda au-delà.

Le haut plateau offrait un large panorama des environs et, en bas, une scène brumeuse. Quelques volutes de brouillard s'accrochaient encore aux arbres, près de l'eau ; un linceul d'un blanc éteint cachait par endroits la Rivière, mais le voile se levait, révélant des puits de lumière projetée par l'orbe qui se reflétait dans l'eau. Au loin, le brouillard plus épais et les collines calcaires se fondaient en un ciel blanchâtre.

Quand Jondalar l'eut rejointe avec Rapide, ils entamèrent ensemble la traversée du plateau. Marchant à côté de l'homme avec qui elle avait fait un si long Voyage, Loup sur ses talons et les chevaux juste derrière avec les perches à tirer, Ayla se sentait euphorique. Elle était avec ceux qu'elle chérissait le plus et avait peine à croire qu'elle serait bientôt unie à Jondalar. La jeune femme ne se rappelait que trop bien ses sentiments pendant leur marche, avec le Camp du Lion. Chaque pas semblait alors la rapprocher d'un destin inéluctable dont elle ne voulait pas. Elle avait promis de s'unir à un homme pour qui elle éprouvait un sentiment sincère et avec qui elle aurait pu être heureuse, si elle n'avait aimé Jondalar avant lui. Jondalar était devenu distant, il semblait ne plus l'aimer, alors qu'il ne faisait aucun doute que Ranec non seulement l'aimait mais la voulait désespérément..

Ayla n'était plus tiraillée entre ces sentiments antagonistes. Elle débordait d'un bonheur qui imprégnait l'air autour d'elle, le sol qu'elle foulait. Jondalar se remémorait lui aussi le voyage à la Réunion d'Eté des Mamutoï. Sa jalousie d'alors, sa peur d'affronter son peuple avec une femme qui n'était peut-être pas acceptable. Il avait maintenant résolu ces problèmes et la joie qu'il éprouvait n'était pas moins grande que celle d'Ayla. Il avait cru l'avoir perdue à jamais, mais elle marchait désormais à côté de lui et, chaque fois qu'il la regardait, elle tournait vers lui des yeux pleins d'amour.

A l'autre bout du plateau, au bord de la falaise, ils retrouvèrent l'endroit où ils avaient fait halte quand ils étaient venus seuls. Avant de traverser le petit cours d'eau, ils s'arrêtèrent pour regarder l'eau basculer par-dessus bord et cascader dans la Rivière, juste en dessous. Les membres de la Caverne s'étaient égaillés et certains traçaient leur propre piste. Ils n'avaient avec eux que ce qu'ils pouvaient porter ; quelques-uns comptaient retourner à l'abri avec un sac vide pour rapporter des objets à troquer.

Ayla et Jondalar avaient proposé à Joharran l'aide des deux chevaux. Après en avoir discuté avec quelques autres, le chef de la Caverne avait décidé de charger sur les deux bêtes la viande de cerf et de bison de la dernière chasse. A l'origine, il avait prévu que plusieurs personnes retourneraient à l'abri pour apporter la viande sur le lieu de la Réunion d'Eté.

L'utilisation des chevaux leur épargna cette peine et, pour la première fois, il songea que ces animaux représentaient plus qu'une curiosité. Ils pouvaient s'avérer utiles. Même l'aide apportée pendant la chasse, le retour rapide de Jondalar à la Neuvième Caverne, pour prévenir Zelandoni et la compagne de Shevonar du tragique accident ne lui avaient pas fait prendre pleinement conscience de leur intérêt potentiel. Il le comprit mieux quand ils lui évitèrent, ainsi qu'à d'autres, de devoir retourner à l'abri. En marchant près des chevaux, il se rendit également compte que ces animaux réclamaient un surcroît d'attention.

Whinney avait l'habitude du travois, elle en avait tiré un pendant la majeure partie du Voyage. Moins accoutumé à une charge, Rapide était plus difficile à mener. Joharran avait remarqué que son frère aidait l'animal, en particulier quand il devait tourner avec un travois qui gênait le mouvement. Il fallait de la patience pour calmer le jeune étalon, l'inciter à contourner les obstacles sans endommager la charge. Au départ, Ayla et Jondalar se trouvaient près de la tête, mais, après qu'ils eurent franchi le petit cours d'eau et repris la direction du nord-ouest, ils se situaient plus près du milieu.

Ils parvinrent à l'endroit où Ayla et Jondalar avaient fait demi-tour la fois précédente, là où la piste commençait à descendre. Cette fois, ils la suivirent, tournant avec elle pour prendre la pente la plus facile, serpentant à travers les broussailles, les hautes herbes et, dans un creux protégé, entre les arbres. Ils arrivèrent à un abri-sous-roche si près de l'eau qu'une partie du surplomb s'étendait au-dessus de la Rivière. Ils avaient parcouru moins de trois kilomètres mais la raideur des pentes rendait le trajet plus long.

De la terrasse, on pouvait plonger dans l'eau. L'abri s'appelait Front de Rivière et faisait face au sud. Il s'étendait d'ouest en est vers un méandre qui se repliait sur lui-même et aurait refermé sa boucle, n'eût été un doigt de terre qui s'interposait. Bien que l'abri parût habitable, aucune Caverne n'y vivait, mais les voyageurs, en particulier ceux qui utilisaient des radeaux, s'y reposaient. L'eau trop proche inondait parfois l'abri quand la rivière débordait.

La Neuvième Caverne ne s'arrêta pas à Front de Rivière mais escalada la falaise derrière l'abri. La piste continuait plein nord puis s'incurvait à l'est. Un kilomètre et demi après Front de Rivière, elle descendait jusqu'à la vallée d'un torrent généralement à sec en été. Après avoir franchi le lit boueux, Joharran s'arrêta et tous s'assirent pendant qu'il attendait Jondalar et Ayla.

Plusieurs Zelandonii allumèrent de petits feux pour faire chauffer de l'eau et préparer une infusion. Certains, notamment ceux qui avaient des enfants, tirèrent des sacs un peu de nourriture.

— Ici, il faut choisir, dit Joharran à son frère. Quelle route devons-nous prendre, selon toi ?

Jondalar se tourna vers Ayla. La Rivière alignant les méandres dans sa vallée, serrant la paroi rocheuse d'un côté puis de l'autre, il était quelquefois plus facile de se rendre d'une Caverne à l'autre en passant par les hauteurs. Pour atteindre l'abri le plus proche, il existait cependant une autre possibilité.

— D'ici, nous pouvons emprunter deux directions, dit Jondalar. Si nous passons par les hauteurs, nous devrons escalader cette pente, traverser le plateau sur à peu près la moitié du chemin que nous avons déjà parcouru, puis redescendre jusqu'à un autre petit cours d'eau. Il est peu profond, facile à franchir. Nous aurons ensuite à gravir une autre pente raide qui nous mènera en haut de la falaise, face à la Rivière, puis nous redescendrons. A cet endroit, elle coule au milieu d'une grande prairie, la plaine inondable. Nous ferons halte à la Vingt-Neuvième Caverne, sans doute pour y passer la nuit.

— Il y a un autre chemin, dit Joharran. La Vingt-Neuvième Caverne s'appelle les Trois Rochers parce qu'elle comprend trois rochers, non pas l'un à côté de l'autre mais disséminés autour de la Rivière. Deux de ce côté, le troisième de l'autre.

Il pointa un doigt vers la pente, poursuivit :

— Au lieu de grimper, nous pouvons prendre à l'est jusqu'à la Rivière. Il faudra ensuite la traverser car, de ce côté, elle coule au ras de la paroi, mais il y a une longue partie peu profonde, et la Vingt-Neuvième Caverne a disposé des pierres pour faciliter le passage, comme nous avons commencé à le faire au Gué. Nous longeons un moment l'autre rive et, quand la Rivière serre de nouveau la paroi, il faut retraverser, mais ensuite le lit s'élargit et redevient peu profond ; là aussi, il y a des pierres sur lesquelles on peut poser le pied. Nous pourrons nous rendre dans deux des abris qui se trouvent de ce côté, mais il faudra retourner de l'autre côté pour aller au troisième, le plus grand, parce que c'est là que nous dormirons, surtout s'il pleut.

— Si nous passons par le premier chemin, il faut grimper, si nous prenons l'autre, il faut traverser l'eau, acheva Jondalar pour son frère. Qu'est-ce qui serait le plus facile, pour les chevaux ? demanda-t-il à Ayla.

— Ce n'est pas difficile de franchir une rivière avec les chevaux, mais si le lit est profond, la viande qu'ils tirent avec les perches risque d'être mouillée et de pourrir si on ne la met pas à sécher, répondit-elle. Pendant notre Voyage, nous avions attaché les perches au bateau rond qui flottait quand nous traversions. Mais de toute façon, d'après ce que tu dis, il faudrait au moins traverser une fois.

Jondalar se plaça derrière le travois de Rapide.

— Je pense à une chose, Joharran. Nous pourrions demander à quelques hommes de marcher derrière les chevaux et de soulever les perches juste assez pour les maintenir hors de l'eau.

— Nous trouverions aisément des volontaires. Il y a toujours des jeunes gens qui prennent plaisir à patauger dans l'eau et à s'éclabousser à chaque gué, de toute façon. Je vais voir ce qu'en pensent les autres, mais je suis sûr que la plupart préféreraient ne plus grimper, avec les charges qu'ils portent.

Quand Joharran se fut éloigné, Jondalar décida de vérifier le licou de Rapide. Il caressa l'étalon, lui donna un peu de grain qu'il portait dans un sac. Ayla lui sourit puis se tourna vers Loup, venu voir pourquoi ils s'étaient arrêtés. Elle sentait le lien particulier qu'elle et Jondalar avaient tressé entre eux pendant leur Voyage. L'idée lui vint qu'il y en avait un autre : ils étaient les seuls à comprendre la relation qui pouvait s'établir entre un être humain et un animal.

— Je connais une autre façon d'aller vers l'aval – enfin, deux autres, dit Jondalar pendant qu'ils attendaient. La première, c'est de remonter le courant en radeau, à l'aide d'une perche, mais ce ne serait pas très facile avec les chevaux. La seconde, c'est de marcher en haut des falaises, de l'autre côté de la Rivière. Il faut traverser au Gué, et c'est plus simple d'aller jusqu'à la Troisième Caverne et de partir de là. Ils ont une bonne piste qui mène en haut du Rocher des Deux Rivières et qui continue ensuite à travers le plateau. Elle est plus plate que de ce côté-ci, avec seulement quelques petits creux. Il y a moins d'affluents de ce côté de la Rivière, mais, si nous voulons faire halte à la Vingt-Neuvième Caverne, nous devrons redescendre et retraverser. C'est pour cette raison que Joharran a décidé de rester de ce côté-ci.

Ayla profita de la pause pour interroger Jondalar sur les Zelandonii auxquels ils s'apprêtaient à rendre visite, et il décrivit l'organisation inhabituelle des membres de la Vingt-Neuvième Caverne. Les Trois Rochers étaient composés de trois abris-sous-roche séparés, situés dans trois falaises différentes qui formaient un triangle autour de la plaine inondable, à moins de mille cinq cents pas l'un de l'autre.

— On raconte qu'il y avait autrefois plusieurs Cavernes distinctes, portant chacune un mot pour compter, mais que toutes devaient partager les mêmes prairies et les mêmes rivières, indiqua Jondalar. Leurs membres ne cessaient de se disputer sur le droit de telle ou telle Caverne à faire ceci ou cela. Ils ont fini par en venir aux mains. La Zelandoni de la Face Sud a alors eu l'idée de regrouper les Cavernes en une seule, dont les membres travailleraient ensemble et partageraient tout. Si un troupeau d'aurochs en migration passait par là, il ne serait pas chassé séparément par chaque Caverne, mais par un seul groupe réunissant les chasseurs de toutes les Cavernes.

Ayla réfléchit un moment.

— La Neuvième Caverne agit ainsi avec ses voisines, remarqua-t-elle. Pour la dernière chasse, des membres de la Onzième, de la Quatorzième, de la Troisième et même de la Deuxième Caverne ont chassé ensemble et partagé la viande.

— C'est vrai, mais ces Cavernes ne sont pas obligées de tout partager. La Neuvième a la Vallée de la Rivière des Bois, et des animaux passent parfois juste devant l'abri en longeant la Rivière ; la Quatorzième a Petite Vallée, la Onzième peut se rendre en radeau sur un vaste terrain de chasse, de l'autre côté de la Rivière ; la Troisième a la Vallée des Prairies, la Deuxième et la Septième partagent la Vallée Douce – nous y passerons au retour. Nous pouvons tous travailler ensemble quand nous le souhaitons mais nous n'y sommes pas contraints. Alors que les Cavernes qui se sont unies pour devenir la Vingt-Neuvième devaient partager le même terrain de chasse. On l'appelle maintenant la Vallée des Trois Rochers mais c'est en fait une partie de la Vallée de la Rivière et de la Vallée de la Rivière du Nord.

Jondalar expliqua que la Rivière tournait à l'est, coupant à travers une vaste plaine herbeuse. Au nord, elle recevait un affluent assez important. Deux des abris se trouvaient sur la rive droite, l'un à l'est, qu'on pouvait atteindre par voie de terre depuis Front de Rivière, l'autre au nord. Au sud se dressait une troisième falaise massive, avec plusieurs niveaux d'abris-sous-roche, de l'autre côté de la Rivière, sur la rive gauche. C'était l'un des rares abris habités face au nord.

La Partie Ouest de la Vingt-Neuvième Caverne des Zelandonii se composait de plusieurs petits abris à flanc de colline. Jondalar précisa que la Caverne entretenait aussi un camp plus ou moins permanent de cabanes et de râteliers à sécher – ainsi, en été, que de tentes et autres abris provisoires. Il se trouvait à l'entrée d'une vallée protégée de pins cembros dont les pignons donnaient une huile si riche qu'on pouvait la faire brûler dans les lampes, mais si délicieuse qu'on l'utilisait rarement de cette façon.

Toute la communauté des Trois Rochers – et d'autres, invités à apporter leur aide en échange d'une part de la récolte – se rassemblait chaque automne pour ramasser les pignons. C'était la principale raison d'être du camp, mais il se situait également près d'un excellent point de pêche qui se prêtait à l'installation de nasses et à la construction de barrages. La communauté l'utilisait très souvent pendant la partie la plus chaude de l'année et ne le fermait pas avant que le gel fige la Rivière. Cette communauté vivait toute l'année dans les divers abris de la Partie Ouest, et la récolte des pignons avait lieu à l'automne, mais les premières tentes étaient plantées au début de la saison chaude pour ceux qui installaient les nasses. Tout le monde parlait toujours d'aller au « camp d'été », si bien que le groupe de la Partie Ouest avait fini par porter ce nom, Camp d'Eté.

— Leur Zelandoni est une artiste remarquable, ajouta Jondalar. Dans l'un des abris, elle a gravé des animaux sur les parois. Nous aurons peut-être le temps de lui rendre visite. Elle réalise aussi de petites sculptures... Nous repasserons au retour pour la récolte des pignes, de toute façon.

Joharran revint avec trois jeunes hommes et une jeune femme qui s'étaient proposés pour marcher derrière le travois et soulever les perches quand on traverserait les rivières. Ils semblaient tous ravis d'avoir été choisis pour cette tâche. Joharran n'avait pas eu de difficulté à trouver des volontaires et n'avait eu que l'embarras du choix. Nombreux étaient ceux qui voulaient voir de près les chevaux et le loup, et aussi mieux connaître l'étrangère. Cela leur donnerait quelque chose d'intéressant à raconter à la Réunion d'Eté.

Sur un terrain plus plat, Ayla et Jondalar purent de nouveau marcher côte à côte devant les chevaux, sauf quand ils traversaient l'eau. Loup, comme à son habitude, ne les suivait pas de près. Il aimait explorer, partir devant ou traîner derrière, au gré de sa curiosité et des odeurs que détectait son flair. Jondalar profita de l'occasion pour en révéler davantage à Ayla sur la Caverne où ils passeraient la nuit et son territoire.

L'affluent qui descendait du nord et traversait la plaine herbeuse s'appelait la Rivière du Nord et se jetait dans la Rivière sur la rive droite. La partie nord de la plaine inondable se trouvait ainsi agrandie par la vallée de la Rivière du Nord, ainsi que par la vallée sans cesse plus large en aval de la Rivière elle-même. Se dressant entre les vallées de la Rivière et de son affluent, le site le plus ancien de la communauté, la Partie Nord de la Vingt-Neuvième Caverne des Zelandonii, était plus familièrement appelé la Face Sud. Pour y parvenir depuis le Camp d'Eté, on utilisait un sentier qui menait à un gué permettant de traverser l'affluent. Mais ils en approchèrent, eux, en longeant la Rivière.

Devant, sur une colline dominant un espace découvert, une falaise de forme triangulaire exposait au sud trois terrasses disposées l'une au-dessus de l'autre, comme des marches. Bien qu'elle se trouvât à moins de deux kilomètres de tous les abris composant la communauté des Trois Rochers, plusieurs sites annexes étaient beaucoup plus proches et se considéraient comme appartenant à la Partie Sud de la Vingt-Neuvième Caverne.

Jondalar précisa à Ayla qu'une piste très fréquentée permettait d'accéder aisément, en deux lacets, au niveau moyen, principal abri de la Face Sud. L'abri supérieur, plus petit, qui dominait une grande partie de la vallée, servait de poste d'observation et on l'appelait le Guet de la Face Sud, ou simplement le Guet. Le niveau inférieur, en partie souterrain, servait surtout d'entrepôt pour les vivres, notamment les pignes ramassées au Camp d'Eté. D'autres abris appartenant à la Face Sud avaient un nom en propre tel que Long Rocher, Rive Profonde, ou Bonne Source, en référence à une source jaillissant à proximité.

— Même l'abri où l'on garde la nourriture porte un nom, dit-il. On l'appelle le Rocher Nu. Les vieux racontent une histoire qu'ils ont entendue quand ils étaient jeunes. Elle parle d'un hiver très âpre, suivi d'un printemps froid et pluvieux, et de l'épuisement de toutes les réserves : l'abri inférieur devint le Rocher Nu. Ils seraient tous morts de faim si une fillette n'avait trouvé par hasard l'endroit où les écureuils cachaient des pignes dans l'abri. C'est étonnant ce que ces petites bêtes friandes de graines peuvent amasser.

« Quand le temps redevint enfin propice aux chasseurs, les cerfs et les chevaux qu'ils réussirent à tuer souffraient de la faim, eux aussi, poursuivit Jondalar. La viande était maigre, dure, et il fallut attendre longtemps les premières pousses et racines du printemps. A l'automne suivant, toute la communauté ramassa une plus grande quantité de pignes pour se protéger de futurs hivers rigoureux, et c'est ainsi que naquit la tradition de les récolter.

Les jeunes gens qui avaient protégé la viande en soulevant les perches au franchissement des rivières se rapprochèrent pour entendre Jondalar parler de leurs voisins du Nord. Ils n'en savaient pas autant que lui à leur sujet et l'écoutaient avec intérêt.

Après avoir parcouru deux kilomètres environ et traversé la Rivière, ils découvrirent la Partie Sud de la Vingt-Neuvième Caverne des Zelandonii, la plus imposante, la plus insolite falaise de la région. Bien que les sites exposés au nord fussent rarement utilisés comme abri, celui-ci, situé du côté sud de la Rivière, était trop tentant pour qu'on le laissât inhabité. La falaise, longue de huit cents mètres, s'élevait à deux cent cinquante pieds au-dessus de la Rivière en cinq niveaux et présentait près d'une centaine de cavités et de grottes en plus des surplombs et des terrasses.

Chacune de ces terrasses donnant sur la vallée, il était inutile d'utiliser un abri particulier comme poste d'observation. La falaise offrait une vue unique : d'une partie d'une terrasse inférieure se projetant au-dessus de la rivière, on pouvait contempler son reflet dans l'eau tranquille.

— Du coup, l'endroit ne tire pas son nom de ses dimensions, comme on pourrait s'y attendre, mais de cette vue inhabituelle, dit Jondalar. On l'appelle le Rocher aux Reflets.

La falaise était d'une telle longueur que la plupart des abris potentiels n'étaient même pas occupés : elle aurait été plus peuplée qu'un terrier de marmottes si toutes les grottes avaient été habitées. Les ressources naturelles des environs n'auraient pas suffi à nourrir une population aussi nombreuse, qui aurait décimé les troupeaux et dénudé la terre de sa végétation. L'énorme falaise était un lieu exceptionnel, et ceux qui y vivaient savaient que sa seule vue laissait bouche bée les étrangers et ceux qui la visitaient pour la première fois.

Elle sidère même encore ceux qui la connaissent déjà, songea Jondalar en contemplant l'extraordinaire formation rocheuse. La Neuvième Caverne, avec son magnifique surplomb abritant une terrasse spacieuse et confortable, était certes remarquable, elle aussi, et, à de nombreux égards, plus habitable – son exposition plein sud constituait un immense avantage – mais il devait reconnaître que la falaise qui se dressait devant lui était impressionnante.

Les Zelandonii se tenant sur la terrasse la plus basse étaient eux aussi impressionnés, semblait-il, par ceux qui s'approchaient de leur abri. Le geste de bienvenue de la femme qui s'avança devant les autres était un peu hésitant. Elle avait entendu parler du retour du second fils de Marthona, le voyageur, et de l'étrangère qu'il avait ramenée. Elle avait même entendu dire qu'ils avaient avec eux un loup et des chevaux, mais le voir de ses yeux, c'était autre chose. Voir deux chevaux marcher calmement parmi les membres de la Neuvième Caverne, derrière un loup – un loup énorme –, une grande femme blonde inconnue, et l'homme qu'elle connaissait sous le nom de Jondalar, cela avait quelque chose de troublant, à tout le moins.

Joharran tourna la tête pour dissimuler un sourire qu'il n'avait pu retenir en remarquant l'expression de la femme, bien qu'il comprît parfaitement ce qu'elle éprouvait. Il n'y avait pas si longtemps qu'il avait été parcouru du même frisson de peur devant ce même tableau étrange. Il s'étonnait même, à la réflexion, de s'y être si vite habitué. Si vite qu'il ne pensait plus à la réaction de ses voisins, alors qu'il aurait dû s'en préoccuper. Il se félicita d'avoir décidé de s'arrêter à la Vingt-Neuvième Caverne : cela lui donnait une idée de l'effet qu'ils feraient en arrivant à la Réunion d'Eté.

2

— Si Joharran n'avait pas décidé de planter la tente dans la prairie, je crois que j'aurais dormi dehors, de toute façon, dit Ayla. Je veux être près de Whinney et de Rapide quand nous voyageons, et je ne tenais pas à les faire monter sur cette terrasse. Ils n'auraient pas aimé ça.

— Denanna non plus, je pense, observa Jondalar. Elle m'a paru d'une extrême nervosité devant les animaux.

Ils remontaient à cheval la vallée de la Rivière du Nord, accordant aux bêtes et à eux-mêmes une pause après avoir côtoyé tant de gens. Ils avaient dû en passer par les formalités d'usage, notamment la rencontre de tous les chefs, et Ayla avait encore du mal à s'y retrouver. Denanna, chef du Rocher aux Reflets, la Partie Sud, exerçait son autorité sur toute la Vingt-Neuvième Caverne, bien que le Camp d'Eté et la Face Sud, les Parties Ouest et Nord, eussent aussi leurs chefs. Chaque fois qu'il fallait prendre des décisions concernant les Trois Rochers, les trois chefs s'efforçaient de parvenir à un consensus, présenté ensuite par Denanna : si la Vingt-Neuvième voulait se présenter comme une seule et même Caverne, un seul chef devait parler en son nom, estimaient les autres chefs zelandonii.

Pour la Zelandonia, la situation était quelque peu différente. Chacune des Parties avait son propre Zelandoni, mais tous trois étaient subordonnés à un quatrième doniate, qui portait le titre de Zelandoni de la Vingt-Neuvième Caverne. Une distance assez grande séparant les Parties, il semblait légitime que chacune d'elles souhaitât avoir son Zelandoni, et un Zelandoni qui fût un bon guérisseur, surtout pendant la saison des frimas ou des orages, mais c'était avant tout avec la Zelandonia dans son ensemble que chaque Zelandoni entretenait des rapports, même si la Caverne qu'il servait était presque aussi importante, et à certains égards plus importante que les autres.

Le Zelandoni du Rocher aux Reflets était si bon guérisseur que même les femmes enceintes étaient contentes de recourir à son aide pour accoucher. La Zelandoni de la Vingt-Neuvième Caverne, qui vivait aussi au Rocher aux Reflets pour être proche du chef en titre, ne possédait pas un talent exceptionnel de guérisseuse mais c'était une bonne négociatrice, capable de discuter avec les trois autres Zelandonia et les trois chefs, et d'apaiser les susceptibilités parfois hérissées de chacun d'eux. D'aucuns pensaient que, sans elle, l'arrangement complexe qui portait le nom de Vingt-Neuvième Caverne n'aurait pas tenu.

Ayla avait usé du prétexte des soins et de l'attention à prodiguer aux chevaux pour échapper au reste des salutations rituelles, au festin et autres cérémonies. Avant de rencontrer les voisins du Nord, elle avait expliqué à Joharran et à Proleva qu'il était indispensable de s'occuper de Whinney et Rapide. Le chef avait répondu qu'il les excuserait, et sa compagne avait promis de leur garder quelque chose à manger.

Ayla avait conscience d'être observée tandis qu'ils détachaient les perches et déchargeaient le reste des paquets, puis lorsqu'elle examina les chevaux pour s'assurer qu'ils n'avaient ni blessures ni plaies. Après qu'ils les eurent étrillés, Jondalar proposa de les emmener galoper quelque part, et le sourire de gratitude qu'elle lui adressa le fit se féliciter d'avoir suggéré cette promenade. Loup partit en bondissant devant eux : il semblait content, lui aussi.

Joharran, qui les avait regardés s'occuper des chevaux, ajouta un élément à sa réflexion sur ces animaux. Les chevaux n'avaient évidemment pas besoin de cette attention quand ils vivaient en troupeaux mais elle leur était peut-être nécessaire lorsqu'ils travaillaient pour les hommes. Si l'intérêt de leur utilisation pour diverses besognes sautait aux yeux, justifiait-il tous ces soins ? Il pesa la question en regardant Ayla et son frère s'éloigner.

Ayla se détendit presque aussitôt. Partir seuls, à cheval, leur donna un sentiment de libération. Quand ils atteignirent la Vallée de la Rivière du Nord et découvrirent devant eux la longue étendue herbeuse, ils échangèrent un regard, un sourire, puis lancèrent leurs chevaux au galop. Ils ne s'aperçurent pas qu'ils croisaient deux Zelandonii qui revenaient à la Vingt-Neuvième Caverne après une brève visite au lieu de la Réunion d'Eté, mais ceux-ci les remarquèrent. Bouche bée, ils contemplaient cette scène qu'ils n'avaient jamais vue et qu'ils n'étaient pas sûrs de souhaiter revoir : un homme et une femme filant à toute allure sur le dos d'un cheval.

Ayla s'arrêta près d'un ruisseau, Jondalar l'imita. Dans un accord tacite, ils bifurquèrent tous deux pour en remonter le cours. Celui-ci avait pour origine un bassin alimenté par une source qu'ombrageait un grand saule protégeant son droit à l'eau pour lui-même et sa progéniture – une série d'arbres plus petits qui se pressaient autour du bassin débordant. Ayla et Jondalar mirent pied à terre, défirent les couvertures sur le dos des chevaux et les étendirent sur le sol.

Les animaux burent au ruisseau puis décidèrent tous

deux que le moment était bien choisi pour se rouler par terre. Le jeune couple ne put s'empêcher de rire en les voyant se tortiller, les jambes en l'air, se sentant assez en sécurité pour s'offrir un bon grattage de dos.

Ayla décrocha soudain sa fronde, la déroula et chercha des pierres autour du bassin. Elle en ramassa deux bien rondes, en cala une dans le godet de l'arme, tourna et tira. Sans regarder, elle saisit de nouveau la lanière de cuir, la fit glisser dans sa main jusqu'à son extrémité et fut à nouveau prête quand le deuxième oiseau s'envola. Elle l'abattit, alla récupérer sa prise : deux lagopèdes des saules.

— Si nous n'étions que deux et si nous avions l'intention de camper ici, nous aurions notre repas du soir, dit-elle en montrant ses trophées.

— Mais ce n'est pas le cas, alors que vas-tu en faire ?

— Les plumes de lagopède sont chaudes et légères, et leur couleur plutôt agréable à cette période de l'année. Je pourrais les garder pour le bébé... Non, j'aurai le temps de lui faire des vêtements plus tard. Je vais plutôt les offrir à Denanna. Après tout, nous sommes sur le territoire de sa Caverne. A la voir si effrayée par Whinney, Rapide et Loup, je me suis dit qu'elle devait regretter que nous soyons venus. Peut-être qu'un cadeau la rasséréneraít.

— Où as-tu appris à être aussi sage ? demanda Jondalar en la regardant avec tendresse.

— Ce n'est pas de la sagesse, c'est du bon sens.

Elle leva la tête et se perdit dans le bleu glacier de ses yeux, mais le regard de Jondalar n'était pas glacé. Il était chaud et plein d'amour.

Quand il l'entoura de ses bras, elle lâcha les oiseaux morts pour l'enlacer et l'embrasser. Elle eut l'impression qu'il ne l'avait pas tenue ainsi depuis longtemps puis se rendit compte que cela faisait effectivement longtemps. Non pas depuis la dernière fois qu'il l'avait embrassée, mais depuis la dernière fois qu'ils étaient restés seuls dans une plaine, avec les chevaux qui paissaient à proximité, Loup qui fourrait son museau inquisiteur dans chaque buisson, dans chaque terrier, et personne d'autre à la ronde. Bientôt ils devraient rentrer et reprendre leur marche vers la Réunion d'Eté ; qui savait quand ils jouiraient d'un autre moment semblable ? Elle répondit avec ardeur quand Jondalar se mit à l'embrasser dans le cou.

Son souffle chaud et sa langue humide la firent frissonner, et elle s'abandonna à la sensation qui la submergeait. Il lui mordilla le lobe de l'oreille, leva les mains pour saisir la plénitude des seins. Encore plus lourds et plus pleins, pensa-t-il, se rappelant qu'elle portait une vie nouvelle qui, selon Ayla, provenait autant de lui que d'elle. Au moins, cette vie provenait de son esprit, de cela il était sûr. Pendant la plus grande partie de leur Voyage, il avait été le seul homme dont la Mère avait pu tirer un *elan*.

Ayla dénoua la lanière de sa taille, la posa à côté de la couverture en s'assurant que tout ce qui y était accroché demeurait en place. Jondalar s'assit au bord du rectangle de cuir, imprégné d'une odeur forte, mais non pas déplaisante, de cheval, odeur à laquelle il était habitué et qui suscitait en lui des associations d'idées agréables. Vite, il défit les lanières de ses chausses puis dénoua la ceinture qui maintenait le rabat de ses jambières.

Quand il leva les yeux, Ayla avait fait de même. Il la regarda et ce qu'il vit lui plut. Ses formes étaient plus rondes, pas seulement sa poitrine mais aussi son ventre, qui commençait à révéler la présence d'une vie croissant en elle. Sentant sa virilité réagir à ce spectacle, il ôta prestement sa tunique, aida Ayla à défaire la sienne. Il sentit un vent frais sur sa peau nue, vit des frissons parcourir sa compagne, la prit dans ses bras.

— Je vais me laver dans le bassin, murmura-t-elle.

Il sourit en pensant que c'était une invitation à lui donner le Plaisir comme il aimait à le faire.

— Pas la peine, chuchota-t-il.

— Je sais, mais je préfère. Je me sens toute moite après avoir passé la journée à marcher et à grimper, dit-elle en se dirigeant vers le bassin.

Ayla avait l'habitude de se laver dans l'eau froide et trouvait stimulante, la plupart du temps, la sensation de picotement qu'elle provoquait. Le matin, cela la réveillait. Le bassin était peu profond, sauf près de la source où, découvrit-elle, le fond rocailleux et vaseux s'abaissait rapidement jusqu'à ce qu'elle ne puisse plus le toucher du pied. D'un battement de jambes, elle retourna vers le bord.

Jondalar la rejoignit, bien qu'il appréciât beaucoup moins l'eau froide. Il en avait jusqu'aux cuisses. Quand Ayla s'approcha, il l'éclaboussa ; elle poussa un petit cri et, des deux mains, lança une gerbe qui retomba sur le visage de son compagnon et le trempa des épaules à la taille.

— Je ne m'attendais pas à ça, dit-il en ripostant.

Les chevaux levèrent la tête en entendant leur vacarme. Ayla sourit, Jondalar tendit les bras vers elle et le jeu bruyant cessa quand, enlacés, ils unirent leurs lèvres.

— Tu veux peut-être que je t'aide à te laver ? proposa-t-il à mi-voix, glissant une main entre les cuisses d'Ayla.

— Ou alors c'est moi qui t'aide, dit-elle, saisissant le membre érigé.

Elle fit coulisser ses doigts mouillés, dénudant le gland. L'eau aurait dû calmer l'ardeur de Jondalar, mais, curieusement, cette main fraîche sur son organe chaud provoquait une excitation intense. Ayla s'agenouilla, et, quand elle prit l'extrémité de la hampe dans sa bouche, ses lèvres parurent brûlantes à son compagnon. Il gémit tandis qu'elle avançait et reculait la tête, enroulant la langue autour du méat, et éprouva un plaisir si violent qu'il ne put se contenir. Son ardeur monta et explosa soudain tandis que des vagues de libération le parcouraient. Il l'écarta doucement en disant :

— Sortons de cette eau froide.

Ayla cracha la semence, se rinça la bouche et lui sourit. Il lui prit la main pour l'aider. Quand ils furent retournés s'asseoir sur la couverture, Jondalar poussa sa compagne en arrière, s'étendit à côté d'elle et s'appuya sur un coude pour la regarder.

— Tu m'as pris par surprise, dit-il, détendu mais un peu dépité.

Elle sourit : il ne lui arrivait pas souvent de jouir aussi vite, il aimait être celui qui gardait le contrôle.

— Tu devais être plus prêt que tu ne le pensais, répondit-elle, ravie.

— Oh, n'aie pas l'air si contente de toi.

— Ce n'est pas souvent que j'arrive à te surprendre. Tu me connais si bien que c'est toi qui me surprends toujours et me combles de plaisir.

Il se pencha pour l'embrasser, elle ouvrit la bouche pour l'accueillir. Il aimait la toucher, la serrer contre lui. Il explora sa bouche, doucement, avec précaution ; elle fit de même. Puis il sentit l'amorce du désir poindre de nouveau en lui. Je ne suis peut-être pas tout à fait vidé, pensa-t-il avec satisfaction, et nous ne sommes pas pressés de rentrer.

Il continua un moment à l'embrasser puis il lui agaça les lèvres de la pointe de sa langue. Il descendit vers le cou et la gorge, les mordilla. Chatouillée, Ayla dut se retenir pour ne pas s'écarter, et l'effort qu'elle fit pour demeurer immobile augmenta encore son excitation. Quand il lui lécha l'épaule puis l'intérieur du bras jusqu'au coude, elle trouva la caresse insoutenable mais aurait voulu en même temps qu'elle ne s'arrêtât jamais. Sa respiration s'accéléra. Soudain, Jondalar prit un mamelon dans sa bouche et Ayla hoqueta quand des langues de feu se déroulèrent en elle jusqu'à son intimité la plus profonde.

Le membre de Jondalar durcissait de nouveau. Il pressa la rondeur du sein puis aspira entre ses lèvres l'autre mamelon érigé, téta avidement. Il reprit le premier téton entre ses doigts, le fit rouler, le pinça doucement. Ayla se colla contre lui. Elle n'entendait pas le vent dans les saules, elle ne sentait pas la fraîcheur de l'air, toute son attention était concentrée sur les sensations que Jondalar suscitait en elle.

Lui aussi sentait la chaleur qui montait en lui et la tumescence de son membre. Il descendit encore, se plaça entre les cuisses d'Ayla, écarta les plis de son sexe, s'approcha pour le premier coup de langue. Elle était encore mouillée de son bain, et il savoura à la fois le froid et l'eau, la chaleur et le sel, le goût familier d'Ayla, son Ayla. Il la voulait toute, en même temps, et il tendit les mains vers les mamelons au moment même où il trouvait le bourgeon palpitant.

Elle geignit, se souleva vers lui tandis qu'il suçait et caressait de sa langue. Soudain, elle fut prête, elle sentit la vague monter et grossir puis déferler soudain. Elle l'attira avec de petits cris de désir pour lui faire comprendre qu'elle le voulait en elle. Il se redressa, trouva la fente, s'introduisit, ressortit et poussa de nouveau.

Elle allait à sa rencontre, se soulevant et retombant, arquant le dos, tournant son corps pour mieux le sentir. Le désir de Jondalar montait aussi, mais de manière moins exigeante. Au lieu de devoir le maîtriser, il le laissait croître, modulant son mouvement sur celui d'Ayla, sentant la tension monter, plongeant profondément en elle avec joie et abandon. Elle criait, et son chant sans paroles se fit plus aigu, plus intense. Puis ils atteignirent le sommet et furent libérés, emportés. Ils restèrent un instant immobiles, reprirent lentement leur mouvement, une ou deux fois, avant de s'effondrer, pantelants.

Allongée sur la couverture, les yeux clos, Ayla entendait le vent murmurer dans les arbres, un oiseau appeler son compagnon ; elle sentait la brise fraîche et la sensation exquise du poids de Jondalar sur elle, l'odeur des chevaux sur la couverture, l'odeur de leur Plaisir ; elle se rappelait le goût de la peau de Jondalar et de ses baisers. Quand il se retira d'elle et la regarda, elle souriait, rêveuse, à demi assoupie et satisfaite.

Ils se levèrent et Ayla alla au bassin se nettoyer comme Iza le lui avait appris. Jondalar la rejoignit : il lui semblait que, si elle se lavait, il devait le faire lui aussi, bien qu'il n'en eût pas l'habitude avant de la rencontrer. Il n'aimait pas l'eau froide. Pourtant, en se rinçant, il pensa que, s'il y avait beaucoup d'autres jours comme celui-là, il finirait par y prendre goût.

Sur le chemin du retour vers la Partie Sud de la Vingt-Neuvième Caverne, Ayla s'aperçut qu'elle n'était pas impatiente de retrouver des voisins qui lui avaient paru quelque peu inamicaux. Et, bien qu'elle se sentît acceptée par la famille de Jondalar et les membres de la Neuvième Caverne, elle n'était guère pressée de les revoir. Aussi fort qu'eût été son désir d'arriver au terme du Voyage et de voir des gens autour d'elle, elle s'était habituée au mode de vie que Jondalar et elle avaient établi pendant le périple, et cela lui manquait. Lorsqu'ils étaient avec la Caverne, il se trouvait toujours quelqu'un pour avoir envie de leur parler, à lui, à elle ou aux deux. Ils appréciaient la chaleur de cette compagnie, mais les jeunes amants préfèrent parfois être seuls.

Cette nuit-là, dans la tente où tous les membres de la famille dormaient, blottis l'un contre l'autre, Ayla repensa à la façon dont les Mamutoï se partageaient leur longue hutte en terre. La première fois qu'elle l'avait vue, elle avait été étonnée par l'habitation semi-souterraine que le Camp du Lion avait construite. Des os de mammouth soutenaient d'épais murs de mottes de terre et de chaume, recouverts d'argile, qui protégeaient du vent et du froid de l'hiver dans les régions périglaciaires continentales. Elle se souvint de s'être dit que c'était comme si les Mamutoï avaient construit leur propre grotte. En un sens, c'était vrai : il n'y avait pas de grotte habitable dans leur région, et Ayla avait toutes les raisons d'être étonnée par cet exploit.

Si les familles qui vivaient dans la longue cabane du Camp du Lion disposaient d'espaces séparés autour de foyers alignés dans une rangée centrale, et de rideaux pour enclore les plates-formes à dormir, tout le monde partageait le même abri. Chaque famille vivait à moins d'une longueur de bras de sa voisine et devait passer par l'espace des autres pour entrer ou sortir. Afin de cohabiter dans un lieu aussi confiné, les Mamutoï respectaient des règles de courtoisie tacite qui permettaient une certaine intimité et qu'ils apprenaient en grandissant. Ayla ne trouvait la hutte de terre mamutoï exiguë que depuis qu'elle avait dormi dans le vaste abri de la Neuvième Caverne. Elle se rappela que chaque famille du Clan avait aussi son foyer séparé, mais sans murs : rien que quelques pierres pour indiquer les limites de chaque espace. Les membres du Clan apprenaient également de bonne heure à éviter de regarder chez le voisin. Pour eux, l'intimité était affaire de convenances et de considération.

En dépit de leurs murs, les habitations des Zelandonii n'arrêtaient pas le bruit, naturellement. Il n'était pas nécessaire de les bâtir aussi solidement que les huttes des Mamutoï puisque les surplombs rocheux les protégeaient de la plupart des intempéries. Les constructions zelandonii gardaient avant tout la chaleur du feu et brisaient les vents qui s'insinuaient sous les surplombs. En traversant l'aire d'habitation, on surprenait souvent des bribes de conversation, mais les Zelandonii s'efforçaient de ne pas entendre les voix de leurs voisins. Comme les membres du Clan, qui s'entraînaient à ne pas voir dans le foyer voisin, comme les Mamutoï et leur politesse. Ayla se rendit compte, à la réflexion, que pendant le peu de temps qu'elle avait passé chez eux, elle avait déjà appris à ne plus entendre les voisins... la plupart du temps.

Serrée contre Jondalar, elle murmura :

— J'aime la façon qu'ont les Zelandonii de construire une habitation pour chaque famille, un foyer distinct des autres.

— J'en suis heureux, répondit-il, ravi d'avoir tout arrangé pour qu'elle trouvât une demeure bien à elle au retour de la Réunion d'Eté, et d'avoir gardé le secret.

En fermant les yeux, Ayla songea qu'elle aurait peut-être un jour sa propre habitation, avec des murs offrant une intimité inconnue du Clan ou même des Mamutoï. Les cloisons intérieures augmentaient encore cette intimité. Tout en se sentant esseulée dans sa vallée, elle en avait aussi apprécié l'isolement, et le Voyage, seule avec Jondalar, avait renforcé son désir d'élever une barrière entre elle et les autres. La proximité des habitations lui donnait en même temps la sécurité de savoir qu'il y avait toujours quelqu'un près d'elle.

Quand elle le voulait, elle entendait encore les bruits réconfortants de voisins s'installant pour la nuit : des conversations murmurées, des pleurs de bébé, un couple faisant l'amour. Ces bruits lui avaient manqué quand elle vivait seule, mais, dans la Neuvième Caverne, chacun avait un endroit où s'endormir tranquillement. Une fois derrière les minces cloisons de l'habitation, il était facile d'oublier qu'on était entouré des autres, et le murmure de bruits de fond apportait un sentiment de sécurité. Ayla estimait que la façon dont vivaient les Zelandonii était idéale.

Lorsqu'ils repartirent, le lendemain matin, elle constata que leur troupe avait grossi. De nombreux membres de la Vingt-Neuvième Caverne s'étaient joints à eux, mais aucun, remarqua-t-elle, du Rocher aux Reflets, du moins aucun qu'elle reconnût. Lorsqu'elle le fit observer à Jondalar, il expliqua que la majeure partie du Camp d'Eté, la moitié de la Face Sud et quelques membres du Rocher aux Reflets voyageraient avec eux. Les autres partiraient un ou deux jours plus tard. Elle se souvint que son compagnon avait parlé de repasser par le Camp d'Eté pour participer à la récolte des pignes et en conclut que la Neuvième Caverne entretenait des relations plus étroites avec la Partie Ouest qu'avec les autres.

Du Rocher aux Reflets, s'ils longeaient la Rivière, ils prendraient d'abord plein nord au début d'une large courbe qui s'incurvait à l'est puis au sud, et de nouveau à l'est en une seconde boucle qui remontait finalement vers le nord, décrivant un grand S. Le cours d'eau poursuivait ensuite vers le nord-est en une succession de méandres tranquilles. A l'extrémité nord de la première boucle, quelques petits abris-sous-roche servaient de haltes aux Zelandonii qui voyageaient ou chassaient, mais la communauté la plus proche se trouvait à la pointe sud de la seconde boucle, là où un affluent rejoignait la Rivière par Vieille Vallée, le territoire de la Cinquième Caverne des Zelandonii.

A moins de voyager par radeau, ce qui supposait de remonter le courant à la perche sur près de quinze kilomètres, il était plus facile de gagner Vieille Vallée depuis le Rocher aux Reflets en coupant à travers les terres plutôt qu'en suivant la Rivière dans ses boucles généreuses. Par voie terrestre, l'abri de la Cinquième Caverne n'était distant que de quatre kilomètres, un peu au nord, mais la piste elle-même, qui contournait les difficultés d'un terrain vallonné, n'était pas aussi directe.

Lorsque Joharran parvint à l'entrée de cette piste, clairement marquée, il s'écarta de la Rivière et s'engagea dans un sentier qui traversait une corniche, escaladait un tertre arrondi où il rejoignait la piste venant du Rocher des Deux Rivières de la Troisième Caverne, et redescendait de l'autre côté jusqu'au niveau de la rivière. En marchant, Ayla chercha à en savoir davantage sur la Cinquième Caverne et essaya d'inciter Jondalar à lui en parler.

— Si la Troisième Caverne est célèbre pour ses chasseurs et si les membres de la Quatorzième sont des pêcheurs réputés, qu'est-ce qui fait la renommée de la Cinquième ?

— Je dirais qu'elle est connue pour se suffire à elle-même, répondit-il.

Ayla remarqua que les quatre jeunes gens qui s'étaient proposés pour porter les travois, la veille, cheminaient encore près d'eux et s'étaient rapprochés en entendant sa question. S'ils avaient passé toute leur vie dans la Neuvième Caverne et pensaient bien connaître les abris voisins, ils n'avaient jamais entendu quelqu'un les décrire de manière à se faire comprendre d'une étrangère. La présentation qu'en donnait Jondalar les intéressait.

— Ils s'enorgueillissent d'avoir de bons chasseurs, de bons pêcheurs et des gens de talent dans toutes les activités, poursuivit-il. Ils fabriquent même leurs propres radeaux et prétendent avoir été la première Caverne à le faire, la Onzième mise à part. Leur Zelandonia et leurs artistes ont toujours joui d'un grand respect. Les murs de plusieurs de leurs grottes sont ornés de peintures et de gravures, surtout des bisons et des chevaux, car la Cinquième Caverne a des liens particuliers avec ces animaux.

— Pourquoi ce nom de Vieille Vallée ?

— Parce qu'ils l'habitent depuis plus longtemps que la plupart des autres communautés n'occupent leur site.

Seules la Deuxième et la Troisième Caverne sont plus anciennes. Les Histoires de bon nombre de Cavernes font état de relations avec la Cinquième. La plupart des gravures de leurs grottes sont si vieilles que personne ne sait qui en est l'auteur. L'une d'elles, cinq animaux gravés il y a fort longtemps par un ancêtre, est même citée dans les Légendes Anciennes et constitue un symbole de leur nom. Pour les Zelandonia, cinq est un nombre sacré.

— Qu'entendent-ils par sacré ?

— Il a un sens particulier pour la Mère. Demande un jour à Zelandoni de te parler du chiffre cinq.

— Qu'est devenue la Première Caverne ? voulut savoir Ayla. (Il lui fallut un instant pour se réciter les mots à compter.) Et la Quatrième ?

— On parle beaucoup de la Première Caverne dans les Histoires et Légendes Anciennes et tu en apprendras davantage à la Réunion d'Eté, mais nul ne sait ce qui est arrivé à la Quatrième. Probablement une catastrophe. Certains croient qu'un ennemi a utilisé un Zelandoni maléfique pour jeter sur elle une maladie qui a tué tout le monde. D'aucuns pensent qu'une simple mésentente avec un mauvais chef a conduit la plupart des membres à partir pour une autre Caverne. Mais lorsqu'une Caverne s'unit à une autre, elle figure dans son Histoire ; or on ne trouve trace de la Quatrième dans aucune Histoire. D'autres encore prétendent que le chiffre quatre porte malheur. Pourtant, notre doniate assure que ce n'est pas le chiffre en lui-même mais seulement certaines de ses combinaisons qui portent malheur.

Après avoir parcouru six ou sept kilomètres, ils gravirent une dernière colline et découvrirent une vallée étroite. Un torrent coulait en son milieu, entre de hautes falaises qui offraient huit abris de tailles diverses. Lorsque la longue file menée par Joharran commença à descendre la piste vers l'entrée de Vieille Vallée, deux hommes et une femme s'avancèrent à sa rencontre.

Après les salutations d'usage, ils informèrent les visiteurs que la plupart des membres de la Cinquième Caverne étaient déjà partis pour la Réunion d'Eté.

— Si vous voulez rester, vous êtes les bienvenus, dit la femme. Mais, comme nous ne sommes qu'à la mi-journée, vous préférez peut-être continuer.

— Qui est encore ici ?

— Deux vieux qui ne peuvent faire le voyage, et une femme qui doit bientôt enfanter. Zelandoni a estimé qu'elle ne pouvait courir le risque de partir, elle a déjà eu des soucis auparavant. Et ces deux chasseurs, bien sûr. Ils resteront jusqu'à la nouvelle lune.

— Tu es Premier Acolyte de la Cinquième, il me semble, dit Celle Qui Etait la Première.

— Oui. Je suis restée pour assister la femme qui doit accoucher.

— Pouvons-nous l'aider ?

— Je ne crois pas. Le moment n'est pas encore venu, il faut attendre quelques jours. Sa mère et sa tante sont restées elles aussi, tout se passera bien.

Joharran entreprit de consulter les membres de la Neuvième Caverne ainsi que de celles qui s'étaient jointes à eux.

— Les meilleurs endroits où établir le camp risquent d'être occupés, remarqua-t-il. Je pense qu'il vaut mieux continuer que faire halte ici.

Les autres en convinrent rapidement et décidèrent de repartir.

Le cours de la Rivière se redressait quelque peu après le grand S et prenait une direction nord-est. Dans cette partie de la vallée, plusieurs surplombs abritaient de petites communautés, et toutes sauf une s'étaient déjà mises en route pour la Réunion d'Eté ; celle qui ne l'avait pas encore fait se joignit à leur longue file. De plus en plus inquiet, Joharran se demandait si une Caverne aussi nombreuse que la sienne trouverait un endroit convenable où s'installer pour l'été.

Ayla était étonnée que tant de communautés vivent dans la région, aussi près l'une de l'autre. Comme les Zelandonii, ceux chez qui elle avait grandi exploitaient les ressources de leur territoire pour subvenir à leurs besoins. Ils pratiquaient la chasse et la cueillette, utilisaient les abris naturels ou fabriquaient des habitations, ainsi que des outils et des armes de chasse, avec les matériaux dont ils disposaient. Ayla comprenait intuitivement que, lorsqu'une population devenait trop nombreuse pour les ressources d'une région, certains devaient partir ou s'imposer des restrictions. Elle se rendait compte que le territoire des Zelandonii devait être très riche pour nourrir autant de bouches, mais, dans un coin de son esprit, elle ne pouvait s'empêcher de se demander ce qui arriverait si les choses changeaient.

C'était la raison pour laquelle la Réunion d'Eté se tenait chaque année dans un lieu différent. Un tel rassemblement épuisait les ressources des environs, et il fallait attendre quelques années pour qu'elles se reconstituent. La réunion se déroulait cette fois non loin de l'abri de la Neuvième Caverne, à une trentaine de kilomètres en aval de la Rivière, et ils avaient raccourci le trajet en coupant par les terres de la Vingt-Neuvième à la Cinquième Caverne.

Leur destination se situait à une quinzaine de kilomètres de Vieille Vallée, et Joharran décida de ne pas s'arrêter en chemin. Il envisagea de convoquer une réunion pour en discuter et encourager les voyageurs à marcher plus vite, mais ils étaient trop nombreux, de force et d'âge variés ; toute la troupe devrait régler son pas sur celui des plus lents. Une réunion ne réussirait qu'à les ralentir encore. Il essaierait simplement d'accélérer sans rien dire. Si certains commençaient à se plaindre, il songerait alors à s'arrêter. Ils avaient fait halte pour manger à la mi-journée et, quand Joharran était reparti, tous avaient suivi sans broncher.

Il ne faisait pas encore noir mais le soleil se couchait lorsque la Rivière vira à droite, au ras d'une colline de la rive gauche – la droite pour eux. S'éloignant de l'eau, ils gravirent une pente modérée en suivant une piste très fréquentée. A mesure qu'ils montaient, le paysage s'ouvrait, offrant un vaste panorama. Mais ce fut un autre spectacle qui coupa le souffle d'Ayla lorsqu'elle parvint au sommet : une horde considérable d'hommes et de femmes avançant dans la vallée. Elle savait qu'il y avait déjà là plus de Zelandonii que de Mamutoï à la dernière Réunion d'Eté, et tous n'étaient pas encore arrivés. Même en comptant toutes les personnes qu'elle avait rencontrées dans sa vie, elle n'avait jamais vu autant de gens, surtout réunis en un seul endroit. L'unique comparaison qui lui venait à l'esprit, c'étaient les immenses troupeaux de bisons ou de cerfs qui se rassemblaient chaque année. Les Zelandonii étaient moins nombreux, bien sûr, mais ils formaient une masse grouillante.

Le groupe qui était parti de la Neuvième Caverne avait beaucoup augmenté, et ceux qui s'étaient joints à eux en chemin les quittèrent bientôt pour chercher des amis, des parents et un endroit où établir leur camp. Zelandoni se dirigea vers le lieu où les doniates occupaient leur propre hutte, au centre du rassemblement. Ils jouaient toujours un rôle essentiel pendant la Réunion d'Eté. Ayla espérait que la Neuvième Caverne choisirait un endroit un peu à l'écart : ce serait plus facile d'emmener les chevaux galoper s'il ne fallait pas d'abord leur faire traverser une foule de curieux.

Jondalar avait déjà expliqué à son frère les besoins particuliers des animaux et leur nervosité parmi tant de monde. Joharran avait hoché la tête en promettant d'y songer, mais en lui-même il s'était dit que les besoins des membres de la Neuvième Caverne passaient avant ceux des chevaux. Il préférait, pour sa part, être au centre des activités et espérait trouver un emplacement près d'une rivière – afin de ne pas avoir à porter de l'eau sur unc longue distance – avec quelques arbres pour les ombrager, à proximité d'une zone boisée qui les fournirait en bois de chauffage. Il savait cependant que les zones boisées autour du camp seraient dévastées avant la fin de la saison. Tout le monde avait besoin de bois pour le feu.

Lorsqu'il commença à chercher avec Solaban et Rushemar, il ne tarda pas à se rendre compte que les bons sites étaient déjà pris. Plus nombreuse que les autres Cavernes, la Neuvième avait besoin de davantage d'espace pour établir son camp, et Joharran voulait trouver un endroit avant qu'il ne fasse trop sombre. Il résolut d'explorer la périphérie du lieu de la Réunion d'Eté. Au sortir de sa dernière courbe, la Rivière se rétrécissait, ses berges devenaient plus escarpées, ce qui rendait l'accès à l'eau plus difficile.

Les trois hommes poussèrent plus loin en aval. Après avoir marché un peu, ils découvrirent un petit cours d'eau qui coulait dans une prairie avant de se jeter dans la Rivière. Ils tournèrent à droite pour le suivre. A quelque distance de la Rivière, ils avisèrent un bois, constatèrent en s'approchant que les arbres formaient une galerie le long du cours d'eau. Ils le remontèrent, s'aperçurent qu'il contournait le pied d'une colline, que le bois s'épaississait en une véritable forêt, plus vaste et plus dense qu'il n'y paraissait au premier coup d'œil.

Ils remontèrent jusqu'à la source du cours d'eau, un ru qui sortait de terre en bouillonnant sous les branches d'un saule entouré de bouleaux, d'épicéas et de quelques mélèzes. De l'autre côté, un étang assez profond s'était formé. La région regorgeait de sources, et celle-là, comme de nombreuses autres, donnait naissance à un petit affluent de la Rivière. Derrière les arbres, audelà de l'étang, une pente assez forte était jonchée de pierres de toutes tailles, du caillou au rocher massif. Devant l'étang, un vallon herbeux menait à une plage de pierraille et de sable, de galets polis par l'eau, avec un écran de végétation dense le long du côté le plus proche de l'étang.

Devant cet endroit agréable, Joharran songea que s'il avait été seul ou accompagné de sa seule famille, il y aurait installé son camp sans hésiter ; mais, avec toute la Caverne, il leur fallait non seulement avoir plus de place mais aussi se trouver plus près de la zone centrale du rassemblement. Les trois hommes redescendirent le cours d'eau et, quand ils arrivèrent à la prairie bordant la Rivière, Joharran s'arrêta.

— Qu'est-ce que vous en pensez ? demanda-t-il. C'est un peu loin de tout.

Rushemar plongea une main dans la petite rivière : l'eau était fraîche.

— Nous aurions une eau pure tout l'été, estima-t-il. Tu sais dans quel état seront la Rivière et l'affluent qui traverse le camp d'ici la fin de la saison, surtout devant le camp et en amont.

— En plus, tout le monde ira couper des arbres dans les grands bois, dit Solaban. Ici, ce sera moins utilisé, et c'est plus vaste qu'il n'y paraît.

La Neuvième Caverne s'installa dans la prairie entre le bois et la Rivière, près du petit cours d'eau. La plupart de ses membres s'accordèrent à trouver l'endroit plutôt bon. Il était peu probable qu'une autre Caverne installât ses huttes en aval et souillât leur eau, car ce lieu était trop loin de la zone centrale. Ils pourraient nager et se laver sans difficulté. Le ruisseau alimenté par la source leur fournirait une eau claire à boire alors que celle de la Rivière deviendrait peut-être très sale quand des centaines de gens l'auraient utilisée pour leurs besoins.

Le bois leur fournirait de l'ombre et du combustible, et il paraissait assez petit pour ne pas attirer trop de personnes en quête des mêmes ressources, du moins avant un moment. La plupart des autres Cavernes iraient de préférence dans la zone boisée, plus étendue, en amont. En outre, la prairie et le bois offriraient de la nourriture – baies, noix, racines, feuilles – et du petit gibier, la rivière du poisson et des mollusques d'eau douce. Le site présentait de nombreux avantages.

Principal inconvénient : la distance qu'il faudrait parcourir pour se rendre à l'endroit où se dérouleraient la plupart des activités. Certains pensaient que c'était trop loin, en premier lieu ceux qui avaient de la famille ou des amis dans d'autres Cavernes ayant déjà établi leur camp. Quelques-uns décidèrent de s'installer ailleurs, et Jondalar s'en réjouit : cela laisserait de la place pour Dalanar et les Lanzadonii lorsqu'ils arriveraient, s'ils ne voyaient pas d'inconvénient à se retrouver un peu à l'écart.

Pour Ayla, c'était parfait. Les animaux auraient un endroit loin de la cohue, avec une prairie où ils pourraient paître. Ils attiraient déjà l'attention, tout comme Ayla. Elle se rappela la nervosité de Whinney, Rapide et Loup, le premier jour du rassemblement mamutoï, mais ils semblaient maintenant accepter plus facilement, peut-être même mieux qu'elle, la présence d'un grand nombre d'humains autour d'eux. Les gens s'exprimaient à voix haute, Ayla ne pouvait pas ne pas les entendre. Ils restaient sidérés devant ces chevaux et ce loup qui se toléraient – ils semblaient même amis – et obéissaient docilement à l'étrangère et au fils de Marthona.

Ayla et Jondalar remontèrent le cours d'eau à cheval, trouvèrent le vallon idéal avec son étang. C'était exactement le genre d'endroit qu'ils aimaient. Bien sûr, il appartenait à tout le monde mais Jondalar ne pensait pas qu'il serait très fréquenté. La plupart des Zelandonii venaient à la Réunion d'Eté pour participer aux activités communes et avaient moins besoin de moments de solitude qu'Ayla, les animaux ou, il devait le reconnaître, lui-même. Elle fut ravie de découvrir que les broussailles comptaient de nombreux noisetiers car elle avait un penchant pour leurs fruits. Ils n'étaient pas encore mûrs mais la récolte s'annonçait bonne, et Jondalar projetait déjà de revenir voir s'il y avait du silex parmi les pierres de la pente.

Après avoir posé les sacs et exploré les lieux, les Zelandonii de la Neuvième Caverne estimèrent que le site était excellent et Joharran se félicita d'être arrivé assez tôt pour le revendiquer. Ce lieu aurait sans doute été choisi plus tôt si un autre affluent, plus large, n'avait serpenté au milieu de la vaste plaine qui entourait la Réunion d'Eté. Les premiers arrivés s'étaient installés sur ses berges parce qu'ils savaient que les eaux de la Rivière ne tarderaient pas à être souillées. C'était l'endroit que Joharran avait envisagé dans un premier temps, mais il était content à présent d'avoir poussé son exploration un peu plus loin.

Croyant que sa conversation avec son frère l'avait incité à chercher un site qui convînt aux chevaux, Jondalar lui avait exprimé sa reconnaissance. Joharran ne l'avait pas détrompé. Il s'était soucié avant tout du confort de sa Caverne, mais les remarques de Jondalar sur les besoins des animaux étaient peut-être demeurées dans un coin de son esprit et l'avaient aidé à trouver cet endroit. En tout cas, si cela lui valait la gratitude de son frère, il n'y voyait pas d'inconvénient. Diriger une Caverne aussi nombreuse posait parfois des problèmes, et qui pouvait dire quand il aurait besoin de l'aide de son frère ?

Comme il était déjà tard, ils décidèrent d'attendre le lendemain pour construire les huttes et plantèrent les tentes de voyage. Une fois le camp installé, quelques Zelandonii se rendirent dans la partie centrale pour retrouver des amis ou des parents qu'ils n'avaient pas vus depuis la dernière réunion, et s'enquérir des activités du lendemain, mais la plupart des autres, fatigués, restèrent sur place. Ils firent le tour du lieu pour choisir l'endroit précis où ils voulaient construire leur hutte et pour repérer les matériaux nécessaires.

Ayla et Jondalar mirent les chevaux à la longe près du cours d'eau en pensant qu'il valait mieux les attacher, plus pour les protéger des gens que pour entraver leurs mouvements. Ils auraient aimé leur accorder davantage de liberté. Une fois que tout le camp les connaîtrait et ne serait plus tenté de les chasser, ils pourraient peut-être les laisser aller à leur gré, comme aux alentours de la Neuvième Caverne.

Le lendemain matin, après avoir vérifié que les chevaux n'avaient besoin de rien, Jondalar et Ayla accompagnèrent Joharran quand il se rendit dans la partie centrale pour rencontrer d'autres chefs. Il fallait prendre des décisions sur les expéditions de chasse et de cueillette, ainsi que sur le partage de ce qu'elles rapporteraient, dresser la liste des activités et des cérémonies, notamment les premières Matrimoniales d'été. Loup trottinait à côté d'Ayla. Tous avaient entendu parler de l'étrangère qui exerçait un pouvoir étrange sur les animaux, mais le voir de ses propres yeux, ce n'était pas la même chose. Le trio se fraya un chemin entre les camps sous des regards ébahis, et même ceux qui connaissaient Joharran ou Jondalar demeuraient bouche bée au lieu de leur retourner leurs salutations.

Ils marchaient derrière des broussailles basses qui cachaient le loup quand un homme approcha dans leur direction.

— Jondalar, j'ai appris que tu étais rentré de ton Voyage avec une femme, cria-t-il en courant vers eux. J'aimerais que tu me la présentes.

Il avait un défaut d'élocution bizarre qu'Ayla n'arriva pas à identifier tout de suite ; puis elle se rendit compte qu'il parlait un peu comme un enfant, mais avec une voix d'homme. Il zézayait.

Jondalar leva les yeux, fronça les sourcils. Ce n'était pas quelqu'un qu'il désirait voir. En fait, c'était, de tous les Zelandonii, le seul qu'il espérait ne pas rencontrer.

Bien que cette affectation d'amitié ne lui plût pas, il ne pouvait se dérober aux présentations.

— Ayla des Mamutoï, voici Ladroman de la Neuvième Caverne.

Il avait pris le ton le plus neutre possible mais Ayla détecta aussitôt une désapprobation sous-jacente et lui lança un coup d'œil. La tension des muscles de la mâchoire, la posture hostile constituaient autant indices.

Ladroman tendit les deux mains vers Ayla et sourit, révélant qu'il lui manquait deux incisives. Elle croyait avoir deviné qui était cet homme, et l'espace vide de la denture le lui confirma. C'était avec lui que Jondalar s'était battu ; il l'avait frappé et lui avait brisé deux dents. En conséquence, il avait dû quitter la Neuvième Caverne pour aller vivre un moment chez Dalanar, ce qui était sans doute la meilleure chose qui lui fût arrivée. Cela lui avait donné la possibilité de connaître l'homme de son foyer et d'apprendre l'activité qui finirait par le passionner – la taille du silex – auprès de celui qui en était le maître incontesté.

Ayla en savait assez sur les tatouages faciaux pour se rendre compte que l'homme était un acolyte, destiné à devenir Zelandoni. A sa grande surprise, elle sentit Loup frôler sa jambe pour venir se placer entre elle et Ladroman, entendit son grognement sourd, celui qu'il poussait quand il la croyait menacée. Peut-être perçoit-il le rejet de Jondalar, pensa-t-elle ; en tout cas, Loup n'aime pas cet homme.

Ladroman hésita, recula, les yeux écarquillés de peur.

— Loup ! Reste derrière, ordonna-t-elle dans la langue mamutoï en avançant d'un pas pour les présentations. Je te salue, Ladrrroman de la Neuvième Caverrrne.

Elle prit les deux mains tendues. Elles étaient moites.

— Ce n'est plus Ladroman, ni la Neuvième Caverne. Je suis maintenant Madroman de la Cinquième Caverne des Zelandonii, acolyte de la Zelandonia. Sois la bienvenue, Ayla des… des quoi ? Muh, Mutoni ? fit-il, jetant un coup d'œil au loup, dont le grondement s'intensifiait.

L'homme lâcha aussitôt les mains d'Ayla. Il avait remarqué son accent, mais, troublé par l'animal, il n'y prêta guère attention.

— Elle n'est plus Ayla des Mamutoï, elle est maintenant Ayla de la Neuvième Caverne des Zelandonii, corrigea Joharran.

— Tu as déjà été acceptée par les Zelandonii ? En tout cas, Mamutoï ou Zelandonii, je suis heureux de faire ta connaissance, mais il faut que j'aille… à une réunion, maintenant, zézaya-t-il.

Il se retourna et partit presque en courant. Ayla regarda les deux frères, qui arboraient des sourires quasiment identiques.

Joharran avisa le groupe qu'il cherchait et où se trouvait Zelandoni. Elle fit signe au trio d'approcher, mais ce fut Loup qui retint surtout l'attention. Craignant qu'il ne réagisse comme avec Madroman, Ayla lui ordonna de rester en arrière pendant les présentations. Plusieurs personnes eurent l'air surprises quand l'étrangère au curieux accent fut présentée comme zelandonii, anciennement mamutoï, mais on leur expliqua que, puisque la question de l'endroit où elle vivrait après son union avec Jondalar ne se posait pas, la Neuvième Caverne l'avait déjà acceptée.

La décision la plus importante, hormis celle de s'unir, concernait le lieu où s'installerait le couple : l'homme irait-il vivre parmi le peuple de la femme, ou la femme vivrait-elle chez le peuple de l'homme ? Dans un cas comme dans l'autre, l'accord des deux Cavernes était nécessaire, mais surtout de celle qui accueillerait un nouveau membre. Comme les Zelandonii savaient où vivraient Jondalar et Ayla, son acceptation par la Neuvième Caverne réglait le problème.

Ayla garda Loup près d'elle en écoutant les chefs discuter. Il fut décidé de célébrer une cérémonie le lendemain soir afin de trouver la meilleure direction à prendre pour la première chasse. Si tout se passait bien, les premières Matrimoniales auraient lieu peu après. Ayla avait appris qu'il se déroulait toujours deux séries de Matrimoniales chaque été. Les premières pour les couples, généralement d'une même région, qui avaient décidé de s'unir pendant l'hiver ; les secondes, peu avant le départ, en automne, pour des couples appartenant à des Cavernes différentes, et qui avaient pris leur décision pendant la Réunion d'Eté, après avoir fait connaissance un ou deux mois plus tôt ou à la saison précédente.

Jondalar saisit l'occasion d'intervenir :

— A propos de Matrimoniales, j'ai une requête à soumettre. Puisque Dalanar est l'homme de mon foyer et qu'il prévoit de venir, je voudrais savoir si on pourrait retarder la première cérémonie jusqu'à son arrivée. J'aimerais qu'il assiste à mon union.

— Je ne vois aucune objection à un report de quelques jours, répondit un Zelandoni, mais si Dalanar ne vient que beaucoup plus tard…

— J'aimerais mieux m'unir à Ayla pendant la première cérémonie, mais, si Dalanar tarde trop, je suis prêt à attendre la seconde. Je tiens à ce qu'il soit présent.

— C'est acceptable, convint Celle Qui Etait la Première. Je pense cependant que nous devons décider maintenant de combien de jours nous pouvons reporter les premières Matrimoniales, et cela dépend des autres couples qui souhaitent s'unir tout de suite.

Une femme mûre portant sur le visage les marques de son appartenance à la Zelandonia les rejoignit d'un pas précipité.

— Je crois savoir que Dalanar et les Lanzadonii seront présents cette année, dit-elle à Joharran. Il a envoyé un messager à Zelandoni de la Dix-Neuvième Caverne, puisque c'est la plus proche du lieu de la Réunion d'Eté, pour prévenir tout le monde. La fille de sa compagne doit s'unir cet été et il tient à ce qu'elle ait une belle cérémonie. Je crois savoir aussi qu'il cherche un doniate pour son peuple. C'est une occasion à saisir pour un acolyte expérimenté ou un jeune Zelandoni.

— Jondalar nous en avait informés, Zelandoni de la Quatorzième, dit Joharran.

— C'est pour cette raison qu'il conduit ses Lanzadonii ici cette année, ajouta son frère. Ils n'ont pas de guérisseur – bien que Jerika ait quelques connaissances dans ce domaine –, personne pour célébrer les cérémonies. Nous leur avons rendu visite en chemin et Joplaya s'est engagée pendant notre séjour : elle sera unie à Echozar…

— Dalanar la laissera s'unir à un homme né d'une Tête Plate ? l'interrompit Zelandoni de la Quatorzième. Un esprit mêlé ? Comment peut-il faire une chose pareille ? La fille de sa compagne ! Je sais que Dalanar a accepté de drôles de gens dans sa Caverne, mais pas ces animaux !

— Ce ne sont pas des animaux ! lança Ayla, le front barré d'un pli de colère.

3

La femme se tourna vers Ayla, surprise que la nouvelle venue fût intervenue, et plus encore qu'elle eût osé la contredire avec autant d'effronterie.

— Tu n'as pas à prendre la parole, rétorqua-t-elle. Ce dont nous discutons ne te concerne pas. Tu es une visiteuse, ici, pas même une Zelandonii.

— Pardonne-moi, Zelandoni de la Quatorzième, dit Celle Qui Etait la Première : Ayla a été présentée aux autres, j'aurais dû te la présenter aussi. En fait, elle est zelandonii. La Neuvième Caverne l'a acceptée avant notre départ.

La femme se tourna vers la Première avec une hostilité quasi palpable. Ayla sentit que cette animosité était ancienne et se rappela l'histoire d'une doniate qui avait espéré devenir Première mais à qui on avait préféré Zelandoni de la Neuvième. C'était sans doute elle.

Joharran tenta d'apaiser tout le monde :

— Ayla et Jondalar nous assurent que les Têtes Plates sont des êtres humains, et non pas des animaux. Je pense d'ailleurs que c'est une question dont nous devrions discuter et j'avais l'intention de la soulever. Je ne sais si le moment est bien choisi, car nous avons d'autres choses à régler d'abord.

— Je ne vois pas pourquoi nous devrions en discuter maintenant ou plus tard, répliqua la femme.

— C'est important, ne serait-ce que pour notre sécurité, répondit Joharran. Si ce sont des êtres intelligents – et Ayla et Jondalar m'en ont presque convaincu –, pourquoi ne se sont-ils pas révoltés quand nous les avons traités comme des animaux ?

— Parce que ce sont des animaux, repartit la femme.

— Ayla dit que c'est parce qu'ils ont choisi de nous éviter. De notre côté, nous les évitons aussi, le plus souvent. Mais que se passera-t-il s'ils commencent à résister lorsque nous prétendrons que toutes les terres nous appartiennent : terrains de chasse, lieux de rassemblement ? Que devrons-nous décider s'ils changent d'attitude et en revendiquent une partie pour eux ? Je pense que nous devons nous préparer à cette éventualité ou tout au moins en débattre.

— Moi, je pense que tu exagères le danger. Pourquoi les Têtes Plates se mettraient-ils tout d'un coup à réclamer un territoire ?

— Ils le font déjà, dit Jondalar. De l'autre côté du glacier, les Losadunaï considèrent que la contrée au nord de la Rivière Mère est territoire Tête Plate. Ils restent au sud de cette limite, exception faite de ceux qui provoquent des troubles, et je crains fort que le Clan ne le tolère plus très longtemps, surtout les plus jeunes.

— Qu'est-ce qui t'amène à penser cela ? demanda Joharran à son frère. Tu ne m'en avais jamais parlé.

— Peu après notre départ, quand Thonolan et moi sommes passés de l'autre côté du glacier, par-dessus les montagnes, à l'est, nous sommes tombés sur une bande de Têtes Plates – des hommes du Clan –, un groupe de chasseurs, et nous avons eu une petite altercation.

— Quel genre d'altercation ? fit Joharran.

Tous les autres écoutaient avec attention.

— Un jeune nous a jeté une pierre, sans doute parce que nous nous trouvions de leur côté de la rivière, sur leur territoire. Thonolan a riposté en lançant une sagaie quand il a perçu un mouvement dans le bois où ils se cachaient. Soudain, ils se sont tous montrés. A deux contre tout un groupe, nos chances étaient minces. Pour dire la vérité, je crois qu'elles n'auraient pas été meilleures à un contre un. Ils sont courtauds mais puissants. Je me demandais, comment me tirer de cette situation, c'est leur chef qui a résolu le conflit.

— Comment sais-tu qu'ils avaient un chef ? questionna un homme. Et même s'ils en avaient un, comment sais-tu que vous n'aviez pas affaire à une simple meute ?

— Je le sais parce que j'en ai rencontré d'autres depuis. Mais, même ce jour-là, c'était évident. Il a ordonné au jeune de rapporter la sagaie à Thonolan et de récupérer la pierre, puis ils ont disparu dans le bois. Il a remis les choses comme elles étaient avant, et pour lui, la question était réglée. Comme personne n'avait été blessé, je pense qu'elle l'était, en effet.

— Ordonné au jeune ? Les Têtes Plates ne savent pas parler ! railla l'homme.

— Ils parlent, mais pas comme nous, répondit Jondalar. Ils font des signes, avec leurs mains, surtout. J'en ai appris quelques-uns pour communiquer avec eux mais Ayla est bien meilleure que moi. Elle connaît leur langue.

— J'ai beaucoup de mal à le croire, dit Zelandoni de la Quatorzième Caverne.

— Moi aussi, j'avais du mal à le croire au début, reconnut Jondalar en souriant. Je n'avais jamais vu un Tête Plate de près avant cette rencontre. Et toi ?

— Je n'en ai jamais vu et je ne souhaite pas en rencontrer, répondit la femme. Il paraît qu'ils ressemblent à des ours.

— Pas plus que nous. Ils ont l'air d'êtres humains, des êtres humains différents mais il n'y a pas à s'y tromper. Les chasseurs de ce groupe portaient des épieux et des vêtements. Tu as déjà vu des ours comme ça ?

— Des ours intelligents, alors.

— Ne les sous-estime pas. Ce ne sont ni des ours ni aucune autre sorte d'animaux.

— Tu dis que tu as communiqué avec eux ? demanda un homme. Quand ?

— Un jour, alors que nous vivions chez les Sharamudoï, j'ai eu des ennuis sur la Grande Rivière Mère. Les Sharamudoï vivent sur ses rives non loin de l'endroit où elle se jette dans la mer de Beran. Quand on vient de quitter le glacier, la Mère n'est qu'un torrent, mais là où ils vivent, elle est si large par endroits qu'on dirait un lac. Elle a l'air calme et lisse mais son courant est d'une force et d'une rapidité trompeuses sous la surface. Tant d'autres cours d'eau, grands ou petits, sont venus la grossir que, lorsqu'on la voit chez les Sharamudoï, on comprend pourquoi on l'appelle la Grande Rivière Mère.

Jondalar avait pris un ton de conteur et tous l'écoutaient, captivés.

— Les Sharamudoï fabriquent d'excellents bateaux avec des troncs d'arbre évidés, transformés en une sorte de coquille aux pointes effilées. J'apprenais à en manœuvrer un avec une pagaie quand j'ai perdu le contrôle du bateau.

Avec un sourire d'excuse, il poursuivit :

— Pour être tout à fait franc, je fanfaronnais un peu. Les Sharamudoï ont pour habitude de garder une ligne toute prête, avec hameçon et appât, dans leur bateau, et je voulais leur prouver que moi aussi j'étais capable de capturer un poisson. L'ennui, c'est que là-bas, le poisson est à la mesure de la rivière, en particulier l'esturgeon. Les Sharamudoï ne disent pas qu'ils vont pêcher quand ils s'en prennent aux plus gros ; ils disent qu'ils vont chasser.

— J'ai vu un jour un saumon grand comme un homme, affirma un Zelandonii.

— Là où se termine la Grande Rivière Mère, certains esturgeons sont plus grands que trois hommes de haute taille, assura Jondalar. J'ai jeté la ligne à l'eau et je n'ai pas eu de chance : j'ai attrapé un poisson ! Ou plutôt c'est un gros esturgeon qui m'a attrapé. Comme la ligne était attachée au bateau, quand le poisson s'est mis à filer dans l'eau il m'a entraîné. J'ai perdu la pagaie, je ne maîtrisais plus rien. J'ai voulu couper la ligne avec mon couteau mais le bateau a heurté quelque chose et, sous le choc, le couteau m'a sauté des mains. Ce poisson était fort, rapide. Il a essayé de plonger et a failli me faire tomber plusieurs fois. Je ne pouvais que m'accrocher tandis qu'il descendait la rivière à toute vitesse.

Plusieurs voix demandèrent de concert :

— Qu'est-ce que tu as fait ?

— Jusqu'où t'a-t-il entraîné ?

— Comment tu as réussi à l'arrêter ?

— Par chance, l'hameçon avait blessé l'esturgeon et il saignait. Ses forces ont fini par s'épuiser mais il m'avait tiré sur une longue distance en aval. Quand il a renoncé à lutter, nous nous trouvions dans un bras peu profond de la rivière. J'ai gagné la berge à la nage, soulagé de sentir quelque chose de solide sous mes pieds…

— C'est une belle histoire, coupa Zelandoni de la Quatorzième, mais quel rapport avec les Têtes Plates ?

— J'y arrive, répondit Jondalar en lui décochant un sourire charmeur. J'étais sur la rive, trempé, tremblant de froid. Je n'avais pas de couteau pour couper du bois, rien pour faire du feu, et le bois qui jonchait le sol était mouillé. J'étais transi. Tout à coup, un Tête Plate a surgi devant moi. A sa barbe peu fournie, j'ai deviné qu'il ne devait pas être très âgé. Il m'a fait signe de le suivre, mais au début je ne comprenais pas ce qu'il voulait.

Puis j'ai remarqué de la fumée dans la direction qu'il indiquait, alors je l'ai suivi et il m'a conduit à un feu.

— Tu n'avais pas peur ? lança une autre voix. Tu ne savais pas ce qu'il te ferait.

En se tournant pour répondre, Jondalar constata que d'autres Zelandonii s'étaient joints au groupe pour l'écouter. Ayla elle aussi avait remarqué la foule qui se rassemblait autour d'eux.

— J'avais tellement froid que ça m'était égal. Tout ce que je voulais, c'était ce feu. Je me suis agenouillé aussi près que possible et j'ai senti qu'on me posait une fourrure sur les épaules. J'ai levé les yeux, découvert une femme. Aussitôt elle a déguerpi pour se cacher derrière des fourrés. Le peu que j'avais entrevu d'elle m'a fait penser que c'était peut-être la mère du jeune homme, car elle semblait plus âgée.

« Quand j'ai été enfin réchauffé, il m'a ramené au bateau et au poisson, échoué sur la rive. Ce n'était pas le plus gros esturgeon que j'aie vu, mais il n'était pas petit non plus, au moins grand comme deux hommes. Le jeune du Clan a pris un couteau et a coupé le poisson en deux, dans le sens de la longueur. Il m'a adressé des signes que je n'ai pas compris sur le moment puis il a enveloppé une moitié de poisson dans une peau, l'a chargée sur son épaule et l'a emportée. C'est alors que Thonolan et d'autres Sharamudoï, qui remontaient la rivière à ma recherche, m'ont aperçu. Quand je leur ai parlé du jeune Tête Plate, ils n'ont pas voulu me croire, comme toi, Zelandoni de la Quatorzième, mais ensuite ils ont vu l'autre moitié de l'esturgeon restée sur la berge. Ils n'ont cessé de me taquiner, en se moquant d'un pêcheur qui ramenait uniquement une moitié de poisson, mais ils ont dû se mettre à trois pour porter cette moitié dans le bateau, alors que le jeune Tête Plate avait emporté l'autre à lui seul.

— C'est une bonne histoire de pêche, commenta Zelandoni de la Quatorzième Caverne.

Jondalar la fixa avec toute l'intensité de ses étonnants yeux bleus.

— Je sais qu'on dirait une histoire de pêche, mais je te jure qu'elle est vraie. Jusqu'au dernier mot.

Il sourit, haussa les épaules et ajouta :

— Je ne te reproche pas d'en douter. Cette mésaventure m'a valu un mauvais rhume. Alors, allongé au chaud près du feu, j'ai eu tout le loisir de penser aux Têtes Plates. Ce jeune homme m'avait probablement sauvé la vie. Tout au moins, il savait que j'avais froid et que j'avais besoin d'un feu. Il avait peut-être autant peur que moi mais il m'avait donné ce dont j'avais besoin. En retour, il avait pris la moitié de mon poisson. La première fois que j'avais vu des Têtes Plates, j'avais été stupéfié par leurs épieux et leurs vêtements. Après ma rencontre avec ce jeune homme et sa mère, je savais qu'ils maîtrisaient l'usage du feu, qu'ils avaient des couteaux tranchants, qu'ils étaient très vigoureux et surtout qu'ils étaient intelligents. Ce jeune homme avait compris que j'avais froid, il m'avait aidé et il estimait avoir droit en échange à la moitié de ma prise. Je lui en aurais volontiers abandonné la totalité, et je crois bien qu'il aurait été capable de la porter, mais il a préféré partager.

— C'est intéressant, admit la doniate en souriant.

Le charisme de ce grand homme blond si séduisant commençait à opérer sur cette femme mûre, ce que nota aussitôt Celle Qui Etait la Première. Elle s'en souviendrait au besoin. Si elle pouvait utiliser Jondalar pour améliorer ses relations avec Zelandoni de la Quatorzième Caverne, elle n'hésiterait pas. Cette femme avait été un véritable buisson d'épines pour elle depuis qu'on l'avait choisie comme Première, elle avait fait obstacle à chaque décision, à chaque projet.

— Je pourrais aussi te parler du jeune esprit mêlé adopté par la compagne du chef mamutoï du Camp du Lion, parce que c'est à cette époque que j'ai appris certains de leur signes, reprit Jondalar, mais je pense que le couple que nous avons rencontré juste avant de retraverser le glacier serait plus intéressant, car il vit près de…

— Tu devrais raconter cette histoire plus tard, intervint Marthona, qui avait rejoint le groupe. Elle mérite un plus vaste auditoire, et il faut maintenant prendre des décisions concernant les Matrimoniales… si tout le monde est d'accord, ajouta-t-elle en adressant un sourire amène à Zelandoni de la Quatorzième Caverne.

Elle aussi avait remarqué l'effet que son superbe fils avait sur cette femme et connaissait fort bien les problèmes que celle-ci avait posés à la Première. Marthona avait été Femme Qui Ordonne, elle comprenait.

Joharran se tourna vers Jondalar et Ayla :

— A moins que vous ne teniez à entendre tous les détails de la discussion, vous pourriez chercher dès maintenant un endroit où faire la démonstration de votre lance-sagaie. Avant la première chasse, si possible.

Ayla n'aurait vu aucun inconvénient à rester : elle voulait en apprendre davantage sur le peuple de Jondalar – qui était le sien, désormais – mais son compagnon s'empressa d'approuver la suggestion, impatient de partager sa nouvelle arme de chasse avec tous les Zelandonii. Ils se mirent donc à explorer le site de la Réunion d'Eté, Jondalar retrouvant des amis et leur présentant Ayla. La présence de Loup leur valut une vive attention mais ils s'y attendaient. Ayla souhaitait que la curiosité et l'émoi initiaux disparaissent rapidement : plus vite les Zelandonii s'habitueraient à voir les animaux, plus vite ils commenceraient à trouver leur présence naturelle.

Ils venaient de choisir un lieu qui conviendrait à la démonstration du lance-sagaie lorsqu'ils rencontrèrent l'un des jeunes gens qui avaient soulevé les perches du travois lors du passage des rivières. Il venait des Trois Rochers, la Partie Ouest de la Vingt-Neuvième Caverne, connue également sous le nom du Camp d'Eté, et avait parcouru avec eux le reste du trajet. Ils bavardèrent un moment puis sa mère les rejoignit et les invita à partager leur repas. Comme le soleil était déjà haut dans le ciel et qu'ils n'avaient rien avalé depuis le matin, Ayla et Jondalar acceptèrent avec gratitude. Même Loup eut droit à un os encore enrobé de viande. Ils furent de nouveau conviés à participer à la récolte des pignes, en automne.

En retournant au camp, ils longèrent la grande hutte de la Zelandonia. La Première, qui en sortait à cet instant, s'arrêta pour leur annoncer que tous les couples concernés par les premières Matrimoniales à qui elle avait parlé étaient d'accord pour reporter la cérémonie jusqu'à l'arrivée de Dalanar et des Lanzadonii. Ils furent présentés à plusieurs autres Zelandonia, et ceux de la Neuvième Caverne observèrent avec intérêt les diverses réactions face au loup.

Lorsqu'ils reprirent le chemin du camp de la Caverne, le soleil déclinait à l'horizon dans un flamboiement de rayons d'or qui scintillaient à travers les nuages. Parvenus au bord de la Rivière, ils suivirent la berge jusqu'au petit cours d'eau qui s'y jetait et traversèrent. A cet endroit, l'eau coulait placidement, sans rider la surface. Ils firent halte pour contempler le spectacle éblouissant du firmament dont l'or se transmutait en nuances de vermillon qui s'estompaient en violets chatoyants puis s'assombrissaient en bleu nuit tandis que s'allumaient les premiers feux du ciel. La nuit d'un noir de suie devint la toile de fond d'une multitude de lumières qui criblaient le ciel d'été, avec une concentration iridescente qui, tel un sentier, se frayait un chemin à travers la voûte céleste. Ayla se rappela les paroles du *Chant de la Mère* : « *Le lait chaud traça un chemin dans le ciel.* » Est-ce ainsi que cela s'est passé ? se demanda-t-elle au moment où Jondalar et elle se dirigeaient vers les feux accueillants du camp.

Quand elle se réveilla le lendemain matin, les autres étaient partis. Ayla se sentait en proie à une paresse qui ne lui ressemblait pas. Ses yeux s'accoutumèrent à la pénombre de la hutte et, allongée sous sa fourrure, elle regarda les dessins gravés et peints sur le solide poteau central, les taches de suie qui noircissaient déjà les bords du trou d'aération, jusqu'à ce qu'une envie d'uriner la contraignît à se lever. Cela lui arrivait plus souvent, ces derniers temps. Ignorant où l'on avait creusé les fosses, elle utilisa le panier de nuit, remarqua qu'elle n'était pas la seule à s'en être servie. Je le viderai plus tard, se dit-elle. C'était une des corvées désagréables que se répartissaient ceux qui la considéraient comme une obligation, et ceux à qui on faisait honte jusqu'à ce qu'ils s'y résignent.

En retournant prendre sa fourrure à dormir pour la secouer au-dehors, la jeune femme examina plus attentivement l'intérieur de l'abri d'été. Elle avait été étonnée la veille en découvrant à son retour les constructions édifiées pendant que Jondalar et elle visitaient le camp. Elle avait remarqué les huttes construites par ceux qui avaient installé leur camp près de la zone centrale, et s'était attendue à retrouver des tentes de voyage, mais pendant la Réunion d'Eté la plupart des Zelandonii n'utilisaient pas sur le site la tente avec laquelle ils avaient voyagé. Ils la gardaient pour les expéditions de chasse ou de cueillette, ou encore les visites, quand ils parcouraient leur territoire en tous sens. La hutte d'été était une construction plus durable, une structure circulaire aux murs droits, remplissant une fonction semblable à celles que les Mamutoï utilisaient pendant leurs Réunions d'Eté, mais construite de façon différente.

Il faisait sombre à l'intérieur ; la seule lumière provenait de l'entrée et, parfois, d'un rai de jour qui s'insinuait par une fente du mur, à l'endroit où les pièces s'assemblaient. Ayla remarqua qu'en plus du poteau central la hutte avait un mur intérieur en tiges de joncs aplaties et tressées, ornées de motifs. Elles étaient fixées au côté intérieur de poteaux formant un cercle et délimitaient un espace assez vaste qu'on pouvait séparer en parties plus petites à l'aide de panneaux amovibles. Le sol était couvert de nattes, également en jonc, ou en phragmite, en massette, en herbes tressées, et des fourrures à dormir étaient étendues autour d'un foyer légèrement excentré. La fumée s'échappait par un trou d'aération situé au-dessus, près du poteau central, et qu'on pouvait boucher de l'intérieur.

Curieuse de connaître le reste de la structure, Ayla sortit. Elle jeta d'abord un coup d'œil au camp, composé de plusieurs grandes huttes circulaires entourant un foyer central, puis fit le tour de l'habitation. Les poteaux étaient attachés ensemble par un système semblable à celui de l'enceinte utilisée pour piéger les animaux ; toutefois, au lieu de présenter une structure souple se déformant sous les coups de boutoir des bêtes, les panneaux extérieurs étaient fixés à des poteaux en aulne, enfoncés dans le sol.

Ces panneaux verticaux qui ne laissaient pas passer la pluie étaient fixés à l'extérieur des poteaux, ce qui laissait un espace entre les parois intérieure et extérieure, isolation supplémentaire qui rendait la hutte plus fraîche les jours de canicule, et plus chaude la nuit, avec un feu à l'intérieur, quand la température baissait. Cela évitait aussi l'accumulation d'humidité due à la condensation lorsqu'il faisait froid au-dehors. Le toit consistait en une couverture assez épaisse de roseaux enchevêtrés qui descendait en pente douce depuis le poteau central. Il n'était pas particulièrement bien fait mais protégeait de la pluie et suffisait pour une saison.

Les Zelandonii avaient apporté certains éléments de la hutte, entre autres les nattes, les panneaux intérieurs et quelques poteaux, chaque futur occupant se chargeant d'une ou de plusieurs pièces pendant le voyage, mais l'essentiel était prélevé sur place chaque année. Lorsqu'ils repartaient, en automne, ils démontaient en partie la construction pour récupérer les pièces réutilisables. Les parties laissées sur place résistaient mal à la neige et au vent de l'hiver, et l'année suivante ils ne retrouvaient plus que des ruines qui s'étaient désagrégées avant que le site soit réutilisé pour une Réunion d'Eté.

Ayla se rappela que les Mamutoï donnaient des noms différents à leurs camps d'été et à leurs habitations hivernales. Le Camp du Lion, par exemple, devenait le Camp de la Massette aux Réunions d'Eté, alors qu'il regroupait les mêmes personnes. Elle demanda à Jondalar si la Neuvième Caverne portait un autre nom l'été. Il répondit qu'on l'appelait simplement le camp de la Neuvième Caverne, mais que la répartition des espaces à vivre n'était pas la même à la Réunion d'Eté que dans les abris de pierre.

Chaque habitation estivale accueillait d'autres occupants que ceux des constructions édifiées sous le surplomb de la Neuvième Caverne. C'étaient en général des membres de la famille, mais certains ne vivaient même pas au camp. Ils choisissaient de passer l'été avec d'autres parents ou des amis. Ainsi, les femmes qui avaient choisi d'habiter la Caverne de leur compagnon aimaient passer l'été avec leurs enfants chez leur mère, leurs frères et sœurs ou chez des amies d'enfance, et leur compagnon se joignait souvent à elles.

En outre, les jeunes filles qui célébreraient leurs Premiers Rites cette année-là vivaient ensemble dans une hutte séparée, proche de celle de la Zelandonia, du moins pendant la première partie de l'été. Une autre habitation, construite à proximité, accueillait celles qui avaient décidé d'être femmes-donii cette année-là, pour être à la disposition des jeunes garçons approchant de la puberté.

Par ailleurs, la plupart des jeunes gens pubères – et également certains hommes moins jeunes – décidaient souvent de faire bande à part loin de leur camp et s'installaient dans des huttes à eux. Ils étaient tenus de s'établir à la lisière du camp, le plus loin possible des jeunes filles désirables qu'on préparait aux Premiers Rites. La plupart de ces hommes n'y voyaient pas d'inconvénient. Ils auraient bien aimé lorgner les femmes mais ils préféraient être entre eux, là où il n'y aurait personne pour se plaindre s'ils devenaient trop tapageurs. On appelait donc leurs habitations les « huttes lointaines », ou « les lointaines » en abrégé. Les hommes qui y vivaient n'avaient généralement pas de compagne... ou auraient souhaité ne pas en avoir.

Comme Loup ne s'était pas précipité vers elle quand elle était sortie, Ayla en avait conclu qu'il était parti avec Jondalar. Il y avait peu de gens dehors ; la plupart des autres devaient se trouver quelque part dans la zone centrale. Elle découvrit néanmoins un reste d'infusion près du feu. Elle remarqua que le foyer n'était pas circulaire, qu'il avait la forme d'une tranchée. Elle avait constaté la veille que davantage de personnes pouvaient se presser autour d'un feu si le foyer était en longueur et qu'on pouvait y brûler des branches plus grandes, coupées ou tombées, sans devoir les débiter en morceaux plus petits. Ayla finissait sa tisane quand Salova, la compagne de Rushemar, sortit de sa hutte, un bébé dans les bras.

— Salutations, Ayla, dit-elle en posant la petite fille sur une natte.

— Salutations, Salova, répondit Ayla.

Elle s'approcha pour voir le bébé, lui offrit un doigt à saisir en lui souriant. Salova la regarda, sembla hésiter puis demanda :

— Pourrais-tu garder Marsola un moment ? J'ai ramassé de quoi fabriquer des paniers et j'en ai mis une partie à tremper dans la rivière. Je voudrais aller la récupérer. J'ai promis à plusieurs amies de faire des paniers pour elles.

— Avec plaisir, répondit Ayla.

Salova remarqua son accent et ajouta avec une certaine nervosité :

— Je viens de lui donner le sein, elle ne devrait pas réclamer à manger. J'ai beaucoup de lait. En donner un peu à Lorala ne me pose aucun problème. Lanoga me l'a apportée hier soir, elle devient ronde et dodue, elle sourit maintenant. Avant, elle ne souriait jamais. Et toi, tu as mangé ? Il me reste de la soupe d'hier soir, avec quelques gros morceaux de cerf. Sers-toi si tu en as envie. C'est ce que j'ai pris ce matin, elle doit être encore chaude.

— Merci, dit Ayla.

— Je reviens tout de suite, lui lança Salova pardessus son épaule, en s'éloignant.

Ayla trouva la soupe dans un récipient constitué d'une panse d'aurochs montée sur un cadre en bois et placée au-dessus des braises, au bord du long foyer de la communauté. Les braises étaient presque mortes mais la soupe demeurait encore chaude. Il y avait des bols à proximité, certains en fibres tressées, d'autres en bois évidé, quelques-uns, peu profonds, creusés dans un os. Ayla se servit avec une louche sculptée dans une corne de bélier puis prit son couteau à manger. Elle remarqua différents légumes dans la soupe mais ils étaient un peu ramollis.

Elle s'assit sur la natte à côté du bébé, qui, allongé sur le dos, agitait les pieds en l'air, ce qui faisait tinter les ergots de cerf attachés à l'une de ses chevilles. Ayla finit sa soupe, souleva le bébé et, lui soutenant la tête, le tint de façon qu'il pût la regarder. Quand Salova revint avec un grand panier plein de diverses plantes fibreuses, elle vit Ayla qui parlait à la petite fille et la faisait sourire. Son cœur de jeune mère en fut réchauffé et elle se sentit plus détendue avec l'étrangère.

— Je te suis reconnaissante, Ayla.

— C'était un plaisir, Salova. Marsola est adorable.

— Sais-tu que Levela, la sœur cadette de Proleva, s'unira comme toi aux premières Matrimoniales ? On sent toujours un lien avec ceux qui se sont unis aux mêmes Matrimoniales que soi. Proleva m'a demandé quelques paniers qu'elle offrira à sa sœur.

— Cela te dérange si je te regarde ? J'ai déjà tressé des paniers mais je voudrais connaître ta méthode.

— Cela ne me dérange pas du tout. J'apprécierai ta compagnie, et tu pourras peut-être me montrer comment tu fais. J'aime apprendre des choses nouvelles.

Les deux jeunes femmes s'assirent ensemble, comparèrent leurs techniques respectives tandis que le bébé dormait à côté d'elles. Ayla aimait la façon dont Salova utilisait des matériaux de couleurs différentes pour tresser des motifs et des animaux dans ses paniers. Salova trouva que la technique subtile d'Ayla créant des textures différentes donnait de l'élégance à ses paniers apparemment simples. Chacune apprécia l'habileté de l'autre, chacune apprécia l'autre.

Au bout d'un moment, Ayla se leva en disant :

— Il faut que j'aille aux fosses. Tu peux m'expliquer où elles sont ? Je dois aussi vider le panier de nuit. Et j'en profiterai pour laver ça, ajouta-t-elle en montrant les bols sales près du feu. Ensuite, j'irai voir les chevaux.

— Les fosses sont là-bas, répondit Salova en indiquant une direction opposée au camp. Nous lavons les choses qui nous servent à cuire et à manger au bout du cours d'eau, là où il se jette dans la Rivière. Tu trouveras du sable à proximité pour récurer les bols. Les chevaux, tu sais où ils sont, fit-elle avec un sourire. Je suis allée les voir hier avec Rushemar. Ils m'ont fait un peu peur au début mais la jument a mangé de l'herbe dans ma main. J'espère que tu n'y vois pas d'inconvénient. Jondalar a dit à Rushemar que cela ne posait pas de problème.

— Bien sûr. Les animaux se sentiront mieux s'ils s'habituent aux hommes.

Elle n'est pas si étrange, pensa Salova en la regardant s'éloigner. Elle parle d'une façon un peu bizarre mais elle est gentille. Je me demande comment l'idée lui est venue qu'elle pouvait se faire obéir de ces bêtes. Je n'aurais jamais imaginé que je donnerais un jour à manger à un cheval.

Après avoir lavé les bols et les avoir rangés près du feu, Ayla décida d'aller nager. Elle retourna dans la hutte, chercha dans son sac de voyageur la peau à sécher et jeta un coup d'œil à ses vêtements. Elle n'en avait pas beaucoup, mais plus qu'à son arrivée. Bien qu'elle les eût nettoyés, elle n'avait pas envie de remettre les habits usés et tachés qu'elle avait portés pendant son long Voyage.

Pour se rendre à la Réunion d'Eté, elle avait mis ceux qu'elle avait gardés en réserve pour faire la connaissance de la famille de Jondalar, mais eux aussi étaient un peu usés et avaient leur part de taches. Quant aux sous-vêtements d'hiver de jeune garçon que Marona et ses amies lui avaient « offerts », ils ne conviendraient pas. Bien sûr, il y avait sa tenue matrimoniale, mais il fallait la conserver pour des occasions exceptionnelles, de même que la magnifique tunique dont Marthona lui avait fait cadeau. Restaient quelques vêtements que Folara et la mère de Jondalar lui avaient donnés. Elle s'y sentait un peu mal à l'aise mais ils lui conviendraient.

Avant de sortir de la hutte, elle remarqua la couverture de cheval pliée près de sa fourrure à dormir et décida de l'emporter également. Puis elle alla voir les bêtes. Whinney et Rapide furent contents de la voir. Ils portaient tous les deux un licou, avec une longe attachée à un arbre. Elle les détacha, mit la couverture sur le dos de Whinney et la monta.

Les chevaux longèrent la rivière au galop, heureux de leur liberté retrouvée. Ils communiquèrent leur joie à Ayla, qui les laissa choisir leur allure. En parvenant dans la prairie proche de l'étang, elle vit avec plaisir Loup courir vers eux : cela voulait dire que Jondalar n'était pas loin.

Quelque temps après le départ d'Ayla, Joharran revint au camp et demanda à Salova si elle avait vu Ayla.

— Oui, nous avons fabriqué des paniers ensemble. Elle a dit qu'elle passerait voir les chevaux.

— Je vais la chercher. Si tu la vois, tu peux la prévenir que Zelandoni voudrait lui parler ?

— Bien sûr.

Salova se demanda ce que la doniate voulait puis haussa les épaules.

Ayla vit Jondalar surgir des broussailles avec un sourire étonné et ravi. Elle s'arrêta, glissa à terre et se jeta dans ses bras.

— Que fais-tu ici ? lui demanda-t-il après l'avoir étreinte. Je ne savais pas moi-même que j'y viendrais. En marchant le long de la rivière, je me suis soudain rappelé la pente rocailleuse derrière l'étang, et je suis allé voir s'il y avait du silex.

— Il y en a ?

— Oui. Pas de la meilleure qualité, mais utilisable. Qu'est-ce qui t'amène ici ?

— Je me suis levée tard, il n'y avait presque plus personne au camp. Salova m'a demandé de garder Marsola pendant qu'elle allait chercher quelque chose. C'est un merveilleux bébé. Nous avons bavardé en tressant des paniers, Salova et moi, puis j'ai résolu d'aller nager et d'emmener les chevaux. Et je t'ai trouvé. Quelle bonne surprise !

— Elle est bonne aussi pour moi. J'irai peut-être nager avec toi. Je suis plein de poussière d'avoir retourné toutes ces pierres, mais je vais d'abord rapporter celles que j'ai trouvées. Ensuite, nous verrons, dit-il avec un sourire d'invite. (Il lui donna un long baiser.) Je pourrais peut-être m'occuper des pierres plus tard…

— Va les chercher, tu n'auras pas à te nettoyer deux fois. Je veux me laver les cheveux, de toute façon.

En arrivant à l'endroit où auraient dû se trouver les chevaux, Joharran constata qu'ils n'étaient plus là. Ayla et Jondalar les avaient sans doute montés pour une de leurs longues promenades, mais Zelandoni tenait à voir Ayla, et Willamar souhaitait lui aussi leur parler. Jondalar sait pourtant qu'ils auront tout le temps d'être ensemble, Ayla et lui, après les Matrimoniales, il devrait se rendre compte qu'il y a des questions importantes à régler au début d'une Réunion d'Eté, pensa le chef de la Neuvième Caverne, un peu irrité de ne pas les trouver. Il n'avait pas été enchanté que la doniate soit tombée sur lui quand elle cherchait quelqu'un pour lui ramener le couple. Après tout, il avait autre chose à faire que de chercher son frère, mais il ne pouvait pas dire non à Zelandoni sans une très bonne excuse.

Baissant les yeux, il découvrit les traces des chevaux. Excellent traqueur, il nota la direction qu'ils avaient prise et sut qu'ils ne s'étaient pas trop éloignés du camp. Apparemment, ils remontaient le cours d'eau. Il se rappela le plaisant petit vallon, l'étang alimenté par une source, la prairie. C'est sans doute là qu'ils sont allés, conclut-il avec un sourire. On lui avait donné pour mission de les trouver, il ne reviendrait pas sans eux.

Il suivit le cours d'eau en gardant un œil sur les traces pour s'assurer qu'ils n'avaient pas changé de direction, et lorsqu'il vit les chevaux paissant à une cinquantaine de pas devant lui, il sut qu'il avait rejoint Jondalar et Ayla. Parvenu à une haie de noisetiers, il regarda au travers, aperçut Ayla. Le temps qu'il arrive sur la rive sableuse, elle venait de disparaître sous l'eau. Il l'appela quand elle ressortit la tête pour respirer.

— Ayla, je te cherchais.

Elle ramena sa chevelure en arrière, se frotta les yeux.

— Oh, Joharran, c'est toi ! fit-elle d'un ton qui lui parut curieux.

— Sais-tu où est Jondalar ?

— Oui, il est parti prendre le silex qu'il a laissé dans le tas de pierres, derrière l'étang. Il doit revenir pour se baigner avec moi, répondit Ayla, un peu dépitée.

— Zelandoni veut te voir et Willamar désire vous parler à tous deux.

— Oh, fit-elle, déçue.

Joharran avait souvent vu des femmes sans vêtements. La plupart d'entre elles se baignaient dans la rivière chaque matin en été et s'y lavaient en hiver. La nudité, en soi, n'était pas jugée particulièrement suggestive. Les femmes portaient des tenues ou des accoutrements aguichants lorsqu'elles voulaient éveiller l'intérêt d'un homme ou se conduisaient d'une certaine manière, en particulier pendant les fêtes pour honorer la Mère. Mais, lorsque Ayla sortit de l'eau, il vint à l'esprit de Joharran qu'elle et son frère avaient d'autres projets…

Cette pensée lui fit prendre plus intensément conscience de la beauté du corps d'Ayla quand elle s'approcha de lui.

Elle était grande, avec des courbes accusées et des muscles bien dessinés. Ses seins lourds avaient encore la fermeté d'une poitrine de jeune femme, et il avait toujours été attiré par les ventres un peu ronds. Pas étonnant que Marona, qui avait l'habitude d'être considérée comme la plus belle, se fût prise d'une telle inimitié pour elle dès le début, pensa-t-il. Ayla était séduisante dans ses sous-vêtements de garçon, mais ce n'était rien à côté de ce qu'il voyait maintenant. Marona ne soutenait pas la comparaison. Jondalar a de la chance, se dit-il. Sa compagne suscitera beaucoup d'attention aux Fêtes de la Mère, et je ne sais pas comment il réagira.

Ayla le regardait avec un air intrigué et il s'aperçut qu'il la fixait avec insistance. Rougissant, il détourna les yeux et vit son frère approcher, les bras chargés de pierres.

— Qu'est-ce que tu fais ici ? demanda Jondalar.

— Zelandoni souhaite parler à Ayla, et Willamar voudrait vous voir tous les deux.

— Qu'est-ce qu'elle veut ? Cela ne peut pas attendre ?

— Elle ne semble pas le penser. Passer la journée à chercher mon frère et sa promise n'entrait pas dans mes projets… Mais ne t'inquiète pas, ajouta Joharran avec un sourire de conspirateur, tu devras juste attendre un peu. Et Ayla mérite qu'on l'attende, non ?

Jondalar protesta, démentit les insinuations de son frère puis dit en souriant :

— Maintenant que tu es là, aide-moi à porter ces pierres au camp. J'ai envie de me baigner et de me laver un peu.

— Laisse-les ici, elles ne bougeront pas. Cela te fournira une excuse pour revenir… et je suis sûr que tu auras le temps de te baigner, si c'est tout ce que tu souhaites.

Il était près de midi quand Ayla, Jondalar et Loup arrivèrent dans la partie centrale du camp. A leur air détendu et satisfait, Joharran soupçonna qu'ils avaient trouvé le temps de faire autre chose que se baigner après son départ. Plusieurs membres de la Neuvième Caverne s'étaient rassemblés autour du long foyer à cuire, proche de la hutte de la Zelandonia, et, au moment même où Ayla se dirigeait vers l'entrée pour faire savoir à la doniate qu'elle était arrivée, la Première sortit, suivie de plusieurs autres qui portaient sur le front le tatouage distinctif de Ceux Qui Servaient la Mère.

— Ah ! te voilà, Ayla, dit Zelandoni. Je t'ai attendue toute la matinée.

— Nous étions en aval du camp lorsque Joharran nous a trouvés. Il y a là-bas un étang alimenté par une source. Je voulais faire galoper les chevaux et les étriller. Ils deviennent nerveux quand ils voient beaucoup de têtes qui ne leur sont pas familières, et le brossage les calme. Je voulais aussi me baigner et me laver après ce long trajet pour venir ici.

C'était la vérité. Enfin, peut-être pas toute la vérité.

La doniate examina Ayla, fraîche et propre dans les vêtements zelandonii que Marthona lui avait offerts, puis passa à Jondalar, qui semblait lui aussi propre et détendu. Elle haussa les sourcils. Joharran, qui observait les deux femmes, se rendit compte que Zelandoni avait une idée précise de ce qui avait retardé le couple et qu'Ayla n'était pas du tout gênée de ne pas s'être précipitée au camp. La Première avait un port autoritaire qui en intimidait plus d'un, mais elle n'impressionnait apparemment pas l'étrangère.

— Nous faisons une pause pour manger, dit Zelandoni, qui se dirigea vers le foyer, contraignant Ayla à lui emboîter le pas. Proleva a cuit le repas et vient de nous annoncer que c'est prêt. Viens avec nous, nous pourrons parler. Tu as une pierre à feu sur toi ?

— Oui. J'ai toujours un sac dans lequel je mets tout ce qu'il faut pour allumer un feu.

— Je voudrais que tu fasses une démonstration pour la Zelandonia. Je pense que toute la communauté doit apprendre cette nouvelle méthode d'allumer le feu, mais je pense aussi qu'il faut la lui montrer par un rituel approprié.

— Je n'ai pas eu besoin de rituel pour la montrer à Marthona ou à toi. Ce n'est pas si difficile une fois qu'on a vu comment on procède.

— Non, ce n'est pas difficile, mais c'est une technique nouvelle et impressionnante qui pourrait en déconcerter certains, surtout ceux qui acceptent mal le changement. Tu en connais sûrement.

Ayla songea aux membres du Clan dont la vie reposait sur la tradition, à leur répugnance à changer, à leur incapacité à intégrer des idées nouvelles.

— J'en connais, confirma-t-elle. Mais ceux que j'ai rencontrés récemment semblent aimer apprendre des choses nouvelles.

Tous les Autres donnaient l'impression de bien s'adapter aux changements, de tirer profit des innovations. Ayla n'avait pas pensé qu'il s'en trouvait peut-être qui se sentaient moins à l'aise avec les nouveautés. Cela expliquait en partie diverses attitudes, divers incidents qui l'avaient déroutée. Pourquoi, par exemple, certains refusaient d'accepter l'idée que les membres du Clan étaient des êtres humains. Pourquoi la Zelandoni de la Quatorzième Caverne s'obstinait à les traiter d'animaux. Même après les explications de Jondalar, elle s'entêtait à nier l'évidence.

— C'est vrai, admit la Première. La plupart des gens aiment apprendre une façon plus agréable ou plus rapide de faire les choses, mais cela dépend quelquefois de la manière dont on le leur montre. Jondalar est resté parti longtemps. Il a mûri, il a découvert beaucoup de choses, mais les gens qu'il connaît n'étaient pas là pour assister à cette transformation, alors certains d'entre eux le voient encore comme il était avant son Voyage. Maintenant qu'il est de retour, il brûle de partager ses trouvailles, ce qui est louable, mais il oublie qu'il n'a pas tout appris d'un coup. Même cette nouvelle arme, précieuse pour la chasse, demande de la pratique. Ceux qui se sentent à l'aise avec leurs armes habituelles n'auront peut-être pas envie de fournir l'effort nécessaire pour savoir comment se servir de la nouvelle. Cela dit, je suis convaincue que tous les chasseurs l'utiliseront un jour.

— Tu as raison. Le lance-sagaie demande de la pratique, reconnut Ayla. Nous avons mis du temps à apprendre.

— Et ce n'est qu'un exemple, poursuivit la doniate. (Elle prit une écuelle creusée dans une omoplate de cerf, y plaça quelques tranches de viande.) Qu'est-ce que c'est ? demanda-t-elle à la femme qui se tenait à proximité.

— Du mammouth. Plusieurs chasseurs de la Dix-Neuvième Caverne sont partis en expédition vers le nord et ont abattu un mammouth. Ils en ont rapporté une partie à la Réunion pour partager. Je crois savoir qu'ils ont tué aussi un rhinocéros laineux.

— Cela fait longtemps que je n'ai pas mangé de mammouth, dit Zelandoni. Je vais me régaler.

— As-tu déjà goûté du mammouth ? demanda la femme à Ayla.

— Oui. Les Mamutoï, le peuple chez qui je vivais avant de venir ici, sont des chasseurs de mammouths réputés et ils chassent aussi d'autres animaux. Moi non plus, je n'en ai pas mangé depuis longtemps.

Zelandoni songea à lui présenter Ayla, mais, si elle se lançait dans les présentations, elle n'en finirait pas, et elle n'avait pas encore convaincu Ayla de la nécessité d'une cérémonie pour faire connaître les pierres à feu. Elle se retourna vers elle en ajoutant à son assiette des racines blanches et rondes, des noix pilées, un peu de légumes verts – des orties, sans doute – et des morceaux de têtes de champignons marron et spongieux.

— Jondalar t'a aussi ramenée, Ayla. Toi et tes animaux. Tu dois imaginer comme c'est stupéfiant pour eux. Ils ont chassé des chevaux, ils ont observé leurs troupeaux, mais ils n'ont jamais vu de bêtes se conduire comme les tiennes. C'est effrayant, au début, de voir ces chevaux aller là où tu veux, de voir ce loup traverser un camp plein de gens et faire ce que tu lui dis…

Elle eut un signe de tête en direction de Loup, qui lui répondit par un jappement. C'était une habitude qu'elle et lui avaient prise, et qui étonnait un peu Ayla. Zelandoni ne saluait pas toujours Loup quand elle le voyait, et lui-même l'ignorait jusqu'à ce qu'elle le fasse, puis répondait alors par un bref aboiement. Elle le touchait rarement, se contentait de lui tapoter parfois la tête.

Il prenait alors la main de la doniate entre ses crocs sans jamais y laisser de marques. Elle l'acceptait en disant qu'ils se comprenaient, et Ayla avait l'impression qu'ils se comprenaient effectivement, à leur manière.

— D'après toi, tout le monde peut y arriver en commençant avec un jeune animal. C'est peut-être vrai mais les Zelandonii l'ignorent. Cela ne leur paraît pas naturel, alors ils pensent que ça doit venir d'un autre monde, du Monde des Esprits. Je suis vraiment étonnée qu'ils aient aussi bien accepté tes animaux, mais ils les ont acceptés au prix d'un gros effort. Et nous voulons maintenant leur montrer quelque chose d'autre, que personne n'a jamais vu. Ils ne te connaissent pas encore, Ayla. Je suis sûre qu'ils auront envie d'utiliser la pierre à feu une fois qu'ils auront vu comment on s'en sert, mais elle peut aussi les effrayer. Je crois qu'il faut qu'ils la considèrent comme un Don de la Mère, ce qui est possible si elle est d'abord comprise et acceptée par la Zelandonia, puis présentée selon un rituel approprié.

Les explications de la Première semblaient logiques, mais, dans un coin de son esprit, Ayla songea que la doniate pouvait être très persuasive.

— Je comprends, dit-elle. Je montrerai à la Zelandonia comment se servir des pierres à feu et je t'aiderai pour le rituel que tu jugeras nécessaire.

Elles allèrent rejoindre la famille de Jondalar et les quelques membres de la Neuvième Caverne qui prenaient leur repas avec d'autres Zelandonii. Ensuite, la doniate entraîna Ayla à l'écart.

— Pourrais-tu laisser le loup dehors ? Il faut que la Zelandonia se concentre sur la façon d'allumer le feu, et Loup détournerait son attention.

— Il restera avec Jondalar.

La jeune femme demanda à son compagnon de garder l'animal puis adressa à Loup des signes que personne, ou presque, ne remarqua. La Première la conduisit ensuite à la hutte de la Zelandonia. Après le soleil éblouissant de la mi-journée, l'intérieur lui parut sombre malgré les nombreuses lampes qui y étaient allumées, mais les yeux de chacun s'habituèrent assez vite à la pénombre. Lorsque la Première se leva pour prendre la parole, la Zelandoni de la Quatorzième Caverne mit la présence d'Ayla en question :

— Que fait-elle ici ? Elle est peut-être zelandonii, maintenant, mais elle n'appartient pas à la Zelandonia. Elle n'a pas sa place à cette réunion.

4

La Première parmi Ceux Qui Servaient la Mère retint un soupir d'énervement. Pas question de montrer son agacement et de donner à la grande et mince Zelandoni de la Quatorzième Caverne la satisfaction de savoir qu'elle avait réussi à la contrarier. La question suscita cependant des plissements de front et des regards désapprobateurs de plusieurs autres doniates, ainsi qu'un sourire dédaigneux de l'acolyte de la Cinquième Caverne, aux incisives manquantes.

— Tu as raison, Zelandoni de la Quatorzième, reconnut la Première. Ceux qui ne font pas partie de la Zelandonia ne sont pas conviés à ces réunions, qui sont réservées à ceux qui ont quelque expérience du Monde des Esprits, à ceux qui ont été appelés, ainsi qu'aux acolytes qui semblent prometteurs et sont en formation. C'est pour cette raison que j'ai invité Ayla. Vous savez qu'elle est guérisseuse. Elle a été d'une grande aide pour Shevonar, l'homme piétiné par un bison pendant la dernière chasse.

— Shevonar est mort, et je ne sais pas si elle l'a vraiment aidé, je ne l'ai pas examiné, repartit la Quatorzième. Nombreux sont ceux qui possèdent quelques connaissances des remèdes. Presque tout le monde sait par exemple que l'écorce de saule soigne les petites douleurs.

— Je peux t'assurer que ses connaissances vont bien au-delà des vertus de l'écorce de saule, dit la Première. Parmi ses noms et liens chez son ancien peuple, j'ai retenu qu'elle était Fille du Foyer du Mammouth. Or, chez les Mamutoï, le Foyer du Mammouth équivaut à la Zelandonia, il rassemble Ceux Qui Servent la Mère.

— Tu veux dire qu'elle serait une Zelandoni des Mamutoï ? Où est son tatouage ?

La question émanait d'une vieille femme aux cheveux blancs et au regard intelligent.

— Son tatouage ? répéta la Première en se demandant ce que la Zelandoni de la Dix-Neuvième savait qu'elle-même ignorait.

C'était une doniate expérimentée et sûre qui avait beaucoup appris au cours de sa longue existence. Par malheur, ses articulations la faisaient terriblement souffrir depuis quelques années et le temps était proche où elle ne serait plus capable de se rendre aux Réunions d'Eté. Si celle de cette année ne s'était pas tenue près de la Dix-Neuvième Caverne, elle n'y aurait peut-être pas pris part.

— J'ai entendu parler des Mamutoï. Jerika des Lanzadonii a vécu un temps chez eux quand elle était jeune et voyageait encore avec sa mère et l'homme de son foyer. Un été, voilà fort longtemps, quand elle était grosse de Joplaya, elle a eu des difficultés et je suis allée l'aider. Elle m'a parlé des Mamutoï. Leurs doniates portent aussi des tatouages sur le visage, quoique différents des nôtres, mais si Ayla est l'équivalent d'une Zelandoni, où est son tatouage ?

— Elle n'avait pas achevé son apprentissage lorsqu'elle est partie pour venir ici avec Jondalar, dit la Première. Elle n'est pas tout à fait Zelandoni, elle est plutôt une sorte d'acolyte, mais avec une plus grande connaissance des remèdes que la plupart d'entre eux. De plus, elle avait été adoptée par le Mamut Qui Etait le Premier parce qu'il avait deviné ses capacités.

— Proposes-tu qu'elle devienne acolyte de la Zelandonia ? fit la Dix-Neuvième.

Un murmure parcourut le groupe des acolytes, qui prenaient rarement la parole.

— Pas cette fois. Je ne lui ai pas encore demandé si elle souhaite poursuivre son apprentissage.

Ayla fut consternée. Bien qu'elle ne vît pas d'inconvénient à discuter de remèdes et de soins avec certains d'entre eux, elle n'avait aucune envie de devenir doniate. Elle désirait simplement s'unir à Jondalar, avoir des enfants, et elle avait remarqué que c'était rare parmi les Zelandonia. Elles pouvaient prendre un compagnon mais on eût dit que le service de la Grande Terre Mère exigeait tellement d'elles qu'elles n'avaient plus le temps d'être mères.

La Quatorzième revint à la charge :

— Alors, que fait-elle ici ?

Des cheveux gris et fins s'étaient détachés du chignon qu'elle portait derrière la tête, plus d'un côté que de l'autre, ce qui lui donnait un aspect négligé. Par gentillesse, l'un d'entre eux aurait pu lui suggérer avec tact de remettre de l'ordre dans sa chevelure avant de sortir, mais la Première ne s'y serait pas risquée. La Zelandoni querelleuse prenait tout ce qu'elle lui disait pour une critique.

— Je lui ai demandé de venir parce que je voudrais qu'elle vous montre quelque chose que vous trouverez très intéressant, je n'en doute pas.

— Est-ce au sujet de ces animaux sur qui elle exerce un tel pouvoir ? hasarda un autre doniate.

La Première sourit. Au moins quelqu'un était prêt à reconnaître qu'Ayla possédait des capacités inhabituelles qui pouvaient être dignes de la Zelandonia.

— Non, Zelandoni de la Partie Sud de la Vingt-

Neuvième Caverne. Cela fera peut-être l'objet d'une autre réunion, mais cette fois elle a autre chose à vous montrer.

L'homme qui venait de parler était assistant de la Zelandoni principale de la Vingt-Neuvième Caverne mais il ne lui était subordonné que lorsqu'il s'agissait de parler au nom des Trois Rochers. Pour le reste, c'était un Zelandoni à part entière et la Première le savait excellent guérisseur. Il avait le même droit d'intervenir que n'importe quel autre doniate.

Ayla nota que Celle Qui Etait la Première s'adressait aux membres de la Zelandonia en leur donnant la totalité de leur titre, qui était parfois long puisqu'il incluait le mot à compter de leur Caverne, mais conférait de la solennité à ses propos. Il lui vint alors à l'esprit que ce mot à compter était la seule façon de les distinguer, puisqu'ils avaient renoncé à leur nom personnel et s'appelaient tous « Zelandoni ». Ils avaient, conclut-elle, échangé leur nom contre un mot à compter.

Lorsqu'elle vivait dans sa vallée, elle avait gravé un trait sur un bâton pour chaque jour écoulé. Quand Jondalar était entré dans sa vie, elle avait déjà accumulé une bonne quantité de bâtons pleins de traits. A l'aide des mots à compter, il avait pu lui dire combien de temps elle avait passé dans sa vallée, et Ayla y avait vu une magie si puissante qu'elle en avait été presque effrayée. Lorsqu'il lui avait appris à les utiliser, elle avait senti que ces mots étaient très importants pour les Zelandonii. Elle se rendait maintenant compte que, pour Ceux Qui Servaient la Mère, ils étaient plus importants que des noms, et qu'en les utilisant la Zelandonia captait l'essence même de ces puissants symboles.

La Première fit signe à Jonokol.

— Premier Acolyte de la Neuvième Caverne, pourrais-tu utiliser le sable que je t'ai demandé d'aller chercher pour éteindre le feu ? Premier Acolyte de la Deuxième Caverne, veux-tu souffler toutes les lampes ?

Ayla reconnut ceux dont la Première avait sollicité l'aide : ils l'avaient guidée dans la grotte profonde aux parois ornées d'animaux, aux Rochers de la Fontaine. Des commentaires et des questions s'élevèrent du groupe, qui devinait que la Première leur réservait une surprise spectaculaire. Les plus âgés, pleins d'expérience, s'apprêtaient à critiquer. Connaissant les techniques de présentation, ils étaient résolus à ne pas se laisser berner.

Quand la hutte fut plongée dans la pénombre, Ayla regarda autour d'elle et remarqua que la lumière passait non seulement par les contours de l'entrée, pourtant fermée, mais également par ceux d'un autre accès situé presque en face. Elle se promit de faire plus tard le tour de l'extérieur de la hutte pour chercher cette deuxième ouverture. En outre, des rais de soleil s'insinuaient çà et là entre les panneaux.

La Première savait que la démonstration aurait été plus impressionnante la nuit, dans une obscurité totale, mais ce n'était pas si important pour ceux qui y assistaient. Ils saisiraient sur-le-champ les possibilités offertes.

— Quelqu'un pourrait-il vérifier que le feu est totalement éteint dans ce foyer ? demanda-t-elle.

La Quatorzième se porta aussitôt volontaire. Elle tapota le sable, enfonça les doigts dans quelques endroits chauds, se redressa pour annoncer :

— Le sable est sec, chaud par endroits, mais le feu est éteint et il n'y a plus de braises.

— Ayla, de quoi as-tu besoin pour allumer un feu ? interrogea la Première.

— J'ai l'essentiel, répondit la jeune femme en prenant le petit sac qu'elle avait si souvent utilisé pendant son Voyage. Il me faut cependant de l'amadou ou du bois pourri de vieille souche : presque tout ce qui prend feu facilement fera l'affaire, pourvu que ce soit bien sec. Ensuite, il vaut mieux avoir du petit bois à portée de la main, et des branches plus grosses, bien sûr.

Dans le brouhaha ambiant, la Première perçut quelques propos irrités. Nous n'avons pas besoin d'apprendre à allumer un feu, disaient les Zelandonia. Chacun de nous sait le faire depuis l'enfance. Bien, pensa-t-elle avec une certaine satisfaction. Qu'ils grommellent. Ils s'imaginent tout savoir sur la façon d'allumer un feu.

Ayla avait préparé un petit tas d'amadou et tenait dans la main gauche un morceau de pyrite de fer, un silex dans la gauche, sans qu'on puisse les voir. Elle les frappa l'un contre l'autre, vit une grande étincelle atterrir sur l'amadou, souffla pour lui donner vie, ajouta du petit bois. En moins de temps qu'il n'aurait fallu pour l'expliquer, elle avait allumé un feu.

Il y eut des « Oh », des « Comment a-t-elle fait ça ? », puis le doniate de la Troisième Caverne demanda :

— Tu pourrais recommencer ?

Ayla sourit, contente de revoir le vieil homme qui lui avait apporté son aide quand elle soignait Shevonar. Elle fit un pas de côté, alluma un autre feu près du premier, à l'intérieur du cercle de pierres qui délimitaient le foyer, puis, sans qu'on le lui demande, en alluma un troisième.

— Comment fait-elle ? lança à la Première un homme qu'Ayla n'avait jamais rencontré.

— Zelandoni de la Cinquième Caverne, puisque c'est elle qui a découvert cette méthode, elle va te l'expliquer elle-même.

Ayla se rendit compte qu'il s'agissait du doniate de la Caverne qui était déjà partie pour la Réunion d'Eté quand ils avaient fait halte à Vieille Vallée. C'était un homme d'âge moyen, avec des cheveux bruns et un visage rond. Cette dernière épithète définissait aussi son corps puisqu'il semblait tout en rondeur et en mollesse. Dans un visage aussi poupin, les yeux semblaient petits, mais elle y décela une intelligence rusée. L'homme avait saisi l'intérêt de la technique et nc laissait pas son orgueil l'empêcher de poser des questions. Elle se rappela alors que l'acolyte aux incisives manquantes que Jondalar n'aimait pas et que Loup avait menacé appartenait aussi à la Cinquième Caverne.

— Premier Acolyte de la Deuxième, rallume les lampes, et toi, Ayla, tu veux bien montrer à la Zelandonia comment tu procèdes ? dit la doniate obèse, se gardant d'exulter.

Elle remarqua que Jonokol, son propre acolyte, arborait un sourire ravi. Il aimait la voir manipuler une Zelandonia intelligente, avisée, opiniâtre et parfois arrogante.

— Je me sers d'une pierre à feu, comme celle-ci, que je frappe avec un silex, expliqua Ayla en levant les deux mains.

— J'ai déjà vu ce genre de pierre, déclara Zelandoni de la Quatorzième, désignant la main qui tenait le morceau de pyrite.

— J'espère que tu peux te rappeler où, dit la Première. Nous ne savons pas encore si elles sont rares ou abondantes.

— Où as-tu trouvé les tiennes ? demanda la Cinquième à Ayla.

— J'ai découvert les premières dans une vallée située loin à l'est. Jondalar et moi en avons cherché d'autres en venant ici, mais nous sommes restés bredouilles jusqu'à notre arrivée. Il y a quelques jours, j'en ai trouvé près de la Neuvième Caverne.

— Et tu nous montreras comment on s'en sert ? s'enquit une grande femme blonde.

— C'est ce qu'elle est venue faire, Zelandoni de la Deuxième Caverne, répondit la Première.

Ayla savait qu'elle n'avait pas rencontré cette doniate, dont les traits lui semblaient pourtant familiers. Elle se souvint alors de Kimeran, l'ami d'enfance de Jondalar, et de la ressemblance qu'on trouvait aux deux hommes en raison de leur taille et de la couleur de leurs cheveux. Il était le chef de la Deuxième Caverne et, bien que la femme fût un peu plus âgée, leur ressemblance était indéniable. Avec un frère chef et une sœur doniate, la situation de la Caverne rappelait la pratique frère-sœur des Mamutoï – le souvenir amena un sourire aux lèvres d'Ayla –, à cette différence près que, chez eux, l'autorité était partagée et que Mamut était le chef spirituel.

— Je n'ai que deux pierres à feu avec moi, dit-elle, mais nous en avons d'autres au camp. Si Jondalar n'est pas parti, il pourrait en rapporter quelques-unes afin que plusieurs d'entre nous puissent essayer en même temps.

La Première approuva de la tête. Ayla poursuivit :

— Ce n'est pas difficile mais il faut un peu de pratique pour réussir. D'abord, s'assurer d'avoir de l'amadou ou de l'herbe bien sèche à proximité. Ensuite, frapper les deux pierres l'une contre l'autre pour faire jaillir une étincelle sur laquelle on souffle pour obtenir une flamme.

Pendant qu'Ayla faisait une démonstration à la Zelandonia regroupée autour d'elle, Celle Qui Etait la Première envoya Mikolan, le Deuxième Acolyte de la Quatorzième Caverne, chercher Jondalar. La doniate remarqua qu'aucun Zelandoni ne restait en arrière. Il n'y avait plus ni questions ni doutes. Cette technique n'était pas un artifice, c'était un nouveau moyen d'allumer un feu rapidement, et tous souhaitaient l'apprendre, comme elle l'avait prévu. Le feu était essentiel.

Pour les populations des régions périglaciaires, le feu jouait un rôle capital : c'était une question de vie ou de mort. Il fallait non seulement savoir comment l'allumer mais aussi comment l'entretenir et le transporter d'un endroit à un autre. Bien qu'il fît souvent très froid, le vaste territoire autour des énormes plaques de glace qui s'étendaient loin au sud des régions polaires grouillait de vie. La sécheresse et le froid âpre de l'hiver limitaient la croissance des arbres, mais, sous les latitudes moyennes, le climat connaissait encore des saisons et il pouvait même faire très chaud certains jours d'été. De vastes prairies nourrissaient d'immenses troupeaux de nombreuses espèces herbivores qui, à leur tour, fournissaient une nourriture énergétique à des animaux carnivores ou omnivores.

Toutes les espèces vivant près des glaciers s'étaient adaptées au froid en se couvrant d'un pelage dense et chaud – toutes sauf une. L'animal humain, créature tropicale sans fourrure, ne pouvait subsister dans le froid. Les êtres humains étaient venus plus tard, attirés par la richesse des ressources en nourriture, mais seulement après avoir appris à dominer le feu. Protégés par la fourrure des animaux qu'ils tuaient pour manger, ils pouvaient survivre un moment aux éléments, mais à long terme ils avaient besoin du feu, qui leur tenait chaud quand ils se reposaient et cuisait leur nourriture, viande ou légumes, la rendant plus digeste. Quand le combustible était abondant, ils avaient tendance à trouver le feu tout naturel, mais ils n'oubliaient jamais qu'il leur était essentiel et, lorsque le bois devenait rare ou que le temps froid persistait, ils se rendaient compte à quel point ils dépendaient du feu.

Après que plusieurs Zelandonia eurent essayé l'une des deux pierres à feu, Jondalar arriva avec d'autres morceaux de pyrite. La Première les lui prit à l'entrée, les compta puis les apporta à Ayla. La séance d'apprentissage s'accéléra. Une fois que tous les Zelandonia eurent allumé au moins un feu chacun, les acolytes furent invités à essayer la technique, les doniates les plus sûrs d'eux aidant Ayla à l'enseigner à leurs assistants. Ce fut la Zelandoni de la Quatorzième qui posa la question que tous avaient sur les lèvres :

— Qu'as-tu l'intention de faire de toutes ces pierres à feu ?

— Dès le début, Jondalar a envisagé de les partager

avec son peuple, répondit Ayla. Willamar parle aussi d'en faire du troc. Tout dépend de la quantité que nous trouverons. Ce n'est pas à moi seule d'en décider.

— Nous pouvons tous en chercher, dit la Première, mais y en a-t-il assez pour que chaque Caverne présente à la Réunion d'Eté puisse en recevoir au moins une ?

Elle les avait comptées, elle connaissait la réponse.

— Je ne sais pas combien de Cavernes sont venues à cette Réunion, mais je pense que nous aurions assez de pierres.

— S'il n'y en a qu'une par Caverne, elle devrait être confiée au Zelandoni, suggéra la Quatorzième.

— Je suis d'accord, acquiesça le doniate de la Cinquième Caverne, et je pense que nous devrions garder pour nous cette nouvelle méthode. Si nous sommes les seuls à la connaître, imaginez le respect dont nous jouirons. Imaginez la réaction d'une Caverne en voyant un Zelandoni allumer un feu presque instantanément, surtout s'il fait nuit, ajouta-t-il, les yeux brillants d'enthousiasme. Notre autorité s'en trouverait accrue et cela rendrait nos cérémonies encore plus impressionnantes.

— Tu as raison, approuva la Quatorzième.

— Il conviendrait peut-être de confier la pierre au Zelandoni et au chef conjointement, pour prévenir tout conflit, proposa le Onzième. Je sais par exemple que Kareja serait mécontente si elle n'avait pas accès, elle aussi, à cette nouvelle méthode.

Ayla sourit au petit homme frêle dont elle se rappelait la poignée de main vigoureuse. Il montrait envers le chef de sa Caverne une louable loyauté.

La Première intervint à nouveau dans la discussion :

— Ces pierres seraient trop utiles aux Cavernes pour que nous les gardions secrètes. Nous sommes là pour Servir la Mère. Nous avons renoncé à nos noms personnels pour ne plus faire qu'un avec notre peuple. Nous devons toujours penser avant tout à la Caverne. Il serait sans doute prestigieux pour nous d'être les seuls à connaître ces pierres, mais l'intérêt de l'ensemble des Zelandonii passe avant nos désirs. Les pierres du sol sont les os de la Grande Terre Mère. C'est un Don qu'Elle accorde à tous ses enfants, nous ne pouvons le garder pour nous seuls.

Celle Qui Etait la Première s'interrompit, posa tour à tour un regard pénétrant sur chacun des doniates. Leur déception était manifeste, et mêlée, chez quelques-uns, d'une certaine volonté de résistance. Elle était sûre que la Quatorzième s'apprêtait à soulever une objection. Ayla la devança :

— Vous ne pouvez pas les garder secrètes.

— Pourquoi ? répliqua la doniate de la Quatorzième Caverne. C'est à la Zelandonia d'en décider.

— J'en ai déjà donné à la famille de Jondalar, répondit Ayla.

— C'est dommage, soupira le Cinquième.

Secouant la tête, il reconnut aussitôt l'inutilité de poursuivre :

— Ce qui est fait est fait.

— Nous avons déjà assez d'autorité sans ces pierres, argua la Première, et nous pourrons toujours les utiliser à notre manière. Je proposerais pour commencer une cérémonie impressionnante au cours de laquelle nous présenterions la pierre aux Cavernes. Je crois qu'il conviendrait qu'Ayla allume le feu cérémoniel demain.

— Fera-t-il assez sombre, si tôt dans la soirée, pour que l'étincelle soit visible ? s'inquiéta Zelandoni de la Troisième. Il vaudrait peut-être mieux laisser le feu s'éteindre et demander ensuite à Ayla de le rallumer.

— Mais alors, comment sauront-ils qu'elle l'a fait avec une pierre et non avec une braise ? dit un vieil homme aux cheveux gris ou blond clair. Non, il faut un autre foyer, mais tu as raison pour l'obscurité. Au crépuscule, quand on allume le feu cérémoniel, l'attention est encore sollicitée de toutes parts. Ce n'est que lorsqu'il fait noir qu'on peut capter l'attention de tous, quand ils ne peuvent voir que ce que nous voulons qu'ils voient.

La Première exprima son accord :

— C'est juste, Zelandoni de la Septième Caverne.

Ayla remarqua qu'il était assis près de la grande femme blonde de la Deuxième Caverne et qu'ils se ressemblaient beaucoup. Il était peut-être le vieil homme de son foyer, le compagnon de sa grand-mère. Jondalar lui avait expliqué que la Septième et la Deuxième Caverne étaient liées, toutes deux situées de part et d'autre de la Petite Rivière des Prairies, affluent de la Rivière des Prairies. Elle s'en souvenait parce que la Deuxième était le Foyer Ancien, et la Septième le Rocher à la Tête de Cheval, et qu'il avait promis de l'emmener voir le cheval dans la pierre à leur retour, en automne.

— Nous pouvons commencer la cérémonie sans feu et allumer le foyer quand il fera nuit, suggéra Zelandoni de la Vingt-Neuvième Caverne.

C'était une femme aux traits agréables et au sourire conciliant, mais la capacité d'Ayla à décrypter le langage corporel lui fit deviner une force de caractère sous-jacente. Elle l'avait rencontrée brièvement et avait entendu dire que les Trois Rochers de la Vingt-Neuvième Caverne restaient unis grâce à elle.

— Les gens ne trouveront-ils pas étrange cette absence de feu cérémoniel, Zelandoni de la Vingt-Neuvième ? contra le doniate de la Troisième. Il vaudrait peut-être mieux reporter le début de la cérémonie après la tombée de la nuit.

— Que pourrait-on organiser pour faire patienter les Cavernes ? Certains viennent tôt, ils s'énerveront si nous les faisons attendre trop longtemps, souligna une autre doniate.

C'était une femme d'âge mûr, presque aussi grosse que la Première, mais petite. Là où la taille de l'une conférait une présence imposante, l'autre avait une allure chaleureuse et maternelle.

— Pourquoi pas des histoires, Zelandoni de la Partie Ouest ? proposa un jeune homme assis à côté d'elle. Nous avons quelques bons conteurs, ici.

— Cela pourrait nuire au sérieux de la cérémonie, Zelandoni de la Partie Nord, lui objecta la doniate de la Vingt-Neuvième Caverne.

— Tu as raison, Zelandoni des Trois Rochers, s'empressa de répondre le jeune homme avec déférence.

Ayla constata que les quatre Zelandonia de la Vingt-Neuvième s'appelaient par le nom de leurs sites respectifs plutôt que par un mot à compter. C'était logique, puisqu'ils étaient tous Zelandonia de la Vingt-Neuvième Caverne. Quelle situation déroutante ! pensa-t-elle. Pourtant, cela a l'air de fonctionner.

Zelandoni de la Partie Sud avança une autre idée :

— Quelqu'un pourrait aborder un sujet sérieux.

C'était celui qui avait demandé à la Première si Ayla était venue leur parler des animaux. Ayla avait cru déceler dans ses propos une certaine animosité envers elle, ou peut-être envers les chevaux et le loup, mais le ton ne lui parut pas inamical, cette fois.

— Joharran veut soulever la question des Têtes Plates pour savoir s'ils sont humains ou non, rappela Zelandoni de la Onzième. Voilà un sujet très sérieux.

— Il y a des gens que cette idée rebute et qui se lanceraient dans une longue discussion, fit observer Celle Qui Etait la Première. Nous ne voulons pas commencer cette Réunion d'Eté dans un climat de discorde. Cela pourrait leur donner envie d'ergoter à tout propos. Il faut créer un climat favorable avant d'aborder les nouvelles idées sur les Têtes Plates.

Ayla se demanda un instant s'il convenait qu'elle intervienne.

— Puis-je faire une suggestion ? finit-elle par dire.

Tous les Zelandonia se tournèrent vers elle, et tous n'avaient pas l'air ravis.

— Naturellement, Ayla, répondit la Première.

— Jondalar et moi avons rendu visite aux Losadunaï en venant ici. Nous avons offert au Losaduna et à sa compagne quelques pierres à feu... pour toute la Caverne... Ils avaient été si secourables... ajouta Ayla d'un ton hésitant.

— Oui ? l'encouragea Zelandoni.

— Pour la cérémonie de présentation des pierres, ils avaient préparé deux foyers. L'un brûlait, l'autre était froid, prêt à être allumé. Quand ils ont éteint le premier, il faisait si noir qu'on ne pouvait distinguer son voisin, et il était facile de constater qu'il n'y avait aucune braise dans l'autre. Je l'ai alors allumé.

Après un silence, la Première reprit :

— Merci, Ayla. C'est une bonne idée. Nous pourrions envisager quelque chose de cet ordre, une démonstration impressionnante.

— Oui, cela me plaît, déclara Zelandoni de la Troisième. De cette façon, nous pourrions allumer le feu cérémoniel dès le début.

— Et un autre foyer froid, prêt à être allumé, piquerait les curiosités. Les gens se demanderaient pourquoi cet autre foyer, cela susciterait une certaine attente, dit Zelandoni de la Partie Ouest de la Vingt-Neuvième.

— Comment éteindrons-nous le feu ? voulut savoir le Onzième. En jetant de l'eau dessus, pour provoquer beaucoup de vapeur ? Ou de la terre, pour l'éteindre immédiatement ?

— De la boue, peut-être, proposa un autre doniate qu'Ayla ne connaissait pas. Pour faire un peu de vapeur quand même, tout en éteignant les braises.

— Beaucoup de vapeur, ce serait impressionnant, approuva un troisième, qu'elle ne connaissait pas non plus.

— Non, je pense que l'éteindre d'un seul coup serait plus saisissant. La lumière et, l'instant d'après, le noir.

Elle n'avait pas rencontré tous les Zelandonia qui participaient à la réunion et, à mesure que la discussion devenait plus animée, ils ne s'adressaient pas toujours l'un à l'autre en mentionnant leur titre, ce qui ne lui permettait pas de les identifier. Jamais elle n'aurait imaginé qu'une cérémonie réclamait tant de préparations et de consultations. Elle avait cru jusqu'à ce jour que les événements se déroulaient d'eux-mêmes, que les Zelandonia et autres personnes en contact avec le Monde des Esprits n'étaient que les agents de ces forces invisibles. En les entendant parler aussi librement, elle comprenait pourquoi certains d'entre eux s'étaient opposés à sa présence, et tandis qu'ils discutaient des moindres détails, elle laissa ses pensées dériver.

Ayla se demanda si les Mog-ur du Clan préparaient leurs cérémonies avec autant de minutie. Sans doute, se dit-elle, mais d'une manière différente. Les cérémonies du Clan étaient anciennes, toujours identiques aux précédentes ou aussi semblables que possible. Elle comprenait un peu mieux le dilemme que cela avait dû poser quand Creb, le Mog-ur, avait voulu qu'elle prenne une part importante dans l'une de leurs cérémonies les plus sacrées.

Elle promena les yeux sur la grande hutte ronde de la Zelandonia. Sa structure à double cloison était semblable à celle des huttes du camp de la Neuvième Caverne, mais plus grande. Les panneaux intérieurs amovibles qui divisaient l'espace avaient été rangés contre les murs, ce qui créait une vaste pièce unique. Ayla remarqua que les plates-formes à dormir étaient regroupées dans une partie de la construction, et surélevées. Se rappelant qu'elles l'étaient aussi dans l'habitation de Zelandoni à la Neuvième Caverne, elle se demanda pourquoi, puis supposa qu'elles étaient utilisées par les malades amenés à la hutte ; il devait être ainsi plus facile de les soigner.

Le sol était couvert de nattes, dont un grand nombre présentaient des motifs élégants et complexes. Des tabourets, des coussins utilisés comme sièges entouraient plusieurs tables de diverses tailles. La plupart soutenaient des lampes à graisse en grès ou en calcaire que, en règle générale, on laissait allumées jour et nuit à l'intérieur de l'abri sans fenêtre. Certaines avaient été taillées, polies et décorées mais, comme dans l'habitation de Marthona, d'autres se réduisaient à une pierre brute dans laquelle s'était formé naturellement le creux destiné au suif fondu. Près des lampes, Ayla remarqua de petites figurines de femme plantées dans des bols de bois remplis de sable. Elles étaient toutes semblables et pourtant différentes. Ayla savait que c'étaient des représentations de la Grande Terre Mère, que Jondalar appelait donii.

Les donii variaient en taille de quatre à huit pouces mais chacune d'elles pouvait tenir dans la main. Pour représenter la Mère, le sculpteur avait fait appel à l'abstraction et à l'exagération. Les pieds et les mains étaient à peine suggérés, les jambes jointes et effilées pour que la figurine pût tenir debout dans la terre ou dans un bol de sable. Elle ne représentait pas une personne, elle n'avait pas de traits qui eussent permis de l'identifier, même si le corps avait peut-être été suggéré par une femme connue de l'artiste. Ce n'était pas le corps d'une jeune femme nubile aux seins hauts entamant sa vie adulte, ni la silhouette mince d'une femme effectuant de longues marches chaque jour, d'une errante sans cesse en quête de nourriture.

Une donii était une femme plantureuse ayant l'expérience de la vie. Elle n'était pas enceinte mais l'avait été. A ses fesses énormes répondaient de gros seins pendant sur le ventre un peu flasque et tombant d'une femme qui avait enfanté et allaité. Elle avait les formes volumineuses d'une mère pleine d'cxpérience mais cette ampleur suggérait bien plus que la fertilité de la procréation. Pour qu'une femme fût grasse, il lui fallait une nourriture abondante et une vie plutôt sédentaire. L'artiste avait voulu que sa petite sculpture ressemblât à une mère bien nourrie et heureuse, assurant le bien-être de ses enfants : un symbole d'abondance et de générosité.

La réalité n'était pas trop éloignée de cette représentation. Si certaines années étaient mauvaises, la communauté vivait plutôt bien. Elle comptait en son sein des femmes corpulentes puisque l'auteur des figurines s'en était inspiré pour les décrire aussi fidèlement. Le début du printemps, quand les réserves accumulées pour l'hiver étaient presque épuisées et que la végétation commençait seulement à renaître, pouvait être une période difficile. C'était également vrai pour les animaux : au printemps, ils étaient maigres et efflanqués, si décharnés que leur viande était dure, et que même leurs os contenaient peu de moelle. Les Zelandonii devaient sans doute se passer de certaines nourritures, mais ils ne mouraient pas de faim, du moins en règle générale.

Pour ceux qui chassaient et cueillaient afin de se procurer tout ce dont ils avaient besoin pour subsister, la terre apparaissait comme la mère nourrissant ses enfants. Elle leur donnait le nécessaire. Ils ne semaient pas, ne cultivaient pas ; ils ne gardaient pas de troupeaux, n'avaient pas de bêtes à protéger des prédateurs, à nourrir en hiver. Tout ce qu'offrait la terre, ils n'avaient qu'à le prendre ; il leur suffisait de savoir où regarder et comment le prendre. Mais ils ne pouvaient considérer cette abondance comme allant de soi, car elle leur était parfois retirée.

Chaque donii qu'ils sculptaient était un réceptacle pour l'Esprit de la Grande Terre Mère et une illustration destinée à informer les forces invisibles de ce dont ils avaient besoin pour survivre. Objet magique, la figurine servait à montrer à la Mère ce qu'ils voulaient, et donc à l'obtenir d'Elle. La donii représentait l'espoir que les plantes comestibles seraient abondantes, faciles à trouver et à cueillir, que les animaux seraient nombreux et faciles à chasser. Elle symbolisait et réclamait une terre généreuse et riche, une nourriture à profusion, une vie agréable. La donii était une figure idéalisée, l'image de conditions ardemment désirées.

— Je tiens à remercier Ayla…

Elle fut tirée de sa rêverie en entendant son nom et fut incapable de se rappeler à quoi elle pensait l'instant d'avant.

— … d'avoir accepté de montrer cette nouvelle façon d'allumer un feu à toute la Zelandonia et d'avoir été patiente avec ceux d'entre nous qui ont mis un peu plus longtemps à apprendre, disait Celle Qui Etait la Première.

De nombreuses voix exprimèrent leur accord et même la Zelandoni de la Quatorzième Caverne parut sincère dans son approbation. Les Zelandonia discutèrent ensuite des autres aspects de l'ouverture de la Réunion d'Eté, ainsi que des diverses cérémonies, notamment celle qui portait le nom de Matrimoniales. Ayla aurait souhaité en entendre davantage sur ce dernier point, mais les doniates débattirent surtout du moment où ils se réuniraient de nouveau pour en discuter plus amplement. Les participants se penchèrent ensuite sur la question des acolytes.

— La Zelandonia est gardienne de l'histoire du peuple, attaqua la Première en se levant.

Elle regarda les doniates en herbe, les acolytes, et Ayla eut l'impression qu'elle se faisait un devoir de l'inclure parmi eux.

— La mémorisation des Histoires et Légendes Anciennes constitue une partie importante de la formation d'un acolyte, poursuivit-elle. Elles expliquent qui sont les Zelandonii et d'où ils viennent. Mémoriser aide aussi à apprendre, et il y a beaucoup dc choses qu'un acolyte doit apprendre. Terminons cette réunion avec la Légende de la Mère.

Zelandoni s'interrompit ; ses yeux parurent regarder en elle-même, cherchant dans les recoins de son esprit une histoire qu'elle avait confiée à sa mémoire longtemps auparavant. C'était la plus importante de toutes les Légendes Anciennes parce qu'elle parlait des origines. Pour rendre ces légendes plus faciles à retenir, ceux qui avaient le talent de composer leur ajoutaient souvent une mélodie. Certains chants étaient si familiers qu'il suffisait souvent d'entendre la musique pour se rappeler l'histoire.

Celle Qui Etait la Première avait composé elle-même une musique pour le *Chant de la Mère*, et beaucoup commençaient à l'apprendre. Elle entama d'une voix pure et forte :

Des ténèbres, du Chaos du temps,
Le tourbillon enfanta la Mère suprême.
Elle s'éveilla à Elle-Même, sachant la valeur de la
[vie,
Et le néant sombre affligea la Grande Terre Mère.
La Mère était seule. La Mère était la seule.

Ayla sentit un frisson la parcourir quand elle reconnut le chant ; elle se joignit aux autres lorsqu'ils récitèrent ou chantèrent en chœur le dernier vers avec Zelandoni, en une sorte de répons ou de refrain.

De la poussière de Sa naissance, Elle créa l'Autre,
Un pâle ami brillant, un compagnon, un frère.
Ils grandirent ensemble, apprirent à aimer et chérir.
Et quand Elle fut prête, ils décidèrent de s'unir.
Il tournait autour d'Elle constamment, son pâle
[amant.

Ayla se rappelait aussi le répons du deuxième verset et le récita avec les autres, puis elle écouta les suivants en tâchant de les mémoriser, parce qu'elle aimait cette histoire, parce qu'elle aimait la façon dont Zelandoni la chantait. Elle en avait appris la version losadunaï pendant le Voyage, quand Jondalar et elle avaient passé quelque temps chez ce peuple avant de traverser le petit glacier, mais la langue, les expressions, et même certains aspects de l'histoire étaient différents. Voulant l'apprendre en zelandonii, elle écoutait avec attention.

Le vide obscur et la vaste Terre nue
Attendaient la naissance.
La vie but de Son sang, respira par Ses os.
Elle fendit Sa peau et scinda Ses roches.
La Mère donnait. Un autre vivait.

Jondalar lui avait maintes fois récité ces mots pendant leur Voyage, mais Ayla n'avait jamais rien entendu de comparable à la puissance dramatique qu'y apportait la Première parmi Ceux Qui Servaient la Mère. Les mots n'étaient pas exactement les mêmes non plus.

Les eaux bouillonnantes de l'enfantement emplirent [rivières et mers,
Inondèrent le sol, donnèrent naissance aux arbres.
De chaque précieuse goutte naquirent herbes et [feuilles,
Jusqu'à ce qu'un vert luxuriant renouvelle la Terre.
Ses eaux coulaient, les plantes croissaient.

Dans la douleur du travail, crachant du feu,
Elle donna naissance à une nouvelle vie.
Son sang séché devint la terre d'ocre rouge.
Mais l'enfant radieux justifiait toute cette souffrance.
Un bonheur si grand, un garçon resplendissant.

Les roches se soulevèrent, crachant des flammes de [leurs crêtes.
La Mère nourrit Son fils de Ses seins montagneux.

Il tétait si fort, les étincelles volaient si haut
Que le lait chaud traça un chemin dans le ciel.
La Mère allaitait, Son fils grandissait.

C'était l'une des parties qu'Ayla aimait tout particulièrement car elle lui rappelait sa propre expérience, notamment les mots « bonheur » et « garçon resplendissant ».

Il s'enfuit de Son flanc pendant que la Mère dormait
Et que le Chaos sortait en rampant du vide tourbil-
[lonnant.
Par ses tentations aguichantes l'obscurité le séduisit.
Trompé par le tourbillon, l'enfant tomba captif.
Le noir l'enveloppa, le jeune fils plein d'éclat.

Tout comme Broud lui avait pris son fils. Zelandoni racontait si bien l'histoire qu'Ayla se sentait inquiète à la fois pour la Mère et pour son fils. Penchée en avant, elle s'efforçait de ne pas manquer un mot.

Son lumineux ami était prêt à combattre
Le voleur qui gardait captif l'enfant de Ses entrailles.
Ensemble ils luttèrent pour le fils qu'Elle adorait.
Leurs efforts aboutirent, sa lumière fut restaurée.
Sa chaleur réchauffait, sa splendeur rayonnait.

Ayla lâcha une longue expiration qu'elle n'avait pas même eu conscience de retenir, regarda autour d'elle. Elle n'était pas la seule à être fascinée par l'histoire. La femme obèse captait l'attention de tous.

La Grande Mère vivait la peine au cœur
Qu'Elle et Son fils soient à jamais séparés.
Se languissant de Son enfant perdu,
Elle puisa une ardeur nouvelle dans Sa force de vie.
Elle ne pouvait se résigner à la perte du fils adoré.

Le visage ruisselant de larmes, Ayla sentit soudain l'étreindre la douleur d'avoir perdu son fils, qu'elle avait été contrainte d'abandonner en quittant le Clan, et éprouva une profonde compassion pour la Mère.

Quand Elle fut prête, Ses eaux d'enfantement
Ramenèrent sur la Terre nue une vie verdoyante.
Et Ses larmes, abondamment versées,
Devinrent des gouttes de rosée étincelantes.
Les eaux apportaient la vie, mais Ses pleurs n'étaient [pas taris.

Ayla était sûre qu'elle ne penserait plus jamais de la même façon à la rosée au matin, qui lui rappellerait toujours désormais les larmes de la Mère.

Avec un grondement de tonnerre, Ses montagnes se [fendirent
Et par la caverne qui s'ouvrit dessous
Elle fut de nouveau mère,
Donnant vie à toutes les créatures de la Terre.
D'autres enfants étaient nés, mais la Mère était [épuisée.

La suite était moins triste, elle expliquait comment les choses étaient, et pourquoi.

Ils étaient Ses enfants, ils La remplissaient de fierté
Mais ils sapaient la force de vie qu'Elle portait en [Elle.
Il Lui en restait cependant assez pour une dernière [création,
Un enfant qui se rappellerait qui l'avait créé.
Un enfant qui saurait respecter et apprendrait [à protéger.

Première Femme naquit adulte et bien formée,
Elle reçut les Dons qu'il fallait pour survivre.
La Vie fut le premier, et comme la Terre Mère,
Elle s'éveilla à elle-même en en sachant le prix.
Première Femme était née, première de sa lignée.

Ayla leva les yeux, s'aperçut que Zclandoni l'observait. La compagne de Jondalar tourna la tête vers ceux qui l'entouraient et, quand elle ramena son attention sur la Première, celle-ci ne la regardait plus.

La Mère se rappela Sa propre solitude,
L'amour de Son ami, sa présence caressante.
Avec la dernière étincelle, Son travail reprit,
Et, pour partager la vie avec Femme, Elle créa [Premier Homme.
La Mère à nouveau donnait, un nouvel être vivait.

Femme et Homme la Mère enfanta
Et pour demeure, Elle leur donna la Terre,
Ainsi que l'eau, le sol, toute la création,
Pour qu'ils s'en servent avec discernement.
Ils pouvaient en user, jamais en abuser.

Aux Enfants de la Terre, la Mère accorda
Le Don de Survivre, puis Elle décida
De leur offrir celui des Plaisirs
Qui honore la Mère par la joie de l'union.
Les Dons sont mérités quand la Mère est honorée.

Satisfaite des deux êtres qu'Elle avait créés,
La Mère leur apprit l'amour et l'affection.
Elle insuffla en eux le désir de s'unir,
Le Don de leurs Plaisirs vint de la Mère.
Avant qu'Elle eût fini, Ses enfants L'aimaient [aussi.
Les Enfants de la Terre étaient nés, la Mère [pouvait se reposer.

Ayla fut un peu troublée par le double répons de la fin, qui brisait la forme établie, et se demanda s'il manquait quelque chose. Zelandoni la fixait de nouveau, ce qui la mit mal à l'aise. Elle baissa la tête et, lorsqu'elle la releva, la doniate la regardait encore.

A la fin de la réunion, la Première lui emboîta le pas :

— Je dois aller au camp de la Neuvième Caverne. Je peux faire le chemin avec toi ?

— Bien sûr.

Elles marchèrent un moment en silence. Ayla se sentait encore bouleversée par la légende, et Zelandoni guettait sa réaction.

— C'était magnifique, dit-elle enfin. Quand je vivais au Camp du Lion, parfois, tout le monde chantait, faisait de la musique ou dansait, et quelques Mamutoï avaient de jolies voix, mais pas aussi belles que la tienne.

— C'est un Don de la Mère. Je n'ai rien fait pour l'obtenir, je l'avais en naissant. La Légende de la Mère porte parfois le nom de *Chant de la Mère*, parce que certains aiment à la chanter.

— Jondalar m'en a récité des morceaux pendant notre Voyage, et les mots n'étaient pas toujours les mêmes que les tiens.

— Ce n'est pas rare. Il existe des versions un peu différentes. Il tient la sienne de l'ancien Zelandoni ; moi, j'ai mémorisé le chant de mon maître. Certains Zelandonia apportent de petits changements. C'est admissible tant qu'ils ne modifient pas le sens. S'ils paraissent légitimes, ils sont adoptés. Sinon, on les oublie. J'ai composé ma propre mélodie mais il y a d'autres façons de chanter cette légende.

— Les Losadunaï en ont une semblable. Pourtant, je n'ai pas éprouvé la même émotion quand je l'ai mémorisée.

Zelandoni s'arrêta pour considérer la jeune femme.

— Tu l'as mémorisée ? Le losadunaï est une langue différente.

— Elle ressemble au zelandonii, ce n'est pas difficile de l'apprendre.

— Elle lui ressemble mais ce n'est pas la même langue, et certains Zelandonii la trouvent compliquée. Combien de temps as-tu passé chez les Losadunaï ?

— Pas très longtemps. Moins d'une lune. Jondalar était pressé de traverser le glacier avant que la fonte de printemps le rende dangereux. D'ailleurs, le vent chaud s'est levé le dernier jour et nous avons eu des difficultés, en effet.

— Tu as appris leur langue en moins d'une lune ?

— Je ne la parle pas à la perfection, je commets encore beaucoup d'erreurs, mais j'ai appris plusieurs des légendes de Losaduna. Tout à l'heure, je me suis efforcée de mémoriser les mots de la Légende de la Mère pour pouvoir les réciter comme tu les chantes.

Zelandoni s'arrêta un instant pour regarder Ayla puis repartit en direction du camp.

— Je t'aiderai avec plaisir, proposa la doniate.

En marchant, Ayla repensa à la légende, en particulier à la partie qui lui rappelait Durc. Elle était sûre de comprendre ce que la Mère avait éprouvé lorsqu'elle avait dû accepter d'avoir perdu son fils à jamais. Ayla aussi se languissait quelquefois de Durc et attendait avec impatience la naissance de son nouvel enfant, celui de Jondalar. Elle se récita certains des versets qu'elle venait d'entendre et régla son pas sur le rythme des mots. Zelandoni remarqua ce changement d'allure, ainsi que son expression d'intense concentration. Cette jeune femme a sa place dans la Zelandonia, se dit-elle.

Comme elles arrivaient aux abords du camp, ce fut Ayla qui s'arrêta et demanda :

— Pourquoi y a-t-il deux formules au lieu d'une à la fin ?

La doniate la fixa un moment.

— La question revient régulièrement. Je n'ai pas de réponse. Il y en a toujours eu deux. La plupart des gens pensent que c'est pour marquer nettement la fin : une pour le dernier verset, une pour toute la légende.

Ayla hocha la tête – pour accepter l'explication ou pour souligner la complexité de la question, Zelandoni n'aurait su dire. La plupart des acolytes ne discutent même pas des détails du *Chant de la Mère*, pensa-t-elle. Cette femme a décidément sa place dans la Zelandonia.

Elles reprirent leur marche et Ayla s'aperçut que le soleil descendait vers l'horizon, à l'ouest. Il ferait bientôt sombre.

— Je crois que la réunion s'est bien passée, estima la Première. Les Zelandonia ont été impressionnés par ta façon d'allumer le feu, et je te suis reconnaissante d'avoir accepté de la partager. Si nous trouvons assez de pierres, tout le monde allumera bientôt le feu de cette façon. Sinon… Je ne sais pas. Il vaudrait peut-être mieux les garder pour les feux cérémoniels.

Ayla fronça les sourcils.

— Et ceux qui ont déjà une pierre à feu ? Ou ceux qui en trouveront par eux-mêmes ? Pourrais-tu leur interdire de s'en servir ?

Zelandoni la regarda droit dans les yeux puis soupira.

— Non. Je pourrais leur demander de ne pas le faire, mais non le leur interdire. Et puis il y a toujours ceux qui n'en font qu'à leur tête, quoi qu'il arrive… Je pensais à voix haute à une situation idéale.

Elle s'interrompit, reprit avec une expression désabusée :

— En proposant de garder le secret et de réserver l'usage de ces pierres à la Zelandonia, la Cinquième et la Quatorzième ont dit tout haut ce que la plupart d'entre nous souhaitaient, moi comprise. Ce serait pour nous un instrument impressionnant, mais nous ne pouvons en priver le reste de la communauté.

Après un silence, la doniate poursuivit :

— Nous ne célébrerons pas les Matrimoniales avant la première chasse. Toutes les Cavernes y participeront, elles l'attendent avec impatience. Elles pensent que si la première chasse est un succès, c'est de bon augure pour le reste de l'année, et mauvais signe dans le cas contraire. Les Zelandonia procéderont à une Traque. Cela aide quelquefois. S'il y a des troupeaux aux alentours, une bonne Traque peut aider à les trouver, mais le meilleur des doniates ne peut trouver du gibier s'il n'y en a pas.

— J'ai participé à une Traque avec Mamut, dit Ayla. La première fois, cela m'a surprise mais nous avions des affinités, lui et moi, et je me suis retrouvée prise dans sa Traque.

— Une Traque avec ton Mamut ? s'étonna Zelandoni. Comment était-ce ?

— C'est difficile à expliquer. J'avais l'impression de voler au-dessus de la terre comme un oiseau, mais il n'y avait pas de vent. Et la terre n'était pas exactement la même.

— Accepterais-tu d'aider la Zelandonia ? Nous avons quelques doniates qui connaissent bien la Traque, mais il vaut toujours mieux être plus nombreux.

Ayla exprima ses réticences :

— J'aimerais bien vous aider… mais… je n'ai pas envie de devenir Zelandoni. Je veux simplement vivre avec Jondalar et avoir des enfants.

— Si tu ne veux pas, rien ne t'y oblige. Personne ne peut te forcer, mais, si la Traque conduit à une bonne chasse, les Matrimoniales porteront chance – du moins, le croit-on –, elles consacreront des unions durables qui donneront des familles heureuses.

— Eh bien… je pourrais essayer, mais je ne sais pas si j'en suis capable.

— Ne t'inquiète pas. Personne n'est jamais sûr de réussir. On ne peut qu'essayer.

Zelandoni était contente d'elle-même. Manifestement, Ayla répugnait à entrer dans la Zelandonia, et cette Traque serait une façon de l'aider à franchir un premier pas. Il faut qu'elle devienne doniate, pensa Celle Qui Etait la Première. Elle a trop de talent, trop de capacités, elle pose des questions trop intelligentes. Si nous ne l'accueillons pas en notre sein, elle pourrait créer des dissensions hors de la Zelandonia.

5

Lorsqu'elles arrivèrent au camp, Loup accourut pour accueillir Ayla. Le voyant s'élancer, elle s'arc-bouta, au cas où dans sa joie de la revoir il sauterait sur elle, et lui fit signe de ne pas bondir. Bien qu'il parût avoir peine à se maîtriser, l'animal s'arrêta. Elle s'accroupit pour être à son niveau, le laissa lui lécher le cou en le tenant le temps qu'il se calme, puis elle se releva. Il posa sur elle un regard tellement chargé d'espoir et d'amour qu'elle hocha la tête et se tapota l'épaule. Il se dressa sur ses pattes arrière, posa celles de devant à l'endroit qu'elle avait indiqué et, avec un grondement sourd, lui prit la mâchoire entre ses crocs. Elle l'imita puis tint sa magnifique tête de fauve entre ses mains et plongea le regard dans ses yeux semés de paillettes d'or.

— Je t'aime, moi aussi, Loup, mais je me demande quelquefois pourquoi tu m'aimes autant. Est-ce parce que je suis devenue le chef de ta meute ou y a-t-il autre chose ?

Elle pressa son front contre le sien, lui ordonna de descendre.

— Tu inspires l'amour, Ayla, dit la Première.

La jeune femme trouva ce commentaire étrange.

— Je n'inspire rien du tout.

— Cet animal veut te plaire à cause de l'amour qu'il éprouve pour toi. Non que tu cherches à séduire ou à charmer, mais tu attires l'amour. Et ceux qui t'aiment t'aiment d'un amour profond. Je le vois chez tes animaux. Je le vois chez Jondalar. Je le connais. Il n'a jamais aimé, il n'aimera jamais quelqu'un comme il t'aime. Peut-être est-ce parce que tu donnes tant de toi, et si sincèrement ; ou peut-être est-ce un Don de la Mère, d'inspirer l'amour. Tu seras toujours aimée avec passion, mais il faut se méfier des Dons de la Mère.

— Pourquoi dit-on cela, Zelandoni ? Pourquoi un Don de la Mère devrait-il causer des soucis ? Ses Dons sont un bienfait, non ?

— Un bienfait trop grand, peut-être. Comment réagis-tu quand quelqu'un te fait un cadeau d'une grande valeur ?

— Iza m'a appris qu'un cadeau crée une obligation et qu'il faut rendre quelque chose de même valeur.

— Plus j'en sais sur ceux qui t'ont élevée, plus j'ai de respect pour eux, déclara Celle Qui Etait la Première. Quand la Grande Terre Mère accorde un Don, Elle attend peut-être quelque chose en retour, quelque chose d'égale valeur, mais comment le savoir avant le moment venu ? Alors, les gens se méfient. Parfois les Dons de la Mère excèdent ce qu'on aurait voulu, mais on ne peut pas les lui rendre. Trop n'apporte pas plus le bonheur que pas assez.

— Même trop d'amour ?

— La meilleure réponse à cette question, c'est Jondalar. Il a reçu la faveur de la Mère, dit la femme qu'on appelait autrefois Zolena. Une faveur excessive. Il est si beau et si bien fait qu'il ne peut qu'attirer l'attention. Même ses yeux ont une couleur si extraordinaire qu'on ne peut s'empêcher de les regarder. Il a un charme naturel qui séduit les gens, les femmes en particulier – je crois que pas une femme au monde ne pourrait lui refuser ce qu'il demande – et il prend plaisir à plaire aux femmes. Il est intelligent, doué pour la taille du silex, et en plus il a un cœur tendre. Le problème, c'est qu'il a trop d'amour à donner.

« Même la taille des silex est pour lui une passion. L'intensité de ses sentiments est telle qu'elle peut le submerger. Il lutte pour garder la maîtrise de cet amour mais elle lui a plusieurs fois échappé. Ayla, je ne suis pas sûre que tu saisisses la force de ses sentiments. Et tous ces Dons ne l'avaient pas rendu heureux, du moins jusqu'à maintenant. Ils suscitaient souvent plus d'envie que d'amour.

Ayla hocha pensivement la tête.

— J'ai entendu plusieurs personnes dire que Thonolan, son frère, était un favori de la Mère, et que c'était pour cela qu'il était mort si jeune. Etait-il très beau lui aussi ? Avait-il reçu de nombreux Dons ?

— Il était aimé de tous. Pas seulement de la Mère. Thonolan était joli garçon, sans avoir la beauté de Jondalar. Mais il était d'une nature si franche et si chaleureuse que, partout où il allait, les gens l'aimaient, les hommes comme les femmes. Il se faisait facilement des amis, et personne ne le jalousait.

Elles s'étaient arrêtées pour parler, le loup couché aux pieds d'Ayla.

— Maintenant qu'il t'a ramenée ici, poursuivit Zelandoni en se remettant à marcher, beaucoup d'hommes l'envient plus encore, et beaucoup de femmes te jalousent, parce qu'il t'aime. C'est la raison pour laquelle Marona a cherché à te ridiculiser. Elle vous envie tous les deux parce que vous avez trouvé le bonheur ensemble. Certains pensent qu'elle a beaucoup reçu mais elle n'a jamais eu qu'une beauté hors du commun, et la beauté seule est le plus trompeur des Dons. Elle ne dure pas. C'est une femme désagréable, qui ne pense qu'à elle, qui a peu d'amis et aucun vrai talent. Quand sa beauté se fanera, elle n'aura plus rien, j'en ai peur, pas même des enfants.

— Cela fait plusieurs jours que je ne l'ai pas vue.

— Elle est retournée à la Cinquième Caverne avec ses amis. Elle est venue ici avec eux, elle dort dans leur camp.

— Je ne l'aime pas mais je suis désolée pour elle si elle ne peut pas avoir d'enfants. Iza connaissait certains remèdes qui rendent une femme plus réceptive à l'esprit qui doit les féconder.

— J'en connais quelques-uns moi aussi, dit la doniate, mais Marona ne m'a pas demandé mon aide et, si elle est vraiment incapable de concevoir, rien n'y fera.

Ayla perçut une inflexion attristée dans la voix de la Première, puis sa mine soucieuse céda la place à un sourire radieux.

— Tu sais que je vais avoir un bébé ?

Zelandoni lui rendit son sourire. Elle avait deviné juste.

— J'en suis très heureuse pour toi, Ayla. Jondalar sait-il que la Mère a déjà honoré votre union ?

— Oui, je le lui ai dit. Il est très content.

— Il peut l'être. A qui d'autre en as-tu parlé ?

— A Marthona, et maintenant à toi.

— Si personne d'autre n'est au courant, nous pourrons surprendre tout le monde en annonçant la bonne nouvelle aux Matrimoniales, si tu veux. Il existe un rite particulier qui peut être incorporé à la cérémonie quand la Mère a déjà honoré la femme.

— Cela me plairait. J'ai cessé de marquer mes périodes lunaires puisque je ne saigne plus, mais je me demande si je ne devrais pas recommencer à marquer les jours afin de savoir combien il y en a jusqu'à la naissance de mon bébé. Jondalar m'a appris à me servir des mots à compter, mais je ne sais pas compter aussi loin.

— Tu trouves les mots à compter difficiles ?

— Oh non ! J'aime en faire usage. Jondalar m'a étonnée la première fois qu'il s'en est servi. Rien qu'avec les traits que je gravais chaque soir sur mes bâtons, il savait combien de temps j'avais vécu dans la vallée. Il a dit que c'était plus facile parce que j'avais tracé une ligne en plus au-dessus des traits les jours où ma période lunaire commençait, de manière à y être préparée. J'avais plus de mal à chasser quand je saignais. Je crois que les animaux sentaient mon odeur. Au bout d'un moment, j'ai remarqué que je commençais toujours à saigner lorsque la lune déclinante prenait la même forme, si bien que je n'avais plus à tracer les marques ; mais je le faisais quand même. On ne peut pas toujours voir la lune quand le ciel est nuageux.

Zelandoni songea qu'elle s'habituait aux choses surprenantes qu'Ayla évoquait avec désinvolture. Tracer une marque à compter quand elle saignait et puis faire le lien avec les phases de la lune, c'était quand même sidérant.

— Aimerais-tu apprendre plus de mots à compter, et d'autres façons de les utiliser ? On peut s'en servir pour savoir quand les saisons vont changer, avant même que des signes l'annoncent, par exemple, ou pour compter les jours à attendre jusqu'à la naissance de ton bébé.

— Oui, j'aimerais beaucoup. J'ai appris à tracer des marques avec Creb, mais je crois que cela l'inquiétait un peu. La plupart des femmes du Clan – les hommes aussi, d'ailleurs – ne savaient pas compter au-delà de trois. Creb connaissait les marques à compter parce qu'il était le Mog-ur, mais il n'avait pas de mots pour compter.

— Je te montrerai comment compter très loin, promit la doniate. Je pense qu'il vaut mieux que tu aies tes enfants maintenant, tant que tu es jeune. Tu n'auras peut-être plus envie de t'occuper de bébés quand tu seras plus âgée. Qui sait ce que tu décideras de faire ?

— Je ne suis pas si jeune, Zelandoni. Je suis dans

ma dix-neuvième année, si Iza a bien estimé mon âge quand elle m'a trouvée.

— Tu parais plus jeune... Mais peu importe, tu as de l'avance, ajouta-t-elle comme pour elle-même.

Intérieurement, elle alla jusqu'au bout de sa réflexion : Ayla sait déjà soigner, elle n'aura pas à l'apprendre avant de devenir une Zelandoni.

— De l'avance sur quoi ? fit Ayla, perplexe.

— Euh... de l'avance pour ton foyer, puisque la vie a déjà germé en toi. J'espère que tu n'auras pas trop d'enfants. Tu es en bonne santé mais trop d'enfants épuisent une femme, la font vieillir plus vite.

Ayla eut la nette impression que Zelandoni cherchait à lui cacher quelque chose. C'était son droit. Libre à elle de ne pas révéler ce qu'elle pensait vraiment, mais la jeune femme n'en était pas moins intriguée.

Le crépuscule avait commencé, on avait déjà du mal à y voir. Lorsqu'elles arrivèrent à la fosse du feu, on les salua, on leur offrit à manger. Ayla s'aperçut qu'elle avait faim : l'après-midi avait été long et chargé. Zelandoni partagea leur repas, décida de passer la nuit au camp de la Neuvième Caverne puis entama une discussion avec Marthona et Joharran sur la prochaine chasse et la Traque que mènerait la Zelandonia. Elle signala qu'Ayla se joindrait aux doniates, ce que Marthona et Joharran parurent trouver judicieux, mais Ayla se sentit mal à l'aise. Elle n'avait pas envie de faire partie de Ceux Qui Servaient la Mère, et les circonstances la poussaient malgré elle dans cette direction.

— Il faudrait arriver là-bas de bonne heure. Je dois installer des cibles et mesurer les distances en pas, dit Jondalar au moment où ils sortaient de la hutte, le lendemain matin.

Il tenait à la main la coupe d'infusion de menthe qu'Ayla lui avait préparée et se mit à mâchonner la petite branche de gaulthérie qu'elle avait écorcée pour qu'il puisse se nettoyer les dents.

— Je veux d'abord passer voir Whinney et Rapide, répondit-elle. Pars devant, je garde Loup et je te retrouve plus tard.

— Ne sois pas trop longue. Les membres de la Caverne viendront tôt et j'aimerais que tu leur montres toi-même. Que mes jets soient longs, c'est une chose, mais quand ils verront qu'une femme, avec notre instrument, peut lancer une sagaie plus loin que n'importe quel homme, ils seront intéressés.

— Je tâcherai d'aller vite mais je veux brosser les chevaux et examiner Rapide. Je crois qu'il a reçu quelque chose dans l'œil, il est un peu rouge. Il faudra peut-être que je le soigne.

— Tu veux que je vienne avec toi ? proposa-t-il, soudain inquiet.

— Cela n'avait pas l'air grave, je suis sûre qu'il va bien. Je veux juste m'en assurer. Pars, je te rejoindrai.

Jondalar hocha la tête en se curant les dents puis avala le reste de l'infusion et sourit.

— Je me sens toujours mieux avec ça.

— Cela réveille et nettoie la bouche, dit Ayla.

Elle lui préparait sa tisane et sa brindille presque tous les matins depuis qu'ils s'étaient rencontrés et elle avait pris l'habitude de le regarder procéder à son rituel.

— Tu as encore des nausées le matin ? s'enquit-il.

— Non, plus maintenant, mais j'ai remarqué que mon ventre s'arrondit.

— J'aime ça, dit Jondalar, passant un bras autour des épaules d'Ayla, posant une main sur son ventre. J'aime surtout ce qu'il y a dedans.

— Moi aussi.

Il l'embrassa avec ardeur puis reprit :

— Ce qui me manque le plus, depuis que nous ne voyageons plus, c'est de pouvoir m'arrêter n'importe où et partager les Plaisirs avec toi quand nous en avons envie. Maintenant, il y a toujours quelque chose à faire…

Il enfouit la tête au creux de son cou, palpa la plénitude de ses seins et l'embrassa de nouveau.

— Je n'ai peut-être pas besoin d'aller là-bas si tôt, murmura-t-il d'une voix rauque.

— Si, répondit-elle en riant. Mais si tu préfères rester…

— Non, tu as raison.

Jondalar partit pour le camp principal tandis qu'Ayla rentrait dans la hutte. Elle en ressortit avec son sac de voyageur, celui qui contenait l'étui des sagaies et le propulseur et où elle avait rangé divers objets. Elle siffla Loup, remonta la petite rivière. La voyant venir, les chevaux allèrent à sa rencontre aussi loin que le permettaient leurs longes. Ayla remarqua que les cordes s'étaient prises dans la végétation. Outre les hautes herbes qui s'étaient enroulées autour des deux longes, celle de Whinney s'était entortillée dans des broussailles sèches, et Rapide avait déterré tout un buisson, racines comprises. Un enclos leur conviendrait peut-être mieux, pensa-t-elle.

Ayla défit licous et longes avant d'examiner l'œil de Rapide. Il était un peu rouge mais ne semblait pas mal en point. L'étalon et le loup se frottèrent le museau puis, heureux d'être libéré, Rapide se mit à galoper en décrivant un cercle et Loup se lança à sa poursuite. Ayla entreprit d'étriller Whinney. Lorsqu'elle releva la tête, c'était Rapide qui pourchassait Loup. Elle s'arrêta de brosser la jument pour les observer. Quand Loup se rapprocha de Rapide, le jeune cheval ralentit un peu pour le laisser passer. Lorsqu'ils eurent bouclé un tour complet, ce fut Loup qui ralentit pour laisser passer Rapide.

Elle crut d'abord qu'elle avait tout imaginé, mais, en continuant à les regarder, elle s'aperçut que le manège était délibéré, que c'était un jeu qui les amusait. Deux jeunes mâles débordant de vie avaient découvert une façon de dépenser leur énergie et y prenaient plaisir. Ayla sourit en regrettant que Jondalar ne fût pas là pour admirer avec elle leurs cabrioles puis se remit à brosser la jument. Whinney commençait elle aussi à montrer qu'elle était grosse mais semblait en parfaite santé.

Quand Ayla eut fini de s'occuper d'elle, elle constata que Rapide paissait à présent paisiblement et que Loup n'était nulle part en vue. Parti en exploration, se dit-elle. Elle émit le sifflement que Jondalar utilisait pour appeler l'étalon. Il secoua la tête, s'approcha d'elle, et il l'avait presque rejointe quand un autre sifflement, reprenant les mêmes notes, se fit entendre. Tous deux cherchèrent le siffleur. Ayla pensa que c'était Jondalar, revenu pour une raison quelconque mais, en levant la tête, elle vit un jeune garçon se diriger vers elle.

Elle ne le connaissait pas ; elle se demanda ce qu'il voulait, et pourquoi il avait imité son sifflement. Lorsqu'il fut plus près, elle lui donna neuf ou dix ans, remarqua qu'il avait un bras déformé, plus court que l'autre, qui pendait de manière un peu bizarre comme s'il n'en avait pas toute la maîtrise. Il lui rappela Creb, qui avait été amputé au coude dans son enfance, et se prit de sympathie pour lui.

— C'est toi qui as sifflé ?

— Oui.

— Pourquoi as-tu sifflé comme moi ?

— Je n'avais jamais entendu siffler comme ça. J'ai voulu voir si je pouvais faire pareil.

— Tu as réussi. Tu cherches quelqu'un ?

— Non.

— Qu'est-ce que tu fais ici ?

— Je regarde, simplement, répondit l'enfant. Quelqu'un m'avait dit qu'il y avait des chevaux ici mais je ne savais pas que des gens y avaient installé un camp. Ça, il ne me l'avait pas dit. Tout le monde est près de la Rivière du Milieu.

— Nous venons d'arriver. Et toi, cela fait longtemps que tu es ici ?

— J'y suis né.

— Alors, tu es de la Dix-Neuvième Caverne ?

— Oui. Pourquoi tu parles drôlement comme ça ?

— Moi, je ne suis pas née ici. Je viens de loin. Avant, j'étais Ayla du Camp du Lion des Mamutoï, maintenant je suis Ayla de la Neuvième Caverne des Zelandonii.

Elle fit un pas vers lui en tendant les deux mains comme pour une présentation rituelle. Le garçon se troubla un peu parce qu'il arrivait difficilement à lever son bras en partie paralysé. Ayla tendit un peu plus le sien vers le membre difforme et prit les deux mains de l'enfant dans les siennes, comme si de rien n'était, mais sentit que l'une d'elles était plus petite, mal formée, avec l'auriculaire collé au doigt voisin. Elle la garda un moment dans la sienne et sourit.

Comme s'il se rappelait soudain les usages, le garçon récita :

— Je suis Lanidar de la Dix-Neuvième Caverne des Zelandonii. Ma Caverne te souhaite la bienvenue à la Réunion d'Eté, Ayla de la Neuvième Caverne des Zelandonii.

— Tu siffles très bien. Tu as parfaitement réussi à m'imiter. Tu aimes siffler ? demanda Ayla en lui lâchant les mains.

— Oui, ça me plaît.

— Je peux te demander de ne pas recommencer ?

— Pourquoi ?

— Je me sers de ce sifflement pour appeler ce cheval, l'étalon. Si tu siffles comme moi, il croira que tu l'appelles et il ne comprendra plus rien. Si tu aimes siffler, je peux t'apprendre d'autres sifflements.

— Quoi, par exemple ?

Ayla regarda autour d'elle, découvrit une mésange à tête noire perchée sur une branche voisine. Elle l'écouta chanter un moment puis reproduisit le son. Le jeune garçon eut l'air abasourdi, l'oiseau cessa un moment de chanter puis recommença. Ayla l'imita de nouveau. La mésange répondit.

— Comment tu fais ? demanda-t-il.

— Je t'apprendrai si tu veux. Tu y arriveras, tu siffles bien, mais il faut t'entraîner.

— Tu peux imiter d'autres oiseaux aussi ?

— Oui.

— Lesquels ?

— Ceux que tu voudras.

— Un pipit ?

Ayla ferma un instant les yeux, émit une suite de sons qui ressemblait à s'y méprendre au cri du pipit planant haut dans le ciel.

— Tu peux vraiment m'apprendre à faire ça ? reprit-il en la fixant avec des yeux étonnés.

— Si tu t'entraînes et si tu as vraiment envie d'apprendre.

— Comment tu as appris, toi ?

— De cette façon. En m'entraînant. Avec de la patience, on arrive même quelquefois à faire venir l'oiseau près de soi.

Ayla se rappela le temps où elle vivait seule dans sa vallée et apprenait à imiter le chant des oiseaux. Elle s'était mise à leur donner à manger ; plusieurs d'entre eux répondaient à son sifflement et venaient picorer dans sa main.

— Tu peux siffler d'autres choses ? voulut savoir Lanidar, intrigué par cette femme bizarre qui parlait si drôlement et sifflait si bien.

Ayla réfléchit, et peut-être parce que le petit garçon lui rappelait Creb, elle se mit à siffler une mélodie étrange qu'on eût dite jouée par une flûte. Lanidar avait déjà entendu des flûtes mais jamais rien de tel. La musique envoûtante ne ressemblait à rien de ce qu'il connaissait. C'était l'air que jouait le Mog-ur au Rassemblement du Clan auquel Ayla s'était rendue quand elle vivait encore avec le Clan de Brun. Lanidar écouta jusqu'à ce qu'elle s'arrêtât.

— Je n'ai jamais entendu siffler comme ça, dit-il.

— Cela t'a plu ?

— Oui, mais ça faisait un peu peur aussi. Comme si c'était un air qui venait de très loin.

— Il venait de loin, confirma Ayla.

Elle sourit puis déchira l'air d'un sifflement aigu et impérieux. Presque aussitôt, Loup bondit hors de l'herbe haute du pré.

— Un loup ! s'écria Lanidar, pétrifié par la terreur.

— Il ne te fera rien, le rassura Ayla en tenant l'animal contre elle. Ce loup est mon ami. J'ai traversé le camp principal avec lui hier. Je pensais que tu savais qu'il était là avec les chevaux.

L'enfant se calma mais continua à fixer le fauve avec de grands yeux ronds pleins d'appréhension.

— Hier, j'ai été cueillir des framboises avec ma mère. On ne m'a même pas dit que tu étais ici. On m'a juste dit qu'il y avait des chevaux dans le Pré d'En-Haut. Tout le monde parlait de cet objet qui lance des sagaies et qu'un homme doit nous montrer. Comme je ne suis pas bon avec une sagaie, j'ai préféré venir voir les chevaux.

Ayla se demanda si l'omission avait été délibérée, si quelqu'un avait cherché à berner ce jeune garçon. Puis elle prit conscience qu'un enfant de cet âge qui allait cueillir des framboises avec sa mère menait sans doute une vie assez solitaire. Un garçon infirme, incapable de lancer une sagaie, ne devait pas avoir beaucoup d'amis. Mais il avait un bras valide, il pouvait apprendre à lancer une sagaie, surtout avec l'instrument de Jondalar.

— Pourquoi n'es-tu pas bon avec une sagaie ? lui demanda-t-elle.

— Tu ne vois pas ? répliqua-t-il, montrant son bras mal formé.

— Mais ton autre bras marche parfaitement.

— L'autre bras, tout le monde s'en sert pour tenir ses sagaies. Et puis personne ne veut m'apprendre. Les autres disent que je n'arriverais jamais à toucher une cible, de toute façon.

— Et l'homme de ton foyer ?

— Je vis avec ma mère, et la mère de ma mère. On a eu un homme dans notre foyer, dans le temps, ma mère me l'a montré un jour, mais il est parti il y a longtemps et il ne veut pas entendre parler de moi. Ça ne lui a pas plu quand je suis allé le voir, il avait l'air gêné. De temps en temps, il y a des hommes qui vivent un moment avec nous, mais ils ne s'occupent pas de moi.

— Tu veux voir un lance-sagaie ? J'en ai un.

— Comment tu l'as eu ?

— Je connais l'homme qui l'a fabriqué, c'est avec lui que je vais m'unir. Dès que j'aurai fini avec les chevaux, j'irai le seconder dans sa démonstration.

— Oui, je veux bien jeter un coup d'œil.

Ayla alla prendre le propulseur et quelques sagaies dans son sac.

— Voilà comment ça marche, dit-elle en posant un projectile sur l'instrument.

La jeune femme s'assura que le trou creusé au bout de la sagaie était bien en face du petit crochet qui terminait l'étroite bande de bois, partagée par une rainure centrale, puis elle passa les doigts dans les lanières attachées sur le devant. Elle visa, lança.

— Elle est allée loin ! s'exclama Lanidar. Je n'ai jamais vu un homme lancer aussi loin.

— C'est ce qui fait de cet instrument une redoutable arme de chasse. Tu pourrais y arriver, toi aussi. Viens, je vais t'expliquer comment on le tient.

Ayla se rendait compte que le propulseur n'était pas à la taille du petit garçon, mais cela conviendrait pour l'aider à comprendre le principe de son fonctionnement. La malformation de son bras droit l'avait forcé à développer le gauche. Inutile de se demander s'il aurait été de toute façon gaucher si son bras droit s'était développé normalement. Gaucher, il l'était maintenant. Sans se préoccuper de lui apprendre à viser pour le moment, elle lui montra comment ramener le bras en arrière et lancer. Puis elle lui mit le propulseur dans la main, le plaça pour lui et le laissa faire. La sagaie partit de côté mais vola loin, et Lanidar eut un sourire ravi.

— Regarde où j'ai lancé ! Et on arrive aussi à toucher quelque chose ?

— Avec de la pratique.

Elle parcourut la prairie du regard, ne vit rien qui pût servir de cible. Elle se tourna vers Loup, qui, allongé sur le ventre, les observait.

— Loup, va me chercher quelque chose, dit-elle, accompagnant les mots de signes plus précis.

Il se leva d'un bond, fila dans l'herbe haute qui virait du vert au doré. Ayla le suivit lentement, ne tarda pas à déceler un mouvement dans l'herbe, puis aperçut un lièvre gris détalant devant le loup. Elle avait armé le propulseur et le tenait à hauteur d'épaule. Devinant la direction dans laquelle le lièvre bondirait la fois suivante, elle lança la sagaie, qui toucha sa cible. Lorsqu'elle s'approcha, le loup, qui avait une patte sur le corps du lièvre, leva les yeux vers elle.

— Je le veux, celui-là, Loup, va en attraper un autre pour toi, dit-elle au carnassier, lui parlant en même temps par signes.

Le jeune garçon restait abasourdi par la façon dont l'énorme loup obéissait à cette femme. Elle ramassa le lièvre, retourna près des chevaux.

— Tu devrais aller voir la démonstration, Lanidar, cela t'intéresserait. Peu importe que tu ne saches pas lancer. Personne ne sait se servir d'un lance-sagaie non plus. Tout le monde devra apprendre. Si tu attends un peu, j'irai avec toi.

L'enfant la regarda brosser le jeune étalon.

— Je n'ai jamais vu de cheval brun comme lui. La plupart des chevaux sont comme la jument.

— Je sais. Tout là-bas à l'est, au-delà de la fin de la Grande Rivière Mère, qui commence de l'autre côté du glacier, certains chevaux sont bruns. C'est de là qu'il vient.

Au bout d'un moment, Loup réapparut. Il trouva un endroit qui lui plaisait, en fit plusieurs fois le tour puis se coucha sur le ventre, pantelant.

— Pourquoi ces animaux restent près de toi ? Pourquoi ils font ce que tu leur dis ?

— Ils sont mes amis. J'ai tué la mère de la jument, mais je ne l'avais pas prise pour cible. Elle est tombée dans une fosse que j'avais creusée. C'est seulement en voyant son petit que j'ai su qu'elle nourrissait. Des hyènes aussi l'avaient vu. Je n'aime pas les hyènes mais je ne sais pas pourquoi je les ai chassées. Comme la pouliche n'aurait pas survécu seule, de toute façon, je l'ai emmenée, je l'ai élevée. Je pense qu'elle a grandi en me prenant pour sa mère. Plus tard, nous sommes devenues amies, nous avons appris à nous comprendre. Elle fait ce que je lui demande parce qu'elle en a envie. Je l'ai appelée Whinney.

La façon dont Ayla avait prononcé le nom imitait parfaitement un hennissement. Dans le pré, la jument louvette leva la tête et regarda dans leur direction.

— Comment tu fais ça ? murmura Lanidar, interloqué.

— C'est son vrai nom. Aux autres, je dis simplement Whinney, parce qu'ils comprennent mieux, mais ce n'est pas la façon dont je l'ai prononcé quand je l'ai appelée ainsi. L'étalon est son fils. J'étais là quand il est né. Jondalar aussi. Il l'a appelé Rapide, quelque temps après sa naissance. Parce qu'il aime courir et veut toujours être devant, sauf quand je l'attache à une corde. Alors, il suit sa mère.

Ayla recommença à brosser l'étalon. Elle avait presque fini.

— Et le loup ? demanda Lanidar.

— C'est presque la même histoire. Je l'ai élevé tout petit. J'avais tué sa mère parce qu'elle volait les hermines prises dans mes pièges. Je ne savais pas qu'elle nourrissait. C'était l'hiver, le sol était couvert de neige, elle avait mis bas hors de saison. J'ai suivi ses traces jusqu'à son terrier. C'était une louve solitaire, sans autres animaux pour l'aider, et tous ses petits étaient morts sauf un. Quand j'ai tiré Loup du terrier, il avait les yeux à peine ouverts. Il a grandi avec des enfants mamutoï, il prend les êtres humains pour sa meute.

— Comment tu l'as appelé ?

— Loup. C'est le mot mamutoï pour loup. Tu veux faire sa connaissance ?

— Faire la connaissance d'un loup ?

— Viens, je vais te montrer.

Le jeune garçon s'approcha prudemment de l'animal.

— Donne-moi ta main, dit Ayla. Nous allons la faire sentir à Loup, il s'habituera à ton odeur et tu pourras ensuite le caresser.

Lanidar hésita à mettre sa main valide si près de la gueule de l'animal, puis finit par la tendre lentement. Ayla la prit, la plaça sous le museau de Loup, qui la renifla puis la lécha.

— Ça chatouille ! fit l'enfant avec un rire nerveux.

— Tu peux lui toucher la tête, il aime qu'on le gratte derrière les oreilles.

Avec un sourire extatique, le petit garçon caressa l'animal, leva les yeux quand le jeune étalon hennit.

— Je crois que Rapide réclame un peu d'attention, traduisit Ayla. Tu veux le caresser aussi ?

— Je peux ?

— Viens ici, Rapide, dit Ayla, ajoutant un signe à l'ordre.

L'étalon brun à la crinière et à la queue noires hennit

de nouveau, avança de quelques pas vers la femme et l'enfant, baissa la tête devant Lanidar, qui recula. Le cheval n'était pas un carnivore à la gueule hérissée de crocs, mais cela ne voulait pas dire qu'il était inoffensif. Ayla plongea la main dans le sac posé à ses pieds.

— Fais des gestes lents, recommanda-t-elle. Laisse-le te sentir, lui aussi, c'est comme cela que les animaux apprennent à nous connaître. Ensuite tu pourras lui caresser les naseaux ou le côté de la tête.

L'enfant suivit les conseils d'Ayla.

— Son nez est doux ! fit-il.

Whinney surgit tout à coup de nulle part, poussa son rejeton sur le côté. Le petit garçon sursauta.

— Elle veut qu'on s'occupe d'elle, expliqua Ayla. Les chevaux sont très curieux et ils aiment se faire remarquer. Tu veux leur donner à manger ?

Lanidar acquiesça. Ayla ouvrit la main pour lui montrer deux morceaux de racine blanche dont les chevaux étaient friands : de la jeune carotte.

— Ta main droite est assez forte pour tenir quelque chose ?

— Oui, répondit-il.

— Alors, tu leur donneras à manger en même temps. Tu leur présentes le morceau en gardant la main ouverte, pour qu'ils puissent le prendre. Ils sont jaloux quand on donne à manger à l'un et pas à l'autre. Whinney chasserait Rapide. C'est sa mère, elle peut lui donner des ordres.

— Même les mères juments font ça ?

— Oui, même les mères juments.

Ayla se redressa, alla prendre les longes en disant :

— Je crois qu'il est temps de partir. Jondalar m'attend. Je vais devoir les attacher de nouveau. Pour leur bien. Je ne veux pas qu'ils se promènent partout en liberté avant que tout le monde au camp sache qu'il ne faut pas les chasser. Je devrais leur construire un enclos plutôt qu'utiliser des cordes qui se prennent dans les buissons.

La longe de Rapide était tellement emmêlée dans les broussailles qu'elle dut aller prendre dans son sac la hachette que Jondalar avait fabriquée pour elle. Pendant le Voyage, elle la portait sur elle, le manche passé dans une boucle attachée à sa ceinture. Ce serait plus facile de démêler la corde si elle brisait d'abord les branches des broussailles. Après avoir débarrassé les longes des débris qui y demeuraient accrochés, elle rattacha les chevaux, ramassa son sac et le lièvre, dont elle ferait cadeau à quelqu'un au camp de la Neuvième Caverne, puis elle se tourna vers le jeune garçon.

— Si je t'apprends à siffler comme les oiseaux, tu feras quelque chose pour moi, Lanidar ?

— Quoi ?

— Il m'arrive de devoir m'absenter presque toute la journée. Pourrais-tu venir t'occuper des chevaux pendant que je suis partie ? Tu les appelles en sifflant, tu vérifies que leur corde n'est pas emmêlée, tu les caresses un peu. Ils aiment la compagnie. S'il y a un problème, tu me préviens. Tu pourrais faire ça ?

L'enfant demeura ébahi. Il n'aurait jamais imaginé qu'elle lui demanderait une chose pareille.

— Je pourrais aussi leur donner à manger ?

— Bien sûr. Tu peux toujours cueillir de l'herbe fraîche pour eux, et ils adorent les carottes, ainsi que d'autres racines que je te montrerai. Il faut que j'y aille. Tu veux venir avec moi voir Jondalar montrer son lance-sagaie ?

— Oui.

Ils retournèrent au camp, imitant en chemin quelques chants d'oiseaux. Lorsqu'ils parvinrent au lieu choisi pour la démonstration, Ayla fut étonnée de découvrir d'autres propulseurs à côté de celui de Jondalar. Plusieurs Zelandonii ayant assisté à la première démonstration, pour les Cavernes proches de la Neuvième, avaient fabriqué leur propre version de l'instrument, qu'ils utilisaient avec divers degrés de réussite. Jondalar la vit approcher avec soulagement et alla à sa rencontre.

— Qu'est-ce qui t'a retardée ? Plusieurs chasseurs ont fabriqué leur propre lance-sagaie, mais il faut beaucoup d'entraînement pour acquérir de la précision, tu le sais. Jusqu'ici, je suis le seul qui touche la cible qu'il vise, et les autres commencent à croire que c'est de la chance, que personne n'arrivera jamais à se servir de cet instrument. Je n'ai pas parlé de toi. J'ai pensé qu'ils seraient plus impressionnés en te voyant. Je suis content que tu sois enfin là.

— J'ai étrillé les chevaux – l'œil de Rapide va bien – et je les ai laissés courir un moment. Il faut trouver autre chose que les cordes, elles se prennent dans les broussailles. Un enclos, peut-être. J'ai demandé à Lanidar de surveiller les animaux quand nous serons loin du camp. Il a fait leur connaissance, ils l'aiment bien.

— Qui est Lanidar ? marmonna Jondalar avec une pointe d'agacement.

Ayla indiqua le jeune garçon qui, un peu effrayé par l'expression irritée de l'homme, tentait de se cacher derrière elle.

— Je te présente Lanidar de la Dix-Neuvième Caverne. Quelqu'un lui a dit qu'il y avait des chevaux dans le pré, il est venu voir.

Préoccupé par la démonstration qui ne se déroulait pas comme il l'avait espéré, Jondalar chassait déjà l'enfant de son esprit quand il remarqua le bras difforme et l'expression soucieuse d'Ayla. Elle essayait de lui faire comprendre quelque chose, probablement au sujet du petit garçon.

— Je crois qu'il pourrait nous aider, poursuivit-elle. Il sait déjà siffler comme nous pour appeler les chevaux mais il a promis de ne pas le faire sans raison.

— J'en suis heureux, assura Jondalar. Nous aurons besoin de son aide.

Le jeune infirme se détendit un peu et Ayla sourit à son compagnon.

— Il est venu assister lui aussi à la démonstration, reprit Ayla. Quel genre de cible as-tu installé ?

Ils se dirigèrent vers la foule, composée essentiellement d'hommes, qui les observait. Quelques-uns semblaient s'apprêter à partir.

— Un dessin de cerf sur une peau attachée à un ballot d'herbe, répondit Jondalar.

Ayla prit son propulseur et une sagaie en approchant ; dès qu'elle découvrit les cibles, elle visa et rabattit le bras. Le bruit sourd du trait qui se planta dans l'herbe fit sursauter plusieurs Zelandonii. Ils ne s'attendaient pas que cette femme lançât une sagaie aussi vite. Elle effectua d'autres démonstrations, mais atteindre une cible fixe n'avait rien d'extraordinaire, et, même si Ayla lançait plus loin que n'importe quelle femme, ils avaient déjà vu Jondalar transpercer plusieurs fois le cerf. Cela ne les étonnait plus.

Lanidar parut le comprendre. S'approchant d'Ayla, il lui tapota le dos et murmura :

— Tu devrais demander au loup de te trouver un lièvre, ou quelque chose comme ça.

Elle lui sourit, adressa un signe à l'animal. Autour d'eux, l'herbe avait été piétinée par la foule et le gibier avait dû s'enfuir, mais, s'il restait une seule bête, Loup la trouverait. Certains Zelandonii éprouvèrent un peu d'appréhension en voyant le prédateur courir loin d'Ayla. Ils commençaient à s'habituer à sa présence près de cette femme, mais le voir filer seul comme ça…

Avant l'arrivée d'Ayla, un homme avait demandé à Jondalar quelle distance il pouvait atteindre avec son instrument et Jondalar avait répondu qu'il le lui montrerait une fois qu'il aurait récupéré ses sagaies, toutes plantées dans les cibles. Il se dirigeait vers les ballots d'herbe avec quelques Zelandonii quand Ayla vit Loup prendre une posture l'avertissant qu'il avait débusqué quelque chose. Soudain, un lagopède des saules surgit dans un bruit d'ailes, au-dessus d'un bosquet à mi-hauteur d'une pente. Ayla se tenait prête, avec sur le propulseur un projectile léger, l'un de ceux que Jondalar et elle utilisaient pour les petits animaux.

Elle lança l'arme en un geste si prompt qu'on eût dit une réaction instinctive. L'oiseau touché poussa un cri qui attira l'attention des Zelandonii. Ils levèrent la tête, virent le lagopède tomber du ciel et considérèrent l'instrument avec un regain d'intérêt.

— Elle peut lancer à quelle distance ? demanda à Jondalar l'homme qui l'avait déjà interrogé.

— Pose-lui la question.

— Simplement lancer ou toucher la cible ? s'enquit Ayla.

— Les deux.

— Si tu veux savoir quelle distance un lance-sagaie permet d'atteindre, j'ai une meilleure idée, dit-elle en se tournant vers le jeune garçon. Lanidar, tu leur montres ?

L'enfant regarda autour de lui d'un air timide, mais Ayla se rappela qu'il n'avait pas hésité à répondre à ses questions quand elle lui avait parlé. Elle savait que l'attention générale ne le gênait pas. Il la regarda, hocha la tête.

— Tu penses pouvoir te souvenir de la façon dont tu as lancé, la fois d'avant ?

Il acquiesça. Elle lui tendit le propulseur et un projectile léger. Il eut un peu de mal à placer le trait sur l'instrument avec son bras trop court, mais y réussit sans aide. Il s'avança ensuite au milieu de la prairie, ramena son bras valide en arrière et lança la sagaie comme la fois précédente, en laissant l'arrière du propulseur se relever. La sagaie se planta deux fois moins loin que celles d'Ayla ou de Jondalar mais à une distance bien supérieure à celle qu'on pouvait attendre d'un jeune garçon, surtout affligé d'une telle infirmité.

Personne n'avait plus envie de partir, maintenant. L'homme qui avait réclamé la démonstration s'approcha de l'enfant, remarqua les décorations de sa tunique et le petit collier à son cou, et parut surpris.

— Cet enfant n'est pas de la Neuvième Caverne, il est de la Dix-Neuvième, dit-il à Ayla. Vous venez d'arriver. Quand a-t-il appris à se servir de cette chose ?

— Aujourd'hui.

— Il peut lancer une sagaie aussi loin et il n'a appris qu'aujourd'hui ?

— Oui. Bien sûr, il n'a pas encore appris à viser, mais cela viendra avec le temps et l'entraînement.

Elle jeta un coup d'œil au jeune garçon. Le sourire de Lanidar resplendissait d'une telle fierté qu'elle ne put s'empêcher de sourire, elle aussi. Quand il lui eut rendu le propulseur, elle prit un autre de ses traits légers, le plaça dans la rainure et l'expédia bien au-delà des cibles que Jondalar avait installées. Occupés qu'ils étaient à suivre la trajectoire du projectile, les Zelandonii ne la virent pas armer de nouveau le propulseur. La sagaie se ficha cette fois dans l'une des cibles avec un bruit satisfaisant, et plusieurs hommes, surpris, découvrirent le long trait planté dans le cou du cerf.

Dans le brouhaha qui s'ensuivit, Ayla regarda Jondalar, qui lui adressa un sourire aussi épanoui que celui de Lanidar. Les hommes se pressèrent autour d'eux pour examiner les nouveaux instruments, certains demandèrent à les essayer. Quand ils voulurent emprunter celui d'Ayla, elle les renvoya à Jondalar en prétextant qu'elle devait chercher Loup. Elle s'étonna de sa réaction : elle n'avait jamais possédé grand-chose qu'elle considérât vraiment à elle.

Elle trouva Loup assis près de Folara et Marthona, au pied de la pente. La voyant se diriger vers elles, la jeune fille leva un bras pour désigner le lagopède. Au moment où Ayla quittait la prairie, une femme s'approcha d'elle et se présenta :

— Je suis Mardena de la Dix-Neuvième Caverne des Zelandonii.

Quand l'inconnue lui tendit les mains, Ayla remarqua Lanidar derrière elle.

— Nous sommes les hôtes de la Réunion, cette année, poursuivit-elle. Au nom de la Mère, je te souhaite la bienvenue.

Petite et frêle, elle ressemblait à Lanidar.

— Je suis Ayla de la Neuvième Caverne des Zelandonii, naguère du Camp du Lion des Mamutoï. Au nom de Doni, la Grande Terre Mère, également appelée Mut, je te salue, répondit Ayla.

— Je suis la mère de Lanidar.

— Je m'en doutais. Il y a une ressemblance.

Un peu déroutée par l'étrange accent d'Ayla, Mardena demanda :

— Comment se fait-il que tu connaisses mon fils ? Je lui ai posé la question mais il peut être très secret, quelquefois.

— Les enfants sont comme cela, répondit Ayla avec un sourire. Quelqu'un lui avait dit qu'il y avait des chevaux à notre camp, il est venu voir, j'étais là.

— J'espère qu'il ne t'a pas dérangée.

— Pas du tout. En fait, il pourrait m'aider. Je m'efforce de tenir les chevaux à l'écart, pour leur sécurité, jusqu'à ce que tout le monde s'habitue à eux et sache qu'il ne faut pas les chasser. J'ai l'intention de leur construire un enclos mais je n'en ai pas encore eu le temps. Alors, pour le moment, je les attache à un arbre. Malheureusement, la corde se prend dans les broussailles et cela limite trop leur liberté de mouvement. J'ai demandé à ton fils s'il pourrait venir les voir quand je dois m'absenter quelque temps et me prévenir en cas de problème.

— Ce n'est qu'un enfant, et ces chevaux sont des bêtes vigoureuses, non ? s'inquiéta la mère du garçon.

— Certes. Quand ils sont acculés ou qu'ils se retrouvent dans une situation inconnue, il leur arrive de prendre peur. Alors ils se cabrent ou ils ruent, mais ils ont fait bon accueil à Lanidar. Ils sont très doux avec les enfants et les gens qu'ils connaissent. Tu peux venir le constater toi-même, si tu veux. Enfin, si cela te préoccupe, je trouverai quelqu'un d'autre.

— Ne dis pas non, mère ! implora Lanidar. Je veux le faire. Elle m'a laissé les toucher, ils ont mangé dans mes mains, mes deux mains ! Elle m'a montré aussi comment lancer une sagaie avec leur instrument. Tous les garçons en lancent, moi je ne l'avais jamais fait.

Mardena savait que son fils mourait d'envie d'être comme les autres, mais elle pensait qu'il devait comprendre qu'il ne le serait jamais. Elle avait souffert quand l'homme qui avait été son compagnon était parti après la naissance de Lanidar. Elle était sûre qu'il avait honte de l'enfant. En plus de son infirmité, Lanidar était petit pour son âge, et elle faisait tout pour le protéger. Le lancer de sagaie ne signifiait rien pour elle. Elle était venue assister à la démonstration uniquement parce que les autres y allaient et qu'elle pensait que cela pourrait plaire à Lanidar. Mais, quand elle l'avait cherché, elle ne l'avait pas trouvé. Nul n'avait été plus ébahi qu'elle quand l'étrangère avait appelé son fils pour essayer la nouvelle arme.

La voyant hésiter, Ayla proposa :

— Si tu n'es pas trop occupée, pourquoi ne passerais-tu pas demain matin avec Lanidar au camp de la Neuvième Caverne ? Tu verras ton fils avec les chevaux, tu jugeras par toi-même.

— Mère, je peux le faire, plaida Lanidar. Je sais que je peux le faire.

6

— Il faut que je réfléchisse, répondit Mardena. Mon fils n'est pas comme les autres, il ne peut pas faire les mêmes choses.

Ayla la regarda.

— Je ne suis pas sûre de comprendre.

— Tu te rends bien compte que son bras le limite.

— Quelque peu, mais beaucoup apprennent à surmonter ce genre de limites.

— Jusqu'à quel point ? Il ne sera jamais chasseur, il n'arrivera jamais à fabriquer quelque chose avec ses mains. Cela ne lui laisse pas beaucoup d'autres possibilités.

— Pourquoi ne pourrait-il pas chasser ou apprendre à fabriquer des choses ? repartit Ayla. Il est intelligent, il voit bien. Il a un bras normal et peut se servir un peu de l'autre. Il marche, il court, même. J'ai vu des gens surmonter des difficultés bien plus graves. Il a juste besoin de quelqu'un pour lui apprendre.

— Qui ? répliqua Mardena. Même l'homme de son foyer n'a pas voulu.

Ayla eut l'impression de commencer à saisir.

— Je m'en chargerais volontiers, dit-elle, et je pense

que Jondalar nous apporterait son aide. Le bras gauche de Lanidar est solide. Je suis sûre qu'il pourrait apprendre à lancer une sagaie, en particulier avec le nouvel instrument.

— Pourquoi prendrais-tu cette peine ? Tu ne vis pas dans notre Caverne. Tu ne le connais même pas.

Ayla supposa que Mardena ne croirait jamais qu'elle était prête à le faire parce qu'elle aimait bien cet enfant, alors qu'elle venait à peine de le rencontrer. Aussi répondit-elle :

— Nous avons tous l'obligation de transmettre aux enfants ce que nous savons, et je viens de devenir zelandonii. Je dois apporter à mon nouveau peuple une contribution qui montrera que j'en suis digne. En outre, si Lanidar m'aide pour les chevaux, j'aurai une dette envers lui et je serai tenue de lui donner en échange quelque chose d'égale valeur. C'est ce qu'on m'a inculqué quand j'étais enfant.

— Et s'il n'arrive pas à chasser malgré tes efforts ? Je ne voudrais pas lui donner de faux espoirs.

— Il doit apprendre certaines activités. Sinon, que fera-t-il quand il grandira et que tu seras trop vieille pour le protéger ? Tu ne veux pas qu'il soit un fardeau pour les Zelandonii ? Moi non plus, où qu'il vive.

— Il sait cueillir les fruits avec les femmes.

— C'est une contribution valable, mais il devrait découvrir d'autres choses. Du moins essayer.

— Tu as sans doute raison, convint Mardena. Mais quoi ? Je ne crois pas qu'il puisse chasser un jour.

— Tu l'as vu lancer une sagaie ? Même s'il ne devient pas un excellent chasseur – et je pense qu'il en est capable –, apprendre à chasser lui ouvrirait d'autres perspectives.

— Lesquelles ?

Ayla chercha en hâte une réponse.

— Il siffle bien, je l'ai entendu. Un bon siffleur peut souvent imiter les cris d'animaux. S'il en est capable, il pourrait devenir un appelant, attirer les bêtes là où les chasseurs sont embusqués.

— C'est vrai, il siffle bien, dit Mardena, considérant l'argument. Tu crois que ça pourrait lui servir à quelque chose ?

Lanidar intervint :

— Elle aussi, elle siffle, mère. Comme les oiseaux. Elle sait imiter un cheval…

— Vraiment ?

Ayla était sûre que Mardena allait réclamer une démonstration et n'avait pas envie d'émettre un hennissement strident avec autant de monde autour d'elle. Pour créer une diversion, elle réitéra son invitation :

— Venez donc demain matin au camp de la Neuvième Caverne, ton fils et toi.

— Je peux aussi amener ma mère ? demanda Mardena.

— Bien sûr. Venez tous les trois, vous partagerez notre repas.

— Alors, à demain.

Ayla regarda la mère et l'enfant s'éloigner. Avant de se retourner pour aller rejoindre Marthona, Folara et Loup, elle vit Lanidar lui adresser par-dessus son épaule un sourire débordant de reconnaissance.

— Voilà ton oiseau, cria Folara en lui montrant le lagopède transpercé quand elle s'approcha. Que comptes-tu en faire ?

— Eh bien, comme je viens de lancer des invitations pour le repas de demain matin, je pense que je vais le cuire.

— Qui as-tu invité ?

— La femme à qui je parlais.

— Mardena ? s'étonna la jeune fille.

— Ainsi que sa mère et son fils.

— Personne ne les invite jamais, sauf pour les festins communautaires.

— Pourquoi ?

— Maintenant que j'y pense, je ne sais pas trop. Mardena vit un peu à l'écart. Elle se croit responsable de l'infirmité de son garçon ou du moins elle croit que les gens le pensent.

— Certains le pensent, dit Marthona, et Lanidar aura peut-être du mal à trouver une compagne. Il y aura des mères pour craindre qu'il n'apporte des Esprits infirmes à une union.

— En plus, Mardena le traîne avec elle partout où elle va, reprit Folara. Elle a peur que les autres garçons se moquent de lui si elle le laisse aller seul quelque part. Ils le feraient sûrement. Je ne crois pas qu'il ait des amis. Elle ne lui offre aucune possibilité.

— Je me posais justement la question, dit Ayla. Elle a envers lui une attitude protectrice. Trop protectrice, je pense. Elle est persuadée que son bras infirme limite ses capacités, mais sa plus grande limite, à mon avis, ce n'est pas son bras, c'est sa mère. Elle a peur de le laisser essayer. Il faut pourtant qu'il grandisse.

— Pourquoi l'as-tu choisi pour lancer une sagaie ? demanda Marthona. J'ai eu l'impression que tu le connaissais.

— Quelqu'un lui avait dit qu'il y avait des chevaux là où nous avons notre camp – le Pré d'En-Haut, comme il l'appelle –, il est venu les voir et je me trouvais là. Je pense qu'il cherchait à échapper à la foule, ou à sa mère, mais celui qui lui avait parlé des chevaux avait omis de lui dire que nous campons là-bas. Jondalar et Joharran ont demandé que tous les participants à la Réunion évitent de s'approcher des chevaux. Le « quelqu'un » qui a parlé des chevaux à Lanidar pensait peut-être qu'il aurait des ennuis s'il venait les voir. En fait, cela ne me dérange pas qu'on vienne les voir, je veux juste que personne n'ait l'idée de les chasser. Ils sont trop habitués à l'homme, ils ne s'enfuiraient pas.

— Et, bien sûr, tu as laissé Lanidar les toucher et il était ravi, comme tout le monde, dit Folara en souriant.

Ayla lui rendit son sourire.

— Peut-être pas tout le monde, mais je pense que, si les gens ont l'occasion de les connaître, ils ne seront pas tentés de les chasser.

— Tu as sans doute raison, approuva Marthona.

— Les chevaux l'aiment bien, semble-t-il, et il a su tout de suite siffler comme moi pour les appeler. Alors je lui ai demandé de s'occuper d'eux en mon absence. Je ne pensais pas que sa mère y verrait une objection.

— Rares sont les mères qui s'opposeraient à ce que leur fils de douze ans en sache davantage sur les chevaux ou sur n'importe quel autre animal, observa Marthona.

— Douze ans ? Je pensais qu'il en avait neuf ou dix. Il disait qu'il ne voulait pas aller à la démonstration de Jondalar parce qu'il ne sait pas lancer une sagaie. Il semblait croire qu'il n'y arriverait jamais, mais son bras gauche est normal, et, comme j'avais mon lance-sagaie avec moi, je lui ai montré comment s'en servir. A son âge, il devrait faire mieux que de cueillir des framboises avec sa mère.

Ayla s'interrompit, regarda les deux femmes.

— Comment se fait-il que vous connaissiez Lanidar et Mardena ?

Ce fut Marthona qui répondit :

— Chaque fois que naît un bébé infirme comme lui, toutes les Cavernes en entendent parler, et tout le monde en parle. Pas nécessairement en mal. Les gens se demandent pourquoi et veulent éviter qu'une telle chose arrive à leurs enfants. Quand le compagnon de Mardena est parti, la plupart des Zelandonii ont pensé que c'était parce qu'il avait du mal à reconnaître Lanidar comme le fils de son foyer, mais je pense que Mardena est à moitié responsable. Elle ne voulait montrer le bébé à personne, pas même à son compagnon. Elle le cachait, elle dissimulait son bras. Elle est devenue très protectrice.

— Le problème de Lanidar, c'est qu'elle l'est toujours, dit Ayla. Quand je lui ai annoncé que j'avais proposé à son fils de s'occuper des chevaux en mon absence, elle n'a pas voulu. Pourtant, je ne lui demandais pas une chose dont il aurait été incapable. Il s'agit juste de voir s'ils vont bien et de me prévenir en cas de problème. C'est pour cela que je les ai invités à venir demain, pour essayer de la convaincre que les chevaux ne feront aucun mal à son fils. Et j'ai promis de lui apprendre à chasser ou du moins à lancer une sagaie. Je ne sais pas pourquoi, mais plus elle se montrait réticente, plus j'étais déterminée.

Folara et sa mère sourirent, hochèrent la tête pour signifier qu'elles comprenaient.

— Pouvez-vous prévenir Proleva que nous aurons de la visite demain matin ? leur demanda Ayla. Moi, je vais chercher autre chose pour le repas de demain. Et si vous retournez au camp, vous pouvez prendre le lagopède ?

— N'oublie pas ton lièvre, rappela Marthona. Salova m'a dit que tu en as tué un aujourd'hui. Veux-tu de l'aide pour le repas ?

— Uniquement si tu penses que d'autres pourraient se joindre à nous. Je vais creuser un four dans le sol, y mettre des pierres brûlantes, et laisser cuire le lagopède et le lièvre toute la nuit. Avec des herbes et des légumes.

— Folara, je pense qu'il faudra l'aider, dit la mère de Jondalar. Si c'est Ayla qui prépare le repas, tout le monde voudra goûter, par curiosité… Oh, j'allais oublier : Ayla, j'ai été chargée de te prévenir qu'il y aura demain après-midi une réunion de toutes les femmes qui s'apprêtent à prendre un compagnon, et de leurs mères, dans la hutte de la Zelandonia.

— Je n'ai pas de mère pour m'accompagner, murmura Ayla.

— Normalement, ce n'est pas la place de la mère de l'homme, mais puisque la femme dont tu es née ne peut être là, je suis prête à venir avec toi, si tu veux, proposa Marthona.

— Vraiment ? fit Ayla, très émue. Je t'en serais infiniment reconnaissante.

— Un festin matinal sorti d'un four dans la terre ! s'exclama Folara. La viande est toujours très tendre, cuite de cette façon. La journée de demain s'annonce merveilleuse.

Et bientôt je serai unie à Jondalar, songeait Ayla. Comme je voudrais qu'Iza soit là… C'est elle la mère qui devrait être à mes côtés, pas la femme dont je suis née. Puisqu'elles parcourent toutes deux le Monde d'Après, je suis reconnaissante à Marthona de m'accompagner, mais Iza aurait été tellement contente… Elle craignait que je ne trouve jamais d'homme à qui m'unir. Elle a eu raison de me conseiller de partir à la recherche de mon peuple, à la recherche de mon compagnon.

Derrière le camp principal, à droite, les collines calcaires formaient une large cuvette évasée qui s'incurvait sur les côtés mais était ouverte sur le devant. La base des pentes incurvées convergeait vers une étendue relativement plate, nivelée par les pierres et la terre accumulées au cours des nombreuses années écoulées depuis que le lieu servait aux réunions. A l'intérieur de la cuvette, les flancs herbeux des collines s'élevaient par paliers, et les parties les moins escarpées avaient été aplanies elles aussi pour que des groupes familiaux ou même des Cavernes entières puissent s'y asseoir ensemble et jouir de la vue sur l'espace découvert, en contrebas. La partie en pente était assez vaste pour accueillir tous les participants à la Réunion d'Eté, soit plus de deux mille personnes.

Dans un boqueteau proche de la crête des collines jaillissait une source qui alimentait un petit étang puis coulait au milieu de la pente, traversait la partie plane du bas et se jetait dans le cours d'eau du camp. Ce ruisseau était si étroit qu'on pouvait l'enjamber aisément, et l'étang clair et froid, proche du sommet, constituait une source permanente d'eau potable.

Ayla monta vers les arbres en suivant un sentier, le long du ruisseau qui peignait d'une couche d'eau un lit caillouteux. Elle fit halte pour boire à la source puis se retourna. Son attention fut attirée par l'eau qui descendait la colline en miroitant, allait grossir le flot qui traversait le vaste camp puis se jetait dans la Rivière. C'était un paysage de hautes collines, de falaises calcaires et de vallées creusées par des cours d'eau.

Du camp montait une rumeur qui ne ressemblait à rien de ce qu'Ayla connaissait, les voix mêlées de tout un camp noir de monde, fondues en un seul grondement, ponctué parfois d'un cri, d'un appel, d'une exclamation. Cela lui rappelait une ruche, ou un troupeau d'aurochs meuglant au loin, et elle était soulagée de se retrouver seule un moment.

Enfin, pas tout à fait seule. Elle regarda Loup fourrer son museau dans les moindres recoins et sourit. Ayla aimait l'avoir auprès d'elle. Bien qu'elle ne fût pas habituée à voir tant de gens, surtout en si peu de temps et en un seul endroit, elle n'avait pas trop envie d'être seule. Elle avait eu son content de solitude dans la vallée qu'elle avait découverte après avoir quitté le Clan, et elle n'aurait sans doute pas supporté cette situation sans Whinney, et plus tard Bébé. Même avec ses animaux, la solitude lui avait pesé, mais elle avait su se procurer à manger et fabriquer les objets dont elle avait besoin ; elle avait appris la joie d'une liberté totale. Pour la première fois, elle pouvait faire ce qu'elle voulait, même adopter une pouliche ou un lionceau. Ne dépendre que d'elle-même lui avait révélé qu'un être humain livré à la solitude pouvait vivre un temps dans un bien-être relatif tant qu'il restait jeune, fort et en bonne santé. Ce n'est qu'en tombant gravement malade qu'elle avait pris conscience de sa vulnérabilité.

Ayla avait alors compris qu'elle n'aurait pas survécu si le Clan n'avait permis à une petite fille faible et blessée, rendue orpheline par un tremblement de terre, de vivre en son sein, alors qu'elle appartenait à ceux que les membres du Clan appelaient les Autres. Plus tard, quand Jondalar et elle avaient vécu chez les Mamutoï, elle s'était aperçue que la vie en groupe, n'importe quel groupe, même si on y reconnaissait l'importance des souhaits et des désirs individuels, limitait la liberté de chacun car les besoins de la communauté étaient tout aussi importants. La survie reposait sur une volonté commune de coopérer, Clan, Camp ou Caverne, hommes et femmes résolus à travailler ensemble et à s'entraider. Il y avait toujours lutte entre l'individu et le groupe. Trouver un équilibre acceptable était un défi constant, mais qui n'allait pas sans avantages.

La cohésion du groupe assurait plus que la satisfaction des besoins essentiels de chacun. Elle offrait aussi du temps libre pour se consacrer à des tâches plus agréables qui, chez les Autres, favorisaient l'éclosion d'un sens esthétique. Leur art était moins un art en soi qu'une partie inhérente de leur vie, de leur existence quotidienne. Presque tous les membres d'une Caverne zelandonii pouvaient s'enorgueillir d'une habileté particulière et appréciaient à des degrés divers les résultats du talent des autres. Dès le plus jeune âge, les enfants tentaient différentes expériences pour trouver le domaine dans lequel ils excelleraient, et les activités pratiques n'étaient pas jugées plus importantes que l'art.

Ayla se rappela que Shevonar, l'homme qui était mort pendant la chasse aux bisons, avait fabriqué des lances. Il n'était pas le seul membre de la Neuvième Caverne à savoir en faire, mais la spécialisation développait le talent, talent qui conférait un statut particulier, souvent économique. Chez les Zelandonii, comme chez la plupart des autres peuples qu'Ayla connaissait, la nourriture était partagée, mais le chasseur ou le cueilleur qui la fournissait acquérait un certain prestige. Un homme ou une femme pouvait vivre sans jamais fournir d'efforts pour trouver à manger. Sans une activité spécialisée ou un talent particulier, source de prestige, personne ne pouvait vivre bien.

Même si c'était pour elle une notion difficile à saisir, Ayla avait appris comment les Zelandoni échangeaient biens et services. Presque tout ce qui était fait ou fabriqué avait de la valeur, même si son intérêt pratique n'était pas toujours évident. Cette valeur était généralement définie par le consensus, ou par le marchandage individuel. En conséquence, un talent exceptionnel était mieux récompensé qu'une habileté commune, en partie parce que, plus apprécié, l'objet était plus demandé, en partie parce qu'il fallait souvent plus de temps pour bien le fabriquer. Le talent et l'habileté étaient hautement considérés, et la plupart des membres d'une Caverne avaient un sens esthétique développé dans leur domaine.

Une lance bien faite et décorée avec goût avait plus de valeur qu'une lance bien faite mais simplement fonctionnelle, laquelle avait plus de valeur qu'une lance mal faite. Un panier tressé avec maladresse servait autant qu'un panier joliment orné, avec des motifs subtils, ou peint de couleurs variées, mais il suscitait beaucoup moins la convoitise. On réservait l'objet purement pratique aux racines qu'on venait de déterrer, puis, une fois ces racines nettoyées ou séchées, on les gardait dans un panier plus beau. Les objets et les outils qui remplissaient une fonction immédiate étaient souvent jetés après usage, alors que l'on conservait celui qui était beau et de bonne facture.

Les Zelandonii n'appréciaient pas seulement l'habileté manuelle, ils faisaient aussi grand cas des divertissements. Les hivers glaciaux les confinaient dans leurs abris pendant de longues périodes, et ils cherchaient des moyens d'atténuer les pressions nées de la promiscuité. Les chants et les danses étaient prisés à la fois comme activité individuelle et comme contribution collective, et l'on estimait autant ceux qui jouaient de la flûte que ceux qui fabriquaient des lances ou des paniers. Ayla avait déjà constaté que les Conteurs étaient fort appréciés. Même ceux du Clan avaient des conteurs, se rappela-t-elle, et ils aimaient par-dessus tout réentendre des histoires qu'ils connaissaient déjà.

Les Autres aussi, mais ils avaient également le goût de la nouveauté. Jeunes et vieux s'adonnaient avec passion aux devinettes, aux jeux utilisant des mots. Les visiteurs étaient les bienvenus, ne fût-ce que parce qu'ils apportaient de nouvelles histoires. On les pressait de raconter leur vie et leurs aventures, qu'ils eussent ou non un talent de conteur, parce que cela donnait matière à discussion pendant les longues heures autour du feu. Bien que tout le monde ou presque fût capable de tisser les fils d'un récit intéressant, ceux qui montraient un réel talent en ce domaine étaient recherchés, conviés à se rendre dans les Cavernes voisines, ce qui avait donné naissance aux Conteurs Itinérants. Certains d'entre eux passaient leur vie, ou du moins plusieurs années, à voyager de Caverne en Caverne, portant nouvelles et messages, racontant des histoires. Nul n'était plus fêté.

On identifiait la plupart des Zelandonii aux motifs de leurs vêtements, aux colliers et autres bijoux qu'ils portaient, et avec le temps les Conteurs avaient adopté une tenue et des motifs distinctifs qui annonçaient leur activité. Ainsi, même les jeunes enfants savaient quand ils arrivaient, et l'on interrompait presque toutes les autres activités quand un Conteur Itinérant faisait son apparition. Même les expéditions de chasse prévues de longue date étaient reportées. On improvisait alors de grands festins et, bien que beaucoup de Conteurs en fussent capables, aucun n'avait besoin de chasser pour survivre. Afin de les inciter à revenir, on leur offrait des cadeaux, et lorsqu'ils devenaient trop vieux ou fatigués de voyager, ils pouvaient s'installer dans la Caverne de leur choix.

Parfois, plusieurs Conteurs voyageaient ensemble, souvent avec leur famille. Les groupes les plus talentueux pouvaient inclure des chanteurs et des danseurs, des musiciens jouant de divers instruments : percussions, crécelles, calebasses, flûtes, parfois cordes tendues, pincées ou frappées. Les histoires étaient souvent jouées en même temps que racontées et, quel que fût le moyen d'expression, l'histoire et le conteur étaient toujours au centre de l'attention.

La matière était variée : mythes, légendes, histoires, aventures personnelles, descriptions de lieux et de créatures lointaines ou imaginaires. Comme ils étaient toujours très demandés, chaque groupe incluait dans son répertoire les mésaventures personnelles survenues dans les Cavernes voisines, les ragots drôles ou sérieux, vrais ou inventés. Tout était permis pourvu que ce fût bien raconté. Les Conteurs Itinérants portaient aussi des messages à un ami ou à un parent, d'un chef à un autre, d'un Zelandoni à un autre, bien que cette forme de communication pût être délicate. Un Conteur devait se montrer digne de confiance avant qu'on lui remette des messages secrets ou ésotériques échangés par les chefs ou les Zelandonia, et tous ne l'étaient pas.

Au-delà de la crête, point culminant des environs, le terrain descendait puis redevenait plat. Ayla gravit la colline et entama la descente en suivant une piste à peine visible, récemment tracée à travers des ronces épaisses et quelques pins faméliques. Elle la quitta au pied de la colline, là où les buissons épineux laissaient place à une herbe rare. Parvenue devant le lit asséché d'un torrent, dont les pierres serrées l'une contre l'autre offraient peu de place à une repousse de la végétation, elle tourna et entreprit de le remonter.

L'endroit semblait susciter la curiosité de Loup. Pour

lui aussi, ce territoire était nouveau, et l'animal était attiré par chaque tas de cailloux, chaque monticule de terre qui présentait à ses narines une odeur inconnue. Ayla et lui s'engagèrent sur le lit rocailleux creusé dans le calcaire, puis Loup s'éloigna en quelques bonds et disparut derrière un éboulis. Ayla s'attendait à le voir réapparaître à tout moment, mais, son absence se prolongeant, elle commença à s'inquiéter. Arrêtée près du tas de pierres, elle inspecta les alentours et finit par émettre le sifflement distinctif qu'elle utilisait pour appeler l'animal. Elle attendit. Un moment s'écoula avant qu'elle ne vît bouger les buissons derrière l'éboulis et n'entendît craquer les ronces au passage du carnassier.

— Où étais-tu ? dit-elle en se penchant pour le regarder dans les yeux. Qu'y a-t-il derrière ces mûriers qui t'a retenu si longtemps ?

Décidant d'aller voir elle-même, elle défit son sac de voyageur pour y prendre la hachette que Jondalar lui avait fabriquée. Ce n'était pas l'outil le plus efficace pour tailler les longues tiges épineuses, mais elle parvint à ménager une ouverture par laquelle elle découvrit, non le sol, comme elle s'y attendait, mais un vide obscur. C'était maintenant à son tour d'être intriguée.

Elle élargit assez la brèche pour pouvoir passer au prix de quelques égratignures. Le sol descendait en pente douce vers ce qui était manifestement une grotte, avec une large entrée. A la lumière du jour qui pénétrait par l'ouverture, elle avança, se récitant les mots à compter. Quand elle arriva à trente et un pas, elle constata que le sol devenait plat et que la galerie s'était élargie. Un reste de jour éclairait à peine l'intérieur. Quand ses yeux se furent habitués à la quasi-obscurité, Ayla constata qu'elle se trouvait dans une salle beaucoup plus vaste. Elle regarda autour d'elle et ressortit.

— Je me demande combien de personnes connaissent l'existence de cette grotte, Loup.

A l'aide de sa hache, elle agrandit encore l'ouverture puis alla explorer le secteur. A quelque distance, mais entouré de ronces, se dressait un pin aux aiguilles brunes. Il semblait mort. Elle se tailla un chemin à travers les tiges hérissées d'épines, appuya sur une branche basse du pin pour en éprouver la solidité. Elle dut s'y suspendre pour en casser une partie. Elle s'aperçut qu'elle avait la main collante et sourit en levant les yeux ; elle vit deux gouttes d'un liquide sombre. La branche résineuse formerait une torche acceptable une fois qu'elle l'aurait allumée.

Ayla ramassa des brindilles sèches et des morceaux d'écorce de pin, retourna au milieu du lit à sec. Avec la pierre à feu et le silex tirés de son sac, elle ne tarda pas à allumer un petit feu, en approcha l'extrémité de la branche. Loup l'observait. Quand il la vit reprendre le chemin de la grotte, il fila devant, escalada l'éboulis et se glissa à travers les ronces, sous l'ouverture taillée par Ayla. Bien longtemps avant, quand le lit à sec était un torrent qui avait creusé la grotte, la voûte se prolongeait au-dehors, mais elle s'était écroulée, créant l'éboulis qui masquait à présent l'entrée.

Ayla gravit le tas de pierres, se coula dans l'ouverture. A la lumière vacillante de sa torche, elle descendit la pente d'argile humide, accompagnant chaque pas d'un mot à compter. Elle arriva cette fois à vingt-huit avant que le sol ne devînt plat : avec une torche pour l'éclairer, elle faisait des pas plus grands. Le couloir de l'entrée débouchait sur une large salle en forme de U. Ayla leva son flambeau de fortune et eut la respiration coupée.

Les parois, brillant de calcite cristallisée, étaient presque blanches et présentaient une surface pure, propre, resplendissante. Tandis qu'elle progressait dans la grotte, la lueur de sa torche faisait naître sur les aspérités naturelles des ombres qui se pourchassaient comme si elles vivaient et respiraient. Ayla s'approcha des murs blancs qui commençaient un peu en dessous de son menton – à cinq pieds environ du sol – et, partant d'une corniche arrondie de pierre brune, s'élançaient en courbe jusqu'au plafond. Elle n'y aurait pas songé avant sa visite à la Profonde des Rochers de la Fontaine, mais elle imagina ce qu'un artiste comme Jonokol pourrait faire d'une telle grotte.

Ayla entama le tour de la salle en l'inspectant avec attention. Le sol était boueux et inégal, glissant. Au fond du U, là où il s'incurvait, une entrée étroite menait à une autre galerie. Ayla leva sa torche, regarda à l'intérieur. La partie supérieure des parois était blanche et voûtée, mais le bas dessinait un couloir sinueux, exigu, et elle préféra ne pas s'y aventurer. Elle reprit son exploration. A droite de l'entrée de la galerie, derrière, il y avait un autre passage auquel elle se contenta de jeter un coup d'œil. Elle avait déjà résolu de prévenir Jondalar et quelques autres, et de revenir avec eux.

Ayla avait vu de nombreuses grottes, la plupart avec de magnifiques pointes de pierre suspendues au plafond, des draperies de stalactites descendant vers les dépôts stalagmitiques correspondants qui s'élevaient du sol à leur rencontre, mais jamais une telle merveille. Bien que la grotte fût calcaire, une couche de marne imperméable s'était formée, bloquant les gouttes d'eau saturées de carbonate de calcium, les empêchant de devenir des stalactites et des stalagmites. Les parois étaient tapissées de minuscules cristaux de calcite, créant de vastes panneaux blancs qui recouvraient les bosses et les creux du relief naturel de la pierre. C'était un lieu rare et beau, la grotte la plus splendide qu'elle eût jamais vue.

Elle remarqua que la lumière de sa torche faiblissait : le charbon de bois accumulé à l'extrémité étouffait la flamme. Dans une autre grotte, elle aurait tapoté sa torche contre la pierre pour faire tomber le bois brûlé, mais cela laissait une marque noire. Dans ce lieu, elle se sentait tenue de faire attention, de ne pas salir les murs d'un blanc immaculé. Elle choisit un endroit plus bas, sur la pierre brune. Quelques morceaux de charbon de bois tombèrent par terre quand elle frappa la torche contre la paroi, et Ayla se sentit une envie soudaine de les ramasser. Ce lieu possédait quelque chose de sacré, de surnaturel ; elle ne voulait le profaner d'aucune manière.

Elle finit par songer que ce n'était qu'une grotte, après tout. Un peu de bois brûlé par terre, quelle importance ? D'ailleurs, elle avait remarqué que Loup n'hésitait pas, lui, à laisser sa trace, levant la patte pour proclamer par son odeur que ce territoire était sien. Mais les marques odorantes n'atteignaient pas les murs blancs.

Ayla retourna au camp de la Neuvième Caverne le plus vite possible, tout excitée par son désir de parler de la grotte. Ce ne fut qu'en découvrant plusieurs Zelandonii déblayant la terre d'un four qu'ils venaient de creuser, et d'autres préparant de la nourriture, qu'elle se rappela qu'elle avait invité Lanidar et sa famille pour le lendemain. Elle avait prévu de trouver quelque chose pour le repas, un animal ou une plante comestible, et, dans l'exaltation de sa découverte, cela lui était sorti de l'esprit. Elle remarqua que Marthona, Folara et Proleva avaient tiré un quartier de bison entier de la fosse froide.

Le jour même de leur arrivée, le plupart des membres de la Neuvième Caverne avaient conjugué leurs efforts pour creuser un grand trou jusqu'au niveau du permafrost afin de conserver la partie de la viande qu'ils n'avaient pas mise à sécher. Le territoire des Zelandonii était assez proche des glaciers du Nord pour que les conditions du permafrost y prévalent, mais cela n'impliquait pas que le sol demeurât gelé toute l'année. En hiver, il devenait dur comme de la glace, et en été il dégelait sur une profondeur variant de quelques pouces à plusieurs pieds selon le couvert végétal et la quantité de soleil qu'il recevait. Le fait de conserver la viande dans un trou creusé jusqu'au permafrost la gardait fraîche plus longtemps, encore que cela ne dérangeât pas la plupart des Zelandonii si elle était un peu avancée ; certains préféraient même le goût de la viande faisandée.

— Marthona, je suis désolée, dit Ayla en arrivant au foyer central. J'étais partie chercher quelque chose à manger pour le repas de demain matin mais j'ai oublié les invités en découvrant une grotte à proximité. C'est la plus belle que j'aie jamais vue, il faut que je vous la montre.

— Je n'ai jamais entendu parler de grottes à proximité, s'étonna Folara. Et sûrement pas de grottes magnifiques ! Elle est loin d'ici ?

— Juste de l'autre côté de la pente, derrière le camp principal.

— C'est là que nous allons cueillir des mûres à la fin de l'été, dit Proleva. Il n'y a pas de grotte là-bas.

D'autres avaient entendu Ayla et s'étaient rapprochés, notamment Jondalar et Joharran.

— Elle a raison, confirma le chef de la Neuvième Caverne. Je ne connais pas de grotte dans ce coin.

— Elle était cachée par des ronces et un éboulis, expliqua Ayla. En fait, c'est Loup qui l'a trouvée. Il était allé flairer les buissons. J'ai taillé une ouverture dans les ronces et j'ai découvert une grotte.

— Elle ne doit pas être bien grande, supposa Jondalar.

— Si. Elle s'enfonce dans la colline. Elle est vaste et singulière.

— Tu peux nous y conduire ?

— Bien sûr. C'est pour cette raison que je suis revenue, mais je me rends compte qu'il faut que j'aide à préparer le repas de demain matin.

— Nous venons d'allumer le feu dans la fosse du four, nous y avons entassé beaucoup de bois, dit Proleva. Il faudra un moment pour qu'il chauffe les pierres qui l'entourent. Rien ne nous empêche de partir maintenant.

— C'est moi qui invite, et ce sont les autres qui préparent tout, soupira Ayla, embarrassée. J'aurais dû au moins aider à creuser le four.

Elle avait l'impression d'avoir coupé à une corvée, mais la compagne de Joharran la rassura :

— Nous avions l'intention d'en creuser un, de toute façon. Et beaucoup s'y sont mis. Ils sont maintenant partis pour le camp principal. C'est toujours plus facile quand tout le monde participe.

— Allons voir ta grotte, proposa Jondalar.

— Vous savez, si nous y allons ensemble, tout le camp nous suivra, prévint Willamar.

— Alors, allons-y séparément et retrouvons-nous à la source, suggéra Rushemar.

Il faisait partie de ceux qui avaient creusé le four et avait attendu que Salova eût fini de donner le sein à Marsola avant de se rendre au camp principal. Sa compagne lui sourit. Il ne parle pas beaucoup, mais chaque fois qu'il intervient il fait preuve d'intelligence, pensa-t-elle. Elle chercha des yeux Marsola, assise par terre non loin d'eux. Il faudrait qu'elle prenne la cape à porter le bébé s'ils devaient marcher longtemps.

— C'est une bonne idée, Rushemar, dit Jondalar, mais je crois que j'en ai une meilleure. Nous pouvons passer de l'autre côté de la butte en remontant notre petit cours d'eau et en faisant le tour. La pente rocailleuse au-delà de l'étang n'est pas très loin d'ici. Je l'ai montée pour y chercher des silex, on a une bonne vue sur les environs, de là-haut.

— Parfait ! s'exclama Folara. Allons-y !

— J'aimerais aussi la montrer à Zelandoni et à Jonokol, dit Ayla.

— Comme nous sommes sur le territoire de la Dix-Neuvième Caverne, il conviendrait peut-être de prévenir également son chef, Tormaden, observa Marthona.

— Tu as raison, mère, dit Joharran. En toute justice, c'est à eux qu'il revient de l'explorer les premiers. Mais, comme ils ne l'ont pas découverte depuis le temps qu'ils vivent ici, nous pouvons en faire une expédition commune. Je vais demander à Tormaden de nous accompagner… (il sourit) mais je ne lui expliquerai pas pourquoi. Je lui dirai seulement qu'Ayla a trouvé quelque chose qu'elle veut nous montrer.

— Je pourrais t'accompagner et passer à la hutte de la Zelandonia pour emmener Zelandoni et Jonokol, proposa Ayla.

— Combien sommes-nous à vouloir y aller ? questionna Joharran.

Tous exprimèrent leur intérêt, mais, comme la plupart des deux cents membres environ de la Neuvième Caverne se trouvaient au camp principal, le groupe n'était pas si nombreux. A l'aide des mots à compter, il l'estima à vingt-cinq personnes à peu près : c'était raisonnable, d'autant qu'ils passeraient par un autre chemin.

— Bon, décida-t-il, je vais avec Ayla au camp principal. Jondalar, tu emmènes tous les autres par-derrière. Nous nous retrouverons en bas de la pente, derrière l'étang.

— Emporte de quoi tailler les ronces, des torches et ton sac à feu, recommanda Ayla à son compagnon. Je ne suis pas allée plus loin que la première salle, mais j'ai repéré quelques galeries qui en partent.

Zelandoni et plusieurs membres de la Zelandonia, y compris quelques nouveaux acolytes, étaient en train de préparer la réunion avec les femmes sur le point de prendre un compagnon. La Première était toujours très occupée aux Réunions d'Eté. Pourtant, quand Ayla demanda à lui parler en particulier, elle sentit au comportement de la jeune femme que ce pouvait être important. Ayla lui parla de la grotte, indiqua que plusieurs membres de la Neuvième Caverne se retrouveraient derrière l'étang pour partir l'explorer. Voyant la doniate hésiter, Ayla insista pour que Jonokol vienne, à défaut d'elle-même. Cette demande piqua la curiosité de la Première, qui résolut d'y aller.

— Zelandoni de la Quatorzième Caverne, peux-tu prendre cette réunion en charge ? dit-elle à celle qui avait toujours voulu être la Première. Je dois régler un problème de la Neuvième Caverne.

— Bien sûr, répondit la doniate plus âgée.

Elle se demandait – tous se demandaient – ce qu'il pouvait y avoir d'aussi grave pour que la Première s'absente au milieu d'une réunion importante, mais elle était en même temps ravie d'avoir été invitée à la remplacer. La Première commençait peut-être à apprécier ses qualités.

— Jonokol, viens avec moi, dit Zelandoni de la Neuvième Caverne à son Premier Acolyte.

Cela attisa encore la curiosité des autres, mais personne ne se serait risqué à demander pourquoi, pas même Jonokol.

Joharran eut un peu de mal à trouver Tormaden puis à le convaincre de tout abandonner pour le suivre, d'autant que le chef de la Neuvième Caverne se refusait à lui révéler de quoi il s'agissait.

— Ayla a découvert quelque chose dont nous estimons devoir t'informer, puisque c'est sur ton territoire, lui dit Joharran. Plusieurs membres de la Neuvième Caverne sont déjà au courant – ils étaient présents lorsqu'elle m'en a parlé – mais j'ai pensé qu'il fallait te prévenir avant que tous l'apprennent. Les nouvelles vont vite, tu le sais.

— Tu penses que c'est important ?

— Sinon, je ne te le demanderais pas, répondit Joharran.

Ce trajet vers la grotte d'Ayla était devenu une initiative de la Neuvième Caverne, et plusieurs de ses membres voulurent emporter de la nourriture et des paniers à cueillette en même temps que des torches pour en faire une véritable expédition. La plupart se félicitaient d'être restés au camp et d'avoir ainsi la possibilité de découvrir une nouvelle grotte que cette femme singulière trouvait magnifique. Ils imaginaient que sa beauté résidait dans ses formations stalagmitiques et qu'elle ressemblait à celle, proche de la Neuvième Caverne, qu'on appelait « Belle Profonde ».

Quelque temps plus tard, ils se retrouvèrent tous. Joharran et Tormaden furent les derniers à arriver ; ceux qui les avaient précédés, le groupe de la Neuvième Caverne, avaient attendu derrière la crête, à mi-pente. Un groupe aussi nombreux se tenant au sommet de la butte se serait fait remarquer du camp principal, et ils ne voulaient pas attirer l'attention. En outre, un peu de secret ajoutait à l'excitation. De temps à autre, quelqu'un montait jusqu'à la source et, dissimulé derrière les arbres, regardait si Ayla et les deux Zelandonia, ou Joharran et le chef de la Dix-Neuvième Caverne, arrivaient.

Après de brèves salutations – elle avait déjà été présentée à Tormaden et à sa Caverne peu après son arrivée –, Ayla s'engagea avec Loup sur la piste bordée de ronces et les autres suivirent. Elle avait fait signe à l'animal de rester près d'elle, ce qu'il semblait préférer. En présence de tant de gens, Loup voulait la protéger et elle craignait que le grand carnassier ne fasse peur aux membres de la Neuvième Caverne, même si la plupart d'entre eux s'étaient habitués à lui. Ils s'amusaient de la réaction qu'il provoquait chez les autres participants à la Réunion et appréciaient l'attention inévitable dont ils bénéficiaient grâce à lui. Parvenue en bas, elle tourna en direction du lit à sec. Ceux qui l'accompagnaient découvrirent d'abord les traces de son feu puis la brèche ouverte dans les ronces. Rushemar, Solaban et Tormaden entreprirent aussitôt de l'élargir tandis que Jondalar allumait rapidement un feu. La grotte avait éveillé la curiosité de tous, en particulier de Jondalar. Après avoir allumé quelques torches, le groupe s'approcha du trou noir taillé dans la végétation.

Tormaden demeura stupéfait : il voyait bien que c'était une grotte, mais il ne se serait jamais douté de sa présence derrière les ronces. Les membres de sa Caverne n'allaient derrière la colline qu'à la saison des mûres. Les buissons couvraient tout le flanc et, aussi loin que remontât la mémoire collective, ils avaient toujours été là. La cueillette fournissant plus de baies qu'on n'en pouvait manger, même pendant une Réunion d'Eté, personne n'avait pris la peine de se frayer un chemin dans les buissons.

— Qu'est-ce qui t'a donné l'idée de t'engager dans les ronces, Ayla ? demanda Tormaden au moment où ils pénétraient dans le trou noir.

— C'est Loup, répondit-elle en baissant les yeux vers l'animal. C'est lui qui a trouvé la grotte. Je cherchais du gibier pour le repas de demain matin, un lièvre ou une grouse. Il m'aide souvent à chasser, il a du flair. Il a disparu derrière les ronces et l'éboulis.

— Je pensais bien qu'il devait y avoir une raison.

Ayla et Tormaden ouvraient la marche, portant chacun une torche. Venaient ensuite Zelandoni et Jonokol, suivis de Joharran, Marthona et Jondalar. Ayla s'aperçut qu'ils s'étaient, sans même s'en rendre compte, placés dans l'ordre qu'ils observaient pour les cérémonies particulières, des funérailles, par exemple, à ceci près qu'elle se retrouvait en tête, ce qui la mettait un peu mal à l'aise. Elle ne pensait pas mériter cet honneur.

Elle attendit que tout le monde fût arrivé dans la grotte. La dernière à y pénétrer fut Lanoga, qui portait sa petite sœur Lorala : la famille de Laramar et de Tremeda fermait toujours la marche. Ayla sourit aux deux enfants, reçut en retour un sourire timide de la fillette. Lorala commençait à prendre l'aspect dodu d'un bébé de son âge et devenait une lourde charge pour son substitut de mère, qui devait avoir onze ans maintenant, mais Lanoga paraissait contente de la situation. Elle avait pris le pli d'aller s'asseoir avec les jeunes mères de la Caverne et, à force de les entendre vanter leurs bébés, elle s'était mise à parler un peu des progrès de Lorala.

— Attention, c'est glissant, prévint Ayla, guidant le groupe.

Avec plusieurs torches, elle voyait mieux que le couloir d'entrée s'élargissait à mesure que le sol s'abaissait. Elle prit conscience de l'humidité froide de la grotte, de l'odeur d'argile mouillée, du bruit étouffé de l'eau tombant goutte à goutte et de la respiration des autres derrière elle. Personne ne parlait. Le lieu imposait le silence, même aux enfants.

Quand elle sentit le sol redevenir plat, elle ralentit, baissa sa torche. Les autres l'imitèrent, pour éclairer l'endroit où ils posaient le pied. Elle s'arrêta, leva sa torche ; cette fois encore, les autres suivirent son exemple. Il y eut des « oh » et des « ah » de surprise puis un silence stupéfait lorsque le groupe découvrit les somptueuses parois blanches, la calcite qu'on eût dite moulée sur la roche et qui semblait vivant à la lueur des torches. La splendeur de la grotte n'avait rien à voir avec les stalactites, il n'y en avait aucune, mais elle était plus que belle, et entourée d'une aura magique, surnaturelle.

— O Grande Terre Mère ! clama Celle Qui Etait la Première. C'est Son sanctuaire. Nous sommes dans Ses entrailles.

Elle se mit à chanter de sa voix vibrante et profonde :

Des ténèbres, du Chaos du temps,
Le tourbillon enfanta la Mère suprême.
Elle s'éveilla à Elle-Même sachant la valeur de la [vie,

Et le néant sombre affligea la Grande Terre Mère.
La Mère était seule. La Mère était la seule.

Quelqu'un se mit à jouer de la flûte pour l'accompagner. Ayla tourna la tête : un homme jeune, dont le visage lui parut vaguement familier mais qui n'appartenait pas à la Neuvième Caverne, elle en était sûre. A ses vêtements, elle identifia un membre de la Troisième Caverne et sut alors pourquoi elle avait l'impression de le connaître. Il ressemblait à Manvelar, le chef de cette Caverne. Quand elle essaya de se rappeler si elle l'avait rencontré, le nom de Morizan lui vint à l'esprit. Il se tenait près de Ramila, la jeune brune rondelette et attirante qui faisait partie des amies de Folara. Il était sans doute en visite au camp de la Neuvième Caverne quand Ayla avait annoncé sa découverte et s'était joint au groupe.

Tous les autres avaient uni leur voix à celle de Zelandoni et en étaient arrivés à une strophe qui prenait en ce lieu une résonance particulière :

Quand Elle fut prête, Ses eaux d'enfantement
Ramenèrent sur la Terre nue une vie verdoyante.
Et Ses larmes, abondamment versées,
Devinrent des gouttes de rosée étincelantes.
Les eaux apportaient la vie, mais Ses pleurs n'étaient
[pas taris.

Avec un grondement de tonnerre, Ses montagnes se
[fendirent
Et par la caverne qui s'ouvrit dessous
Elle fut de nouveau mère,
Donnant vie à toutes les créatures de la Terre.
D'autres enfants étaient nés, mais la Mère était
[épuisée.

Chaque enfant était différent, certains petits, d'autres [grands.
Certains marchaient, d'autres volaient, certains [nageaient, d'autres rampaient.
Mais chaque forme était parfaite, chaque esprit [complet.
Chacun était un modèle qu'on pouvait répéter.
La Mère le voulait, la Terre verte se peuplait.

Ayla éprouva soudain une sensation qu'elle avait déjà connue bien des années auparavant ; une sorte de pressentiment l'envahit. Depuis le Rassemblement du Clan, où Creb avait appris d'une manière inexplicable qu'Ayla était différente, elle était quelquefois saisie par cette peur singulière, cet étrange désarroi, comme si le Mog-ur l'avait transformée. Elle sentit des picotements, une nausée, un vertige, et frissonna quand le souvenir d'une obscurité plus profonde que celle de la grotte la plus sombre redevint réalité. Au fond de sa gorge, elle sentit le goût de terreau sombre et froid, de champignons des forêts primitives.

Un grondement rageur déchira le silence, et ceux qui regardaient reculèrent, terrifiés. L'énorme ours des cavernes poussa de toutes ses forces sur la porte de la cage, qui céda et tomba par terre. L'animal furieux était libre ! Broud lui sauta sur les épaules, deux autres s'agrippèrent à sa fourrure. Soudain l'un d'eux tomba dans l'étreinte du monstre, et ses cris de souffrance cessèrent soudain lorsqu'un puissant coup de patte lui brisa l'échine… Les Mog-ur soulevèrent le corps et le portèrent solennellement dans une grotte. Creb, vêtu de sa cape en peau d'ours, ouvrait la marche en claudiquant.

Ayla regardait le liquide blanc qui dégouttait du bol de bois fendillé. Elle se sentait angoissée, elle avait commis une erreur : il n'aurait pas dû rester de breu-

vage. Elle porta le bol à ses lèvres, le vida. Sa vue changea, une lumière blanche se mit à briller en elle ; elle eut l'impression de grandir, de regarder d'en haut des étoiles éclairant un chemin. Elles se transformèrent en petites lumières vacillantes alignées le long d'une interminable galerie. Tout au bout, une lueur rouge s'amplifia, emplit tout son champ de vision. Prise d'étourdissements et de nausées, Ayla découvrit les Mog-ur assis en cercle, à demi cachés par des piliers stalagmitiques.

Pétrifiée de peur, elle sombra dans un abîme de ténèbres. Soudain Creb rejoignit en elle la lumière qui l'inondait, il l'aidait, il la soutenait, il apaisait sa frayeur. Il la guida en un étrange retour aux temps originels à travers une eau saline, une terre riche en terreau et plantée de hauts arbres. Puis, foulant de nouveau le sol, ils marchèrent longuement vers l'ouest en direction d'une grande mer salée. Ils parvinrent à une paroi abrupte qui faisait face à une rivière et à une vaste plaine, avec une anfractuosité sous un surplomb. C'était la grotte d'un ancêtre de Mog-ur mais, tandis qu'ils s'en approchaient, l'image de Creb commença à s'estomper. Il la quittait.

La scène devint floue. Le Mog-ur s'éloignait, il avait presque disparu. Ayla scruta désespérément le paysage, découvrit Creb au sommet de la falaise, au-dessus de la caverne de son ancêtre, près d'un gros rocher, une longue colonne de pierre un peu aplatie qui s'inclinait au-dessus de la paroi, comme figée dans sa chute. Ayla appela mais Creb s'était fondu dans la roche. Elle était effondrée : Creb avait disparu, elle était seule. Jondalar apparut alors à la place du Mog-ur.

Elle se sentit planer au-dessus de mondes étranges et éprouva de nouveau la terreur du vide noir, mais c'était différent, cette fois. Elle partageait cette peur avec Mamut, et la terreur les submergea tous deux. Puis, au loin, elle entendit la voix de Jondalar, empreinte d'inquiétude et de tendresse, qui l'appelait, qui les ramenait, Mamut et elle, par la seule force de son amour. En un instant, elle se retrouva dans la grotte, glacée jusqu'aux os.

— Ayla, ça va ? lui demanda Zelandoni. Tu trembles.

7

— Je vais bien, répondit Ayla. C'est juste qu'il fait un peu froid, ici. J'aurais dû prendre un vêtement plus chaud.

Loup, qui avait exploré la nouvelle grotte, était apparu près d'elle et se pressait contre sa jambe. Elle se pencha pour lui caresser la tête, s'agenouilla et le serra contre elle.

— Il fait frais et tu es enceinte. Tu es plus sensible, dit Zelandoni, qui devinait cependant qu'il y avait autre chose. Tu es au courant pour la réunion de demain, n'est-ce pas ?

— Oui, Marthona m'en a parlé. Elle m'accompagnera, puisque je n'ai pas de mère pour venir avec moi.

— Tu le souhaites ?

— Oh, oui ! Je lui suis reconnaissante de son offre. Je ne voulais pas être la seule femme sans mère à cette réunion.

La Première approuva d'un hochement de tête.

Surmontant le sentiment de respect mêlé de crainte que la grotte leur inspirait, les membres de la Neuvième et de la Dix-Neuvième Caverne entreprirent de l'inspecter. Ayla vit Jondalar la parcourir à pas décidés dans le sens de la longueur et sourit. Elle savait qu'il se servait de son corps pour mesurer, elle l'avait déjà vu procéder de cette manière. Il utilisait aussi la largeur de son poing fermé ou la longueur de sa main. Ses bras écartés l'aidaient à estimer un espace vide, et il évaluait souvent les distances en assortissant ses pas de mots à compter. Il jeta un coup d'œil dans la galerie du fond en levant sa torche mais n'y pénétra pas.

Quelques Zelandonii l'observaient. Tormaden, le chef de la Dix-Neuvième Caverne, parlait à Morizan, le jeune homme de la Troisième. Ils étaient les seuls à ne pas être de la Neuvième. Willamar, Marthona et Folara se tenaient près de Proleva et de son compagnon, ainsi que des deux plus proches conseillers de Joharran. Le brun Solaban et sa blonde compagne Ramara s'entretenaient avec Rushemar et Salova, qui portait la petite Marsola sur la hanche. Ayla remarqua que ni Jaradal, le fils de Proleva, ni Robenan, celui de Ramara, n'étaient présents et supposa que les deux enfants jouaient ensemble au camp principal. Jonokol sourit à Ayla quand elle s'approcha du groupe avec Zelandoni et le loup. Jondalar vint les rejoindre.

— Je dirais que cette salle correspond à la hauteur de trois hommes, avec à peu près la même distance en largeur, six de mes pas, annonça-t-il. Elle mesure environ trois fois plus en longueur, seize pas, et j'ai une longue foulée. La pierre sombre de la partie inférieure des parois m'arrive là, ajouta-t-il, une main au milieu de la poitrine, ce qui fait environ cinq de mes pieds, l'un sur l'autre.

Jondalar avait estimé les dimensions de la salle avec précision. Il mesurait six pieds six pouces, et les murs blancs, qui commençaient au niveau de sa poitrine, s'élevaient jusqu'au plafond, haut de dix-neuf pieds. Large de vingt-deux pieds et longue de cinquante-cinq, la salle n'était pas assez vaste pour accueillir tous les participants à la Réunion d'Eté, mais suffisamment pour une Caverne entière, sauf peut-être la Neuvième, et en tout cas assez pour toute la Zelandonia.

Jonokol alla se placer en son milieu, leva les yeux vers les parois et le plafond avec un sourire ébahi. Il était dans son élément, perdu dans son imagination. Il savait que ces extraordinaires murs blancs cachaient quelque chose de spectaculaire qui ne demandait qu'à en jaillir. Il n'était pas pressé. Ce qu'on en ferait devait être absolument juste. Il ébauchait déjà des idées mais il fallait d'abord consulter la Première, méditer avec la Zelandonia, plonger à l'intérieur de ces panneaux blancs et trouver l'empreinte de l'autre monde que la Mère y avait laissée.

— Nous explorons les deux galeries maintenant ou nous revenons plus tard ? demanda Joharran à Tormaden.

Il aurait préféré poursuivre l'exploration sans attendre mais il se sentait tenu d'en référer au chef du territoire où se trouvait la grotte.

— Je suis sûr que des membres de la Dix-Neuvième Caverne aimeraient le faire, répondit Tormaden. Notre Zelandoni n'a sans doute pas les forces nécessaires pour un effort aussi épuisant mais son Premier Acolyte tiendra à y participer. Il est du signe du Loup, et, puisque c'est un loup qui a découvert ce lieu…

— Le loup l'a certes trouvé, mais si Ayla n'avait pas eu la curiosité de chercher où il était passé, nous ignorerions toujours l'existence de cette grotte, argua Joharran.

La Première intervint :

— Je ne doute pas que son acolyte soit intéressé. Nous le sommes tous, et tous les Zelandonii le seront. Cette grotte est exceptionnelle et sacrée. L'autre monde y est très proche, nous le sentons tous. La Dix-Neuvième Caverne a de la chance qu'elle soit si proche de son abri, mais cela signifie, je le crains, que vous devrez recevoir la visite d'un plus grand nombre de Zelandonia, et d'autres, qui voudront se rendre dans ce lieu sacré.

La doniate faisait clairement comprendre qu'aucune Caverne ne pouvait revendiquer pour elle seule une découverte aussi importante, même si elle se trouvait sur le territoire qu'on lui reconnaissait. La grotte appartenait à tous les Enfants de la Terre ; la Dix-Neuvième Caverne des Zelandonii n'en avait que la garde.

— Il est nécessaire de l'examiner de plus près, mais rien ne presse, dit Jonokol. Maintenant que nous savons qu'elle est là, elle ne disparaîtra pas. Personne ne connaît la profondeur de cette grotte, ni ce qu'elle recèle. Il convient d'organiser son exploration avec soin ou d'attendre que quelqu'un soit appelé par elle.

Zelandoni approuva en son for intérieur. Elle comprenait, probablement mieux que Jonokol lui-même, que son acolyte, qui au départ souhaitait devenir artiste et se moquait d'accéder à la Zelandonia, usait d'un prétexte. Il voulait cette grotte. Elle l'appelait. Il désirait la connaître, l'explorer et surtout la peindre. Il trouverait un moyen d'aller vivre à la Dix-Neuvième Caverne pour être plus près d'elle, non qu'il en formât consciemment le projet, mais il ferait en sorte d'y parvenir parce que dorénavant tous ses rêves, toutes ses pensées se concentreraient sur cette grotte.

Une autre idée vint à la Première : Ayla le savait ! Dès l'instant où elle avait découvert la grotte, elle avait compris qu'elle appartenait à Jonokol. C'est la raison pour laquelle elle a insisté pour qu'il vienne la voir, même si je n'y allais pas, se dit la doniate. Elle savait que cette grotte aurait pour lui plus d'importance que pour quiconque. Elle est Zelandoni, qu'elle le sache ou non, qu'elle le veuille ou non, même. Le vieux Mamut le savait, et peut-être que le sorcier du peuple chez qui elle a grandi, celui qu'elle appelle Mog-ur, en avait pris conscience. Elle ne peut se dérober, elle est née pour cela. Elle pourra remplacer Jonokol en devenant mon acolyte. Mais, comme il le souligne lui-même, rien ne presse. Laissons-la s'unir à Jondalar et avoir son bébé ; elle pourra ensuite entamer son apprentissage.

— Bien sûr qu'il faudra préparer son exploration avec soin, convint Jondalar. J'aimerais cependant regarder d'un peu plus près cette galerie, là derrière. Pas toi, Tormaden ? Deux d'entre nous pourraient aller voir où elle mène.

— Certains ont déjà envie de repartir, remarqua Marthona. Il fait frais, ici, et personne n'a de vêtements chauds. Je vais prendre une torche et rentrer, mais je reviendrai.

— Je rentre aussi, décida Zelandoni. Ayla, tu frissonnais, tout à l'heure.

— Ça va, maintenant. Je voudrais voir moi aussi ce qu'il y a derrière.

En fin de compte, Jondalar, Joharran, Tormaden, Jonokol, Morizan et Ayla, six en tout – et Loup –, restèrent pour pénétrer un peu plus avant dans les profondeurs de la nouvelle grotte.

Le couloir situé derrière la salle principale se trouvait juste dans l'axe de celui de l'entrée. Son ouverture, plus large et arrondie au sommet, se rétrécissait vers le bas. Pour Ayla, qui avait aidé des femmes à accoucher et en avait examiné un grand nombre, c'était une évocation maternelle, merveilleuse, de l'organe féminin. Elle comprenait ce que Zelandoni avait voulu dire en s'exclamant qu'ils avaient trouvé les entrailles de la Mère, encore que n'importe quelle grotte fût considérée comme une voie d'accès à ces entrailles.

Après le passage, le couloir sinueux demeurait étroit et difficile à emprunter, même si, dans la partie supérieure, les parois blanches s'élargissaient en une ample voûte. Il n'était pas très long, à peu près autant que la galerie de l'entrée. Au fond, les parois s'écartaient autour d'un pilier de pierre qui donnait l'impression de soutenir le plafond, alors qu'en réalité il s'arrêtait à une vingtaine de pouces du sol. Le couloir se prolongeait à droite de la colonne, tournait à gauche et serpentait sur quelques pieds de plus avant de se terminer.

Là où il contournait la colonne, le niveau du sol s'abaissait de trois pieds, et une large surface horizontale longue de dix pieds offrait l'un des rares endroits où l'on pût s'asseoir. Ayla en profita pour se reposer et examina la galerie depuis sa position assise. Elle remarqua qu'on pouvait dissimuler quelque chose sous la colonne, hors du chemin. Elle repéra aussi, dans la paroi face au pilier, un trou dans lequel on pouvait placer de petits objets et les retrouver facilement. Elle se dit que, la prochaine fois qu'elle viendrait, elle apporterait quelque chose pour s'asseoir, fût-ce un simple coussin d'herbes, pour se protéger du froid de la roche.

Une fois ressortis, ils examinèrent l'entrée de l'autre couloir, juste à droite, mais c'était un tunnel plus petit dans lequel ils auraient dû avancer à quatre pattes, et des flaques d'eau jonchaient le sol. Ils décidèrent d'un commun accord d'en remettre l'exploration à plus tard.

Dehors, Loup partit devant avec Jondalar et les deux chefs, Joharran et Tormaden. Jonokol, qui marchait à côté d'Ayla, l'arrêta d'une question :

— C'est toi qui as demandé à Zelandoni de me faire venir ici ?

— Après avoir vu tes dessins à la Profonde des Rochers de la Fontaine, j'ai pensé que tu devrais voir cette grotte… ou faut-il l'appeler un creux ?

— L'un ou l'autre. Quand elle aura un nom, on l'appellera creux mais ce sera toujours une grotte. Merci de m'avoir fait venir, Ayla. Je n'ai jamais rien vu d'aussi beau, je suis bouleversé.

— Moi aussi. Par curiosité, comment cette grotte aura-t-elle un nom ? Qui le lui donnera ?

— Elle se nommera elle-même. Les gens la désigneront avec les mots qui la décriront le mieux ou qui leur paraîtront le plus approprié. Comment l'appellerais-tu si tu devais en parler à quelqu'un ?

— Je ne sais pas. Peut-être la grotte aux murs blancs.

— Son nom sera sans doute comme cela, du moins l'un de ses noms. Nous ne savons pas encore grand-chose sur elle, et la Zelandonia la désignera aussi.

Ayla et Jonokol avaient été les derniers à sortir de la grotte. Le soleil leur avait paru particulièrement brillant après la cavité sombre que n'éclairaient que quelques torches. Quand ses yeux se furent habitués, Ayla fut étonnée de voir Marthona qui l'attendait avec Jondalar et Loup.

— Tormaden nous a invités à manger, annonça-t-elle. Il est parti devant pour prévenir sa Caverne de notre arrivée. En fait, c'est toi qu'il a invitée, Ayla, et il m'a demandé ensuite de venir également, ainsi que tous ceux qui étaient restés dans la grotte. Y compris toi, Jonokol. Les autres ont des choses à faire. La plupart des gens sont très occupés aux Réunions d'Eté.

— Je sais que Joharran doit rencontrer à notre camp des membres de toutes les autres Cavernes pour préparer la chasse, dit Jondalar. En fait, Tormaden participera également à cette réunion après t'avoir présentée à son camp. Moi aussi, je dois y assister : j'irai après le repas, elle ne sera pas terminée. En principe, je ne prends pas part à ce genre de chose, mais, comme je rentre de voyage, Joharran a jugé bon de m'inclure.

— Pourquoi ne retournons-nous pas à notre camp ? suggéra Ayla. Il faut préparer le repas de demain matin, et je n'ai encore rien fait.

— Pour commencer, quand l'Homme Qui Ordonne de la Caverne, hôte d'une Réunion d'Eté, t'invite à manger, la politesse t'oblige à y aller.

— Pourquoi m'invite-t-il ?

— Ce n'est pas tous les jours que quelqu'un trouve une grotte comme celle-ci, observa Marthona. Nous sommes tous très excités par cette découverte. En outre, elle est proche de l'abri de la Dix-Neuvième, sur son territoire. Elle va sans doute devenir une Caverne plus importante, maintenant.

— Tu feras aussi l'objet d'une attention accrue, prédit Jondalar.

— J'en suscite déjà trop, soupira Ayla. Je ne veux pas de toute cette attention. Je veux seulement m'unir à toi, avoir un bébé, être comme tout le monde.

Jondalar sourit, lui passa un bras autour des épaules.

— Laisse le temps agir. Tu es encore une découverte pour eux. Quand ils seront habitués à toi, les choses se calmeront.

— C'est vrai, les choses se calmeront, confirma Marthona. Mais tu dois savoir que tu ne seras jamais comme tout le monde. Ne serait-ce que parce que personne d'autre n'a des chevaux et un loup, ajouta-t-elle en considérant le prédateur avec un sourire.

— Es-tu sûre qu'ils savent que nous venons, Mardena ? demanda la vieille femme en traversant d'un pas prudent le cours d'eau qui se jetait dans la Rivière.

— Elle nous a invités, mère. N'est-ce pas, Lanidar ?

— Oui, grand-mère, répondit le jeune garçon. Elle nous a invités à partager leur repas du matin.

— Pourquoi ils campent si loin ? grommela la vieille femme.

— Je ne sais pas, mère, dit Mardena. Tu pourras leur demander quand nous serons là-bas.

— C'est la plus grande Caverne, il lui faut beaucoup de place, raisonna la grand-mère. Et beaucoup d'autres s'étaient déjà installées.

— Je crois que c'est à cause des chevaux, avança Lanidar. Ayla les met dans un endroit à part pour que personne ne les prenne pour des bêtes ordinaires et ne décide de les chasser. Ils seraient faciles à tuer, ils ne se sauvent pas.

— Tout le monde en parle, de ces chevaux, dit la

mère de Mardena. C'est vrai qu'ils laissent les gens monter sur leur dos ? Quelle idée, monter sur le dos d'un cheval !

— Je ne l'ai pas vu mais je suis sûr que c'est vrai, déclara Lanidar. Ils m'ont laissé les toucher. J'ai caressé le jeune étalon, et la jument a réclamé des caresses elle aussi. Ils ont mangé dans ma main, dans mes deux mains. Ayla a dit qu'il fallait donner à manger aux deux en même temps, pour qu'ils ne soient pas jaloux.

A proximité du camp, Mardena ralentit et fronça les sourcils en voyant des gens bavarder et sourire le long de la fosse du foyer. Ils étaient très nombreux. Peut-être s'était-elle trompée, peut-être qu'on ne les attendait pas.

— Ah, vous voilà !

Les deux femmes et l'enfant tournèrent la tête, découvrirent une jeune fille grande et jolie.

— Vous ne vous souvenez sans doute pas de moi. Je suis Folara, fille de Marthona.

— Oui, tu lui ressembles, dit la grand-mère.

— Je dois vous saluer selon les rites, puisque je suis la première à vous accueillir.

Folara tendit les bras vers la femme âgée, qui s'avança et lui prit les deux mains.

— Je suis Folara de la Neuvième Caverne des Zelandonii, fille de Marthona, ancienne Femme Qui Ordonne de la Neuvième Caverne des Zelandonii, fille du foyer de Willamar, Maître du Troc des Zelandonii, sœur de Joharran, Homme Qui Ordonne de la Neuvième Caverne des Zelandonii, sœur de Jondalar de la Neuvième Caverne des Zelandonii, Maître Tailleur de silex, Voyageur de Retour, qui sera bientôt uni à Ayla, de la Neuvième Caverne des Zelandonii. Elle a un tas de noms et de liens elle aussi, mais celui que je préfère, c'est Amie des chevaux et de Loup. Au nom de Doni, la Grande Terre Mère, je te souhaite la bienvenue au camp de la Neuvième Caverne.

— Au nom de Doni, je te salue, Folara de la Neuvième Caverne des Zelandonii. Je suis Denoda, de la Dix-Neuvième Caverne des Zelandonii, mère de Mardena de la Dix-Neuvième Caverne, grand-mère de Lanidar de la Dix-Neuvième Caverne, autrefois unie à…

Folara a beaucoup de noms et de liens importants, songeait Mardena tandis que sa mère poursuivait sa récitation. Elle ne s'est pas encore unie, je me demande quel est son signe de parenté. Comme si sa mère avait lu dans ses pensées, elle fit suivre l'énumération de ses propres noms et liens de cette question :

— Willamar, l'homme de ton foyer, a bien été autrefois de la Dix-Neuvième Caverne ? Je crois que nous partageons le même signe de parenté. Je suis du Bison.

— Oui, il est du Bison. Mère est du Cheval, et moi aussi, bien sûr.

Plusieurs personnes s'étaient approchées pendant les présentations. Ayla s'avança, salua Mardena et Lanidar, puis Willamar souhaita la bienvenue à Denoda au nom de toute la Neuvième Caverne. L'énumération des noms et liens pouvait prendre toute la journée si quelqu'un ne l'abrégeait pas.

— Je me souviens de toi, Denoda, dit-il. Tu étais une amie de ma sœur aînée, n'est-ce pas ?

— Oui, répondit-elle en souriant. Tu l'as revue ? Depuis qu'elle est partie vivre si loin, nous nous sommes perdues de vue.

— Je rends quelquefois visite à sa Caverne lorsque je vais sur la côte des Grandes Eaux de l'Ouest, pour chercher du sel. Elle est grand-mère, sa fille a trois enfants. Et la compagne de son fils a un garçon.

Un mouvement autour des jambes d'Ayla attira l'attention de Mardena.

— Le loup ! fit-elle, criant presque dans sa fayeur.

— Il ne te fera pas mal, mère, assura Lanidar, tentant de la calmer.

Ayla se pencha, passa un bras autour de l'animal.

— Non, il ne te fera aucun mal, je te le promets, dit-elle à la femme aux yeux écarquillés par la peur.

Marthona s'avança, salua Denoda de manière beaucoup moins protocolaire et ajouta :

— Ce loup vit avec nous dans notre hutte. Il aime qu'on le salue, lui aussi. Veux-tu faire sa connaissance, Denoda ?

Elle avait remarqué que la vieille femme montrait plus de curiosité que de crainte. Elle lui prit la main, lui fit faire un pas vers Ayla et Loup.

— Ayla, présente-le donc à nos invitées.

— Les loups ont de bons yeux, mais ils apprennent à reconnaître les gens avec leur nez. Si tu le laisses renifler ta main, il se souviendra de toi plus tard. C'est une présentation rituelle pour lui, expliqua la compagne de Jondalar.

Denoda tendit la main, laissa le fauve la flairer.

— Si tu veux faire sa connaissance, caresse-lui la tête ou gratte-le derrière l'oreille, poursuivit Ayla. Il aime ça.

Quand la vieille femme lui caressa légèrement la tête, Loup leva les yeux vers elle, la gueule ouverte, la langue pendant sur le côté. Elle sourit, se tourna vers sa fille.

— Viens, Mardena. Fais sa connaissance, toi aussi. Rares sont les gens qui ont rencontré un loup et ont pu en parler après.

— Je suis obligée ? fit la mère de Lanidar.

De toute évidence, elle était en proie à une frayeur peu commune, et Ayla savait que Loup le sentirait. Elle le tint fermement. Il ne réagissait pas toujours bien à une peur aussi manifeste. Denoda tenta de convaincre sa fille :

— Puisqu'on t'y invite, ce serait poli de ta part. Et tu ne pourras jamais revenir à leur camp si tu ne le fais pas. Tu auras trop peur. Tu n'as aucune raison d'être effrayée. Tu vois bien que personne d'autre ne l'est, pas même moi.

Mardena regarda autour d'elle, vit une foule nombreuse qui l'observait. Probablement toute la Neuvième Caverne, et personne ne semblait avoir peur. Elle eut l'impression de passer une épreuve et sut qu'elle serait trop humiliée pour affronter de nouveau tous ces visages si elle ne s'approchait pas du loup. Elle se tourna vers son fils, le garçon envers qui elle avait toujours eu des sentiments mêlés. Elle l'aimait plus que tout et éprouvait en même temps une sorte de honte de lui avoir donné naissance.

— Vas-y, l'encouragea-t-il. Je l'ai fait, moi.

Mardena avança d'un pas. Ayla lui prit une main et, la serrant dans la sienne, l'approcha du museau de Loup. Elle sentait presque l'odeur de la peur de cette femme, mais Mardena en triompha et se tint face à l'animal. Ayla pressa doucement la main de Mardena sur la tête du carnassier.

— Son pelage est un peu rêche, par endroits, mais tu sens comme il est doux, là ? dit-elle en lâchant la main de Mardena.

La femme la laissa un instant encore avant de la retirer.

— Tu vois, ce n'était pas si terrible, dit Denoda à sa fille.

— Venez boire une infusion, proposa Marthona. C'est un mélange préparé par Ayla, il est excellent. Nous avons décidé de faire de votre visite un événement et de tout cuire dans une fosse à rôtir.

— C'est beaucoup de travail pour un repas matinal, répondit Mardena, qui n'avait pas l'habitude d'être traitée avec une telle générosité.

— Tout le monde s'y est mis, dit Ayla. Lorsque j'ai annoncé que je vous avais invités et que j'avais l'intention de cuire le repas au four, ils ont pensé que c'était une bonne occasion de creuser une fosse. Ils en avaient l'intention, de toute façon. J'ai préparé certains plats comme on me l'a appris quand j'étais enfant. Goûtez le lagopède des saules, celui qui j'ai tué hier avec le lance-sagaie mais, si cela ne vous plaît pas, n'hésitez pas à prendre autre chose. J'ai constaté pendant notre Voyage qu'il existe maintes façons de cuire la nourriture et que personne ne les aime toutes.

— Bienvenue à la Neuvième Caverne, Mardena.

C'était la Première parmi Ceux Qui Servaient la Mère ! Mardena ne lui avait jamais adressé la parole, sauf à l'unisson avec d'autres pendant une cérémonie.

— Salutations, Zelandoni, répondit-elle, un peu gênée de parler à l'énorme femme, assise sur un tabouret semblable à celui qu'elle utilisait dans la hutte de la Zelandonia.

— Bienvenue à toi aussi, Lanidar, poursuivit la Première.

Il y avait dans son ton pour s'adresser à l'enfant une chaleur que Mardena n'avait jamais entendue chez cette femme si puissante.

— Je crois savoir que tu es déjà venu hier, ajouta la doniate.

— Oui, répondit-il. Ayla m'a montré les chevaux.

— Elle m'a dit que tu siffles très bien.

— Elle m'a appris des chants d'oiseaux.

— Tu m'en fais écouter un ?

— Si tu veux. J'ai appris l'alouette.

Quand le jeune garçon imita le chant magnifique, tous se tournèrent vers lui, même sa mère et sa grand-mère.

— C'est très bien, jeune homme, le complimenta Jondalar. Presque aussi bien qu'Ayla.

— C'est prêt, annonça Proleva. Venez manger.

Ayla conduisit d'abord les trois invités à la pile d'écuelles en os et en bois, les invita à tout goûter. Puis les autres s'alignèrent sur une file. En général, ceux qui partageaient une hutte mangeaient ensemble le matin, mais ce serait le premier d'une nombreuse série de repas partagés non seulement avec toute la Caverne mais aussi avec des parents et des amis. Il y aurait même quelques moments où tous les participants à la Réunion d'Eté festoieraient ensemble, notamment pour les Matrimoniales.

Quand ils eurent fini leur repas, les Zelandonii partirent pour se livrer à diverses activités, et la plupart d'entre eux prirent le temps d'échanger quelques mots avec les invités. Mardena se sentait un peu étourdie de tant d'attention, mais aussi parcourue d'une bienfaisante chaleur. Elle ne se rappelait pas avoir été aussi bien reçue. Proleva s'approcha des trois femmes, bavarda un moment avec Mardena et Denoda puis dit à Ayla :

— Nous nous occuperons du reste. Je crois qu'il y a quelque chose dont tu aimerais parler à Mardena.

— En effet. Mardena, voulez-vous, ton fils et toi, venir avec moi ? Denoda peut nous accompagner si elle le souhaite.

— Pour aller où ? questionna Mardena avec nervosité.

— Voir les chevaux.

— Je peux venir ? demanda Folara. Si ça te gêne, dis-le-moi, mais ça fait un moment que je ne les ai pas vus.

— Bien sûr que tu peux, répondit Ayla.

Cela aiderait peut-être Mardena à accepter de laisser son fils s'occuper des chevaux si quelqu'un qui n'en avait pas peur les accompagnait. Elle le chercha des yeux et l'aperçut à côté de Lanoga, qui tenait Lorala dans ses bras. Les deux enfants bavardaient. Le jeune fils de Tremeda, âgé de deux ans, était assis par terre à proximité. En se dirigeant vers eux, Mardena demanda :

— Qui est cette fille ? Ou cette femme, peut-être. Elle semble très jeune pour avoir un bébé.

— Trop jeune, c'est certain. Elle n'a même pas encore eu les Premiers Rites, répondit Ayla. En fait, c'est la sœur du bébé, et l'autre, celui de deux ans, c'est son frère, mais pour ces deux bébés, Lanoga est leur mère.

— Je ne comprends pas.

— Tu as sans doute entendu parler de Laramar, dit Folara. Celui qui fait le barma.

Mardena acquiesça.

— Tout le monde en a entendu parler, renchérit Denoda.

— Sa compagne, Tremeda, passe son temps à boire le breuvage qu'il prépare et à faire des enfants dont elle ne veut pas s'occuper, reprit Folara.

— Ou ne peut pas s'occuper, corrigea Ayla. Elle n'arrive pas non plus à arrêter de boire de ce barma.

— Laramar est souvent soûl, et tout aussi irresponsable, observa Folara avec dégoût. Il se moque des enfants de son foyer. Ayla a découvert que Tremeda n'avait plus de lait et que Lanoga essayait de nourrir Lorala avec des racines bouillies écrasées, la seule nourriture qu'elle sache préparer. Ayla a persuadé quelques jeunes mères de donner le sein à la petite, mais c'est toujours Lanoga qui prend soin de Lorala et des autres enfants de Tremeda. Ayla lui a montré comment préparer des aliments pour les bébés, et c'est Lanoga qui porte sa petite sœur aux autres mères pour qu'elles l'allaitent. Cette fille est étonnante, elle fera un jour une bonne compagne et une excellente mère, mais qui sait si elle trouvera un compagnon ? Le foyer de Laramar et Tremeda occupe le dernier rang dans notre Caverne. Alors quel homme voudrait s'unir à leur fille ?

Mardena et Denoda considéraient avec étonnement la jeune fille. La plupart des Zelandonii aimaient les ragots mais ne montraient pas une telle franchise au sujet de ceux qui causaient l'embarras de leur Caverne. Le rang de Denoda avait baissé depuis que sa fille avait mis Lanidar au monde et que son compagnon avait rompu le lien. Leur foyer n'occupait pas la dernière place mais peu s'en fallait. Et même s'il avait occupé la première, Lanidar aurait eu du mal à trouver une compagne, à cause de son infirmité.

— Veux-tu aller voir les chevaux, Lanidar ? proposa Ayla en s'approchant des enfants. Tu veux venir aussi, Lanoga ?

— Je ne peux pas. Il faut que je porte Lorala à Stelona pour qu'elle lui donne le sein, c'est son tour.

— Une autre fois, peut-être, dit Ayla avec un sourire plein de chaleur. Tu es prêt, Lanidar ?

— Oui, répondit le garçon, qui se tourna vers la fillette. Je dois y aller, Lanoga...

Elle lui adressa un sourire timide auquel il répondit.

En passant devant sa hutte, Ayla demanda à Lanidar :

— Tu peux aller me chercher ce bol que tu vois là-bas ? J'y ai mis à manger pour les chevaux : des morceaux de carotte, du grain.

Quand il revint vers elle, le bol serré entre son corps et son bras difforme, Ayla revit brusquement Creb tenant de la même manière un bol de pâte ocre rouge avec son bras amputé au coude, le jour où il avait donné un nom au fils d'Ayla et l'avait accepté dans le Clan. Ce souvenir inopiné amena sur ses lèvres un sourire de joie et de souffrance. Mardena, qui l'observait, se demanda ce qui se passait. Denoda avait remarqué elle aussi l'expression de la jeune femme et montra moins de discrétion :

— Tu regardais Lanidar avec un sourire étrange.

— Il me rappelle quelqu'un que j'ai connu autrefois. Un homme à qui manquait la partie inférieure du bras. Enfant, il avait été attaqué par un ours des cavernes. Sa grand-mère, qui était guérisseuse, avait dû couper le bras blessé parce qu'il empoisonnait le reste du corps. Il serait mort, sinon.

— C'est terrible ! commenta Denoda.

— Oui. L'ours lui avait aussi crevé un œil et abîmé une jambe. Depuis ce jour, il marchait en s'appuyant sur un bâton.

— Le pauvre garçon ! compatit Mardena. Quelqu'un a dû s'occuper de lui pendant le reste de sa vie ?

— Non. Il a au contraire apporté une précieuse contribution à son peuple.

— Comment ?

— Il est devenu un grand homme, un Mog-ur – l'équivalent d'un Zelandoni –, et même le Premier. Lui et sa sœur m'ont recueillie après la mort de mes parents. Il était l'homme de mon foyer et je l'aimais beaucoup.

Bouche bée, Mardena avait peine à croire ce que racontait cette femme. Mais pourquoi aurait-elle menti ? En écoutant Ayla, Denoda avait noté son accent bizarre, mais, surtout, l'histoire lui avait fait comprendre pourquoi elle s'était prise d'affection pour Lanidar. Après son union, elle sera apparentée à des gens très puissants et, si elle aime mon petit-fils, elle pourra l'aider, spécula-t-elle. Cette femme est sans doute ce qui est arrivé de mieux à ce garçon.

Lanidar avait écouté, lui aussi. Peut-être pourrai-je apprendre à chasser, pensait-il, même avec un seul bras. Peut-être pourrai-je apprendre à faire autre chose que cueillir des fruits.

Ils approchaient d'une construction qui ressemblait à une enceinte, à ceci près qu'elle ne paraissait guère solide. Des troncs longs et minces d'aulnes et de bouleaux attachés ensemble formaient des X, fixés au sol par des piquets. Des broussailles et des branches obstruaient les espaces qui les séparaient. Si un troupeau de bisons ou même un seul mâle – six pieds et six pouces du sabot à la bosse des épaules – avait essayé d'en sortir en force, l'enclos n'eût pas résisté. Les chevaux eux-mêmes l'auraient brisé en voulant fuir.

— Tu te rappelles comment siffler pour appeler Rapide, Lanidar ? demanda Ayla.

— Oui, je crois.

— Essaie donc.

L'enfant émit le long son perçant. Aussitôt les deux animaux surgirent de derrière les arbres près du petit cours d'eau et s'approchèrent, la jument trottant devant l'étalon. Ils s'arrêtèrent à la barrière, regardèrent le groupe qui venait vers eux. Whinney s'ébroua, Rapide hennit ; Ayla répondit par le cri dont elle avait fait le nom de sa jument.

— Elle sait vraiment imiter un cheval ! s'écria Mardena, ébahie.

— Je te l'avais dit, mère.

Loup se coula sous la barrière, s'assit devant la jument, qui inclina la tête avec ce qui ressemblait à un salut. Puis il se dirigea vers l'étalon, s'aplatit sur les pattes avant, l'arrière-train relevé en une posture joueuse, et jappa. Rapide hennit en retour, frotta son chanfrein contre le museau de Loup. Ayla sourit en passant de l'autre côté de l'enclos. Elle enlaça le cou de la jument puis se retourna et caressa l'étalon, qui réclamait aussi son attention.

— J'espère que vous préférez cette enceinte aux licous et aux longes. J'aimerais vous laisser gambader en liberté mais ce serait risqué, avec tous ces gens qui chassent. Je vous ai amené des visiteurs, il faudra être doux avec eux. Je veux que le garçon qui siffle s'occupe de vous. Sa mère, qui le protège trop, a peur que vous lui fassiez du mal, expliqua Ayla dans la langue qu'elle avait inventée quand elle vivait seule dans sa vallée.

Ce langage se composait de mots et de gestes du Clan, de certains sons dépourvus de sens qu'elle et son fils échangeaient quand il était bébé, d'imitations d'animaux, notamment des reniflements et des hennissements. Seule Ayla savait ce que cela signifiait ; elle avait toujours utilisé cette langue inventée pour s'adresser aux chevaux. Elle doutait qu'ils la comprissent, bien que certains sons et gestes eussent un sens pour eux puisqu'elle s'en servait comme signes, mais ils savaient que c'était sa façon de leur parler et ils réagissaient en lui prêtant attention.

— Qu'est-ce qu'elle fait ? demanda Mardena à Folara.

— Elle leur parle, répondit la jeune fille. Elle leur parle souvent comme ça.

— Qu'est-ce qu'elle leur dit ?

— Tu devras lui poser la question.

— Ils comprennent ? s'exclama Denoda.

— Je ne sais pas, mais ils ont l'air de l'écouter.

Lanidar s'était approché de la barrière et observait Ayla. Elle les traite comme des amis, pensa-t-il. Non, plutôt comme de la famille, et eux la traitent de la même façon.

Quand Ayla eut fini de parler aux chevaux, il lui demanda :

— Il vient d'où, cet enclos ? Il n'était pas là hier.

— Beaucoup de gens ont travaillé ensemble hier après-midi pour le construire.

Après le repas à la Dix-Neuvième Caverne, Ayla était retournée au camp et avait expliqué à Joharran, au sortir de sa réunion, que les chevaux avaient besoin d'un enclos. Le chef s'était juché sur le tabouret de Zelandoni et avait annoncé aux autres qu'Ayla souhaitait garder les animaux en un lieu sûr. La plupart de ceux qui avaient participé à la réunion étaient encore là, ainsi que de nombreux membres de la Neuvième Caverne. Ils posèrent des questions, notamment sur la robustesse nécessaire de l'enceinte, émirent des suggestions. Bientôt un groupe nombreux se rendit au pré et entreprit de construire l'enclos. Ceux qui n'appartenaient pas à la Neuvième Caverne montraient de la curiosité pour les chevaux ; ceux qui en étaient membres voulaient éviter qu'ils fussent tués ou blessés accidentellement. C'était une nouveauté qui ajoutait au prestige de leur Caverne.

Ayla éprouvait une telle reconnaissance qu'elle ne savait comment l'exprimer. Elle les remercia tous mais estima que ce n'était pas assez. Elle avait une dette envers eux. Pendant la réunion, Joharran avait proposé que les chevaux participent à la chasse. Ayla et Jondalar les avaient montés, et la maîtrise dont ils avaient fait preuve avait rendu la suggestion de Joharran bien plus acceptable. Si la chasse était bonne, les Matrimoniales se dérouleraient le lendemain mais, comme Dalanar et les Lanzadonii n'étaient pas encore arrivés, les participants avaient décidé d'attendre quelques jours, malgré l'impatience de certains.

Ayla passa un licou aux chevaux et les fit sortir de l'enclos par une porte que Tormaden de la Dix-Neuvième Caverne avait conçue. En face d'un des poteaux de la barrière, il avait enfoncé un piquet auquel la porte avait été fixée par des cordes qui servaient aussi de gonds.

Lorsque Ayla amena les chevaux vers le groupe, Mardena eut un mouvement de recul : ils semblaient plus grands, de près. Folara prit aussitôt sa place.

— Je ne les ai pas vus autant que je l'aurais voulu, dit-elle en tapotant la joue de Whinney. Il s'est passé tellement de choses : la chasse au bison, la mort de Shevonar, l'enterrement, les préparatifs pour venir ici… Tu avais promis que tu me laisserais monter sur leur dos.

— Tu veux essayer maintenant ?

— Je peux ? fit-elle, les yeux brillant de plaisir.

— Le temps que j'aille chercher une couverture pour Whinney, répondit Ayla. En attendant, vous pourriez leur donner à manger, Lanidar et toi ? Il leur a apporté ce qu'ils aiment dans ce bol.

— Je ne sais pas si mon fils doit s'approcher autant d'eux… bredouilla Mardena.

— Il est déjà tout près, souligna Denoda.

— Mais elle est là…

— Mère, je leur ai déjà donné à manger, ils me connaissent, remarqua Lanidar.

— Ils ne lui feront aucun mal, garantit Ayla. Et je vais seulement là-bas.

Elle tendit le bras vers une construction de pierre,

proche de la porte de l'enclos. C'était un cairn de voyageur que Kareja avait bâti pour elle. Ayla n'avait qu'à enlever quelques pierres pour glisser la main à l'intérieur de l'abri, où elle pouvait garder quelques objets, comme une couverture en cuir. Les pierres étaient disposées de telle sorte que l'eau de pluie ruisselait sur les côtés sans pénétrer à l'intérieur. Le chef de la Onzième Caverne lui avait montré comment les replacer pour que les objets restent au sec. Des cairns semblables jalonnaient plusieurs routes très fréquentées, offrant au voyageur de quoi allumer un feu, et souvent une couverture chaude. D'autres contenaient de la nourriture séchée. Parfois on trouvait l'un et l'autre dans un même abri, mais les cairns à nourriture étaient pillés plus souvent, les ours et les blaireaux éparpillant tout leur contenu.

Ayla laissa les autres avec les chevaux. Parvenue au cairn, elle jeta un coup d'œil discret par-dessus son épaule. Folara et Lanidar donnaient à manger aux chevaux dans leurs mains, sous le regard inquiet de Mardena. Ayla revint, attacha la couverture sur le dos de la jument et l'amena près d'un rocher.

— Monte sur ce rocher, Folara. Ensuite, passe la jambe par-dessus le dos de Whinney et essaie de trouver une position confortable. Je la tiendrai pour qu'elle ne bouge pas.

Folara se sentit un peu gauche, surtout quand elle se rappela l'aisance avec laquelle Ayla montait sur la jument, mais elle réussit tant bien que mal à s'asseoir sur Whinney.

— Je suis sur le dos d'un cheval ! s'exclama-t-elle avec fierté.

Ayla remarqua que Lanidar observait la jeune fille avec un regard d'envie. Plus tard, pensa-t-elle. N'en demandons pas trop à ta mère pour le moment.

— Tu es prête ?

— Oui, je crois, répondit Folara.

— Détends-toi. Tu peux te tenir à sa crinière si tu veux mais ce n'est pas nécessaire.

Ayla se mit à marcher, menant Whinney par le licou. Accrochée à la crinière, le dos raide, Folara tressautait à chaque pas, mais au bout d'un moment elle se laissa aller et anticipa les mouvements du cheval. Elle finit par lâcher la crinière.

— Tu veux essayer seule ? Je te donne le licou.

— Tu crois que je peux ?

— Essaie. Si tu as envie de descendre, tu me le dis. Pour aller plus vite, penche-toi en avant. Prends-la par le cou, si tu veux. Pour la faire ralentir, rassieds-toi.

— D'accord.

Mardena parut se pétrifier quand Ayla plaça la corde dans la main de Folara.

— Va, Whinney, dit la compagne de Jondalar en faisant signe à la jument d'aller lentement.

La jument partit au pas. Elle avait déjà promené d'autres personnes et savait aller doucement, surtout pour une première fois. Quand Folara se pencha légèrement en avant, Whinney accéléra l'allure, mais un peu seulement. La jeune fille se pencha davantage et Whinney se mit à trotter. C'était une jument étonnamment facile à monter mais le trot secoua Folara plus qu'elle ne s'y attendait. Elle se rassit vivement et la jument ralentit. Après les avoir laissées s'éloigner un peu, Ayla siffla pour rappeler Whinney. Enhardie, Folara se pencha en avant de nouveau et resta cette fois dans cette position jusqu'à ce que l'animal eût regagné son point de départ au trot. Ayla amena la jument près du rocher pour permettre à Folara de descendre.

— C'était formidable ! exulta la jeune fille, le visage écarlate d'excitation.

— Tu vois qu'on peut monter sur le dos de ces chevaux, dit Lanidar à sa mère.

— Ayla, montre-leur donc ce qu'ils savent faire, suggéra Folara.

Ayla acquiesça d'un hochement de tête, sauta cn souplesse sur Whinney, la dirigea vers le milieu du pré, Rapide et Loup dans son sillage. Sur un signe de sa maîtresse, la jument partit au galop, décrivit un large cercle. Ayla la fit ralentir, l'arrêta, passa une jambe de l'autre côté de l'animal et se laissa tomber à terre. L'enfant, sa mère et sa grand-mère écarquillaient les yeux.

— Maintenant, je comprends pourquoi on peut avoir envie de monter sur le dos d'un cheval, dit Denoda. Si j'étais plus jeune, j'essaierais.

— D'où te vient ce pouvoir que tu as sur eux ? voulut savoir Mardena. C'est de la magie ?

— Non, pas du tout. Tout le monde peut le faire, avec de l'entraînement.

— Comment t'est venue l'idée de monter sur un cheval ? demanda Denoda.

— J'avais tué la mère de Whinney, pour me nourrir, et je n'ai découvert qu'ensuite qu'elle avait un petit. Quand les hyènes ont commencé à tourner autour, je n'ai pas pu me résoudre à les laisser l'emporter. Je les hais, ces sales bêtes. Je les ai chassées et je me suis rendu compte qu'il fallait que je m'occupe de la pouliche.

Ayla raconta qu'elle avait élevé Whinney, qu'elles avaient appris à se connaître.

— Un jour, je suis montée sur son dos, et quand elle s'est mise à galoper je me suis accrochée à son cou. Je ne pouvais rien faire d'autre. Lorsqu'elle a enfin ralenti, je suis descendue, stupéfaite de ce qui s'était passé. C'était comme de voler, avec le vent dans la figure. J'ai recommencé et, au bout de quelque temps, j'ai appris à la diriger. Elle va où je veux parce qu'elle en a envie. C'est mon amie, elle est contente de me laisser monter sur elle.

— C'était quand même une drôle de chose, estima Mardena. Personne ne s'y est opposé ?

— Il n'y avait personne. Je vivais seule. Je cherchais mon peuple mais la saison était avancée et je craignais de me retrouver sans réserves de nourriture au début de l'hiver si je continuais à bouger. Quand j'ai découvert une vallée avec une petite grotte exposée au soleil, j'ai décidé de m'arrêter. Des chevaux paissaient aux alentours et la mère de Whinney était parmi eux.

— J'aurais eu peur de vivre seule, sans personne auprès de moi, dit Mardena.

Dévorée de curiosité, elle avait encore beaucoup de questions à poser mais, avant d'en avoir eu la possibilité, elle entendit quelqu'un appeler et se retourna. C'était Jondalar.

— Ils sont là ! cria-t-il. Dalanar et les Lanzadonii sont arrivés !

— Bien ! s'exclama Folara. Je suis impatiente de les voir.

— Moi aussi, dit Ayla, qui se tourna vers ses visiteurs. Nous devons rentrer, l'homme du foyer de Jondalar est là, à temps pour notre union.

— Bien sûr, acquiesça Mardena. Nous partirons tout de suite.

— J'aimerais saluer Dalanar avant, sollicita Denoda. Je le connaissais, dans le temps.

— Certainement, approuva Jondalar. Je suis sûr qu'il sera ravi de te voir.

— Avant que vous ne partiez, je dois demander à Mardena si elle accepte de laisser Lanidar s'occuper des chevaux pour moi quand je suis absente, rappela Ayla. Il devra juste vérifier qu'ils vont bien et me prévenir s'il remarque quoi que ce soit d'anormal. Je vous en serais très reconnaissante. Ce serait un soulagement pour moi de ne pas avoir à m'inquiéter à leur sujet.

Elles cherchèrent l'enfant du regard et le découvrirent qui flattait l'encolure de l'étalon en lui offrant des morceaux de carotte.

— Tu te rends bien compte qu'ils ne lui feront aucun mal ? insista Ayla.

— Bon, c'est d'accord.

— Oh, merci, mère ! s'écria Lanidar avec un sourire radieux.

Jamais Mardena n'avait vu une expression aussi heureuse sur le visage de son fils.

8

— Où est passé ton garçon ? Celui dont tout le monde dit que c'est moi tout craché… en un peu plus jeune, peut-être, lança le grand homme aux cheveux blonds attachés en catogan.

Il tendit les deux mains vers Marthona avec un sourire chaleureux. Ils se connaissaient trop pour s'embarrasser de cérémonies.

— Quand il t'a vu arriver, il a couru chercher Ayla, répondit Marthona.

Elle prit les deux mains de Dalanar, se pencha pour presser sa joue contre la sienne. Il a beau vieillir, il est toujours aussi beau et charmeur, songea-t-elle.

— Ils seront là bientôt, tu peux en être sûr, poursuivit-elle. Il guette ton arrivée depuis que nous sommes ici.

— Où est Willamar ? J'ai été désolé d'apprendre la mort de Thonolan. Je l'aimais bien, ce jeune homme. Je tiens à vous exprimer ma tristesse à tous deux.

— Merci, Dalanar. Willamar est allé au camp principal discuter d'une expédition de troc. La mort de Thonolan l'a bouleversé. Il était convaincu que le fils de son foyer reviendrait un jour. Pour tout t'avouer, j'en doutais. Quand j'ai vu Jondalar, j'ai pensé un moment que c'était toi. Je n'arrivais pas à croire que mon fils était revenu. Avec tant de surprises, dont Ayla et les animaux n'étaient pas les moindres.

— Il y a de quoi avoir un choc, dit la femme qui se tenait à côté de Dalanar. Tu sais qu'ils sont passés nous rendre visite en venant ici ?

La compagne de Dalanar était l'être le plus singulier que Marthona et tous les Zelandonii eussent jamais vu. Jerika était toute petite, surtout comparée à lui : elle pouvait passer sous le bras tendu de Dalanar sans se baisser. Ses longs cheveux étaient noués en un chignon aussi noir et luisant qu'une aile de corbeau, malgré les touches de gris qui éclaircissaient ses tempes, mais le plus étonnant, c'était son visage. Il était rond, avec un petit nez retroussé, des pommettes hautes et larges, des yeux sombres qui semblaient bridés en raison du pli des paupières. Elle avait le teint clair, peut-être un rien plus sombre que celui de son compagnon.

— Oui, ils nous ont dit que vous aviez l'intention de venir à la Réunion d'Eté, répondit Marthona après avoir salué la femme. Je crois savoir que Joplaya s'unira aussi. Vous arrivez juste à temps. Toutes les femmes qui célébreront leurs Matrimoniales doivent rencontrer la Zelandonia cet après-midi avec leurs mères. J'accompagnerai Ayla puisque sa mère n'est pas ici pour le faire. Si vous n'êtes pas trop fatiguées, Joplaya et toi, vous devriez venir.

— Je crois que nous pourrons, dit Jerika. Mais aurons-nous le temps de construire d'abord nos huttes ?

— Pourquoi pas ? intervint Joharran. Tout le monde vous aidera si vous ne voyez pas d'inconvénient à vous installer ici, près de nous.

— Et vous n'aurez pas à préparer à manger. Nous avons eu des invités ce matin, il y a beaucoup de restes, ajouta Proleva.

— Nous serons heureux de camper près de la Neuvième Caverne, répondit Dalanar, mais qu'est-ce qui vous a amenés à choisir cet endroit ? D'ordinaire, tu aimes te trouver au cœur des choses, Joharran.

— Lorsque nous sommes arrivés, les meilleurs emplacements du camp principal étaient pris. Il ne restait pas grand-chose, surtout pour une Caverne aussi nombreuse que la nôtre, et nous ne voulions pas être à l'étroit. Nous avons cherché et nous avons trouvé ce lieu. Finalement, je préfère être ici. Tu vois ces arbres ? Ce n'est que le début d'un bosquet de bonne taille qui nous fournira du bois pour le feu. Ce cours d'eau naît aussi là-bas d'une source claire. Longtemps après que l'eau des autres se sera souillée, la nôtre sera toujours limpide. Ayla et Jondalar aiment aussi cet endroit, il y a de la place pour les chevaux. Nous leur avons construit un enclos en aval. C'est là qu'Ayla est allée avec ses invités.

— Qui est-ce ? demanda Dalanar, curieux de savoir qui la compagne de Jondalar avait bien pu inviter.

— Tu te rappelles la femme de la Dix-Neuvième Caverne qui a donné le jour à un garçon au bras déformé ? Mardena… La fille de Denoda… dit Marthona.

— Oui, je me souviens d'elle.

— Ce garçon, Lanidar, a maintenant presque douze ans, poursuivit-elle. Je ne sais toujours pas comment cela s'est passé au juste, mais je crois qu'il est venu ici pour fuir la foule et sans doute les taquineries des autres garçons. Quelqu'un lui a parlé des chevaux. Ils suscitent la curiosité de tous, et Lanidar ne fait pas exception. Bref, Ayla lui a demandé de garder un œil sur les chevaux. Elle craint qu'avec tant de gens dans le camp quelqu'un ne les confonde avec un gibier ordinaire. Ce serait facile de les tuer, ils ne s'enfuient pas.

— C'est vrai, dit Dalanar. Dommage que nous ne puissions rendre tous les animaux aussi dociles.

— Ayla ne pensait pas que la mère de ce garçon y

verrait une objection, mais Mardena a, semble-t-il, une attitude très protectrice. Elle ne laisse même pas son fils apprendre à chasser, elle croit qu'il en est incapable. Ayla a donc invité Lanidar, sa mère et sa grand-mère à voir les chevaux pour tenter de convaincre Mardena qu'ils ne feront aucun mal à son enfant. Et elle a aussi décidé que, infirmité ou pas, elle lui enseignerait à se servir du lance-sagaie de Jondalar.

— Elle a du caractère, je l'ai remarqué, dit Jerika.

— Elle ne craint pas de défendre sa cause ou celle des autres, souligna Proleva.

— Les voilà, annonça Joharran.

Jondalar marchait en tête du groupe, Folara sur ses talons. Ils avaient réglé leur pas sur celui du plus lent d'entre eux, mais, en découvrant Dalanar et les autres, Jondalar se précipita en avant. L'homme de son foyer alla à sa rencontre. Ils se prirent les mains puis s'étreignirent. L'homme plus âgé passa un bras autour des épaules du plus jeune et ils firent quelques pas côte à côte.

Leur ressemblance était tellement extraordinaire qu'on eût dit un même homme à deux stades différents de sa vie. Le plus âgé s'était un peu enrobé à la taille, il avait moins de cheveux sur le dessus du crâne, mais le visage était identique, même si le front du plus jeune semblait moins ridé, et les joues du plus âgé moins fermes. Ils étaient de même hauteur, marchaient du même pas, avec la même allure. Leurs yeux étaient du même bleu glacier.

— On voit tout de suite de quel homme la Mère a choisi l'esprit quand Elle l'a créé, murmura Mardena à sa mère en désignant Jondalar du menton, au moment où leur groupe atteignait le camp.

Lanidar aperçut Lanoga et alla lui parler.

— Dalanar était exactement comme lui quand il était jeune, et il n'a pas beaucoup changé, répondit Denoda. C'est toujours un très bel homme.

— Tu le connaissais, mère ?

— Il a été l'homme de mes Premiers Rites. Après quoi, j'ai imploré la Mère de m'accorder un enfant de son esprit.

— Mère ! Une femme ne doit pas avoir de bébé si tôt, tu le sais.

— Je m'en moquais. Il arrive qu'une jeune fille tombe enceinte peu après ses Premiers Rites, quand elle est devenue femme et peut recevoir l'esprit d'un homme. J'espérais qu'il ferait plus attention à moi si je portais un enfant de son esprit.

— Un homme n'a pas le droit de s'approcher d'une femme qu'il a ouverte pendant un an au moins après les Premiers Rites, rappela Mardena, presque choquée par les aveux de sa mère.

— Je sais, et il n'a pas essayé, mais il n'a pas cherché à m'éviter non plus et il se montrait toujours aimable quand nous nous croisions. Moi, je voulais davantage. Longtemps j'ai été incapable de penser à quelqu'un d'autre. Et puis j'ai rencontré l'homme de ton foyer. Mon plus grand chagrin est qu'il soit mort si jeune. J'aurais voulu d'autres enfants mais la Mère a choisi de ne pas m'en accorder plus, et cela valait peut-être mieux. T'élever seule était déjà assez dur. Je n'avais même pas de mère pour m'aider, encore que plusieurs femmes de la Caverne m'aient secourue quand tu étais jeune.

— Pourquoi n'as-tu pas trouvé un autre homme à qui t'unir ? demanda Mardena.

— Et toi ? répliqua sa mère.

— Tu sais pourquoi. J'avais Lanidar…

— Ne rends pas ce garçon responsable. Tu prétends toujours que c'est lui qui t'a empêchée de trouver un autre homme, mais tu n'as jamais essayé. Tu avais peur de souffrir encore. Tu sais, il n'est pas trop tard pour…

Elles n'avaient pas vu l'homme s'approcher.

— Quand Marthona m'a annoncé que la Neuvième

Caverne avait des visiteurs, ce matin, un de leurs noms m'a paru familier. Comment vas-tu ?

Dalanar prit les deux mains de Denoda, se pencha pour presser sa joue contre la sienne, comme si elle était une amie proche. Mardena vit le visage de sa mère rougir un peu quand elle sourit à cet homme superbe. Elle eut même l'impression qu'elle se tenait différemment et que son corps devenait plus féminin, plus sensuel. Mardena vit tout à coup sa mère sous un autre jour : quoique grand-mère, elle n'était pas si vieille, après tout ; il y avait probablement des hommes qui la trouvaient encore attirante.

— Voici ma fille, Mardena de la Dix-Neuvième Caverne des Zelandonii, et mon petit-fils est là quelque part.

Dalanar tendit les mains à la femme la plus jeune, qui les prit et leva les yeux vers lui.

— Salutations, Mardena de la Dix-Neuvième Caverne des Zelandonii, fille de Denoda de la Dix-Neuvième Caverne. C'est un plaisir pour moi de faire ta connaissance. Je suis Dalanar, Homme Qui Ordonne de la Première Caverne des Lanzadonii. Au nom de Doni, la Grande Terre Mère, sache que tu seras la bienvenue dans notre camp. Et aussi dans notre Caverne.

Mardena fut troublée par la chaleur de ces salutations. Bien qu'il fût assez âgé pour être l'homme de son foyer, elle se sentait attirée par lui. Elle avait même cru déceler une certaine insistance sur le mot « plaisir », qui lui avait fait penser au Don de la Mère. Jamais un homme ne l'avait autant impressionnée.

Dalanar regarda autour de lui, appela « Joplaya ! » et dit à Denoda :

— J'aimerais te présenter la fille de mon foyer.

Mardena fut étonnée par la jeune femme qui approcha. Elle n'avait pas l'air aussi étrangère que la toute petite compagne de Dalanar, mais leurs traits communs la rendaient presque plus singulière encore. Ses cheveux étaient aussi noirs, veinés cependant de mèches plus claires. Elle avait des pommettes hautes, mais un visage moins rond, moins plat. Le nez ressemblait à celui de l'homme, en plus délicat ; les sourcils noirs étaient lisses et finement arqués. D'épais cils noirs frangeaient des yeux qui avaient la forme de ceux de sa mère, mais non leur couleur. Les yeux de Joplaya étaient d'un vert chatoyant.

Mardena n'avait pas participé à la Réunion d'Eté quand la Caverne de Dalanar y était venue la fois précédente. L'homme de son foyer venait de la quitter, elle n'avait pas envie d'affronter les gens. Elle avait entendu parler de Joplaya mais ne l'avait jamais rencontrée. Maintenant qu'elle était devant elle, elle réprimait mal une forte envie de la dévisager. Joplaya était une femme à la beauté exotique.

Après les présentations, les échanges de salutations et de plaisanteries, Dalanar et Joplaya laissèrent les deux femmes pour aller bavarder avec quelqu'un d'autre. Mardena sentait encore la chaleur de la présence de Dalanar et commençait à comprendre pourquoi il avait tellement fasciné sa mère. S'il avait été l'homme de ses Premiers Rites, elle aussi aurait succombé à son charme. La fille de son foyer, très jolie, avait cependant quelque chose de mélancolique, un air abattu en contradiction avec la joie d'une union proche. Mardena ne comprenait pas pourquoi une femme qui aurait dû être heureuse semblait si triste.

— Nous devons partir, maintenant, dit Denoda. Il ne faut pas abuser de l'accueil qui nous a été fait si nous voulons être réinvitées. Les Lanzadonii sont très liés à la Neuvième Caverne, et cela fait de nombreuses années que Dalanar et les siens ne sont pas venus à une Réunion d'Eté. Ils ont besoin de renouer contact. Allons récupérer Lanidar et remercier Ayla de son invitation.

Les camps de la Neuvième Caverne des Zelandonii et de la Première Caverne des Lanzadonii, deux peuples différents, formaient en réalité un seul et même camp de parents et d'amis.

Au passage des quatre femmes qui se dirigeaient vers la hutte de la Zelandonia, les gens n'essayaient même pas de masquer leur curiosité. Marthona attirait toujours l'attention, où qu'elle allât. Elle avait été chef d'une Caverne importante et était encore une femme puissante, sans parler de la séduction qu'elle exerçait toujours malgré son âge. Jerika avait un aspect si étrange, si différent de ce que les Zelandonii connaissaient qu'ils ne pouvaient s'empêcher de la détailler. Le fait qu'elle fût unie à Dalanar, qu'elle eût fondé avec lui non seulement une nouvelle Caverne mais un nouveau peuple la rendait encore plus exceptionnelle.

La fille de Jerika, Joplaya, la beauté brune mélancolique qui, selon les rumeurs, avait l'intention de prendre pour compagnon un homme d'esprit mêlé, était une femme mystérieuse qui suscitait maintes spéculations. La magnifique blonde que Jondalar avait ramenée, qui voyageait avec deux chevaux dociles et un loup, qu'on disait guérisseuse accomplie, devait être une sorte de Zelandoni étrangère. Elle parlait bien leur langue, quoique avec un accent insolite, et avait récemment découvert une grotte splendide sous le nez de la Dix-Neuvième Caverne.

Chacune des quatre femmes qui traversaient le camp de la Réunion d'Eté avait quelque chose de fascinant et, tout en sachant qu'ensemble elles attiraient encore plus l'attention, Ayla s'efforçait d'ignorer les regards et de prendre plaisir à la compagnie des trois autres.

Beaucoup de femmes étaient déjà là quand elles arrivèrent à la hutte de la Zelandonia. Elles furent examinées à l'entrée par plusieurs Zelandonia hommes, ce qui surprit Ayla. Comme si elle devinait ses pensées, Marthona expliqua :

— Les hommes ne sont pas admis à cette réunion, à

moins d'être membres de la Zelandonia, mais chaque année des jeunes gens des « lointaines » tentent de s'introduire déguisés en femmes ou de s'approcher assez pour entendre ce qui se dit. Les Zelandonia masculins les en empêchent.

Ayla remarqua plusieurs hommes, dont Madroman, qui semblaient monter la garde autour de la vaste construction.

— Qu'est-ce que c'est, les « lointaines » ? voulut-elle savoir.

— Des huttes d'été construites à la lisière du camp par des hommes, en général des jeunes gens ou des hommes entre deux compagnes. Les jeunes qui sont trop âgés pour avoir besoin d'une femme-donii mais n'ont pas encore de compagne ne tiennent pas à rester avec leur Caverne, ils préfèrent la compagnie d'amis de leur âge – sauf au moment des repas, précisa Marthona avec un sourire. Leurs amis n'imposent pas de restrictions à leur conduite comme le feraient une mère ou une compagne. Et aux hommes sans compagne, en particulier de cet âge, il est strictement interdit d'approcher des jeunes filles qui se préparent pour leurs Premiers Rites. Comme ils essaient quand même, les Zelandonia les surveillent de près lorsqu'ils sont dans le camp.

« Dans leurs huttes, ils peuvent brailler et se battre tant qu'ils veulent, du moment qu'ils ne dérangent pas les autres. Ils se réunissent, invitent d'autres jeunes gens, et des jeunes femmes, naturellement. Ils savent soutirer de la nourriture à leurs mères et se débrouillent pour se procurer du barma ou du vin. Je crois que c'est à qui fera venir les plus jolies jeunes femmes.

« Il y a aussi les "lointaines" des hommes mûrs. Généralement ceux qui n'ont pas de compagne pour une raison ou pour une autre, ou qui veulent échapper à leur Caverne ou à leur famille. Pendant la Réunion d'Eté, Laramar passe plus de temps dans une "lointaine" que dans sa propre hutte. C'est là qu'il troque son barma, mais ce qu'il fait de ce qu'il obtient en échange, je ne sais pas. En tout cas, il ne rapporte rien à sa famille. En outre, les hommes qui s'apprêtent à prendre une compagne passent un jour ou deux dans une “lointaine” avec la Zelandonia avant les Matrimoniales. Jondalar le fera bientôt, je pense.

L'intérieur de la hutte était sombre, à peine éclairé par la lueur d'un foyer et quelques lampes. Une fois que les yeux des quatre femmes se furent habitués à la pénombre, Marthona regarda autour d'elle et conduisit le groupe vers deux femmes assises par terre sur une natte, près du mur situé à droite de l'espace central. Celles-ci sourirent en les voyant approcher, se poussèrent pour leur laisser de la place.

— Je crois que la réunion va commencer, dit Marthona en s'asseyant. Nous procéderons plus tard aux présentations rituelles, ajouta-t-elle en se tournant vers celles qui l'accompagnaient. Voici Levela, la sœur de Proleva, et leur mère Velima. Elles sont du Camp d'Eté, la Partie Ouest de la Vingt-Neuvième Caverne.

Puis elle s'adressa de nouveau aux deux femmes :

— Voici Jerika, la compagne de Dalanar, et sa fille Joplaya. Les Lanzadonii sont arrivés ce matin. Et voici Ayla de la Neuvième Caverne, anciennement Ayla des Mamutoï, celle à qui Jondalar doit s'unir.

Les femmes se sourirent, puis, avant qu'elles puissent échanger quelques mots, le silence se fit progressivement dans la hutte. Celle Qui Etait la Première parmi Ceux Qui Servaient la Grande Terre Mère et plusieurs autres Zelandonia se tenaient devant l'auditoire. Lorsque la dernière conversation cessa, la doniate commença :

— Je vais vous parler de questions sérieuses et je vous demande d'écouter avec attention. Femmes, vous êtes les préférées de Doni, celles qu'Elle a créées et à qui Elle a accordé le privilège de donner la vie. Il est des choses importantes que doivent savoir celles d'entre vous qui célébreront bientôt leur union.

Elle s'interrompit et jeta un coup d'œil à chacune des participantes. Quand elle découvrit les femmes qui accompagnaient Marthona, son regard s'arrêta un instant : il y avait là deux présences auxquelles elle ne s'attendait pas. Après avoir échangé un hochement de tête avec Marthona, elle reprit :

— A cette réunion, nous parlerons de problèmes de femme : comment vous devrez traiter ceux qui seront vos compagnons, et ce que vous êtes en droit d'attendre d'eux. Nous parlerons d'avoir des enfants, mais aussi de la façon de ne pas en avoir, et de ce qu'il convient de faire s'il en vient un pour lequel vous n'êtes pas prêtes.

« Quelques-unes d'entre vous ont peut-être déjà été honorées par les premiers tressaillements de la vie en elles. C'est un honneur, oui, mais aussi une grande responsabilité. Une partie de ce que je vous dirai, vous l'avez déjà entendu, notamment à vos Rites des Premiers Plaisirs. Ecoutez bien, même si vous croyez déjà savoir ce que je vous explique.

« Premièrement, aucune fille ne doit s'unir avant de devenir femme, avant d'avoir commencé à saigner et d'avoir eu ses Premiers Rites. Notez la phase de la lune le premier jour du saignement. Pour la plupart des femmes, leur sang coulera de nouveau la prochaine fois que la lune sera dans la même phase, mais cela peut varier. Si plusieurs femmes vivent quelque temps dans la même habitation, il arrive souvent que leurs périodes lunaires changent jusqu'à ce qu'elles saignent en même temps.

Certaines des femmes les plus jeunes, en particulier celles qui ne connaissaient pas ce phénomène, se tournèrent vers leurs amies et parentes. Ayla, à qui personne n'en avait jamais parlé, essaya de se rappeler si elle l'avait observé.

— La première indication que vous avez été honorées par la Mère, qu'Elle a choisi un esprit pour le mêler au vôtre et créer une nouvelle vie, ce sera quand votre sang ne coulera pas à votre phase de la lune. S'il ne coule pas non plus à la lune suivante, vous pouvez commencer à penser que vous avez été honorées, mais il faut au moins manquer trois lunes et déceler d'autres signes avant d'être sûre qu'une nouvelle vie a germé. Quelqu'un a-t-il des questions sur ce point ?

Il n'y en avait pas. Hormis le fait que des femmes vivant ensemble avaient tendance à avoir leurs saignements en même temps, ces choses avaient déjà été dites et répétées.

— Je sais que la plupart d'entre vous ont partagé le Don des Plaisirs avec leur promis, et vous devriez trouver cela agréable. Si ce n'est pas le cas, parlez-en à votre Zelandoni. C'est une chose difficile à reconnaître, mais il y a des moyens de vous aider, et les Zelandonia garderont toujours votre secret, tous vos secrets. Il conviendra de vous rappeler que, hormis les jeunes qui viennent d'accéder à la plénitude de leur virilité, peu d'hommes peuvent s'accoupler à une femme plus d'une ou deux fois par jour, et encore moins quand ils prennent de l'âge.

« Par ailleurs, le fait de partager les Plaisirs avec votre compagnon n'est pas obligatoire, si c'est votre choix et si votre compagnon n'y voit pas d'objection. Mais la plupart des hommes ne resteront pas avec une femme qui ne partage pas le Don avec eux. Même si vous vous apprêtez à nouer le lien et ne pouvez l'imaginer maintenant, sachez aussi que le lien peut être rompu pour de nombreuses raisons. Je suis sûre que vous connaissez toutes quelqu'un qui l'a rompu.

Il y eut des bruits de pieds, des changements de position, des regards alentour. Presque tout le monde connaissait quelqu'un qui avait brisé ce lien.

— On dit que les femmes peuvent faire usage du Don de la Mère pour garder leur compagnon en le rendant heureux et satisfait. Certains prétendent que c'est pour cette raison qu'Elle l'a offert à Ses enfants. C'est peut-être une raison, mais pas la seule, j'en suis sûre. Il n'en demeure pas moins que votre compagnon ne sera pas tenté de regarder d'autres femmes si vous savez satisfaire ses désirs. Il sera heureux de limiter ces brefs moments d'intérêt pour une autre aux cérémonies qui honorent la Mère, lorsque c'est acceptable et agréable pour Elle, pourvu que les Plaisirs soient partagés.

« Tout le monde peut accepter ou refuser de partager le Don de la Mère. Partager les Plaisirs avec quelqu'un d'autre n'est pas non plus obligatoire. Si vous et votre compagnon êtes heureux et contents de partager Son Don uniquement l'un avec l'autre, la Mère est satisfaite. Il n'est pas non plus nécessaire d'attendre une Cérémonie de la Mère. Rien de ce qui concerne les Plaisirs n'est obligatoire. C'est un Don de la Mère, et tous Ses Enfants sont libres de le partager avec qui ils veulent chaque fois qu'ils le souhaitent. Ni vous ni votre compagnon ne devez vous inquiéter des passades de l'autre. La jalousie est bien plus grave. Elle peut avoir de terribles conséquences. Elle peut engendrer la violence, et la violence peut mener à la mort. Si quelqu'un est tué, ceux à qui cette personne était chère auront envie de se venger, et cette vengeance en appellera une autre, jusqu'à ce qu'il n'y ait plus qu'affrontements. Tout ce qui menace le bien-être des Enfants de la Mère choisis pour La connaître n'est pas acceptable.

« Les Zelandonii sont un peuple fort parce qu'ils travaillent ensemble et s'entraident. La Grande Terre Mère a pourvu à tous leurs besoins. Tout ce qui est chassé ou cueilli nous est donné par Doni et doit être partagé entre tous. Recueillir ce qu'Elle offre peut être un travail dur, voire dangereux, et, pour cette raison, ceux qui donnent le plus jouissent du plus grand respect. C'est pour cela que ceux qui sont le plus déterminés à travailler pour Ses enfants occupent le rang le plus haut. C'est pour cela que Ceux Qui Ordonnent sont très respectés. Ils sont résolus à aider leur peuple. S'ils ne l'étaient pas, le peuple ne se tournerait plus vers eux et reconnaîtrait quelqu'un d'autre pour chef.

Elle n'ajouta pas que c'était également pour cette raison que les Zelandonia bénéficiaient d'une position élevée.

Zelandoni savait parler, et Ayla l'écoutait, captivée. Elle désirait en apprendre le plus possible sur le peuple de l'homme à qui elle s'unirait bientôt, ce peuple qui était maintenant le sien, mais, lorsqu'elle y réfléchissait, le Clan n'était pas si différent. Ses membres partageaient tout et personne n'y souffrait de la faim, pas même cette femme dont on lui avait dit qu'elle était morte dans le tremblement de terre. Elle venait d'un autre Clan, n'avait jamais eu d'enfants ; après la mort de son compagnon, un homme avait dû la prendre pour seconde femme, ce qui était toujours considéré comme un fardeau. Mais, bien qu'elle occupât la position la plus basse dans le Clan de Brun, elle n'avait jamais eu faim, elle avait toujours porté des vêtements chauds.

Dans le Clan, les compagnes elles aussi étaient partagées. On y comprenait la nécessité de satisfaire les besoins d'un homme. Aucune femme ne refusait jamais un homme qui lui adressait le signal. Ayla n'en connaissait aucune qui aurait songé à refuser… excepté elle-même. Elle savait désormais que ce n'étaient pas les Plaisirs que Broud recherchait. Elle l'avait su même à l'époque, sans pouvoir l'exprimer. Il ne lui adressait pas le signal parce qu'il voulait partager le Don ou satisfaire son propre désir, mais uniquement parce qu'il savait qu'elle détestait cela.

— Rappelez-vous, disait Zelandoni, que c'est votre compagnon qui doit vous aider, subvenir à vos besoins et à ceux de vos enfants, en particulier quand vous êtes grosse ou que vous venez d'enfanter et que vous donnez le sein. Si vous vous souciez d'eux, si vous avez souvent partagé les Plaisirs avec eux et que vous les avez satisfaits, la plupart des hommes seront plus que disposés à pourvoir à vos besoins et à ceux de vos enfants. Certaines d'entre vous ne comprennent peut-être pas pourquoi j'insiste tellement sur ce point. Demandez à vos mères. Lorsque vous êtes fatiguées, sans cesse occupées par de nombreux enfants, il peut arriver que le Don ne soit pas si facile à partager. Il y a aussi des moments où il ne doit pas l'être, mais j'en parlerai plus tard.

« Doni accorde toujours Sa faveur aux enfants qui ressemblent au compagnon. Lui, de son côté, s'en estime souvent plus proche. Si vous voulez que vos enfants ressemblent à votre compagnon, vous devez passer du temps ensemble, afin que ce soit son esprit qui ait le plus de chances d'être choisi. Les voies des esprits sont souvent capricieuses. Il est impossible de dire quand l'un d'eux acceptera de se laisser choisir ou quand la Mère jugera le moment venu de le mêler à un autre. Mais, si vous et votre compagnon vous appréciez mutuellement, il aura envie de rester près de vous, et son esprit sera heureux de s'unir au vôtre. Tout le monde suit jusqu'ici ? Si vous avez des questions, c'est le moment.

La Première promena son regard sur l'assistance et attendit.

— Si je tombe malade, si je ne ressens aucun Plaisir à partager le Don… commença une femme.

D'autres se retournèrent pour voir qui avait parlé.

— Votre compagnon devra le comprendre et, de toute façon, c'est toujours votre choix. Il y a des femmes et des hommes qui sont unis et partagent rarement le Don ensemble. Si vous vous montrez tendre et compréhensive avec votre compagnon, il le sera également avec vous, en règle générale. Les hommes sont aussi des Enfants de la Mère. Quand ils tombent malades, c'est leur compagne qui les soigne. La plupart des compagnons essaient de s'occuper de vous lorsque vous êtes malade.

La jeune femme hocha la tête avec un sourire un peu hésitant.

— Ce que je veux dire, continua la doniate, c'est que l'homme et la femme doivent avoir de l'affection, de la considération et du respect l'un pour l'autre. Le Don des Plaisirs peut vous apporter le bonheur à tous deux et contribuer à ce que votre compagnon soit heureux, pour que votre union dure. D'autres questions ?

Zelandoni marqua une nouvelle pause puis reprit :

— Une union ne se réduit toutefois pas à deux personnes qui choisissent de vivre ensemble. Elle engage votre famille, votre Caverne, et aussi le Monde des Esprits. C'est pourquoi les mères et leurs compagnons doivent réfléchir avant d'autoriser leur enfant à s'unir. Avec qui vivra-t-il ? Vous-même ou votre compagnon apporterez-vous une contribution à la Caverne ? Vos sentiments sont également importants. Si vous n'éprouvez rien l'un pour l'autre au début de votre union, elle risque de ne pas durer. Si une union ne dure pas, la responsabilité des enfants retombe sur la famille et la Caverne de la mère, comme c'est le cas si vous venez à mourir tous les deux.

Ayla était passionnée par ce sujet. Elle faillit poser une question sur le mélange d'esprits donnant naissance à la vie. Convaincue que c'était le partage du Don lui-même qui était nécessaire pour que la vie commence, elle décida néanmoins de ne pas en parler.

— Si la plupart d'entre vous attendent avec impatience leur premier bébé, poursuivait la doniate, il peut arriver qu'une nouvelle vie commence à un mauvais moment. Jusqu'à ce que vous ayez reçu de votre Zelandoni l'elandon de votre nourrisson, il n'a pas d'esprit propre, seulement les esprits mêlés qui sont à son origine. Puis la Grande Terre Mère accepte le nouveau-né, sépare les esprits et les restitue. Mais il vaut mieux arrêter la poursuite de la vie avant que le bébé soit prêt à naître, de préférence pendant les trois premières lunes de grossesse.

— Pourquoi quelqu'un voudrait-il arrêter une nouvelle vie qui vient de commencer ? demanda une jeune femme. Tous les bébés ne sont-ils pas bienvenus ?

— La plupart le sont, répondit la Première, mais dans certains cas il vaut mieux qu'une femme n'ait pas d'autre enfant. Quoique cela n'arrive pas souvent, elle peut redevenir grosse quand elle allaite encore et donner naissance à un autre bébé alors que le précédent est encore très jeune. La plupart des mères ne peuvent s'occuper convenablement d'un autre bébé si tôt. Celui qui est là et a un nom doit passer d'abord, surtout s'il est en bonne santé. Trop de nourrissons meurent déjà dans leur première année. Il n'est pas sage de risquer la vie d'un enfant en bonne santé en l'écartant trop tôt du sein. Après la première année, le sevrage est la période la plus difficile pour un bébé. Si la mère est obligée de sevrer un enfant trop tôt, à moins de trois ans, cela peut affaiblir cet enfant. Il vaut mieux un seul enfant en bonne santé qui deviendra un adulte vigoureux que deux ou trois bébés faibles qui ne survivront peut-être pas.

— Oh… Je n'y avais pas pensé, dit la jeune femme.

— Autre exemple : une femme a donné naissance à plusieurs enfants mal formés qui n'ont pas survécu. Doit-elle continuer à aller jusqu'au terme de ses grossesses et passer à chaque fois par une telle souffrance ? Sans parler de son propre affaiblissement…

— Mais si elle veut avoir un bébé comme tout le monde ? fit une jeune femme, les larmes aux yeux.

— Il y a des femmes qui n'ont pas d'enfants, répondit Zelandoni. Certaines par choix. D'autres parce que la vie ne naît jamais en elles. D'autres n'arrivent jamais à terme, ou bien elles ont des enfants mort-nés, ou si mal formés qu'ils ne survivent pas.

— Pourquoi ? demanda la femme aux yeux embués.

— Personne ne le sait. Peut-être parce que quelqu'un

qui en voulait à cette femme lui a jeté un sort. Peut-être parce qu'un Esprit maléfique a trouvé un moyen de faire du mal au bébé à naître. Cela arrive même aux animaux. Nous avons toutes vu des chevaux ou des cerfs difformes. Certains disent que les animaux blancs sont le résultat d'un Esprit mauvais qui a été vaincu et que c'est pour cela qu'ils portent chance. Les êtres humains aussi naissent parfois tout blancs avec des yeux roses. Les animaux ont sans doute aussi des petits mort-nés et des jeunes qui ne survivent pas, mais les carnivores s'en occupent si rapidement que nous ne les voyons pas. C'est ainsi, conclut la doniate.

La jeune femme était en larmes à présent, et Ayla se demanda pourquoi la Première se montrait aussi insensible.

— Sa sœur a du mal à avoir un bébé, elle a été grosse deux ou trois fois, expliqua Velima à mi-voix. Je crois qu'elle a peur qu'il lui arrive la même chose.

— Zelandoni a raison de ne pas lui donner de faux espoirs, murmura Marthona. Quelquefois, c'est de famille. Et, si cette femme a un enfant, elle n'en sera que plus heureuse.

Ayla regarda la jeune femme et fut si émue qu'elle ne put s'empêcher de prendre la parole.

— En venant ici... commença-t-elle. (Tout le monde se tourna pour regarder avec étonnement cette nouvelle venue qui intervenait, et beaucoup remarquèrent son accent.) Jondalar et moi nous sommes arrêtés à une Caverne Losadunaï. Il y avait là une femme qui n'avait jamais pu avoir d'enfant. Or une mère d'une Caverne voisine était morte, laissant son compagnon avec trois petits. La femme qui ne pouvait en avoir est allée vivre avec eux pour voir s'ils pouvaient trouver un arrangement. Si tous étaient satisfaits, elle adopterait les enfants et prendrait l'homme pour compagnon.

Il y eut un silence, puis un murmure de conversations.

— C'est un très bon exemple, Ayla, dit Zelandoni.

Oui, une femme peut adopter des enfants. Cette Losadunaï avait-elle déjà un compagnon ?

— Non, je ne crois pas.

— Même si elle en avait eu un, elle aurait pu l'amener avec elle, à condition que les deux hommes s'acceptent comme co-compagnons. Un homme de plus pour nourrir ces enfants n'aurait pas nui. Ayla a fait une excellente remarque. Les femmes qui ne peuvent enfanter ne restent pas nécessairement sans enfants.

La doniate s'interrompit un instant avant de reprendre :

— Il existe d'autres raisons pour lesquelles une femme peut décider de mettre fin à une grossesse. Une mère qui a trop d'enfants peut avoir des difficultés à s'occuper de tous ses petits, et elle-même, son compagnon et sa Caverne peuvent avoir du mal à pourvoir à leurs besoins. Souvent, les femmes qui se trouvent dans cette situation ne veulent plus d'enfants et souhaiteraient que la Mère ne soit pas aussi généreuse avec elles.

— Je connais quelqu'un qui n'arrête pas d'en avoir, dit une autre jeune femme. Elle en a donné deux à adopter à sa sœur, et un à une cousine.

— Je sais de qui tu parles. C'est une femme robuste et en bonne santé qui aime être grosse et enfante facilement. Elle a beaucoup de chance. Elle a rendu un grand service à sa sœur – qui, je crois, ne peut avoir d'enfant à cause d'un accident – et à sa cousine, qui en voulait un autre sans avoir besoin de le porter elle-même.

« Toutes les femmes n'ont pas cette chance, poursuivit la Première. Certaines femmes ont eu des accouchements si difficiles qu'un bébé de plus pourrait les tuer et laisser les enfants vivants sans mère. Chacune est différente. Par bonheur, la plupart des femmes sont capables d'avoir des enfants, mais ces femmes-là peuvent elles aussi ne pas vouloir mener chaque grossesse à son terme.

« Il y a plusieurs moyens d'interrompre une grossesse. Certains peuvent se révéler dangereux. Une forte infusion de tanaisie – toute la plante, racines comprises – peut ramener le saignement mais elle peut aussi être fatale. Un bâtonnet en orme écorcé et glissant, inséré profondément dans l'ouverture par laquelle naît l'enfant, peut être très efficace, mais il vaut toujours mieux en parler à votre doniate, qui saura préparer l'infusion ou placer le bâtonnet. Il existe d'autres méthodes. Vos mères ou vos Zelandonia en discuteront avec vous en détail si vous souhaitez en savoir davantage.

« Il en va de même pour l'accouchement. Il existe de nombreux remèdes qui hâtent la venue de l'enfant, qui arrêtent le flot de sang et soulagent la douleur. L'enfantement s'accompagne presque toujours de douleur. La Grande Mère Elle-Même a souffert, mais la plupart des femmes ont peu de problèmes et la douleur est vite oubliée. Tout le monde souffre un jour d'une manière ou d'une autre. Cela fait partie de la vie, on ne peut y échapper. Il vaut mieux l'accepter.

Ayla était intéressée par les remèdes dont Zelandoni avait parlé, encore que ceux qu'elle avait mentionnés fussent relativement simples et bien connus. Presque toutes les femmes avec qui elle en avait discuté connaissaient un moyen ou un autre de mettre fin à une grossesse. Souvent, cette idée ne plaisait pas aux hommes. Iza et les autres guérisseuses du Clan gardaient cette pratique secrète, de crainte que les hommes ne l'interdisent.

La doniate n'avait pas abordé les moyens d'empêcher la vie de germer. Ayla tenait beaucoup à lui en parler et peut-être à comparer leurs connaissances. Elle avait été sage-femme pour plusieurs naissances. Il lui vint soudain à l'esprit qu'elle donnerait bientôt naissance à un enfant, elle aussi. Oui, Zelandoni avait raison, la souffrance faisait partie de la vie. Ayla avait beaucoup souffert pour donner le jour à Durc, elle avait failli mourir, mais, comme dans le *Chant de la Mère*, « l'enfant radieux justifiait toute cette souffrance ».

— Il n'y a pas que la douleur physique, continua Zelandoni. D'autres souffrances sont pires, mais vous devez les accepter elles aussi. En tant que femmes, vous avez une grande responsabilité, un devoir qu'il vous faudra peut-être envisager un jour. Parfois, la vie que vous portez est tenace. Et rien ne peut empêcher la grossesse de progresser, alors même que vous n'aviez pas voulu que la vie naisse en vous. Une fois que l'enfant est né, c'est toujours plus difficile de le rendre à la Mère, mais il le faut quelquefois.

« Les enfants qui sont déjà là doivent passer en premier. Si un second bébé vient trop tôt, ou s'il est très mal formé, il faut le renvoyer à Doni. C'est toujours à la Mère de décider, mais vous devez vous rappeler votre responsabilité, et il faut agir vite. Dès que vous en êtes capable, emmenez-le dehors et posez-le sur le sein de la Grande Terre Mère, aussi loin que possible de votre abri, et jamais près d'un site sacré d'enterrement, de peur qu'un Esprit errant ne tente d'habiter le corps. Cet Esprit serait dérouté et ne parviendrait plus à trouver le chemin du Monde d'Après. Il deviendrait maléfique. Y a-t-il ici quelqu'un qui ne comprenne pas ce que je viens de dire ?

C'était toujours un moment difficile des réunions préparant les Matrimoniales, et Zelandoni laissa aux jeunes femmes le temps d'assimiler la cruelle révélation. Il fallait cependant qu'elles l'acceptent.

Personne ne prit la parole. Les jeunes femmes avaient entendu des rumeurs, discuté entre elles du douloureux devoir qu'elles seraient peut-être amenées à remplir un jour, mais c'était la première fois que la question leur était soumise directement. Chacune d'elles espérait qu'elle ne serait jamais réduite à laisser un bébé mourir sur le sein froid de la Grande Terre Mère. C'était une sombre pensée.

Certaines des femmes plus âgées serraient les lèvres, de la souffrance dans les yeux, parce qu'elles avaient dû faire face à ce terrible devoir de préserver la vie de l'un en sacrifiant l'autre. La plupart des femmes aimaient mieux mettre fin plus tôt à une grossesse, encore que ce ne fût pas une décision facile, que de perdre un enfant à qui elles avaient donné le jour ou, pire, de devoir l'abandonner elles-mêmes.

Ayla était effondrée. Je ne pourrais jamais, pensait-elle. Les souvenirs de Durc affluèrent dans son esprit : il aurait dû être abandonné sans qu'elle eût son mot à dire. Elle se rappela avec angoisse les jours qu'elle avait passés cachée dans la petite grotte pour lui sauver la vie. Tous disaient qu'il était difforme. Mais il ne l'était pas. C'était simplement un mélange, d'elle et de Broud. S'il avait su, chaque fois qu'il me forçait, que Durc serait le résultat, il ne l'aurait jamais fait ! songea-t-elle. Elle eut envie de demander pourquoi on ne cherchait pas plutôt à empêcher d'abord la vie de germer mais se sentit trop émue pour ouvrir la bouche.

Marthona fut intriguée par la détresse qui se lisait sur le visage de la jeune femme. Certes, ce n'était pas une pensée facile à supporter, mais il y avait peu de chances pour que le bébé d'Ayla dût être remis à la Mère. C'est peut-être d'être enceinte qui la rend si sensible, supposa la mère de Jondalar.

Zelandoni avait encore d'autres informations à transmettre : l'interdiction de partager les Plaisirs quand une femme est proche de l'accouchement, et pendant une certaine période après, ainsi qu'avant, pendant et après certaines cérémonies ; les autres devoirs d'une femme unie à un homme, les moments où il fallait jeûner ou s'abstenir de manger certains aliments.

Il était également interdit de s'unir avec certaines personnes, notamment les cousins proches. Jondalar avait expliqué à Ayla ce qu'étaient des cousins proches, et, lorsque le problème fut mentionné, elle avait coulé un regard vers Joplaya, à la manière discrète des femmes du Clan. Elle connaissait la raison de l'aura de tristesse qui enveloppait la jeune femme. Depuis son arrivée à la Réunion d'Eté, Ayla avait entendu parler des signes de parenté et ne savait pas de quoi il s'agissait. Qu'étaient au juste des signes incompatibles ? Les autres sachant tout de ces signes et des interdits qui y étaient attachés, elle n'osa pas poser la question devant elles et préféra attendre que la plupart fussent parties pour interroger Zelandoni.

— Un dernier point, conclut la Première. Certaines d'entre vous ont peut-être déjà entendu dire qu'il était question de reporter les Matrimoniales de quelques jours.

Plusieurs femmes laissèrent échapper des exclamations déçues.

— Dalanar et sa Caverne ont l'intention de venir à la Réunion d'Eté pour que la fille de sa compagne soit unie à nos premières Matrimoniales, reprit Zelandoni, suscitant des murmures. Vous serez heureuses d'apprendre qu'aucun report ne sera nécessaire ; Joplaya est parmi nous avec sa mère, Jerika. Joplaya et Echozar seront unis en même temps que vous toutes.

« Gardez précieusement en mémoire ce qui a été dit ici. C'est important. La chasse d'ouverture de cette Réunion d'Eté commencera demain matin et, si tout se passe bien, les Matrimoniales auront lieu peu après. Je vous reverrai toutes ce jour-là.

Tandis que l'auditoire se dispersait, Ayla entendit plusieurs fois les mots « Têtes Plates » et « abomination ». Manifestement, beaucoup de femmes étaient pressées d'aller annoncer que Joplaya était promise au demi-Tête Plate, Echozar.

Un grand nombre d'entre d'elles se souvenaient de lui. Il avait participé à leur Réunion d'Eté la dernière fois que les Lanzadonii y étaient venus. Marthona se rappelait qu'on y avait tenu des propos désobligeants au sujet d'Echozar et de ses esprits mêlés et espérait que cela ne se renouvellerait pas. Il lui revint en mémoire une autre Réunion d'Eté qui avait été pénible pour elle, celle que Jondalar avait manquée pour partir en Voyage avec son frère, laissant Marona attendre un promis qui ne vint jamais. Elle avait cependant pris un compagnon cet été-là, aux deuxièmes Matrimoniales, juste avant le retour, mais leur union n'avait pas duré. Maintenant, Marona était à nouveau disponible mais Jondalar avait ramené avec lui une femme qui lui convenait beaucoup mieux, malgré ses manières étrangères, ne fût-ce que parce qu'elle éprouvait pour lui des sentiments sincères et qu'il l'aimait.

Zelandoni songea un instant à défendre aux femmes de parler à quiconque de ce qui s'était dit à la réunion, mais elle se doutait qu'il n'existait aucun moyen de faire respecter cette interdiction. La nouvelle était trop croustillante pour qu'elles la gardent secrète. La doniate remarqua qu'Ayla et celles qui l'accompagnaient ne semblaient pas pressées de partir et souhaitaient peut-être lui parler. Après tout, elle était encore Zelandoni de la Neuvième Caverne. Quand il ne resta quasiment plus que les Zelandonia, Ayla se dirigea vers elle.

— J'ai quelque chose à te demander, Zelandoni.

— Je t'écoute.

— Tu as parlé de certains interdits, de personnes qui peuvent ou ne peuvent pas s'unir. Je sais qu'il est interdit de s'unir avec un cousin ou une cousine « proche », Jondalar m'a expliqué que Joplaya est sa cousine proche – il dit quelquefois « cousine de foyer » – parce qu'ils sont nés tous deux au foyer d'un même homme.

Ayla évita de se tourner vers Joplaya, mais Marthona et Jerika échangèrent un regard.

— C'est exact, confirma Zelandoni de la Neuvième Caverne.

— Depuis notre arrivée à la Réunion d'Eté, j'entends parler d'autre chose. Toi, notamment, tu dis qu'on ne peut s'unir avec une personne ayant un signe de parenté incompatible. Qu'est-ce que c'est, un signe de parenté ?

Les autres Zelandonia avaient écouté un moment puis, lorsqu'il apparut qu'Ayla cherchait simplement à s'informer, ils se mirent à bavarder entre eux à voix basse ou regagnèrent leur espace personnel à l'intérieur de la hutte.

— C'est un peu plus difficile à expliquer, répondit la Première. Une personne naît avec un signe de parenté. D'une certaine façon, il fait partie de son elan, de sa force de vie. Les gens connaissent leur signe de parenté quasiment depuis leur naissance, comme ils connaissent leur elandon. Tous les animaux sont Enfants de Doni. Elle leur a aussi donné naissance, comme il est dit dans le *Chant de la Mère :*

Avec un grondement de tonnerre, Ses montagnes se [fendirent
Et par la caverne qui s'ouvrit dessous
Elle fut de nouveau mère,
Donnant vie à toutes les créatures de la Terre.
D'autres enfants étaient nés, mais la Mère était [épuisée.

Chaque enfant était différent, certains petits, d'autres [grands.
Certains marchaient, d'autres volaient, certains [nageaient, d'autres rampaient.
Mais chaque forme était parfaite, chaque esprit [complet.
Chacun était un modèle qu'on pouvait répéter.
La Mère le voulait, la Terre verte se peuplait.

Le signe de parenté est symbolisé par un animal, acheva-t-elle.

— Tu veux dire un totem ? Mon totem est le Lion des Cavernes. Tout le monde au Clan a un totem.

— Peut-être, dit la doniate, pensive. Mais je crois

que les totems sont autre chose. Pour commencer, tout le monde n'en possède pas. Ils sont importants, mais pas autant qu'un elan, par exemple, bien qu'il faille lutter ou subir une épreuve pour obtenir un totem. Le plus souvent, on est choisi par un totem, alors que tout le monde a un signe de parenté, et beaucoup de personnes ont le même. Un totem peut être n'importe quel esprit d'animal, lion des cavernes, aigle doré, sauterelle, mais certains animaux ont une sorte de pouvoir. Leur esprit possède une puissance particulière, semblable à la force de vie, mais différente. Les Zelandonia les appellent animaux à pouvoir, encore qu'ils aient plus de force dans le Monde d'Après que dans celui-ci. Parfois, quand nous voyageons dans le Monde des Esprits, nous puisons à cette force pour nous protéger ou pour faire advenir certaines choses.

Le front plissé, Ayla fouillait sa mémoire.

— Le Mamut faisait cela aussi ! s'exclama-t-elle tout à coup. Je me souviens que, pendant une cérémonie, il a provoqué des choses étranges. Je crois qu'il a ramené dans notre monde un peu du Monde des Esprits, mais il a dû lutter pour y parvenir.

Le visage de Zelandoni exprimait la surprise et l'admiration.

— J'aurais aimé connaître ton Mamut. La plupart des Zelandonii n'attachent pas grande importance aux signes de parenté, sauf quand ils envisagent une union. Ils ne doivent pas s'unir à quelqu'un dont le signe est opposé au leur, et c'est sans doute pour cela qu'on parle davantage de cette question aux Réunions d'Eté, où sont célébrées les unions. C'est pour cette raison qu'on désigne couramment l'animal à pouvoir par les mots « signe de parenté ». Appellation trompeuse, mais la plupart des gens pensent en ces termes parce qu'ils n'ont pas affaire au Monde des Esprits, et que la seule fois où cela a une importance dans leur vie, c'est quand ils songent à s'unir.

— Personne ne s'est enquis de mon signe de parenté.

— Il n'a de signification que pour quelqu'un qui est né zelandonii. Ceux qui sont nés d'un autre peuple peuvent avoir un signe de parenté ou un animal à pouvoir, mais en règle générale leur animal ne s'affilie pas à celui d'un Zelandonii. Quand une personne devient zelandonii, il arrive qu'un signe de parenté s'affirme, mais il ne sera jamais en opposition au compagnon qu'elle a déjà. L'animal à pouvoir du compagnon ne le permet pas.

Marthona, Jerika et Joplaya écoutaient elles aussi avec attention. Jerika n'était pas née zelandonii et s'intéressait aux coutumes et aux croyances de son compagnon.

— Nous sommes lanzadonii, pas zelandonii, dit-elle. Si une Lanzadonii veut s'unir à un Zelandonii, le signe de parenté n'a pas d'importance ?

— Avec le temps, il n'en aura plus. Mais beaucoup d'entre vous sont nés zelandonii. Les liens sont encore proches, il faut donc considérer la question.

— Je n'ai jamais été zelandonii et je suis maintenant lanzadonii, reprit Jerika. De même pour Joplaya. Puisque Echozar n'était à la naissance ni l'un ni l'autre, il n'y a pas de problème. Je voudrais quand même savoir si une fille tient son signe de sa mère. Quel est le signe de parenté de Joplaya ?

— En général, une fille a le même signe que sa mère, mais pas toujours. Je crois savoir que vous souhaitez qu'un Zelandoni s'installe dans votre Caverne pour devenir Premier Lanzadoni. C'est une occasion unique pour les membres de notre Zelandonia. La personne qui la saisira sera bien formée – j'y veillerai – et saura découvrir les signes de parenté de tout votre peuple.

— Quel est le signe de Jondalar ? demanda Ayla. Et comment pourrais-je en acquérir un pour le transmettre à ma fille, si c'est une fille ?

— Nous tâcherons de le savoir, si tu le souhaites.

L'animal à pouvoir de Jondalar est le cheval, comme Marthona ; et, bien que Joharran soit de la même mère, le sien est différent. Il est bison. Bisons et chevaux sont en opposition.

— Jondalar et Joharran ne s'opposent pas, remarqua Ayla. Ils s'entendent bien.

La Première sourit.

— Ces signes sont en opposition dans le cadre d'une union, Ayla.

— Oh. Je crois qu'ils n'ont pas l'intention de s'unir, dit la jeune femme, qui sourit elle aussi. Mon totem est le Lion des Cavernes, penses-tu que ce puisse être mon animal à pouvoir ? Il est puissant, son Esprit m'a souvent protégée.

— Les choses sont différentes dans le Monde des Esprits, répondit Zelandoni. Pouvoir signifie plusieurs choses. Les animaux mangeurs de viande sont puissants mais ont tendance à vivre en solitaires ou en petites bandes et les autres bêtes les évitent. Quand on pénètre dans le Monde des E sprits, c'est le plus souvent parce qu'on a besoin d'apprendre ou de trouver quelque chose. L'animal qui peut aller plus loin, qui a accès à de nombreux autres animaux, qui peut communiquer avec eux, a un pouvoir plus grand ou plus utile. Tout dépend de la raison pour laquelle on se risque dans le Monde des Esprits. Il faut quelquefois rechercher les animaux mangeurs de viande à cause de leurs qualités particulières.

— Pourquoi le bison et le cheval sont-ils des signes opposés ? voulut savoir Ayla.

— Probablement parce que, dans ce monde-ci, ils ont tendance à occuper le même terrain à des périodes différentes ; ils s'y retrouvent parfois en même temps et entrent en concurrence pour leur nourriture. Les aurochs, en revanche, broutent les jeunes pousses tendres ou l'extrémité verte de l'herbe, laissant les tiges dont les chevaux semblent friands ; ils sont donc compatibles. Les deux animaux à pouvoir les plus opposés sont le bison et l'aurochs, et, quand on y songe, c'est logique. La plupart des mangeurs d'herbe se tolèrent mais les bisons et les aurochs ne supportent pas de partager la même prairie. Ils s'évitent, ils se battent même parfois, surtout quand les femelles entrent dans la saison de leurs Plaisirs. Ils se ressemblent trop. Les aurochs mâles sont troublés quand ils sentent une femelle bison en chaleur, et les bisons mâles poursuivent parfois les femelles aurochs. Quelqu'un dont le signe de parenté est l'aurochs ne doit en aucun cas s'unir avec quelqu'un dont le signe est le bison, conclut la doniate.

— Quel est ton animal à pouvoir, Zelandoni ?

— Tu devrais pouvoir le deviner, répondit la Première en souriant. Je suis un mammouth quand je vais dans le Monde des Esprits. Lorsque tu y pénétreras, tu n'auras pas le même aspect qu'ici, Ayla. Tu y prendras la forme de ton animal à pouvoir. C'est ainsi que tu découvriras qui il est.

Ayla n'aimait pas beaucoup entendre Zelandoni parler de l'envoyer dans le Monde des Esprits, et Marthona se demandait pourquoi la doniate s'exprimait aussi ouvertement. D'ordinaire, elle ne traitait pas ces questions dans le détail. La mère de Jondalar avait la nette impression que Zelandoni cherchait à tenter Ayla, à la séduire en lui livrant des bribes de savoir fascinantes auxquelles seuls les membres de la Zelandonia avaient accès.

Soudain Marthona comprit : la plupart des gens considéraient déjà Ayla comme une sorte de Zelandoni, et la Première préférait l'avoir au sein de la Zelandonia, où elle pourrait la contrôler, que la laisser à l'extérieur, où elle pourrait créer des problèmes. Ayla avait cependant déclaré qu'elle voulait seulement s'unir et avoir des enfants, être comme toutes les autres. Elle ne souhaitait pas rejoindre la Zelandonia, et Marthona, connaissant son fils, pressentait qu'il ne le souhaitait pas non plus. Mais il avait toujours été attiré par les femmes qui en faisaient partie. La suite serait intéressante à observer.

Ayla avait apparemment terminé et s'apprêtait à partir mais, au moment de sortir de la hutte, elle se retourna.

— Une dernière question, Zelandoni. Quand tu as parlé de bébés, de moyens de mettre fin à une grossesse non voulue, pourquoi n'as-tu pas évoqué la possibilité d'empêcher d'abord la vie de commencer ?

— Parce que c'est impossible. Seule Doni a le pouvoir de faire naître la vie, Elle seule peut l'empêcher, répondit Zelandoni de la Quatorzième Caverne, qui se tenait à proximité et avait écouté la conservation.

— Si, c'est possible ! rétorqua Ayla.

9

La Première posa sur la jeune femme un regard aigu. Peut-être aurait-elle dû discuter plus longuement avec Ayla avant la réunion. Se pouvait-il qu'elle connût un moyen de contrarier la volonté de Doni ? La façon d'aborder le sujet était mauvaise, mais il était trop tard maintenant. Les Zelandonia parlaient entre eux avec animation et certains se montraient aussi agités que la Quatorzième. Quelques-uns affirmaient que c'était faux, d'autres s'approchaient pour voir ce qui se passait. Ayla n'avait pas soupçonné que ses propos provoqueraient un tel émoi.

Les trois femmes qui l'accompagnaient observaient la scène, Marthona avec amusement, bien que son expression demeurât neutre. Joplaya s'étonnait que les éminents Zelandonia puissent se quereller avec tant de fougue mais elle était aussi consternée qu'eux. Jerika écoutait avec un vif intérêt et avait déjà décidé de s'entretenir en privé avec Ayla.

Quand elle avait fait la connaissance de Dalanar, Jerika était tombée totalement et irrévocablement amoureuse de ce magnifique géant qui, de son côté, était charmé par cette jeune femme à la fois délicate, exquise et d'une indépendance farouche. C'était, malgré sa taille, un homme doux et un amant consommé. Jerika avait pris grand plaisir à partager le Don avec lui. Lorsqu'il lui avait demandé de devenir sa compagne, elle avait accepté sans hésiter, puis elle avait été ravie en découvrant qu'elle était grosse. Mais le bébé qu'elle portait était trop gros pour son corps menu, et l'accouchement avait failli les tuer, elle et sa fille. Son ventre avait tellement été abîmé qu'elle n'était plus jamais retombée enceinte, à son grand regret, à son grand soulagement.

Or sa fille venait de choisir un homme qui, s'il n'était pas aussi grand que Dalanar, était au moins aussi robuste, avec des muscles puissants et une lourde charpente. Quoique grande, Joplaya avait une ossature délicate, des hanches étroites. Dès que Jerika avait compris quel homme sa fille allait choisir – et donc quel esprit la Mère choisirait pour lui donner des enfants –, elle avait craint que Joplaya ne subisse le même sort qu'elle, ou pire. Joplaya était déjà enceinte car elle avait été prise de violentes nausées matinales pendant le voyage, mais elle refusait de mettre fin à la grossesse, comme le lui suggérait sa mère.

Jerika savait qu'elle n'y pouvait rien. La décision appartenait à la Mère. Joplaya serait honorée ou non d'un enfant quand Doni le souhaiterait ; la jeune femme vivrait ou mourrait selon Sa décision, mais Jerika songeait que, avec l'homme que sa fille avait choisi, elle risquait fort de mourir jeune dans les douleurs de l'accouchement, sinon au premier bébé, du moins plus tard, avec l'un des suivants. Son seul espoir était que Joplaya survive au premier et, comme elle-même, ait le corps trop abîmé pour retomber enceinte un jour. Mais voilà qu'elle entendait Ayla affirmer qu'elle connaissait un moyen d'empêcher la vie de naître. Jerika résolut aussitôt que, si sa fille souffrait autant qu'elle en accouchant et survivait à la naissance du premier enfant, elle ne la laisserait jamais en avoir un autre.

— Un peu de calme, s'il vous plaît, réclama Celle Qui Etait la Première. Ayla, je veux être sûre d'avoir bien compris. Tu prétends savoir comment empêcher une grossesse avant qu'elle commence ?

— Oui. Je croyais que vous le saviez aussi. J'ai eu recours à certaines plantes en venant ici avec Jondalar. Je ne voulais pas avoir de bébé pendant le Voyage, je n'avais personne pour m'aider.

— Tu m'as dit pourtant que Doni t'avait déjà accordé sa faveur, que ton dernier saignement remontait à trois lunes. Tu voyageais encore, à ce moment-là.

— Je suis presque certaine que le bébé a germé après que nous avons traversé le glacier. Nous avions juste emporté assez de pierres brûlantes losadunaï pour faire fondre de la glace afin d'avoir de quoi boire, nous, les chevaux et Loup. Je n'ai même pas essayé de faire bouillir de l'eau pour mon infusion du matin. La traversée fut très difficile. Nous étions épuisés avant de parvenir de ce côté-ci et de descendre du glacier. Nous avons fait halte pour reprendre des forces et je n'ai pas pris la peine de préparer le breuvage. La vie pouvait commencer en moi, nous étions presque arrivés.

— De qui tenais-tu cette médecine ?

— D'Iza, la guérisseuse qui m'a élevée.

— Comment agissait-elle ? demanda Zelandoni de la Quatorzième Caverne.

La Première tenta de masquer son irritation : elle posait ses questions dans un ordre logique, elle n'avait pas besoin d'aide ni d'intervention extérieure.

— Le Clan croit que l'esprit du totem de l'homme combat l'esprit du totem de la femme, répondit Ayla. Quand celui de l'homme a le dessus, la vie nouvelle commence. Iza connaissait des plantes qui rendent plus fort le totem de la femme et l'aident à vaincre celui de l'homme.

— Naïf, mais je suis déjà étonnée que les Têtes Plates aient des idées sur la question, ironisa la Quatorzième, ce qui lui valut un regard sévère de la Première.

Percevant son mépris, Ayla se félicita de ne pas avoir soufflé mot de la façon dont, selon elle, l'homme faisait naître la vie chez une femme. Elle ne croyait pas davantage à un mélange d'esprits qu'à un totem vaincu, mais devinait que la Quatorzième ou d'autres trouveraient ses idées plus dignes de critique que de considération.

La Première reprit le fil de ses questions :

— Tu as utilisé ces plantes pendant votre Voyage, dis-tu. Comment savais-tu qu'elles feraient effet ?

— Les hommes du Clan accordent une grande importance aux enfants de leur compagne, surtout si ce sont des garçons. Quand elle a un enfant, leur propre prestige s'accroît. Ils pensent que cela prouve la vigueur de leur totem, qui est en quelque sorte leur force intérieure. Iza m'a confié qu'elle avait utilisé ces plantes elle-même pendant des années pour ne pas devenir grosse, parce qu'elle voulait attirer la honte sur son compagnon. C'était un homme cruel qui la battait pour démontrer son autorité sur une guérisseuse de son rang. Elle a donc décidé de montrer que l'esprit du totem de cet homme n'était pas assez fort pour triompher du sien.

— Pourquoi une telle conduite ? intervint de nouveau la Quatorzième. Pourquoi ne pas simplement rompre le lien et trouver un autre compagnon ?

— Les femmes du Clan n'ont pas le choix de celui à qui on les unit. La décision est prise par le chef et les autres hommes, expliqua Ayla.

— Pas le choix ! lâcha la Quatorzième.

— Je dirais qu'étant donné les circonstances, cette femme – comment l'appelles-tu ? Iza ? — a fait preuve d'une grande intelligence, s'empressa de commenter la Première avant que l'autre doniate puisse poser une nouvelle question. Toutes les femmes du Clan connaissent ces plantes ?

— Non, seulement les guérisseuses. Je crois même que cette infusion n'était connue que des femmes de la lignée d'Iza mais qu'elle l'administrait à d'autres en cas de besoin. J'ignore si elle leur en révélait la nature. Si les hommes l'avaient appris, ils auraient été furieux, mais aucun d'eux ne posait de question à Iza. Les hommes n'ont pas à connaître les remèdes d'une guérisseuse. Son savoir est transmis à ses filles, qui lui succèdent si elle le souhaitent. Iza me considérait comme sa fille.

— Je suis stupéfaite de la complexité de leurs connaissances, dit Zelandoni, sachant qu'elle parlait au nom de nombreux autres.

— Mamut du Camp du Lion avait pu juger de l'efficacité de leurs drogues. Alors qu'il voyageait dans sa jeunesse, il s'était cassé un bras, une vilaine blessure. Il avait réussi à se traîner jusqu'à la grotte d'un Clan dont la guérisseuse l'avait soigné. Nous pensions tous deux que c'était celui où j'avais grandi. La femme grâce à qui il s'était rétabli était la grand-mère d'Iza.

Le silence se fit dans la hutte quand Ayla se tut. Ce qu'elle avançait était difficile à croire. Les Zelandonia des Cavernes voisines avaient entendu Joharran et Jondalar parler des Têtes Plates, de ceux qui, selon Ayla, se donnaient le nom de Clan et étaient des êtres humains, et non des animaux. Ils en avaient longuement discuté mais la plupart rejetaient cette hypothèse. Les Têtes Plates étaient peut-être un peu plus intelligents qu'on ne l'avait cru, mais en aucun cas humains. Et maintenant, cette femme soutenait qu'ils avaient soigné un homme des Mamutoï et qu'ils avaient des idées sur la façon dont la vie commençait. Elle laissait même entendre que le savoir de leurs guérisseuses était supérieur à celui des Zelandonia.

Les doniates recommencèrent à discuter avec une telle ardeur qu'on les entendit à l'extérieur de la hutte. Les Zelandonia hommes qui avaient monté la garde pendant la réunion mouraient d'envie de savoir ce qui causait cette agitation mais attendaient qu'on les conviât à rejoindre les autres. Ils savaient qu'il restait encore quelques femmes à l'intérieur et il était rare qu'une réunion de femmes devienne si animée.

La Première avait déjà entendu Ayla parler du Clan et n'avait pas tardé à saisir toutes les implications des propos de la jeune femme. Elle-même convaincue que les Têtes Plates étaient des êtres humains, elle estimait que tous les Zelandonii devaient s'en persuader et en tirer les conséquences. Elle n'avait cependant pas mesuré le degré d'avancement des membres du Clan. La doniate avait imaginé que leur mode de vie était plus simple, que leurs remèdes se situaient au même niveau et qu'Ayla possédait quelques connaissances essentielles qu'elle lui permettrait de développer. Une réévaluation s'imposait.

Les Histoires des Zelandonii parlaient d'un temps où ils menaient une vie plus simple mais avaient une connaissance plus avancée sur les plantes – pour se nourrir ou pour se soigner – que dans d'autres domaines. Elle pensait que c'était un savoir ancien, qui remontait loin dans le temps. Si le Clan était aussi ancien qu'Ayla semblait le penser, il n'était pas exclu que ses connaissances soient très développées. Ayla avait aussi mentionné une sorte de mémoire à laquelle le Clan pouvait faire appel. La Première regrettait de ne pas avoir eu une discussion en tête à tête avec Ayla avant d'aborder le sujet avec la Zelandonia, mais c'était peut-être aussi bien, à long terme. Il fallait sans doute ce genre de choc pour faire pleinement comprendre aux doniates le rôle que ceux qu'Ayla appelait les membres du Clan pouvaient jouer.

— Silence, s'il vous plaît, réclama-t-elle.

Quand le calme fut enfin revenu, elle reprit :

— Ayla nous a peut-être donné des informations qui pourraient s'avérer très utiles. Les Mamutoï ont fait preuve de discernement quand ils l'ont adoptée au Foyer du Mammouth, ce qui revenait en fait à l'admettre au sein de la Zelandonia. Nous discuterons plus longuement avec elle pour explorer l'étendue de son savoir. Si elle connaît vraiment un moyen d'empêcher la vie de naître, cela pourrait tous nous aider et nous devrions lui en être reconnaissants.

— Je dois vous prévenir que ce moyen ne marche pas toujours, avertit Ayla. Le compagnon d'Iza était mort dans un tremblement de terre mais elle était enceinte quand elle m'a trouvée. Sa fille, Uba, est née peu de temps après. Iza avait alors vingt ans, ce qui est très âgé, au Clan, pour un premier enfant. Chez eux, les filles deviennent femmes à huit ou neuf ans. Mais les plantes avaient fait effet pour elle pendant de nombreuses années, et pour moi pendant mon Voyage.

— Très peu de remèdes sont absolument sûrs, observa Zelandoni. Finalement, c'est toujours la Grande Terre Mère qui décide.

Jondalar fut content de voir les femmes rentrer. Il était resté au camp avec Loup pour attendre Ayla quand Dalanar était parti avec Joharran pour le camp principal, et leur avait promis de les rejoindre dès le retour d'Ayla. Marthona avait demandé à Folara de préparer une tisane et de quoi manger, et d'inviter Jerika et Joplaya dans leur hutte. Marthona et Jerika parlèrent d'amis communs, et Folara évoqua avec Joplaya les activités qu'envisageaient les jeunes.

Ayla les rejoignit au bout d'un moment mais, après la fin agitée de la réunion dans la hutte de la Zelandonia, elle éprouvait le besoin de se retrouver seule. Prétextant qu'elle allait voir les chevaux, elle prit son sac et partit avec Loup. Elle marcha le long du cours d'eau, passa un moment avec les chevaux puis poussa jusqu'à l'étang. Tentée de se baigner, elle décida en fin de compte de poursuivre sa promenade et s'aperçut, aux abords de la nouvelle grotte, qu'elle avait suivi le chemin emprunté la fois précédente par Jondalar et les autres.

En approchant de la petite colline, elle distingua l'entrée de la grotte. Les buissons qui l'obstruaient avaient été arrachés, la terre et les cailloux déblayés.

Presque tous les participants à la Réunion d'Eté étaient probablement venus voir la nouvelle grotte au moins une fois, mais il y avait peu de traces de leur passage. Parce qu'elle était splendide et singulière avec ses parois presque blanches, elle leur apparaissait comme un lieu sacré et quasi inviolable. Encore très impressionnés eux-mêmes, les Zelandonia et les chefs cherchaient les moyens appropriés pour utiliser la grotte. Elle ne faisait l'objet d'aucune tradition, sa découverte était trop récente.

L'endroit où elle avait allumé un petit feu était devenu un foyer entouré de pierres, avec des torches en partie consumées à proximité. Elle tira de son sac silex et pyrite, fit du feu, alluma une des torches et se dirigea vers l'entrée de la grotte.

Tenant haut son flambeau, elle pénétra dans l'espace sombre. Au début de la galerie en pente, le jour éclairait le sol de terre battue, où s'étaient imprimées des traces de toutes dimensions, pieds nus ou chaussés. Elle vit l'empreinte d'un long pied nu, probablement celle d'un homme de haute taille, une autre de longueur moyenne et un peu plus large, le pied d'une femme adulte ou d'un jeune garçon. Elle nota encore le dessin d'une semelle de sandale en roseau tressé et, à côté, la trace brouillée d'un mocassin en cuir, puis une série de toutes petites empreintes très espacées, les pas d'un bambin sachant à peine marcher. Par-dessus, la trace d'une patte de loup. Ayla se demanda ce qu'un traqueur, ignorant la présence de l'animal qui l'avait précédée dans la grotte, en aurait conclu.

La jeune femme sentit l'air devenir frais et humide

quand elle descendit la pente. Il ne fallait pas accomplir des prouesses d'agilité pour pénétrer dans cette grotte, du moins dans la salle principale. C'était un lieu que des familles entières utiliseraient, mais non pour y vivre. Les grottes profondes étaient trop sombres et trop humides, en particulier dans une région qui offrait des abris exposés au soleil, protégés de la pluie et de la neige par des surplombs.

Accompagnée de Loup, Ayla longea la paroi gauche de la grande salle, passa dans l'étroite galerie du fond, dont les murs s'élargissaient en montant et se rejoignaient pour former la voûte du plafond blanc. Elle descendit dans la partie en contrebas entourant la colonne qui ne touchait pas le sol. Comme elle avait froid, elle prit dans son sac une peau de cerf qu'elle jeta sur ses épaules, celle de l'animal qu'elle avait abattu avec son lance-sagaie avant la chasse au bison qui avait tué Shevonar. Il s'était passé tant de choses depuis lors…

Elle avança jusqu'à l'endroit où le couloir tournait autour de la colonne, revint sur ses pas et s'assit. Loup s'approcha d'elle, frotta sa tête contre la main libre d'Ayla. « Tu veux que je m'occupe de toi », murmura-t-elle, faisant passer la torche dans sa main gauche pour gratter l'animal derrière les oreilles. Quand il repartit en exploration, elle laissa ses pensées revenir sur la réunion.

Elle songea aux signes de parenté, se souvint que celui de Marthona était le cheval et se demanda quel était le sien. Elle trouvait intéressant que, dans le Monde des Esprits, le cheval, l'aurochs et le bison soient des animaux à pouvoir plus importants que le loup ou le lion des cavernes, ou même l'ours. C'était un monde où l'ordre des choses était inversé, sens dessus dessous. Assise sur la pierre, elle sentit naître en elle une sensation qu'elle avait déjà éprouvée. Elle n'aimait pas cette sensation et essayait de la chasser mais n'avait pas de pouvoir sur elle. C'était comme si elle se rappelait quelque chose, comme si elle se rappelait ses rêves, mais c'était plus qu'un souvenir et plus qu'un rêve. C'était comme si elle revivait un rêve ou se rappelait des choses qui n'étaient pas arrivées.

Elle sentit l'angoisse l'étreindre : elle avait commis une faute, il n'aurait pas dû rester de liquide dans le bol. Elle le porta à ses lèvres et le vida. Une ligne de petites lumières vacillantes s'étirait dans une grotte profonde. Une lueur rouge s'embrasa au fond, envahit son champ de vision. Elle vit les Mog-ur, eut l'impression que le sol se dérobait sous elle. Pétrifiée par la peur, elle tombait dans un abysse noir. Soudain Creb fut à côté d'elle, il la soutenait, il l'aidait, il apaisait sa frayeur. Creb était sage et bon. Il connaissait le Monde des Esprits.

Le décor changea. En un éclair fauve, le félin s'élança vers les aurochs, fit tomber à terre l'énorme femelle qui meuglait de terreur. Ayla déglutit, essaya de se fondre dans la pierre de la petite grotte. Un lion des cavernes rugit, une patte géante aux griffes crochues laboura la cuisse gauche d'Ayla, creusant quatre sillons parallèles.

« Ton totem est le lion des cavernes », dit le vieux Mog-ur. Nouveau changement. L'alignement de feux éclairant le chemin dans la galerie en pente d'une longue grotte sinueuse projetait une lumière dansante sur les drapés magnifiques des formations rocheuses. Ayla en vit une qui ressemblait à une queue de cheval volant au vent. Elle se transforma en une jument louvette qui se fondit dans le troupeau. L'animal hennit, agita sa queue sombre comme pour l'appeler. Ayla regarda où elle allait, vit Creb surgir de la pénombre. Il lui fit signe d'avancer, de se presser. Elle entendit un cheval hennir. Le troupeau galopait vers le bord de la falaise. Prise de panique, elle courut derrière les bêtes. Son estomac se tordit en un nœud de peur. Elle entendit un animal crier en basculant dans le vide, la tête en bas.

Elle avait deux enfants, deux fils dont on n'aurait jamais cru qu'ils étaient frères. L'un était grand et blond comme Jondalar ; l'autre, le plus âgé, elle savait que c'était Durc, bien que son visage demeurât dans l'ombre. Ils se dirigeaient l'un vers l'autre à travers une prairie désolée, battue par le vent. Ayla sentait croître son angoisse : il allait se passer quelque chose de terrible, quelque chose qu'elle devait empêcher. Avec un choc, elle prit conscience qu'un de ses fils allait tuer l'autre. Elle voulut les rejoindre mais un épais mur visqueux la retenait prisonnière. Ils étaient presque face à face, maintenant, le bras levé comme pour frapper. Elle se mit à hurler.

« Réveille-toi, mon enfant ! dit Mamut. Ce n'est qu'un symbole, un message.

— Mais l'un d'eux mourra !

— Ce n'est pas ce que tu penses, Ayla. Tu dois trouver le vrai sens. Tu as le Talent. Rappelle-toi : le Monde des Esprits n'est pas comme le nôtre, il est à l'envers, sens dessus dessous. »

Ayla sursauta quand la torche lui glissa des doigts. Elle la ramassa avant qu'elle ne s'éteignît, leva les yeux vers la colonne suspendue qui semblait soutenir la voûte mais ne touchait même pas le sol. Elle aussi était à l'envers. Ayla frissonna. Un instant, le pilier se changea en une paroi visqueuse, transparente, de l'autre côté de laquelle un cheval tombait du bord d'une falaise, la tête en bas.

Loup était revenu et poussait son museau contre elle en gémissant, s'éloignait puis se rapprochait. Ayla se leva, le regarda en tâchant de chasser les brumes de son esprit.

— Qu'est-ce que tu veux, Loup ? Qu'est-ce que tu essaies de me dire ? Tu veux que je te suive ? C'est ça ?

En ressortant de la galerie du fond, elle aperçut la lueur d'une autre torche dans la pente de l'entrée. La personne qui la portait avait dû voir Ayla, elle aussi, bien que sa torche commençât à crachoter et fût sur le point de mourir. Ayla se hâta vers la sortie mais n'eut que le temps de faire quelques pas avant que la flamme ne s'éteignît. Elle s'arrêta, remarqua que l'autre lumière avançait plus vite vers elle et se sentit soulagée. Ses yeux s'habituaient à l'obscurité et le jour qui pénétrait par l'entrée éclairait faiblement une partie de la grande salle. Ayla aurait sans doute réussi à retrouver seule son chemin s'il l'avait fallu mais elle était contente que quelqu'un vînt à sa rencontre. Elle fut cependant surprise quand elle découvrit de qui il s'agissait.

— Toi ! s'écrièrent-ils ensemble.

— J'ignorais qu'il y avait quelqu'un dans la grotte, je ne voulais pas te déranger.

— Je suis si contente de te voir, Brukeval ! dit Ayla. Ma torche s'est éteinte.

— J'ai vu. Je t'accompagne jusqu'à la sortie, enfin, si tu es prête à partir.

— Je suis restée trop longtemps, j'ai froid. Je serai contente de sentir le soleil. J'aurais dû faire plus attention.

— C'est facile de se laisser prendre par cette grotte. Elle est si belle, si… je ne sais pas…

Il tint la torche entre eux quand ils se dirigèrent vers la sortie.

— Oui, je trouve aussi.

— Cela a dû être exaltant pour toi d'être la première à la voir. Nous avons parcouru ces pentes si souvent, plus que je ne saurais le dire avec des mots à compter, et pourtant, personne ne l'a découverte avant toi.

— La voir pour la première fois est exaltant, qu'on soit ou non celui qui la découvre. Tu es déjà venu ici ?

— Oui. Hier, tout le monde en parlait, alors avant qu'il fasse nuit j'ai pris une torche et je suis venu. Je n'ai pas eu le temps de distinguer grand-chose, le soleil se couchait. Juste assez pour me donner envie de revenir aujourd'hui.

— Je suis heureuse que tu l'aies fait, assura Ayla en entamant la remontée vers la sortie. J'aurais sans doute trouvé mon chemin à la lumière qui pénètre par l'entrée, et Loup m'aurait aidée aussi, mais je ne puis te dire à quel point je me suis sentie soulagée en voyant ta torche s'approcher.

Brukeval baissa les yeux vers l'animal.

— Je suis sûr qu'il t'aurait aidée. Il est particulier, lui aussi.

— Il l'est pour moi. As-tu fait sa connaissance ? Je le présente aux gens pour qu'il sache que ce sont des amis.

— J'aimerais être ton ami, déclara Brukeval.

La façon dont le jeune homme prononça ces mots incita Ayla à l'examiner furtivement, à la manière des femmes du Clan. Elle eut une intuition et frissonna. Il y avait plus dans son ton qu'un simple vœu d'amitié. Elle sentit qu'il la désirait et résolut aussitôt de ne pas y croire. Pourquoi Brukeval l'aurait-il désirée ? Ils se connaissaient à peine. Elle lui sourit, en partie pour cacher son trouble, tandis qu'ils sortaient de la grotte.

— Alors, laisse-moi te présenter à Loup.

Elle lui saisit la main et entreprit de faire sentir son odeur à l'animal.

— Je ne crois pas t'avoir dit combien je t'ai admirée le jour où tu as défié Marona, fit-il quand elle eut terminé. Cette femme peut être cruelle et perverse. Je le sais, j'ai grandi avec elle. On nous considère comme cousins. Des cousins éloignés, mais, à la mort de ma mère, la sienne était la plus proche parente qui puisse nourrir un bébé, et elle n'a pas pu refuser de me prendre. Elle a dû accepter une responsabilité dont elle ne voulait pas.

— J'avoue que je n'ai pas beaucoup de sympathie

pour Marona, mais, s'il est vrai qu'elle ne peut pas avoir d'enfants, je suis désolée pour elle.

— Je ne sais si elle ne peut pas ou si elle ne veut pas. Certains pensent qu'elle s'arrange pour perdre le bébé chaque fois que Doni l'honore. De toute façon, elle ne ferait pas une bonne mère. Elle est incapable de penser à autre chose qu'à elle-même. Ce n'est pas comme Lanoga : elle fera une merveilleuse mère, elle.

— Elle l'est déjà, dit Ayla.

— Grâce à toi, Lorana a maintenant toutes les chances de survivre.

La façon dont Brukeval la regardait la mit de nouveau mal à l'aise. Pour se donner une contenance, elle tapota le flanc de Loup.

— Ce sont les jeunes mères qui la nourrissent, pas moi.

— Personne ne s'était soucié de savoir si le bébé avait du lait à boire, ni de lui venir en aide. J'ai vu comment tu te comportes avec Lanoga. Tu la traites comme si c'était quelqu'un de remarquable.

— Bien sûr que c'est quelqu'un de remarquable ! Une fille admirable, qui deviendra une femme merveilleuse.

— Oui, sûrement, mais elle appartient quand même à une famille qui occupe le dernier rang de la Neuvième Caverne. Je la prendrais bien pour compagne, je partagerais volontiers ma position avec elle, mais je doute qu'elle veuille de moi. Je suis trop âgé pour elle, et trop… Aucune femme ne veut de moi. J'espère qu'elle trouvera un homme digne d'elle.

— Moi aussi, Brukeval. Pourquoi penses-tu qu'aucune femme ne veut de toi ? Je crois savoir que tu as un rang élevé dans la Neuvième Caverne, et Jondalar assure que tu es un excellent chasseur, qui apporte beaucoup à la communauté. Il a une grande estime pour toi. Si je n'avais pas déjà choisi Jondalar, je pourrais t'envisager comme compagnon. Tu as beaucoup à offrir.

Il la fixa en se demandant si elle n'allait pas retourner le sens de sa phrase en y ajoutant un sarcasme, comme Marona en avait l'habitude. Ayla semblait sincère.

— Tu as déjà choisi, malheureusement, mais si jamais tu changes d'avis, préviens-moi, dit-il en souriant comme s'il plaisantait.

Dès qu'il avait vu Ayla, Brukeval avait compris qu'elle était la femme dont il avait toujours rêvé. L'ennui, c'était qu'elle allait s'unir à Jondalar. Il a toujours eu de la chance, pensa-t-il. J'espère qu'il l'apprécie.

Ils relevèrent la tête en entendant des voix et virent plusieurs personnes venant du camp de la Neuvième Caverne. Les deux hommes de haute taille qui se ressemblaient étaient facilement identifiables. Ayla leur adressa un signe en souriant ; Jondalar et Dalanar lui rendirent son salut. Les deux grandes jeunes femmes qui les accompagnaient n'auraient pu être plus différentes. Elles étaient cousines, mais cousines éloignées, et avaient toutes deux un lien avec Jondalar. On avait expliqué à Ayla les structures familiales complexes des Zelandonii et elle y songeait en les regardant approcher.

Chez les Zelandonii, seuls les enfants de la même mère étaient considérés comme frères et sœurs ; les enfants du même homme du foyer étaient cousins. Folara et Jondalar étaient frère et sœur parce qu'ils avaient la même mère, bien que les hommes de leur foyer fussent différents. Joplaya était la cousine proche de Jondalar parce qu'ils avaient tous deux Dalanar pour homme de leur foyer, avec des mères différentes. Les cousins proches, en particulier ceux qu'on appelait cousins de foyer, étaient trop proches pour pouvoir s'unir l'un à l'autre.

La dernière personne du groupe était Echozar, le promis de Joplaya. A sa stature et à sa taille, il était aussi facile à identifier que Jondalar et Dalanar, surtout pour Ayla. Joplaya et lui s'uniraient aux mêmes Matrimoniales que Jondalar et elle, et l'on disait que les couples unis au cours d'une même cérémonie nouaient souvent des liens d'amitié. Ayla espérait que c'était vrai, mais, avec la distance qui séparait leurs Cavernes, c'était peu probable.

Quand ils furent plus près, Ayla remarqua que Joplaya coulait des regards à Jondalar de temps à autre. Curieusement, cela ne la dérangeait pas. Elle se sentait au contraire triste pour elle. Elle comprenait sa mélancolie. Elle aussi avait été promise à un homme qui ne lui convenait pas, mais pour Joplaya il n'y aurait pas de retournement au dernier moment.

Les cousins proches étaient souvent élevés ensemble ou vivaient l'un près de l'autre ; ils savaient qu'ils étaient parents et ne pouvaient envisager de s'unir. Quand Jondalar était allé vivre chez l'homme de son foyer après la querelle au cours de laquelle il avait fait sauter deux dents à celui qui portait maintenant le nom de Madroman, il était déjà adolescent. Joplaya, la fille du foyer de Dalanar, était un peu plus jeune, mais ils n'avaient pas grandi ensemble.

Ravi d'avoir près de lui ses deux enfants de foyer, Dalanar s'était arrangé pour qu'ils se connaissent et s'apprécient. Il leur avait appris à tailler le silex en pensant que cela leur donnerait un centre d'intérêt commun. C'était certes une excellente idée mais il ne soupçonnait pas les sentiments que le jeune homme qui lui ressemblait tant inspirerait à Joplaya. Elle avait toujours adoré l'homme de son foyer, et à l'arrivée de Jondalar, la tentation avait été trop forte de reporter cet amour irrépressible sur son cousin proche. Jerika s'en était aperçue mais ni Jondalar ni Dalanar n'avaient remarqué quoi que ce fût. Joplaya exprimait toujours ses sentiments à l'égard du jeune homme sous forme de plaisanterie, et Dalanar et lui, sachant que des cousins proches ne pouvaient s'unir, en avaient déduit qu'elle se contentait de le taquiner.

La Caverne de Dalanar comptait relativement peu de membres, et aucun qui eût grand-chose à offrir à une jeune femme belle et intelligente. Après le départ de Jondalar pour son Voyage, Jerika avait pressé son compagnon d'emmener les Lanzadonii aux Réunions d'Eté des Zelandonii. Ils espéraient tous deux que Joplaya y trouverait quelqu'un et, de fait, il ne manquait pas de jeunes gens pour s'intéresser à elle, mais elle se sentait différente, et gênée parce qu'on la dévisageait. Elle n'arrivait pas à trouver un homme avec qui elle se sentît aussi à l'aise qu'avec son cousin Jondalar.

Joplaya savait que, s'il arrivait à des cousins de s'unir, c'étaient toujours des cousins éloignés ; elle n'en imaginait pas moins que Jondalar, pendant son Voyage, s'apercevrait qu'il l'aimait comme elle l'aimait. Elle espérait contre toute vraisemblance qu'il reviendrait un jour et lui déclarerait qu'elle était son unique amour. Au lieu de quoi il était revenu avec Ayla. Devant l'amour manifeste que Jondalar portait à l'étrangère, Joplaya avait compris que son rêve était fracassé.

Le seul homme avec qui elle eût quelque affinité était un nouveau membre de la Caverne de Dalanar, un homme qui suscitait lui aussi la curiosité partout où il allait : Echozar, un esprit mêlé. C'était Joplaya qui l'avait aidé à s'intégrer à leur Caverne, qui lui avait fait comprendre qu'il était accepté par Dalanar et les Lanzadonii, qui l'avait même aidé à développer ses capacités de langage. Et qui avait réussi à lui faire raconter son histoire.

Sa mère avait été violée par un homme des Autres, qui avait aussi tué son compagnon. Lorsqu'elle avait enfanté, le Clan l'avait maudite parce qu'elle portait malheur : son compagnon était mort et elle avait donné naissance à un bébé mal formé. Résignée à mourir, elle avait quitté le Clan mais avait été recueillie par Andovan, un homme âgé qui avait fui la cruauté d'un mauvais chef s'armunai. Il avait vécu quelque temps avec une

Caverne zelandonii mais ne s'était pas senti à l'aise chez un peuple dont les coutumes étaient si différentes des siennes. Il était parti et avait vécu seul jusqu'à ce qu'il trouvât la femme du Clan et son fils. Ils avaient élevé ensemble le petit garçon. Echozar avait appris la langue des signes par sa mère et celle des mots par Andovan : un mélange de s'armunai et de zelandonii. Quand Echozar devint un homme, Andovan mourut. Sa mère ne supporta pas de vivre seule et succomba finalement à la malédiction que le Clan avait jetée sur elle. Elle mourut peu après, laissant Echozar seul.

Le jeune homme essaya de se faire admettre par un Clan, mais, le jugeant difforme, ses membres refusèrent de l'accepter. Et, bien qu'il pût parler, il fut également rejeté, abomination d'esprit mêlé, par les Cavernes. Désespéré, il tenta de se tuer et découvrit en reprenant conscience le visage souriant de Dalanar, qui l'avait trouvé blessé et l'avait ramené à sa Caverne. Les Lanzadonii l'avaient recueilli. Echozar idolâtrait Dalanar, mais c'était Joplaya qu'il aimait.

Elle avait été gentille avec lui, lui parlant, l'écoutant, cousant même une magnifique tunique pour sa cérémonie d'adoption chez les Lanzadonii. Echozar l'aimait tellement qu'il en avait mal. Il lui avait fallu longtemps pour trouver le courage de lui demander si elle voulait être sa compagne, et il avait été stupéfait quand elle avait fini par accepter. C'était après le retour de Jondalar, le cousin de foyer de Joplaya. Echozar s'était tout de suite pris de sympathie pour les deux nouveaux venus, qui ne le traitaient pas comme un être différent.

Partout où il allait, on écarquillait les yeux. Combinés, les traits qu'il avait hérités du Clan et des Autres n'étaient pas des plus séduisants. Il avait la taille d'un homme moyen chez les Autres mais avait gardé la poitrine puissante, les jambes torses et le corps velu du Clan. Son cou était long, cependant, et il pouvait parler. Il avait même un léger menton, comme les Autres. Son nez proéminent et les arcades sourcilières qui barraient son visage d'une ligne continue étaient typiques du Clan. Son front ne l'était pas. Il montait haut et droit comme celui d'un Autre.

Cet assemblage paraissait étrange aux yeux de beaucoup, mais non pas à ceux d'Ayla. Elle avait grandi avec le Clan, elle avait adopté ses canons de beauté. Elle s'était toujours trouvée laide et trop grande, avec un visage fade et aplati. Pour tous les autres, Echozar était hideux, les yeux mis à part. Sombres et liquides la nuit, étincelant de reflets noisette au soleil, ses grands yeux marron lui donnaient un regard intense, attirant, hautement intelligent, et, quand ils la contemplaient, ils révélaient son amour pour Joplaya.

Bien qu'elle ne l'aimât pas, celle-ci éprouvait une certaine affection pour lui, et un respect sincère. Si les regards de curiosité qu'elle suscitait étaient dus à sa beauté exotique, ils ne lui donnaient pas moins le sentiment d'être différente et elle détestait cela autant qu'Echozar. En outre, elle se sentait à l'aise avec lui. Elle décréta que, si elle ne pouvait avoir l'homme qu'elle aimait, elle prendrait pour compagnon un homme qui l'aimait, et elle savait qu'elle ne trouverait jamais quelqu'un qui l'aimerait plus qu'Echozar.

Ayla remarqua que Brukeval devenait fébrile à mesure que le groupe approchait. Il fixait Echozar avec une expression dépourvue d'amitié. Ayla songea aux similitudes et aux différences qui existaient entre les deux hommes. Dans le cas d'Echozar, c'était sa mère qui avait donné naissance à un enfant d'esprit mêlé ; pour Brukeval, c'était sa grand-mère. Les caractéristiques du Clan étaient plus prononcées chez Echozar, mais le métissage était évident chez les deux. Brukeval ressemblait toutefois plus aux Autres qu'Echozar.

Tout en commençant à apprécier ce que les Autres trouvaient plaisant, Ayla était toujours attirée par les traits accusés du Clan. Elle était sincère quand elle avait déclaré à Brukeval qu'elle ne comprenait pas pourquoi il pensait qu'aucune femme ne voulait de lui. Pourtant, même si elle le trouvait beau et le considérait comme un garçon qui avait beaucoup à donner, il y avait quelque chose en lui qui l'inquiétait. Il lui rappelait étrangement Broud, et la façon dont il regardait Echozar à ce moment lui permit de comprendre pourquoi.

— Salutations, Brukeval, dit Jondalar en se dirigeant vers lui, un sourire aux lèvres. Je crois que tu connais Dalanar, l'homme de mon foyer. Mais as-tu déjà rencontré Joplaya et son promis, Echozar ?

Jondalar s'apprêtait à procéder aux présentations et Echozar tendait déjà les bras, mais Brukeval, gardant les siens le long du corps, répliqua :

— Je n'ai aucune envie de toucher un Tête Plate.

Il fit volte-face et s'éloigna d'un pas rapide.

Tous étaient consternés. Ce fut Folara qui rompit le silence :

— Comme peut-on être aussi grossier ! Je sais qu'il tient les Têtes Plates – je devrais dire le Clan, maintenant – pour responsables de la mort de sa mère, mais son attitude est impardonnable.

— Tu peux appeler ma mère Tête Plate ou membre du Clan, comme tu voudras. Moi, je ne suis ni l'un ni l'autre, affirma Echozar. Je suis lanzadonii.

— Oui, approuva Joplaya en lui prenant la main. Et nous nous unirons bientôt.

— Nous savons qu'il a aussi une femme du Clan dans sa lignée, dit Dalanar. Cela saute aux yeux. S'il ne supporte pas de toucher quelqu'un de cette origine, comment peut-il se supporter lui-même ?

— Il n'y arrive pas, c'est son drame, répondit Jondalar. Brukeval se hait. Quand il était petit, les autres enfants le traitaient de Tête Plate et il le niait toujours.

— Il a beau nier, cela ne change rien à ce qu'il est, soupira Ayla.

Personne n'avait pris la peine de baisser la voix, et

Brukeval, ayant une excellente ouïe, avait tout entendu. Il possédait une autre caractéristique des Autres qui manquait au Clan : il savait pleurer, et des larmes lui montèrent aux yeux tandis qu'il s'éloignait. Elle aussi, pensait-il. Je la croyais différente. Je la croyais sincère quand elle disait qu'elle aurait pu m'envisager comme compagnon si elle n'avait déjà choisi Jondalar, mais elle aussi me prend pour un Tête Plate. Elle mentait. Plus il y pensait, plus sa colère montait. Je ne suis pas un Tête Plate, quoi qu'elle dise, quoi qu'ils disent tous. Je ne suis pas un Tête Plate !

Il faisait sombre et le ciel était déjà passé du noir au bleu nuit, avec un filet d'or qui soulignait la crête des collines à l'est, lorsque le groupe de la Neuvième Caverne des Zelandonii et de la Première Caverne des Lanzadonii quitta le camp. A la lueur de torches, tous se rendirent au lieu où Jondalar avait effectué la démonstration du lance-sagaie et découvrirent avec plaisir le grand feu allumé au milieu de la vaste étendue d'herbe piétinée. Quelques chasseurs étaient déjà arrivés. Lorsque le ciel s'éclaircit, le brouillard froid qui montait de la Rivière parut emplir les intervalles entre les arbres et les broussailles qui poussaient à la périphérie, enveloppant les Zelandonii qui se tenaient autour du feu.

Entonnant à pleine gorge leur concert matinal, les oiseaux trillaient, pépiaient, gazouillaient, s'appelaient par-dessus le murmure des voix. Ayla, qui tenait Whinney par le licou, s'agenouilla et passa un bras autour de Loup puis sourit à Jondalar, qui caressait Rapide pour le calmer. Elle promena autour d'elle un regard étonné : jamais elle n'avait vu de groupe de chasse aussi nombreux. Il y avait beaucoup trop de Zelandonii pour qu'elle pût les compter. Elle se souvint que la Première avait proposé de lui apprendre à utiliser les mots pour compter d'aussi grandes quantités et décida de le lui rappeler. Elle aurait aimé pouvoir dire combien de chasseurs allaient et venaient dans la prairie.

Les femmes sur le point de s'unir prenaient rarement part à la chasse précédant les Matrimoniales ; il existait certaines restrictions et d'autres activités prévues pour elles. Mais la Première avait fait valoir que, cette chasse servant de mise à l'essai pour l'utilisation des chevaux et du lance-sagaie de Jondalar, la présence d'Ayla était indispensable. La jeune femme s'en réjouissait, elle avait toujours aimé chasser. Si elle n'avait pas appris à chasser quand elle vivait seule dans sa vallée, elle n'aurait peut-être pas survécu, et cela lui avait donné un certain sentiment d'indépendance.

Plusieurs autres femmes sur le point de prendre un compagnon savaient chasser également mais une seule avait souhaité se joindre au groupe, et, puisqu'on avait fait une exception pour Ayla, on l'avait acceptée elle aussi. Quand elles étaient jeunes, la plupart des filles aimaient chasser comme les garçons. A la puberté, beaucoup d'entre elles continuaient à aller à la chasse, essentiellement pour y retrouver les garçons. Certaines aimaient la chasse pour la chasse, mais une fois que les jeunes femmes prenaient un compagnon et commençaient à avoir des enfants, elles étaient si occupées qu'elles laissaient volontiers ce domaine aux hommes. Elles développaient alors d'autres talents qui renforçaient leur position sociale ainsi que leur capacité à faire du troc pour obtenir les choses qu'elles désiraient, sans trop les éloigner de leurs enfants. Les hommes considéraient cependant que les femmes qui avaient chassé dans leur jeunesse devenaient de bonnes compagnes. Elles comprenaient les défis de la chasse, appréciaient les succès et compatissaient aux échecs de leurs compagnons.

Ayla avait assisté à la cérémonie de la Traque, célébrée la veille par la Zelandonia en présence de la plupart des chefs et de quelques chasseurs, mais elle n'avait fait que l'observer sans y prendre part. La Traque avait révélé qu'un grand troupeau d'aurochs s'était rassemblé dans une vallée proche, qui convenait bien à la chasse. On avait donc décidé de commencer par là, mais rien n'était garanti. Si les Zelandonia étaient capables de « voir » les animaux pendant la Traque, le troupeau ne se trouvait pas forcément au même endroit le lendemain. En tout état de cause, la vallée offrait une herbe excellente et, si les aurochs étaient partis, il y aurait sans doute d'autres bêtes. Les chasseurs espéraient que les aurochs s'y trouveraient toujours, car ils formaient de vastes troupeaux à cette période de l'année et fournissaient en grande quantité une viande savoureuse.

Quand la nourriture était abondante, un mâle adulte pouvait mesurer jusqu'à six pieds six pouces au garrot et peser près de trois mille livres, soit deux fois et demie la taille et plus de deux fois le poids de son descendant domestiqué. Il avait l'aspect d'un taureau ordinaire, mais tellement plus gros qu'il atteignait presque les dimensions d'un mammouth. Les aurochs se nourrissaient d'herbe, de préférence l'herbe nouvelle bien verte, pas les grandes tiges jaunies ni les feuilles des arbres. Aux steppes ils préféraient les clairières, les lisières de forêt, les prairies et les marais. Ils mangeaient toutefois des glands et des noix en automne, ainsi que des graines d'herbe pour se constituer des réserves de graisse, et pendant la période maigre hivernale ils ne dédaignaient pas de brouter feuilles et bourgeons.

Le pelage du mâle était noir et long, avec une bande claire le long du dos. Il avait une touffe de poils frisés sur le front et deux longues cornes assez fines, d'un gris blanchâtre qui virait au noir à leurs extrémités. Les femelles étaient plus petites, avec un pelage plus clair, souvent roux. Généralement, seuls les animaux âgés ou très jeunes tombaient sous la dent des carnassiers. Un mâle en pleine force n'avait peur d'aucun chasseur, êtres humains compris, et ne cherchait pas à fuir. En particulier pendant la période de rut, en automne, il était prêt à se battre et chargeait avec une rage incontrôlable, soulevant un homme ou un loup de ses cornes, le projetant en l'air, blessant et éventrant jusqu'aux lions des cavernes. Les aurochs étaient rapides, puissants, agiles et extrêmement dangereux.

La horde de chasseurs se mit en route dès qu'il fit assez clair. Marchant d'un pas rapide, ils repérèrent le troupeau d'aurochs avant que le soleil ne fût très haut. La vallée était proche. Une de ses extrémités conduisait à une gorge assez large qui se rétrécissait en un défilé puis s'ouvrait de nouveau en formant une sorte d'enclos naturel. Ce n'était pas tout à fait un cul-de-sac puisqu'il y avait quelques voies de sortie exiguës, mais l'endroit avait déjà été utilisé comme piège, pas plus d'une fois par saison, cependant. L'odeur de sang dégagée par une grande chasse avait tendance à éloigner les animaux jusqu'à ce que les neiges de l'hiver nettoient les lieux. En prévision d'une utilisation future, on avait barré les issues par des clôtures ; plusieurs chasseurs avaient fait le tour pour vérifier leur état et choisir une bonne position afin de lancer leurs sagaies. Un hurlement de loup – une assez bonne imitation, jugea Ayla – donna le signal que tout était prêt. Prévenue, elle gardait un bras autour de Loup pour lui imposer silence au cas où il aurait été tenté de réagir. Un croassement de corbeau servit de réponse.

Le reste des chasseurs avait encerclé le troupeau en s'efforçant de ne pas trop l'inquiéter, tâche difficile pour un groupe aussi nombreux. Ayla et Jondalar étaient restés à l'écart, de peur que l'odeur de Loup ne précipitât les choses. Au signal, ils montèrent sur leurs chevaux et partirent au galop ; Loup courait derrière eux. Tout rapides et puissants qu'ils étaient, les aurochs n'en étaient pas moins des animaux grégaires et comptaient de nombreux jeunes parmi eux. Les cris et les gesticulations, les objets inconnus agités devant eux suffirent à les effrayer et, quand l'un d'eux se mit à courir, d'autres suivirent. Affolé par l'odeur du loup et la vue de deux êtres humains montés sur des chevaux étonnamment proches, le troupeau se rua bientôt dans la gorge.

Le goulet ralentit les bêtes, qui se bousculèrent pour passer. Dans la poussière soulevée par la masse meuglante, quelques-unes essayèrent de se détacher et de prendre une autre direction, n'importe laquelle. Mais les chasseurs, les chevaux et le loup étaient partout, les renvoyant vers le défilé. Finalement, un vieux mâle résolu en eut assez. Il fit front, frappa le sol du sabot, baissa les cornes et fut atteint par les traits de deux lance-sagaies. Il tomba à genoux, bascula sur le côté. La plupart des autres aurochs étaient passés, la barrière avait été refermée derrière eux. La tuerie commença.

Les bêtes prises au piège s'écroulaient, frappées par des lances de toutes sortes, longues ou courtes, à pointe de silex, d'os ou d'ivoire. Les chasseurs se relayaient derrière les barrières qui les protégeaient des cornes puissantes et des sabots tranchants. Les projectiles provenaient parfois de lance-sagaies qui n'étaient pas ceux de Jondalar et d'Ayla. Certains chasseurs entreprenants s'étaient entraînés et essayaient maintenant la nouvelle arme là où quelques coups manqués n'auraient que peu d'importance puisque les aurochs ne pouvaient fuir nulle part, excepté sur le sein de la Grande Terre Mère, dans le Monde des Esprits.

En une matinée, le groupe s'était procuré assez de viande pour nourrir tous les participants à la Réunion d'Eté pendant quelque temps, et de quoi organiser en plus un grand festin de Matrimoniales. Dès que les aurochs avaient pénétré dans le piège, un messager avait été envoyé au camp, d'où un second groupe partit pour aider les chasseurs, et, quand le dernier animal fut abattu, les renforts se précipitèrent pour le dépeçage.

Il existait plusieurs façons de conserver la viande. Du

fait de la proximité des glaciers et de la couche gelée en permanence qui se trouvait sous la surface, on pouvait transformer le permafrost en chambre froide en creusant simplement un trou dans le sol. On pouvait aussi conserver la viande fraîche au fond d'un lac ou d'un étang, dans les eaux profondes des rivières. Lestée de pierres, attachée à de longues perches qui permettaient de la retrouver plus tard, la viande pouvait se conserver un an sans trop se détériorer. On pouvait aussi la sécher pour la conserver plusieurs années. L'inconvénient était que le début de l'été correspondait à la saison des mouches, qui pouvaient gâter la viande mise à sécher au soleil. Des feux dégageant beaucoup de fumée éloignaient le gros des insectes, mais il fallait constamment surveiller l'opération, dans une pénible atmosphère enfumée. Il restait cependant indispensable de faire sécher une partie de la viande pour se nourrir en voyage.

Outre la viande, la peau de l'aurochs était précieuse. On l'employait pour fabriquer de nombreux objets, allant des outils et des récipients aux vêtements et aux abris. La graisse permettait de se chauffer et de s'éclairer ; les poils servaient de fibres, de doublure pour les vêtements chauds ; les tendons et les nerfs étaient utilisés comme liens. Avec les cornes, on obtenait des coupes, des gonds de panneau et même des bijoux. Les dents étaient aussi souvent transformées en bijoux qu'en outils. Les intestins fournissaient des enveloppes et des couvertures étanches, des sacs pour la chair cuite et la graisse.

Les os avaient de multiples usages. On pouvait en faire des ustensiles, des écuelles, des armes. On les cassait pour en manger la moelle, on s'en servait comme combustible. Rien n'était gaspillé. Même les sabots et les débris de peau étaient mis à bouillir pour devenir une colle qui, conjuguée aux tendons, permettait par exemple de fixer les pointes des sagaies, les manches des couteaux, les diverses parties d'une lance. On utilisait aussi cette colle pour consolider des semelles résistantes sous des chausses souples.

Il fallait d'abord écorcher les bêtes puis les dépecer et mettre la viande à l'abri le plus vite possible. On posta des gardes pour éloigner les voleurs, ainsi que les autres carnivores, désireux de prélever leur part du butin. Un grand nombre d'aurochs abattus attirait tous les prédateurs et charognards alentour. Les hyènes furtives furent les premières qu'Ayla repéra. Elle tenait sa fronde prête et, quasi instinctivement, elle lança Whinney en direction de la meute.

Ayla dut sauter à terre pour ramasser d'autres pierres, et la vitesse avec laquelle elle les lança justifiait pleinement qu'on l'eût choisie comme garde, ainsi que Jondalar. Presque tout le monde savait dépecer, même les jeunes apportaient leur aide, mais la lutte contre les voleurs de viande exigeait de l'habileté à manier une arme. Une bande de loups attira l'attention de Loup, qui n'hésita pas, avec le soutien d'Ayla, à chasser les intrus qui convoitaient le gibier de sa meute. Les gloutons posaient un autre problème. Deux d'entre eux, probablement un mâle et une femelle puisque c'était la saison des amours, aspergèrent un aurochs de leurs glandes à musc. L'odeur était si épouvantable que, après avoir récupéré la lance pour mettre la bête au crédit de celui qui l'avait tuée, plusieurs chasseurs traînèrent le corps à l'écart pour laisser les gloutons se le disputer entre eux.

Ayla aperçut des hermines dans leur pelage brun d'été, lequel deviendrait blanc en hiver, sauf à l'extrémité de la queue. Elle repéra des renards et des lynx, ainsi qu'un léopard des neiges tacheté, et, plus loin, regardant la scène avec détachement, une troupe de lions des cavernes, la première qu'elle voyait depuis son arrivée. Elle prit le temps de les observer. Tous les lions des cavernes avaient un pelage clair, souvent ivoire, mais ceux-là étaient presque blancs. Elle pensa d'abord qu'il n'y avait que des femelles, mais le comportement de l'un des animaux l'incita à y regarder de plus près. C'était un mâle sans crinière ! Quand elle posa la question à Jondalar, il lui répondit que les lions des cavernes de cette région n'en avaient pas. Lui-même avait été étonné par le lion des contrées de l'Est, qui avait une crinière, tout en étant assez efflanqué.

Le ciel recelait aussi sa part de maraudeurs qui n'attendaient que l'occasion de se poser. Vautours et aigles planaient au-dessus du carnage, montant avec les courants chauds qui soutenaient leurs ailes déployées. Les milans, les faucons, les gypaètes s'élevaient et piquaient, se battaient parfois avec des corbeaux braillards. Il était plus facile aux rongeurs et aux reptiles de s'approcher en se cachant des hommes, mais les prédateurs de moindre taille devenaient souvent des proies. Finalement, tout serait nettoyé par les plus petits d'entre eux : les insectes. Quelle que fût la vigilance des gardes, chaque carnivore emporterait sa part avant que les Zelandonii eussent fini de dépecer les aurochs ; bien que ce ne fût pas leur principal objectif, ils parvinrent ainsi à se procurer quelques fourrures particulièrement belles.

Une première chasse couronnée de succès était bon signe. Elle annonçait une excellente année pour les Zelandonii et porterait chance aux couples qui devaient s'unir. Les Matrimoniales seraient célébrées dès que la viande aurait été apportée au camp et entreposée à l'abri.

Une fois l'excitation de la chasse retombée, les participants à la Réunion d'Eté reportèrent leur attention sur les cérémonies d'union. Ayla contenait mal son impatience et se sentait nerveuse. Jondalar éprouvait la même chose. Ils se surprirent à se regarder souvent, à échanger des regards presque timides en espérant que tout se passerait bien.

10

Zelandoni s'efforça de trouver un moment pour parler en privé à Ayla de la médecine qui empêchait la vie, mais il y avait toujours quelque chose pour s'y opposer, semblait-il. Les deux femmes étaient l'une comme l'autre fort occupées. Comme la chasse avait impliqué toute la communauté zelandonii, la Première se devait de célébrer des cérémonies pour apaiser l'Esprit de l'Aurochs, des rites afin de remercier la Mère pour la vie de tous les animaux qui s'étaient sacrifiés afin que vivent les Zelandonii.

La chasse avait été presque trop bonne et il avait fallu plus longtemps que prévu pour s'acquitter de toutes les tâches. Les Zelandonii découpèrent la viande, firent fondre la graisse et la répartirent en portions. Ils grattèrent et séchèrent les peaux ou les entreposèrent dans les chambres froides souterraines avec la viande, les os et les restes des animaux. Presque tous apportèrent leur contribution, y compris les femmes sur le point de s'unir. Les unions pouvaient attendre.

La Première se résigna à ce retard tout en regrettant de ne pas avoir pris le temps de discuter longuement avec Ayla avant de quitter la Neuvième Caverne, quand il aurait été plus facile d'en apprendre davantage sur elle. Qui aurait deviné que la jeune étrangère – encore jeune à dix-neuf ans, bien qu'Ayla pensât le contraire – possédait de si vastes connaissances ? Elle semblait si naïve qu'on la croyait dépourvue d'expérience. Zelandoni en était venue à comprendre qu'Ayla était un être bien plus complexe. Elle qui recommandait de ne jamais sous-estimer un élément inconnu, elle n'avait pas suivi son propre conseil.

A présent, la Première était occupée par une autre affaire. La Zelandonia avait décidé de célébrer les Premiers Rites avant les Matrimoniales, bien qu'on le fît généralement après, pour une raison précise. Avant ses Premiers Rites, une jeune Zelandonii était considérée comme une petite fille et n'était pas censée partager le Don des Plaisirs. Les Rites des Premiers Plaisirs étaient la cérémonie pendant laquelle, sous une stricte surveillance, les filles étaient physiquement ouvertes et pouvaient recevoir les Esprits qui feraient naître une vie nouvelle. Alors seulement elles devenaient femmes. Or les Premiers Rites avaient toujours lieu pendant les Réunions d'Eté, et il y avait le plus souvent, entre les premiers saignements et les Premiers Rites, une période pendant laquelle les jeunes filles demeuraient dans des sortes de limbes. Les hommes les trouvaient alors très attirantes, sans doute parce qu'elles leur étaient interdites.

A la fin de la Réunion, on organisait toujours une seconde cérémonie pour les filles qui avaient commencé à avoir leurs périodes lunaires pendant l'été, mais le long intervalle séparant deux Réunions était pénible. Les hommes jeunes – et certains qui l'étaient moins – tournaient constamment autour des filles pubères. Les Fêtes pour Honorer la Mère célébrées pendant l'année rendaient les jeunes filles – en particulier celles qui devenaient réglées en automne – plus conscientes de leurs propres désirs. Aucune mère ne souhaitait que sa fille eût sa première période à ce moment-là, avant un long hiver d'obscurité et d'activités extérieures réduites.

La communauté frappait d'une marque d'infamie celles qui n'attendaient pas leurs Premiers Rites, mais certaines jeunes filles succombaient aux flatteries incessantes. En y cédant, elles devenaient moins désirables comme compagnes parce que cela dénotait un manque de maîtrise de soi. Certains trouvaient injuste de stigmatiser une femme parce qu'elle avait, jeune fille, transgressé naïvement une simple coutume. D'autres considéraient que c'était une épreuve révélatrice de leur intégrité, de leur force de caractère et de leur persévérance, toutes qualités jugées essentielles chez une femme.

Les mères faisaient appel à la Zelandonia pour tenter de dissimuler le faux pas, et les Premiers Rites étaient célébrés dans tous les cas, puisqu'ils étaient indispensables pour qu'une jeune femme puisse s'unir. Les doniates veillaient à ce que les hommes choisis pour « ouvrir » les jeunes filles déjà ouvertes restent discrets, de façon que rien ne fût divulgué. Mais celles qui avaient cédé étaient connues en premier lieu des Zelandonia – lesquels figuraient parmi ceux qui estimaient en privé que c'était une mise à l'épreuve – et au moins soupçonnées par beaucoup d'autres.

Cet été-là, un problème rare se posait. Une jeune fille, Janida de la Partie Sud de la Vingt-Neuvième Caverne, qui n'avait pas encore eu ses Premiers Rites, était enceinte et voulait s'unir au jeune homme qui l'avait prématurément ouverte. Peridal, également de la Partie Sud de la Vingt-Neuvième Caverne, ne se montrait guère pressé de devenir son compagnon, bien qu'il eût témoigné une obstination immodérée à la poursuivre de ses assiduités pendant l'hiver et à lui faire des promesses extravagantes. Le Rocher aux Reflets était si vaste et comprenait tant de niveaux qu'il ne leur avait pas été difficile de trouver des endroits écartés pour leurs rendez-vous amoureux.

On disait pour sa défense que Peridal était très jeune. Il n'était pas sûr de vouloir s'unir si tôt, et sa mère ne tenait pas trop à ce qu'il prenne un engagement aussi important, surtout avec une fille qui avait cédé. Néanmoins, la Zelandonia usa de tout son pouvoir de persuasion pour les convaincre d'accepter. S'il n'était pas indispensable qu'une femme eût un compagnon lorsqu'elle devenait mère, il était préférable que l'enfant fût né du foyer d'un homme, en particulier le premier enfant.

Autre aspect du problème : d'une manière générale, quand une femme tombait enceinte avant de choisir un compagnon, elle devenait plus désirable parce qu'elle avait prouvé qu'elle pouvait apporter des enfants au foyer d'un homme, mais l'infamie dont elle était frappée parce qu'elle n'avait pas su se contrôler demeurait. Janida et sa mère le savaient ; elles savaient aussi que, si la jeune fille était déjà honorée par la Mère quand elle s'unirait, cela porterait chance au couple et qu'elle serait donc considérée d'un œil favorable. Elles espéraient que l'un compenserait l'autre.

Beaucoup de Zelandonii parlaient de cette affaire, dans un sens comme dans l'autre, mais la plupart s'accordaient à trouver la situation intéressante, en particulier du fait de la position défendue par Janida et sa mère. Ceux qui prenaient le parti de Peridal estimaient qu'il était trop jeune pour assumer les responsabilités d'un compagnon. D'autres soutenaient que, si la Mère avait choisi l'esprit de ce garçon pour honorer la jeune fille, Elle devait le juger capable de devenir homme de foyer. Malgré son manque de maîtrise de soi, Janida portait peut-être chance et Peridal aurait dû être content de s'unir à elle. Certains hommes envisageaient même de la prendre pour compagne, infamie ou pas, si le garçon y renonçait. Elle devait figurer au nombre des Elues de Doni pour être tombée enceinte aussi rapidement.

Les jeunes filles qui se préparaient aux Rites des Premiers Plaisirs vivaient toutes dans une hutte gardée avec soin, proche de celle de la Zelandonia. Il avait été décidé que Janida resterait avec les autres et prendrait part à la cérémonie puisqu'elle devait passer par les Premiers Rites avant de pouvoir s'unir. La communauté avait estimé que Janida devait elle aussi apprendre ce que les jeunes filles devaient savoir, mais, quand elle rejoignit les autres, plusieurs d'entre elles émirent des objections.

— C'est une cérémonie pour ouvrir une fille et en faire une femme. Si Janida est déjà ouverte, pourquoi vient-elle ici ? demanda l'une d'elles, assez fort pour être entendue de toutes. Les Premiers Rites sont réservés aux filles qui savent attendre, pas à celles qui trichent.

Plusieurs jeunes filles approuvèrent mais une autre repartit :

— Janida est ici parce qu'elle veut s'unir lors des premières Matrimoniales, et aucune fille ne peut le faire avant ses Premiers Rites. En outre, elle a déjà été honorée par la Mère.

D'autres, qui avaient commencé à avoir leurs périodes lunaires peu de temps après la Réunion d'Eté précédente et qui, selon les rumeurs, avaient elles-mêmes célébré en privé un rite d'ouverture, tâchèrent de se montrer plus bienveillantes, mais la plupart savaient qu'elles devaient rester prudentes. Leur réputation dépendrait de la discrétion de l'homme choisi pour elles, et il pouvait être parent d'une des filles qui avaient attendu. Elles avaient conscience qu'elles pouvaient elles aussi subir la même honte et voyaient les difficultés que cela entraînerait.

Janida sourit à celle qui avait pris sa défense mais ne dit rien. Elle se sentait un peu plus avertie que la plupart des jeunes filles de la hutte. Au moins, elle savait à quoi s'attendre, à la différence de celles qui avaient patienté, et elle puisait un certain courage dans le fait qu'elle avait osé affronter tous ses détracteurs. De plus, elle était enceinte. Elue par Doni, quoi qu'on pût dire, et à un stade de sa grossesse où elle baignait dans l'optimisme. Elle ne savait pas que son état avait déclenché dans son corps la sécrétion de certaines hormones, elle savait seulement qu'elle était heureuse d'attendre un bébé.

Malgré l'isolement et la surveillance des jeunes filles, les commentaires que provoqua l'arrivée de Janida – en particulier la phrase selon laquelle les Premiers Rites étaient « réservés aux filles qui savent attendre, pas à celles qui trichent » – firent le tour du camp. En l'apprenant, la Première fut furieuse. La fuite provenait forcément d'un membre de la Zelandonia – personne d'autre n'aurait pu s'approcher de la hutte – et elle aurait voulu savoir de qui il s'agissait.

Ayla et Jondalar avaient passé la majeure partie de la journée à travailler sur les peaux d'aurochs, grattant d'abord la graisse et les membranes de la partie intérieure, puis les poils de la partie extérieure avec des racloirs en silex, trempant ensuite les peaux dans une solution de cervelle de femelle écrasée à la main et mélangée à de l'eau, ce qui leur donnait une souplesse étonnante. On les roulait, on les tordait – à deux, un à chaque extrémité – pour en faire sortir le plus d'eau possible. On perçait de petits trous autour du bord, à trois pouces d'intervalle. Puis on attachait la peau encore humide sur un cadre de bois en insérant une corde dans chaque trou.

Une fois le cadre bien fixé, entre deux arbres ou sur une poutre horizontale, on travaillait la peau. A l'aide d'un bâton au bout arrondi, on l'étirait dans un sens puis dans l'autre, jusqu'à ce qu'après une demi-journée de labeur elle fût enfin sèche. A ce stade, elle était devenue presque blanche, douce et souple. On aurait pu la tailler et en faire un vêtement, mais, si la pluie la mouillait, il fallait l'assouplir de nouveau pour qu'elle ne durcisse pas en séchant. Afin de garder à la peau sa souplesse et son aspect velouté, même après lavage, il fallait procéder à un autre traitement. Plusieurs possibilités s'offraient, selon le produit que l'on souhaitait obtenir.

Le plus simple était de la fumer. L'une des méthodes consistait à planter une petite tente de voyage conique, à y allumer un feu dégageant beaucoup de fumée, à accrocher en haut quelques peaux et à boucher les ouvertures. La fumée emplissait la tente, enveloppait les peaux, recouvrait chacune des fibres de collagène qu'elles contenaient. Après ce traitement, le cuir restait souple même après avoir été mouillé ou lavé. Le fumage changeait aussi la couleur de la peau, qui, selon le bois utilisé, allait du jaune au brun en passant par le fauve et le marron.

Un autre procédé consistait à mélanger de l'ocre rouge en poudre à du suif – de la graisse mise à fondre dans de l'eau frissonnante – et à faire pénétrer la pâte obtenue dans la peau. Non seulement elle lui donnait une couleur allant du rouge orangé au marron mais elle la rendait imperméable. On pouvait utiliser un bâton arrondi ou un os pour mêler la substance grasse à la peau, en écrasant la surface, en la polissant jusqu'à obtenir une patine brillante. L'ocre rouge prévenait la décomposition bactérienne et protégeait aussi des insectes, notamment des minuscules parasites vivant sur des animaux à sang chaud, comme l'homme.

Troisième méthode, moins connue et requérant davantage de travail : donner à la peau une couleur blanche. Les échecs étaient nombreux car il était difficile de lui garder sa souplesse, mais en cas de réussite le résultat était étonnant. Ayla tenait cette technique d'une vieille Mamutoï nommée Crozie. Il fallait conserver son urine, attendre que, par un processus chimique naturel, elle se transforme en ammoniaque, agent blanchissant.

Après avoir été raclée, la peau était mise à tremper dans l'ammoniaque puis lavée avec des racines de saponaire donnant une mousse épaisse, adoucie avec la bouillie de cervelle, enfin polie à la poudre de kaolin, une argile blanche fine, mélangée à un suif très pur.

Ayla n'avait fabriqué qu'un seul vêtement blanc, avec l'aide de Crozie, mais elle avait repéré un gisement de kaolin non loin de la Troisième Caverne et envisageait de tenter un nouvel essai. Elle se demandait si la mousse qu'elle avait appris à fabriquer chez les Losadunaï avec de la graisse et des cendres de bois serait plus efficace que les racines de saponaire.

En travaillant, elle avait entendu une partie des discussions au sujet de Janida et avait trouvé la situation intéressante parce qu'elle donnait un aperçu saisissant des traditions et des coutumes zelandonii. Il ne faisait aucun doute dans son esprit que Peridal avait fait germer la vie en Janida puisque tous deux avaient indiqué qu'aucun autre homme ne l'avait pénétrée, et Ayla était convaincue que c'était l'essence des organes masculins qui provoquait les grossesses. En retournant au camp de la Neuvième Caverne, fatiguée d'avoir raclé des peaux toute la journée, elle demanda à Jondalar pourquoi les Zelandonii tenaient absolument à célébrer les Premiers Rites avant que les jeunes femmes fussent libres de choisir un compagnon.

— Je ne comprends pas ce que cela change, que Janida ait été ouverte par ce jeune homme l'hiver dernier ou qu'un autre homme l'ouvre maintenant, tant qu'elle n'a pas été forcée, dit-elle. Madenia des Losadunaï, elle, avait été violée par une bande de garçons avant ses Premiers Rites. Janida est un peu jeune pour une première grossesse, mais je l'étais moi aussi, et je ne savais même pas ce qu'étaient les Premiers Rites avant que tu me le montres.

Jondalar éprouvait une profonde compassion pour la jeune fille. Lui-même avait enfreint les traditions de son peuple pendant son initiation en tombant amoureux de sa femme-donii et en voulant en faire sa compagne. Lorsqu'il avait découvert que Ladroman… Madroman… les avait épiés, puis avait révélé à toute la Caverne qu'ils avaient l'intention de s'unir, Jondalar, furieux, l'avait frappé plusieurs fois, lui brisant les dents. Madroman avait souhaité lui aussi que Zolena fût sa femme-donii – tous les garçons le voulaient – mais elle lui avait préféré Jondalar.

Il pensait connaître les raisons de la position d'Ayla. Elle n'était pas née chez les Zelandonii, elle ne saisissait pas tout à fait leur attachement à des coutumes qu'ils avaient respectées toute leur vie, ni la difficulté de s'opposer à des traditions ancestrales. Il ne comprenait pas qu'elle-même avait violé les traditions du Clan et en avait payé les conséquences. Elle avait failli en mourir et ne craignait plus de mettre en cause toute tradition, quelle qu'elle fût.

— On peut se montrer plus indulgent envers ceux qui viennent d'ailleurs, mais Janida savait à quoi s'attendre, répondit-il. J'espère que ce jeune homme s'unira à elle et qu'ils seront heureux ensemble. D'ailleurs, je crois savoir que d'autres le remplaceraient volontiers s'il refusait.

— Je m'en doute. C'est une jolie jeune fille qui va avoir un bébé qu'elle pourra apporter au foyer d'un homme s'il est digne d'elle.

Ils marchèrent un moment en silence puis Jondalar reprit :

— Je crois que les Matrimoniales de cette Réunion d'Eté resteront longtemps dans les mémoires. D'abord à cause de Janida et Peridal, qui seront parmi les plus jeunes qui se soient jamais unis, s'ils se décident finalement. Moi, je rentre d'un long Voyage, toi, tu viens de très loin, et les gens en parleront, même si personne ici ne soupçonne à quel point c'est loin. Et puis il y a Joplaya et Echozar. Ils ont tous deux des origines et une lignée inconnues ici. J'espère seulement que ceux que cela perturbe ne créeront pas de difficultés. L'attitude de Brukeval m'a stupéfié. Je croyais qu'il avait de meilleures manières.

— Il a raison quand il affirme qu'il n'est pas du Clan, souligna Ayla. Sa mère l'était, mais il n'a pas été élevé par le Clan. Même si ses membres avaient accepté de le reprendre, il aurait eu du mal à vivre avec eux. Il connaît leur langue, plus ou moins, mais il ne sait même pas qu'il utilise les signes des femmes.

— Les signes des femmes ? Tu ne m'avais jamais parlé de ça.

— La différence est subtile mais elle existe. Les premiers signes que tous les bébés apprennent sont ceux de leur mère. Quand les enfants prennent de l'âge, les filles restent avec leur mère et continuent à apprendre auprès d'elle, tandis que les garçons commencent à accompagner plus souvent les hommes et apprennent leurs façons de faire.

— Alors, qu'est-ce que tu m'as appris ? demanda Jondalar.

— Le parler bébé, répondit Ayla en souriant.

— Tu veux dire que, quand je parlais à Guban, je m'exprimais comme un bébé ? s'écria Jondalar, abasourdi.

— Encore moins bien, pour être franche, mais il comprenait. Le simple fait que tu saches quelque chose et que tu essaies de parler de manière correcte l'impressionnait.

— De manière correcte ? Parce que Guban pensait que c'était lui qui parlait de manière correcte ?

— Bien sûr. Tu ne penses pas la même chose ?

— Si, dit Jondalar en souriant. Quelle est la manière correcte, selon toi ?

— C'est celle à laquelle chacun est habitué. En ce moment, pour moi, les façons de parler du Clan, des Mamutoï, des Zelandonii sont toutes correctes, mais au bout d'un moment, quand j'aurai parlé uniquement zelandonii pendant quelque temps, je penserai sans aucun doute que c'est la manière correcte de parler, même si je ne parle pas correctement cette langue. La seule que je connaisse vraiment bien, c'est la langue du Clan, mais uniquement celle du Clan où j'ai grandi, et ce n'est pas la même qu'ici.

En parvenant au petit cours d'eau, Ayla s'aperçut que le soleil se couchait et fut une fois de plus captivée par le flamboiement des couleurs du ciel. Ils s'arrêtèrent pour l'admirer.

— Zelandoni m'a demandé si je voulais être choisi pour les Premiers Rites, demain, annonça Jondalar. Probablement pour Janida.

— Elle l'a précisé ? Pourtant, d'après Marthona, les hommes ne savent jamais qui ils ouvriront.

— Pas exactement. Elle a dit qu'elle voulait quelqu'un qui soit non seulement discret mais prévenant. Elle a dit qu'elle savait que tu étais enceinte et que je saurais donc m'occuper d'une jeune femme ayant besoin de la même sollicitude. De qui d'autre aurait-elle pu parler ?

— Tu vas le faire ?

— J'y ai songé. Il fut un temps où j'aurais été plus que disposé à accepter, mais j'ai répondu que je ne l'envisageais pas.

— Pourquoi ?

— A cause de toi.

— Moi ? fit Ayla. Tu pensais que j'y verrais une objection ?

— Tu en vois une ?

— Si j'ai bien compris, c'est une coutume de ton peuple, et d'autres hommes qui ont déjà une compagne y participent.

— Et tu l'accepterais, que cela te plaise ou non, c'est ça ?

— Je suppose.

arriva : les jeunes Janida et Peridal. Ils se tinrent un moment à l'entrée, l'air nerveux et un peu effrayés, sur le point de déguerpir. Levela quitta le groupe et se dirigea vers eux.

— Salutations, je suis Levela de la Partie Ouest de la Vingt-Neuvième Caverne. Vous êtes Janida et Peridal, n'est-ce pas ? Je crois que j'ai fait ta connaissance, Janida, quand je suis venue récolter les pignes au Camp d'Eté, il y a un an ou deux. Je suis avec Ayla et Jondalar. Elle, c'est la femme aux animaux ; lui, c'est le frère du compagnon de ma sœur. Venez les rencontrer.

Elle entraîna vers le groupe les deux jeunes gens qui restaient muets.

— C'est bien la sœur de Proleva, murmura Joplaya.

Ayla partageait cet avis :

— Oui, j'imagine bien Proleva accueillant quelqu'un de cette manière.

— Il y a aussi Joplaya et Echozar, poursuivit Levela en s'approchant, le couple lanzadonii venu s'unir en même temps que nous. Et voici mon promis. Jondecam de la Deuxième Caverne des Zelandonii, je te présente Janida et Peridal, tous deux de la Partie Sud de la Vingt-Neuvième Caverne. (Elle se tourna vers le jeune couple.) C'est bien ça ?

— Oui, acquiesça Janida d'un ton crispé.

Jondecam tendit les mains à Peridal avec un grand sourire.

— Salutations.

— Salutations, répondit le jeune homme, qui saisit les mains tendues, l'air embarrassé, et ne trouva rien à ajouter.

— Salutations, Peridal, dit Jondalar, tendant les mains à son tour. Tu étais à la chasse ?

— J'y étais, confirma Peridal. Je t'ai vu… sur un cheval.

— Oui, et Ayla aussi, j'imagine.

Peridal parut de nouveau gêné et garda le silence.

— Tu as eu de la chance ? lui demanda Jondecam.

— Oui, bredouilla Peridal.

— Il a tué deux femelles, dont une avec un petit dans son ventre, précisa Janida pour lui.

— Tu sais que la peau de ce petit fera de merveilleux vêtements de bébé ? remarqua Levela. Elle est fine et souple.

— C'est ce qu'a dit ma mère, répondit Janida.

— Nous n'avons pas fait connaissance, intervint Ayla, les mains tendues. Je suis Ayla, naguère du Camp du Lion des Mamutoï, à présent de la Neuvième Caverne des Zelandonii. Au nom de Mut, la Grande Terre Mère, aussi appelée Doni, je te salue.

Janida parut un peu déroutée. Elle n'avait jamais entendu un tel accent. Il y eut un silence gêné puis, comme si elle se rappelait soudain les convenances, la jeune fille répondit :

— Je suis Janida de la Partie Sud de la Vingt-Neuvième Caverne des Zelandonii. Au nom de Doni, je te salue, Ayla de la Neuvième Caverne des Zelandonii.

Joplaya s'avança et tendit les mains à la jeune fille.

— Je suis Joplaya de la Première Caverne des Lanzadonii, fille du foyer de Dalanar, fondateur et Homme Qui Ordonne des Lanzadonii. Au nom de la Mère, je te salue, Janida. Voici mon promis, Echozar de la Première Caverne des Lanzadonii.

Bouche bée, Janida fixait le couple. Elle n'était pas la première à être étonnée mais semblait moins capable que la plupart des autres de masquer sa surprise. Prenant soudain conscience de son attitude, elle referma la bouche, devint cramoisie.

— Je… je suis désolée. Ma mère serait furieuse si elle savait que je me suis montrée aussi grossière, mais je n'ai pas pu m'en empêcher. Vous avez l'air si différents de nous, tous les deux… Mais tu es très belle et lui… non. (Elle rougit de nouveau.) Pardon, je voulais dire…

— Tu voulais dire qu'elle est belle et qu'il est très laid, acheva Jondecam, l'œil pétillant. (Il tourna vers le couple lanzadonii avec un large sourire.) C'est vrai, non ?

Après un silence pesant, Echozar répondit :

— Tu as raison, Jondecam. Je suis laid. Je ne parviens pas à imaginer pourquoi cette femme superbe peut bien vouloir de moi, mais pas question de laisser passer ma chance.

Il eut un sourire qui illumina ses yeux.

Voir un sourire sur un visage du Clan étonnait toujours Ayla. Les membres du Clan ne souriaient pas. Pour eux, une expression dénudant les dents était considérée comme une menace ou une manifestation nerveuse de servilité. Curieusement, cette expression modifiait la configuration du visage d'Echozar, atténuait les traits durs du Clan et le faisait paraître plus abordable.

— En fait, je suis content que tu sois là, Echozar, reprit Jondecam. A côté de cette grande brute, dit-il en indiquant Jondalar, tout le monde paraît laid, mais comparés à toi, le jeunot et moi, on a l'air pas trop mal. Les femmes, en revanche, sont toutes belles.

La franchise de Jondecam fit sourire tout le monde et détendit l'atmosphère. Levela tourna vers lui un regard amoureux.

— Merci, Jondecam. Tu dois cependant reconnaître que les yeux d'Echozar sont aussi singuliers que ceux de Jondalar, et non moins remarquables. Je n'ai jamais vu d'aussi beaux yeux sombres, et la façon dont il regarde Joplaya me fait comprendre pourquoi ils vont s'unir. S'il me regardait de cette manière, j'aurais du mal à l'éconduire.

— J'aime le visage d'Echozar, dit Ayla, mais c'est vrai, ses yeux sont ce qu'il a de plus beau.

— Puisqu'on en est à dire ce qu'on pense, je trouve que tu as une drôle de façon de parler, Ayla, avoua

Jondecam. Il faut un moment pour s'y habituer, mais ça me plaît. Tu dois venir de très loin.

— Plus loin que tu ne peux l'imaginer, renchérit Jondalar.

— Une chose encore, ajouta Jondecam. Où il est, ce loup ? D'autres disent qu'ils l'ont rencontré, j'espérais en faire autant.

Ayla lui sourit. Cet homme était si franc et si direct qu'elle ne pouvait s'empêcher de le trouver sympathique, si détendu et bien dans sa peau qu'il amenait tout le monde à se sentir de même.

— Loup est avec Marthona. J'ai pensé que ce serait plus facile pour lui et pour les autres. Si tu passes par le camp de la Neuvième Caverne, je serai heureuse de te le présenter, et je crois que tu lui plairas aussi. Vous êtes tous les bienvenus, dit Ayla en regardant les autres, y compris le jeune couple, qui souriait maintenant avec naturel.

— Tout à fait, confirma Jondalar.

Ces couples lui plaisaient, et en particulier Levela, jeune femme agréable, soucieuse des autres, et Jondecam, qui lui rappelait son frère Thonolan.

La Première s'était avancée au centre de la hutte et attendait en silence l'attention de son auditoire. Quand elle l'eut obtenue, elle s'adressa à tous les couples, soulignant le sérieux de l'engagement qu'ils prenaient, répétant certaines phrases qu'elle avait dites à la réunion des femmes, précisant ce qu'on attendait d'eux aux Matrimoniales. Plusieurs autres Zelandonia leur montrèrent ensuite où ils devraient se tenir, leur expliquèrent ce qu'ils devraient dire. Tous les couples répétèrent les mouvements et les gestes de la cérémonie.

Avant qu'ils repartent, la Première leur parla de nouveau :

— La plupart d'entre vous le savent mais je tiens à le redire pour que ce soit clair. Après les Matrimoniales, pendant une période d'une demi-lune – quatorze jours en mots à compter –, les couples nouvellement unis n'ont pas le droit d'adresser la parole à qui que ce soit d'autre qu'eux-mêmes. Ce n'est qu'en cas d'urgence que vous pourrez parler à quelqu'un, et uniquement à un doniate, qui jugera si c'est assez important pour enfreindre l'interdiction. Je veux que vous compreniez bien pourquoi. C'est une façon d'imposer aux membres d'un nouveau couple une solitude commune pour voir s'ils peuvent vraiment vivre ensemble. A la fin de cette période, s'ils estiment qu'ils ne s'entendent pas, ils pourront rompre le lien sans conséquences. Comme s'ils n'avaient jamais été unis.

Celle Qui Etait la Première savait que la plupart des jeunes gens se réjouissaient à l'avance de cet interdit, ravis qu'ils étaient à l'idée de se consacrer l'un à l'autre. Mais elle savait aussi qu'au bout du compte il y aurait probablement un ou deux couples qui décideraient de se séparer. Elle scruta chaque visage en essayant de deviner quels couples dureraient, et lesquels ne tiendraient pas même quatorze jours. Puis elle présenta ses vœux de bonheur à tous et annonça que les Matrimoniales auraient lieu le lendemain soir.

Ayla et Jondalar ne craignaient pas que leur période de solitude à deux révèle une incompatibilité. Ils avaient vécu près d'une année ensemble, chacun avec l'autre pour seule compagnie, excepté pendant les brefs séjours dans diverses Cavernes en chemin. Il leur tardait de savourer cette période d'intimité forcée, d'autant qu'elle ne s'accompagnerait pas cette fois des inconvénients du Voyage.

Après avoir quitté la hutte, les quatre couples marchèrent un moment ensemble en direction des camps. Janida et Peridal furent les premiers à partir de leur côté. Avant de se séparer du groupe, Janida tendit les deux mains à Levela.

— Je te remercie de nous avoir aidés à trouver notre place et à nous sentir les bienvenus, dit-elle. Quand nous sommes entrés dans la hutte, j'ai eu l'impression que tout le monde nous lorgnait, je ne savais pas quoi faire. Mais j'ai remarqué qu'au moment de repartir les autres regardaient Joplaya et Echozar, Ayla et Jondalar, et même Jondecam et toi, avec curiosité. Bref, tout le monde regardait tout le monde, mais c'est toi qui m'as fait sentir que j'appartenais au groupe, que je n'en étais pas exclue.

Elle se pencha en avant, pressa sa joue contre celle de Levela.

— Janida est une jeune femme intelligente, remarqua Jondalar après qu'ils eurent repris leur marche. Peridal a de la chance, j'espère qu'il s'en rend compte.

— Il y a une réelle affection entre eux, observa Levela. Je me demande pourquoi il rechigne à la prendre pour compagne.

— Les réticences viennent plutôt de sa mère que de lui, supputa Jondecam.

— Tu as sans doute raison, dit Ayla. Peridal est très jeune, sa mère exerce encore beaucoup d'influence sur lui. Janida elle aussi est jeune. Quel âge peuvent-ils avoir ?

— Treize ans l'un et l'autre, je crois, répondit Levela. Elle à peine, lui avec quelques lunes de plus.

— Je suis un vieillard comparé à eux, se lamenta Jondalar. J'ai autant d'années en plus que de doigts aux deux mains. Peridal n'a même pas encore eu l'occasion de vivre dans une « lointaine ».

— Et moi je suis vieille, dit Ayla. Je compte dix-neuf ans.

— Ce n'est pas si vieux, assura Joplaya. Moi, j'en compte vingt.

— Et toi, Echozar ? s'enquit Jondecam. Combien en comptes-tu ?

— Je n'en ai aucune idée. Personne ne me l'a jamais dit ni n'a essayé d'en tenir le compte, autant que je sache.

— As-tu essayé de revenir en arrière et de te rappeler chaque année ? demanda Levela.

— J'ai une bonne mémoire, mais mon enfance est brouillée, chaque saison se fond dans la suivante.

— Je compte dix-sept années, dit Levela.

— Moi, vingt, fit Jondecam en écho. Et voici notre camp. A demain.

Avec le geste invitant à une nouvelle rencontre, ils prirent congé des quatre autres, qui poursuivirent leur route vers le camp commun des Zelandonii et des Lanzadonii.

Ayla s'éveilla tôt le jour où Jondalar et elle devaient s'unir. La faible lueur précédant le lever du soleil se glissait par les fentes qui séparaient les panneaux quasi opaques, soulignant les coutures, encadrant l'ouverture. La jeune femme demeura étendue en s'efforçant de distinguer les détails des formes sombres qui se dessinaient devant les parois de la hutte.

Elle entendait la respiration régulière de Jondalar. Se soulevant sans bruit, elle contempla dans la pénombre le visage de l'homme endormi à côté d'elle. Le nez droit et mince, la mâchoire carrée, le front haut. Elle se rappela la première fois qu'elle avait examiné ce visage pendant qu'il dormait, dans la grotte de sa vallée. Autant qu'elle s'en souvînt, c'était le premier homme semblable à elle qu'elle rencontrait, et il était gravement blessé. Elle ne savait pas s'il survivrait mais elle le trouvait déjà beau.

Elle le trouvait beau encore maintenant, et son amour pour lui emplissait tout son être. C'était presque plus qu'elle n'en pouvait supporter, presque douloureux. N'y tenant plus, elle se leva en silence, s'habilla rapidement et sortit.

Ayla parcourut le camp du regard. Depuis la position surélevée qu'ils occupaient, elle voyait la vallée de la Rivière s'étirer devant elle. Dans l'obscurité presque totale, les huttes ressemblaient à des monticules noirs s'élevant de la terre ombreuse ; chaque construction ronde était bâtie autour d'un poteau central. Le camp était silencieux, bien différent de l'endroit bruyant et animé qu'il deviendrait plus tard.

Elle se tourna vers le cours d'eau et le remonta. Le ciel s'éclaircissait, effaçant en son sein quelques étincelles scintillantes. Dans leur enclos, les chevaux sentirent Ayla approcher et hennirent doucement pour la saluer. Elle obliqua vers eux, se coula sous les perches soutenues par les poteaux. Elle passa un bras autour de la jument à la robe claire.

— C'est aujourd'hui que Jondalar et moi nous unissons, Whinney, dit-elle à l'animal. Cela fait si longtemps, semble-t-il, que tu l'as ramené à la grotte, ensanglanté et presque mort. Nous avons parcouru tant de chemin depuis… Nous ne reverrons jamais cette vallée.

Rapide vint se frotter contre elle pour réclamer sa part d'attention. Ayla le tapota puis enlaça le cou puissant de l'étalon brun. Revenant d'une de ses expéditions de chasse nocturne, Loup apparut à la lisière du bois et s'élança vers la jeune femme entourée des chevaux.

— Te voilà ! Où étais-tu passé ? Tu avais disparu ce matin.

Du coin de l'œil, elle perçut un mouvement parmi les arbres et tourna la tête juste à temps pour voir un autre loup, plus sombre, se tapir derrière un épais buisson. Elle se pencha, prit entre ses deux mains la tête de son animal et frotta ses joues velues.

— Tu t'es trouvé une compagne ou un ami ? Tu veux retourner chez les tiens, comme Bébé ? Tu me manquerais, mais je ne voudrais pas t'empêcher d'avoir une femelle.

Le fauve grogna de plaisir tandis qu'elle continuait à le caresser. Il semblait n'avoir aucune envie pour le moment de retourner auprès de la silhouette cachée dans le bois.

Le bord supérieur du soleil émergea à l'horizon. Ayla sentit la fumée des feux matinaux, regarda en aval. Quelques lève-tôt allaient et venaient ; le camp s'éveillait.

Ayla vit Jondalar venir elle à grandes enjambées, le front plissé dans une expression familière. C'est un inquiet, pensa-t-elle. Elle connaissait toutes les lignes et tous les mouvements de son visage. Elle l'observait souvent en cachette, où qu'il fût, quoi qu'il fît. Il plissait le front de la même façon quand il se concentrait sur un nouveau morceau de silex, comme s'il tâchait de discerner de minces particules dans le matériau homogène pour deviner où il allait se fendre. Toutes les expressions de Jondalar lui plaisaient, mais elle aimait surtout le voir sourire d'un air tendre et taquin ou la regarder de ses yeux débordant d'amour et de désir.

— Je me suis réveillé et tu n'étais plus là, lui dit-il en approchant.

— Je n'arrivais pas à me rendormir, alors je suis sortie. Je crois que Loup a une compagne cachée dans le bois. C'est pour cela qu'il a filé ce matin.

— Excellente raison. Si j'avais une compagne, j'irais volontiers courir les bois avec elle, fit Jondalar d'un ton malicieux tandis qu'un sourire effaçait son expression soucieuse.

Il passa les bras autour d'Ayla, l'attira contre lui. Les cheveux de la jeune femme, encore emmêlés de sommeil, tombaient sur ses épaules, encadrant son visage d'une masse d'épaisses vagues blond foncé. Elle avait commencé à porter ses cheveux tressés autour de la tête à la manière des femmes de la Neuvième Caverne mais il continuait à préférer quand ils cascadaient librement, comme la première fois qu'il l'avait vue nue, au soleil, sur la terrasse de sa grotte, après qu'elle se fut baignée dans la rivière.

— Tu en auras une avant que cette journée s'achève, répondit-elle. Où aimerais-tu courir avec elle ?

— Jusqu'au bout de ma vie, dit-il avant de l'embrasser.

— Ah, vous voilà ! Je vous rappelle que c'est le jour de votre union. Pas de Plaisirs avant la fin de la cérémonie !

C'était Joharran, qui poursuivit :

— Marthona te réclame, Ayla. Elle m'a demandé de te chercher.

Ayla retourna à la hutte, où la mère de Jondalar l'attendait avec une coupe d'infusion.

— Il faudra que tu t'en contentes, prévint Marthona. Tu es censée jeûner, aujourd'hui.

— Entendu. Je ne crois pas que je pourrais avaler quoi que ce soit, de toute façon. Merci.

Ayla regarda Jondalar s'éloigner avec son frère, qui portait plusieurs sacs.

Jondalar vit Joharran lui adresser un signe de l'autre côté d'une prairie, au moment où il s'apprêtait à entrer dans la hutte qu'il partageait avec quelques-uns des hommes dont l'union serait célébrée ce soir-là. La plupart d'entre eux présentaient un lien de parenté, et tous avaient un ou deux amis proches ou des parents auprès d'eux. Jondalar venait de porter tout ce dont il aurait besoin pour la période d'essai de quatorze jours dans une petite tente qu'il avait plantée à l'écart des camps, près de la colline où se trouvait la nouvelle grotte. Quelqu'un d'autre apporterait plus tard les affaires d'Ayla, comme le voulait la coutume.

Il attendit son frère devant l'entrée de la hutte, qui n'était pas très différente des « lointaines » qu'il avait partagées à d'autres Réunions d'Eté avec de jeunes célibataires désirant échapper aux regards de leurs mères, des compagnons de leurs mères et autres personnes détenant quelque autorité. Jondalar se rappelait les étés en compagnie d'amis turbulents et, brièvement, de diverses jeunes femmes. Une rivalité bon enfant opposait ces huttes : c'était à qui attirerait le plus de jeunes beautés. L'objectif était de se retrouver chaque nuit avec une femme différente, exception faite des soirées exclusivement masculines.

Ces nuits-là, personne ne dormait avant l'aube. Les jeunes gens buvaient du barma et du vin quand ils pouvaient s'en procurer. Certains apportaient aussi des plantes réservées d'ordinaire à un usage cérémoniel. Ils passaient la nuit à chanter, à danser, à raconter des histoires, à jouer, dans de grands éclats de rire. Les fois où ils invitaient des femmes, les convives se séparaient plus tôt : les couples ou des groupes mixtes quittaient la hutte pour d'autres amusements, d'un caractère plus intime.

Les hommes qui s'apprêtaient à prendre une compagne étaient toujours en butte aux plaisanteries des autres occupants des « lointaines », ce que Jondalar supporta avec bonne humeur – il avait lui-même pris part aux moqueries, jadis – mais la hutte dans laquelle il se trouvait maintenant était plus calme, et les hommes plus sérieux. Tous se préparaient au même événement, ce qui les incitait moins à plaisanter que les jeunes gens encore libres de tout engagement.

Les promis avaient interdiction de pénétrer dans la hutte de la Zelandonia où se trouvaient les femmes ; les couples ne pouvaient se voir avant les Matrimoniales. Les hommes jouissaient cependant d'une plus grande liberté puisqu'ils pouvaient aller et venir à leur guise, à condition de rester à l'écart des futures compagnes. Ils se répartissaient dans plusieurs petites constructions alors que les femmes, leurs amies et leurs parentes partageaient une même hutte. Les exclamations et les rires qui s'en échappaient suscitaient toujours la curiosité des hommes.

— Jondalar ! appela Joharran en s'approchant. Marthona te demande. A la hutte de la Zelandonia, où sont les femmes.

Surpris, Jondalar se hâta d'aller voir ce que voulait sa mère. Il frappa au poteau de l'entrée et, lorsque le rideau s'écarta, il ne put s'empêcher de tordre le cou pour essayer de jeter un coup d'œil à l'intérieur, dans l'espoir d'apercevoir Ayla, mais Marthona prit soin de refermer le rideau derrière elle. Elle tenait dans les mains un paquet familier : celui qu'Ayla s'était obstinée à porter pendant leur long Voyage. Il reconnut l'emballage de peaux minces retenues par des cordes. Il avait souvent interrogé Ayla à ce sujet mais elle s'était toujours dérobée à ses questions.

— Ayla insiste pour que je te donne ceci, dit Marthona en lui mettant le paquet dans les mains. Tu sais que vous n'êtes pas censés avoir de contacts l'un avec l'autre avant la cérémonie, même de manière indirecte, mais Ayla dit qu'elle te l'aurait remis plus tôt si elle l'avait su. Elle était bouleversée, quasiment en larmes, et prête à briser elle-même l'interdit si je refusais de l'aider. Elle m'a chargée de te dire que c'est pour les Matrimoniales.

— Merci, mère. Je…

Marthona referma le rideau avant que son fils pût ajouter un mot. Il s'éloigna en examinant le paquet, le soupesa pour tenter de deviner ce qu'il contenait. Il était mou et assez volumineux. Il ne comprenait pas pourquoi elle avait tenu à l'emporter à tout prix alors qu'ils s'efforçaient de limiter le nombre des sacs encombrants. Ayla l'avait-elle porté pendant tout le Voyage pour le lui offrir le jour des Matrimoniales ? En ce cas, le paquet était trop important pour être ouvert n'importe où, il fallait un endroit plus intime.

Jondalar constata avec plaisir que la hutte était déserte quand il y pénétra avec le mystérieux paquet. Il essaya maladroitement de dénouer la corde, puis, les nœuds résistant à ses efforts, il finit par la couper avec son couteau. Il défit plusieurs couches protectrices, regarda le contenu. C'était blanc. Il le souleva, le tint en hauteur. C'était une splendide tunique de cuir blanc, décorée uniquement de queues d'hermine au bout noir. Pour les Matrimoniales, avait précisé Ayla. Elle lui avait cousu une tunique matrimoniale ?

On lui avait proposé plusieurs tenues et il en avait choisi une aux décorations complexes, dans le style zelandonii. Ce vêtement était différent. La tunique blanche avait une coupe mamutoï, mais chez les Mamutoï les habits étaient en général lourdement ornés de perles d'ivoire, de coquillages et autres décorations. Celui-là n'avait que ces quelques queues d'hermine ; il était remarquable par sa couleur, un blanc éclatant, et par sa simplicité, puisque rien ne détournait l'attention de sa pureté.

Quand Ayla l'avait-elle fabriqué ? Ce ne pouvait être pendant le Voyage. Elle n'aurait pas eu le temps, et d'ailleurs elle portait le paquet depuis leur départ. Elle avait dû le faire en hiver, quand ils vivaient chez les Mamutoï, avec le Camp du Lion. Mais c'était l'hiver où elle avait promis de s'unir à Ranec… Jondalar tint la tunique devant lui : elle était à sa taille, elle aurait été beaucoup trop grande pour Ranec, plus petit et plus trapu.

Pourquoi lui avait-elle cousu une tunique, et une tunique aussi belle, si elle avait l'intention de rester chez les Mamutoï et de vivre avec Ranec ? Tout en réfléchissant, Jondalar pressa la tunique contre lui. Elle était douce et souple. Le cuir d'Ayla avait toujours cette qualité, mais combien de temps l'avait-elle travaillé pour lui donner cette douceur ? Et la couleur ? Où avait-elle appris à faire du cuir blanc ? Avec Nezzie, peut-être ? Il se souvint alors d'avoir vu Crozie, la vieille femme du Foyer de la Grue, vêtue d'une tunique blanche lors d'une cérémonie où tous les Mamutoï portaient leurs plus beaux habits. Ayla avait-elle appris avec Crozie ?

Il ne se rappelait pas l'avoir vue travailler du cuir blanc, mais il n'avait peut-être pas été très attentif.

Il fit glisser les queues d'hermine entre ses doigts. D'où venaient-elles ? Il se souvint tout à coup qu'Ayla était revenue avec des hermines le jour où elle avait ramené le louveteau à la hutte de terre. Jondalar sourit en se rappelant l'émotion qu'elle avait causée. Mais ils avaient discuté, s'étaient querellés – enfin, il avait discuté, c'était sa faute –, et il était déjà installé à ce moment-là près du foyer à cuire. Le soir, Ayla couchait au foyer de Ranec. Ils étaient presque promis, Ranec et elle. Pourtant, elle avait consacré des heures, probablement des jours, à cette superbe tunique blanche pour lui. L'aimait-elle tellement, même alors ?

Les yeux de Jondalar s'embuèrent, il était au bord des larmes. C'était lui qui avait traité Ayla avec froideur, il le savait. Il était jaloux, et surtout il avait peur de ce que diraient sa famille et son peuple en apprenant par qui elle avait été élevée. Alors même qu'il l'avait poussée dans les bras d'un autre homme, elle avait passé de longues journées à coudre cette tunique pour lui, puis elle l'avait portée pendant tout le chemin pour la lui remettre le jour de leurs Matrimoniales. Pas étonnant qu'elle fût bouleversée et prête à braver l'interdiction de le voir…

Il examina de nouveau le vêtement, qui n'était même pas froissé. Elle avait dû trouver un endroit où l'accrocher, et l'exposer à la vapeur après leur arrivée. Il approcha la tunique de son corps, en éprouva la douceur et eut presque l'impression de tenir Ayla contre lui, tant elle y avait mis d'elle-même. Il aurait été heureux de la porter même si elle avait été moins belle.

Mais elle était magnifique. Malgré toutes leurs décorations, les habits qu'il avait choisis pour la cérémonie lui semblaient ternes en comparaison. Jondalar portait bien les vêtements et il le savait. C'était une de ses fiertés secrètes, une petite vanité qu'il tenait de sa mère, que nul ne surpassait en élégance. Il se demanda si elle avait vu la tunique. Il en doutait. Elle en aurait apprécié la subtilité étonnante, la touche parfaite apportée par les queues d'hermine, et quelque chose dans son regard lui aurait donné un indice sur le contenu du paquet.

Jondalar leva les yeux quand Joharran entra dans la hutte.

— Te voilà, fit le chef de la Neuvième Caverne. On dirait que je passe ma journée à te chercher. On a besoin de toi pour… Qu'est-ce que c'est ?

— Ayla m'a fabriqué une tunique matrimoniale. C'est pour cela que mère voulait me voir, pour me la remettre, expliqua Jondalar en plaçant le vêtement devant lui.

— Elle est exceptionnelle ! s'exclama son frère. Je ne crois pas avoir jamais vu un cuir blanc aussi réussi ! Tu as toujours été porté sur les beaux vêtements, mais là, tu vas faire sensation. Plus d'une femme souhaitera être à la place d'Ayla. Et plus d'un homme ne verrait pas d'inconvénient à prendre la tienne, y compris ton grand frère… s'il n'y avait Proleva, bien sûr.

— J'ai de la chance, reconnut Jondalar. Tu ne soupçonnes pas à quel point.

— Je vous souhaite à tous deux beaucoup de bonheur. Je n'ai pas eu l'occasion de te le dire avant, mais il m'arrivait quelquefois de m'inquiéter pour toi. En particulier après ce… problème que tu as eu, quand tu as dû quitter la Caverne. A ton retour, les femmes ne t'ont pas manqué, mais je me demandais si tu en trouverais une avec qui tu serais heureux. Tu aurais fini par t'unir, j'en suis sûr, mais j'ignorais si tu connaîtrais le genre de bonheur qu'apporte une bonne compagne, comme Proleva. Je n'ai jamais cru que Marona était le genre de femme qui te convenait.

Jondalar se sentit touché par les propos de son frère, qui poursuivit :

— Je sais qu'en principe je devrais plaisanter sur

l'erreur que tu commets en t'encombrant des responsabilités d'un foyer, mais en toute sincérité je dois te dire que Proleva rend ma vie très heureuse, et que son fils nous apporte une chaleur qu'on ne trouve nulle part ailleurs. Sais-tu qu'elle attend un autre enfant ?

— Je l'ignorais. Ayla en attend un, elle aussi. Nos compagnes auront des enfants du même âge, ils seront comme des cousins de foyer, dit Jondalar avec un grand sourire.

— Je suis certain que le fils de Proleva est le fruit de mon esprit, et j'espère que celui qu'elle porte le sera aussi. Mais, même lorsqu'ils ne le sont pas, les enfants du foyer d'un homme lui donnent un bonheur difficile à décrire. Regarder Jaradal m'emplit de fierté et de joie.

Les deux hommes se pressèrent mutuellement les épaules.

— Toutes ces déclarations de mon grand frère ! s'écria Jondalar en souriant. (Son expression devint plus sérieuse.) Je dois t'avouer que j'ai souvent envié ton bonheur, Joharran, avant même mon départ, avant qu'il n'y ait d'enfant dans ton foyer. Je savais déjà que Proleva serait une bonne compagne pour toi. Elle a fait de ton foyer un lieu chaleureux, accueillant. Et, depuis mon retour, j'ai appris à aimer son fils. Jaradal te ressemble.

— Tu ferais bien de partir, Jondalar. On m'a demandé de te dire de te dépêcher.

Jondalar replia la tunique blanche, l'enveloppa dans son emballage de peaux, la posa avec soin sur ses fourrures de couchage puis sortit avec son frère. Par-dessus son épaule, il jeta un dernier coup d'œil au paquet, impatient qu'il était d'essayer la tunique blanche, la tunique qu'il porterait pour s'unir à Ayla.

11

— J'ignorais que je ne pourrais pas sortir de cette hutte, sinon j'aurais pris des dispositions, dit Ayla. Il faut que je voie les chevaux, et Loup doit pouvoir aller et venir à sa guise. Il devient nerveux quand il ne peut pas s'assurer que je vais bien.

— Cette question ne s'est jamais posée, répondit Zelandoni de la Quatorzième Caverne. Tu es censée rester enfermée toute la journée avant la cérémonie d'union. Les Histoires parlent d'une époque où les femmes devaient rester enfermées toute une lune !

— C'était il y a fort longtemps, quand les unions se déroulaient souvent en hiver, avant qu'elles ne soient célébrées toutes ensemble aux Matrimoniales, argua la Première. Il y avait moins de Zelandonii, à cette époque, et ils ne se rassemblaient pas comme nous aujourd'hui. Qu'une seule Caverne interdise à une ou deux femmes de sortir pendant une lune en plein hiver, c'est une chose, mais qu'un grand nombre d'entre elles ne puissent prendre part aux chasses et aux cueillettes durant une période aussi longue pendant une Réunion d'Eté, c'est différent. Nous n'aurions pas encore fini de dépecer les aurochs si les femmes sur le point de s'unir ne nous avaient pas aidés.

— Peut-être, convint la doniate plus âgée. Mais une journée, ce ne devrait pas être trop.

— En principe, non, admit la Première. Toutefois, les animaux donnent lieu à une situation exceptionnelle. Je suis sûre que nous trouverons une solution.

— Voyez-vous un inconvénient à ce que le loup puisse entrer et sortir quand il veut ? s'enquit Marthona. Apparemment, cela ne dérange pas les femmes. Il suffirait de laisser la partie inférieure du rideau non attachée.

— Cela ne devrait gêner personne, répondit Zelandoni de la Quatorzième Caverne.

La Quatorzième avait été agréablement surprise lors de sa première rencontre avec le chasseur quadrupède. Il lui avait léché la main, avait semblé se prendre d'amitié pour elle, et elle aimait caresser la fourrure de cet animal vivant. Interrogée, Ayla avait raconté comment elle avait recueilli le bébé loup et sauvé la petite pouliche des hyènes. Elle avait souligné que, s'ils étaient assez jeunes lorsqu'on les trouvait, beaucoup d'animaux pouvaient sans doute devenir amis avec les êtres humains. La Quatorzième avait remarqué l'attention et le prestige que Loup valait à l'étrangère et se demandait s'il lui serait difficile de se lier d'amitié avec un animal, un plus petit, peut-être. Peu importait la taille, tout animal demeurant volontairement auprès d'une personne retiendrait l'attention.

— Alors, il ne reste que la question des chevaux, conclut Marthona. Jondalar ne pourrait-il s'en occuper ?

— Bien sûr que si, répondit Ayla, mais il faut que je le lui demande. Depuis notre arrivée, c'est moi qui me charge d'eux, parce qu'il est pris par ailleurs.

— Elle n'a pas le droit de lui parler, rappela la Quatorzième. Elle ne peut rien lui dire !

— Quelqu'un d'autre peut s'en charger pour elle, suggéra Marthona.

— Ni un parent ni quiconque ayant un rapport avec la cérémonie, rappela la Zelandoni de la Dix-Neuvième Caverne. La Quatorzième a raison et, du fait même que les femmes ne restent plus confinées aussi longtemps, il importe d'observer strictement cette journée d'isolement.

La doniate aux cheveux blancs était peut-être quasi paralysée par l'arthrite mais cela n'affaiblissait en rien sa force de caractère, Ayla l'avait déjà constaté.

Marthona se félicita d'avoir omis de révéler qu'elle avait remis à Jondalar le paquet d'Ayla. La Zelandonia en aurait été contrariée. Les doniates pouvaient se montrer intransigeants quant au respect des coutumes et à la conduite à suivre pendant les cérémonies importantes, et si l'ancien chef de la Neuvième Caverne les approuvait en général, elle estimait en privé qu'on pouvait toujours faire une exception. Les chefs devaient apprendre à savoir quand tenir bon et quand céder un peu.

— On ne pourrait pas en parler à quelqu'un qui n'a rien à voir avec la cérémonie ? dit Ayla.

— Tu connais quelqu'un qui n'a aucun lien de parenté ni avec toi ni avec ton promis ? demanda la Quatorzième.

La jeune femme réfléchit.

— Lanidar, peut-être ? Marthona, est-ce qu'il est apparenté à Jondalar ?

— Non... Non, il ne l'est pas. Je sais que je ne le suis pas, et Dalanar m'a confié ce matin, pendant que la famille de Lanidar nous rendait visite, qu'il avait été choisi pour les Premiers Rites de la grand-mère du garçon. Donc pas de lien de ce côté-là non plus.

— C'est vrai, confirma la Dix-Neuvième. Je me souviens que Denoda avait été... subjuguée par Dalanar. Il lui a fallu du temps pour s'en remettre. Il avait su régler le problème en faisant preuve de tact et de considération, tout en gardant ses distances. J'ai été très impressionnée.

— Toujours, murmura Marthona.

Elle acheva la phrase pour elle en songeant que Dalanar témoignait toujours la plus grande correction. La Dix-Neuvième releva :

— Toujours quoi ? Plein de tact et de considération ? Impressionnant ?

— Les trois, répondit Marthona avec un sourire.

— Et Jondalar est l'enfant de son foyer, dit la Première.

— Oui, reconnut Marthona, encore qu'ils soient différents. Le garçon n'a pas tout à fait le tact de l'homme, mais plus de cœur, peut-être.

— Quel que soit l'homme, l'enfant a toujours quelque chose de la mère, fit observer Celle Qui Etait la Première.

Ayla écoutait la conversation avec intérêt, surtout depuis que le nom de Jondalar avait été mentionné, et décelait dans les voix et les attitudes corporelles plus que les mots ne disaient. Elle comprit que les commentaires de la Dix-Neuvième sur Denoda n'étaient guère élogieux et sentit que la vieille Zelandoni avait été elle aussi très attirée par Dalanar. Il était également sous-entendu que le fils de Marthona n'avait pas toujours montré la même délicatesse que l'homme de son foyer : toutes étaient au courant de ses erreurs de jeunesse, naturellement. Marthona percevait les sentiments de la vieille doniate à l'égard des deux hommes ; elle lui avait fait savoir qu'elle connaissait Dalanar mieux qu'elle et qu'il l'impressionnait moins.

La Première avait signifié qu'elle aussi connaissait les deux hommes et que Jondalar possédait les mêmes qualités que Dalanar. Elle avait en outre rendu implicitement hommage à Marthona en rappelant que l'esprit de Dalanar et la Mère l'avaient choisie pour donner vie à l'enfant du foyer de Dalanar. Ayla commençait à se rendre compte qu'une femme choisie pour avoir des enfants de l'esprit de l'homme dont elle était la compagne était tenue en haute estime. Marthona avait fait comprendre aux Zelandonia, en particulier à celle de la Dix-Neuvième Caverne, que, si son fils n'avait pas toutes les qualités de Dalanar, il en possédait d'autres, peut-être meilleures. Non seulement la Première l'avait approuvée mais elle avait déclaré que ces meilleures qualités lui venaient de sa mère. A l'évidence, l'ancien chef et la Zelandoni de la Neuvième Caverne étaient très proches et éprouvaient un grand respect mutuel.

— Quelqu'un pourrait-il aller chercher Lanidar pour que je lui demande de parler à Jondalar ? s'enquit Ayla.

— Non, tu ne peux pas le lui demander, dit Marthona. Mais je le ferai…

Elle regarda la Zelandonia assemblée dans la hutte qui était devenue celle des femmes se préparant à leur union et ajouta :

— Si quelqu'un va le chercher.

— Bien sûr, acquiesça la Première.

Elle fit signe à Mejera, devenue acolyte de la Zelandoni de la Troisième Caverne, qui les avait accompagnées quand elles avaient pris contact avec l'elan de Thonolan dans la Profonde des Rochers de la Fontaine. Mejera était alors membre de la Quatorzième Caverne mais ne s'y plaisait pas. Ayla la reconnut, lui sourit.

— J'ai une tâche à te confier, dit la Première. Marthona va t'expliquer.

— Tu connais Lanidar, un jeune garçon de la Dix-Neuvième Caverne ? commença la mère de J ondalar. Il est le fils de Mardena, le petit-fils de Denoda…

Mejera secoua la tête.

— Il compte une douzaine d'années mais il paraît plus jeune. Et il a un bras difforme, précisa Ayla.

Cette fois un sourire étira les lèvres de l'acolyte.

— Oui, bien sûr. Il a lancé une sagaie à la démonstration.

— En effet, confirma Marthona. Tu dois trouver ce garçon pour lui demander de transmettre à Jondalar un message de ma part : Ayla se fait du souci pour les chevaux, il faut qu'il aille les voir avant la cérémonie de ce soir. Tu as compris ?

— Ce ne serait pas plus simple que je porte moi-même le message à Jondalar ?

— Ce serait beaucoup plus simple mais tu joueras un rôle dans les Matrimoniales et tu ne peux donc pas lui transmettre un message venant d'Ayla ou même de moi. En revanche, si tu ne trouves pas Lanidar, tu pourrais demander à quelqu'un d'autre, qui n'a aucun lien avec Jondalar, de lui communiquer le message.

— D'accord. Ne t'inquiète pas, Ayla, il sera prévenu, assura Mejera, qui se hâta de sortir.

Marthona emmena Ayla à l'écart et lui glissa à voix basse :

— Je ne crois pas qu'il soit indispensable de mentionner le paquet que tu m'as demandé de remettre à Jondalar.

— Nous pouvons nous en abstenir, répondit la jeune femme.

— Maintenant, il faut te préparer.

— Il est à peine midi, objecta Ayla. Nous avons encore beaucoup de temps avant la tombée de la nuit. Il ne me faut pas longtemps pour enfiler la tunique de Nezzie.

— Les préparatifs ne se limitent pas à cela. Nous irons toutes à la Rivière pour que les futures compagnes puissent s'y baigner. On fait même bouillir de l'eau pour la purifier, sans compter que c'est très agréable de se laver à l'eau chaude. C'est l'un des côtés les plus agréables du rituel. Jondalar et les hommes feront la même chose, ailleurs, bien sûr.

— J'aime l'eau chaude. Les Losadunaï ont une source chaude près de leur abri. Tu n'imagines pas le plaisir de s'y baigner.

— Oh, si ! J'ai voyagé dans le Nord une ou deux fois. Non loin de la source de la Rivière, il existe des trous remplis d'eau chaude.

— Je crois que je connais l'endroit. Nous y avons fait halte en venant ici, dit Ayla. J'ai encore une chose à te demander. Je sais que c'est un peu tard mais j'aimerais me faire percer les oreilles, pour porter les deux morceaux d'ambre que Tulie, la Femme Qui Ordonne du Camp du Lion, m'a offerts.

— On peut arranger cela, répondit Marthona. Un des Zelandonia s'en chargera volontiers.

— Qu'en penses-tu, Folara ? Comme ça ? Ou comme ça ?

Mejera tenait à la main la chevelure d'Ayla et la montrait à la jeune fille. La fille de Marthona les avait rejointes quand elles étaient revenues à la hutte de la Zelandonia, après le rituel de purification. Malgré les nombreuses lampes allumées, il faisait beaucoup plus sombre à l'intérieur qu'au soleil, et Ayla aurait préféré être dehors plutôt qu'assise dans la hutte tandis qu'on s'occupait de sa coiffure.

— Comme ça, répondit Folara.

— Mejera, finis donc de nous raconter comment tu t'es acquittée de ta mission, intervint Marthona, qui sentait Ayla mal à l'aise.

La promise de Jondalar n'avait pas l'habitude qu'on la coiffe, et Marthona pensait que le récit de l'acolyte la détendrait peut-être.

— Eh bien, comme je le disais, j'avais demandé à tout le monde, personne ne savait où ils étaient. Finalement, quelqu'un de votre camp, la compagne d'un des proches de Joharran, Solaban ou Rushemar, je crois, celle qui a un bébé, était en train de fabriquer un panier…

— Salova, la compagne de Rushemar, devina Marthona.

— Elle m'a dit qu'ils étaient peut-être avec les chevaux, alors j'ai remonté le cours d'eau et je les ai trouvés là-bas tous les deux. Lanidar avait été prévenu par sa mère qu'Ayla resterait toute la journée dans la hutte avec les autres femmes, il a donc décidé de passer voir les chevaux. Même chose pour Jondalar. En arrivant, il a trouvé Lanidar et, quand je les ai rejoints, il était en train de lui apprendre à se servir du lance-sagaie.

« Je n'étais pas la seule à chercher Jondalar, parce que Joharran est arrivé peu après. Il avait l'air un peu fâché, ou peut-être simplement énervé. Il avait cherché son frère partout pour le prévenir qu'il devait aller à la Rivière avec les autres pour la purification rituelle. Ayla, Jondalar m'a demandé de te dire que les chevaux vont bien et que tu avais raison : Loup a trouvé une compagne ou un ami. Il les a vus ensemble.

— Merci, Mejera. Je te suis reconnaissante de tes efforts.

Ayla était soulagée de savoir que les chevaux allaient bien et contente que Lanidar eût pris l'initiative de passer les voir. En d'autres circonstances, elle aurait pensé que Jondalar ne manquerait pas de s'en charger, mais lui aussi préparait son union, après tout, et elle avait juste voulu s'assurer que rien ne l'empêchait de s'occuper d'eux. Elle demeurait cependant préoccupée pour Loup. Une partie d'elle-même souhaitait qu'il trouvât une compagne et fût heureux ; une autre partie craignait de le perdre.

Il n'avait jamais vécu avec d'autres loups. Ayla savait que, si ces animaux sont loyaux envers leur meute, ils défendent leur territoire face aux intrus. Si Loup avait rencontré une louve solitaire ou une femelle occupant un rang inférieur dans une meute proche, il devrait se battre pour se tailler un territoire. Il était fort, en parfaite santé, plus puissant que la plupart des loups ordinaires, mais il n'avait pas grandi dans une meute où il aurait appris à se battre en jouant avec ses frères et sœurs. Il n'avait jamais affronté de loup.

— Merci, Mejera, dit Marthona. Ayla est très jolie comme cela. J'ignorais que tu savais aussi bien coiffer.

Ayla leva les deux mains pour tâter sa chevelure avec précaution, en s'attardant sur les volutes et autres formes qu'on lui avait fait prendre. Ayant vu d'autres jeunes femmes coiffées de cette manière, elle avait une idée précise de l'allure que cela lui donnait.

— Je vais chercher un réflecteur pour que tu puisses te regarder, dit Mejera.

L'image imprécise du réflecteur montra une jeune femme en qui Ayla ne se reconnut pas. Elle était sûre que Jondalar ne la reconnaîtrait pas non plus.

— Maintenant, les morceaux d'ambre, suggéra Folara. Il faut commencer à t'habiller.

L'acolyte qui avait percé les oreilles d'Ayla avait placé une esquille d'os dans chaque trou. Il avait aussi entouré les morceaux d'ambre d'un filament de nerf et laissé des boucles qu'on accrocherait aux esquilles d'os traversant les lobes. Mejera aida Folara à les fixer puis Ayla enfila sa tenue matrimoniale.

— Je n'ai jamais rien vu de tel ! s'écria l'acolyte, le souffle coupé.

— C'est si beau, si original ! s'extasia Folara. Toutes les femmes voudront la même. Où l'as-tu trouvée ?

— Je l'ai apportée. Nezzie l'a fabriquée pour moi. Elle est la compagne du chef du Camp du Lion.

Ayla ouvrit le devant du vêtement pour dévoiler ses seins, encore plus rebondis du fait de sa grossesse, et renoua la ceinture.

— C'est ainsi qu'il faut la porter pour la cérémonie, ajouta-t-elle. Nezzie disait qu'une femme mamutoï doit montrer fièrement sa poitrine quand elle s'unit. A présent, je voudrais mettre le collier que tu m'as offert, Marthona.

— Il y a un petit inconvénient, dit la mère de Jondalar. Le collier ira parfaitement avec le gros morceau d'ambre niché entre tes seins, mais pas avec cette bourse en cuir que tu portes au cou. Je sais qu'elle a une signification pour toi, mais je pense que tu devrais l'ôter.

— Mère a raison, estima Folara.

— Regarde-toi dans le réflecteur, conseilla Mejera.

L'acolyte inclina la plaque de bois polie au sable, noircie et huilée, afin qu'Ayla puisse s'y voir. Elle découvrit la même femme étrange, parée cette fois des morceaux d'ambre accrochés à ses oreilles et du sac à amulettes usé qui pendait à un cordon effiloché.

— Qu'est-ce qu'il y a dans cette bourse ? demanda Mejera.

— Des objets qui m'ont été donnés par mon totem, l'Esprit du Lion des Cavernes. La plupart d'entre eux ont confirmé une importante décision dans ma vie. Elle contient aussi ma force de vie, en un sens.

— Quelque chose comme un elandon, alors, dit Marthona.

— Le Mog-ur m'a prévenue que, si je perdais un jour mon sac à amulettes, j'en mourrais.

Elle saisit la petite bourse, dont les bosses familières firent tourner dans sa tête un kaléidoscope de souvenirs de sa vie avec le Clan.

— Alors, il faut le mettre dans un endroit sûr, décida Marthona. Peut-être près d'une donii pour que la Mère puisse veiller sur lui, mais tu n'as pas de donii, n'est-ce pas ? Une jeune fille en reçoit une pour ses Premiers Rites. As-tu connu cette cérémonie ?

— En fait, oui. Jondalar m'a enseigné le Don des Plaisirs. La première fois, il en a fait une cérémonie et m'a donné une figurine qu'il avait fabriquée lui-même. Je l'ai dans mon sac de voyageur.

— Si quelqu'un pouvait t'initier, c'était bien lui. Il a beaucoup d'expérience dans ce domaine, dit Marthona. Confie-moi ta pochette à amulettes. Je te la rendrai quand Jondalar et toi partirez pour votre période d'essai.

Elle vit Ayla hésiter, consentir finalement d'un hochement de tête, mais, quand la jeune femme voulut faire passer la bourse par-dessus sa tête, le cordon se prit dans sa nouvelle coiffure.

— Ce n'est rien, je vais arranger ça, dit Mejera.

Ayla gardait le petit sac au creux de la main, rechignait à s'en séparer. Elles avaient raison, il n'allait pas avec ses atours matrimoniaux, mais elle le portait depuis qu'Iza le lui avait donné, peu après qu'elle eut été recueillie par le Clan. Il faisait partie d'elle depuis si longtemps qu'elle avait peine à s'en séparer, qu'elle avait peur de s'en séparer. Elle avait l'impression que le petit sac s'était accroché à elle, à ses cheveux, quand elle avait voulu l'ôter. Peut-être son totem tentait-il de la prévenir qu'elle ne devait pas essayer d'être uniquement une Autre le jour de son union, avec sa tunique mamutoï et son collier zelandonii. Elle était une femme du Clan lorsqu'elle avait rencontré Jondalar ; elle devait peut-être garder quelque chose de cette époque-là.

— Merci, Mejera, mais j'ai changé d'avis. Je vais laisser mes cheveux tomber sur mes épaules, résolut-elle. C'est ce que préfère Jondalar.

Ayla garda le sac à amulettes encore un instant avant de le remettre à Marthona. Puis elle lui permit d'attacher autour de son cou le collier qui provenait de la mère de Dalanar, avant d'enlever les épingles qui maintenaient en place son élégante coiffure zelandonii.

Mejera fut désolée de voir ses efforts réduits à néant mais c'était à Ayla de choisir.

— Laisse-moi te peigner, proposa l'acolyte, s'adaptant à la situation nouvelle avec une bonne grâce qui impressionna Marthona.

Cette jeune femme fera un jour une excellente Zelandoni, pensa-t-elle.

Quand Jondalar et les autres hommes partirent pour la hutte de la Zelandonia, au pied de la pente où la cérémonie se déroulerait, il se sentit soudain troublé. Il n'était pas le seul. Les femmes avaient disparu, laissant la vaste construction vide. Avec l'aide de plusieurs doniates, les hommes se placèrent en file, dans l'ordre qu'ils avaient appris à suivre, d'abord selon le mot à compter de leur Caverne, puis selon leur rang personnel dans cette Caverne. Puisque tous les mots à compter possédaient un pouvoir – seuls les Zelandonia connaissaient les mystérieuses différences qu'ils présentaient –, ils n'impliquaient pas une position inférieure ou supérieure ; c'était simplement un ordre. Il en allait autrement pour les rangs personnels, non assortis de mots à compter et souvent non mentionnés, mais compris de tous.

Le statut d'une personne pouvait changer – ce serait le cas pour beaucoup – avec les unions. C'était l'un des nombreux accords négociés avant la cérémonie. Le rang de certains monterait, celui d'autres baisserait, car le statut du foyer était la conjugaison de ce que l'homme et la femme apportaient à l'union, qui déterminait aussi le rang des enfants. Il était entendu que le foyer ainsi créé appartenait à l'homme mais que c'était la femme qui s'en occupait. Les enfants nés de la femme l'étaient aussi du foyer de l'homme. Les couples et leurs familles souhaitaient que le statut du nouveau foyer fût aussi élevé que possible, dans l'intérêt des enfants et pour les noms et liens de ceux qui leur étaient apparentés, mais un certain nombre de chefs et de Zelandonia d'autres Cavernes devaient donner leur accord. Les négociations étaient parfois âpres.

Ayla n'avait pas pris une grande part au marchandage pour le statut de son nouveau foyer, elle n'en aurait de toute façon pas saisi les nuances. Marthona, si. La conversation allusive que la mère de Jondalar avait eue plus tôt avec plusieurs doniates, notamment Zelandoni de la Dix-Neuvième Caverne, et qu'Ayla commençait à comprendre, était partie intégrante de ces négociations. La Dix-Neuvième avait tenté d'utiliser les erreurs de jeunesse de Jondalar pour abaisser son statut, en partie parce que Ayla avait découvert la nouvelle grotte sur le territoire de la Dix-Neuvième Caverne. Cette trouvaille avait considérablement renforcé la position de la jeune femme, bien qu'elle fût d'origine étrangère, et quelque peu embarrassé Zelandoni de la Quatorzième. Si les membres de cette Caverne avaient découvert eux-mêmes la grotte, ils se la seraient appropriée et en auraient limité l'accès, ce qui aurait accru leur prestige. Mais sa découverte par une étrangère pendant une Réunion d'Eté avait ouvert cet endroit à tous, point que la Première n'avait pas manqué de souligner aussitôt.

Jondalar occupait un rang élevé grâce à une mère qui avait exercé son autorité sur la plus grande Caverne des Zelandonii et à un frère qui en était présentement le chef, sans parler de ses propres contributions, en particulier ce qu'il avait rapporté de son Voyage. Une habileté incontestable pour la taille du silex – talent complexe qui devait être confirmé par des tailleurs connus et respectés d'autres Cavernes – avait contribué à consolider son statut, ainsi que le propulseur que la communauté avait essayé. Etablir celui d'Ayla avait en revanche posé problème. Les étrangers occupaient toujours le rang le plus bas, ce qui normalement aurait dû réduire celui du nouveau foyer, mais Marthona et d'autres s'y opposaient en affirmant qu'Ayla avait un statut élevé parmi les siens et possédait de nombreuses qualités. Les animaux jouaient un rôle ambivalent, certains estimant qu'ils élevaient sa position et d'autres soutenant qu'ils l'abaissaient. Le rang définitif du nouveau foyer n'était pas encore fixé mais cela ne faisait pas obstacle à l'union de Jondalar et d'Ayla. La Neuvième Caverne avait accepté la promise et c'était là que vivrait le couple.

Les femmes s'étaient installées dans une autre hutte qui, jusque-là, abritait les jeunes filles se préparant à leurs Premiers Rites. Quelqu'un avait suggéré que ce soient plutôt les hommes qui l'occupent, de façon à ne pas déplacer les femmes, mais l'idée de faire se succéder dans une même construction des jeunes filles s'apprêtant à devenir femmes puis des hommes sur le point de prendre une compagne avait préoccupé les Zelandonia et d'autres. Partout où la transcendance était à l'œuvre, il restait des traces de forces spirituelles, en particulier quand le groupe était nombreux, et les énergies vitales des hommes et des femmes pouvaient entrer en opposition. On résolut donc d'installer les femmes dans la hutte que les jeunes filles venaient de quitter et de reproduire ainsi la suite logique de deux étapes de l'existence d'une Zelandonii.

Les femmes n'étaient pas moins nerveuses que les hommes. Ayla se demandait si Jondalar porterait la tunique qu'elle avait cousue pour lui. Si elle avait su que, de toute la journée, elle n'aurait pas été autorisée à lui parler, elle la lui aurait donnée elle-même la veille. Elle aurait alors su s'il la jugeait appropriée à la cérémonie et si elle lui plaisait.

Les femmes formèrent une file elles aussi, selon le même ordre que les hommes pour que chaque promis se retrouvât devant sa promise. Ayla sourit à Levela, qui se trouvait à quelque distance devant elle. Elle aurait voulu être près de la sœur de Proleva pendant l'attente mais, appartenant à la Neuvième Caverne, Ayla était séparée par plusieurs autres femmes de Levela, qui vivrait à la Deuxième Caverne avec Jondecam. Elle et lui avaient un statut comparable puisqu'ils provenaient de familles de chefs et de fondateurs, celles qui occupaient les rangs les plus élevés, et la position de leur nouveau foyer ne changerait guère. Le rang de Jondecam était un peu supérieur à celui de Levela mais ils ne profiteraient de ce mince avantage que s'ils vivaient à la Deuxième Caverne.

Le Zelandoni de la Caverne où habitaient les promis célébrait la cérémonie pour chaque couple de son propre groupe, et les autres doniates lui servaient d'assistants. Les mères des jeunes gens et leurs compagnons y participaient, ainsi que les parents proches, qui se tenaient devant la foule, attendant qu'on les conviât à jouer leur rôle. Pour les couples âgés dont ce n'était pas la première union, la présence de parents n'était pas nécessaire, il leur fallait seulement l'accord de la Caverne où ils vivraient, mais ils faisaient souvent participer amis et parents à leur cérémonie.

Ayla remarqua que Janida se trouvait vers la fin de la file, ce qui était normal puisqu'elle appartenait à la Partie Sud de la Vingt-Neuvième Caverne, et elle lui sourit quand elle regarda dans sa direction. Tout au bout se trouvait Joplaya, étrangère elle aussi, bien que l'homme de son foyer eût été autrefois un Zelandonii de premier rang. Néanmoins, si elle occupait la dernière position, elle était parmi les premières chez les Lanzadonii, et c'était ce qui comptait. Ayla remonta du regard toute la file des femmes qui allaient s'unir. Il y en avait encore beaucoup qu'elle ne connaissait pas, et des Cavernes dont elle n'avait pas rencontré un seul membre, hormis pendant les présentations générales. Elle avait entendu une femme dire qu'elle était de la Vingt-Quatrième Caverne, quelqu'un d'autre expliquer qu'il venait de la Butte de l'Ours, une partie du Nouveau Foyer au bord de la Petite Rivière des Prairies.

Pour Ayla, l'attente semblait interminable. Qu'est-ce qui prenait autant de temps ? Elles avaient dû se hâter de se mettre en place et restaient plantées au même endroit. Peut-être attendait-on encore les hommes. Peut-être l'un d'eux avait-il changé d'avis. Et si c'était Jondalar ? Non, sûrement pas ! Pourquoi aurait-il changé d'avis ? Mais si c'était lui…

A l'intérieur de la hutte de la Zelandonia, la Première écarta le rideau qui masquait l'issue arrière de la vaste construction, juste en face de l'entrée principale, et poussa le panneau sur le côté. Discrètement, elle observa le lieu de rassemblement, qui partait du milieu de la colline et descendait vers le camp. La foule s'y massait depuis le milieu de l'après-midi. Il était temps de commencer.

Les hommes s'avancèrent d'abord. Levant les yeux vers la pente, Jondalar fut certain que tous ceux qui avaient pu venir étaient là. Le murmure de la foule enfla et il crut entendre plusieurs fois le mot « blanc ». Il gardait les yeux fixés sur le dos de celui qui le précédait tout en sachant que sa tunique de cuir blanc faisait forte impression. En réalité, c'était plus que la tunique. L'homme de haute taille, si beau, se serait de toute façon détaché du lot ; quand ses cheveux blonds venaient d'être lavés, ils étaient presque blancs. Baigné, rasé de près, vêtu de cette tunique d'un blanc éclatant, il était renversant.

— Si Lumi, l'amant de Doni, prend un jour forme humaine pour venir sur terre, ce sera lui, dit la mère de Jondecam, la grande Zelandoni blonde de la Deuxième Caverne, à son frère cadet, Kimeran, chef de cette même Caverne.

— Je me demande où il a trouvé ce vêtement, dit-il. J'aimerais en avoir un semblable.

— Tous les hommes ici présents doivent penser la même chose, mais tu serais l'un des rares à le porter aussi bien.

Aux yeux de sa sœur, Kimeran n'était pas seulement aussi grand et blond que son ami Jondalar, il était aussi beau, ou presque.

— Jondecam est magnifique, également, poursuivit-elle. Je suis contente qu'il ait gardé sa barbe, cet été. Cela lui va bien.

Après que les hommes se furent placés en demi-cercle autour d'un grand feu, ce fut le tour des femmes. Ayla plissa les yeux quand on releva enfin le rideau de l'entrée. Le soir tombait. Le soleil, encore puissant, dominait de son éclat le feu cérémoniel et rendait indistinctes les torches alentour. Leur lumière serait la bienvenue plus tard. Ayla distingua plusieurs personnes près du feu ; la forme massive qui lui tournait le dos devait être Zelandoni. Au signal, les femmes sortirent de la hutte.

Dès qu'elle fit un pas dehors, Ayla découvrit la haute silhouette en cuir blanc. Il la porte, se dit-elle tandis que les femmes formaient un demi-cercle en face des hommes, il porte ma tunique ! Les autres avaient revêtu leurs plus beaux habits mais seul Jondalar était en blanc. A ses yeux, il était de loin le plus beau. Beaucoup partageaient cet avis. Elle s'aperçut qu'il la regardait pardessus le feu, qu'il la contemplait comme s'il ne pouvait rien voir d'autre.

Elle est si belle, pensait-il. Jamais elle n'avait paru si belle. La tunique jaune d'or de Nezzie, les broderies de perles ivoire qui la décoraient étaient parfaitement assortis à sa chevelure, qui tombait librement sur ses épaules, comme il l'aimait.

Elle n'avait pour seuls bijoux que les morceaux d'ambre – cadeau de Tulie, se souvint-il – qui ornaient ses oreilles récemment percées, et le collier de coquillages et d'ambre que Marthona lui avait offert. Les pierres jaune orangé capturaient les reflets du soleil couchant et scintillaient entre ses seins nus. La tunique, ouverte devant et serrée à la taille, ne ressemblait à aucune autre et lui seyait admirablement.

Au premier rang de la foule, Marthona avait été agréablement surprise quand son fils était apparu dans sa tunique blanche. Elle connaissait la tenue qu'il avait choisie à l'origine et n'avait pas eu de peine à conclure que la tunique blanche était dans le paquet qu'elle avait remis à Jondalar. L'absence de décoration mettait en valeur la pureté de la couleur, qui était en soi une décoration. Rien d'autre n'était nécessaire, mais les queues d'hermine apportaient une touche élégante. Au vu des quelques bols et ustensiles que la jeune femme avait apportés, Marthona avait déduit qu'Ayla avait un penchant pour les objets simples et bien faits. La tunique blanche en fournissait une éclatante illustration. L'idée était bonne de laisser la qualité être son propre ornement.

La simplicité de la tenue de Jondalar formait un contraste frappant avec celle d'Ayla. Marthona était sûre que plus d'une femme tenterait de copier la tunique mamutoï et qu'aucune, probablement, n'y parviendrait tout à fait. Elle l'avait examinée avec soin quand Ayla la lui avait montrée, elle avait admiré la qualité remarquable du travail. Ce vêtement affichait sa richesse de l'unique façon qui avait un sens pour les Zelandonii : le temps qu'il avait fallu pour le faire. De la souplesse du cuir aux milliers de perles d'ivoire sculptées, en passant par l'ambre, les coquillages et les dents, cette tenue matrimoniale apporterait la preuve du haut statut que Marthona revendiquait pour Ayla. Le foyer de son fils serait parmi les premiers.

Jondalar n'avait d'yeux que pour Ayla. Elle avait le regard brillant, la bouche entrouverte, la respiration haletante d'émotion. C'était son expression quand elle était devant quelque chose de beau ou excitée par la chasse, et Jondalar sentit le sang affluer à ses reins. C'est une femme dorée, pensa-t-il. Dorée comme le soleil. Il la désirait, il la voulait et n'arrivait pas à croire que cette femme d'une beauté sensuelle allait devenir sa compagne. Sa compagne… Il aimait ce que ce nom évoquait. Elle partagerait avec lui l'habitation dont il projetait de lui faire la surprise. La cérémonie allait-elle enfin commencer ? Se terminerait-elle bientôt ? Il n'en pouvait plus d'attendre, il avait envie de courir vers elle, de la soulever et de l'emporter.

La Zelandonia s'était rassemblée autour de la Première, qui entonna une psalmodie envoûtante. Un autre doniate se joignit à elle, puis un troisième. Chacun choisit un ton, avec une hauteur et un timbre qui variaient parfois dans une mélodie répétitive mais que chacun pouvait soutenir avec aisance. Lorsque le Zelandoni qui devait unir le premier couple se mit à parler, tout un chœur l'accompagna en fond sonore d'une douce mélopée continue, chacun dans son propre ton. La combinaison pouvait être harmonieuse ou non, c'était sans importance. Avant que le premier chanteur soit à bout de souffle, une autre voix se joignait à la sienne, puis une autre et une autre encore, à intervalles irréguliers. Il en résultait une fugue de tons entrelacés qui pouvait durer indéfiniment s'il y avait assez de chanteurs pour permettre à ceux qui devaient reposer leur voix de s'interrompre un moment.

Bien qu'exécuté à l'arrière-plan, le chant s'insinua dans l'esprit de Jondalar, qui, fasciné, contemplait la femme qu'il aimait. Il entendit à peine les mots que les Zelandonia adressèrent aux premiers couples. Sentant l'homme qui se trouvait derrière lui le pousser légèrement, il sursauta. On appelait son nom. Il se dirigea vers la silhouette imposante de Zelandoni et vit Ayla venir à sa rencontre. Ils s'arrêtèrent tous deux, se tinrent de part et d'autre de la doniate.

La Première posa sur eux un regard approbateur. Jondalar était le plus grand des promis et elle avait toujours pensé qu'il était de loin l'homme le plus attirant qu'elle eût jamais vu. C'était la raison pour laquelle elle avait choisi de lui apprendre le Don des Plaisirs – bien qu'il ne fût alors qu'un jeune garçon – lorsque son tour était venu. Il avait bien appris, presque trop bien : il l'avait presque convaincue de ne pas suivre sa vocation.

La doniate ne regrettait plus maintenant que les circonstances s'y soient opposées mais, en le voyant vêtu de cette extraordinaire tunique blanche, elle savait de nouveau pourquoi il avait presque réussi à la persuader. Elle se demanda où il avait trouvé ce vêtement. Sans nul doute pendant son Voyage. Sa couleur attirait l'œil, bien sûr, mais il était aussi d'une coupe inhabituelle, et l'absence même de décoration le rendait exotique. Jondalar est parfaitement assorti à la femme qu'il a choisie, pensa-t-elle en se tournant vers Ayla. Et elle est son égale. Non, elle le surpasse, ce qui n'est pas facile.

La doniate eût été déçue s'il avait choisi une femme qui n'eût pas été à la hauteur de l'opinion qu'elle avait de lui, mais elle devait admettre qu'il en avait trouvé une qui lui était supérieure. Elle remarquait qu'ils étaient au centre de l'attention, pour de nombreuses raisons. Tout le monde les connaissait ou savait qui ils étaient ; on parlait d'eux dans tout le camp et ils formaient, de loin, le plus beau couple de la Réunion d'Eté.

Il était juste et approprié qu'elle, la Première parmi Ceux Qui Servaient la Mère, conduisît la cérémonie et nouât le lien entre ces deux êtres remarquables. Zelandoni était elle-même une présence qu'on ne pouvait ignorer. Les couleurs du dessin tatoué sur son front avaient été ravivées ; ses cheveux coiffés avec soin et une certaine extravagance la faisaient paraître plus grande encore qu'elle n'était, et sa longue tunique surchargée d'ornements constituait une œuvre d'art qui réclamait une personne de son ampleur pour être convenablement exposée.

Marthona s'était avancée près de son fils, et Willamar, son compagnon, se tenait un pas derrière elle, à sa droite. A sa gauche, il y avait Dalanar et, derrière lui, Jerika. Ils devraient attendre la fin de la cérémonie pour assister à l'union de Joplaya et d'Echozar. A côté de Willamar, Joharran et Folara, le frère et la sœur de Jondalar. Près de Joharran, Proleva et son fils Jaradal. De nombreux parents et amis se trouvaient parmi l'assistance, dans un endroit réservé à chaque couple pendant sa cérémonie. Zelandoni les regarda tous puis leva les yeux vers la foule étagée sur la pente.

— Cavernes des Zelandonii, commença-t-elle d'une voix solennelle, vous êtes ici pour être témoins de l'union d'une femme et d'un homme. Doni, Première Créatrice, Mère de tous, Elle qui donna naissance à Bali, qui illumine le ciel, Elle dont le compagnon et ami, Lumi, nous dispense sa clarté cette nuit, est honorée par l'union sacrée de Ses enfants.

Ayla leva les yeux vers la lune, qui était dans son deuxième quartier, et se rendit soudain compte qu'il faisait noir. Le soleil s'était couché mais le grand feu de bois et les nombreuses torches éclairaient comme en plein jour.

— L'homme et la femme qui se tiennent ici ont réjoui la Grande Terre Mère en décidant de s'unir. Jondalar de la Neuvième Caverne des Zelandonii, fils de Marthona, ancienne Femme Qui Ordonne de la Neuvième Caverne, unie à Willamar, Maître du Troc des Zelandonii, né au foyer de Dalanar, fondateur et chef des Lanzadonii, frère de Joharran, chef de la Neuvième Caverne des Zelandonii…

Ayla ne put empêcher ses pensées de dériver tandis que la Première poursuivait la récitation de tous les noms et liens de Jondalar, dont la jeune femme ignorait la plupart. C'était une des rares occasions où tous ses liens seraient mentionnés. Ayla redonna son attention à la doniate quand celle-ci changea de ton au terme de sa litanie.

— … choisis-tu Ayla de la Neuvième Caverne des Zelandonii, protégée de Doni, honorée par Elle…

Un murmure parcourut la foule : cette union était placée sous un heureux présage, la femme était déjà enceinte.

— … naguère Ayla des Mamutoï, continuait Zelandoni, membre du Camp du Lion, Fille du Foyer du Mammouth, Choisie par l'Esprit du Lion des Cavernes,

Protégée par l'Ours des Cavernes, Amie des chevaux Whinney et Rapide, ainsi que de Loup, le chasseur à quatre pattes ?

Ayla se demanda où était Loup, déçue de ne pas le voir. Elle savait que cette cérémonie ne signifiait pas grand-chose pour lui, mais elle avait espéré qu'il assisterait à leur union.

— … acceptée par Joharran, frère de Jondalar et chef de la Neuvième Caverne des Zelandonii, ainsi que par Marthona, mère de Jondalar et ancienne Femme Qui Ordonne de la Neuvième Caverne. Approuvée par Dalanar, fondateur et chef des Lanzadonii, homme du foyer à la naissance de Jondalar…

Zelandoni passa à l'énumération du reste de la famille de Jondalar. Ayla était étonnée d'acquérir autant de nouveaux liens par cette union, mais Zelandoni aurait souhaité qu'il y en eût plus encore. Elle avait dû longuement réfléchir afin de rassembler assez de liens légitimes pour un rituel adéquat. Ayla en apportait peu de son côté.

— Je la choisis, répondit Jondalar, faisant face à Ayla.

— Tu la respecteras, tu la soigneras quand elle sera malade, tu pourvoiras à ses besoins quand elle sera grosse, tu aideras à nourrir tous les enfants nés à ton foyer quand vous vivrez ensemble ?

— Je la respecterai, la soignerai, pourvoirai à ses besoins et à ceux de ses enfants, promit Jondalar.

— Ayla de la Neuvième Caverne des Zelandonii, anciennement Ayla des Mamutoï, membre du Camp du Lion, Fille du Foyer du Mammouth, Choisie par l'Esprit du Lion des Cavernes, Protégée par l'Ours des Cavernes, acceptée par la Neuvième Caverne des Zelandonii, choisis-tu Jondalar de la Neuvième Caverne des Zelandonii, fils de Marthona, ancienne Femme Qui Ordonne de la Neuvième Caverne, unie à Willamar, Maître du Troc des Zelandonii, né au foyer de Dalanar, fondateur et chef des Lanzadonii…

La Première avait décidé d'abréger et de ne donner cette fois que les liens essentiels, au grand soulagement d'Ayla et d'une majeure partie de l'assistance.

— Je le choisis, déclara Ayla en regardant Jondalar.

Les mots résonnèrent dans sa tête. Je le choisis, je le choisis. Je l'ai choisi il y a longtemps déjà, maintenant je peux enfin le choisir vraiment.

— Tu le respecteras, tu le soigneras quand il sera malade, tu apprendras à tes enfants à le respecter comme il convient à ton compagnon et à l'homme qui les nourrit, y compris l'enfant que Doni t'a déjà accordé ?

— Je le respecterai, le soignerai et apprendrai à mes enfants à le respecter, répondit Ayla.

Zelandoni fit un signe et reprit :

— Qui a autorité pour approuver l'union de cet homme et de cette femme ?

Marthona fit quelques pas en avant.

— Moi, Marthona, ancienne Femme Qui Ordonne de la Neuvième Caverne des Zelandonii, je détiens cette autorité. Je donne mon accord à l'union de mon fils Jondalar avec Ayla de la Neuvième Caverne des Zelandonii.

Willamar s'avança à son tour.

— Moi, Willamar, Maître du Troc des Zelandonii, uni à Marthona, ancienne Femme Qui Ordonne de la Neuvième Caverne, j'approuve aussi cette union.

L'assentiment de Willamar n'était pas indispensable, mais sa participation à la cérémonie ajoutait un avis favorable à l'union du fils de sa compagne avec une étrangère et facilitait l'intervention de l'ancien compagnon de Marthona, qui se détacha à son tour de l'assistance.

— Moi, Dalanar, fondateur et chef des Lanzadonii, homme du foyer à la naissance de Jondalar, je consens également à l'union de Jondalar, fils de mon ancienne compagne, avec Ayla de la Neuvième Caverne des Zelandonii, anciennement Ayla des Mamutoï.

Il posa sur la promise un regard charmé qui ressemblait tellement à celui de Jondalar qu'elle faillit sourire en sentant son propre corps réagir de la même façon. Ce n'était pas la première fois. Non seulement Dalanar et Jondalar se ressemblaient, différence d'âge mise à part, mais ils lui faisaient le même effet. N'y résistant plus, elle adressa à Dalanar l'un de ses sourires étincelants qui rayonnaient comme une lumière intérieure, et pendant un instant il souhaita presque pouvoir changer de place avec le fils de son ancienne compagne. Puis il remarqua le sourire narquois de Jondalar : ce garçon avait deviné ce qu'il ressentait et se promettait sûrement de l'accabler de ses railleries. Dalanar faillit éclater de rire.

— J'approuve sans réserve ! clama-t-il.

— Qui a autorité pour approuver l'union de cette femme avec cet homme ? demanda Zelandoni.

— Moi, Ayla de la Neuvième Caverne des Zelandonii, anciennement Ayla des Mamutoï, j'ai autorité pour parler en mon nom. Elle m'a été donnée par Mamut du Foyer du Mammouth, le plus ancien et le plus respecté des Mamutoï, par Talut, Homme Qui Ordonne du Camp du Lion, et par sa sœur Tulie, Femme Qui Ordonne du Camp du Lion. En leur nom, j'approuve cette union avec Jondalar de la Neuvième Caverne des Zelandonii.

C'était ce qui l'avait rendue le plus nerveuse : mémoriser et répéter les mots qu'elle était censée prononcer.

— Mamut du Foyer du Mammouth, Celui Qui Sert la Mère pour les Mamutoï, a donné à la fille de son Foyer la liberté de décider elle-même, dit la Première. Moi Qui Sers la Mère pour les Zelandonii, je peux aussi parler au nom de Mamut. Ayla a choisi de s'unir à Jondalar, sa décision équivaut à un accord de Mamut. Qui veut parler en faveur de ce couple ?

— Moi, Joharran, chef de la Neuvième Caverne des Zelandonii, je parle en faveur de ce couple et l'accueille au sein de la Neuvième Caverne.

Le frère aîné de Jondalar se tourna vers les Zelandonii assemblés derrière lui.

— Nous, membres de la Neuvième Caverne des Zelandonii, accueillons Ayla et Jondalar, déclarèrent-ils en chœur.

La doniate écarta les bras comme pour embrasser toute l'assistance.

— Cavernes des Zelandonii, fit-elle d'une voix réclamant l'attention de tous, Jondalar et Ayla se sont choisis. Ce choix a été approuvé par la Neuvième Caverne, qui accepte de les accueillir. Approuvez-vous cette union ?

Un rugissement de consentement s'éleva de la foule, si puissant qu'il aurait noyé une éventuelle objection. Zelandoni attendit que le tumulte s'apaisât pour continuer :

— Doni, la Grande Terre Mère, approuve la décision de Ses enfants. En honorant Ayla, elle a souri à cette union.

Sur un signe de la doniate, Ayla et Jondalar tendirent les bras vers la Zelandoni Qui Etait la Première. Elle prit une lanière de cuir, l'entoura autour de leurs mains jointes et fit un nœud. Quand ils reviendraient de leur période d'essai, ils restitueraient cette lanière non coupée et recevraient en échange des colliers assortis, cadeau de la Zelandonia. Ce serait le signe que leur union était sanctionnée et qu'on pouvait leur offrir d'autres présents.

— Le lien a été noué. Vous êtes unis. Puisse Doni toujours vous sourire.

Le jeune couple se tourna pour faire face à la foule et Zelandoni annonça :

— Ils sont maintenant Jondalar et Ayla de la Neuvième Caverne des Zelandonii.

Ils reculèrent ensemble de quelques pas, y compris la Première, pour céder la place au couple suivant. Parents et amis du couple retournèrent au sein de la foule pour laisser place eux aussi aux suivants. Ayla et Jondalar gagnèrent l'endroit où attendaient les autres couples aux poignets liés. Ils n'en avaient pas encore fini.

Même si la plupart des Zelandonii avaient pris plaisir à entendre ces deux êtres si favorisés prononcer leurs vœux et à voir la Première nouer un lien autour de leurs poignets, il s'en trouvait quelques-uns à qui cette union inspirait des sentiments différents. Notamment une jolie jeune femme aux cheveux presque blancs, à la peau très claire, aux yeux verts si sombres qu'ils semblaient noirs.

Marona ne souriait pas en regardant le nouveau couple. Elle fixait haineusement l'étrangère et l'homme qui avait autrefois promis de s'unir à elle. Cette année-là, elle aurait dû attirer tous les regards, mais il était parti faire son Voyage et l'avait abandonnée, sans homme à qui s'unir. Pour ne rien arranger, la cousine proche de Jondalar était venue, cette femme brune à l'allure étrange que tout le monde trouvait si belle – celle qui devait s'unir à l'homme le plus laid que Marona eût jamais vu – et lui avait volé l'attention générale. Certes, Marona avait quand même déniché un compagnon passable avant la fin de l'été, mais ce n'était pas Jondalar, l'homme que toutes les femmes voulaient et qu'elle aurait dû avoir. Cela avait été pour Marona la pire des Réunions d'Eté qu'elle eût connues, jusqu'à celle-ci.

Cette année, Jondalar était enfin rentré, mais avec une étrangère qui s'entourait d'animaux et ne voyait aucun inconvénient à porter des sous-vêtements de jeune garçon. Elle était maintenant enceinte, déjà honorée. Ce n'était pas juste. Où avait-elle trouvé cette tunique qu'elle ouvrait pour exhiber ses seins ? Marona n'aurait pas hésité à porter un vêtement semblable si elle y avait pensé la première, mais elle ne le ferait jamais maintenant, même si d'autres femmes avaient cette audace, et elle savait qu'il s'en trouverait pour l'avoir. Un jour, se dit-elle, un jour je leur montrerai. Un jour, il regrettera, ils regretteront tous les deux. Un jour…

D'autres Zelandonii n'étaient pas ravis de l'union des deux jeunes gens. Laramar n'aimait ni l'un ni l'autre. Jondalar le regardait toujours avec mépris, même quand il buvait son barma, et cette femme, Ayla, avait fait toute une histoire au sujet du bébé de Tremeda, et puis elle avait mis dans la tête de Lanoga qu'elle était merveilleuse. Du coup, une fois sur deux, Lanoga n'était même plus là pour préparer le repas, elle passait son temps avec les jeunes mères comme si le bébé était à elle, alors qu'elle n'était pas encore femme. Elle deviendrait peut-être une compagne acceptable, un jour, en tout cas plus agréable à regarder que sa souillon de mère. Si seulement cette Ayla ne venait pas tout le temps traîner dans ma hutte ! grogna-t-il intérieurement. A moins qu'elle cherche à se faire honorer, pensa-t-il avec un sourire suffisant. Je me demande comment elle se comporterait, enivrée de barma, à une Fête de la Mère. Qui sait ? Un jour…

Une troisième personne de l'assistance ne formulait pour le couple aucun vœu de bonheur. Je m'appelle Madroman, maintenant, et j'aimerais qu'ils s'en souviennent, ruminait-il, surtout Jondalar. Regardez-le, ce prétentieux qui fait se pâmer toutes les jeunes femmes avec sa tunique blanche. Il a eu une belle surprise en découvrant que je fais partie de la Zelandonia, maintenant. Il ne s'y attendait pas, il ne m'en croyait pas capable, mais je suis bien plus intelligent qu'il ne le croit. Et je serai Zelandoni, malgré cette grosse bonne femme qui fait les yeux doux à l'étrangère comme si elle était déjà doniate.

Elle est belle, cependant. J'aurais pu me trouver une femme comme elle si Jondalar ne m'avait pas cassé les dents. Il n'avait aucune raison de me frapper, je n'avais fait que dire la vérité. Il voulait s'unir à Zolena, et elle aurait accepté si je n'avais pas prévenu tout le monde.

J'aurais dû laisser faire : à présent ce bel homme souriant aurait une obèse pour compagne au lieu de l'étrangère qu'il a ramenée. Elle joue à la Zelandoni mais elle ne l'est pas. Elle n'est même pas acolyte, elle ne sait même pas parler correctement. Je me demande combien de femmes trouveraient encore Jondalar séduisant si quelqu'un lui faisait sauter les dents. Ce serait quelque chose à voir. Oui, j'aimerais voir ça un jour. Un jour…

Une quatrième paire d'yeux avait assisté à l'union du couple comblé de faveurs avec des sentiments rien moins que bienveillants. Brukeval ne pouvait s'arracher à la contemplation de cette femme dorée, de ses beaux seins dénudés. Elle était enceinte, c'étaient des seins de mère, et il mourait d'envie de les toucher, de les caresser, de les téter. Il se mit à penser qu'elle les exhibait rien que pour lui, qu'elle le tentait délibérément avec ces mamelons érigés qui suppliaient qu'on les suce.

Jondalar les touchera, ces seins, ils prendra ces tétons dans sa bouche. Toujours Jondalar, toujours le préféré, le veinard. Il avait même la meilleure des mères. La mère de Marona ne se souciait pas de moi, mais Marthona était toujours là quand je n'en pouvais plus. Elle me parlait, elle me donnait des explications, elle me permettait de rester quelque temps parmi eux. Elle était toujours gentille. Jondalar aussi, mais uniquement parce qu'il avait pitié de moi, parce que je n'avais pas une mère comme la sienne. Maintenant, il est uni à une mère, une femme dorée comme Bali, le fils de Doni, une femme aux seins magnifiques qui sera bientôt mère.

Ayla avait été heureuse de le voir s'approcher d'elle avec sa torche pour la conduire hors de la grotte ; elle avait déclaré que s'il n'y avait pas eu Jondalar, elle l'aurait envisagé, lui, comme compagnon, mais ce n'était pas sincère. Quand Jondalar était arrivé, elle avait montré qu'elle le considérait, lui, Brukeval, comme tout aussi Tête Plate que celui qui venait de chez les Lanzadonii. Je ne comprends pas que Dalanar ait pu laisser cette créature ne serait-ce que poser les yeux sur la fille de sa compagne, encore moins s'unir à elle, pensait-il. C'est une abomination, moitié animal, moitié homme. Cela ne devrait pas être permis. Quelqu'un devrait l'empêcher.

Moi, peut-être. Ayla réfléchirait, elle comprendrait que j'ai raison d'intervenir. Elle m'en apprécierait peut-être davantage. Je me demande si elle m'envisagerait vraiment comme compagnon s'il arrivait quelque chose, si, un jour, Jondalar n'était plus là…

12

Levela et Jondecam agitèrent leurs mains liées en signe de bienvenue quand Ayla et Jondalar rejoignirent les autres couples déjà unis.

— Elle a bien annoncé que tu avais déjà été honorée, Ayla ? s'écria Levela en s'avançant à sa rencontre.

Trop émue pour parler, Ayla acquiesça d'un hochement de tête.

— Oh, Ayla ! C'est merveilleux ! Pourquoi est-ce que tu ne me l'avais pas dit ? Jondalar le savait ? Quelle chance tu as ! débita précipitamment Levela sans laisser à Ayla le temps de répondre.

Oubliant la main à laquelle elle était attachée, elle voulut prendre Ayla dans ses bras et son geste fut arrêté par la lanière passée au poignet de Jondecam. Tous les quatre éclatèrent de rire et Levela finit par enlacer les épaules d'Ayla d'un seul bras.

— Ta tunique est superbe, poursuivit-elle. Je n'ai jamais rien vu d'aussi beau. Elle a tellement de perles que, par endroits, on dirait qu'elle est faite uniquement d'ivoire et d'ambre. En plus, le cuir est d'un jaune parfaitement assorti. J'aime la façon dont tu la portes, ouverte comme ça, surtout que tu vas bientôt être mère. Elle doit être lourde, quand même. Où l'as-tu trouvée ?

L'enthousiasme de Levela fit sourire Ayla.

— Elle vient de loin. Nezzie me l'a offerte quand elle pensait que j'allais m'unir à un Mamutoï. Elle m'a expliqué comment la porter. Elle était la compagne du chef du Camp du Lion. Quand j'ai décidé de partir avec Jondalar, elle m'a dit de prendre quand même la tunique et de la porter quand je m'unirais à lui. Elle l'aimait bien, tous l'aimaient bien. Ils voulaient qu'il reste et devienne mamutoï, mais il a répondu qu'il devait retourner chez lui. Je comprends pourquoi.

Quelques Zelandonii s'étaient approchés pour écouter et pouvoir rapporter aux autres ce que l'étrangère disait de ses vêtements richement ornés.

— Jondalar est magnifique, lui aussi, reprit Levela. Ta tenue est splendide en raison des perles, des décorations. Celle de Jondalar est époustouflante uniquement grâce à sa couleur. Contraste parfait.

— C'est vrai, dit Jondecam. Nous portons tous nos plus beaux vêtements, en général très décorés, précisa-t-il en montrant sa tenue. Rien de comparable aux tiens, cependant, Ayla. Mais quand Jondalar est apparu avec sa tunique, tout le monde l'a remarqué. L'élégance pure et simple. Je sais comment ça se passe : toutes les femmes voudront une tenue comme la tienne, tous les hommes voudront quelque chose de blanc comme sa tunique. Quelqu'un te l'a donnée, Jondalar ?

— Ayla.

— Ayla ! C'est toi qui l'as faite ? s'étonna Levela.

— Une femme mamutoï m'a montré comment obtenir un cuir blanc.

Le petit groupe qui les entourait se tourna vers le doniate qui avait succédé à Zelandoni.

— Nous ferions mieux d'arrêter de parler, ils se préparent, murmura Levela.

Quand ils eurent fait silence pour que la cérémonie

du couple suivant puisse commencer, Ayla se demanda pourquoi le rituel de l'union exigeait que l'on noue autour des poignets cette lanière qu'il devait être difficile de défaire. Le souvenir de l'enchevêtrement de bras provoqué lorsque Levela s'était avancée pour la serrer contre elle, lui fit comprendre que cela contraignait chacun à tenir compte de l'autre avant de se précipiter sans réfléchir. Une bonne première leçon sur la difficulté d'être unis.

— J'aimerais qu'ils se pressent un peu, dit à voix basse l'un des nouveaux compagnons. Je meurs de faim. Avec le jeûne qu'on nous a imposé, je suis sûr qu'on entend mon estomac gronder depuis là-bas.

Ayla, elle, n'était pas mécontente de la longue récitation de noms et de liens, qui lui donnait le temps d'être seule avec ses pensées. Elle était unie. Jondalar était son compagnon. Elle pouvait commencer à se sentir vraiment Ayla des Zelandonii, bien qu'elle fût heureuse qu'Ayla des Mamutoï fît partie de ses noms. Leur vie à la Neuvième Caverne n'impliquerait pas qu'elle devînt une autre personne. Ayla avait simplement de nouveaux noms et liens à ajouter à sa liste. Elle n'avait pas perdu son totem du Clan.

Son esprit vagabond retourna à l'époque où, fillette, elle habitait avec le Clan. Quand ils s'unissaient, ses membres n'attachaient pas une lanière rituelle à leurs poignets, ils n'en avaient pas besoin. Dès leur plus jeune âge, on apprenait aux femmes à être attentives aux besoins des hommes, en particulier de ceux à qui elles étaient unies. Une femme devait devancer les demandes et les souhaits de son compagnon parce qu'un homme apprenait très tôt à ne jamais prêter attention ou à ne jamais paraître prêter attention aux désagréments qui l'importunaient, gêne ou souffrance. Il ne pouvait demander l'aide de sa compagne, elle devait savoir quand il en avait besoin.

Broud n'avait pas besoin de l'aide d'Ayla mais exprimait sans cesse ses exigences. Il inventait des choses à faire dans le seul but de lui donner des ordres : apporter un bol d'eau, attacher ses jambières. Il prétendait qu'elle était jeune et qu'elle devait apprendre, mais en réalité il se moquait qu'elle apprenne ou non, et cela ne changeait rien lorsqu'elle essayait de lui être agréable. Il voulait éprouver son pouvoir sur elle parce qu'elle lui avait résisté et que les femmes du Clan ne désobéissaient pas aux hommes. A cause d'elle, il se sentait moins qu'un homme et il la haïssait pour cela, ou peut-être savait-il à un niveau instinctif qu'elle appartenait à une espèce différente. La leçon n'avait pas été facile à apprendre mais elle l'avait apprise. Broud, avec ses exigences constantes, la lui avait fait entrer dans la tête, mais c'était Jondalar qui en bénéficiait. Ayla était toujours attentive à ses besoins, à sa présence. Il lui vint à l'esprit que c'était pour cette raison qu'elle se sentait inquiète quand elle ignorait où il était. Elle éprouvait la même chose pour ses bêtes.

Soudain, comme si cette pensée l'avait fait apparaître, Loup surgit près d'elle. Elle se baissa et, sa main droite étant liée à celle de Jondalar, elle caressa l'animal de la main gauche.

— Je m'inquiétais, avoua-t-elle à son compagnon, mais il a l'air content de lui.

— Il a peut-être une raison pour ça, répondit Jondalar avec un grand sourire.

— Quand Bébé a trouvé une compagne, il est parti. Il revenait nous voir de temps en temps mais il vivait avec les siens. Si Loup a une compagne, tu crois qu'il partira pour vivre avec elle ?

— Je ne sais pas. Tu dis toi-même qu'il considère les humains comme sa meute, mais il ne trouvera de compagne que chez les loups.

— Je souhaite qu'il soit heureux. Il me manquerait beaucoup, pourtant, s'il ne revenait pas, soupira-t-elle en se relevant.

La plupart des Zelandonii qui les entouraient les observaient, en particulier ceux qui connaissaient mal Ayla. Elle fit signe à l'animal de rester près d'elle.

— C'est un très grand loup, fit une des femmes en reculant un peu.

— Oui, dit Levela, mais ceux qui le connaissent disent qu'il n'a jamais menacé personne.

A cet instant, une puce décida de tourmenter le loup, qui s'assit sur son arrière-train et entreprit de se gratter. La femme eut un gloussement nerveux.

— Ce n'est pas très menaçant, ça, dit-elle.

— Sauf pour la bestiole qui l'embête, répondit Levela.

Loup cessa soudain de se gratter, inclina la tête comme s'il entendait ou sentait quelque chose, se redressa et leva les yeux vers Ayla.

— Va, lui dit-elle en faisant le signe qui le libérait. Va, si tu le veux.

Il partit en courant, se faufilant entre des Zelandonii éberlués.

La cérémonie suivante unissait non pas deux mais trois personnes. Un homme prenait pour compagnes des jumelles. Elles refusaient de se séparer, et il n'était pas rare que des jumelles, ou simplement des sœurs très proches, deviennent cocompagnes, bien qu'un jeune homme pût avoir des difficultés à nourrir deux femmes et leurs enfants. En l'occurrence, l'homme était âgé, bien établi, jouissait d'une excellente réputation et d'un rang élevé. Malgré tout, il y avait de fortes chances pour que le trio fût un jour augmenté d'un deuxième homme.

Lorsque la fin approcha, les inévitables répétitions commencèrent à ennuyer l'assistance, surtout quand la cérémonie concernait quelqu'un que l'on ne connaissait pas. Le dernier couple fit cependant renaître son intérêt. Lorsque Joplaya et Echozar s'avancèrent, les Zelandonii eurent un hoquet de stupeur.

Ils découvraient une femme grande et mince au

charme exotique, avec une chevelure noire et une beauté éthérée, difficile à décrire. L'homme qui l'accompagnait n'aurait pu être plus différent. Légèrement plus petit, il avait des traits accusés et singuliers que la plupart des Zelandonii jugeaient affreux. Ses arcades sourcilières épaisses, encore accentuées par des sourcils broussailleux, saillaient comme une corniche au-dessus de ses yeux sombres, profondément enfoncés. Il avait le nez proéminent, en partie parce que son visage long et large se projetait en avant, en partie parce que ce nez lui-même, nettement dessiné, en forme de bec d'aigle mais moins étroit, était énorme, proportionné aux dimensions de la figure. Comme beaucoup d'hommes, il se laissait pousser la barbe en hiver pour garder son visage au chaud et la rasait en été. Il venait sans doute de le faire, révélant une mâchoire puissante et une absence presque totale de menton.

Le visage d'Echozar était celui d'un homme du Clan, le front mis à part. Il n'avait pas le front fuyant, il n'était pas un Tête Plate. Au-dessus de ses arcades sourcilières protubérantes, son front s'élevait droit comme celui de n'importe quel homme de l'assistance. Alors que les membres du Clan étaient plutôt petits, il était aussi grand qu'un bon nombre d'hommes présents, mais avec la charpente robuste, la poitrine taurine typiques du Clan. Comme les leurs, ses jambes étaient courtes en proportion du torse, légèrement torses et aussi musclées que ses bras. Sa puissance physique ne faisait aucun doute.

Il ne faisait aucun doute non plus qu'il était un esprit mêlé, une abomination, mi-homme, mi-animal. Certains estimaient qu'on n'aurait pas dû l'autoriser à s'unir à la femme qui se tenait près de lui. Si exotique qu'elle parût, elle était indéniablement humaine, elle n'était pas de ces animaux à la tête aplatie. Les Zelandonii ne devaient ni encourager ni reconnaître une telle union.

Puisque les Lanzadonii n'avaient pas encore de doniate, Celle Qui Etait la Première s'avança de nouveau. Elle était non seulement la Première mais Zelandoni de la Neuvième Caverne, celle à laquelle Dalanar avait appartenu autrefois. Il avait gardé avec la Neuvième des liens plus forts qu'avec toute autre Caverne, et Joplaya était la fille de son foyer.

En prenant place devant la foule, Zelandoni songea en se souriant à elle-même qu'Echozar avait l'air si vigoureux que peu d'hommes se risqueraient à l'affronter en combat singulier. Puisque c'était le dernier couple à s'unir, elle pensait déjà aux concours. Elle se dit aussi que le moment serait opportun, tout de suite après la dernière union, pour annoncer que la Première Acolyte de la Deuxième Caverne des Zelandonii avait été appelée et, après examen, jugée digne de devenir Zelandoni. Cette femme avait décidé de rentrer avec Dalanar et sa Caverne pour être la Première Lanzadoni à Servir la Grande Terre Mère, un bon choix, un bon point de départ pour elle.

La doniate regarda le groupe qui s'était formé derrière le couple. Dalanar se tenait au premier rang, plein de fierté. C'était étonnant comme Jondalar lui ressemblait, mais la Première notait quelques petites différences, probablement parce qu'elle avait été autrefois très intime avec le plus jeune des deux hommes. Jondalar, toujours attaché à Ayla, avait quitté les couples déjà unis pour rejoindre le cercle familial. Joplaya était sa cousine proche, après tout. A côté de Dalanar, il y avait Jerika, la mère de Joplaya, et, derrière elle, Hochaman, l'homme du foyer de Jerika. Il s'appuyait lourdement sur un jeune homme que la Première ne connaissait pas. Elle supposa qu'il devait provenir d'une Caverne zelandonii éloignée, ou d'un peuple plus lointain, les Losadunaï peut-être, mais les motifs de ses vêtements et de ses bijoux proclamaient son appartenance aux Lanzadonii.

Hochaman, petit vieillard rabougri, au visage semblable à celui de Jerika, pouvait à peine tenir debout, encore moins marcher. Dalanar et Echozar avaient dû le porter sur leur dos jusqu'au lieu de la Réunion d'Eté. Il disait qu'il avait usé ses jambes pendant son Voyage. Personne n'était jamais allé aussi loin. Il venait des Mers Infinies situées à l'est des Grandes Eaux de l'Ouest et avait passé la majeure partie de sa vie à marcher. Il savait conter une histoire, en connaissait un grand nombre, ne voyait aucun inconvénient à les répéter et serait sans doute très demandé quand les cérémonies laisseraient place aux jeux, aux concours et aux conteurs. Les couples nouvellement unis devraient cette année se passer de ces réjouissances puisqu'ils observeraient leur période d'essai de quatorze jours. La Zelandonia avait choisi délibérément ce moment : si un couple n'estimait pas son union assez sérieuse pour renoncer à quelques jeux et quelques histoires, cela signifiait qu'il n'aurait pas dû s'unir.

A l'arrière-plan, la fugue continuait à entrelacer ses tonalités, bien que le groupe qui la psalmodiait fût différent de celui qui l'avait entonnée au début des cérémonies.

— Cavernes des Zelandonii, dit la Première d'une voix toujours aussi sonore, vous êtes ici pour être témoins de l'union d'une femme et d'un homme. Doni, Première Créatrice, Mère de tous, Elle qui donna naissance à Bali, qui illumine le ciel, Elle dont le compagnon et ami, Lumi, nous dispense sa clarté cette nuit, est honorée par l'union sacrée de Ses enfants. L'homme et la femme qui se tiennent ici ont réjoui la Grande Terre Mère en décidant de s'unir…

Le murmure de l'assistance devint brouhaha quand les commentaires se multiplièrent. La cérémonie se déroulait un peu plus vite que les précédentes puisque les noms et liens étaient moins nombreux. Echozar n'en avait presque pas. Il était Echozar de la Première Caverne des Zelandonii, fils de Femme, Elue de Doni, acceptée par Dalanar et Jerika de la Première Caverne des Lanzadonii. Joplaya avait une liste plus longue de noms et de liens, essentiellement par Dalanar. Du côté de sa mère, seuls furent prononcés les noms d'Ahnlay, la mère de Jerika, passée dans le Monde d'Après, et d'Hochaman, l'homme de son foyer.

— Moi, Dalanar, chef de la Première Caverne des Lanzadonii, je parle en faveur de ce couple, et je suis heureux que Joplaya et Echozar aient décidé de continuer à vivre dans notre Caverne. Je leur souhaite la bienvenue.

L'homme qui venait de parler se tourna vers le groupe rassemblé derrière lui : les Lanzadonii qui avaient fait le long voyage jusqu'au lieu de la Réunion d'Eté des Zelandonii pour approuver cette union.

— Nous, membres de la Première Caverne des Lanzadonii, leur souhaitons la bienvenue, clamèrent-ils en chœur.

Zelandoni Qui Etait la Première parmi Ceux Qui Servaient la Mère ouvrit alors les bras comme pour enlacer toutes les personnes présentes.

— Cavernes des Zelandonii et des Lanzadonii, tonna-t-elle, Joplaya et Echozar se sont choisis. Ce choix a été approuvé par la Première Caverne des Lanzadonii, qui accepte de les accueillir. Consentez-vous à cette union ?

Un nombre appréciable de personnes donna son accord, mais un fragment de l'assistance exprima son hostilité.

Zelandoni en fut choquée et, un court instant, décontenancée. Jamais elle n'avait célébré une cérémonie d'union qui n'eût été approuvée par tous. S'il y avait des objections, elles étaient toujours aplanies à l'avance. C'était la première fois qu'elle entendait un « non ». Dalanar et Jerika avaient une expression soucieuse, les autres Lanzadonii regardaient autour d'eux, certains embarrassés, d'autres furieux. La Première décida de poursuivre comme si elle n'avait pas entendu les voix discordantes.

— Doni, la Grande Terre Mère, approuve la décision de Ses enfants. En honorant Joplaya, elle a souri à cette union.

Elle fit signe aux jeunes gens de tendre les bras. Après un moment d'hésitation, ils s'exécutèrent. Zelandoni entoura leurs poignets d'une lanière de cuir et fit un nœud.

— Le lien a été noué. Vous êtes unis. Puisse Doni toujours vous sourire, leur souhaita-t-elle.

Le couple se tourna vers la foule et la doniate proclama :

— Ils sont maintenant Joplaya et Echozar de la Première Caverne des Lanzadonii.

— Non ! cria quelqu'un dans l'assistance. Cela ne doit pas être ! Cette créature est une abomination.

Plusieurs Zelandonii reconnurent la voix de Brukeval. La Première feignit à nouveau de ne pas avoir entendu, mais une autre voix apporta son soutien à Brukeval.

— Il a raison. On ne peut unir cette femme à une moitié d'animal ! lança Marona.

Je peux comprendre Brukeval, mais Marona se moque bien de cette union, pensa Zelandoni de la Neuvième. Elle cherche simplement à créer des ennuis. Essaie-t-elle de se venger de Jondalar en humiliant sa cousine proche ?

Une troisième voix s'éleva de l'endroit où la Cinquième Caverne était assise :

— Parfaitement. Les Zelandonii ne devraient pas consentir à cette union.

C'était un homme qui avait tenté de devenir doniate et que la Zelandonia avait rejeté. Les mécontents se manifestaient l'un après l'autre, uniquement pour créer des difficultés. D'autres exprimèrent une opinion semblable, notamment Laramar, dont elle reconnut aussi la voix. Pourquoi intervenait-il, lui ? Il se moquait de tout, de cette union comme du reste.

— Il faut peut-être reconsidérer cette union, Zelandoni, suggéra Denanna, Femme Qui Ordonne des trois parties de la Vingt-Neuvième Caverne.

Je dois arrêter cela tout de suite, se dit la Première.

— Pourquoi, Denanna ? Ces deux jeunes gens ont fait leur choix, qui a été accepté par leur peuple. Je ne comprends pas ton opposition.

— Il ne s'agit pas seulement de leur peuple. Tu nous demandes aussi de l'accepter.

— La plupart des Zelandonii l'ont fait, répliqua la Première. Je connais chacun de ceux qui ont manifesté leur désaccord.

Elle inspecta la pente, et bien qu'elle ne pût voir grand-chose dans le noir, ceux qui avaient exprimé leur désaccord eurent l'impression qu'elle les regardait dans les yeux.

— Ils sont presque tous mus par des mobiles qui n'ont aucun rapport avec ce couple, poursuivit-elle. Seuls quelques-uns ont une opinion bien arrêtée sur la question. Je ne vois pas pourquoi on devrait leur permettre d'interrompre la cérémonie, d'offenser les Lanzadonii et d'embarrasser les Zelandonii. Joplaya et Echozar sont unis. Après leur période d'essai, leur union sera scellée. Il n'y a rien à ajouter. Place maintenant à la procession et à la fête.

Elle adressa un signe aux Zelandonia, qui demandèrent aux couples nouvellement unis de s'aligner et les conduisirent autour du feu. Lorsqu'ils en eurent fait cinq fois le tour, ils se dirigèrent vers l'endroit où l'on servirait la nourriture pour commencer les célébrations, mais l'atmosphère joyeuse des Matrimoniales s'était refroidie.

Les Zelandonii chargés de cette tâche entreprirent de découper les énormes quartiers d'aurochs qui avaient rôti toute la journée sur des broches au-dessus de braises rouges. Des morceaux plus coriaces avaient été enfouis dans des fosses tapissées de pierres brûlantes, avec certaines racines comestibles. Une soupe épaissie de fleurs d'hémérocalle, ainsi que de bourgeons et de jeunes racines de cette plante, d'arachides et de fougères, relevée d'oignons et d'herbes, et portant le nom de « soupe verte », constituait un plat traditionnel des premières Matrimoniales de la saison. Les racines d'hémérocalle et de lin des marais, que l'on pilait pour en extraire les matières fibreuses, étaient mélangées aux premiers grains d'avoine grillés, réduits en farine puis cuits en une sorte de pain plat et dur, servi avec la soupe.

Les baies en forme de cœur qui poussaient au ras du sol, couvertes de graines minuscules, Ayla les connaissait. Les fraises fraîches étaient empilées dans des bols ; celles qu'on avait cueillies plus tôt et qui commençaient à s'amollir avaient été cuites dans une sauce avec plusieurs autres fruits et une plante aux grosses tiges rougeâtres dont on jetait toujours les grandes feuilles vertes. Ces tiges aigrelettes donnaient un goût agréable aux baies et aux fruits, alors que les feuilles pouvaient rendre malade. Il y avait aussi des herbes cuites à la vapeur, relevées avec du sel des Grandes Eaux de l'Ouest, et des paniers du barma fermenté de Laramar.

A mesure que la fête se déroulait et que les convives buvaient, l'atmosphère se détendait. Les yeux brillants, Jondalar remercia chaleureusement Dalanar d'être venu de si loin pour assister à son union.

— J'aurais fait le voyage rien que pour toi, mais nous sommes venus aussi pour Joplaya et Echozar. Je suis désolé que cela se soit terminé de cette façon. Je crains que l'incident n'ait gâché leur union et peut-être celle de tous les autres.

— Il y a toujours quelques jaloux pour essayer de troubler la joie des autres, commenta Jerika. En tout cas, nous ne serons plus obligés de venir aux Réunions d'Eté des Zelandonii pour unir nos jeunes gens. Nous avons maintenant notre Lanzadoni.

— C'est bien, mais j'espère que vous reviendrez

quand même de temps en temps, dit Jondalar. Qui est-ce ?

— Lanzadoni, répondit Dalanar d'un ton taquin. Les doniates sont censés renoncer à leur individualité pour ne faire qu'un avec leur peuple, mais j'ai remarqué qu'ils se servent de mots à compter pour se désigner, et ceux-ci ont finalement plus de pouvoir que les noms. Elle était Première Acolyte de la Zelandoni de la Deuxième Caverne ; on l'appellera Lanzadoni de la Première Caverne des Lanzadonii.

— Je la connais, dit Ayla. Elle faisait partie des acolytes qui nous ont guidés dans la Profonde des Rochers de la Fontaine quand nous sommes allés aider Zelandoni à trouver l'esprit de ton frère. Tu t'en souviens, Jondalar ?

— Oui, je m'en souviens. Je pense qu'elle fera une bonne Lanzadoni. C'est une personne dévouée, et une guérisseuse de talent, m'a-t-on dit.

Tandis que la soirée avançait, les couples nouvellement unis prononçaient les derniers mots qu'ils échangeraient avec des parents et des amis pendant une période de quatorze jours. Pour certains, cela paraissait étrange, comme de dire adieu sans partir. Chaque Caverne organiserait de petites fêtes séparées quand les couples rentreraient au bercail après leur quinzaine d'isolement et recevraient des cadeaux qui les aideraient à entamer leur nouvelle vie commune. Les unions ne seraient pleinement reconnues qu'après la période d'essai puisque les couples seraient alors libres de se séparer s'ils le souhaitaient. En règle générale, les jeunes gens nouvellement unis partaient de bonne heure, les autres continuant la fête jusqu'aux premières lueurs de l'aube.

Au moment de leur départ, J ondalar et Ayla eurent droit aux commentaires égrillards de quelques plaisantins, principalement des jeunes gens qui avaient abusé du barma de Laramar. Un grand nombre d'entre eux ne connaissaient Jondalar que de réputation puisqu'il était parti alors qu'ils n'étaient que des enfants. La plupart des amis de sa génération avaient passé l'âge de taquiner les couples qui venaient de s'engager ; ils avaient déjà une compagne et un enfant ou plus à leur foyer.

Pour éclairer son chemin, Jondalar prit une des torches qu'on avait disposées autour du lieu de la cérémonie. Ayla et lui gravirent la pente en longeant le petit cours d'eau, s'arrêtèrent pour boire à la source. Ayla ignorait où ils allaient mais elle sut aussitôt quand ils furent arrivés. La tente qu'elle découvrit était celle qu'ils avaient utilisée pendant leur long Voyage et elle sentit un pincement de nostalgie. Elle était heureuse que leur longue errance fût terminée et pourtant elle ne l'oublierait jamais. Elle entendit un hennissement et se tourna vers Jondalar.

— Tu as amené les chevaux ! fit-elle avec un sourire radieux.

— J'ai pensé que nous pourrions les monter le matin, dit-il, levant la torche pour qu'elle pût les voir.

Le bois pour le feu était prêt et Jondalar l'alluma avec la torche avant de suivre Ayla en direction de la jument et de l'étalon. Leurs mains attachées les gênèrent.

— Enlevons cette lanière, décida Jondalar.

— C'est un bon moyen de rappeler que chacun de nous doit être attentif à l'autre.

— Je n'ai pas besoin d'une lanière pour me rappeler que je dois penser à toi, surtout ce soir.

Ayla se coula à l'intérieur de l'abri familier en tendant le bras derrière elle pour que Jondalar pût la suivre. Il alluma une lampe de pierre avec la torche qu'il jeta ensuite dans le feu, au-dehors. Quand il ramena son regard à l'intérieur, Ayla était assise sur les fourrures de couchage étendues sur une sorte de long sac de cuir rembourré d'herbe sèche. Il s'immobilisa pour contempler la femme qui venait de devenir sa compagne.

La douce lumière de la lampe faisait danser son

ombre derrière elle, et la petite flamme accrochait des reflets dorés à sa chevelure. Les yeux de Jondalar s'attardèrent sur les seins épanouis et fermes dévoilés par la tunique, sur le pendentif niché entre eux. Il manquait quelque chose…

— Où est ton sac à amulettes ? demanda-t-il en s'approchant d'elle.

— Je l'ai enlevé. Il n'allait pas avec la tunique de Nezzie et le collier de ta mère. Marthona m'a donné une petite bourse en cuir brut sans décoration pour les amulettes. Cela m'a paru approprié. Elle a suggéré que nous rapportions demain à la hutte les vêtements que nous avons portés ce soir plutôt que de les garder dans la tente. Elle souhaite montrer ma tunique à plusieurs personnes. Cela ne me dérange pas, Nezzie aurait été ravie qu'elle plaise autant. J'en profiterai pour reprendre mon sac à amulettes. Je le porte depuis le jour où j'ai été adoptée par le Clan, cela me fait un drôle d'effet de ne pas l'avoir sur moi.

— Tu n'appartiens plus au Clan, remarqua Jondalar.

— Et je ne lui appartiendrai plus jamais. J'ai été maudite, je ne peux y retourner, mais le Clan fera toujours partie de ce que je suis, je ne l'oublierai jamais. Iza a fabriqué pour moi mon premier sac à amulettes et m'a conviée à choisir un morceau d'ocre rouge pour le mettre dedans… Comme je regrette qu'elle n'ait pas assisté à la cérémonie, elle aurait été tellement heureuse ! Toutes mes amulettes sont importantes pour moi, elles marquent des moments essentiels de ma vie. Elles m'ont été données par mon totem, l'Esprit du Lion des Cavernes, qui m'a toujours protégée. Si je les perds, j'en mourrai, conclut Ayla avec un ton de certitude absolue.

Cela fit prendre conscience à Jondalar de l'importance que ces amulettes avaient pour elle, de l'importance d'une union pour laquelle elle était prête à s'en séparer. Mais il n'aimait pas l'entendre dire qu'elle mourrait sans elles.

— Ce n'est pas de la superstition ? De la superstition du Clan ?

— Pas plus que votre elandon. Marthona elle-même le reconnaît. Ce sac à amulettes contient mon esprit, il permet à mon totem de me trouver. Quand le Camp du Lion m'a adoptée, ma vie avec le Clan n'a pas été effacée pour autant. Elle s'est ajoutée au reste. C'est la raison pour laquelle Mamut a inclus mon totem dans mon nom. Maintenant que je suis devenue membre de la Neuvième Caverne, je n'en reste pas moins Ayla des Mamutoï. Mon nom est simplement plus long.

Elle sourit avant d'en entamer la récitation :

— Ayla de la Neuvième Caverne des Zelandonii, anciennement du Camp du Lion des Mamutoï, Fille du Foyer du Mammouth, Choisie par l'Esprit du Lion des Cavernes, Protégée par l'Ours des Cavernes, Amie des chevaux et de Loup… compagne de Jondalar de la Neuvième Caverne des Zelandonii. S'il s'allonge encore, je n'arriverai plus à m'en souvenir.

— Tant que tu te rappelles la dernière partie, « compagne de Jondalar »…

Il tendit le bras, caressa tendrement un mamelon et le regarda s'ériger sous la caresse. Ayla sentit des picotements de plaisir.

— Décidément, cette lanière me gêne, grogna Jondalar.

Elle retourna leurs poignets, tenta de dénouer le ruban de cuir avec sa main gauche, mais elle était droitière et les nœuds résistaient.

— Il va falloir que tu m'aides, Jondalar. Ce serait plus facile de la couper.

— Ne dis pas cela ! s'insurgea-t-il. Jamais je ne romprai le lien qui nous unit. Je veux que tu restes attachée à moi toute ma vie.

— Je le suis et je le resterai, avec ou sans lanière.

Voyons ce nœud d'un peu plus près... Je crois que, si tu tiens ce bout et si je tire sur l'autre, il se défera.

Il suivit ses instructions, et la lanière se dénoua.

— Comment le savais-tu ? s'étonna Jondalar.

— Tu as vu mon sac à remèdes. Les bourses qu'il contient sont fermées par des nœuds dont la forme m'indique ce qui se trouve à l'intérieur. Quelquefois, je dois les ouvrir vite, je ne peux pas me permettre de perdre du temps quand quelqu'un attend mes soins. Je connais bien les nœuds, Iza m'a appris à les faire et à les défaire il y a longtemps.

— J'en suis ravi, dit-il en prenant la longue et mince lanière. Je la range dans mon sac pour ne pas l'égarer. Nous devrons montrer qu'elle n'a pas été coupée et l'échanger contre les bracelets de la Zelandonia à notre retour.

Il roula la lanière, la fourra dans son sac puis passa ses deux bras autour d'Ayla.

— Voilà comment j'aime te tenir quand je t'embrasse, dit-il.

— Voilà comment j'aime que tu me tiennes.

Il l'embrassa, lui écarta les lèvres de sa langue, pressa un sein. Puis il la poussa en arrière pour l'allonger sur les fourrures, se pencha pour prendre le téton dans sa bouche. Ayla se sentit aussitôt réagir et son trouble crût en intensité quand Jondalar se mit à sucer et à mordiller un mamelon tout en caressant l'autre avec ses doigts.

Elle se dégagea, entreprit de relever la tunique blanche.

— Que feras-tu quand le bébé viendra ? Ils seront pleins de lait.

— Je promets de ne pas trop lui en voler, mais tu peux être sûre que je goûterai, répondit-il en ôtant la tunique. Tu as déjà eu un enfant. Est-ce que tu ressens la même chose quand un bébé te tète ?

Ayla réfléchit avant de répondre.

— Non, pas exactement. C'est agréable de donner le

sein, au bout de quelques jours. Au début, le bébé tète si fort qu'il rend les mamelons douloureux, il faut un moment pour s'habituer. Mais je ne sens pas la même chose si c'est toi qui me tètes. Quelquefois, il suffit que tu me touches les seins pour que j'aie cette sensation tout au fond de moi. Cela n'arrive jamais avec un bébé.

— Moi, il suffit parfois que je te regarde pour avoir cette sensation, assura Jondalar.

Il défit la ceinture nouée autour de la taille d'Ayla, ouvrit la tunique, caressa le ventre légèrement arrondi, l'intérieur des cuisses. Il aimait la toucher à cet endroit. Elle acheva de se dévêtir puis l'aida à dénouer les lacets de ses chausses.

— J'ai éprouvé une telle joie en te voyant porter la tunique que j'ai fabriquée pour toi, Jondalar…

Il ramassa le vêtement qu'il avait jeté sur ses fourrures, le plia avec soin avant de s'attaquer à ses jambières. Ayla ôta son collier de coquillages et d'ambre, ses boucles d'oreille – elle avait les lobes un peu irrités –, rangea les bijoux dans son sac. En se retournant, elle vit Jondalar se tenant sur un pied, le dos courbé parce qu'il était trop grand pour la tente, mais le membre en pleine érection. Elle ne put résister à l'envie de le saisir, ce qui déséquilibra le jeune homme. Il tomba sur les fourrures dans un éclat de rire.

— Comment veux-tu que j'enlève tout ça si tu es aussi impatiente ? marmonna-t-il.

D'une ruade, il expédia la seconde jambière au fond de la tente, s'étendit à côté d'Ayla, se souleva sur un coude pour la regarder.

— Quand as-tu cousu cette tunique pour moi ?

— Lorsque nous étions au Camp du Lion.

— Mais tu étais promise à Ranec, cet hiver-là. Pourquoi me faisais-tu une tunique ?

— Je ne sais pas trop. Je crois que je gardais quand même espoir. Et puis j'ai eu une drôle d'idée. Je me suis souvenue que tu m'avais dit que tu voulais capturer mon esprit en sculptant cette petite figurine de moi, dans ma vallée, et j'espérais parvenir, d'une certaine façon, à capturer ton esprit en confectionnant quelque chose pour toi. A cette époque, tout le monde parlait d'animaux noirs et d'animaux blancs, et tu avais exprimé ta préférence pour le blanc. Alors, quand Crozie a proposé de m'apprendre à obtenir du cuir blanc, j'ai décidé de faire cette tunique pour toi. Chaque fois que j'y travaillais, je pensais à toi. Ce furent mes plus grands moments de bonheur, cet hiver-là. Je t'imaginais même la portant à une cérémonie d'union. Cette tunique maintenait mon espoir en vie. C'est pour cela que je l'ai portée dans un paquet pendant tout le Voyage.

Jondalar avait presque les larmes aux yeux.

— Je suis désolée qu'elle ne soit pas décorée, continua-t-elle. Je ne sais pas très bien coudre les perles et autres décorations. Chaque fois que je commençais, j'étais interrompue. J'y ai quand même cousu des queues d'hermine. Je voulais en mettre plus mais je n'ai pas eu le temps de retourner chasser cet hiver-là.

— Elle est parfaite, Ayla. Tous les autres ont cru que c'était volontairement que tu ne l'avais pas décorée, ils ont été très impressionnés. Marthona m'a dit qu'elle appréciait cette façon de laisser la qualité du matériau et du travail servir de décoration. Je crois que nous verrons quelques tuniques blanches dans le coin, d'ici peu.

— Quand ta mère m'a annoncé que je ne pourrais ni te voir ni te parler avant la fin de la cérémonie, j'étais prête à enfreindre tous les usages zelandonii rien que pour te donner cette tunique. C'est alors qu'elle m'a proposé de s'en charger, bien qu'elle m'ait paru penser que ce contact par son intermédiaire était déjà trop. Mais je ne savais pas si la tunique te plairait, si tu comprendrais pourquoi je tenais tant à ce que tu la portes.

— Comment ai-je pu être aussi stupide cet hiver-là ? Je t'aimais, je te désirais. Chaque fois que tu allais rejoindre Ranec, la nuit, je ne le supportais pas. J'entendais le moindre bruit que vous faisiez, je n'arrivais pas à dormir. C'est pourquoi je t'ai prise, ce jour-là dans la steppe. Je sentais tous les mouvements de ton corps quand nous chevauchions Whinney ensemble. Me pardonneras-tu un jour de t'avoir forcée comme je l'ai fait ?

— Je ne cesse de te le répéter mais tu ne m'écoutes pas. Tu ne m'as pas forcée, Jondalar. Tu n'as pas senti comme mon corps répondait au tien ? Comment peux-tu croire que tu m'as forcée ? Ce fut pour moi le jour le plus heureux de l'hiver. J'en ai rêvé longtemps après. Chaque fois que je fermais les yeux, je te sentais en moi, je te voulais de nouveau, mais tu ne me revenais pas.

Il l'embrassa. Soudain incapable d'attendre davantage, il fut sur elle, lui écarta les jambes, trouva son puits chaud et humide, et la pénétra. Il sentit la chaleur d'Ayla caresser son membre : elle était prête. Elle se souleva pour mieux l'accueillir, gémit quand il s'enfonça profondément en elle. Il se retira puis replongea en elle, encore et encore. Quand le rythme s'accéléra, elle arqua le dos pour diriger la pression de la hampe où elle la voulait. Là. C'était bon. Elle était vraiment prête. Lui aussi. Jondalar eut l'impression qu'il allait exploser. Tous leurs nerfs étaient tendus dans l'attente du plaisir, ils n'avaient plus conscience que de cela. Soudain les ondes merveilleuses les enveloppèrent, déferlèrent en une exquise délivrance. Jondalar donna encore quelques coups de reins puis s'effondra sur sa compagne.

— Je t'aime, Ayla, murmura-t-il. Je ne sais pas ce que je ferais si je te perdais. Je n'aimerai jamais que toi, promit-il, la voix étranglée par l'intensité de ses sentiments.

— Jondalar, je t'aime moi aussi. Je t'ai toujours aimé.

Des larmes sourdaient aux coins de ses yeux, en partie à cause de la force de son amour pour lui, en partie à cause d'un désir si vite attisé et si soudainement apaisé.

Ils demeurèrent un moment sans bouger dans la lueur tremblotante de la lampe puis Jondalar se souleva, retira lentement son sexe et roula sur le côté.

— Je craignais d'être trop lourd pour toi, dit-il en posant de nouveau la main sur le ventre de sa compagne.

— Tu ne l'es pas encore. Plus tard peut-être, nous devrons nous soucier de trouver d'autres façons de le faire. Quand le bébé commencera à grandir.

— Est-il vrai que tu sens la vie bouger en toi ?

— Pas encore, mais je la sentirai avant longtemps. Toi aussi. Il te suffira de mettre la main sur mon ventre, comme maintenant.

— Je suis content que tu aies déjà eu un enfant. Tu sais à quoi t'attendre.

— Ce n'est pas tout à fait pareil, cette fois. Quand je portais Durc, j'avais des nausées presque tout le temps.

— Comment te sens-tu ?

— Très bien. Même au début, les nausées étaient très faibles, et maintenant je n'en ai plus.

Ils restèrent un moment silencieux, et il se demanda si elle ne s'était pas assoupie. Il avait envie de recommencer, en prenant tout son temps, cette fois, mais si elle dormait...

— Je me demande comment il va, dit-elle soudain. Mon fils.

— Il te manque ?

— Il me manque tellement quelquefois que je ne sais pas quoi faire. A la réunion de la Zelandonia, la Première a chanté le *Chant de la Mère*. J'aime cette histoire. Chaque fois que je l'entends, j'ai les larmes aux yeux quand on arrive à la partie où la Mère est séparée de Son enfant. Je crois savoir ce qu'Elle a enduré. Même si je dois ne plus jamais revoir Durc, je voudrais savoir comment il va. Comment Broud et les autres le traitent.

Ayla redevint silencieuse.

— On dit dans le chant que la Mère a souffert pour enfanter. Est-ce très douloureux ?

— L'accouchement de Durc a été difficile. Je n'aime pas trop y penser. Mais, comme le dit le *Chant de la Mère*, il en valait la peine.

— As-tu peur ? Peur d'enfanter de nouveau ?

— Un peu. Mais je me sens bien, cette fois. L'accouchement ne se passera peut-être pas aussi mal.

— Je ne sais pas comment font les femmes.

— Nous le faisons parce que cela en vaut la peine. Je voulais tellement Durc ! Et puis ils m'ont dit qu'il était difforme, que je ne pouvais pas le garder…

Elle se mit à pleurer, il la prit dans ses bras.

— C'était horrible, poursuivit-elle. Je ne pouvais pas accepter de le perdre. Au moins, chez les Zelandonii, la mère a le choix. Personne n'essaiera de m'imposer une décision.

Ils entendirent des loups hurler au loin, un autre leur répondre, plus près de la tente. Ce hurlement-là leur était familier : Loup se trouvait à proximité.

— Je me demande s'il me quittera, lui aussi, fit Ayla à voix basse, enfouissant son visage au creux de l'épaule de Jondalar.

Il la serra contre lui pour la consoler. C'est une dure épreuve d'être honorée par Doni, songea-t-il. Une grande faveur, et cependant… Il tenta d'imaginer ce qu'il éprouverait s'il sentait la vie croître en lui, n'y parvint pas. Les hommes n'enfantent pas, se dit-il. Pourquoi Doni les a-t-elle faits, d'ailleurs ? Sans hommes, les femmes se débrouilleraient fort bien. Elles ne sont pas toutes enceintes en même temps, certaines pourraient aller chasser ou aider les autres quand leur ventre est trop gros ou leurs enfants trop petits. Les femmes s'entraident toujours quand l'une d'elles accouche. Elles pourraient même survivre sans chasser ; la cueillette est facile, y compris pour une femme qui a des enfants en bas âge.

Jondalar s'était déjà interrogé à ce sujet et se demandait si d'autres hommes se posaient la question. En tout cas, ils n'en parlaient pas. Doni devait bien avoir eu une raison pour créer deux êtres différents. Il y avait toujours une logique dans ce qu'Elle faisait. Le monde était ordonné. Le soleil se levait chaque matin, la lune passait régulièrement par toutes ses phases, les saisons se succédaient de la même façon chaque année.

Se pouvait-il qu'Ayla eût raison ? Fallait-il un homme pour faire naître la vie ? Etait-ce pour cette raison qu'il y avait des hommes et des femmes ? Jondalar se débattait avec ses pensées en tenant sa compagne dans ses bras. Il voulait qu'il y eût une raison à son existence à lui, une vraie raison. Pas seulement pour partager les Plaisirs, pas uniquement pour prodiguer aide et soutien. Il voulait que sa vie se révélât nécessaire. Il voulait croire qu'il ne naîtrait pas de nouvelle vie sans hommes, que sans hommes il n'y aurait plus de bébés, que tous les Enfants de la Terre disparaîtraient.

Il était si abîmé dans ses pensées qu'il n'avait pas remarqué que les sanglots d'Ayla avaient cessé. Il la regarda et sourit. Endormie, elle respirait paisiblement. Elle s'était levée tôt, la journée avait été longue. Il dégagea son bras, le plia et l'étendit plusieurs fois pour rétablir la circulation, et bâilla. Il tombait de fatigue, lui aussi. Il souffla la mèche en mousse de la lampe à graisse, chercha à tâtons le corps de la femme endormie et se blottit contre elle.

Le lendemain matin, quand Jondalar ouvrit les yeux, il lui fallut un moment pour se souvenir de l'endroit où il se trouvait. Il avait déjà pris l'habitude de dormir dans la hutte et la tente était bien plus exiguë. Plus familière aussi. Il y avait dormi avec Ayla pendant une année. Tout le reste lui revint : ils s'étaient unis la veille, Ayla était sa compagne. Il se tourna pour la toucher mais elle n'était plus là. Il sentit alors une odeur de cuisson au-dehors. Sans même y songer, il se redressa, tendit la main vers sa coupe et fut étonné de la découvrir remplie d'infusion de menthe bien chaude. Il but une gorgée. Elle était juste comme il l'aimait, et il y avait à côté une brindille de gaulthérie récemment écorcée. Une fois de plus, Ayla avait devancé son désir en lui préparant ce qu'il souhaitait le matin.

Il avala une autre gorgée puis repoussa les fourrures et se leva. Ayla s'occupait des chevaux, et Loup était avec elle. Il se rinça la bouche, mâchonna la brindille, s'en servit pour se curer les dents, se rinça une nouvelle fois la bouche puis but le reste de l'infusion. Au moment où il allait s'habiller, il songea qu'il n'y avait personne d'autre à proximité, et ce fut entièrement nu qu'il se dirigea vers sa compagne. Elle lui sourit, jeta un coup d'œil à son organe. Il n'en fallut pas plus pour que son sexe commence à grossir. Le sourire de la jeune femme se fit malicieux.

— Belle journée, fit-il en approchant, sa virilité fièrement dressée devant lui.

— Je pensais justement que j'aimerais aller nager avec toi, ce matin, dit-elle en le regardant. L'étang de notre camp n'est pas très loin si nous passons par-derrière.

— Tu veux y aller quand ? J'ai senti que tu préparais quelque chose à manger.

— Maintenant, suggéra-t-elle d'un air matois. Je peux retirer du feu ce qui est en train de cuire.

— Allons-y, femme. (Il la prit dans ses bras, l'embrassa.) J'enfile un vêtement en vitesse, nous pourrons y aller à cheval. Ce sera plus rapide, ajouta-t-il avec un sourire.

Ayla alla prendre son sac mais ils montèrent à cru. Quelques instants plus tard, ils arrivèrent à l'étang et laissèrent les animaux paître. Après avoir étalé une peau par terre, ils coururent vers l'eau en riant. Loup les poursuivit mais, quand ils se jetèrent dans l'étang, provoquant une double gerbe d'éclaboussures, il partit s'intéresser à autre chose.

— C'est bon, dit Ayla.

Elle fléchit les jambes pour s'immerger puis se releva et Jondalar l'imita. Ensuite, ils traversèrent ensemble l'étang à la nage et revinrent. Il tendit la main vers elle.

— C'est bon aussi de te toucher, dit-il. Et peut-être de te goûter.

Il la prit dans ses bras, la souleva et la porta sur la peau.

— Hier, il y avait trop de choses à faire, maintenant nous avons le temps, reprit-il, baissant vers elle ses yeux d'un bleu étonnant.

Il se pencha pour l'embrasser, lentement, tendrement, se pressant contre elle, sentant sa peau rafraîchie par l'eau et la chaleur sous-jacente de son corps. Il lui grignota l'oreille, la gorge, emprisonna un sein, saisit le mamelon. C'était ce qu'il voulait, ce qu'elle voulait.

Il prenait son temps, titillant un téton, mordillant l'autre, et se sentit bientôt dur et gonflé de sang. Les caresses de Jondalar suscitaient en Ayla des sensations qui traversaient son corps comme un éclair, jusqu'aux endroits du Plaisir. Il suivit de la paume l'arrondi du ventre, conscient qu'un bébé était en train d'y croître, descendit vers la fente du mont pubien.

Ayla se tendit vers lui et il débusqua le petit bourgeon. Les ondes de sensations devinrent plus intenses. Il se redressa, se plaça entre ses cuisses, écarta les plis roses et, un court instant, se contenta de regarder. Puis il ferma les yeux et laissa sa langue trouver le goût d'Ayla. C'était la femme qu'il voulait. C'était son Ayla.

Immobile, elle le laissait explorer, s'insinuer dans les endroits chauds. Il dénicha de nouveau le bourgeon, se mit à l'agacer de la langue, le frottant, le suçant. Ayla gémit, l'esprit dans cet autre lieu où Jondalar savait la transporter. Elle colla son bas-ventre contre sa bouche quand il accéléra, et les plaintes qui lui échappaient se firent plus aiguës.

Il se sentait durcir encore et mourait d'envie de la pénétrer mais, d'abord, il voulait lui faire atteindre le sommet. La vague qui était prête à la submerger ne cessait de se rapprocher, et soudain elle déferla, explosant en gerbes de Plaisir. Ayla voulut le sentir en elle.

Elle l'attira contre elle, l'aida à s'introduire, attendit la première délicieuse poussée. Il se retira et plongea de nouveau, l'emplissant toute. Jondalar sentait les replis chauds le presser chaque fois qu'il s'enfonçait profondément. Ils allaient si bien ensemble… C'était la femme qu'il voulait. Elle pouvait l'accueillir totalement, il n'avait pas à s'inquiéter de ses dimensions. Il sortait presque entièrement, la pénétrait de nouveau, et chaque fois elle le sentait plus fort, le bruit de sa respiration montant en même temps que les sensations qui la traversaient.

Les pulsations s'intensifièrent jusqu'à l'éclatement et Jondalar se libéra au moment où Ayla atteignait le point culminant. Il poursuivit son mouvement deux ou trois fois puis se laissa aller sur elle. Elle ne voulait plus qu'il bougeât. Elle aimait le sentir sur elle. Elle voulait savourer le Plaisir, se détendre elle aussi.

Ils retournèrent se baigner et, quand ils sortirent de l'eau, Ayla prit dans son sac les douces peaux à sécher. Puis ils sifflèrent pour appeler les chevaux et retournèrent à leur camp. Loup tournait autour de la tente en grondant et Whinney semblait nerveuse.

— Quelque chose les inquiète, dit Ayla. Tu crois que ce pourraient être les loups que nous avons entendus hier soir ?

— Je ne sais pas, répondit Jondalar. Après avoir mangé, pourquoi ne pas replier la tente et partir faire une longue promenade à cheval ? Et passer la nuit ailleurs, peut-être ?

— Bonne idée. Nous nous arrêterons à la hutte pour

laisser nos tenues matrimoniales et emporter le reste de nos affaires de voyage. Nous irons explorer les environs et, à notre retour, nous planterons la tente près de l'étang. Personne n'y va jamais. Emmenons Loup. Il empiète peut-être sur le territoire d'une meute. Les loups se battent pour empêcher d'autres loups de prendre ce qui leur appartient.

13

Lorsqu'ils arrivèrent au camp de la Neuvième Caverne et mirent pied à terre près de leur hutte, les Zelandonii se comportèrent comme s'ils n'étaient pas là, passant sans les voir ou détournant les yeux. Ayla frissonna en se rappelant la malédiction du Clan : elle savait ce que cela signifiait, d'être ignorée par des gens qu'elle aimait et qui refusaient de la voir, même quand elle criait et agitait les bras devant eux. Puis elle vit Folara leur jeter un coup d'œil en tentant de retenir un sourire et se détendit. Personne ne leur voulait de mal. C'était leur période d'essai, ils ne devaient parler à personne.

Ils entrèrent dans la hutte au moment où Marthona s'apprêtait à en sortir, se frôlèrent sans dire un mot, mais la mère de Jondalar les regarda ouvertement et leur sourit. Elle ne jugeait pas nécessaire de feindre de ne pas les voir, de s'imposer toute cette comédie : ne pas leur adresser la parole et ne pas les encourager à parler suffisait amplement.

Ils déposèrent leurs vêtements sur les peaux rembourrées d'herbe où se trouvaient normalement leurs fourrures puis se dirigèrent vers la couche de Marthona et

Willamar. La mère de Jondalar y avait laissé la bourse de cuir brut contenant les amulettes, ainsi que de la nourriture qu'elle avait préparée pour eux. Ayla faillit la remercier à voix haute, se ravisa à temps. Avec un bref sourire, elle lui adressa les signes du Clan qui voulaient dire : « Je te suis reconnaissante de ta gentillesse, mère de mon compagnon. »

Marthona ne connaissait pas la langue du Clan mais devina que c'était une sorte de remerciement et rendit son sourire à la jeune femme qui était maintenant la compagne de son fils. Cela pourrait être utile d'apprendre certains de ces signes, pensa-t-elle. De communiquer sans parler, sans que des tiers puissent comprendre. Après leur départ, elle alla voir les vêtements qu'ils portaient la veille.

Jondalar s'était fait remarquer avec sa tunique blanche, mais il ne passait jamais inaperçu, et si cet habit dénotait une technique avancée dans le travail du cuir, c'était la tenue d'Ayla qui avait fait l'impression la plus forte, comme Marthona l'espérait. La tunique mamutoï avait déjà conduit plusieurs personnes à relever le rang qu'elles étaient prêtes à accorder à Ayla. Marthona avait invité quelques Zelandonii à venir goûter le vin de myrtilles qu'elle offrait depuis quelque temps et qu'elle avait conservé deux ans à l'intérieur d'une panse d'élan lavée et cousue, dans un coin sombre et sec de son habitation. Elle avait disposé plusieurs lampes à l'intérieur de la hutte afin que ses invités puissent admirer plus commodément la tenue d'Ayla. Se penchant vers la couche, Marthona rectifia la position du vêtement pour faire disparaître un pli qui cachait une broderie de perles particulièrement réussie.

Ayla et Jondalar appréciaient leurs journées de « séparation » des Zelandonii. C'était comme un recommencement de leur Voyage, sans la pression d'un déplacement incessant. Ils passaient leur temps à chasser, à pêcher et à cueillir juste ce dont ils avaient besoin, à se baigner et à faire de longues chevauchées. Loup les accompagnait parfois, il manquait à Ayla lorsqu'il n'était pas là. On eût dit qu'il n'arrivait pas à se décider entre rester avec les êtres humains qu'il aimait et retourner à ce qu'il trouvait si fascinant loin d'eux. Où que le couple installât son camp, il le retrouvait, et Ayla était ravie chaque fois qu'il apparaissait devant leur tente. Elle le caressait, le cajolait, lui parlait, chassait avec lui. Les attentions de la jeune femme l'incitaient généralement à demeurer quelque temps avec eux, mais il finissait par repartir, restant souvent absent une ou plusieurs nuits.

Ils exploraient monts et vallées. Jondalar croyait connaître la contrée où il était né mais, juché sur le dos d'un cheval, il la découvrait sous une autre perspective et appréciait mieux sa richesse. Ils croisèrent – parfois lents troupeaux, parfois simples taches de pelage entrevues – un nombre impressionnant d'animaux de diverses espèces.

La plupart des herbivores partageaient placidement les mêmes prairies, les mêmes bois, et ne prêtaient pas attention aux deux chevaux ni aux humains qui les montaient. Assise sur Whinney, Ayla se plaisait à étudier les autres animaux tandis que la jument paissait, et Jondalar se joignait volontiers à elle, bien qu'il eût d'autres occupations. Il travaillait sur un lance-sagaie qui convenait mieux à la taille de Lanidar, avec des modifications qui, espérait-il, en faciliteraient l'usage avec un seul bras. Jondalar accompagnait Ayla l'après-midi où ils découvrirent un troupeau de bisons.

Bien que souvent chassés, bisons et aurochs demeuraient très nombreux car la quantité de bêtes abattues était infime comparée aux vastes troupeaux qui parcouraient les plaines. Jamais on ne voyait ensemble les deux espèces. Elles s'évitaient. Si le jeune couple avait récemment tué sa part de bisons, observer ces animaux dans leur environnement était enrichissant. Ils avaient perdu leur épais pelage sombre pendant la fonte du printemps et portaient maintenant leur robe d'été, aux tons plus clairs. Ayla aimait surtout regarder les petits, joueurs et pleins de vie, encore tout jeunes : les femelles avaient vêlé à la fin du printemps et au début de l'été. Ces jeunes se développaient assez lentement et réclamaient des soins attentifs. Ils étaient souvent la proie des ours, des loups, des lynx, des hyènes, des léopards, parfois du lion des cavernes… et des hommes.

Les cervidés abondaient, de diverses espèces et de toutes tailles, du cerf géant au chevreuil. Jondalar et Ayla surprirent une petite harde de mégacéros au délicat nez pointu et s'émerveillèrent de leur ramure extraordinaire. Leurs bois avaient la forme d'une main aux doigts écartés, et bien que leur envergure pût atteindre douze pieds et leur poids cent soixante livres ou davantage, il s'agissait d'animaux jeunes. Ils n'avaient pas encore l'énorme cou musclé du cerf adulte mais montraient déjà au garrot la bosse où s'attachaient les tendons nécessaires pour soutenir leurs futurs andouillers.

Même les jeunes mégacéros évitaient les bois touffus où leur ramure risquait de se prendre dans les branches des arbres. Le daim tacheté vivait, lui, dans les bois. Dans une région marécageuse, ils aperçurent un animal solitaire d'une autre espèce, haut et dégingandé, surmonté de bois palmés moins imposants et cependant de bonne taille, se tenant au milieu de l'eau, y plongeant la tête et retirant un mufle plein de plantes aquatiques ruisselantes. Ce cerf avait d'énormes naseaux en surplomb. On l'appelait orignal dans certaines contrées, élan dans celle de Jondalar.

Plus courante était l'espèce connue chez les Zelandonii sous le nom de cerf roux. Il arborait aussi de grands bois, mais de la variété branchue. Se nourrissant essentiellement d'herbe, il vivait dans différents types d'habitat découvert, de la montagne aux steppes. Agile et intrépide, il n'était découragé ni par les pentes escarpées ni par les sols rocailleux, ni même par les hautes corniches étroites si elles fournissaient de l'herbe pour le tenter Les forêts aux arbres espacés entre lesquels poussaient herbe et fougères, ou interrompues par des clairières ensoleillées lui offraient un habitat acceptable, de même que les collines de bruyère et les steppes.

Le cerf roux n'aimait pas courir mais, marchant ou trottant sur ses longues pattes, il se déplaçait rapidement. Pourchassé, il était capable de franchir des kilomètres à vive allure, de faire des bonds de quarante pieds, de sauter à une hauteur de huit pieds. Bien qu'il préférât l'herbe, il se nourrissait aussi de feuilles, de bourgeons, de baies, de champignons, de bruyère, d'écorce, de glands, de noix et de faines. Les cerfs roux formaient de petites hardes à cette période de l'année. Dans une prairie, près d'un ruisseau, Ayla et Jondalar en découvrirent plusieurs et s'arrêtèrent pour les observer. L'herbe commençait à passer du vert au doré et quelques hêtres au riche feuillage bordaient la rive.

C'était une troupe de mâles d'âges divers, aux bois totalement recouverts de peau velue. Les andouillers commençaient à pousser sous forme de dagues quand les cerfs avaient un an. Ils disparaissaient au début du printemps et recommençaient à pousser presque aussitôt. Chaque année, la ramure comptait un andouiller de plus, et au début de l'été même les plus grands étaient tout à fait développés, couverts d'une peau velue riche en vaisseaux sanguins qui transportaient les substances nutritives indispensables à une croissance aussi rapide. Du milieu à la fin de l'été, cette peau séchait et provoquait des démangeaisons qui amenaient le cerf à frotter ses bois contre les arbres et les rochers pour s'en débarrasser, et elle pendait souvent en lambeaux sanguinolents avant de tomber.

Ils comptèrent douze andouillers sur le plus grand des cerfs, qui devait peser quelque huit cents livres. Malgré son nom de cerf roux, le douze-cors avait un pelage brun-gris ; d'autres membres de la harde étaient marron-roux, taupe ou jaunâtres. Un jeune au front orné d'amorces de dague présentait encore les taches blanches à demi effacées d'un faon. Tout en étant sûr de pouvoir l'atteindre avec son lance-sagaie, Jondalar résista à l'envie d'abattre le cerf qui avait la ramure la plus développée.

— Le grand, là-bas, est dans la fleur de l'âge, dit-il. J'aimerais revenir le voir plus tard. A la saison de ses Plaisirs, il se battra pour avoir le plus de femelles possible, quoique, le plus souvent, il lui suffise de montrer ses bois pour décourager ses adversaires. Mais quand ils se mesurent, le combat peut durer toute la journée. Ils font un tel vacarme en entrechoquant leurs bois qu'on les entend de très loin. Ils se cabrent pour décocher des coups de patte avant.

« Un jour, quand je vivais à la Caverne de Dalanar, nous avons découvert deux cerfs aux bois enchevêtrés. Ils n'arrivaient plus à se détacher l'un de l'autre, malgré tous leurs efforts. Nous avons dû couper leurs ramures. C'était une proie facile, bien sûr, mais Dalanar assurait que nous leur accordions une faveur : ils seraient morts de faim et de soif, de toute façon.

— J'ai l'impression que ce grand mâle a déjà rencontré l'homme, dit Ayla en ordonnant à Whinney de reculer. Le vent vient de tourner, il doit avoir senti notre odeur, il devient nerveux. Regarde, il commence à s'éloigner. S'il part, les autres suivront.

— C'est vrai qu'il a l'air nerveux, acquiesça Jondalar en faisant reculer lui aussi son cheval.

Soudain, un lynx qui guettait la harde, tapi derrière l'un des hêtres, sauta sur le dos du plus jeune des cerfs lorsqu'il passa sous l'arbre. L'animal encore tacheté bondit en avant pour déséquilibrer le prédateur, mais le félin aux oreilles ornées d'une touffe de poils s'agrippa aux épaules de sa proie et lui ouvrit les veines d'un coup de dents. Les autres cerfs s'enfuirent ; le jeune se mit à courir en décrivant un large cercle. Ayla et Jondalar observaient la scène, le lance-sagaie à la main, au cas où ils auraient dû se protéger, mais le lynx avait égorgé l'herbivore, qui montrait des signes d'épuisement. Il tituba. Le félin changea de prise, une autre gerbe de sang jaillit. Le cerf fit encore quelques pas puis s'écroula. Le lynx fracassa le crâne du jeune animal et se mit à dévorer sa cervelle.

— C'est l'odeur du lynx, pas la nôtre, qui rendait le grand cerf nerveux, dit Ayla.

— Celui qu'il a tué était jeune, on voyait encore ses taches blanches. Sa mère était peut-être morte, le laissant seul avant l'âge. Il avait trouvé cette harde de mâles mais cela ne l'a pas sauvé. Les jeunes sont toujours vulnérables.

— Quand j'étais petite fille, j'ai essayé un jour de tuer un lynx avec ma fronde, se souvint Ayla.

— Avec une fronde ? Quel âge avais-tu ?

Elle fit appel à sa mémoire.

— Je crois que je devais compter huit ou neuf ans.

— Il aurait pu te tuer aussi facilement que ce cerf.

— Je sais. Il a bougé au dernier moment, la pierre n'a fait que l'égratigner. Irrité, il s'est jeté sur moi. J'ai réussi à rouler sur le côté, j'ai ramassé un morceau de bois et je l'ai frappé. Il a déguerpi.

Jondalar se renversa en arrière, ce qui fit ralentir Rapide.

— Tu l'as échappé belle, Ayla !

— Pendant quelque temps, j'ai eu peur de m'aventurer seule loin de la Caverne, et c'est là que m'est venue l'idée de lancer deux pierres. Je me suis dit que, si j'avais eu une autre pierre, j'aurais pu toucher le lynx une seconde fois avant qu'il ne saute sur moi. Je n'étais pas sûre que ce soit possible, mais je me suis entraînée et j'ai fini par y arriver. J'ai quand même dû attendre d'avoir tué une hyène pour recouvrer assez de confiance en moi et retourner chasser.

Jondalar secoua la tête. A la réflexion, c'était étonnant qu'elle fût encore en vie. Sur le chemin du retour vers leur camp provisoire, ils virent un troupeau de bêtes qui suscitèrent l'intérêt de Whinney et Rapide. Des onagres, qui évoquaient un croisement entre un cheval et un âne, mais constituaient une espèce distincte et viable. Whinney s'arrêta pour renifler leur crottin, Rapide leur adressa un hennissement. Toute la troupe cessa de brouter pour regarder les chevaux. Le cri par lequel les onagres répondirent ressemblait davantage à un braiment, mais les animaux des deux espèces avaient apparemment conscience de leur ressemblance.

Ils aperçurent aussi une antilope saïga femelle avec deux petits, animal aux naseaux bombés et aux allures de chèvre qui préférait les plaines ou les steppes, aussi nues fussent-elles, aux collines et aux montagnes. Ayla se souvint que l'antilope saïga était le totem d'Iza. Le lendemain, ils trouvèrent sur leur chemin un autre troupeau d'animaux qui préoccupaient Ayla plus qu'elle ne voulait l'admettre : des chevaux. Whinney comme Rapide étaient attirés par eux.

En les examinant, Ayla et Jondalar remarquèrent des différences entre les bêtes du troupeau et celles qu'ils avaient amenées de l'Est. Au lieu de la robe louvette de Whinney, la plus commune, ou du pelage brun profond de Rapide, plus rare, la plupart des chevaux du troupeau étaient d'un gris bleuâtre, avec le ventre blanc. Ils avaient tous – y compris les deux leurs – des crinières et des queues noires, une bande noire sur l'échine, l'extrémité des jambes noire, et un semblant de rayures sur la croupe. C'étaient en général de petits chevaux, avec un dos large et un ventre rond, mais ceux du troupeau semblaient légèrement plus hauts et avaient le chanfrein un peu plus court.

La troupe regardait Whinney et Rapide avec autant

d'intérêt que les deux chevaux d'Ayla la considéraient et, cette fois, au hennissement de Rapide répondit un cri de défi. Un puissant étalon se dirigea vers eux. D'un accord tacite, Ayla et Jondalar lancèrent leurs montures dans une autre direction. Jondalar ne tenait pas à ce que Rapide fût entraîné dans un combat avec l'étalon et Ayla craignait que, comme Loup, les chevaux ne fussent tentés de la quitter.

Dans les jours qui suivirent, Loup passa quelque temps avec eux, ce qui donna à Ayla l'impression que sa famille était de nouveau réunie. Ils effectuèrent un détour pour éviter un gros sanglier qui creusait la terre de son groin, à la recherche de truffes, rirent en voyant deux loutres batifoler dans un bassin créé par le barrage d'un castor solitaire qui plongea dans l'eau à leur approche. Ils découvrirent les traces d'un ours et une touffe de ses poils prise dans l'écorce d'un arbre, mais pas l'animal lui-même ; ils sentirent l'odeur de musc aisément reconnaissable d'un glouton. Ils distinguèrent un léopard qui sautait d'une haute corniche en un bond gracieux, et des bouquetins, ou chèvres des montagnes, qui gravissaient avec agilité la paroi d'une falaise presque verticale.

Plusieurs femelles ibex et leurs petits, qui avec leur laine serrée ressemblaient à des boules rondes montées sur des bâtons, étaient descendues des hauteurs pour s'engraisser en dévorant l'herbe riche des plaines. Elles avaient de longues cornes qui se recourbaient au-dessus de leur dos, des yeux très écartés, une bosse derrière la tête, des sabots au bord dur et raide avec un centre souple et spongieux qui adhérait à la roche.

Ayla ferma les yeux comme pour se concentrer, inclina la tête.

— Je crois que des mammouths se dirigent vers nous, dit-elle.

— Comment le sais-tu ?

— Je les entends.

— Je n'entends rien.

— C'est un grondement très sourd, répondit-elle en tendant de nouveau l'oreille. Regarde ! Là-bas ! s'écria-t-elle tout excitée en voyant un troupeau au loin.

Ayla avait détecté le barrissement d'un mâle en rut, normalement situé hors de portée auditive d'un être humain, mais qu'une femelle en chaleur pouvait entendre jusqu'à huit kilomètres de distance, parce que des sons aussi graves s'atténuaient moins vite avec l'éloignement. Ayla avait l'ouïe si fine qu'elle les entendait ou plus exactement qu'elle les sentait.

Le troupeau se composait surtout de femelles et de leurs petits. L'une d'elles était en chaleur, plusieurs mâles rôdaient autour, pleins d'espoir, malgré la présence du mâle dominant de la région, avec qui elle avait déjà convolé. Elle avait refusé les avances insistantes des autres jusqu'à son arrivée. Il les maintenait désormais à l'écart et, comme aucun d'eux n'osait le défier, cela permettait à la jeune femelle de manger et de nourrir son premier rejeton entre les accouplements.

Un pelage épais recouvrait les gigantesques animaux, de la queue à l'extrémité de leur longue trompe, oreilles comprises. Quand ils furent plus près, Ayla et Jondalar discernèrent mieux les diverses nuances de leur fourrure. Les petits avaient un poil clair, celui des femelles variait du châtain brillant des plus jeunes au marron foncé de la vieille matriarche. Les mâles devenaient presque noirs en prenant de l'âge. Leur pelage se composait d'un duvet très dense d'où poussaient de longs poils raides qui leur tenaient chaud même au plus froid de l'hiver, quand ils buvaient de l'eau glacée ou mangeaient de la neige.

— C'est tôt dans la saison pour les mammouths, observa Jondalar. Nous ne les voyons pas avant la fin de l'automne, en général. Les mammouths, les rhinocéros, les bœufs musqués et les rennes, voilà les animaux de l'hiver.

Le dernier jour de leur isolement, Ayla et Jondalar se levèrent tôt. Ils avaient passé les journées précédentes à explorer l'ouest de la Rivière, près d'un autre cours d'eau au lit presque parallèle. Ils emballèrent leurs affaires mais eurent envie de s'offrir une ultime longue chevauchée avant de retourner à la Réunion d'Eté, aux relations sociales qui exigeaient d'eux du temps et de l'attention mais leur apportaient aussi satisfaction et plaisir. Après avoir apprécié cette parenthèse, ils étaient prêts à rentrer, impatients de retrouver ceux qu'ils aimaient. Ayant passé près d'un an avec leurs animaux pour toute compagnie, ils connaissaient à la fois les joies et les peines de la solitude.

Ils emportèrent de la nourriture et de l'eau, puis partirent d'un pas tranquille, sans destination précise. Loup les avait quittés deux jours plus tôt, ce qui attristait Ayla. Pendant leur Voyage, il avait manifesté un vif désir de rester avec eux, mais il n'était alors qu'un louveteau. Bien que cela leur parût beaucoup plus long, il ne s'était écoulé qu'une année et deux saisons depuis l'hiver où ils avaient séjourné chez les Mamutoï, quand Ayla avait ramené un bébé loup duveteux qui ne devait pas avoir plus d'une lune. Malgré sa taille actuelle, Loup était encore très jeune.

Ayla ignorait la durée de vie d'un loup mais devinait qu'elle devait être beaucoup moins longue que celle de la plupart des hommes. Loup n'était pas sorti de l'adolescence, que les mères et leurs compagnons considéraient comme la période la plus pénible de leur progéniture. C'étaient des années riches en énergie et pauvres en expérience pendant lesquelles les jeunes, débordant de vie et convaincus que cela durerait à jamais, prenaient des risques qui menaçaient leur existence. S'ils en réchappaient, ils y gagnaient un peu de sagesse qui les aiderait à survivre plus longtemps. Ayla pensait que ce n'était sans doute pas très différent chez les loups et ne pouvait s'empêcher de se tourmenter.

L'été avait été l'un des plus secs que Jondalar se rappelât. Dans la plaine, des tourbillons de poussière s'élevaient, tournoyaient un moment puis mouraient. Découvrant avec satisfaction un petit lac devant eux, ils s'arrêtèrent sur la rive et y partagèrent les Plaisirs à l'ombre d'un saule pleureur, se reposèrent et bavardèrent avant de se baigner.

Ayla s'élança dans l'eau en criant : « Le premier de l'autre côté », et se mit aussitôt à nager avec de longs mouvements assurés. Jondalar la suivit, combla son retard grâce à ses muscles puissants, mais il dut donner le meilleur de lui-même. Ayla se retourna, vit qu'il se rapprochait et redoubla d'efforts. Ils atteignirent l'autre rive en même temps.

— Tu étais partie avant, j'ai gagné, haleta Jondalar en se laissant tomber sur la berge.

— Tu aurais dû me défier le premier, repartit Ayla dans un rire. Nous avons gagné tous les deux.

Ils regagnèrent nonchalamment l'autre rive au moment où le soleil dépassait son zénith et commençait à décliner, annonçant la seconde moitié de la journée. Un peu tristes de savoir que l'intermède idyllique touchait à sa fin, ils remontèrent sur leurs chevaux et prirent la direction du camp de la Réunion d'Eté. Ayla continuait à souffrir de l'absence de Loup.

Ils se trouvaient encore à une longue distance du camp lorsqu'ils entendirent des cris. S'approchant, ils aperçurent entre les nuages de poussière montant de la terre desséchée plusieurs jeunes gens qui partageaient sans doute l'une des « lointaines ». Aux motifs de leurs vêtements, Jondalar devina qu'ils appartenaient pour la plupart à la Cinquième Caverne. Armés de sagaies, ils formaient un cercle au centre duquel se trouvait un animal recouvert de longs poils, au museau surmonté de deux longues cornes.

C'était un rhinocéros laineux, créature imposante de onze pieds et demi de long et de cinq pieds de haut. Une bête lourde, avec des pattes courtes et épaisses pour soutenir une carcasse massive. Il engloutissait d'énormes quantités de matière végétale, herbes et broussailles de la steppe, brindilles et branches des arbres à feuilles persistantes et des saules qui bordaient les rivières. Avec ses yeux situés de part et d'autre de la tête, il ne voyait pas très bien, en particulier devant, et ses naseaux étaient cloisonnés, mais il possédait une ouïe et un odorat très fins pour compenser la pauvreté de sa vision.

La corne de devant mesurait plus de trois pieds. Lourde et menaçante, elle rasait le sol d'un côté à l'autre en décrivant un arc de cercle. En hiver, il s'en servait pour balayer la neige et dégager l'herbe sèche et couchée. Une toison laineuse d'un brun grisâtre recouvrait son corps, avec une partie supérieure de longs poils qui effleuraient presque le sol. Une large bande plus sombre lui barrait le milieu du corps, comme si quelqu'un lui avait mis une couverture sur le dos, pensa Ayla, mais l'idée ne serait venue à personne de monter une bête aussi puissante, imprévisible, parfois malveillante et toujours très dangereuse.

Le rhinocéros laineux frappa le sol, tourna la tête à droite et à gauche pour tenter de voir le jeune homme dont son nez sensible lui révélait la présence. Soudain, il chargea. L'homme resta immobile. Au tout dernier moment, il s'écarta et la longue corne pointue le toucha presque.

— Cela a l'air dangereux, dit Ayla en menant les chevaux en lieu sûr.

— C'est pour cela qu'ils le font, répondit Jondalar. Les rhinocéros laineux sont difficiles à chasser en toutes circonstances. Ils sont mauvais et imprévisibles.

— Comme Broud. Il avait cet animal pour totem. Les hommes du Clan chassaient le rhinocéros mais je ne les ai jamais observés. Qu'est-ce qu'ils font, ces jeunes ?

— Tour à tour, ils attirent son attention pour le faire charger et ils sautent sur le côté quand il est près d'eux. Ils cherchent à l'épuiser, et c'est à celui qui laissera l'animal approcher le plus avant de s'écarter. Le plus courageux est celui qui sent la bête le frôler au passage. Ce sont généralement les jeunes qui chassent le rhinocéros de cette façon.

« S'ils en tuent un, ils donnent sa chair à la Caverne et se partagent le reste de la dépouille. Celui qui a porté le coup fatal choisit le premier. D'habitude, il prend la corne. Elle est très appréciée, dit-on, pour faire des outils, des manches de couteau, mais ce choix tient aussi à d'autres raisons. Sans doute parce que sa forme évoque un homme en quête des Plaisirs. Selon des rumeurs, cette corne réduite en poudre possède certaines vertus : si on la fait avaler à une femme à son insu, elle se montrera plus passionnée envers l'homme qui la lui a donnée, expliqua Jondalar avec un sourire.

— La viande de rhinocéros laineux n'est pas mauvaise, et il y a beaucoup de graisse sous ses longs poils. Mais il est rare d'en voir un.

— Surtout à cette période de l'année. Les rhinocéros sont des animaux solitaires, la plupart du temps, et peu nombreux dans cette région en été. Ils préfèrent les contrées plus fraîches, bien qu'ils perdent à chaque printemps le duvet que recouvrent leurs longs poils. Il se prend dans les broussailles avant qu'elles n'aient des feuilles, et les Zelandonii vont le ramasser, en particulier ceux qui tissent et font des paniers. J'accompagnais souvent ma mère, plusieurs fois par an. Elle connaît la période de mue de tous les animaux, les bouquetins et les mouflons, les bœufs musqués, même les chevaux et les lions, et bien sûr les mammouths et les rhinocéros laineux.

— Tu as déjà tourmenté un rhinocéros, Jondalar ?

— Oui, avoua-t-il en riant. Comme la plupart des hommes, surtout quand ils sont jeunes. Ils chassent beaucoup d'animaux de cette façon, l'aurochs et le bison, notamment, mais c'est le rhinocéros qu'ils préfèrent. Certaines femmes le font aussi. Jetamio, par exemple, quand je lui ai expliqué comment procéder. C'était une Sharamudoï qui était devenue la compagne de Thonolan. Son peuple ne chassait pas le rhinocéros, il pêchait l'esturgeon géant de la Grande Rivière Mère, avec ces bateaux qu'ils t'ont montrés ; il chassait le bouquetin et le chamois dans la montagne, ce qui est très difficile, mais il ne connaissait pas la chasse au rhinocéros laineux.

Jondalar s'interrompit puis reprit d'un ton triste :

— C'est à cause d'un rhinocéros que nous avons rencontré les Sharamudoï. La bête avait encorné Thonolan, ils lui ont sauvé la vie.

Ils regardèrent les jeunes Zelandonii poursuivre leur jeu dangereux. L'un d'eux s'avança vers l'animal en criant et en gesticulant. L'odorat très fin de la bête était troublé par la présence d'un grand nombre d'hommes déployés autour d'elle. Lorsqu'elle finit par détecter un mouvement de ses petits yeux myopes, elle s'élança dans cette direction, prit de la vitesse en s'approchant du chasseur. Malgré ses pattes courtes, le rhinocéros se déplaçait avec une rapidité remarquable. Il baissa un peu la tête, s'apprêta à enfoncer sa corne dans une masse résistante, mais elle ne fendit que l'air quand l'homme esquiva habilement. L'animal mit un moment à se rendre compte que sa charge avait été vaine, finit par ralentir et s'arrêter.

Déconcerté, furieux, il frappa le sol tandis que les hommes reformaient le cercle autour de lui. Un autre chasseur fit un pas en avant, braillant et remuant les bras pour attirer l'attention de l'énorme créature. Le rhinocéros tourna, fonça de nouveau, et l'homme évita la charge. Il fallut plus longtemps la fois suivante pour le décider à attaquer : apparemment, ils avaient réussi à le fatiguer. Les furieuses dépenses d'énergie commençaient à le marquer.

Tête baissée, pantelante, la bête demeurait immobile. Les hommes resserrèrent le cercle. Celui dont c'était le tour s'approcha prudemment, la sagaie brandie. Le rhinocéros parut ne pas le voir. Au moment où l'homme approchait encore, la bête imprévisible perçut un mouvement ; ses forces déclinantes, revigorées par ce court moment de repos, furent stimulées par la fureur qui envahit son cerveau primitif.

Soudain, il chargea, si vite que l'homme n'eut pas le temps de réagir. La bête laineuse réussit enfin à enfoncer sa corne massive dans autre chose que du vide. L'homme s'effondra avec un cri de douleur. Sans même réfléchir, Ayla lança son cheval en avant.

— Attends ! C'est trop dangereux ! la rappela Jondalar, prenant son sillage.

Les autres chasseurs avaient jeté leurs sagaies avant même que Jondalar n'ouvrît la bouche. Quand Ayla sauta de sa monture encore en mouvement et se précipita vers le blessé, le rhinocéros gisait au sol, masse inerte percée de projectiles, tel un porc-épic géant. Mais trop tard : la bête furieuse s'était vengée.

Plusieurs jeunes gens, effrayés, entouraient l'homme encorné, qui demeurait immobile à l'endroit où il était tombé. Lorsque Ayla approcha, suivie de près par Jondalar, ils semblèrent surpris de la voir et l'un d'eux parut même sur le point de lui barrer le passage et de lui demander qui elle était. Ayla l'ignora. Elle tourna la tête du blessé, écouta sa respiration, prit son couteau pour couper les lacets de ses jambières ensanglantées. Du sang, elle en avait déjà plein les mains, et aussi sur le front : une tache rouge qui marquait l'endroit où elle avait machinalement relevé une mèche de ses cheveux. Bien qu'elle ne portât pas sur le visage de tatouage de

Zelandoni, elle savait apparemment ce qu'elle faisait, et le jeune homme hostile recula.

Quand elle dénuda la jambe, la gravité de la blessure lui sauta aux yeux. La partie inférieure du membre était repliée à un endroit où il n'y avait pas de genou. La corne avait brisé les deux os. Le muscle du mollet était déchiré et la pointe déchiquetée d'un os émergeait du magma rouge. Le sang qui coulait de la plaie formait une flaque sur le sol.

Ayla leva les yeux vers Jondalar.

— Aide-moi à lui redresser la jambe pendant qu'il est inconscient. Ensuite apporte-moi des peaux souples, nos peaux à sécher feront l'affaire. Je dois faire pression sur la blessure pour que le sang arrête de couler. Il me faudra aussi de l'aide pour éclisser la jambe.

Elle se tourna vers l'un des jeunes hommes qui se tenaient à proximité.

— Il va falloir le ramener au camp. Tu sais fabriquer une civière ?

Il la fixait d'un regard sans expression, comme s'il ne l'avait pas entendue.

— Quelque chose pour le porter là-bas.

Il hocha la tête.

— Une civière, bredouilla-t-il.

Elle se rendit compte que ce n'était en fait qu'un jeune garçon.

— Jondalar t'aidera, dit-elle en voyant son compagnon revenir avec les peaux.

Quand ils allongèrent le blessé sur le dos, il geignit mais ne reprit pas conscience. Ayla l'examina de nouveau, au cas où il se serait blessé à la tête en tombant, mais ne décela aucune contusion. La jeune femme pressa ensuite fortement la jambe au-dessus du genou pour ralentir l'hémorragie. Elle songea à lui faire un garrot mais, si elle parvenait à redresser les os et à panser la jambe, ce ne serait peut-être pas nécessaire. La pression sur la plaie devait suffire. Il continuait à saigner mais elle avait vu pire.

— Il nous faut des éclisses, dit-elle à Jondalar, des morceaux de bois droits, de la longueur de sa jambe. Casse des sagaies si tu ne trouves rien d'autre.

Il lui rapporta deux attelles qu'il avait obtenues en brisant des lances. Ayla découpa des bandes dans l'une des peaux, ainsi que d'autres longs morceaux dont elle entourerait les éclisses. Elle souleva ensuite le pied de la jambe fracturée, les orteils d'une main, le talon de l'autre, tira doucement. L'homme eut deux spasmes et gémit. Il avait failli reprendre connaissance. Ayla passa un doigt dans la plaie béante pour sentir la position des os.

— Jondalar, tiens-lui la cuisse. Je dois mettre sa jambe en place avant qu'il se réveille et pendant qu'il saigne encore. Le sang garde la blessure propre.

Elle se tourna vers les jeunes gens qui la considéraient avec des expressions médusées, horrifiées.

— Toi et toi, dit-elle en désignant deux d'entre eux. Je vais soulever sa jambe et tirer dessus pour aligner les os. Si je ne le fais pas, il ne remarchera jamais normalement. Je veux que vous placiez les éclisses dessous et dessus, pour que sa jambe soit bien maintenue entre les deux. Vous avez compris ?

Ils acquiescèrent, allèrent prendre les morceaux de sagaie entourés de peau. Quand tout le monde fut prêt, Ayla saisit de nouveau le pied à deux mains et le souleva. Faisant signe à Jondalar de tenir la cuisse, elle tira, doucement mais fermement. Ce n'était pas la première fois qu'il la voyait soigner une fracture, mais cette fois elle devait aligner deux os. Il lisait sa concentration sur son visage tandis qu'elle tirait, essayant de sentir dans ses mains si les os se mettaient en place. Même lui perçut la légère secousse et l'emboîtement. Ayla abaissa peu à peu la jambe et l'examina d'un œil critique. Jondalar la trouvait droite, mais qu'y connaissait-il ?

Elle lui fit signe qu'il pouvait lâcher la cuisse et porta son attention sur la plaie. Elle en rapprocha les bords le plus possible avec l'aide de son compagnon, l'enveloppa, entourant aussi les éclisses, et fixa le tout avec les bandes de peau qu'elle avait découpées. Puis elle s'accroupit et rejeta le buste en arrière.

Ce fut alors que Jondalar remarqua le sang. Il y en avait partout : sur les bandes de peau, sur les attelles, sur Ayla elle-même, sur les garçons qui l'avaient aidée. Le blessé avait saigné abondamment.

— Je crois qu'il faut le ramener au camp sans tarder, dit-il.

Une pensée lui traversa l'esprit : l'interdiction faite au couple de parler aux autres n'était pas encore levée. Ayla n'y avait même pas songé et Jondalar avait chassé cette idée de son esprit dès qu'elle s'y était glissée. C'était un cas d'urgence, et il n'y avait aucun Zelandoni à proximité pour les éclairer.

— La civière, rappela-t-elle aux jeunes gens, qui semblaient presque aussi mal en point que leur camarade étendu sur le sol.

Ils échangèrent un regard, se dandinèrent sur place. Ils étaient tous très jeunes, sans expérience. Plusieurs d'entre eux venaient juste d'accéder au statut d'homme ; certains avaient tué leur première bête au cours de la grande chasse au bison qui avait marqué l'ouverture de la saison estivale, une chasse facile, guère plus qu'un entraînement au lancer sur une cible. Ils avaient décidé de tourmenter le rhinocéros à l'instigation de l'un d'eux, qui avait vu son frère pratiquer ce genre de chasse quelques années plus tôt, et de deux autres qui en avaient entendu parler. Ils avaient agi sous l'impulsion du moment, en tombant par hasard sur cet animal. Ils savaient tous qu'ils auraient dû se faire accompagner de chasseurs plus âgés, possédant plus de savoir-faire, avant d'essayer d'abattre l'énorme bête, mais ils n'avaient pensé qu'à la gloire, à l'envie des autres

« lointaines », à l'admiration de toute la Réunion d'Eté quand la nouvelle se répandrait. A présent, l'un d'eux était gravement blessé.

Jondalar demanda :

— De quelle Caverne est-il ?

— La Cinquième.

— Cours devant pour annoncer ce qui s'est passé.

Le jeune homme à qui il s'était adressé partit aussitôt. Jondalar pensa qu'il serait allé plus vite que lui avec Rapide mais il fallait quelqu'un pour superviser la fabrication de la litière. Les jeunes demeuraient en état de choc et ils avaient besoin de la présence d'un adulte auprès d'eux pour les diriger.

— Trois ou quatre d'entre vous le porteront, reprit-il. Les autres resteront ici pour vider l'animal, sinon il se mettra à gonfler. Je vous enverrai de l'aide. Inutile de gâcher la viande, elle n'a que trop coûté.

— C'est mon cousin, dit un des garçons. Je veux le transporter.

— Bon. Trouve trois autres porteurs, cela devrait suffire.

Jondalar remarqua alors que l'adolescent, bouleversé, retenait ses larmes.

— Comment s'appelle ton cousin ?

— Matagan. Il est Matagan de la Cinquième Caverne des Zelandonii.

— Je sais ce que tu ressens, c'est très dur. Matagan est grièvement blessé, il a de la chance qu'Ayla se soit trouvée là. Je pense qu'il s'en sortira, et qu'il pourra peut-être même remarcher. Ayla est une excellente guérisseuse. Je le sais. J'ai été lacéré par un lion des cavernes et je serais mort dans la steppe, loin à l'est, si elle ne m'avait sauvé la vie en soignant mes blessures. Si quelqu'un peut sauver Matagan, c'est elle.

Le jeune homme laissa échapper un sanglot, tenta de se reprendre.

— Va me chercher des sagaies, lui enjoignit Jondalar. Il nous en faut au moins quatre, deux de chaque côté.

Sous sa gouverne, les jeunes assemblèrent les sagaies pour obtenir deux montants solides qu'ils relièrent par des morceaux de vêtement. Après qu'Ayla eut vérifié une dernière fois l'état du blessé, ils le placèrent sur la litière de fortune.

Le camp n'était pas très éloigné. Ayla et Jondalar firent signe aux chevaux de suivre et marchèrent près de Matagan. La jeune femme ne le quitta pas des yeux et, quand ils s'arrêtèrent pour changer de porteurs, elle écouta sa respiration, tâta son pouls. Il était faible mais distinct.

Ils parvinrent à proximité de la partie en amont du camp, près de l'endroit où s'était installée la Neuvième Caverne. La nouvelle de l'accident s'était vite propagée et plusieurs Zelandonii s'étaient avancés à leur rencontre, notamment Joharran. Quand les deux groupes firent leur jonction, les porteurs furent libérés de leur fardeau et la progression se poursuivit sur un rythme plus rapide.

— Marthona a envoyé quelqu'un prévenir Zelandoni, et Zelandoni de la Cinquième, dit Joharran. Tous deux participaient à une réunion de doniates à l'autre bout du camp central. Nous le portons à notre camp ou au sien ? demanda-t-il à Ayla.

— Je veux changer les bandes et mettre un emplâtre sur la blessure pour éviter qu'elle s'infecte, répondit-elle.

Elle réfléchit un moment puis ajouta :

— Je n'ai pas eu le temps de renouveler mes remèdes mais je suis sûre que Zelandoni a ce qu'il faut, et je tiens à ce qu'elle l'examine. Portons-le à la hutte de la Zelandonia.

— Bonne idée. Il lui faudrait un moment pour venir ici, nous irons probablement plus vite qu'elle. Zelandoni ne court plus comme avant, remarqua Joharran, dans une discrète allusion au poids de la doniate. Le Zelandoni de la Cinquième voudra sans doute le voir, lui aussi, quoique les soins ne soient pas son plus grand talent, m'a-t-on dit.

Lorsqu'ils arrivèrent à la hutte de la Zelandonia, la Première les accueillit à l'entrée. On avait déjà préparé une couche pour le blessé, et Ayla se demanda si quelqu'un avait prévenu Zelandoni de la décision de ne pas le garder au camp de la Neuvième Caverne ou si la doniate avait simplement pressenti qu'on le lui amènerait. Plusieurs autres Zelandonia se trouvaient devant la hutte mais il n'y avait personne à l'intérieur.

— Allongez-le là, dit la Première en indiquant l'une des couches surélevées, tout au fond, en face de l'entrée.

Les porteurs s'exécutèrent et ressortirent tandis que Jondalar et Joharran restèrent à l'intérieur. Après s'être assurée que la jambe du blessé était droite, Ayla entreprit d'ôter les bandes.

— Il faut un emplâtre pour empêcher l'infection, dit-elle.

— Cela peut attendre un peu. Raconte-moi ce qui est arrivé, réclama la Première.

Ayla et Jondalar relatèrent brièvement les circonstances de l'accident puis la jeune femme continua :

— Les deux os de la partie inférieure de la jambe sont cassés. Je savais que, si je ne la redressais pas, il ne marcherait plus jamais, alors qu'il est jeune. J'ai préféré remettre les os en place tout de suite, pendant qu'il était inconscient, avant que la chair enfle et rende la tâche plus difficile. J'ai dû glisser un doigt dans la plaie, tirer fort sur les os, mais je pense qu'ils sont alignés. Il n'a pas cessé de gémir en chemin, il ne tardera plus à reprendre connaissance. Il va beaucoup souffrir.

— Manifestement, tu sais soigner ce genre de blessure, mais je dois te poser quelques questions. Tout d'abord, je suppose que tu as déjà remis des os en place.

Jondalar répondit pour sa compagne :

— Une Sharamudoï, une amie pour qui j'avais beaucoup d'affection, la compagne d'un chef, s'était brisé le bras en tombant d'une falaise. Leur guérisseuse était morte et ils n'avaient pu en faire venir une autre. L'os s'était mal ressoudé, la femme avait très mal. J'ai vu Ayla le casser de nouveau et le remettre en place. Je l'ai vue aussi soigner la jambe d'un homme du Clan qui avait sauté d'un rocher pour protéger sa compagne contre de jeunes Losadunaï qui s'en prenaient aux femmes du Clan. S'il y a une chose qu'Ayla connaît, ce sont les os brisés et les plaies ouvertes.

— D'où te vient ce savoir, Ayla ?

— Les hommes du Clan ont des os très solides mais ils les brisent souvent à la chasse. Ils ne lancent pas de sagaies, ils s'approchent de l'animal pour lui enfoncer un épieu dans le corps, ou même pour lui sauter dessus. Ou comme ces jeunes, ils tourmentent une bête jusqu'à l'épuisement. C'est Iza qui a commencé à me montrer comment soigner les os brisés, mais c'est l'été où nous sommes allés au Rassemblement du Clan que j'ai vraiment appris, avec les autres guérisseuses, à remettre les os en place et à traiter les plaies.

— Ce jeune homme a eu beaucoup de chance que tu te sois trouvée là, estima Celle Qui Etait la Première. Tous les Zelandonia n'auraient pas su comment soigner une jambe aussi mal en point. Il y aura des questions, j'en suis sûre. La Cinquième voudra te parler, et aussi la mère du jeune homme, naturellement, mais tu as fait ce qu'il fallait. Quel genre d'emplâtre veux-tu lui mettre ?

— J'ai déterré des racines d'une fleur que j'ai vue en venant ici. Je crois que vous l'appelez anémone. La blessure saignait pendant que je soignais ce garçon, et le sang est parfois ce qu'il y a de mieux pour nettoyer une plaie. Maintenant que le sang sèche, je vais écraser ces racines et les faire bouillir pour obtenir un liquide avec lequel laver la blessure. J'ajouterai ensuite des fleurs et des racines fraîches aux racines bouillies pour faire un emplâtre. Dans mon sac à médecines, j'ai de la poudre de racine de géranium pour faire sécher le sang, des spores de pied-de-loup pour absorber le liquide, et j'allais te demander si tu as certaines plantes ou si tu sais où elles poussent.

— Demande.

— Je connais une plante que j'ai décrite à Jondalar et dont il pense que vous l'appelez consoude. Sa racine fournit un excellent remède pour l'intérieur et l'extérieur du corps. Préparée en baume avec de la graisse, elle soigne les coups, elle est aussi très efficace pour les coupures. Un emplâtre frais de cette plante empêche la chair d'enfler et aide les os brisés à se recoller.

— J'en ai en poudre et je connais un endroit où elle pousse, dit la Première. J'aurais décrit ses vertus de la même manière.

— Il me faudrait aussi de ces jolies fleurs aux couleurs vives appelées, je crois, soucis. Elles sont particulièrement indiquées pour les plaies ouvertes, ainsi que pour les blessures qui ne veulent pas guérir. J'exprime le suc de fleurs fraîches ou je fais bouillir des pétales séchés que je place sur les plaies. Cela empêche l'infection, et je crains que ce garçon en ait grand besoin.

Zelandoni reprit son interrogatoire :

— Quels autres remèdes utiliserais-tu si tu en disposais ?

L'esprit d'Ayla fut traversé par une brève vision d'Iza éprouvant ses connaissances.

— Des baies de genévrier écrasées pour une plaie qui saigne, ou ce champignon rond, la vesse-de-loup. De la poudre séchée de…

— Il suffit, l'arrêta Zelandoni. Je suis convaincue, le traitement que tu suggères est tout à fait approprié. Mais pour le moment, Jondalar, je veux que tu emmènes Ayla quelque part où elle pourra se laver. Elle est couverte du sang de ce garçon, et toi aussi, d'ailleurs. Vous voir dans cet état ne ferait qu'aviver l'inquiétude de sa mère. Laissez-moi les racines d'anémone, j'enverrai quelqu'un chercher de la consoude fraîche. Nous nous occupons du blessé. Revenez quand vous serez propres et reposés. Passez par-derrière, vous n'aurez pas à retraverser le camp central. Je suis sûre qu'il y a foule pour vous attendre dehors. Avant que vous ne partiez, je dois vous libérer de l'interdiction de parler aux autres. Votre isolement a pris fin un jour plus tôt.

— Oh ! fit Ayla. Je n'y avais même pas songé.

— Moi si, dit Jondalar, mais je ne m'en suis pas soucié.

— Tu as eu raison, il y avait urgence, estima Zelandoni. Je dois quand même vous poser la question. Ayla et Jondalar, vous avez achevé votre période d'essai. Avez-vous décidé de rester unis ou préférez-vous mettre fin à votre union et chercher quelqu'un d'autre qui vous convienne mieux ?

Ils fixèrent un instant Zelandoni puis échangèrent un regard et un sourire.

— Si Ayla ne me convient pas, qui me conviendra ? dit Jondalar. Nous venons de célébrer nos Matrimoniales, mais dans mon cœur nous sommes unis depuis longtemps.

— C'est vrai, confirma Ayla. Nous avons même pris cet engagement avant de traverser le glacier, après avoir quitté Guban et Yorga. Nous savions déjà que nous étions unis, mais Jondalar a tenu à ce que tu noues le lien pour nous.

— Voulez-vous rompre cette union ? Ayla ? Jondalar ?

— Non, répondit-elle, souriant à son compagnon. Et toi ?

— Sûrement pas, femme. J'ai attendu assez longtemps, pas question de rompre maintenant.

— Alors vous êtes libérés de l'interdiction de parler à d'autres que vous-mêmes. Vous pouvez déclarer à tous qu'Ayla et Jondalar de la Neuvième Caverne des Zelandonii sont unis. Ayla, tous les enfants qui naîtront de toi appartiendront au foyer de Jondalar. Vous partagerez la responsabilité de prendre soin d'eux jusqu'à ce qu'ils soient grands. Avez-vous la lanière ?

Pendant qu'ils cherchaient le ruban de cuir, Zelandoni alla chercher deux colliers sur une table proche. Après avoir récupéré la lanière, elle passa au cou de chacun d'eux ce symbole de leur union.

— Je vous souhaite une longue vie de bonheur ensemble, conclut Celle Qui Etait la Première parmi Ceux Qui Servaient la Mère.

Ayla et Jondalar sortirent par-derrière. Quelques Zelandonii les aperçurent et les appelèrent mais ils pressèrent le pas sans se retourner. Parvenue au bassin alimenté par une source, Ayla entra dans l'eau tout habillée et Jondalar la suivit. Maintenant que Zelandoni leur en avait fait la remarque, ils sentaient le sang sur leur peau et son odeur dans leurs narines. Ils avaient hâte de s'en débarrasser. Si les taches doivent partir, ce sera dans l'eau froide, pensa Ayla. Sinon, elle devrait jeter ses vêtements et s'en fabriquer d'autres. Après la grande chasse, elle disposait de quelques peaux et de diverses autres parties d'animaux qu'elle pourrait utiliser.

Ils avaient laissé leurs montures dans la prairie proche du camp de la Neuvième Caverne, et les chevaux avaient trouvé eux-mêmes le chemin de leur enclos. L'odeur du sang les troublait toujours un peu, et le jeune homme comme le rhinocéros avaient abondamment saigné. L'enceinte leur apportait un sentiment de sécurité. Sa tunique mouillée nouée autour de la taille, Jondalar courut vers le camp en espérant y trouver les chevaux et des vêtements secs dans les paniers qu'ils portaient.

Il ne fut pas étonné de découvrir Lanidar en train de les réconforter, mais le petit garçon semblait lui-même bouleversé et exprima le souhait de parler à Ayla. Jondalar lui répondit qu'elle regagnerait le camp dès qu'il lui aurait donné de quoi s'habiller. Après avoir débarrassé les chevaux des paniers, des couvertures et des licous, il retourna auprès d'Ayla et lui annonça que Lanidar la réclamait.

Dès qu'elle aperçut le petit garçon, elle devina à sa posture, même de loin, qu'il était malheureux. Elle se demanda si, pour une raison quelconque, sa mère lui avait interdit de continuer à s'occuper des chevaux.

— Qu'y a-t-il ? s'enquit-elle dès qu'elle fut près de lui.

— C'est Lanoga, répondit-il. Elle pleure depuis ce matin.

— Pourquoi ?

— A cause du bébé. On veut lui prendre Lorala.

14

— Qui veut lui prendre le bébé ? demanda Ayla.

— Proleva et d'autres femmes. Elles disent qu'elles ont une mère pour Lorala, quelqu'un qui pourra la nourrir tout le temps.

— Allons voir ce qui se passe, proposa-t-elle. Nous reviendrons plus tard nous occuper des chevaux.

En arrivant au camp, elle découvrit avec satisfaction que Proleva s'y trouvait.

— Alors, c'est confirmé ? leur lança la compagne de Joharran, souriante, quand ils s'approchèrent. Vous êtes unis ? Nous pouvons festoyer et donner les cadeaux ? Pas la peine de répondre, j'ai remarqué vos colliers.

Ayla ne put que lui rendre son sourire.

— Oui, nous sommes unis, dit-elle.

— Zelandoni vient de le confirmer, ajouta Jondalar.

Le front d'Ayla prit un pli soucieux.

— Proleva, je suis venue te parler d'autre chose…

— Oui ?

— D'après Lanidar, vous voulez enlever le bébé à Lanoga.

— Je ne dirais pas cela. Tu seras contente d'apprendre que nous avons trouvé un foyer pour Lorala. Une femme de la Vingt-Quatrième Caverne a perdu son enfant. Il était né difforme, il est mort. Comme ses seins sont pleins de lait, elle est prête à prendre Lorala, bien qu'elle soit plus âgée. Je crois qu'elle avait déjà fait une fausse couche. Elle veut un bébé à tout prix. J'ai pensé que ce serait la solution idéale, pour Lorala et pour elle.

— Oui, apparemment, convint Ayla. Les femmes qui allaitent Lorala ont-elles envie d'arrêter ?

— En fait, non. Cela m'a plutôt étonnée. Quand je leur en ai parlé, quelques-unes d'entre elles m'ont paru contrariées. Même Stelona a fait remarquer que la Vingt-Quatrième Caverne est très éloignée, et qu'elle regretterait de ne pas continuer à voir Lorala devenir un bébé sain et vigoureux.

— Je sais que tu ne songes qu'à l'intérêt de Lorala, mais as-tu demandé à Lanoga ce qu'elle en pense ?

— Non, pas vraiment. J'ai demandé à Tremeda. J'ai supposé que la fillette serait heureuse d'être déchargée d'une telle responsabilité. Elle est trop jeune pour être obligée de s'occuper d'un bébé tout le temps. Elle en aura l'occasion bien assez tôt quand elle aura un enfant à elle.

— Lanidar dit qu'elle n'arrête pas de pleurer.

— Je sais que la nouvelle a été un choc pour elle, mais je pensais qu'elle s'en remettrait. Après tout, elle n'allaite pas Lorala, elle n'est même pas encore femme. Elle ne compte que onze ans.

Ayla se rappela qu'elle en comptait moins de douze quand elle avait donné naissance à Durc et qu'elle n'avait pu se résoudre à l'abandonner. Elle aurait préféré mourir. Quand elle n'avait plus eu de lait, les femmes du Clan avaient nourri Durc, mais elle n'en demeurait pas moins sa mère. Elle regrettait encore d'avoir dû le laisser quand on l'avait chassée du Clan. Elle avait voulu l'emmener. Seule sa crainte de ce qu'il deviendrait si elle mourait l'avait convaincue de s'en séparer. Elle avait beau savoir qu'Uba prenait soin de lui et l'aimait comme son enfant, elle avait toujours mal chaque fois qu'elle pensait à lui. Elle ne s'était jamais remise de cette séparation et ne voulait pas que Lanoga connaisse la même souffrance.

— Ce n'est pas de donner le sein qui fait d'une femme une mère, argua-t-elle. Et ce n'est pas une question d'âge. Regarde Janida. Elle n'est pas beaucoup plus âgée mais personne ne songerait à lui prendre son bébé.

— Janida a un compagnon, et il jouit d'un bon statut, qui plus est. Le bébé naîtra au foyer de cet homme, qui en sera responsable, et, même si leur union ne dure pas, d'autres Zelandonii ont déjà fait savoir qu'ils sont tout disposés à la prendre pour compagne. Elle a un rang élevé, elle est jolie, elle est enceinte. J'espère que Peridal se rend compte de sa chance. Sa mère cause déjà des ennuis. Elle est allée les voir pendant leur période d'essai et a essayé de persuader son fils de renoncer à cette union.

Proleva s'interrompit : elle aurait le temps d'en parler plus tard.

— Mais Lanoga n'est pas Janida, ajouta-t-elle.

— Non, Lanoga ne jouit pas d'autant de faveurs. Elle les mérite, pourtant. On ne passe pas près d'une année à s'occuper d'un enfant sans s'attacher à lui. Lorala est la fille de Lanoga, maintenant, elle n'est plus à Tremeda. Lanoga est jeune mais elle fait une excellente mère.

— Bien sûr, acquiesça Proleva. C'est justement pour cela. C'est une fille merveilleuse qui fera une merveilleuse mère un jour. Si elle en a la possibilité. Mais quand elle sera en âge de s'unir, quel homme voudra prendre aussi sa petite sœur, non comme une seconde compagne, mais comme une enfant dont il serait responsable bien qu'elle ne soit pas née à son foyer ? Lanoga a déjà contre elle le foyer dont elle est issue. J'ai bien peur que les seuls hommes disposés à la choisir soient du même acabit que Laramar. J'aimerais qu'elle ait une chance d'avoir une vie meilleure.

Ayla était convaincue que Proleva avait raison, qu'elle se souciait sincèrement de l'intérêt de Lanoga et qu'elle ferait tout pour l'aider, mais elle savait ce que la fillette éprouverait si elle perdait Lorala.

— Lanoga n'a pas à s'en faire pour trouver un compagnon, intervint Lanidar.

Ayla et Proleva avaient presque oublié sa présence. Jondalar fut surpris, lui aussi. Il avait suivi la discussion des deux femmes et trouvait des arguments valables des deux côtés.

— J'apprendrai à chasser, j'apprendrai à faire l'appelant, poursuivit le petit garçon, et quand je serai grand je prendrai Lanoga pour compagne, je l'aiderai à s'occuper de Lorala, et de tous ses frères et sœurs, si elle veut. Je lui ai déjà demandé, elle est d'accord. C'est la seule fille que je connaisse qui s'en moque, que j'aie le bras comme ça, et je ne crois pas que ça dérangera sa mère non plus.

Ebahies, Ayla et Proleva regardèrent le jeune garçon puis échangèrent un coup d'œil comme pour s'assurer qu'elles avaient entendu la même chose. En fait, ce ne serait pas une mauvaise idée, surtout si cela encourageait Lanidar à acquérir certains talents pour améliorer sa situation. Lanoga et lui étaient tous deux de gentils enfants, étonnamment mûrs pour leur âge. Bien sûr, ils étaient jeunes et pouvaient changer d'avis, mais, d'un autre côté, quel autre choix s'offrirait à l'un ou à l'autre ?

— Alors, ne donnez pas le bébé de Lanoga à une autre femme, conclut Lanidar. Je n'aime pas la voir pleurer.

— Elle aime vraiment beaucoup cet enfant, et la Neuvième Caverne est prête à l'aider, souligna Ayla. Pourquoi ne pas laisser les choses comme elles sont ?

— Que vais-je dire à la femme qui devait la prendre ? s'interrogea Proleva à voix haute.

— Simplement que la mère de Lorala ne veut pas renoncer à elle. C'est d'ailleurs la vérité : Tremeda n'est pas sa mère ; sa mère, c'est Lanoga. Si cette femme veut vraiment un bébé, elle finira bien par en avoir un, soit un enfant à elle, soit un autre bébé qui aura besoin d'une mère. Les Zelandonii ont beaucoup de Cavernes et sont très nombreux. Il se passe tout le temps quelque chose. Jamais je n'ai vu autant de changements !

Presque tous les membres de la Neuvième Caverne des Zelandonii et de la Première Caverne des Lanzadonii participèrent à la grande fête organisée en commun pour célébrer les Matrimoniales du frère du chef de l'une et de la fille du foyer du chef de l'autre, qui étaient par ailleurs apparentés. Il s'avéra que deux autres membres de la Neuvième s'étaient unis à des Zelandonii d'autres Cavernes. Proleva l'apprit et veilla à ce qu'ils soient intégrés à la célébration. Une jeune femme nommée Tishona avait pris pour compagnon Marsheval de la Quatorzième Caverne et irait vivre avec lui. Une autre femme un peu plus âgée, Dynoda, avait quitté la Caverne puis donné naissance à un fils, mais elle avait rompu le lien avec son ancien compagnon et noué une nouvelle relation avec Jacsoman de la Septième Caverne. Ils reviendraient vivre à la Neuvième Caverne. Dynoda voulait se rapprocher de sa mère, qui était malade.

Des membres d'autres Cavernes vinrent aussi présenter leurs vœux de bonheur. Levela et Jondecam, ainsi que Velima, la mère de la jeune femme et de Proleva, passèrent une bonne partie de la journée avec les couples nouvellement unis, ce qui fit grand plaisir à Ayla et Jondalar, à Joplaya et Echozar. La mère et l'oncle de Jondecam vinrent également les féliciter.

Ayla et Jondalar furent contents de voir Kimeran, qui

leur était à présent apparenté de manière lointaine par la compagne de son neveu, sœur de la compagne du frère de Jondalar. Ayla se perdait dans ces liens complexes mais sembla très heureuse de voir la mère de Jondecam, Zelandoni de la Deuxième Caverne. Pour une raison quelconque, elle était ravie de rencontrer une Zelandoni qui avait des enfants, en particulier un fils aussi amical et sûr de lui que Jondecam.

Janida et Peridal passèrent eux aussi une grande partie de la journée à la Neuvième Caverne, en l'absence – très remarquée – de la mère du jeune homme. Projetant de quitter la Vingt-Neuvième Caverne, ils sondèrent Kimeran et Joharran pour savoir si la Deuxième ou la Neuvième Caverne accepterait de les accueillir. Jondalar était certain que l'une ou l'autre y consentirait. La Première en avait déjà parlé au chef et au Zelandoni de la Deuxième. Elle estimait qu'il serait sage de séparer le jeune couple de la mère de Peridal, au moins quelque temps. Elle ne décolérait pas contre cette femme qui avait imposé sa présence aux jeunes gens pendant leur période d'isolement.

Le soir, quand la fête toucha à sa fin, Marthona prépara une tisane pour les parents et amis qui n'étaient pas encore partis. Proleva, Ayla, Joplaya et Folara distribuèrent les coupes. Un jeune homme récemment accepté comme acolyte de la Zelandoni de la Cinquième Caverne s'était lui aussi attardé : c'était la première fois qu'il se trouvait en aussi auguste compagnie et il ne se décidait pas à s'éclipser. La Première, en particulier, l'impressionnait beaucoup.

— Je suis certain que Matagan n'aurait jamais pu remarcher s'il n'avait pas été soigné tout de suite par quelqu'un de compétent, déclara-t-il.

Il adressait son commentaire à toutes les personnes présentes mais cherchait en réalité à se faire remarquer de la grande doniate. Celle-ci manifesta son accord :

— Tu as tout à fait raison, Quatrième Acolyte de

Zelandoni de la Cinquième. Tu fais preuve de perspicacité. Tout dépend maintenant de la Mère, et des pouvoirs de récupération du blessé.

Le jeune homme eut peine à contenir la joie que lui causait le compliment de Zelandoni. Celle Qui Etait la Première lui avait répondu !

— Puisque tu es maintenant acolyte, poursuivit-elle, tu pourrais toi aussi veiller Matagan. Il est de ta Caverne, non ? Je sais que c'est pénible de rester debout toute la nuit mais il a besoin de quelqu'un à côté de lui en permanence. Je suppose que ta Zelandoni a sollicité ton aide. Sinon, va la lui proposer. La Cinquième ne manquera pas de l'apprécier.

— Bien sûr, répondit-il en se levant. Merci pour l'infusion. Je dois partir, maintenant, j'ai des responsabilités.

Il carra les épaules et prit une mine sérieuse en se dirigeant vers le camp principal. Après son départ, plusieurs des personnes présentes laissèrent enfin monter à leurs lèvres le sourire qu'elles retenaient depuis un moment.

— Tu viens de faire le bonheur de cet acolyte, Zelandoni, commenta Jondalar. Il rayonnait de plaisir. Tu inspires autant de crainte et de respect à tous les autres Zelandonia ?

— Seulement aux jeunes, répondit-elle. Vu la façon dont les autres discutent avec moi, je me demande parfois pourquoi ils continuent à m'appeler Première. Peut-être parce que je suis plus imposante qu'eux, ajouta-t-elle avec un sourire.

L'adjectif devait être pris comme une allusion à sa corpulence, et Jondalar, saisissant la plaisanterie, lui rendit son sourire. Marthona répondit en coulant à la doniate un regard entendu. Ayla remarqua l'échange et pensa avoir compris, elle aussi, mais n'en fut pas certaine. Les subtilités des messages passant entre deux personnes qui se connaissaient depuis longtemps lui échappaient encore.

— Enfin, je crois que je préfère quand même la discussion, continua Zelandoni. C'est quelquefois pénible quand chaque mot que l'on prononce est traité comme s'il sortait tout droit de la bouche de Doni Elle-Même. Cela me contraint à surveiller tout ce que je dis.

— Qui choisit celui ou celle de la Zelandonia qui deviendra le Premier ou la Première parmi Ceux Qui Servent la Mère ? voulut savoir Jondalar. Est-ce comme pour le chef d'une Caverne ? Chaque Zelandoni donne-t-il son avis ? Est-ce qu'il faut l'accord de tous ou de la plupart, ou seulement de certains ?

— L'avis de chaque Zelandoni compte, mais ce n'est pas aussi simple. De nombreux autres éléments entrent en considération. Notamment un talent de guérisseur, et nul ne juge plus sévèrement en ce domaine que les Zelandonia. Quelqu'un peut réussir à cacher son incapacité à la communauté en général, mais il ne trompera pas ceux qui savent. L'art de guérir n'est cependant pas essentiel. On a connu des Premiers qui n'avaient que des connaissances rudimentaires en la matière, mais qui compensaient par d'autres capacités. Certains ont des dons naturels ou d'autres attributs.

— On n'entend parler que de la Première. Y a-t-il une Deuxième, une Troisième ? Une Dernière ? demanda Jondalar.

Le sujet passionnait tout le monde. Zelandoni ne se montrait pas souvent loquace sur le fonctionnement interne de la Zelandonia, mais elle avait remarqué l'intérêt d'Ayla et avait des raisons pour montrer une franchise inhabituelle.

— L'ordre n'est pas individuel. Il y a des rangs. Il serait difficile à une Caverne d'accepter une doniate qui serait la Dernière parmi Ceux Qui Servent, non ? Les acolytes occupent le rang le plus bas, naturellement, mais il existe aussi des rangs pour les distinguer entre eux, quelquefois selon leurs capacités particulières. Vous avez peut-être deviné que le jeune Quatrième Acolyte de la Zelandoni de la Cinquième Caverne vient tout juste d'être accepté. C'est un novice – le rang le plus bas – mais il montre des possibilités, sinon il n'aurait pas été accepté. Certains ne souhaitent pas aller au-delà du statut d'acolyte, ils ne veulent pas avoir trop de responsabilités, ils désirent seulement exercer leurs capacités, et ils le peuvent mieux que partout ailleurs au sein de la Zelandonia.

« Chaque Zelandoni doit se sentir personnellement appelé et, plus que cela, il doit convaincre le reste de la Zelandonia de la sincérité de sa vocation. Certains ne vont jamais au-delà du rang d'acolyte, même s'ils le souhaitent ardemment. Parfois, certains acolytes veulent tellement devenir Zelandoni qu'ils feignent de se sentir appelés, mais ils sont toujours rejetés. Ceux qui sont passés par l'épreuve savent faire la différence. Ce rejet peut rendre certains acolytes – et anciens acolytes – très amers.

— Que faut-il d'autre pour devenir Zelandoni ? insista Jondalar. Que faut-il en particulier pour devenir Celle Qui Est la Première ?

Les autres lui laissaient volontiers le soin de poser les questions. Si certains, comme Marthona, qui avait elle-même été acolyte, connaissaient la plupart des qualités exigées, d'autres n'avaient jamais entendu Zelandoni répondre de manière aussi directe.

— Pour devenir membre de la Zelandonia, il faut mémoriser les Histoires et Légendes Anciennes et comprendre ce qu'elles signifient. Il faut connaître les mots à compter et savoir les utiliser, savoir quand commencent les saisons, les phases de la lune, et d'autres choses dont seule la Zelandonia doit avoir connaissance. Mais le plus important, peut-être, c'est d'être capable de visiter le Monde des Esprits. C'est pour cette raison qu'il faut vraiment être appelé. La plupart des Zelandonia savent dès le début qui sera le Premier, et qui lui succédera probablement. Cela peut se révéler la première fois qu'un Zelandoni est appelé à s'aventurer dans le Monde des Esprits. Etre Premier est aussi une vocation, une vocation dont tous les Zelandonia ne veulent pas.

— Comment est-ce, le Monde des Esprits ? Est-ce effrayant ? As-tu peur quand tu dois aller là-bas ?

— Jondalar, personne ne peut décrire le Monde des Esprits à quelqu'un qui n'y est jamais allé. Oui, c'est effrayant, surtout la première fois. Cela ne cesse d'ailleurs jamais de l'être, mais par la méditation et la préparation, on peut maîtriser sa peur, en sachant que la Zelandonia et la Caverne sont là pour aider. Sans l'aide des membres de sa Caverne, un Zelandoni pourrait avoir beaucoup de mal à revenir.

— Si cela est effrayant, pourquoi le fais-tu ?

— On ne peut refuser.

Ayla sentit soudain le froid et eut un frisson.

— Beaucoup tentent de se dérober et y parviennent un temps, poursuivit la doniate, mais la Mère finit par imposer sa volonté. Il vaut mieux être préparé. On ne cache jamais les dangers à celui qui envisage de tenter l'aventure et c'est pourquoi l'initiation est si éprouvante. De l'autre côté, l'épreuve est plus terrible encore. On a l'impression d'être écartelé, dispersé dans le tourbillon de l'inconnu. Certains ne regagnent jamais leur corps. Certains de ceux qui reviennent laissent une partie d'eux-mêmes en chemin et ne se sentent plus jamais bien après. Nul ne peut aller dans le Monde des Esprits et rester le même.

« Une fois qu'on a été appelé, il faut accepter sa vocation, ainsi que les devoirs et les responsabilités qui l'accompagnent. Je crois que c'est la raison pour laquelle si peu de Zelandonia s'unissent. Il ne leur est interdit ni de s'unir ni d'avoir des enfants, mais c'est un peu comme d'être chef. Il est parfois difficile de trouver une compagne ou un compagnon prêt à vivre avec quelqu'un qui doit répondre à tant d'exigences. N'est-ce pas, Marthona ?

La mère de Jondalar acquiesça, sourit à Dalanar puis se tourna vers son fils.

— Pourquoi crois-tu que Dalanar et moi avons rompu le lien, Jondalar ? Nous en avons parlé le jour de ton union. Ce n'était pas à cause de son envie de voyager – Willamar aussi a cette envie. A de nombreux égards, nous nous ressemblions trop, Dalanar et moi. Il est heureux maintenant d'être le chef de sa Caverne – de son propre peuple, à vrai dire – mais il lui a fallu un moment pour comprendre que c'était cela qu'il voulait vraiment. Longtemps il a refusé les responsabilités, alors que je pense que c'était cela qui l'attirait en moi. J'étais déjà Femme Qui Ordonne de la Neuvième Caverne, après la mort de Joconan, quand nous nous sommes unis. Nous avons été très heureux, au début, puis il a commencé à se sentir mal à l'aise. Il valait mieux nous séparer. Jerika est la femme qu'il lui faut. Elle a de la volonté – il a besoin d'une femme forte – mais c'est lui le chef.

Les deux personnes qu'elle venait de citer se regardèrent et se sourirent, puis Dalanar prit la main de Jerika.

— Losaduna est Celui Qui Sert pour le peuple qui vit de l'autre côté du glacier, intervint Ayla. Il a une compagne et cette femme a quatre enfants. Elle semble très heureuse.

Elle avait écouté Zelandoni avec une fascination mêlée de peur.

— Losaduna a de la chance d'avoir trouvé une femme comme elle, répondit Marthona. Comme j'ai eu de la chance de trouver Willamar. J'ai longuement hésité à prendre un nouveau compagnon, mais je suis contente qu'il ait insisté, avoua-t-elle en se tournant pour sourire au Maître du Troc. C'est l'une des raisons pour lesquelles j'ai renoncé aux responsabilités de Femme Qui

Ordonne. Je l'ai été pendant des années avec Willamar à mes côtés, et nous n'avons jamais eu de difficultés, mais je me suis lassée des exigences que cela comportait. J'ai voulu avoir du temps pour moi, du temps à partager avec Willamar. Comme Joharran semblait avoir les capacités requises, j'ai commencé à le préparer et, lorsqu'il a été en âge de devenir chef, je lui ai cédé la place avec plaisir. Il ressemble beaucoup à Joconan, je suis sûre qu'il est le fils de son esprit. (Elle sourit à son aîné.) Je continue à m'occuper un peu de ces choses. Joharran me consulte souvent, bien qu'il le fasse plutôt pour moi que pour lui, je pense.

— Ce n'est pas vrai. Ton avis m'est précieux, assura Joharran.

L'autre fils avait encore une question :

— Tu aimais beaucoup Dalanar, mère ? Tu sais qu'il y a des chants et des histoires sur votre amour ?

Il les avait entendus et se demandait comment, malgré un amour aussi fort, ils avaient pu se séparer.

— Oui, je l'aimais. Une petite partie de moi l'aime encore. Ce n'est pas facile d'oublier quelqu'un pour qui on a eu une telle passion, et je suis heureuse que nous soyons restés amis. Nous sommes meilleurs amis maintenant que lorsque nous étions unis. (Elle regarda de nouveau son fils aîné.) J'aime encore Joconan, aussi. Son souvenir demeure en moi et me rappelle le temps où j'étais jeune, où j'aimais pour la première fois… Il lui a pourtant fallu un moment pour savoir ce qu'il voulait, ajouta-t-elle d'un ton un peu mystérieux.

Jondalar songea à l'histoire qu'on lui avait racontée pendant son Voyage.

— Tu veux dire choisir entre Bodoa et toi ?

— Bodoa ! s'exclama Zelandoni. Cela faisait longtemps que je n'avais pas entendu ce nom. N'est-ce pas l'étrangère que la Zelandonia préparait à devenir doniate ? Une femme d'un peuple de l'Est. Les… comment déjà ? Zar… Sard…

— S'Armunaï, compléta Jondalar.

— C'est cela. J'étais encore jeune quand elle est partie, mais elle passait pour très douée.

— Elle est maintenant S'Armuna. Ayla et moi l'avons rencontrée pendant notre Voyage. Les Femmes Louves S'Armunaï m'avaient capturé, Ayla a suivi leurs traces et les a retrouvées. Nous avons eu de la chance de leur échapper. Sans Loup, aucun de nous deux ne serait ici, je crois. Vous imaginez comme j'ai été stupéfait de trouver parmi ce peuple quelqu'un qui non seulement parlait zelandonii mais connaissait ma mère !

Plusieurs personnes voulurent savoir ce qui s'était passé, et Jondalar résuma l'histoire d'Attaroa et du camp s'armunaï qu'elle avait perverti.

— Au début, S'Armuna avait aidé cette femme cruelle puis elle l'a regretté et a finalement décidé de venir au secours de son peuple et de remédier aux ennuis qu'Attaroa avait causés.

— Cela montre ce qui peut arriver quand une doniate s'écarte de la bonne voie, souligna Zelandoni. Je crois que Bodoa aurait pu aller loin si elle n'avait abusé de son pouvoir. Une chance pour elle qu'elle ait fini par se ressaisir… On dit que Ceux Qui Servent la Mère paieront dans le Monde d'Après le mauvais usage qu'ils font de leur pouvoir dans le nôtre. C'est pourquoi les Zelandonia choisissent avec tant de soin ceux qu'ils acceptent. Il est impossible de revenir en arrière. En cela, nous différons des chefs de Caverne. On est Zelandoni pour la vie. Même si nous sommes parfois tentés de le faire, nous ne pouvons pas nous décharger de notre fardeau.

Tous gardèrent un moment le silence en songeant à l'histoire que Jondalar avait racontée, puis levèrent la tête à l'arrivée de Ramara.

— Joharran, j'ai été chargée de t'avertir qu'on a apporté le rhinocéros au camp. Honneur à Jondalar : c'est sa sagaie qui a tué l'animal.

— Je suis heureux de l'apprendre. Merci, Ramara.

La compagne de Solaban aurait aimé rester à écouter la conversation mais elle avait des choses à faire, et personne ne l'avait invitée.

— A toi le choix, dit Joharran à son frère après le départ de la jeune femme. Prendras-tu la corne ?

— Je ne crois pas. Plutôt la fourrure.

— Raconte-moi exactement ce qui s'est passé là-bas.

Jondalar expliqua qu'Ayla et lui étaient tombés par hasard sur les jeunes gens qui excitaient la colère du rhinocéros laineux et s'étaient arrêtés pour les regarder.

— Je ne me suis rendu compte de leur extrême jeunesse qu'après l'accident, poursuivit-il. Je crois qu'ils voulaient moins la viande de cette bête que l'admiration et les louanges de leur Caverne.

— Ils n'avaient que peu d'expérience de la chasse, et aucune du rhinocéros, dit Joharran. Ils n'auraient jamais dû essayer de l'abattre eux-mêmes. C'est une façon cruelle d'apprendre que chasser un rhinocéros, ou n'importe quel animal, n'est pas un jeu.

— Il est vrai que, s'ils avaient rapporté eux-mêmes cette bête au camp, ils auraient fait l'envie de tous leurs amis, observa Marthona. En un sens, cet accident, aussi terrible soit-il, contribuera peut-être à prévenir d'autres tentatives, et des accidents plus graves encore. Pensez à tous les autres jeunes qui auraient essayé eux aussi si Matagan et ses camarades avaient réussi. Maintenant, ils réfléchiront peut-être avant de se lancer dans un tel « jeu », du moins pendant un moment. La mère de ce jeune homme s'inquiète et souffre, mais le sort de son fils épargnera peut-être un chagrin plus grand à d'autres mères. J'espère seulement que Matagan s'en tirera sans infirmité grave.

— Dès qu'Ayla a vu le rhinocéros l'encorner, elle s'est précipitée, reprit Jondalar. Ce n'était pas la première fois qu'elle se plaçait dans une situation dangereuse pour venir en aide à quelqu'un. Elle m'inquiète, quelquefois.

— Il a eu beaucoup de chance qu'elle soit là, répéta Zelandoni. Qu'as-tu fait exactement, Ayla ?

Ayla fournit un bref compte rendu de son intervention mais Zelandoni réclama des détails. Sous le couvert d'un intérêt compréhensible, elle cherchait à jauger les connaissances de guérisseuse de la jeune femme. Bien qu'elle ne l'eût pas encore mentionné, Celle Qui Etait la Première envisageait une réunion de tous les Zelandonia afin qu'ils puissent apprécier l'étendue du savoir d'Ayla, et elle profitait de l'occasion pour l'interroger d'abord seule. Tout regrettable qu'il fût, l'accident du pauvre Matagan avait permis à Ayla de démontrer ses capacités, et Zelandoni s'en réjouissait. Elle pouvait maintenant soumettre aux Zelandonia son idée d'admettre Ayla en leur sein.

Zelandoni avait déjà corrigé plusieurs fois sa première impression, et elle considérait à présent la jeune femme sous un jour nouveau. Ayla n'était pas une novice. C'était une égale, une vraie consœur. Il se pouvait même que Zelandoni apprît d'elle certaines choses. Ces spores de pied-de-loup, par exemple. C'était une application que la doniate n'avait jamais essayée, mais à la réflexion elle était probablement judicieuse. La Première était impatiente de se retrouver en tête à tête avec Ayla pour comparer idées et connaissances. Ce serait agréable d'avoir quelqu'un à qui parler dans la Neuvième Caverne.

Zelandoni discutait avec les autres doniates pendant les Réunions d'Eté. Elle avait quelques acolytes, bien sûr, mais aucun qui s'intéressât sérieusement à l'art de guérir. Une vraie guérisseuse apportant un savoir nouveau pouvait lui être très utile.

— Ayla, il faudrait peut-être parler à la famille de Matagan, suggéra-t-elle.

— Je ne suis pas sûre de savoir quoi dire.

— Ils doivent être inquiets. Tu pourrais essayer de les rassurer.

— Comment ?

— En leur expliquant que le sort de Matagan dépend maintenant de la Mère, mais qu'il y a une bonne chance pour qu'il s'en sorte. Ce n'est pas ton avis ? C'est le mien. Je crois que Doni a souri à ce jeune homme, comme le prouve le fait que tu te sois trouvée là.

Jondalar réprima un bâillement en ôtant la tunique que sa mère lui avait offerte à sa fête d'union, vêtement qu'elle avait tissé avec du lin qu'elle avait elle-même filé. Elle avait demandé à quelqu'un d'autre de la décorer, mais sans la surcharger, de sorte que la tunique était légère et confortable. Elle en avait donné une semblable à Ayla, assez ample pour que la jeune femme pût la porter pendant sa grossesse. Jondalar avait aussitôt enfilé le nouvel habit mais Ayla gardait le sien pour plus tard.

— Je n'avais jamais entendu la Première parler aussi ouvertement de la Zelandonia, dit-il en se glissant sous leurs fourrures de couchage. C'était intéressant. Je ne me rendais pas compte que le statut de doniate pouvait être aussi difficile, mais je me rappelle l'avoir entendue dire, chaque fois qu'elle rencontrait des difficultés, que ces épreuves avaient leurs compensations. Je me demande lesquelles.

Allongés, ils demeurèrent un moment silencieux. Ayla prit conscience de sa fatigue, une fatigue si profonde qu'elle avait du mal à penser clairement. Entre l'accident de Matagan, la veille, et la fête de célébration ce jour-là, elle avait très peu dormi et était restée presque constamment sous tension. Les tempes douloureuses, elle songea à se lever pour se préparer une infusion d'écorce de saule puis renonça : elle était trop lasse.

— Et mère... poursuivit Jondalar en une sorte de prolongement de ses pensées. J'avais toujours cru que

Dalanar et elle avaient simplement décidé un jour de se séparer. Je crois qu'on ne voit jamais sa mère que comme une mère. Quelqu'un qui vous aime et s'occupe de vous.

— La séparation n'a pas dû être facile pour elle, dit Ayla. Je suppose qu'elle aimait beaucoup Dalanar. Je comprends pourquoi : tu lui ressembles beaucoup.

— Pas en tout. Je n'ai jamais eu envie de devenir chef. Sentir une pierre dans mes mains me manquerait. Il n'y a rien de plus satisfaisant qu'arracher des éclats à un silex et en voir surgir une lame parfaite, correspondant à celle que l'on cherchait.

— Dalanar est un fin tailleur de silex, lui aussi.

— Le meilleur, mais il n'a plus beaucoup le temps d'exercer son talent. Le seul qui puisse rivaliser avec lui, c'est Wymez, et il est toujours au Camp du Lion, où il fabrique de belles pointes pour les lances des chasseurs de mammouths. C'est dommage, ils ne se rencontreront jamais. Ils auraient pris plaisir à échanger leurs connaissances.

— Mais toi, tu les as rencontrés tous les deux, et tu comprends la pierre mieux que quiconque. Ne peux-tu montrer à Dalanar ce que Wymez t'a appris ?

— J'ai commencé. Dalanar s'y intéresse autant que moi. Je suis content qu'on ait retardé les Matrimoniales jusqu'à l'arrivée des Lanzadonii. Et je suis heureux que Joplaya et Echozar se soient unis en même temps que nous. C'est un lien particulier. J'ai toujours éprouvé pour ma cousine une affection profonde. Elle semblait contente, elle aussi.

— Je suis sûre qu'elle a toujours voulu partager avec toi une cérémonie d'union, dit Ayla.

C'est ce qui se rapproche le plus de ce qu'elle désirait vraiment, pensa-t-elle. Toute désolée qu'elle était pour Joplaya, elle devait s'avouer qu'elle se félicitait de l'interdiction faite aux cousins proches de s'unir.

— Echozar paraît très heureux, ajouta-t-elle.

— Il n'arrive pas encore à y croire. D'autres non plus, pour des raisons différentes, répondit Jondalar, qui passa un bras autour des épaules de sa compagne et enfouit le visage au creux de son cou.

— Il l'aime au-delà de la raison. Un tel amour compense beaucoup de choses, dit Ayla tout en luttant pour rester éveillée.

— Il n'est pas si laid, une fois qu'on s'habitue.

— Je ne le trouve pas laid du tout. Il me rappelle Rydag et Durc. Je les trouve beaux, les hommes du Clan.

— Je le sais, et tu as raison. Ils sont beaux, à leur manière. Toi aussi, tu es plutôt belle, femme.

Il lui mordilla le cou, l'embrassa et sentit naître son désir pour elle mais se rendit compte qu'elle dormait presque. Il savait qu'elle ne le repousserait pas s'il insistait, mais ce n'était pas le moment. Ce serait meilleur quand elle serait reposée, de toute façon. Ayla roula sur le côté et il se pressa contre elle en disant :

— J'espère que Matagan s'en sortira.

Elle se retourna.

— J'ai oublié de te dire que Zelandoni, la doniate de la Cinquième Caverne et moi avons parlé à sa mère. Il fallait la prévenir qu'il ne remarcherait peut-être pas.

— Ce serait terrible. Il est si jeune.

— Nous n'en savons rien, bien sûr, mais, même s'il remarche, il boitera peut-être. Zelandoni a demandé à sa mère s'il avait montré de l'intérêt pour une activité quelconque. La seule chose qui lui soit venue à l'esprit, hormis la chasse, c'est qu'il aimait fabriquer lui-même les pointes de ses sagaies. Cela m'a fait penser aux jeunes S'Armunaï mutilés par Attaroa. Souviens-toi, tu apprenais à l'un d'eux à tailler le silex pour qu'il puisse subvenir lui-même à ses besoins. J'ai dit à la mère de Matagan que, si son fils le souhaitait, je t'en parlerais.

— Il est de la Cinquième Caverne ? fit Jondalar, réfléchissant à la suggestion.

— Oui, mais il pourrait venir vivre quelque temps à

la Neuvième. Danug n'a-t-il pas passé un an environ dans un autre camp mamutoï pour élargir ses connaissances ? Nous pourrions proposer la même chose à Matagan.

— C'est juste. Quand nous l'avons rencontré, Danug venait de passer une année dans un camp de mineurs de silex, pour puiser de nouvelles connaissances à la source même, comme j'ai puisé les miennes à la mine de Dalanar. Il n'aurait pu avoir de meilleur maître que Wymez dans cet art, mais un bon tailleur doit aussi connaître la pierre elle-même.

Le font plissé, Jondalar pesait les implications éventuelles.

— Je ne sais pas, poursuivit-il. Je serais heureux de lui apprendre la taille mais je dois d'abord en parler à Joharran. Il faudrait trouver à ce garçon un foyer où vivre. Joharran devra en discuter avec la Cinquième Caverne… enfin, à supposer que ce soit le désir de Matagan. Il fabriquait peut-être lui-même ses pointes de sagaie parce qu'il ne trouvait personne d'autre pour s'en charger. Nous verrons, Ayla. C'est une possibilité. S'il reste infirme, il devra apprendre une autre activité que la chasse.

Ils trouvèrent tous deux une position propice au sommeil mais, malgré sa fatigue, Ayla ne parvint pas à s'endormir immédiatement. Elle pensait à son avenir et à celui du bébé qu'elle portait. Si c'était un garçon, et si l'idée lui venait un jour d'aller tourmenter un rhinocéros ? S'il lui arrivait quelque chose ? Et Loup, que devenait-il ? Il était presque comme un fils pour elle et elle ne l'avait pas vu depuis plusieurs jours. Lorsqu'elle finit par trouver le sommeil, elle rêva de bébés, de loups, de tremblements de terre. Elle détestait les tremblements de terre. Non seulement ils l'effrayaient mais il étaient pour elle comme un présage de mauvaise nouvelle.

— Je n'arrive pas à croire que certains s'opposent encore à l'union de Joplaya et Echozar, s'énervait Zelandoni. C'est fait. Ils sont unis. Ils ont passé leur période d'isolement, leur union a été confirmée. C'est terminé. Ils ont même eu leur fête d'union. Il n'y a plus rien à ajouter.

La doniate buvait une dernière tisane avant de regagner la hutte de la Zelandonia, après avoir passé la nuit au camp de la Neuvième Caverne. Plusieurs autres Zelandonii finissaient leur repas du matin autour de la large fosse du feu.

— Ils parlent de repartir bientôt, dit Marthona.

— Ce serait dommage, après un aussi long voyage, observa Jondalar.

— Ils ont obtenu ce pour quoi ils étaient venus, intervint Willamar. Joplaya et Echozar sont unis, et leur Caverne a maintenant sa Zelandoni, ou plutôt sa Lanzadoni.

— J'espérais passer quelque temps avec eux, reprit Jondalar. Je crois que nous ne les reverrons pas de sitôt.

— Je nourrissais le même espoir, dit Joharran. J'ai discuté avec Dalanar de sa décision d'établir les Lanzadonii comme un groupe séparé. Ce n'est pas uniquement parce qu'ils vivent loin d'ici. Il a quelques idées intéressantes.

— Il en a toujours eu, commenta Marthona.

Folara se mêla à la conversation :

— Echozar et Joplaya n'ont aucun plaisir à se rendre au camp principal car ils attirent tous les regards… des regards pas spécialement amicaux.

— Ils sont peut-être très sensibles après les objections formulées pendant les Matrimoniales, avança Proleva.

— Je les ai soigneusement considérées, ces objections, marmonna la Première. Aucune ne tient. C'est Brukeval qui a commencé, mais tout le monde connaît son problème. Quant à Marona, elle cherche simplement à créer des ennuis aux Lanzadonii parce qu'ils sont apparentés à Jondalar et qu'elle lui en veut toujours.

— Cette femme semble n'avoir rien d'autre à faire qu'entretenir ses rancœurs, dit Proleva. Si elle avait un enfant, elle penserait peut-être à autre chose.

— Je ne souhaiterais à aucun enfant de l'avoir pour mère, déclara Salova.

— Doni semble partager ton sentiment, remarqua Ramara. Marona n'a jamais été honorée, autant que nous sachions.

— Elle ne t'est pas apparentée ? demanda Folara. Vous avez les mêmes cheveux blond clair.

— C'est une cousine éloignée.

— Proleva a raison, dit Marthona. Marona a besoin d'une occupation, mais cela ne signifie pas qu'il lui faut un bébé. Elle pourrait apprendre une activité ou se consacrer à quelque chose qui en vaille la peine. Elle ne songerait plus à ennuyer les autres sous prétexte que sa vie n'est pas comme elle l'avait rêvée. Chacun devrait exercer une activité, une chose qu'il ait plaisir à faire, et à bien faire. Si Marona n'en trouve pas, elle continuera à causer des ennuis pour attirer l'attention.

Solaban émit une réserve :

— Cela ne suffirait peut-être pas. Regardez Laramar, il a une activité, un talent reconnu et même envié. Il fait un bon barma, et cela ne l'empêche pas de créer des difficultés. Il soutient Brukeval dans son hostilité à l'union de Joplaya et d'Echozar, et cela lui vaut aussi l'attention des Zelandonii. Je l'ai entendu dire à des membres de la Cinquième Caverne que le foyer de Jondalar ne devait pas figurer parmi les plus élevés, parce qu'il s'est uni à une étrangère de rang inférieur. Je crois qu'il n'a toujours pas accepté qu'Ayla n'ait pas été placée derrière lui pour l'enterrement de Shevonar. Il feint l'indifférence mais je pense qu'il n'apprécie pas d'occuper le dernier rang de la Caverne.

— Alors, il devrait tenter quelque chose pour s'élever ! s'exclama Proleva avec colère. Comme de prendre soin des enfants de son foyer.

— Le foyer de Jondalar occupe exactement le rang qui lui revient, déclara Marthona avec un infime sourire de satisfaction. La situation était exceptionnelle, la décision a été prise par les chefs de la Zelandonia, comme il se devait. Laramar n'a pas son mot à dire.

— C'est peut-être la chose à faire, estima la Première. Je vais proposer à Dalanar de réunir la Zelandonia et les chefs pour discuter de l'union de Joplaya et d'Echozar, poser le problème devant tout le monde et donner la possibilité à ceux qui ont des objections d'exprimer leurs sentiments.

— Ce serait peut-être l'occasion pour Jondalar et Ayla de parler de leur expérience avec les Têtes Plates… le Clan, comme elle les appelle, dit Joharran. J'ai l'intention d'en discuter avec les autres chefs, de toute façon.

— Nous pourrions aller lui en parler maintenant, proposa Zelandoni. Je dois retourner à la hutte. J'ai un problème. Un membre de la Zelandonia fait circuler des informations qui devraient rester confidentielles. En partie des renseignements très personnels sur certains Zelandonii, en partie des connaissances qui ne devraient pas sortir de la Zelandonia. Je dois trouver qui, ou du moins arrêter les fuites.

Ayla avait écouté la conversation et continua à y réfléchir lorsque les autres se levèrent et partirent dans diverses directions. Les Zelandonii lui évoquaient un fleuve agité de courants contraires sous une surface d'un calme apparent. Marthona et Zelandoni devaient en savoir plus long que la plupart des autres sur ce qui se passait en eau profonde, mais même ces deux femmes puissantes ne savaient pas tout. Ayla avait noté des expressions, des postures, des inflexions de voix qui fournissaient des indices sur ce qui se déroulait en réalité, mais à la question des fuites succéderait un autre problème. Les courants profonds tournoyaient et changeaient de sens sans qu'une ride apparaisse à la surface. Il en serait ainsi tant qu'il y aurait des êtres humains.

— Je passe voir les chevaux, annonça-t-elle à Jondalar. Tu m'accompagnes ?

— Je viens avec toi, mais attends un peu. Je vais chercher le lance-sagaie que j'ai fabriqué pour Lanidar. Je suis trop grand pour l'essayer ; toi, tu pourrais peut-être. Je sais qu'il sera petit pour toi mais tu sentiras s'il peut lui convenir.

— Je suis sûre qu'il lui conviendra parfaitement mais je veux bien essayer. C'est Lanidar qui est le mieux placé pour le savoir. Encore devra-t-il attendre d'avoir acquis quelque pratique. J'ai l'impression que tu vas faire le bonheur de ce garçon.

Le soleil approchait de son zénith lorsqu'ils commencèrent à rassembler leurs affaires. Ils avaient étrillé les chevaux, et Ayla les examinait avec soin. A la saison chaude, des insectes volants tentaient souvent de déposer des œufs dans les coins humides et chauds des yeux de divers herbivores, cerfs et chevaux en particulier. Iza lui avait appris à faire usage du liquide clair de la plante blanc-bleu qui poussait dans les forêts ombreuses et ressemblait à une chose morte. Elle tirait sa subsistance du bois pourrissant, et sa surface cireuse noircissait quand on la touchait. Il n'existait pas meilleur traitement pour les yeux irrités ou enflammés que le liquide frais suintant de sa tige cassée.

Ayla avait essayé le petit lance-sagaie, qu'elle jugeait parfait pour Lanidar. Jondalar avait aussi fabriqué plusieurs projectiles et il décida d'en faire d'autres lorsqu'il avisa un boqueteau de jeunes aulnes au tronc mince et droit, d'un diamètre adéquat pour de petites sagaies. Il en coupa quelques-uns. Ayla ne sut jamais ce qui la poussa à pénétrer dans le bois baigné par le ruisseau, derrière l'enclos de Whinney et Rapide.

— Où vas-tu ? l'appela son compagnon. Il faut rentrer, je dois aller au camp principal cet après-midi.

— Je ne serai pas longue, assura-t-elle.

Jondalar la suivit des yeux à travers le rideau d'arbres et se demanda si elle avait vu quelque chose bouger là-bas. Peut-être un danger qui menaçait les chevaux. Peut-être aurais-je dû l'accompagner, pensait-il quand il l'entendit s'écrier :

— Non ! Oh, non !

Il courut aussi vite que le lui permettaient ses longues jambes, fendit les broussailles, se cogna à une branche basse. Quand il eut rejoint Ayla, il poussa lui aussi un cri de refus et tomba à genoux.

15

Sur la berge boueuse du petit cours d'eau, Jondalar se pencha vers Ayla. Allongée près du loup couché sur le flanc, elle tenait entre ses mains la tête de l'animal, qui essayait de lui lécher le visage. Une de ses oreilles, déchirée, saignait.

— C'est Loup ! Il est blessé, gémit-elle.

Ses larmes traçaient des sillons blancs dans la tache boueuse qui lui maculait la joue.

— Que lui est-il arrivé ?

— Je ne sais pas mais nous devons le secourir, répondit-elle en se redressant. Il nous faut une litière pour le porter au camp.

Loup tenta d'imiter Ayla et retomba dans la boue.

— Reste avec lui, dit Jondalar. Je vais fabriquer une civière avec les aulnes que je viens de couper.

Quand Ayla et Jondalar regagnèrent le camp, plusieurs Zelandonii se pressèrent autour d'eux et proposèrent leur aide, ce qui fit comprendre à Ayla que beaucoup de membres de la Neuvième Caverne s'étaient pris d'affection pour Loup.

— Je lui prépare un coin dans la hutte, dit Marthona en partant devant.

— Qu'est-ce que je peux faire ? s'enquit Joharran, qui venait de rentrer au camp.

— Tu pourrais aller voir si Zelandoni a de la consoude, ainsi que des pétales de souci. Je crois qu'il s'est battu avec d'autres loups et les morsures peuvent donner de vilaines plaies. On doit les nettoyer avec soin et appliquer de puissants remèdes.

— Faut-il faire bouillir de l'eau ? demanda Willamar.

La voyant acquiescer, il reprit :

— J'allume un feu. Par chance, nous venons de rapporter du bois.

Joharran revint, accompagné de Folara et Proleva, et annonça que Zelandoni les suivait. Avant longtemps, toute la Réunion d'Eté sut que le loup d'Ayla était blessé, et nombreux furent ceux qui exprimèrent leur inquiétude.

Jondalar demeura auprès de sa compagne pendant qu'elle examinait l'animal et comprit à son expression que les blessures étaient graves. Certaine que Loup avait été attaqué par toute une meute, Ayla s'étonnait qu'il fût encore en vie. Elle se fit apporter par Proleva un morceau de viande d'aurochs, la gratta comme elle l'avait fait pour Lorala, la mélangea à du datura et la glissa dans le gosier de l'animal pour l'aider à se détendre et à s'endormir.

— Jondalar, peux-tu me donner un peu de la peau du petit qui était dans le ventre de la femelle aurochs que j'ai tuée ? Il me faut quelque chose d'absorbant pour laver ses blessures.

Marthona la regarda mettre des racines et des poudres dans divers bols d'eau très chaude puis lui tendit un morceau de tissu en disant :

— Zelandoni s'en sert souvent.

Ayla examina la chose. Ce n'était pas une peau ; cela ressemblait davantage au matériau finement tissé dont était faite la tunique que la mère de Jondalar lui avait offerte. Ayla le trempa dans l'un des bols et vit qu'il absorbait rapidement l'eau.

— Cela ira très bien. Merci, Marthona.

Zelandoni arriva au moment où Jondalar et Joharran retournaient Loup pour qu'Ayla puisse soigner son autre flanc. La Première aida la jeune femme à nettoyer une blessure particulièrement profonde. Ayla surprit ensuite une partie des Zelandonii en glissant un filament de nerf dans le trou de son tire-fil et en l'utilisant pour refermer les plaies les plus graves à l'aide de quelques nœuds judicieusement placés. Elle avait montré l'ingénieux outil à plusieurs personnes mais nul ne l'avait vue s'en servir pour coudre de la chair vivante. Elle recousit même l'oreille décollée, qui garderait cependant un bord déchiqueté.

— Alors, c'est ce que tu m'as fait, murmura Jondalar avec un sourire.

— Apparemment, cela aide la plaie à se refermer, dit Zelandoni. As-tu appris cela aussi auprès de la guérisseuse du Clan, Ayla ?

— Non, Iza ne le faisait jamais. Les membres du Clan ne cousent pas vraiment, ils nouent des choses ensemble. Ils utilisent le petit os pointu qui se trouve dans le bas de la patte avant du cerf pour percer des trous dans une peau ; ils y passent ensuite des nerfs en partie séchés et à l'extrémité durcie, puis ils les nouent. Ils font aussi des récipients en écorce de bouleau, avec cette méthode. C'est quand les plaies de Jondalar s'écartaient et se rouvraient malgré mes efforts pour en rapprocher les bords en les bandant que je me suis demandé si quelques nœuds ne maintiendraient pas la peau et les muscles en place. J'ai essayé. Cela semblait marcher mais j'ignorais à quel moment ôter les fils. Il ne fallait pas laisser les nœuds s'incruster dans la chair. J'ai peut-être attendu trop longtemps avant de les couper. Jondalar a probablement eu un peu plus mal qu'il n'aurait dû quand je les ai enfin retirés.

— Tu veux dire que c'était la première fois que tu recousais une plaie ? s'étonna Jondalar. Tu ne savais pas si cela marcherait, et tu as essayé sur moi ? (Il s'esclaffa.) Je suis content que tu l'aies fait. A part les cicatrices, je n'ai gardé aucune trace de la patte de lion qui m'a lacéré.

— Seul quelqu'un possédant de grandes capacités et une aptitude naturelle à soigner pouvait avoir une telle idée, déclara la Première. Ayla, ta place est dans la Zelandonia.

— Je ne souhaite pas en faire partie, rétorqua la jeune femme, consternée. Je... j'apprécie... je me sens honorée, mais je désire seulement être la compagne de Jondalar, avoir un bébé de son esprit et être une bonne Zelandonii.

— Ne te méprends pas, je te prie, répondit la doniate. Ce n'était pas une offre lancée à la légère, comme une invitation à partager un repas. J'ai eu le temps d'y songer. Une femme de ta compétence doit être associée à d'autres personnes de même niveau. Tu aimes soigner, n'est-ce pas ?

— Je suis guérisseuse. Je n'y peux rien changer.

— Bien sûr que tu l'es, là n'est pas la question. Mais chez les Zelandonii, seuls les membres de la Zelandonia soignent les autres. Personne ne fera appel à toi quand on aura besoin d'une guérisseuse si tu n'appartiens pas à la Zelandonia. Pourquoi résistes-tu ?

— Tu m'as expliqué tout ce qu'il faut apprendre, et le temps que cela exige. Comment pourrais-je prendre soin de mes enfants et être une bonne compagne pour Jondalar si je passe mes journées à devenir une Zelandoni ?

— Certaines de Celles Qui Servent la Mère ont un compagnon et des enfants. Tu m'as parlé toi-même de celle qui vit de l'autre côté du glacier, et tu as rencontré Zelandoni de la Deuxième Caverne. Il y en a d'autres.

— Pas beaucoup.

Zelandoni observa la jeune femme et se convainquit qu'il y avait une autre raison à son entêtement. Ce refus de devenir doniate n'était pas dans son caractère. Curieuse de tout, Ayla apprenait vite et y prenait manifestement plaisir. Elle ne négligerait jamais ni son compagnon ni ses enfants, et si elle devait parfois s'absenter, il y aurait toujours quelqu'un pour l'aider. Si on pouvait lui reprocher quelque chose, c'était d'être presque trop soucieuse des autres. Malgré toute l'attention qu'elle prodiguait à ses animaux, elle était toujours disponible, toujours prête à aider, elle accomplissait toujours plus que sa part du travail.

La Première avait été impressionnée par la façon dont elle avait persuadé les jeunes mères d'aider Lanoga à s'occuper de sa petite sœur et des autres enfants. Par la manière aussi dont elle aidait le jeune garçon au bras difforme. C'était le genre de choses que faisait une bonne Zelandoni. Ayla avait naturellement assumé ce rôle. La doniate résolut de découvrir le véritable problème d'Ayla, parce que, d'une façon ou d'une autre, la jeune femme devait rejoindre Ceux Qui Servaient la Grande Terre Mère. La stabilité de la Zelandonia serait menacée si une personne aussi savante demeurait en dehors de son influence.

Les Zelandonii souriaient en voyant le loup entouré de bandages traverser le camp principal en marchant à côté d'Ayla. Il avait presque l'air habillé et ne ressemblait plus guère à un féroce carnassier. Beaucoup s'arrêtaient pour s'enquérir de sa santé ou affirmer qu'il semblait remis. Mais l'animal ne quittait plus les jambes d'Ayla. La première fois qu'elle l'avait laissé un moment, il s'était mis à hurler, il avait rompu le lien qui l'attachait et l'avait retrouvée. Les conteurs avaient commencé à concocter des histoires sur le loup qui aimait une femme.

Ayla avait dû lui réapprendre à rester là où elle le lui

ordonnait. Au bout de quelque temps, il avait commencé à se sentir mieux lorsqu'elle le confiait à Jondalar, Marthona ou Folara. Il continuait cependant à défendre comme son territoire le camp de la Neuvième Caverne, et elle devait l'empêcher de menacer les visiteurs. Les Zelandonii, en particulier ceux qui étaient proches d'Ayla, s'étonnaient de la patience infinie qu'elle montrait envers l'animal mais ils en constataient les résultats. Cela leur fit aussi comprendre que le pouvoir qu'elle exerçait sur lui n'avait rien de magique.

Ayla commençait à se rassurer en voyant Loup se montrer moins mal à l'aise avec les inconnus quand un jeune homme – elle avait entendu qu'on le présentait comme Lenadar de la Onzième Caverne – rendit visite à Tivonan, l'apprenti de Willamar. L'animal s'approcha de lui, se mit à gronder et découvrit ses crocs. Ayla dut le forcer à se coucher, et, même alors, il continua à grogner. Le jeune homme recula, effrayé ; Ayla se confondit en excuses. Willamar, Tivonan et plusieurs autres Zelandonii observaient la scène avec perplexité.

— Je ne sais pas ce qu'il a, dit-elle. Je pensais qu'il avait perdu cette manie de défendre son territoire. Il ne se conduit pas de cette façon, d'habitude, mais il a eu des ennuis et il ne s'en est pas tout à fait remis.

— Il paraît qu'il a été blessé, fit le jeune homme.

Elle remarqua alors qu'il avait autour du cou un collier de crocs et qu'il portait un sac décoré d'une peau de loup.

— Je peux te demander d'où te vient cette fourrure ?

— Eh bien… la plupart des gens s'imaginent que j'ai tué un loup, mais je vais t'avouer la vérité. Ce loup, je l'ai trouvé mort. J'en ai trouvé deux, en fait. Ils avaient dû se battre férocement parce qu'ils étaient couverts de blessures. L'un était une femelle noire, l'autre un mâle au pelage gris. J'ai pris d'abord les dents, puis j'ai décidé de sauver aussi ce qui restait de leur fourrure.

— Et c'est celle du mâle gris qui orne ton sac. Je

comprends, maintenant. Loup a dû se battre contre sa meute. Je savais qu'il avait trouvé une amie, probablement la femelle noire. Comme il est encore jeune, il ne devait pas s'accoupler avec elle. Il compte moins de deux ans, mais ils apprenaient à se connaître. Elle était la femelle de rang inférieur de la meute locale, ou une louve solitaire.

— Comment le sais-tu ? demanda Tivonan.

— Les loups aiment que les loups ressemblent à des loups. Ceux qui sortent de l'ordinaire parce qu'ils sont tout noirs, tout blancs ou mouchetés sont moins bien acceptés. Sauf que des amis mamutoï m'ont raconté que là où il y a de la neige toute l'année, les loups blancs sont les plus nombreux. Les bêtes différentes, comme cette femelle noire, occupent souvent le dernier rang de la meute. Elle avait probablement quitté la sienne pour devenir une louve solitaire. Les animaux esseulés vivent en général entre les territoires de deux meutes et, s'ils croisent un autre solitaire, ils essaient de fonder leur propre meute. Je dirais que les loups de cette région défendaient leur territoire contre les deux intrus. Et, bien que grand et fort, Loup était désavantagé. Il ne connaît que les hommes, il n'a pas grandi parmi les loups, il n'a pas eu de frères ni de sœurs, d'oncles ni de tantes pour lui apprendre ce qu'il devrait savoir.

— D'où tiens-tu ces connaissances ? dit Lenadar.

— Je les ai observés pendant de nombreuses années. Quand j'ai appris à chasser, je ne m'en prenais qu'aux mangeurs de viande. J'ai une faveur à te demander, Lenadar. Accepterais-tu de m'échanger cette peau ? Je crois que Loup gronde et te menace parce qu'il sent l'odeur de la bête contre laquelle il s'est battu – l'une d'elles, tout au moins – et qu'il a probablement tuée. Mais le reste de la meute a tué son amie et a failli lui faire subir le même sort.

— Je te la donne, répondit le jeune homme. Ce n'est qu'un méchant morceau de fourrure mal cousu sur mon sac. Je ne veux pas rester dans les chants et les contes comme celui qui a été attaqué par le loup qui aimait une femme. Je peux garder les dents ? Elles ont de la valeur.

— Garde-les, mais je te suggère de les laisser tremper quelques jours dans une infusion légèrement colorée. En outre, pourrais-tu me montrer où tu as trouvé les loups ?

Après que Lenadar eut remis la dépouille à Ayla, elle la lança au loup, qui la saisit dans sa gueule, la secoua, chercha à la déchirer. La scène aurait fait sourire les Zelandonii s'ils n'avaient connu la gravité de ses blessures et appris que sa compagne avait été tuée. Ils s'identifièrent à l'animal, lui prêtant les sentiments qu'ils auraient éprouvés en pareille situation.

— Je suis content de ne plus avoir cette peau sur le dos, murmura Lenadar.

Ayla et lui convinrent de se retrouver plus tard pour se rendre à l'endroit où il avait découvert les corps : ils avaient tous deux d'autres projets dans l'immédiat. Ayla ne savait pas au juste ce qu'elle s'attendait à trouver. Les charognards avaient probablement fait place nette, mais elle voulait savoir sur quelle distance Loup s'était traîné, grièvement blessé, pour la rejoindre. Après le départ de Lenadar, elle songea aux chants et contes sur le loup qui aimait une femme.

Elle avait visité le camp des Conteurs et Musiciens, endroit animé et haut en couleur. Même leurs vêtements semblaient avoir des teintes plus vives. Ils ne venaient pas d'un même lieu, ils n'avaient pas d'abri à eux, ils ne possédaient que leurs tentes et leurs huttes de voyage. Ils allaient d'une Caverne à l'autre, ils se connaissaient tous et avaient le sentiment d'appartenir à une même famille. Il y avait toujours des enfants autour d'eux. Comme pendant le reste de l'année, ils rendaient visite aux Cavernes, mais cette fois dans leur camp d'été. Ils donnaient aussi des spectacles pour tous les participants à la Réunion d'Eté sur le terrain plat où l'on avait célébré les Matrimoniales.

Ayla savait que les Conteurs avaient commencé à parler des animaux de la Neuvième Caverne. Ils expliquaient que ces bêtes pouvaient être utiles, comme les chevaux qui portaient de lourdes charges ou le loup qui aidait la femme à chasser en débusquant le gibier pour elle. Il existait une nouvelle histoire sur la façon dont il l'avait amenée à découvrir la grotte blanche et, d'une manière générale, ces récits comportaient un élément surnaturel ou magique. Dans leurs histoires, Loup ne chassait pas parce qu'elle l'avait dressé pour cela mais parce qu'un lien particulier les unissait. L'histoire du loup qui aimait une femme était déjà devenue celle de l'homme qui était devenu loup en explorant le Monde des Esprits et avait oublié de se transformer de nouveau en homme lorsqu'il était retourné dans ce monde.

Ces histoires avaient déjà été racontées maintes fois et étaient en passe de s'intégrer aux légendes des Zelandonii. Certains conteurs en inventaient d'autres sur des animaux gardés par des hommes ou les tournaient parfois de manière que les hommes soient gardés par les animaux. Ceux-ci devenaient alors des Esprits animaux qui aidaient les humains. Selon toute vraisemblance, ces histoires, transmises de génération en génération, entretiendraient l'idée que l'on pouvait apprivoiser, dresser et garder des animaux, et non plus seulement les chasser.

— Loup sera très bien avec Folara, affirmait Jondalar. Il se conduit normalement avec les visiteurs, maintenant, et ceux-ci ont la prudence de prévenir de leur venue. Il ne se jettera pas sur quelqu'un. Nous savons pourquoi il s'est montré agressif envers Lenadar. Loup a subi une dure épreuve qui ne peut manquer de le changer, mais il reste ce Loup que tu aimes et à qui tu apprends des choses depuis que tu l'as recueilli tout petit. Je pense toutefois qu'il vaut mieux ne pas l'emmener à la réunion. Tu sais comme les gens s'énervent et laissent libre cours à leurs rancœurs. Loup n'aimerait pas les voir s'emporter, surtout s'il a l'impression qu'ils te menacent.

— Qui sera présent ? demanda Ayla.

— Surtout les chefs et les Zelandonia, ainsi que ceux qui se sont exprimés contre Echozar.

— Ce qui signifie Brukeval, Laramar et Marona. Ce ne sont pas des amis.

— Ce n'est pas tout. Le Zelandoni de la Cinquième Caverne et Madroman, son acolyte, qui ne figure certes pas au rang de mes meilleurs amis, seront aussi présents. Ainsi que Denanna de la Vingt-Neuvième Caverne, bien que je ne sache pas trop pourquoi elle se plaint.

— Je crois que l'idée que des animaux puissent vivre chez les hommes ne lui plaît pas, avança Ayla. Rappelle-toi, quand nous avons fait halte chez elle en venant ici, elle n'a pas voulu que les chevaux montent jusqu'à son abri. Pour ma part, j'étais tout aussi contente de camper en bas dans la prairie.

Lorsqu'ils arrivèrent à la hutte de la Zelandonia, le rideau s'écarta avant même qu'ils manifestent leur présence. Ayla se demanda comment s'y prenaient les doniates pour savoir à chaque fois quand elle arrivait, qu'elle fût attendue ou non.

— Avez-vous fait la connaissance du nouveau membre de la Neuvième Caverne ? dit Zelandoni.

Elle s'adressait à une femme au visage agréable et au sourire bienveillant, en qui Ayla devina une force sous-jacente.

— J'ai assisté aux Présentations, bien sûr, ainsi qu'aux Matrimoniales, mais nous ne nous sommes pas rencontrées directement, répondit la femme.

La Première procéda aux présentations :

— Voici Ayla de la Neuvième Caverne des Zelandonii, compagne de Jondalar de la Neuvième Caverne des Zelandonii, fils de Marthona, ancienne Femme Qui Ordonne de la Neuvième Caverne, anciennement Ayla des Mamutoï, membre du Camp du Lion, Fille du Foyer du Mammouth, choisie par l'Esprit du Lion des Cavernes, et protégée de l'Ours des Cavernes. Ayla, voici Zelandoni de la Vingt-Neuvième Caverne.

La compagne de Jondalar fut étonnée d'une présentation aussi brève, qui indiquait cependant l'essentiel. En sa qualité de Zelandoni, cette femme avait renoncé à son identité personnelle pour devenir l'incarnation de la Vingt-Neuvième Caverne des Zelandonii. Si elle l'avait souhaité, la présentation aurait pu inclure les noms et les liens de la personne qu'elle avait été.

Ayla songea aux noms et liens qu'elle avait récemment acquis. Elle aimait la façon dont Zelandoni l'avait présentée. Elle était devenue Ayla des Zelandonii, compagne de Jondalar, c'était ce qui venait en premier, mais elle avait été Ayla des Mamutoï, et elle gardait avec ce peuple des liens qui comptaient beaucoup pour elle. Elle était toujours choisie par l'Esprit du Lion des Cavernes et protégée de l'Ours des Cavernes : elle appréciait que même son totem et ses relations avec le Clan eussent été gardés.

Lorsqu'elle avait entendu pour la première fois les longues récitations de noms et liens, Ayla s'était demandé, à part elle, pourquoi les Zelandonii procédaient à ces présentations quasi interminables. Ils auraient pu simplifier en donnant seulement les noms usuels : Jondalar, Marthona, Proleva. Mais l'énumération de ses liens familiers lui avait procuré un tel plaisir qu'elle se félicitait maintenant de cette coutume d'inclure les références passées. Elle s'était autrefois considérée comme Ayla d'Aucun Peuple, vivant avec un cheval et un lion pour toute compagnie. A présent, elle était liée à de nombreuses personnes, elle était unie à un homme et attendait un enfant.

Une autre pensée fugitive lui vint juste avant qu'elle

reporte son attention sur l'assistance. Elle aurait voulu pouvoir ajouter « mère de Durc du Clan » à ses noms et liens, mais, compte tenu de l'objet de la réunion et de ce qui s'était passé le soir de la cérémonie d'union, elle doutait de pouvoir révéler un jour aux Zelandonii l'existence de son fils.

Le silence se fit quand la Première se plaça au centre de la hutte.

— Je commencerai en précisant que cette réunion ne changera rien, prévint-elle. Joplaya et Echozar sont unis ; eux seuls peuvent mettre fin à leur union. Il m'a cependant semblé percevoir un courant de rumeurs et de malveillance à leur égard que je trouve indigne. Je ne suis pas fière d'être la Zelandoni de gens qui se sont montrés aussi cruels envers un jeune couple qui vient d'entamer sa vie commune. Dalanar et moi avons décidé d'aborder ce problème de front. Si des Zelandonii ont à se plaindre, qu'ils le fassent savoir, c'est le moment.

Une partie de l'assistance remua les pieds en évitant de regarder directement la doniate. A l'évidence, les propos de la Première avaient suscité une certaine gêne, en particulier chez ceux qui avaient prêté l'oreille aux ragots ou qui les avaient colportés. Même les chefs temporels et spirituels n'étaient pas au-dessus de ces faiblesses humaines. Personne ne semblant souhaiter aborder le sujet, la Première s'apprêtait à passer à l'autre raison de la réunion.

Sentant que le moment pour lequel il s'était démené allait passer, Laramar intervint :

— C'est vrai, non, que la mère d'Echozar était une Tête Plate ?

Zelandoni lui lança un regard où le dédain se conjuguait à l'irritation.

— Il ne l'a jamais nié.

— Ça veut dire qu'il est un enfant d'esprit mêlé, et un enfant d'esprit mêlé, c'est une abomination. Ça fait de lui une abomination, riposta-t-il.

— Qui t'a dit qu'un esprit mêlé était une abomination ?

Laramar fronça les sourcils, regarda autour de lui.

— Ben, tout le monde le sait.

— Comment tout le monde le sait-il ?

— Parce que les gens le disent.

— Qui le dit ?

— Tout le monde.

— Si tout le monde disait que le soleil ne se lèvera pas demain, ce serait vrai ?

— Ça, non. Mais les gens ont toujours dit que c'était une abomination.

— Je crois me souvenir d'avoir entendu la Zelandonia l'affirmer, lâcha quelqu'un dans l'assistance.

La Première se tourna pour regarder celle qui venait de parler et dont elle avait reconnu la voix.

— Soutiendrais-tu, Marona, que la Zelandonia enseigne qu'un esprit mêlé est une abomination ?

— Oui, répondit la jeune femme sur un ton de défi. Je suis sûre d'avoir entendu la Zelandonia tenir ce propos.

— Sais-tu que la plus belle des femmes devient laide quand elle ment ? répliqua la doniate.

Marona rougit, lança à la Première un regard mauvais. Plusieurs participants se retournèrent pour voir si Zelandoni disait vrai, et quelques-uns d'entre eux convinrent que l'expression haineuse du visage de la jeune femme détruisait en partie sa beauté. Détournant les yeux, Marona maugréa à voix basse :

— Qu'est-ce que tu en sais, vieille outre !

Ses voisins les plus proches l'entendirent et furent consternés par cette insulte à la Première parmi Ceux Qui Servaient la Grande Terre Mère. Ayla se trouvait à l'autre bout de la vaste hutte mais elle avait l'ouïe très fine. D'autres encore avaient entendu Marona, et notamment Zelandoni, qui répliqua :

— Regarde-la bien, cette vieille outre, et souviens-toi que, comme toi, elle passait autrefois pour la plus belle femme de la Réunion d'Eté. La beauté est au mieux un Don fugace. Uses-en sagement tant que tu la garderas, car une fois qu'elle se sera envolée, tu seras très malheureuse s'il ne te reste rien d'autre. Je n'ai jamais regretté la perte de ma beauté parce que ce que j'ai gagné en savoir et en expérience faisait plus que la compenser.

Elle poursuivit, s'adressant aux autres :

— Marona a affirmé, et Laramar a insinué, que la Zelandonia enseignait que les enfants nés du mélange de l'esprit de l'un de nous avec celui d'un de ceux que nous appelons Têtes Plates étaient une abomination. Ces derniers jours, je suis entrée dans une méditation profonde, je me suis remémoré toutes les Histoires et Légendes Anciennes, y compris celles uniquement connues de la Zelandonia, pour tenter de découvrir d'où vient cette idée, parce que Laramar a raison sur un point : c'est une chose que « tout le monde » croit « savoir ».

Elle marqua une pause avant d'assener :

— Cette idée n'a jamais été un enseignement de la Zelandonia.

Les doniates avaient gardé le silence quand ils l'avaient vue méditer en solitaire, le pectoral retourné de manière à cacher les gravures et les décorations et à ne montrer que la face lisse, ce qui signifiait qu'elle ne voulait pas être dérangée. Ils savaient maintenant pourquoi. Un courant de murmures parcourut la hutte :

— Mais ce sont des animaux.

— Ils ne sont même pas humains.

— Ils sont apparentés aux ours.

Zelandoni de la Quatorzième Caverne déclara à voix haute :

— La Mère est horrifiée par un tel mélange.

— C'est une abomination, soutint Denanna, chef de la Vingt-Neuvième Caverne. Nous l'avons toujours su.

— Denanna a raison, glissa Madroman au Zelandoni de la Cinquième Caverne. Les esprits mêlés sont mi-humains, mi-animaux.

La Première attendit que le calme fût totalement revenu pour reprendre :

— Tâchez de vous rappeler où vous avez entendu ces choses. Tâchez de retrouver un seul passage des Histoires et des Légendes Anciennes qui dise expressément que les enfants d'esprit mêlé sont une abomination ou même que les Têtes Plates sont des animaux. Je ne parle pas de sous-entendus ou d'insinuations mais d'affirmations précises.

La doniate laissa son auditoire réfléchir un moment et poursuivit :

— En fait, si vous considérez la question en toute lucidité, vous conclurez qu'il est impossible que la Mère soit horrifiée, ou qu'Elle veuille nous faire voir ces esprits mêlés comme des abominations. Ce sont des Enfants de la Mère, comme nous. Car, après tout, qui choisit l'esprit d'un homme pour qu'il se mêle à l'esprit d'une femme ? Cela n'arrive pas souvent, nous ne frayons guère avec les Têtes Plates, mais, si la Mère décide parfois de créer une vie nouvelle en conjuguant l'elan d'une Tête Plate à celui d'un Zelandonii, c'est Son choix. Il n'appartient pas à Ses enfants de dénigrer cette progéniture. La Grande Terre Mère a résolu de les créer, peut-être pour une raison particulière. Echozar n'est pas une abomination. Il est né d'une femme, comme nous tous. Que sa mère ait été une femme du Clan n'empêche pas qu'il soit lui aussi un Enfant de la Mère. Si Joplaya et lui se sont choisis, Doni est satisfaite, et nous devrions l'être aussi.

Il y eut un autre brouhaha, puis, n'entendant aucune véritable objection, la Première passa à la suite :

— Autre motif de cette réunion, Joharran désire nous parler de ceux que nous appelons les Têtes Plates. Je crois cependant qu'il conviendrait au préalable d'en apprendre un peu plus sur leur compte en écoutant quelqu'un qui les connaît bien. Ayla a été élevée par ceux auxquels nous donnons le nom de Têtes Plates et qu'elle-même appelle le Clan. Ayla, veux-tu venir nous parler d'eux ?

Ayla se leva, rejoignit la doniate. La jeune femme avait l'estomac noué, la bouche sèche. Elle n'était pas habituée à prendre la parole devant un groupe et, ne sachant comment entamer son récit, elle commença simplement là où commençaient ses souvenirs.

— J'avais cinq ans, je crois, autant que je puisse savoir, quand j'ai perdu la famille qui m'a vue naître. Je ne m'en souviens pas très bien mais je crois que c'est un tremblement de terre qui les a tués. J'en rêve encore quelquefois. J'ai dû errer seule un moment, je ne savais probablement ni où aller ni quoi faire. J'ignore depuis combien de temps j'étais seule quand j'ai été pourchassée par un lion des cavernes. Je crois que je me suis réfugiée dans un trou, une anfractuosité si petite que l'animal pouvait juste y passer une patte pour essayer de m'atteindre. Il m'a lacéré la jambe. J'ai encore les cicatrices, quatre traits tracés dans ma chair par ses griffes. Mon premier vrai souvenir, c'est d'avoir ouvert les yeux et découvert Iza, une femme de ce peuple que vous appelez les Têtes Plates. J'ai hurlé en la voyant. Elle a réagi en me serrant dans ses bras jusqu'à ce que je me calme.

Les Zelandonii furent aussitôt captivés par l'histoire de cette orpheline qui ne comptait que cinq années. Ayla expliqua que l'abri du Clan qui l'avait trouvée avait été détruit par ce même tremblement de terre, et que ses membres cherchaient une nouvelle grotte quand ils étaient tombés sur elle. Ils savaient qu'elle n'était pas du Clan et faisait partie des Autres, mot par lequel ils désignaient ceux qui étaient comme la fillette. Elle avait été adoptée par la guérisseuse du Clan de Brun et par le frère de cette femme, Creb, qui était lui-même un grand Mog-ur, l'équivalent d'un Zelandoni.

A mesure qu'elle avançait dans son récit, Ayla oubliait sa nervosité et parlait avec aisance, émotion et sincérité de sa vie chez ceux qui se donnaient le nom de Clan de l'Ours des Cavernes.

Elle n'omit rien, ni les problèmes qu'elle avait eus avec Broud, le fils de la compagne du chef, Brun, ni la joie qu'elle avait éprouvée à suivre l'enseignement d'Iza. Elle parla de son amour pour Creb et Iza, ainsi que pour Uba, sa sœur du Clan. Elle raconta comment elle avait appris seule à se servir d'une fronde et ce qui en avait découlé quelques années plus tard. Elle n'hésita que lorsque vint le moment de parler de son fils. Malgré l'argumentation logique et convaincante de la Première, selon laquelle les membres du Clan étaient aussi des Enfants de la Mère, Ayla pouvait voir, aux expressions et aux postures de plusieurs participants, en particulier ceux qui s'étaient opposés à l'union de Joplaya et Echozar, que leurs sentiments n'avaient pas changé. Ils jugeaient néanmoins préférable de les garder provisoirement pour eux. Ayla estima donc plus raisonnable de s'abstenir de parler de Durc.

Elle raconta qu'elle avait été contrainte de quitter le Clan quand Broud était devenu chef et, malgré ses efforts pour expliquer aux participants ce qu'était une malédiction, elle sentit qu'ils n'en comprenaient pas pleinement la force. La malédiction causait la mort du membre du Clan qui n'avait plus un seul endroit où aller et dont même les êtres chers refusaient de reconnaître l'existence. Elle mentionna le temps passé dans sa vallée, évoqua plus longuement Rydag, l'enfant mêlé adopté par Nezzie, la compagne du chef du Camp du Lion.

— A la différence d'Echozar, il n'avait pas la force physique du Clan et était également faible en lui-même. Comme ceux du Clan, il était incapable d'émettre certains sons. Je lui ai appris – ainsi qu'à Nezzie, à Jondalar et au reste du Camp du Lion – à communiquer par signes. Nezzie a été très heureuse la première fois qu'il l'a appelée mère, conclut Ayla.

Jondalar s'avança ensuite et raconta comment lui et son frère Thonolan avaient rencontré des hommes du Clan peu après avoir traversé le glacier des hauteurs de l'Est. Il poursuivit par l'histoire plutôt drôle du jour où il n'avait pêché qu'une moitié de poisson parce qu'il avait partagé sa prise avec un jeune homme du Clan. Il exposa aussi les circonstances qui les avaient conduits, Ayla et lui, à passer quelques jours avec un couple du Clan, Guban et Yorga, à leur « parler » dans la langue des signes qu'Ayla lui avait enseignée.

— S'il y a une chose que j'ai apprise pendant mon Voyage, poursuivit-il, c'est que ceux que nous avons toujours traités de Têtes Plates sont des êtres humains, des êtres intelligents. Ce ne sont pas plus des animaux que vous et moi. Leurs coutumes sont différentes, leur intelligence aussi, peut-être, mais elle n'est pas moindre. Simplement différente. Il y a des choses que nous pouvons faire, et eux pas, mais aussi des choses qu'ils peuvent faire, et nous pas.

Quand son frère eut terminé, Joharran se leva, exprima ses préoccupations et souligna la nécessité d'établir de nouveaux rapports avec les membres du Clan. Enfin, Willamar évoqua la possibilité de faire du troc avec eux. Il y eut ensuite de nombreuses questions et la discussion se poursuivit longuement. C'était pour les Zelandonia et les chefs des Cavernes une véritable révélation. Certains avaient du mal à y croire mais tous écoutaient avec une grande ouverture d'esprit. Le récit d'Ayla était manifestement vrai ; même le conteur le plus talentueux n'aurait pu inventer une histoire aussi convaincante. Elle mettait en lumière le caractère humain des membres du Clan, même si certains des participants refusaient toujours d'y croire. Rien n'était résolu mais la discussion avait donné matière à réfléchir.

La Première se leva pour mettre fin à la réunion.

— Je crois que nous avons tous appris des choses importantes, et je remercie Ayla d'avoir accepté de venir ici et de nous avoir parlé si librement de ses expériences insolites. Elle nous a permis de voir la vie d'hommes et de femmes qui peuvent nous paraître étranges mais qui n'ont pas hésité à recueillir une enfant qu'ils savaient différente et à la traiter comme l'une des leurs. Il est arrivé à certains d'entre nous d'avoir peur en apercevant un Tête Plate lors d'une chasse ou d'une cueillette. Il semble que cette peur soit infondée, si le Clan est disposé à recueillir un Zelandonii égaré.

— Alors, tu crois qu'ils auraient recueilli cette femme de la Neuvième Caverne qui s'est perdue voilà si longtemps ? demanda la Zelandoni aux cheveux blancs de la Dix-Neuvième Caverne. Je me souviens qu'elle était grosse, à son retour. La Mère avait peut-être décidé de lui accorder un enfant quand elle était chez les Têtes Plates, et d'utiliser l'esprit de l'un d'entre eux pour…

— Non ! s'écria Brukeval. Ce n'est pas vrai. Ma mère n'était pas une abomination !

— Tu as raison, répondit Ayla. Ta mère n'était pas une abomination. C'est précisément ce que nous avons essayé d'expliquer. Un esprit mêlé n'est pas une abomination.

— Ma mère n'était pas un esprit mêlé ! Voilà pourquoi elle n'était pas une abomination, rétorqua-t-il.

Il fixait Ayla avec une telle haine qu'elle tourna la tête pour échapper à la violence de son regard. Puis il sortit, le dos raide d'indignation.

La discussion s'arrêta là, les participants se levèrent et commencèrent à partir. En sortant, Marona lança à la Première un regard insolent, et la doniate entendit Laramar dire au Zelandoni de la Cinquième Caverne et à Madroman, son acolyte :

— Comment ça se fait que le foyer de Jondalar est dans les premiers, alors ? Ils avaient pris pour excuse que cette femme avait un rang élevé chez les Mamutoï, le peuple d'où elle dit qu'elle vient, et qu'il ne fallait pas le rabaisser ici, mais elle ne sait même pas chez quel peuple elle est née vraiment. Si elle a été élevée par des Têtes Plates, elle est plus tête plate que mamutoï. C'est quoi, le rang d'une Tête Plate ? Elle aurait dû être dernière et elle est maintenant parmi les premiers. Je ne trouve pas ça juste.

Après la longue et éprouvante réunion qui s'était terminée par un éclat aussi véhément, Ayla se sentit exténuée. Elle supposait qu'il devait être troublant d'apprendre que des créatures qu'on avait toujours considérées comme des bêtes étaient en fait des êtres humains capables de penser et d'aimer. C'était un changement radical, et le changement ne s'opérait jamais facilement, mais la réaction de Brukeval était déraisonnable, et son regard si haineux qu'il l'avait effrayée.

Jondalar suggéra une longue chevauchée pour échapper aux autres après les événements qui avaient conclu la réunion. Ayla fut heureuse de voir Loup bondir de nouveau près d'eux, sans bandages, bien qu'il ne fût pas complètement guéri.

— Je me suis efforcée de ne pas le montrer, dit-elle, mais j'étais furieuse contre ceux qui s'opposaient à l'union de Joplaya et d'Echozar parce que sa mère était du Clan. Je crois que la réunion réclamée par Zelandoni et Dalanar n'a rien réglé. Aux Matrimoniales, certains ont approuvé uniquement parce que le couple n'était pas zelandonii mais lanzadonii. Tu peux m'expliquer la différence, Jondalar ? Moi, je n'en vois aucune.

— Zelandonii signifie simplement ce que nous sommes, les Enfants de la Grande Terre Mère, mais Lanzadonii aussi. Le vrai sens de Zelandonii serait : les Enfants de la Terre du Sud-Ouest, et celui de Lanzadonii : les Enfants de la Terre du Nord-Est.

— Alors pourquoi Dalanar ne continue-t-il pas à se dire zelandonii et à faire de son peuple une autre Caverne avec un mot à compter plus élevé ?

— Je ne sais pas. Je ne lui ai jamais posé la question. Peut-être parce qu'ils vivent très loin d'ici. On ne se rend pas chez eux en un après-midi, ni même en un jour ou deux. Il sait que, malgré les nombreux liens qui nous uniront toujours, les Lanzadonii seront un jour un peuple différent du nôtre. Maintenant qu'ils ont leur Zelandoni, ou plutôt Lanzadoni, ils ont encore moins de raisons de parcourir un long chemin pour participer à nos Réunions d'Eté. La Zelandonia continuera à former leurs doniates pendant quelque temps, mais, à mesure que la Caverne se développera, ils commenceront à les former eux-mêmes.

— Ils seront comme les Losadunaï, observa Ayla. Leur langue et leurs coutumes sont si proches de celles des Zelandonii qu'ils ont dû appartenir à un même peuple, autrefois.

— Je crois que tu as raison et que c'est peut-être pour cela que nous avons des rapports aussi amicaux avec eux. Ils ne sont pas cités dans nos noms et liens mais il fut sans doute un temps où ils y figuraient.

— Je me demande si cela remonte à loin. Les différences sont nombreuses, maintenant, même dans les paroles du *Chant de la Mère*.

Ayla et Jondalar chevauchèrent un moment en silence puis elle reprit :

— Si les Zelandonii et les Lanzadonii sont un même peuple, pourquoi ceux qui s'opposaient à l'union de Joplaya et Echozar ont-ils fini par l'accepter ? Uniquement parce que leur nom signifie qu'ils vivent au nord-est ? Ce n'est pas logique. Il faut dire que leurs objections ne l'étaient pas non plus.

— Regarde qui est derrière tout cela. Laramar ! Pourquoi cherche-t-il à créer des problèmes ? Tu n'as rien fait d'autre qu'aider sa famille. Lanoga t'adore, et Lorala ne serait probablement plus de ce monde sans ton intervention. Je me demande si cette union le préoccupe vraiment ou s'il veut juste attirer l'attention. Je crois que c'était la première fois qu'il participait à une réunion de ce genre, avec tous les Zelandonii de haut rang, dont plusieurs, notamment la Première, se sont adressés directement à lui et à quelques autres qui protestaient. Maintenant qu'il y a goûté, je crains qu'il ne continue à créer des ennuis pour demeurer au centre de l'attention. En revanche, je ne comprends toujours pas Brukeval. Il connaît Dalanar et Joplaya, il leur est même apparenté.

— Sais-tu que la mère de Matagan m'a confié que Brukeval est allé au camp de la Cinquième Caverne pour tenter de persuader certains de ses membres de s'opposer à l'union de Joplaya avant les Matrimoniales ? Il éprouve une profonde aversion pour le Clan. Pourtant, quand on les voit ensemble, Echozar et lui, la ressemblance est frappante. Il a des traits qui évoquent le Clan, de façon moins marquée qu'Echozar mais indéniable. Il me hait parce que j'ai dit que sa mère était née d'esprits mêlés, mais j'essayais juste de démontrer que les esprits mêlés ne sont pas une abomination.

— Il doit encore penser le contraire. C'est pourquoi il nie si farouchement ses origines. Ce doit être terrible de détester ce que l'on est. C'est drôle, Echozar déteste le Clan, lui aussi. Pourquoi haïssent-ils un peuple dont ils sont issus ?

— Peut-être parce que d'autres les insultent en raison de ces origines et qu'ils ne peuvent les cacher, parce qu'ils ont vraiment l'air différents. Le regard que Brukeval m'a lancé avant de partir m'a effrayée. Il me rappelle un peu Attaroa. Comme s'il avait quelque chose de difforme en lui, pas un bras comme Lanidar, quelque chose à l'intérieur.

— Un esprit mauvais s'est peut-être introduit en lui, hasarda Jondalar. Ou alors son elan est tordu. Tu devrais peut-être te méfier de lui. Il n'est pas impossible qu'il cherche encore à t'attirer des ennuis.

16

L'été avançait, les journées devenaient plus chaudes. Dans la plaine, les épis croissaient et prenaient une teinte dorée. Au bout des tiges, les têtes ployaient sous le poids des grains, promesse d'une vie nouvelle. Le corps d'Ayla s'alourdissait aussi de la vie nouvelle d'un enfant à naître. Elle peinait à côté de Jondalar, détachant les grains d'avoine, quand elle sentit un mouvement en elle pour la première fois. Elle se figea, porta une main à son ventre gonflé.

— Qu'y a-t-il ? s'inquiéta aussitôt son compagnon.

— Je viens de sentir le bébé bouger. C'est la première fois !

Elle prit la main de Jondalar, la posa sur le renflement de sa taille.

— Il va peut-être encore remuer, murmura-t-elle.

Plein d'espoir, il attendit mais ne perçut aucun mouvement.

— Je ne sens rien, dit-il.

Au même moment, quelque chose frémit sous sa main, une onde à peine perceptible.

— Je l'ai senti ! s'exclama-t-il. J'ai senti le bébé.

— Il bougera davantage plus tard. N'est-ce pas merveilleux ? Qu'est-ce que tu voudrais ? Un garçon ou une fille ?

— Peu importe. Je veux juste que le bébé soit en bonne santé et que tu enfantes sans souffrir. Toi, tu voudrais quoi ?

— Je crois que j'aimerais avoir une fille, mais un garçon me rendrait tout aussi heureuse, répondit-elle. C'est sans importance. Je veux juste un bébé, ton bébé. Il est le tien aussi.

— Eh, vous deux, la Cinquième Caverne est sûre de gagner si vous continuez à paresser comme ça !

Ils se retournèrent et virent approcher un jeune homme de taille moyenne, de constitution robuste. Il tenait une béquille sous un bras et une outre sous l'autre.

— Vous voulez de l'eau ? leur proposa-t-il.

— Salutations, Matagan ! lui lança Jondalar. Il fait chaud, cette eau est la bienvenue.

Il prit l'outre, la souleva au-dessus de sa tête et laissa le filet de liquide couler dans sa bouche. Passant ensuite l'outre à Ayla, il demanda :

— Et ta jambe ?

— Plus solide chaque jour, répondit Matagan. Je pourrai jeter ce bâton avant longtemps. J'étais censé porter de l'eau uniquement à la Cinquième Caverne mais j'ai aperçu ma guérisseuse préférée et j'ai eu envie de tricher un peu. Comment te sens-tu, Ayla ?

— Très bien. Le bébé pousse. Qui est en tête, d'après toi ?

— Difficile à dire. La Quatorzième a déjà rempli plusieurs paniers, mais la Troisième vient de dénicher un autre coin très fourni.

— Et la Neuvième ? demanda Jondalar.

— Je crois qu'elle a une chance, mais je parierais sur la Cinquième, répondit le jeune homme.

— Tu n'es pas objectif, s'esclaffa Jondalar. Tu veux des prix pour ta Caverne. Qu'est-ce que la Cinquième a donné, cette année ?

— La viande séchée de deux aurochs tués à la première chasse, une douzaine de sagaies, une grande écuelle en bois décorée par notre meilleur graveur. Et la Neuvième ?

— Une grosse outre du vin de Marthona, cinq lance-sagaies en bouleau gravés, cinq pierres à feu, deux des grands paniers de Salova, l'un rempli de noisettes, l'autre de pommes.

— C'est le vin de Marthona que j'aimerais avoir si la Cinquième gagne. J'espère que les osselets me porteront chance. Une fois que je me serai débarrassé de ce bâton, dit Matagan en levant sa béquille, je retournerai dans la tente des hommes. Je crois même que je pourrais y aller dès maintenant, bâton ou pas, mais ma mère refuse. Elle a été remarquable, personne n'aurait pu mieux me soigner, mais ça commence à faire un peu trop. Depuis mon accident, elle s'imagine que j'ai cinq ans.

— Tu ne peux pas le lui reprocher, dit Ayla.

— Je ne le lui reproche pas. Je comprends. Je veux seulement retourner dans la tente des hommes. Je t'inviterais même pour la fête qu'on s'offrira avec le vin de Marthona si tu n'étais pas uni, Jondalar.

— Merci, mais j'ai eu mon content de tente d'hommes. Un jour, quand tu seras plus âgé, tu découvriras qu'être uni n'est pas aussi triste que tu le penses.

— Tu as déjà pris la femme que je voulais, geignit le jeune homme en lançant à Ayla un coup d'œil taquin. Si j'étais son compagnon, moi aussi je laisserais tomber la tente des hommes. Quand je l'ai vue à vos Matrimoniales, j'ai pensé que c'était la plus belle femme du monde. Tous les hommes auraient voulu être à ta place, Jondalar.

Timide au début, Matagan avait perdu sa gêne en présence d'Ayla après avoir appris à la connaître pendant les nombreuses journées qu'elle avait passées dans la hutte de la Zelandonia pour participer aux soins. Il avait laissé libre cours à son aisance naturelle, à sa cordialité et à son charme naissant.

— Ecoutez-le, railla la jeune femme en tapotant le renflement de son corps. Quelle beauté je fais ! Une vieille femme au ventre plein.

— Ça t'embellit encore. Et j'aime les femmes âgées. J'en prendrai peut-être une pour compagne un jour si j'en trouve une comme toi.

Jondalar sourit au jeune homme, qui lui rappelait Thonolan. Ce serait un séducteur plus tard, et il aurait bien besoin de ce charme s'il était affligé d'une boiterie permanente. Jondalar ne voyait pas d'objection à ce qu'il s'entraîne un peu sur Ayla, dont il s'était entiché. Lui aussi avait été amoureux d'une femme plus âgée.

— En plus tu es ma guérisseuse attitrée, ajouta Matagan, dont l'expression se fit plus sérieuse. J'ai repris plusieurs fois connaissance quand on me portait sur la litière et j'ai cru rêver quand je t'ai vue : une magnifique donii venue me conduire à la Grande Mère ! Tu m'as sauvé la vie, Ayla, et sans toi je n'aurais jamais remarché.

— Je me trouvais là, j'ai fait ce que j'ai pu.

— Peut-être, mais sache que si tu as besoin de quoi que ce soit…

Il baissa les yeux, le visage écarlate, reprit en bredouillant :

— Si tu as besoin de quoi que ce soit, tu n'as qu'à demander.

— Je me rappelle un temps où je prenais moi aussi Ayla pour une donii, dit Jondalar afin de dissiper l'embarras du jeune homme. Sais-tu qu'elle m'a recousu la peau ? Pendant notre Voyage, tout un camp de S'Armunaï croyait qu'elle était la Mère en personne, une donii vivante venue aider Ses enfants. C'est peut-être ce qu'elle est, finalement, à voir la façon dont les hommes tombent amoureux d'elle.

— Jondalar ! protesta Ayla. Arrête de lui bourrer la

tête de bêtises. Et remettons-nous au travail, sinon la Neuvième Caverne perdra. Je voudrais aussi garder un peu de ce grain pour deux chevaux et peut-être un poulain. Je suis contente que nous ayons cueilli beaucoup de seigle quand il était mûr, mais les chevaux préfèrent l'avoine.

Elle regarda dans le panier qu'elle portait accroché à son cou pour avoir les mains libres, estima la quantité de grains qu'il contenait déjà puis reprit sa tâche. D'une main, elle saisit une poignée de tiges, de l'autre elle pressa une pierre ronde un peu en dessous des épis mûrs puis, d'un mouvement souple, elle tira sur les tiges de manière que la pierre dure fît tomber les grains dans sa paume. Elle la vida dans le panier et recommença l'opération.

C'était un travail lent et méticuleux, mais assez facile une fois qu'on avait attrapé le rythme. La pierre permettait d'égrener les tiges plus efficacement et plus vite. Quand Ayla avait demandé qui en avait eu l'idée, personne n'avait pu lui répondre : aussi loin que la mémoire des Zelandonii remontât, ils avaient toujours procédé ainsi.

Tandis que Matagan s'éloignait en claudiquant, Jondalar murmura à sa compagne :

— Tu as un admirateur fervent à la Cinquième Caverne, et beaucoup d'autres pensent comme lui. Tu t'es fait beaucoup d'amis à cette Réunion. La plupart des Zelandonii te considèrent comme une doniate. Ils n'ont pas l'habitude de voir une guérisseuse qui ne soit pas aussi Zelandoni.

— Matagan est un gentil garçon. La veste à capuche doublée de fourrure que sa mère a tenu à me donner est superbe, et assez ample pour que je puisse la porter cet hiver. Elle m'a invitée à leur rendre visite après notre retour, cet automne. Ne sommes-nous pas passés devant leur abri en venant ici ?

— Si, il se trouve en aval d'un petit affluent de la

Rivière. Nous y ferons peut-être halte au retour. A propos, j'irai chasser avec Joharran et plusieurs autres dans quelques jours. Nous resterons peut-être au loin un moment, prévint Jondalar en s'efforçant d'adopter un air détaché.

— J'imagine que je ne peux pas vous accompagner ? fit Ayla d'un ton de regret.

— Je crains que tu ne doives renoncer à la chasse pour quelque temps. Tu sais toi-même – et l'accident de Matagan l'a encore prouvé – que la chasse peut-être dangereuse, surtout quand on n'est pas aussi alerte que d'ordinaire. Lorsque le bébé sera né, tu devras le nourrir et t'occuper de lui.

— J'ai chassé après la naissance de Durc. L'une des femmes lui donnait le sein à ma place si je ne rentrais pas à temps pour l'allaiter.

— Tu ne restais pas absente plusieurs jours d'affilée.

— Non, je chassais uniquement de petits animaux avec ma fronde, reconnut Ayla.

— Ça, tu pourras peut-être le faire, mais sans partir pour de longues expéditions. De toute façon, je suis ton compagnon, maintenant. Il m'appartient de m'occuper de toi et de tes enfants. Je m'y suis engagé le jour de notre union. Si un homme ne pourvoit pas aux besoins de sa compagne et des enfants, à quoi sert-il ? A quoi servent les hommes si les femmes ont des enfants et pourvoient aussi à leurs besoins ?

Ayla n'avait jamais entendu Jondalar tenir ces propos. Tous les hommes réagissent-ils ainsi ? se demanda-t-elle. Ont-ils besoin de justifier leur existence parce que ce ne sont pas eux qui enfantent ? Elle tenta d'imaginer ce qu'elle éprouverait si la situation était inverse, si ce n'était pas elle qui enfantait et si sa contribution se réduisait à subvenir à leurs besoins. Elle se tourna vers son compagnon.

— Ce bébé ne serait pas en moi si tu n'étais pas là, déclara-t-elle en posant les mains sur le renflement de son corps. Il est autant à toi qu'à moi. Sans ton essence, il n'aurait pas commencé à vivre.

— Tu n'en sais rien, repartit-il. C'est ce que tu penses, mais personne n'est de ton avis, pas même Zelandoni.

Ils se faisaient face au milieu des épis, pas vraiment hostiles mais animés de certitudes contradictoires. Jondalar remarqua que des mèches blondes éclaircies par le soleil s'étaient échappées de la lanière en cuir qui retenait la chevelure d'Ayla et fouettaient son visage dans le vent. Elle était pieds nus, bras et seins hâlés découverts au-dessus du vêtement de cuir simple qui enveloppait sa taille et tombait jusqu'aux genoux pour la protéger des tiges sèches et piquantes. Son regard était résolu, rempli d'un défi presque rageur, mais elle paraissait en même temps si vulnérable que l'expression de Jondalar s'adoucit.

— C'est sans importance, de toute façon. Je t'aime, Ayla. Je veux prendre soin de toi et de ton bébé, dit-il en la prenant dans ses bras.

— Notre bébé, corrigea-t-elle. Notre bébé, Jondalar.

Quand elle se pressa contre lui, il sentit sa poitrine nue, son ventre rond, et fut content de l'un et de l'autre.

— D'accord, Ayla. Notre bébé.

Il avait envie d'y croire.

Une fraîcheur perceptible régnait au-dehors quand ils sortirent de la hutte. Dans les boqueteaux proches, les feuilles des arbres avaient viré au jaune ou au rouge ; autour du camp, l'herbe qui n'avait pas été piétinée était brune, desséchée. Tout le bois mort et toutes les broussailles sèches de la région avaient brûlé depuis longtemps, et les bosquets s'étaient considérablement éclaircis.

Jondalar souleva les paquets posés par terre, près de l'ouverture de la hutte.

— Avec les perches à tirer, les chevaux nous aideront à rapporter les provisions d'hiver. La saison a été bonne, dit-il à Ayla.

Loup courut vers eux, la langue pendante. L'une de ses oreilles tombait un peu et avait un bord déchiqueté, ce qui lui donnait un air canaille.

— Je crois qu'il sait que nous partons, dit Ayla. Je suis heureuse qu'il soit revenu vivre auprès de nous, même s'il a fallu pour cela qu'il soit grièvement blessé. Il m'aurait manqué. Je suis impatiente de retourner à la Caverne, mais je me souviendrai toujours de cette Réunion d'Eté. La Réunion où nous nous sommes unis.

— J'y ai pris plaisir moi aussi, cela faisait longtemps que je n'avais pas participé à une Réunion, mais, maintenant que nous partons, je suis pressé de rentrer.

Jondalar sourit en songeant à la surprise qui attendait sa compagne. Elle remarqua un changement dans son expression, un côté mystérieux dans son air réjoui, et eut le sentiment qu'il lui cachait quelque chose. Quoi ? Elle n'en avait aucune idée.

— Je suis content que les Lanzadonii soient venus, poursuivit-il. Ils ont fait un long voyage mais Dalanar a maintenant la doniate qu'il voulait, et Joplaya s'est unie à Echozar dans le respect des traditions. Les Lanzadonii sont encore peu nombreux mais ils ne tarderont pas à fonder une deuxième Caverne. Ils ont eu beaucoup d'enfants et, par chance, la plupart ont survécu.

— Je me réjouis que Joplaya soit enceinte. La Mère l'avait honorée avant même leur union ; pourtant, je ne crois pas qu'on y ait prêté grande attention pendant les Matrimoniales.

— Certains avaient d'autres choses en tête. En tout cas, je suis ravi pour eux. Joplaya me paraît changée, un peu triste, curieusement. C'est peut-être d'un bébé qu'elle a besoin.

— Dépêchons-nous. Joharran tient à ce que nous partions de bonne heure.

Elle ne voulait pas parler de la tristesse de Joplaya,

parce qu'elle en connaissait la raison, et ne voulait pas non plus mentionner la longue conversation qu'elle avait eue avec Jerika. La mère de Joplaya désirait obtenir d'elle des renseignements précis. Elle avait expliqué les difficultés qu'elle avait eues elle-même en accouchant et voulait apprendre d'Ayla tout ce qui pouvait faciliter un enfantement qui s'annonçait délicat. Elle voulait aussi connaître cette médecine qui empêchait la vie de germer et les moyens de provoquer une fausse couche si elle n'avait pas fait effet. Jerika craignait pour la vie de son unique enfant et aurait préféré se passer de petits-enfants plutôt que de courir le risque de perdre sa fille. Mais, comme Joplaya était déjà enceinte et déterminée à avoir le bébé, Jerika était résolue, elle, à ce qu'il n'y ait plus d'autres grossesses si sa fille survivait à l'accouchement.

La Onzième Caverne avait apporté tous ses radeaux, et Joharran avait pris des dispositions pour qu'une partie des vivres fût transportée par ce moyen. Bord de Rivière ne possédait cependant qu'un nombre limité d'embarcations et toutes les Cavernes voulaient les utiliser. La Neuvième chargea le plus grand nombre possible de paquets de viande séchée et de paniers pleins de graines et de plantes sur les travois et le dos de Whinney et de Rapide. Les huttes qui avaient abrité les Zelandonii pendant l'été furent démontées ; les parties récupérables et réutilisables furent également chargées sur les chevaux. Chacun portait aussi un sac plein sur le dos, et certains Zelandonii, s'inspirant des travois, assemblèrent des perches qu'ils traîneraient eux-mêmes. Ayla songea à fabriquer un travois pour Loup mais elle ne lui avait pas encore appris à en tirer un. L'année suivante, peut-être, il assumerait lui aussi sa part du fardeau.

Joharran parcourait tout le camp, incitant chacun à se presser, lançant des suggestions, veillant à ce que tout fût en ordre. Quand il se fut assuré que la Neuvième Caverne avait tout emballé et était prête, il donna le signal du départ et se plaça en tête de la colonne. Il tenait une sagaie à la main, en un geste plus symbolique que nécessaire. Ils marcheraient de jour, formant un groupe nombreux, et tant qu'ils resteraient ensemble aucun prédateur ne se risquerait à s'approcher d'eux. Toutefois, au moindre signe de danger, Joharran serait prêt à faire usage de son lance-sagaie. Il s'était entraîné avec l'instrument pendant tout l'été et avait acquis une certaine adresse. Une demi-douzaine d'autres Zelandonii avaient été désignés pour protéger les flancs de la colonne, cependant que Solaban et Rushémar fermaient la marche. Cette garde serait relevée par d'autres Zelandonii, qui, pour le moment, contribuaient à porter le riche butin d'été à la Neuvième Caverne.

Ayla contempla une dernière fois le site de la Réunion d'Eté. Des monticules d'os et de détritus jonchaient la petite vallée. Plusieurs Cavernes étaient déjà parties, laissant de vastes espaces vides entre les camps de celles qui étaient encore là. Des poteaux, des cadres en rondins demeuraient debout ; des cercles et des rectangles noirs marquaient les endroits où avaient brûlé les feux. Une tente trop usée pour servir encore avait été abandonnée, et un pan de cuir déchiré claquait dans le vent qui faisait rouler un vieux panier. Sous les yeux d'Ayla, on abattait les dernières huttes. Le camp de la Réunion d'Eté prenait un air désolé.

Les détritus venaient de la terre et y retourneraient. Au printemps suivant, il resterait peu de traces des Cavernes qui avaient séjourné en ce lieu. La terre se remettrait de leur invasion.

Le voyage de retour fut ardu. Les Zelandonii, lourdement chargés, avançaient à pas lents sous leur fardeau, s'écroulaient sur leur couche le soir, épuisés. Au début, Joharran avait imprimé un rythme rapide à leur marche puis il avait ralenti pour permettre aux plus faibles de suivre. A tous il tardait de retrouver leur foyer, et ils avaient bon moral. Les charges qu'ils transportaient constituaient leurs chances de survivre pendant les durs mois d'hiver.

Lorsqu'ils approchèrent de l'abri de la Neuvième Caverne, le paysage familier les encouragea à accélérer l'allure. Impatients de retrouver le surplomb protecteur, ils puisèrent dans leurs dernières forces pour éviter de passer encore une nuit dehors. Les premières étoiles scintillaient dans le ciel quand la falaise de la Pierre qui Tombe leur apparut. Ils traversèrent la Rivière des Bois au Gué, gênés autant par leurs fardeaux que par le jour déclinant, puis remontèrent le sentier conduisant à leur abri. Quand ils parvinrent enfin à la terrasse, il faisait presque nuit.

Il incombait à Joharran d'allumer le premier feu et d'y enflammer une torche avant de pénétrer dans l'abri, et il se félicita de disposer de pierres à feu. Puis les Zelandonii attendirent que la Première déplaçât la petite statue qu'on avait installée devant l'abri pour le protéger. Après avoir remercié la Mère d'avoir veillé sur leurs foyers en leur absence, ils allumèrent d'autres torches. Toute la Caverne se mit en file derrière Zelandoni, qui remit la donii à sa place, derrière le grand foyer, au fond de l'espace couvert. Puis ils s'égaillèrent, chacun regagnant son habitation pour y laisser tomber son sac avec soulagement.

La première inévitable corvée consistait à effacer les dégâts que des créatures maraudeuses avaient pu causer pendant qu'ils se trouvaient à la Réunion d'Eté. Quelques crottes salissaient le sol, quelques pierres de foyer avaient été dérangées, un panier ou deux renversés, mais les dommages s'arrêtaient là. Ils allumèrent les foyers intérieurs, rangèrent les provisions, étendirent les fourrures sur les plates-formes familières. La Neuvième Caverne des Zelandonii était rentrée.

Comme Ayla empruntait le chemin de l'habitation de Marthona, Jondalar l'entraîna dans une autre direction. Loup suivit. Tenant une torche d'une main et la main d'Ayla de l'autre, Jondalar la mena un peu plus loin, vers une autre construction qu'elle ne se rappelait pas avoir vue. Il s'arrêta, écarta le rideau qui couvrait l'entrée et fit signe à sa compagne de pénétrer à l'intérieur.

— Cette nuit, tu dors dans ta propre demeure, Ayla.

— Ma propre demeure ? fit-elle, si émue qu'elle pouvait à peine parler.

Loup se glissa derrière elle quand elle entra ; Jondalar suivit, levant la torche pour qu'Ayla pût mieux voir.

— Ça te plaît ? demanda-t-il.

Elle regarda autour d'elle. L'intérieur était à peu près nu mais il y avait des étagères contre un des murs et une plate-forme, au fond, pour les fourrures de couchage. Le sol était pavé de pierres calcaires plates et lisses, jointoyées par de l'argile de rivière durcie. Du bois garnissait le foyer, et la niche située juste en face de l'entrée abritait une figurine petite et grasse.

— Ma propre demeure… répéta Ayla. (Les yeux brillants, elle tournoya au centre de l'habitation vide.) Rien que pour nous deux ?

Assis sur son arrière-train, le loup la regardait. L'endroit était nouveau, mais son foyer, c'était partout où Ayla se trouvait. Le visage de Jondalar se fendit d'un sourire béat, un peu ridicule.

— Nous trois, corrigea-t-il en tapotant le ventre de sa compagne. C'est un peu vide, ici.

— J'aime cette habitation. Je l'aime. Elle est magnifique.

Il était si content de la joie d'Ayla qu'il sentit des larmes monter à ses yeux et qu'il dut trouver quelque chose à faire pour les refouler. Tendant la torche à sa compagne, il lui dit :

— Alors tu dois allumer la lampe. Pour signifier que tu l'acceptes. J'ai de la graisse fondue, je la porte sur moi depuis que nous avons quitté notre dernier campement.

Il tira de sa tunique une petite poche formée d'une vessie de cerf, placée dans une autre poche plus grande taillée dans la peau de l'animal, le pelage à l'intérieur. Quoique presque étanche, la vessie suintait un peu parfois, surtout dans les endroits chauds. La seconde enveloppe servait à recueillir ce qui s'en échappait, les poils constituant une couche supplémentaire pour absorber la graisse. Le haut de la vessie était fixé par un filament de tendon autour d'une vertèbre de cerf qu'on avait taillée pour lui donner une forme circulaire. L'orifice naturel par lequel passait normalement la moelle épinière servait de goulot. Il était obturé par une lanière de cuir nouée plusieurs fois, qui faisait office de bouchon.

Jondalar tira sur l'extrémité de la lanière pour extraire le nœud et versa un peu de graisse liquide dans une lampe de pierre neuve. Il y trempa une mèche absorbante, faite de lichen prélevé sur des branches au camp de la Réunion d'Eté, et en approcha la torche. Une flamme s'éleva aussitôt. Quand la graisse fut chaude, Jondalar prit un paquet de mèches obtenues en découpant un champignon spongieux en bandes qu'on laissait ensuite sécher. Il aimait ces mèches, qui brûlaient plus longtemps et donnaient une lumière plus chaude. Il poussa la première mèche vers le bord de la cupule, la fit légèrement dépasser, en ajouta une deuxième puis une troisième, afin que cette seule lampe éclairât autant que trois.

Il remplit ensuite une autre lampe et tendit la torche à Ayla, qui l'approcha de la mèche. Une flamme s'éleva, crachota, finit par trouver sa taille et émettre une douce lumière. Jondalar porta la lampe à la niche qui contenait la donii, la plaça devant la petite statue féminine. Ayla le suivit. Quand il se retourna, elle leva les yeux vers lui.

— Cette demeure est maintenant tienne, Ayla. Si tu m'autorises à y allumer mon foyer, tous les enfants qui y naîtront seront nés de mon foyer. Le permets-tu ?

— Oui. Naturellement.

Il lui prit la torche, se dirigea vers le foyer délimité par un cercle de pierres, où s'entassaient des branches prêtes à flamber. Il approcha la flamme, regarda le feu s'étendre des brindilles aux branches les plus grosses. Il ne voulait pas courir le risque que le feu s'éteignît avant d'avoir bien pris. En se retournant, il vit Ayla qui l'observait avec amour. Il se releva, la serra dans ses bras.

— Jondalar, je suis si heureuse ! dit-elle.

Sa voix se brisa, des larmes emplirent ses yeux.

— Alors pourquoi pleures-tu ?

— Parce que je suis heureuse ! répondit-elle en s'accrochant à lui. Jamais je n'aurais osé rêver que je serais un jour si heureuse. Je vais avoir un bébé, je suis ta compagne. Oui, surtout, je suis ta compagne. Je t'aime, Jondalar, je t'aime tellement…

— Je t'aime aussi, Ayla. Voilà pourquoi j'ai construit cette habitation pour toi.

Il pencha la tête pour embrasser les lèvres qui se tendaient vers les siennes, sentit le goût salé de ses larmes.

— Mais quand l'as-tu fait ? demanda-t-elle lorsqu'ils s'écartèrent enfin l'un de l'autre. Comment ? Nous étions tous à la Réunion d'Eté.

— Tu te souviens de cette expédition de chasse pour laquelle je suis parti avec Joharran et quelques autres ? Nous n'avons pas seulement chassé, nous sommes revenus ici et nous avons construit cette demeure.

— Tu as fait tout ce chemin pour cela ? Pourquoi ne me l'as-tu pas dit ?

— Je voulais te faire la surprise, répondit-il, heureux de sa stupeur ravie.

— C'est la plus belle surprise qu'on m'ait jamais faite, dit-elle, de nouveau au bord des larmes.

— Tu sais, Ayla, reprit-il, l'air soudain grave, si tu disperses un jour les pierres de mon foyer, je devrai retourner chez Marthona ou ailleurs. Cela signifiera que tu romps le lien de notre union.

— Comment peux-tu dire une chose pareille ? Jamais je ne ferai cela !

— Si tu étais née zelandonii, je n'aurais pas à le dire. Tu le saurais. Je voulais simplement m'assurer que tu as bien compris : cette demeure est à toi et à tes enfants. Seul le foyer m'appartient.

— Comment pourrait-elle être à moi ? C'est toi qui l'as bâtie.

— Si je veux que tes enfants naissent à mon foyer, j'ai le devoir de vous fournir, à toi et à eux, un endroit où vivre. Un lieu qui vous appartiendra, quoi qu'il arrive.

— Tu veux dire que tu étais tenu de construire une habitation pour moi ?

— Pas exactement. J'étais tenu de veiller à ce que tu aies un endroit où vivre, mais j'ai voulu que tu possèdes ta propre demeure. Nous aurions pu habiter chez ma mère, ce qui n'est pas rare pour un jeune couple. Ou, si tu étais née zelandonii, nous aurions pu loger chez ta mère ou chez un autre de tes parents, jusqu'à ce que je puisse te donner un endroit à toi. En ce cas, j'aurais eu une dette envers ta famille, bien sûr.

— Je n'avais pas compris que tu prenais autant d'engagements envers moi quand nous nous sommes unis.

— Ce n'est pas uniquement pour la femme, c'est pour les enfants. Ils ne peuvent pas se débrouiller seuls, il faut subvenir à leurs besoins. Certains couples passent toute leur existence chez un parent, souvent la mère de la femme. Quand la mère meurt, l'habitation revient à tous ses enfants mais, si l'un d'eux a vécu chez elle, il a priorité. Si une femme reçoit la demeure de sa mère, son compagnon n'est pas tenu de lui en fournir une, mais il peut avoir des obligations envers les frères et sœurs de sa compagne. Si la demeure de la mère va au fils, il aura une dette envers ses propres frères et sœurs.

— Je crois que j'ai encore beaucoup à apprendre sur les Zelandonii !

— Moi, j'ai encore beaucoup à apprendre sur toi, dit-il en l'enlaçant de nouveau.

Elle était plus que consentante. Pendant qu'ils s'embrassaient, il sentit son propre désir s'éveiller et celui d'Ayla qui lui répondait.

— Attends, dit-il.

Il sortit et revint avec leurs fourrures de couchage, les étendit sur la plate-forme. Loup l'observa depuis le milieu de la pièce vide puis leva la tête et se mit à hurler.

— Je crois qu'il est perturbé, remarqua Ayla. Il voudrait savoir où il est censé dormir.

— Je fais un saut chez ma mère pour rapporter sa couverture et son écuelle, décida Jondalar.

Il revint bientôt avec un vieux vêtement d'Ayla qui servait de couverture à Loup et le posa près de l'entrée. L'animal le renifla, tourna sur lui-même puis s'y allongea.

Jondalar s'approcha de la jeune femme qui l'attendait près du feu, la souleva et la porta à la plate-forme, la coucha sur les fourrures. Comme il commençait à la déshabiller, elle dénoua un lacet pour l'aider.

— Non, laisse, dit-il. Cela fait partie de mon plaisir.

La main d'Ayla retomba. Il continua à la déshabiller lentement, délicatement, ôta ensuite ses propres vêtements. Et, avec une tendresse exquise, il lui fit l'amour pendant la moitié de la nuit.

La Caverne reprit ses habitudes sans tarder. L'automne était magnifique, les épis mûrissaient en vagues dorées agitées par le vent ; les arbres au bord de la Rivière flamboyaient de jaunes et de rouges. Les branches des buissons ployaient sous les baies gonflées de jus ; les pommes, roses mais aigres, attendaient la première gelée pour devenir sucrées. Comme le temps restait beau, les Zelandonii occupaient leurs journées à puiser dans l'abondance de fruits, de noix, de baies, de racines et d'herbes de la saison. Quand il se mit à geler la nuit, des groupes partirent chasser pour ajouter des réserves de viande fraîche à la viande séchée de l'été.

Peu après leur retour, pendant les dernières journées de chaleur, ils avaient inspecté les fosses froides et en avaient creusé de nouvelles dans le sol amolli par l'été, sous le niveau du permafrost, puis en avaient couvert le fond de pierres. La viande des bêtes abattues était découpée et exposée au froid toute une nuit, sur des plates-formes surélevées, hors de portée des animaux maraudeurs. Au matin, on la plaçait dans les fosses afin qu'elle ne dégèle pas avec la chaleur de la journée. Dans des fosses moins profondes, les Zelandonii gardaient les fruits et les légumes pendant la première partie de l'automne. Plus tard, quand l'hiver s'annonçait et que le sol gelait, ils portaient fruits et légumes à l'intérieur de l'abri.

Les saumons remontant la Rivière étaient pêchés au filet, fumés ou congelés, ainsi que d'autres variétés de poissons capturés selon une méthode nouvelle pour Ayla : les nasses de la Quatorzième Caverne. Elle s'était rendue à Petite Vallée pendant la saison de pêche et Brameval lui avait expliqué que les poissons pénétraient facilement dans les pièges d'osier alourdis de pierre mais n'arrivaient pas à en ressortir. Cet homme s'était toujours montré très cordial avec elle. Elle avait aussi revu Tishona et Marsheval avec plaisir. Bien qu'elle eût manqué de temps pour mieux les connaître pendant les Matrimoniales, le fait que leurs couples se fussent unis en même temps créait un lien entre eux.

D'autres pêchaient avec un hameçon. Brameval lui remit l'un de ces petits morceaux d'os, pointu aux deux extrémités, attaché en son milieu à une corde fine mais solide, et l'amena au bord de la Rivière en lui disant de capturer son repas. Tishona et Marsheval demeuraient près d'elle, au cas où elle aurait eu besoin d'aide, mais aussi pour profiter de sa compagnie. Jondalar lui avait montré comment se servir d'un hameçon. Elle utilisait des vers et de petits bouts de poisson en guise d'appâts ; elle commença par enfiler un ver sur l'os pointu puis jeta sa ligne. Quand elle sentit une saccade indiquant qu'un poisson avait avalé l'hameçon, elle tira sur la corde d'un coup sec en espérant que l'os pointu se coincerait en travers du gosier de l'animal. Elle sourit en tirant sa prise de l'eau.

Elle fit halte à la Onzième Caverne sur le chemin du retour. Kareja était absente mais Ayla vit le doniate de la Caverne en compagnie de son grand et bel ami, et bavarda un moment avec eux. Elle les avait rencontrés plusieurs fois à la Réunion d'Eté et avait deviné qu'ils étaient plus que des amis l'un pour l'autre, presque des compagnons, bien qu'ils n'aient pas eu de Matrimoniales. En fait, la cérémonie d'union était avant tout célébrée dans l'intérêt d'éventuels enfants. En plus de ceux qui étaient attirés par les représentants du même sexe, un grand nombre de Zelandonii choisissaient de vivre ensemble sans passer par une cérémonie d'union, en particulier des couples âgés qui n'avaient plus l'âge d'avoir des enfants ou des femmes qui avaient eu des enfants sans prendre de compagnon et décidaient plus tard de vivre avec un ami ou deux.

Ayla accompagnait souvent Jondalar quand il partait chasser mais, lorsque le groupe allait chercher au loin le gros gibier, elle restait à proximité de la caverne, se servant de sa fronde ou s'exerçant au bâton à lancer. Des lagopèdes et des grouses vivaient dans les plaines de part et d'autre de la Rivière. Ayla savait qu'elle aurait pu les abattre avec sa fronde mais elle voulait acquérir la même habileté avec un bâton à lancer. Elle voulait aussi apprendre à le fabriquer. C'était difficile de détacher d'un gros rondin un morceau de bois plat et mince.

On le faisait généralement avec des coins. Il fallait ensuite du temps pour donner forme au bâton et le polir. Il était encore plus ardu d'apprendre à le lancer en lui imprimant un mouvement particulier pour qu'il tournoie horizontalement dans l'air. Elle avait vu un jour une Mamutoï lancer un bâton de forme semblable vers un vol d'oiseaux et en abattre trois ou quatre. Ayla aimait chasser avec des armes qui exigeaient de l'adresse.

Elle se sentait moins seule, maintenant qu'elle avait une nouvelle arme avec laquelle s'entraîner, et elle commençait à savoir se servir du bâton à lancer. Il était rare qu'elle revînt à l'abri sans un oiseau ou deux. Elle emportait toujours sa fronde et rapportait souvent un lièvre ou un petit rongeur en plus. Cela lui procurait une certaine indépendance. Elle était contente de l'aspect de son habitation – les nombreux cadeaux qu'elle avait reçus pour son union avec Jondalar y trouvaient leur place – mais elle apprenait le troc et échangeait les plumes de ses oiseaux et quelquefois leur chair contre des objets qu'elle voulait installer chez elle. Même les os creux des volatiles pouvaient être coupés pour devenir des perles ou transformés en instruments de musique, des flûtes au son aigu. Les os d'oiseau entraient également dans la fabrication de divers outils ou ustensiles.

Ayla gardait toutefois pour elle une grande partie des peaux des lapins et des lièvres qu'elle chassait avec sa fronde ou des oiseaux qu'elle abattait avec son bâton. Elle projetait d'en faire des vêtements pour le bébé quand le temps tournerait au froid et qu'elle devrait rester dans l'abri.

Un matin de fin d'automne, Ayla mettait de l'ordre dans son habitation, préparait un endroit pour le bébé et ses affaires. Elle retrouva le vêtement de garçon que Marona lui avait donné, le tint contre elle. Il y avait longtemps qu'elle était devenue trop ronde pour pouvoir l'enfiler mais elle avait l'intention de le porter plus tard.

C'était une tenue confortable. Je devrais peut-être m'en fabriquer une semblable, un peu plus ample en haut, avec les peaux de daim qu'il me reste, se dit-elle. Elle plia le vêtement et le rangea.

Ayla avait promis de passer voir Lanoga ce jour-là et décida de lui apporter quelque chose à manger. Elle s'était prise d'affection pour la fillette et le bébé, à qui elle rendait fréquemment visite, bien que cela l'obligeât à parler à Laramar et Tremeda plus souvent qu'elle ne l'aurait voulu. Elle avait aussi noué des rapports avec les autres enfants, en particulier Bologan, mais la conversation avec l'adolescent demeurait assez empruntée.

Elle le découvrit en arrivant à l'habitation de Tremeda. Il avait commencé à apprendre à faire du barma avec l'homme de son foyer, et Ayla avait sur ce point des sentiments partagés. Il était bon qu'un homme enseigne des choses aux enfants de son foyer, mais les Zelandonii qui traînaient toujours à proximité pour boire le barma de Laramar n'étaient pas la compagnie qu'elle aurait souhaitée pour Bologan.

— Salutations, Bologan, dit-elle. Lanoga est là ?

Bien qu'elle l'eût salué plusieurs fois depuis leur retour à la Neuvième Caverne, il semblait encore étonné par sa courtoisie et avait du mal à trouver ses mots.

— Salutations, Ayla. Elle est à l'intérieur, répondit-il en se tournant déjà pour s'éloigner.

Sans doute parce qu'elle venait de ranger ses vêtements, elle se souvint d'une promesse qu'elle lui avait faite.

— Tu as eu de la chance, cet été ? demanda-t-elle.

— De la chance ? Qu'est-ce que tu veux dire ? fit-il, dérouté.

— Plusieurs garçons de ton âge ont tué leur premier gros gibier à la Réunion d'Eté. Je voulais savoir si tu as eu de la chance à la chasse.

— Un peu. J'ai abattu deux aurochs à la première chasse.

— Tu as encore les peaux ?

— J'en ai troqué une contre de quoi faire du barma. Pourquoi ?

— J'avais promis de te coudre un sous-vêtement d'hiver si tu m'aidais, rappela-t-elle. Je pourrais me servir de ta peau d'aurochs, si tu veux, mais une peau de daim conviendrait mieux. Tu devrais peut-être l'échanger.

— J'avais prévu de l'échanger aussi contre de quoi faire du barma, répondit Bologan. Je croyais que tu avais oublié ta promesse. Tu l'as faite il y a longtemps, presque à ton arrivée ici.

— Il y a longtemps, oui, mais je m'apprête à fabriquer des vêtements pour moi, et j'ai pensé que je pourrais en profiter pour tenir ma promesse en même temps. J'ai quelques peaux de daim en réserve. Il faudrait que tu viennes pour que je prenne tes mesures.

Il la regarda un moment avec une expression étrange, intriguée.

— Tu aides beaucoup Lorala. Lanoga aussi. Pourquoi ?

Ayla réfléchit avant de répondre :

— D'abord parce que Lorala est un bébé et qu'elle a besoin d'attention. Et puis je me suis prise d'affection pour elle et pour Lanoga.

Bologan resta un moment silencieux avant d'acquiescer :

— D'accord. Si tu y tiens, j'ai une peau de daim, aussi.

Jondalar était parti pour une longue expédition avec Joharran, Solaban, Rushemar et Jacsoman, qui avait récemment quitté la Septième Caverne pour s'installer à la Neuvième avec sa compagne, Dynoda. Ils avaient pour mission de repérer des rennes, non pas tant pour les chasser dans l'immédiat que pour découvrir l'endroit où se trouvait le troupeau et le moment où sa migration le ferait passer près de la Neuvième Caverne, en vue d'une grande chasse. Ayla avait accompagné les chasseurs un moment puis avait fait demi-tour. Loup avait débusqué deux lagopèdes qu'elle avait prestement tués. Leur plumage n'était pas encore totalement blanc mais presque.

Willamar était parti, lui aussi, pour ce qui serait sans doute sa dernière expédition de troc de la saison. Il avait pris la direction de l'ouest afin de se procurer du sel auprès du peuple qui vivait près des Grandes Eaux. Ayla invita Marthona, Folara et Zelandoni à partager avec elle les lagopèdes en précisant qu'elle les préparerait comme elle le faisait autrefois pour Creb. Elle creusa une petite fosse dans la Vallée des Bois, au pied du sentier menant à la corniche, la tapissa de pierres et y alluma un bon feu. Pendant que le bois brûlait, elle pluma les lagopèdes – y compris les pattes, que leurs plumes empêchaient d'enfoncer dans la neige – puis prit une brassée de foin pour les envelopper.

Si elle avait trouvé des œufs, elle en aurait farci les volatiles, mais ce n'était pas la saison. Les oiseaux n'essayaient pas d'avoir des petits à l'entrée de l'hiver. Elle les remplaça par une ou deux poignées d'herbes aromatiques, et Marthona lui offrit un peu de ce qu'il lui restait de sel, ce dont elle lui fut reconnaissante. Pendant que les lagopèdes cuisaient dans le four, Ayla passa quelque temps à s'occuper des chevaux puis chercha d'autres activités.

Elle décida d'aller voir si elle pouvait aider Zelandoni. La doniate lui dit qu'elle avait besoin d'ocre rouge et Ayla répondit qu'elle se ferait un plaisir d'aller en chercher. Elle reprit donc le chemin de la Vallée des Bois, siffla pour appeler Loup, qu'elle avait laissé en train de renifler de nouveaux trous intéressants, et marcha vers la Rivière. Elle creusa pour trouver l'argile colorée, repéra sur la berge une pierre ronde qui lui servirait de pilon. Puis elle rappela Loup et commença à remonter le sentier sans prêter attention à la personne qui le descendait.

Elle fut stupéfaite quand elle faillit heurter Brukeval. Il l'évitait depuis la réunion de la Zelandonia concernant Echozar et le Clan, mais il l'épiait de loin. Il observait avec plaisir la progression de sa grossesse et imaginait que l'enfant qu'elle portait était de son esprit. Tout homme pouvait croire que n'importe quelle femme enceinte portait un enfant de son esprit, et la plupart se demandaient parfois si c'était le cas de telle ou telle femme mais, pour Brukeval, c'était devenu une obsession. La nuit, lorsqu'il ne trouvait pas le sommeil, il se voyait passant toute une vie avec Ayla, reproduisant pour l'essentiel ce qu'il la voyait faire avec Jondalar, mais quand il se retrouva face à elle dans le sentier, il ne sut quoi dire. Impossible cette fois de l'éviter.

— Brukeval, commença-t-elle en ébauchant un sourire, justement, j'avais l'intention de te parler.

— Eh bien, c'est le moment.

— Je veux que tu saches que je n'ai pas cherché à t'insulter, à la réunion. Jondalar m'a raconté que certaines personnes te taquinaient en te traitant de Tête Plate, jusqu'à ce que tu les fasses taire. J'admire ton courage. Tu n'es pas un Tête Plate… pas un membre du Clan. Tu n'arriverais jamais à vivre chez eux. Tu fais partie des Autres, comme tous les Zelandonii.

L'expression de Brukeval se radoucit.

— Je suis content que tu le reconnaisses.

— Tu dois cependant comprendre que, pour moi, les membres du Clan sont des êtres humains, s'empressa-t-elle de poursuivre. Je ne les ai jamais considérés autrement. Ils m'ont trouvée seule et blessée, ils m'ont recueillie, élevée. Sans eux, je ne serais pas vivante aujourd'hui. Je les juge admirables. Je n'avais jamais pensé que tu te sentirais injurié lorsque j'ai suggéré que ta grand-mère avait peut-être vécu parmi eux quand elle s'est perdue.

— Tu ne pouvais pas savoir, répondit-il en souriant.

Soulagée, elle lui rendit son sourire et tenta de rendre ses explications plus claires.

— Tu me rappelles quelqu'un que j'ai connu au Clan, un petit garçon que j'aimais beaucoup…

— Arrête ! Tu persistes à penser que j'ai quelque chose du Clan en moi ? Tu viens pourtant de dire que je ne suis pas un Tête Plate.

— Ni toi ni Echozar. Ce n'est pas parce que sa mère était du Clan qu'il l'est lui-même. Il n'a pas été élevé par eux et toi non plus…

— Mais tu crois toujours que ma mère était une abomination ! Ce n'est pas vrai ! Ni ma mère ni ma grand-mère n'ont quoi que ce soit à voir avec ces bêtes répugnantes. Et moi non plus, tu m'entends ? vocifératil, cramoisi de colère. Je ne suis pas un Tête Plate ! Ce n'est pas parce que tu as été élevée par ces animaux que tu peux me rabaisser.

Loup montrait les dents, prêt à sauter sur l'homme qui semblait vouloir s'en prendre à Ayla.

— Loup ! Non ! ordonna-t-elle.

Elle avait encore tout gâché. Pourquoi ne s'était-elle pas tue quand il avait commencé à sourire ? En tout cas, il n'avait pas le droit de traiter les membres du Clan de « bêtes répugnantes », parce que c'était faux.

— Tu penses aussi que ce loup est humain ? lança Brukeval d'un ton méprisant. Tu ne sais même pas faire la différence entre les humains et les animaux. Ce n'est pas normal pour un loup de se conduire de cette façon.

Il ne se rendait pas compte que ses braillements l'exposaient aux crocs de Loup mais, même s'il en avait eu conscience, cela n'aurait rien changé : Brukeval était hors de lui.

— Laisse-moi te dire une chose, continua-t-il. Si ces bêtes n'avaient pas attaqué ma grand-mère, elle n'aurait pas été effrayée au point de donner naissance à une femme faible, et ma mère aurait vécu pour prendre soin de moi et pour m'aimer. Ces immondes Têtes Plates ont tué ma grand-mère, et ma mère aussi. Ils méritent la mort ! S'il ne tenait qu'à moi, je les exterminerais !

Il avançait vers Ayla en criant, la faisait reculer. Elle retenait Loup par la peau du cou pour l'empêcher de bondir sur lui. Enfin, Brukeval passa sur le côté en la bousculant et dévala le sentier en toute hâte. Jamais il n'avait été habité d'une telle rage, non seulement parce que cette femme avait insinué qu'il descendait des Têtes Plates, mais aussi parce que, dans sa colère, il avait dévoilé ses sentiments les plus profonds. Enfant, il aurait voulu plus que tout avoir une mère auprès de laquelle se réfugier lorsque les autres le tourmentaient. Mais la femme qui avait hérité du petit en même temps que des biens de sa mère n'éprouvait aucun amour pour le bébé auquel elle donnait le sein avec répugnance. Il était un fardeau pour elle, elle le trouvait repoussant. Elle avait plusieurs enfants à elle, dont Marona, ce qui l'incitait encore davantage à négliger Brukeval. Mais, même avec ses propres enfants, ce n'était pas une bonne mère, et c'était d'elle que Marona tenait son insensibilité.

Tremblante, Ayla tenta de se ressaisir en montant le sentier et pénétra d'un pas chancelant dans l'habitation de Zelandoni. La doniate leva la tête à son entrée et comprit aussitôt qu'il se passait quelque chose de grave.

— Qu'y a-t-il ? On dirait que tu viens de voir un Esprit malfaisant.

— Je crois que c'est exactement ça. Je viens de croiser Brukeval sur le sentier. J'ai essayé de lui expliquer que je n'avais pas voulu l'insulter à la réunion, mais avec lui je finis toujours par dire ce qu'il ne faut pas, semble-t-il.

— Assieds-toi, raconte-moi.

Une fois qu'Ayla lui eut relaté l'altercation, Zelandoni réfléchit un moment en silence puis lui prépara une infusion. Ayla allait mieux : parler de l'incident l'avait aidée à recouvrer son calme.

— J'observe Brukeval depuis longtemps, reprit la Première. Il y a de la fureur en lui. Il veut se venger d'un monde qui lui a infligé tant de souffrances et il a décidé d'en faire porter la responsabilité aux Têtes Plates, au Clan. Il voit en eux la cause de ses malheurs. Il hait tout ce qui a trait aux Têtes Plates. Le pire que tu pouvais faire, c'était laisser entendre qu'il leur est lié d'une certaine façon. C'est regrettable, mais je crains que tu ne te sois fait un ennemi. Nous n'y pouvons plus rien, maintenant.

— Je le sais. Je l'ai senti. Pourquoi les déteste-t-on ? Qu'est-ce qu'ils ont de si terrible ?

Zelandoni considéra Ayla d'un air pensif puis parut prendre une décision.

— Lorsque j'ai déclaré à la réunion que j'avais longuement médité pour me remémorer les Histoires et Légendes Anciennes, c'était vrai, dit-elle. J'ai fait usage de tous les moyens que je connais pour faire resurgir dans mon esprit ce que j'avais mémorisé. C'est un exercice que je devrais pratiquer plus souvent, il est éclairant.

« Le drame, je crois, c'est que nous nous sommes établis sur leurs terres. Au début, cela n'a pas causé trop de difficultés. Il y avait de la place, de nombreux abris vides. Nous pouvions facilement partager avec eux. Ils avaient tendance à garder leurs distances et nous les évitions. A l'époque, nous ne les traitions pas d'animaux, nous les appelions Têtes Plates, terme plus descriptif que désobligeant.

« Mais à mesure que le temps passait et que d'autres enfants naissaient, il nous a fallu plus de place. Certains se sont emparés des abris des Têtes Plates, parfois par la force. Ils se battaient contre eux, ils les tuaient ou se faisaient tuer. Nous vivions alors depuis longtemps dans la région, elle était devenue aussi la nôtre. Les Têtes

Plates l'avaient certes occupée les premiers mais nous avions besoin d'endroits où vivre. Nous avons pris les leurs.

« Lorsque des hommes en maltraitent d'autres, ils doivent justifier leur conduite à leurs propres yeux pour pouvoir continuer à se supporter. Nous nous inventons des excuses. Là, nous avons argué que la Grande Mère nous avait donné la Terre, « ainsi que l'eau, le sol, toute la création ». Cela signifiait que les plantes et les animaux étaient à notre disposition. Nous nous sommes ensuite convaincus que les Têtes Plates étaient des bêtes, et que, puisqu'ils étaient des bêtes, nous pouvions leur voler leurs abris.

— Ce sont des êtres humains, rappela Ayla.

— Oui. Tu as raison. Mais nous l'avons oublié, par commodité. La Mère a dit également, en parlant de la Terre, que nous pouvions « en user, jamais en abuser ». Les Têtes Plates sont aussi des Enfants de la Terre. C'est l'autre chose que j'ai apprise de ma méditation. Si Elle mêle leurs esprits aux nôtres, c'est qu'ils doivent être humains, eux aussi. Je pense toutefois que cela n'aurait pas changé grand-chose si nous les avions considérés comme tels. Nous aurions agi de la même façon. Doni a rendu la chose plus facile pour les autres créatures qui tuent pour vivre. Ton loup ne se soucie pas des lapins qu'il égorge. Il est né pour les tuer. Sans eux, il ne pourrait survivre, et Doni anime chaque créature du désir de continuer à vivre.

« Aux êtres humains, Elle a donné en plus la capacité de penser. C'est ce qui nous permet d'apprendre et de nous développer. C'est aussi ce qui nous fait comprendre que la coopération et l'entente sont nécessaires à notre survie. C'est enfin ce qui a conduit à la compassion, mais ce sentiment a un double aspect. La compassion que nous éprouvons pour notre espèce s'étend parfois aux autres créatures vivantes. Si nous refusions de tuer un cerf ou tout autre animal, nous ne pourrions survivre très longtemps. Comme le désir de vivre est le plus fort, nous apprenons à ressentir une compassion sélective. Nous la limitons.

Ayla écoutait, fascinée.

— La difficulté consiste à savoir comment juguler ce sentiment sans le pervertir, poursuivit Zelandoni. C'est ce qui est la racine des préoccupations de Joharran devant les révélations que tu nous as faites. Tant que la plupart des Zelandonii croyaient que les Têtes Plates n'étaient que des animaux, ils pouvaient les massacrer sans réfléchir. C'est plus difficile de tuer des êtres humains. La compassion est alors si forte que l'esprit doit inventer de nouvelles raisons. Si nous lions l'acte de tuer à notre survie, l'esprit opère les contorsions nécessaires pour le justifier. Nous excellons dans cet exercice. Mais il change les hommes. Ils apprennent à haïr. Ton loup n'a pas besoin de haïr ce qu'il croque. Ce serait plus facile si nous pouvions tuer sans scrupule, comme ton animal, mais alors nous ne serions pas humains.

— Maintenant je comprends pourquoi tu es la Première parmi Ceux Qui Servent la Mère, dit Ayla après un silence. Je sais combien c'est difficile de tuer. Je me souviens du premier animal que j'ai tué avec ma fronde. C'était un porc-épic. J'avais tellement de remords que je ne suis pas retournée chasser avant un long moment et que j'ai dû me trouver une raison. J'ai décidé de m'en prendre uniquement aux carnivores parce qu'ils volaient parfois la viande du Clan et chassaient eux aussi les bêtes dont nous tirions notre subsistance.

— C'est à ce moment-là que nous perdons notre innocence, Ayla. Quand nous découvrons ce que nous devons faire pour vivre. Voilà pourquoi la première bête abattue par un jeune chasseur est si importante. Il ne s'agit pas seulement des changements physiques qui font de lui un adulte. La première chasse est la plus difficile. Outre l'obligation de surmonter sa peur, l'adolescent doit montrer qu'il est capable d'accomplir l'acte indispensable pour survivre. C'est aussi pour cela que nous célébrons certaines cérémonies afin d'honorer les Esprits des animaux que nous tuons. C'est une façon d'honorer Doni. Nous devons nous rappeler que la vie de ces créatures est sacrifiée afin que nous puissions vivre, et nous devons en éprouver de la gratitude. Sinon, nous courons le risque de trop nous endurcir, et cela pourrait se retourner contre nous.

« Nous devons toujours exprimer notre gratitude pour ce que nous prenons ; nous devons aussi honorer les Esprits des arbres, des plantes et des autres nourritures qui poussent. Nous devons traiter avec respect tous les Dons de la Mère. Si nous ne le faisons pas, Elle pourrait se fâcher et reprendre la vie qu'Elle nous a donnée. Si nous oublions un jour notre Grande Terre Mère, Elle ne pourvoira plus à nos besoins. Si Elle décide de tourner le dos à Ses enfants, nous n'aurons plus d'endroit où vivre.

— Zelandoni, tu me rappelles Creb de maintes façons. Il était bon et je l'aimais, mais surtout, il comprenait les gens. Je pouvais toujours compter sur lui. J'espère que je ne t'offense pas, je n'en avais pas l'intention.

La doniate sourit.

— Je ne suis pas offensée. Je voudrais l'avoir connu, au contraire. Et tu peux toujours compter sur moi, j'espère que tu le sais, Ayla.

La compagne de Jondalar repensa à sa conversation avec la Première en s'apprêtant à préparer la terre rouge. Lorsqu'elle entreprit le dur labeur consistant à écraser les morceaux de minerai de fer avec sa pierre ronde, elle s'efforça de se concentrer sur sa tâche pour oublier l'incident avec Brukeval. L'effort contribua à diminuer sa tension nerveuse, mais le caractère répétitif du travail lui laissait l'esprit libre, et Zelandoni lui avait donné à réfléchir.

Elle a raison, se dit-elle. Je me suis fait un ennemi de Brukeval. Qu'y puis-je, maintenant ? Pas un instant elle n'avait songé à mentir en déclarant qu'elle ne pensait pas qu'il avait l'aspect d'un homme du Clan. C'eût été faux. Elle était convaincue qu'il était un esprit mêlé. Ayla songea à la grand-mère de Brukeval, la femme qui s'était perdue. A son retour, elle avait raconté qu'elle avait été attaquée par des animaux, mais ces animaux ne pouvaient être que ceux qu'elle appelait Têtes Plates. Comment aurait-elle survécu si longtemps si elle n'avait pas été recueillie par eux ? S'ils l'avaient recueillie et nourrie, ils avaient forcément exigé d'elle qu'elle travaille, comme leurs propres femmes. Et tout homme du Clan s'était alors senti autorisé à user d'elle pour assouvir ses désirs. Si elle avait résisté, l'un d'eux l'avait peut-être forcée, comme Broud. Il était impensable qu'une femme du Clan résiste. Ils l'auraient remise à sa place.

Ayla tenta d'imaginer la réaction d'une femme née zelandonii dans une telle situation. Pour les Zelandonii, le Don des Plaisirs venait de la Grande Terre Mère, il ne devait jamais être imposé. Il devait être partagé, mais uniquement quand l'homme et la femme le souhaitaient. La grand-mère de Brukeval s'était sans doute sentie agressée. Comment réagit-on lorsqu'on est assaillie par un être que l'on considère comme un animal ? Lorsqu'on est forcée de partager le Don avec une telle créature ? Cette violence avait-elle affecté l'esprit de la grand-mère de Brukeval ? Peut-être. Les femmes zelandonii n'avaient pas l'habitude de recevoir des ordres. Elles étaient indépendantes, aussi indépendantes que les hommes.

Ayla cessa de moudre l'ocre rouge. Un homme du Clan avait forcé la grand-mère de Brukeval à s'accoupler avec lui, puisqu'elle était enceinte à son retour. C'était ce qui avait fait naître la vie en elle et amené la naissance de la mère de Brukeval. Elle était faible, disait

Jondalar. Rydag lui aussi l'était. Peut-être y avait-il quelque chose dans les mélanges qui causait la faiblesse des rejetons.

Durc n'était pas faible, pourtant, et Echozar non plus. Ni les S'Armunaï. Ils n'étaient pas faibles et beaucoup d'entre eux avaient l'aspect du Clan. Peut-être les faibles mouraient-ils jeunes, comme Rydag ; peut-être seuls les forts survivaient-ils. Se pouvait-il que le peuple des S'Armunaï fût le résultat d'un mélange qui avait commencé longtemps auparavant ? Les mélanges ne les préoccupaient pas beaucoup, peut-être parce qu'ils en avaient l'habitude. Ils ressemblaient aux Autres mais présentaient certaines caractéristiques du Clan.

Etait-ce pour cette raison que le compagnon d'Attaroa avait essayé de dominer les femmes avant qu'elles le tuent ? L'attitude des hommes du Clan à l'égard des femmes avait-elle été transmise en même temps que certains de leurs traits physiques ? Il existait cependant beaucoup d'aspects positifs chez les S'Armunaï. Bodoa la S'Armuna avait découvert comment transformer en pierre l'argile d'une rivière en la chauffant, et son acolyte était un habile sculpteur. Quant à Echozar, il était à part. Comme les Zelandonii, les Lanzadonii pensaient que c'était le mélange d'esprits qui lui donnait les caractéristiques des deux peuples, mais sa mère avait été agressée par un homme des Autres.

Ayla se remit à écraser la terre rouge. Quelle ironie ! pensa-t-elle. Brukeval hait ceux qui ont fait germer la vie dont il est issu. Ce sont les hommes qui font naître la vie à l'intérieur des femmes, j'en suis sûre. Pas étonnant que la Caverne des S'Armunaï ait été en passe de disparaître quand Attaroa se trouvait à sa tête. Elle ne pouvait pas amener les esprits des femmes à se mêler pour créer la vie. Seules les femmes qui rendaient visite aux hommes, en cachette, la nuit, avaient des bébés.

Ayla songea à la vie qui croissait en elle. Le bébé serait autant à Jondalar qu'à elle. Cela avait commencé quand ils avaient quitté le glacier, elle en était certaine. Elle n'avait pas préparé son infusion spéciale, celle qui avait empêché la vie de germer en elle pendant leur long Voyage. La dernière fois qu'elle avait saigné, c'était peu avant que Jondalar et elle entament la traversée du glacier. Elle n'avait presque pas eu de nausées, cette fois, contrairement à l'époque où elle était enceinte de Durc. Les mélanges infligeaient apparemment plus de difficultés aux mères, ainsi qu'à certains bébés. Cette fois, elle se sentait bien la plupart du temps. Aurait-elle une fille ou un garçon ? Et Whinney aurait-elle un poulain ou une pouliche ?

17

La Neuvième Caverne construisit un abri pour les chevaux sous le surplomb rocheux, dans la partie sud moins fréquentée de la terrasse, près du pont menant à En-Aval. Ayla avait demandé à Joharran si quelqu'un s'opposait à ce que Jondalar et elle installent un enclos pour les animaux. Elle avait envisagé une construction sommaire qui les protégerait simplement de la pluie et de la neige. Mais, à la réunion que Joharran avait convoquée pour consulter les Zelandonii, tous décidèrent de s'y mettre et de bâtir un véritable abri pour les chevaux, avec des murets de pierre surmontés de panneaux arrêtant le vent. Il n'y avait cependant pas de rideau à l'entrée ni de barrière pour fermer.

Les animaux avaient toujours été libres d'aller et venir à leur gré. Whinney avait partagé la grotte d'Ayla dans la vallée, les chevaux s'étaient habitués à l'appentis que les membres du Camp du Lion avaient construit pour eux contre leur longue hutte. Une fois qu'Ayla eut montré l'abri à la jument et à l'étalon et qu'elle leur eut donné du foin, de l'avoine et de l'eau, ils parurent comprendre que l'endroit leur était destiné. Du moins, ils y retournèrent souvent, passant par le chemin plus direct qui partait du bord de la Rivière. Ils utilisaient rarement le sentier qui traversait la partie fréquentée de la terrasse, devant les habitations, à moins qu'Ayla ne les conduisît elle-même.

Une fois l'abri construit, Ayla et Jondalar décidèrent de fabriquer une auge en utilisant la technique avec laquelle les Sharamudoï faisaient leurs boîtes rainurées. Cela leur demanda plusieurs jours, encore qu'il y eût beaucoup de Zelandonii pour les aider, et plus encore pour les observer. Ils durent d'abord trouver l'arbre adéquat et portèrent leur choix sur un grand pin qui poussait au milieu d'un épais bosquet. La proximité des autres arbres obligeait chaque pin à atteindre une haute taille pour recevoir la lumière du soleil et diminuait le nombre des branches basses, ce qui évitait les nœuds.

Ils durent abattre l'arbre avec des haches de silex qui ne tranchaient pas le bois en profondeur et détachaient de minces éclats. Une fois l'abattage terminé, la souche donnait l'impression d'avoir été grignotée par des castors. Le tronc fut coupé une seconde fois, juste en dessous des branches les plus basses. Le reste de l'arbre ne serait pas perdu : les sculpteurs et les fabricants d'outils lorgnaient déjà sur cette abondance de bois, et les menus morceaux alimenteraient les feux. Selon la coutume sharamudoï, des pignes furent enterrées près de l'arbre abattu pour remercier la Grande Mère, et Zelandoni fut impressionnée par cette cérémonie simple.

Ayla et Jondalar montrèrent aux autres comment tirer des planches du tronc, à l'aide de coins et de maillets. Les plaques de bois obtenues, qui s'amincissaient de l'extérieur vers le centre, trouvaient de nombreuses utilisations, notamment comme étagères. Les boîtes rainurées étaient une idée ingénieuse. Avec un burin de silex ou un outil comparable, ressemblant à un ciseau, ils aplanirent une planche sur toute sa longueur puis tracèrent des rainures en travers, à trois endroits. Passée à la vapeur, la planche fut ensuite pliée à l'endroit des rainures pour former une boîte rectangulaire.

Pour le fond, ils aplanirent une autre planche, la taillèrent au couteau et la polirent à la pierre pour qu'elle vînt se loger dans une rainure creusée sur le bord inférieur de la boîte. Trempé dans l'eau, le bois gonflait, ce qui rendait la boîte étanche et permettait d'y conserver des liquides ou des graisses. Il était probable que beaucoup de ces boîtes seraient fabriquées plus tard.

Marthona regardait Ayla gravir le sentier. Les joues rouges, la jeune femme exhalait un nuage blanc à chacune de ses expirations. Elle avait chaussé des mocassins à semelle épaisse, surmontés de sortes de guêtres qui lui entouraient le mollet par-dessus ses jambières, et portait la veste doublée de fourrure que la mère de Matagan lui avait offerte. Le vêtement ne cachait pas sa grossesse, encore soulignée par la ceinture nouée haut, à laquelle pendaient son couteau et quelques bourses. La capuche était rabattue, la chevelure emprisonnée en un chignon dont quelques mèches s'échappaient, fouettées par le vent.

Ayla continuait à utiliser son sac mamutoï, de préférence à la poche de style zelandonii. Elle s'était habituée au sac porté sur une épaule et l'emportait souvent dans ses petites chasses. Il laissait une épaule libre pour le gibier abattu. Ce jour-là, trois lagopèdes blancs attachés par leurs pattes duveteuses faisaient contrepoids dans son dos aux deux lièvres blancs de bonne taille qui ballottaient sur sa poitrine.

Loup trottait derrière elle. Ayla l'emmenait souvent quand elle sortait. Non seulement il excellait à débusquer les oiseaux et d'autres animaux, mais il lui montrait aussi où les petites bêtes blanches étaient tombées dans la neige.

— Je ne sais pas comment tu fais, dit Marthona en lui emboîtant le pas quand elle atteignit le bord de la corniche. Quand j'étais aussi avancée que toi dans ma grossesse, je me sentais énorme, malhabile. L'idée de continuer à chasser ne me serait jamais venue. Toi, tu chasses et tu rapportes presque toujours quelque chose.

— Je me sens énorme et malhabile, répondit Ayla en souriant, mais lancer un bâton ou utiliser une fronde n'exige pas beaucoup d'efforts, et Loup m'aide plus que tu ne peux l'imaginer. Je serai coincée ici bien assez tôt.

Marthona sourit à l'animal qui marchait entre elles à pas feutrés. Bien qu'elle se fût inquiétée pour lui lorsqu'il avait été attaqué par une meute, elle aimait bien son oreille un peu tombante, maintenant. Cela permettait en outre de le reconnaître plus facilement. Elle attendit qu'Ayla eût déposé le gibier devant son habitation, sur un bloc de calcaire parfois utilisé comme siège.

— Je n'ai jamais été très bonne pour chasser de petits animaux, lui confia Marthona, sauf avec un piège. Il fut un temps où je prenais plaisir à me joindre à un groupe pour une grande chasse. Je n'ai pas chassé depuis si longtemps que je dois avoir tout oublié, mais j'avais l'œil, autrefois, pour repérer une trace. Je n'y vois plus très bien, comme tu le sais.

— Regarde ce que je rapporte d'autre, dit Ayla en ouvrant son sac.

Elle avait trouvé un pommier dépourvu de feuilles mais encore décoré de petites pommes rouge vif, moins dures et moins acides après les premières gelées.

Les deux femmes se dirigèrent vers l'abri des chevaux. Ayla ne s'attendait pas à les y rencontrer au milieu de la journée ; elle vérifia qu'ils avaient de l'eau. En hiver, quand il gelait pendant de longues périodes, elle faisait fondre de la neige pour eux, même si les autres chevaux se débrouillaient seuls pour trouver de l'eau. Elle fit tomber quelques pommes dans la mangeoire puis alla au bord de la terrasse et regarda la Rivière bordée d'arbres et de broussailles. Comme elle n'apercevait pas les chevaux, elle émit le sifflement auquel ils étaient habitués à répondre. Elle ne dut pas attendre longtemps pour voir Whinney escalader le sentier abrupt, suivie de Rapide. Loup frotta son museau contre le chanfrein de la jument quand elle parvint à la terrasse ; Rapide le salua d'un hennissement auquel il répondit par un jappement enjoué.

Confrontée à des preuves aussi patentes du pouvoir d'Ayla sur ces animaux, Marthona avait encore peine à y croire. Elle s'était accoutumée à Loup, qui passait une grande partie de son temps à la Caverne et répondait à ses caresses. Les chevaux étaient plus ombrageux, moins amicaux, plus farouches, et ressemblaient davantage aux chevaux sauvages qu'elle chassait autrefois.

En les menant à l'abri, Ayla leur parla avec les sons que Marthona l'avait entendue utiliser quand elle les étrillait. La langue des chevaux, pensa la mère de Jondalar. La jeune femme leur tendit des pommes qu'ils mangèrent dans sa main tandis qu'elle continuait à s'adresser à eux, à sa manière étrange. Marthona essaya de distinguer les sons que prononçait Ayla. Ce n'est pas tout à fait une langue, se dit-elle, bien que cela sonne un peu comme certains mots qu'Ayla a employés quand elle nous a fait une démonstration du langage des Têtes Plates.

— Tu as un gros ventre, Whinney, disait Ayla en tapotant la panse de la jument. Comme moi. Tu mettras bas au printemps, quand le temps se sera un peu réchauffé. D'ici là, j'aurai certainement eu mon bébé. J'aimerais aller me promener sur ton dos mais ma grossesse est trop avancée, je crois. Zelandoni dit que ce ne serait pas bon pour le bébé. Je me sens bien mais je ne veux pas prendre de risques. Quant à toi, Rapide, Jondalar te montera à son retour.

C'était ce qu'elle voulait dire aux chevaux, ce qu'elle leur disait dans sa tête, et pourtant la combinaison de signes, de mots du Clan et d'autres sons de cette langue personnelle n'aurait pas été traduite en ces termes… si quelqu'un avait pu la traduire. C'était sans importance. Les chevaux comprenaient la voix bienveillante, les caresses, ainsi que certains sons et signes.

L'hiver arriva sans prévenir. Tard dans l'après-midi, de petits flocons blancs se mirent à tomber, puis ils grossirent et, le soir, un blizzard tourbillonnant s'abattit sur la Caverne. Tous poussèrent un soupir de soulagement quand les chasseurs partis le matin regagnèrent l'abri avant la nuit, bredouilles mais sains et saufs.

— Joharran a décidé de faire demi-tour lorsqu'il a vu les mammouths remonter vers le nord, expliqua Jondalar après avoir salué Ayla. Tu connais le dicton : « Ne pas marcher encore quand le mammouth va vers le nord. » Cela annonce la neige. Ils vont dans le Nord, là où il fait plus froid mais plus sec, où la neige ne s'accumule pas en couches aussi épaisses qu'ici. Ils s'embourbent dans la neige profonde et humide. Joharran n'a pas voulu courir de risques mais ces nuages noirs sont apparus si vite que même les mammouths ont dû se retrouver pris dans le blizzard. Le vent a tourné au nord, la neige s'est mise à tomber si dru qu'on y voyait à peine. On enfonce déjà jusqu'aux genoux, dehors. Nous avons dû mettre les chausses à neige pour rentrer.

Le blizzard souffla toute la nuit, le lendemain et la nuit suivante. On ne voyait rien hormis le rideau blanc ondulant, pas même l'autre berge de la Rivière. Ayla était contente que le surplomb protecteur de la Caverne s'étendît jusqu'à l'abri des chevaux. La première nuit, elle s'était inquiétée car elle ne savait pas si les animaux avaient réussi à rentrer avant que la neige devienne trop épaisse. S'ils avaient trouvé un autre abri, ils risquaient d'être coupés de la Caverne et de demeurer prisonniers du manteau blanc.

La jeune femme avait été rassurée d'entendre un hennissement lorsqu'elle s'était approchée de leur abri, le lendemain matin, et avait poussé un soupir de soulagement en découvrant les deux chevaux. Pourtant elle les avait sentis nerveux : ils n'avaient pas l'habitude d'une telle quantité de neige. Ayla avait résolu de rester un moment avec eux, de les peigner avec des capitules de cardère, ce qui d'ordinaire les réconfortait.

Que font les autres chevaux ? s'était-elle demandé en les étrillant. Migrent-ils vers les régions plus froides et plus sèches du Nord, où la neige, moins épaisse, ne recouvre pas l'herbe séchée qui leur sert de nourriture l'hiver ? Elle se félicitait d'avoir prévu des réserves d'herbe en plus du grain habituel. C'était Jondalar qui en avait eu l'idée. Il savait que la couche de neige serait épaisse, Ayla non. Elle n'était plus certaine que cela suffirait. Les chevaux étaient accoutumés au froid, elle ne s'inquiétait pas pour cela, leur pelage s'était épaissi et allongé, leur corps robuste et trapu était protégé par un duvet lui-même recouvert de longs poils, mais auraient-ils assez de foin ?

Dans la région où vivait le peuple de Jondalar, l'hiver était froid et humide, caractérisé par une neige lourde qui formait une couche dense. Ayla n'avait pas vu autant de neige depuis qu'elle avait quitté le Clan. Elle s'était habituée aux steppes de lœss sèches et gelées qui absorbaient l'humidité de l'atmosphère, plus à l'intérieur des terres, dans sa vallée et sur le territoire des chasseurs de mammouths. Ici, le climat était soumis aux influences maritimes des Grandes Eaux de l'Ouest. L'hiver, plus neigeux, rappelait un peu celui de l'endroit où elle avait grandi, la pointe montagneuse d'une péninsule s'avançant dans une mer intérieure, loin à l'est.

La neige entassée au bord de la corniche formait une barrière qui brillait la nuit dans les reflets dorés des feux allumés sous le surplomb. Ayla comprenait maintenant pourquoi les Zelandonii avaient planté de gros poteaux pour soutenir les cadres tendus de peaux qui protégeaient le passage menant à l'enclos extérieur, utilisé en hiver à la place des fosses.

Le deuxième jour après le début du blizzard, Ayla découvrit en s'éveillant le visage souriant de Jondalar, qui, agenouillé près de la plate-forme de couchage, la secouait doucement. Il avait les joues rouges de froid, et des flocons s'accrochaient encore à ses lourds vêtements d'extérieur. Il lui tendit une infusion chaude en disant :

— Debout, paresseuse. Je me souviens d'un temps où tu te levais longtemps avant moi. Il reste encore à manger. Il s'est arrêté de neiger. Habille-toi chaudement et viens dehors. Tu devrais peut-être mettre le sous-vêtement que t'ont offert Marona et ses amies.

Ayla se redressa, but une gorgée.

— Tu es déjà sorti ? marmonna-t-elle. On dirait que j'ai besoin de davantage de sommeil, ces temps-ci.

Résistant à son envie de trop la presser, il attendit qu'elle se débarbouille, qu'elle avale rapidement le repas du matin et commence à se vêtir.

— Je n'arrive pas à fermer le pantalon sur mon ventre, se plaignit-elle. Et le haut n'ira jamais. Tu es sûr que tu veux que je porte ça ? Je risque de l'élargir.

— Le pantalon est indispensable. Tant pis si tu ne peux pas le fermer complètement, tu porteras d'autres vêtements par-dessus, de toute façon. Tiens, voilà tes bottes. Où est ta veste à capuche ?

En sortant de l'abri, Ayla vit qu'un soleil radieux éclairait la corniche. D'autres Zelandonii s'étaient levés tôt : le sentier de la Rivière des Bois avait été déneigé et l'on avait répandu du gravier sur la pente pour la rendre moins glissante. De chaque côté, la neige montait à hauteur de poitrine, mais, quand Ayla regarda au-dehors, par-dessus les congères, elle eut le souffle coupé.

La vue était transformée. Le manteau blanc avait adouci les contours du paysage et le ciel semblait plus bleu par contraste avec ce blanc si éclatant qu'il faisait mal aux yeux. Le froid plus vif rendait la neige craquante sous les pieds d'Ayla. Elle repéra plusieurs personnes dans la plaine, de l'autre côté de la Rivière.

— Fais attention en descendant, cela peut être dangereux, l'avertit Jondalar. Donne-moi la main.

Parvenus en bas, ils traversèrent le cours d'eau gelé et se dirigèrent vers les silhouettes qui leur adressaient des signes et avançaient à leur rencontre.

— Je croyais que tu ne te lèverais jamais, Ayla ! cria Folara. Il y a un endroit où nous allons chaque année mais il faut marcher la moitié de la matinée pour y arriver. Jondalar dit que c'est trop loin pour toi dans ton état. Quand la neige se sera un peu tassée, nous installerons un siège sur un traîneau et nous te tirerons à tour de rôle. Normalement, les traîneaux servent à transporter du bois ou de la viande, mais quand on n'en a pas besoin pour cela, on peut s'en servir, expliqua la jeune fille, tout excitée.

— Parle moins vite, Folara, lui enjoignit son frère.

La neige était si épaisse que, lorsque Ayla voulut ébaucher un pas, elle perdit l'équilibre, s'agrippa à Jondalar et le fit tomber avec elle. Ils se retrouvèrent assis tous deux dans la neige, riant si fort qu'ils n'arrivaient pas à se remettre debout. Folara était hilare, elle aussi.

— Ne reste pas plantée là, lui lança Jondalar. Aide-moi plutôt à relever Ayla.

A eux deux, ils réussirent à la remettre sur pied.

Une boule blanche fendit l'air, s'écrasa sur le bras de Jondalar. Il leva la tête, vit Matagan qui le taquinait. Jondalar saisit de la neige dans ses deux mains, en fit rapidement une boule qu'il lança sur le jeune homme, qu'il envisageait de choisir comme apprenti. Matagan déguerpit en boitant, assez vite toutefois pour que le projectile manquât sa cible.

— Bon, cela suffit pour aujourd'hui, je crois, dit Jondalar.

Ayla avait caché une boule de neige derrière son dos et la jeta sur lui quand il s'approcha.

— Ah, tu veux jouer à ça ! menaça-t-il.

Il ramassa une poignée de neige, essaya de la glisser sous la veste de sa compagne. Ayla se débattit pour lui échapper, et bientôt ils roulèrent tous deux sur la couche molle, riant aux éclats. Quand ils finirent par se redresser, ils étaient tous deux couverts de neige des pieds à la tête. Ils retournèrent à la rivière gelée, la traversèrent et grimpèrent le sentier pour regagner l'abri. En retournant à leur habitation, ils passèrent devant celle de Marthona, qui les avait entendus approcher.

— Jondalar, tu crois vraiment que c'était raisonnable d'emmener Ayla dehors, dans son état ? s'exclama-t-elle. Et si elle était tombée ? Si le bébé était venu trop tôt ?

Jondalar était consterné : il n'avait pas pensé à cela.

— Tout va bien, Marthona, intervint Ayla. La neige était molle, je ne me suis pas blessée et je n'ai pas fait trop d'efforts. Je ne savais pas que cela pouvait être aussi amusant, la neige, dit-elle, les yeux pétillants d'excitation. Jondalar m'a aidée à descendre et à remonter. Je me sens très bien.

— Non, ma mère a raison, reconnut Jondalar d'un air contrit. Tu aurais pu te faire mal, je n'ai pas réfléchi. J'aurais dû être plus prudent. Tu vas bientôt enfanter.

A partir de ce jour, Jondalar montra une telle sollicitude qu'Ayla se sentait presque confinée. Il ne voulait pas qu'elle quitte l'abri ni qu'elle descende le sentier. Elle se rendait parfois au bord de la terrasse et contemplait le paysage avec mélancolie, mais quand son ventre grossit tellement qu'il lui devint impossible de voir ses pieds et qu'elle dut cambrer le dos pour contrebalancer le poids qu'elle portait devant elle, Ayla n'eut plus guère envie de quitter la sécurité de la Neuvième Caverne pour la neige et la glace du dehors.

Elle restait volontiers près du feu, souvent avec des

amies, dans son habitation ou dans la leur, ou encore sur l'aire de travail toujours animée sous la protection du surplomb massif, à préparer des vêtements pour le bébé. L'attention tournée vers l'intérieur d'elle-même, elle avait restreint le champ de son intérêt.

Chaque jour, elle allait voir les chevaux pour les câliner et s'assurer qu'ils avaient assez d'eau et de nourriture. Ils étaient moins actifs, eux aussi, même s'ils descendaient souvent jusqu'à la rivière gelée et la traversaient pour gagner le pré. Ils savaient creuser la neige pour trouver à manger – sans avoir toutefois l'efficacité du renne – et leur appareil digestif s'accommodait d'aliments frustes : paille des tiges d'herbe jaunes et gelées, écorce de bouleau et brindilles de broussailles. Sous la couche de neige isolante, près des tiges apparemment mortes, ils découvraient les bourgeons et les brins prêts à croître avec le renouveau. Les chevaux parvenaient à se remplir l'estomac mais les grains et le foin qu'Ayla leur donnait les maintenaient en bonne santé.

Loup sortait plus souvent que Whinney et Rapide. La saison, si dure pour les herbivores, était souvent une aubaine pour les carnassiers. Il s'aventurait loin, restait parfois parti toute la journée puis revenait passer la nuit sur la pile de vieux vêtements d'Ayla. Elle l'avait installé près de la plate-forme de couchage et se tracassait chaque soir jusqu'à ce qu'il rentre, parfois très tard. Certains jours, il ne sortait pas du tout et demeurait près d'elle, sommeillant ou jouant avec des enfants.

Le temps libre des membres de la Caverne pendant l'oisiveté relative des mois d'hiver était consacré aux activités personnelles de chacun. Si les Zelandonii allaient encore parfois à la chasse, recherchant plus particulièrement le renne pour les riches réserves de graisse que cet animal adapté au froid emmagasinait jusque dans ses os, ils possédaient assez de vivres pour subsister, assez de bois qui leur tiendrait chaud, les éclairerait et cuirait leurs aliments. Pendant toute l'année, ils mettaient de côté les matériaux dont ils auraient besoin pour les travaux d'hiver. C'était le moment de traiter les peaux, de les assouplir, de les teindre, de les polir pour les rendre luisantes et imperméables, de fabriquer des vêtements, de les orner de perles et de broderies. C'était aussi le moment d'apprendre une nouvelle activité ou de cultiver un talent.

Ayla était fascinée par le tissage. Les poils perdus par les animaux muant au printemps étaient ramassés sur le sol ou décrochés des buissons épineux et gardés jusqu'à l'hiver. Il y avait toute une variété de laines, du mouflon à l'ibex. Le duvet qui poussait chaque automne sous les poils extérieurs d'animaux comme le mammouth, le rhinocéros et le bœuf musqué était très apprécié en raison de sa douceur. Le pelage permanent, plus long et plus rêche, était récupéré une fois l'animal abattu, par exemple les poils extérieurs des animaux laineux et les longues queues des chevaux. Les Zelandonii utilisaient aussi les fibres de nombreuses espèces végétales, transformées en cordes et en fils qu'ils pouvaient laisser bruts ou teindre puis feutrer ou tisser afin d'en faire des vêtements ou des nattes, des tapis à accrocher pour arrêter les courants d'air et couvrir les parois rocheuses.

Ils évidaient des blocs de bois afin d'obtenir des bols, les polissaient, les peignaient, les gravaient ; ils tissaient des paniers de toutes formes et de toutes dimensions. Ils fabriquaient des bijoux avec des perles en ivoire, des dents d'animaux, des coquillages et des pierres exceptionnelles. L'os, le bois d'andouiller, la corne et l'ivoire étaient métamorphosés en écuelles et en plats, en manches de couteau, en pointes de sagaie, en tire-fil, en une quantité d'autres outils, ustensiles et objets décoratifs. Avec un grand souci du détail, les Zelandonii gravaient des représentations d'animaux pour décorer des objets sculptés dans n'importe quel matériau, bois ou os, ivoire ou pierre. Ils créaient aussi des figurines de femme, les donii. Même les parois de l'abri étaient gravées et peintes.

L'hiver était aussi la saison où les Zelandonii fabriquaient des instruments de musique et en jouaient, notamment des percussions et des flûtes. Ils dansaient, chantaient, contaient des histoires. Certains pratiquaient la lutte ou le tir sur cible ; beaucoup s'adonnaient à des jeux de toutes sortes sur lesquels ils pariaient.

Les jeunes apprenaient certains tours de main indispensables et ceux qui montraient une aptitude ou un penchant pour une activité particulière trouvaient toujours quelqu'un pour leur servir de maître. Un sentier fréquenté reliait la Neuvième Caverne à En-Aval, et un grand nombre des artisans qui venaient de leur abri pour y travailler passaient quelques nuits à la Caverne.

Zelandoni enseignait les mots à compter à ceux qui le souhaitaient, ainsi que les Histoires et Légendes, mais elle avait rarement du temps de reste. Les Zelandonii attrapaient des rhumes, ils avaient mal à la tête, aux oreilles, au ventre, aux dents. Les douleurs de l'arthrite et des rhumatismes étaient toujours plus vives pendant la saison froide, et il existait d'autres maladies, plus graves. En cas de mort, on plaçait le corps dans les couloirs froids de certaines grottes, où il resterait jusqu'au printemps puisque la neige et le froid empêchaient de l'enterrer. Quelquefois – rarement – on l'y laissait à titre définitif.

Il y avait aussi des naissances. Le solstice d'hiver étant passé, Zelandoni avait montré à Ayla la position où le soleil se couchait le plus à gauche sur l'horizon, position qui demeurait la même quelques jours avant que l'astre se déplace imperceptiblement vers la droite. La Caverne avait organisé un festin, une cérémonie et une fête pour marquer ce tournant de l'année et égayer la monotonie des journées d'hiver.

A dater de ce jour, le soleil couchant continuerait à glisser chaque jour vers la droite jusqu'au solstice d'été, où il parviendrait à son extrême, position qu'il garderait quelques jours. La position intermédiaire marquait les équinoxes, début du printemps à l'aller, début de l'automne au retour. Zelandoni indiqua un creux entre les collines, à l'horizon, qui correspondait à cette période.

Au cœur de l'hiver, l'époque la plus froide, la plus dure de l'année, la neige n'invitait plus à de joyeuses promenades. Même les brèves sorties pour aller chercher de la viande gelée ou rapporter du bois constituaient une épreuve. Les cairns surmontant les caches et les fosses froides gelaient souvent, et il fallait alors les disloquer. Les fruits et légumes avaient été transférés depuis longtemps au fond de l'abri, dans des fosses tapissées de pierres, mais il fallait un œil vigilant et de nombreux pièges pour empêcher les animaux d'en prélever une trop grosse part. Les rongeurs, en particulier, vivaient du travail des hommes et réussissaient toujours à partager leur grotte.

Les enfants jouaient à jeter des pierres à ces petites créatures agiles et les adultes les y encourageaient. Non seulement ce jeu contribuait à la lutte permanente contre les nuisibles mais il développait l'adresse dont les enfants auraient besoin plus tard pour devenir de bons chasseurs. Ayla se mit à utiliser sa fronde dans la Caverne, et avant longtemps elle apprit aux jeunes à se servir de son arme préférée. Loup se révéla aussi un atout précieux pour maintenir à un niveau bas la population de rongeurs.

Les fosses extérieures semblaient moins touchées et on y gardait les vivres au frais le plus longtemps possible. Quand le gel menaçait d'en détruire la qualité, on les rentrait dans l'abri. Une fois gelés, les légumes n'étaient plus consommés qu'après cuisson, comme la plupart des aliments séchés.

Ayla était passée par une période où elle débordait d'énergie, puis elle s'était sentie de plus en plus lourde, mal à l'aise, sombrant dans des crises de larmes qui consternaient Jondalar. Le bébé remuant la réveillait parfois la nuit. A l'approche du terme, sa peur croissait, mais ces derniers temps elle devenait si impatiente d'avoir son bébé qu'elle était prête à affronter l'accouchement.

Certaine que c'était pour bientôt, Zelandoni lui avait déclaré :

— La Grande Terre Mère, dans sa sagesse, a rendu délibérément les derniers jours de la grossesse très inconfortables afin que les femmes surmontent leur peur d'accoucher dans le seul but d'en avoir terminé.

Ayla avait fini de ranger une fois de plus les affaires du bébé et le reste de son habitation. Elle décida de préparer un bon repas à Jondalar et l'envoya chercher les légumes et la viande dont elle avait besoin. Quand il revint, elle n'avait pas bougé, et son visage avait adopté une expression étrange, mélange de joie et de frayeur.

— Qu'est-ce qu'il y a ? demanda-t-il en posant son panier.

— Je crois que le bébé est prêt à naître.

— Là, tout de suite ? Allonge-toi, je vais chercher Zelandoni. Ma mère aussi, peut-être. Ne fais rien avant que je revienne avec Zelandoni, ajouta-t-il, soudain inquiet.

— Non, pas tout de suite. Calme-toi, Jondalar. Il ne viendra pas avant un moment. Attendons d'être sûrs avant d'appeler Zelandoni.

Elle prit les légumes, les porta près du foyer, commença à les tirer du panier.

— Laisse-moi m'en occuper, conseilla Jondalar. Repose-toi, plutôt. Tu ne veux vraiment pas que j'aille chercher Zelandoni ?

— Jondalar, tu as déjà vu des bébés naître, non ? Tu n'as pas à t'inquiéter.

— Qui dit que je m'inquiète ? répondit-il en tâchant d'avoir l'air serein.

Elle se figea, posa une main sur son ventre.

— Ayla, tu ne crois pas qu'il vaut mieux que j'aille prévenir Zelandoni ?

— D'accord. Mais seulement si tu promets de lui dire que je n'en suis qu'au début. Rien ne presse.

Jondalar sortit en trombe et revint en tirant quasiment la doniate derrière lui.

— Je t'avais dit que rien ne pressait, lui reprocha-t-elle. Zelandoni, je suis désolée qu'il t'ait appelée si tôt. Cela vient à peine de commencer.

— Jondalar pourrait aller passer un moment chez Joharran et avertir Proleva que j'aurai peut-être besoin d'elle plus tard. Je n'ai rien d'important à faire, je reste pour te tenir compagnie, Ayla. Aurais-tu une infusion à m'offrir ?

— Je peux en préparer une. Zelandoni a raison, Jondalar. Va donc chez Joharran.

— En passant, préviens aussi Marthona, mais ne la ramène pas ici, dit la Première.

Après le départ de Jondalar, elle ajouta :

— A la naissance de Folara, il a assisté à l'accouchement avec le plus grand calme. Mais c'est toujours différent quand c'est la compagne qui enfante.

Ayla se figea de nouveau, attendit que la contraction passe puis commença à préparer l'infusion. Zelandoni l'avait observée en notant le temps pendant lequel elle était restée immobile. Puis la doniate s'assit sur un large tabouret qu'Ayla lui réservait, sachant qu'elle n'aimait pas s'installer par terre ou sur des coussins si elle pouvait l'éviter. Ayla l'utilisait aussi ces derniers temps.

Après avoir bu une infusion et bavardé pendant qu'Ayla avait d'autres contractions, Zelandoni suggéra à la jeune femme de s'étendre pour qu'elle puisse l'examiner. Ayla s'exécuta. La Première attendit la contraction suivante, palpa le ventre et annonça :

— Ce ne sera peut-être pas si long, finalement.

Ayla se leva de sa couche, fit un pas pour aller s'asseoir sur un coussin, changea d'avis et retourna près du foyer, but une gorgée d'infusion, sentit une autre contraction. Elle se demanda si elle devait retourner sur sa couche : tout se passait plus vite qu'elle n'avait cru.

Zelandoni l'examina de nouveau puis la regarda dans les yeux.

— Ce n'est pas ton premier bébé, n'est-ce pas ?

Ayla attendit la fin d'un nouveau spasme pour répondre.

— Non. J'ai eu un fils.

La doniate se demanda pourquoi l'enfant n'était pas auprès d'elle. N'avait-il pas survécu ? S'il était mort-né ou s'il avait succombé peu après la naissance, c'était important à savoir.

— Qu'est-il devenu ?

— J'ai dû le laisser. Je l'ai confié à ma sœur, Uba. Il vit encore avec le Clan, du moins je l'espère.

— L'accouchement avait été très difficile ?

— Oui. J'ai failli mourir en lui donnant le jour.

Ayla parlait d'une voix neutre en tâchant de ne montrer aucune émotion, mais la Première décela de la peur dans ses yeux.

— Quel âge a-t-il ? Ou plutôt quel âge avais-tu quand tu as accouché ?

— Je ne comptais pas encore douze ans.

Une autre contraction la fit grimacer. Elles se succédaient plus vite, à présent.

— Et maintenant ? demanda Zelandoni quand la contraction fut passée.

— J'en compterai vingt après cet hiver. C'est vieux pour avoir un bébé.

— Non, mais tu étais très jeune quand tu as eu le premier. Trop jeune. Pas étonnant que l'accouchement ait été aussi difficile. Tu dis que tu l'as laissé avec ton Clan…

La doniate s'interrompit, réfléchit à la façon de formuler sa question et finit par demander :

— Ton fils, c'est un esprit mêlé ?

Ayla ne répondit pas immédiatement. Elle regarda Zelandoni puis se plia soudain de douleur.

— Oui, murmura-t-elle, effrayée, quand la contraction fut passée.

— Je crois que cela aussi a contribué à rendre l'accouchement difficile. Les enfants d'esprit mêlé posent des problèmes à cause de leur tête. Elle est trop grosse, elle a une forme différente. Elle passe moins bien. Cette fois, ce ne sera peut-être pas aussi douloureux pour toi. Tu te débrouilles très bien, tu sais.

Zelandoni avait senti la tension d'Ayla croître avec le dernier spasme. Si elle se crispe, cela ne fera qu'aggraver les choses, pensa-t-elle, mais je crains qu'elle garde un terrible souvenir de son premier accouchement. Elle aurait dû m'en parler, j'aurais peut-être pu faire quelque chose. Je regrette de ne pas avoir appelé Marthona tout de suite. Ayla a besoin de quelqu'un auprès d'elle pour la rassurer mais je voudrais lui préparer une infusion pour l'aider à se calmer. Evoquer son fils lui fera peut-être oublier sa peur.

— Tu veux me parler de lui ?

— D'abord ils l'ont trouvé difforme, ils ont dit qu'il serait un fardeau pour le Clan. Au début, il n'arrivait même pas à tenir sa tête droite, puis il est devenu fort. Tout le monde a fini par l'aimer. Grod lui a même fabriqué un épieu, juste à sa taille. Et il courait très vite malgré son jeune âge.

Les larmes aux yeux, Ayla souriait à ce souvenir, et la doniate comprit tout à coup que la jeune femme avait aimé cet enfant, qu'elle avait été fière de lui, esprit mêlé ou non. Certains Zelandonia se souvenaient encore de la grand-mère de Brukeval et, sans jamais l'admettre publiquement, la plupart d'entre eux étaient sûrs que la fille dont elle avait accouché était un esprit mêlé. Personne n'avait vraiment voulu d'elle après la mort de sa mère, et Brukeval avait connu un sort identique. Il avait les mêmes traits que sa mère, moins marqués, peut-être, mais c'était un mélange, lui aussi, Zelandoni en était persuadée. Elle ne l'aurait cependant pas reconnu devant quiconque, encore moins devant lui.

Se pouvait-il qu'Ayla eût tendance à attirer leurs esprits parce qu'elle avait été élevée par eux ? Ce bébé était-il aussi un mélange ? Et dans ce cas, que faire ? Le plus sage serait peut-être de mettre discrètement fin à sa vie avant qu'elle ne commence vraiment. Ce serait facile, et personne ne saurait qu'il n'était pas mort-né. Cela épargnerait des souffrances à tout le monde, y compris au bébé. Ce serait regrettable que la Caverne compte un enfant non désiré et mal aimé de plus, comme Brukeval et sa mère.

Mais si Ayla aimait son premier bébé, n'aimera-t-elle pas également celui-ci ? raisonna la Première. C'est étonnant de la voir avec Echozar, j'ai l'impression qu'elle se sent à l'aise avec lui. Cela pourrait aller si Jondalar...

— Jondalar m'a dit que le travail avait commencé, lança Marthona en pénétrant dans l'habitation. Il a pris soin de préciser que ce n'était que le début, que je ne devais pas me presser, mais il m'a quasiment poussée hors de chez moi tant il était impatient.

— C'est aussi bien que tu sois là, répondit Zelandoni. Je voudrais lui préparer quelque chose.

— Pour hâter l'accouchement ? Les premiers bébés peuvent être longs à venir, dit la mère de Jondalar en souriant à Ayla.

— Non, répondit Zelandoni.

Elle marqua une pause, indécise, puis reprit :

— Quelque chose pour l'aider à se détendre. Cela

progresse bien, plus vite que je ne l'aurais cru, mais elle est pleine d'appréhension.

Ayla remarqua que la doniate n'avait pas détrompé Marthona quand celle-ci avait parlé d'un premier bébé. Dès le début, Ayla avait senti que Zelandoni connaissait beaucoup de choses, beaucoup de secrets qu'elle gardait pour elle. Il valait peut-être mieux que la doniate fût la seule à savoir qu'elle avait un fils.

On frappa à l'entrée et Proleva apparut sans attendre.

— Jondalar dit qu'Ayla est en travail. Je peux vous aider ?

La compagne de Joharran portait un nouveau-né sur son dos, dans une couverture.

— Bien sûr, répondit la Première.

Elle s'était arrogé le droit d'accorder ou de refuser l'accès à l'habitation et Ayla lui en était reconnaissante. Savoir qui devait ou non se trouver là était bien la dernière chose à laquelle elle avait envie de réfléchir entre ses contractions. La doniate remarqua qu'Ayla s'était raidie pour lutter contre la douleur et s'empêcher de crier.

— Tiens compagnie à Ayla pendant que Marthona fait bouillir de l'eau, dit-elle à Proleva. Je dois aller chercher un remède.

Zelandoni sortit d'un pas vif. Elle était capable de se déplacer rapidement malgré sa corpulence. Folara approcha de l'habitation au moment où la doniate laissait le rideau retomber derrière elle.

— Je peux entrer, Zelandoni ?

La Première réfléchit le temps d'un battement de cœur.

— Oui, vas-y. Tu aideras Proleva à rassurer Ayla.

Au retour de la doniate, Ayla s'agitait dans les affres d'une nouvelle contraction mais ne criait toujours pas. Marthona et Proleva se tenaient de part et d'autre de la couche, inquiètes. Folara ajouta une autre pierre brûlante à l'eau, et son expression reflétait celle de sa mère. Il y avait de la peur dans le regard d'Ayla.

Zelandoni s'approcha d'elle :

— Tout ira bien. Il faut simplement que tu te calmes un peu. Je vais te préparer quelque chose pour t'aider à te sentir mieux.

— Qu'est-ce que c'est ? demanda Ayla quand la douleur s'estompa.

La Première la dévisagea, comprit que ce n'était pas la peur mais l'intérêt qui motivait sa question. Si cela pouvait la détourner un moment de ses craintes…

— De l'écorce de saule et des feuilles de framboisier, pour l'essentiel, répondit-elle en jetant un coup d'œil vers le foyer pour voir si l'eau bouillait. Plus quelques fleurs de tilleul et un tout petit peu de pomme épineuse.

Ayla hocha la tête.

— L'écorce de saule est un léger calmant contre la douleur, la feuille de framboisier aide à se détendre pendant le travail, les fleurs de tilleul donnent un goût sucré et la pomme épineuse – qu'on appelle datura, je crois – supprime la douleur et fait dormir mais peut aussi arrêter les contractions. Une petite quantité serait utile, cependant.

— C'est ce que j'ai pensé, dit la doniate.

En se hâtant d'ajouter les plantes et l'écorce à l'eau dont Folara s'occupait, Zelandoni songea que le fait de laisser Ayla s'intéresser au traitement pouvait l'apaiser autant que les remèdes eux-mêmes. Pendant que le mélange infusait, Ayla eut plusieurs autres contractions et, lorsque Zelandoni le lui porta enfin, la compagne de Jondalar était plus que prête à l'avaler. Elle se redressa, but une première gorgée, ferma les yeux, hocha la tête.

— Plus de feuilles de framboisier que d'écorce de saule, et juste assez de tilleul pour couvrir le goût amer du datura… de la pomme épineuse.

Elle but le reste et se rallongea pour attendre le nouvel accès de douleur.

Une repartie sarcastique traversa l'esprit de Zelandoni : « Alors, tu approuves le traitement ? » Elle la garda néanmoins pour elle et s'étonna même d'y avoir songé. Elle n'avait pas l'habitude qu'on émette des commentaires sur ses remèdes, mais à la place d'Ayla n'aurait-elle pas fait de même ? Ayla ne la critiquait pas, elle mettait simplement ses propres connaissances à l'épreuve. La doniate sourit, certaine de savoir ce qu'Ayla était en train de faire, parce qu'elle l'aurait fait elle-même. Elle utilisait son corps pour vérifier l'efficacité de la médecine, elle guettait ses réactions, cherchait à savoir combien il faudrait de temps au remède pour agir et quel effet il aurait. Comme Zelandoni l'avait supposé, cela détachait son esprit de sa peur et l'aidait à se détendre.

Elles attendaient toutes, parlant à voix basse. L'épreuve semblait se dérouler un peu mieux. La Première ignorait si c'était à cause du remède ou d'un allègement des craintes d'Ayla – probablement les deux – mais la future mère ne s'agitait plus. Ayla se concentrait au contraire sur ce qu'elle éprouvait, comparait mentalement cette naissance avec la précédente et concluait que celle-ci semblait plus facile. Elle suivait la progression qu'elle avait observée chez d'autres femmes ayant un accouchement normal. Elle avait assisté à celui de Proleva et elle sourit en la voyant allaiter sa petite fille.

— Marthona, tu sais où est sa couverture d'enfantement ? questionna Zelandoni. Je crois que ce ne sera plus long.

— Déjà ? fit Proleva, reposant son bébé. Je ne pensais pas que cela irait si vite, d'autant qu'Ayla avait beaucoup de difficultés au début.

— Elle se maîtrise bien, maintenant, dit Marthona. Je vais chercher la couverture. Elle est toujours à l'endroit que tu m'as montré, Ayla ?

— Oui, haleta la jeune femme, qui sentait venir une autre contraction.

Ensuite, Zelandoni demanda à Proleva et à Folara d'étendre sur le sol la couverture de cuir, ornée de dessins et de symboles, puis adressa un signe à Marthona.

— Il faut l'aider, maintenant. Ayla, tu dois te lever et laisser la Grande Terre Mère tirer pour aider le bébé à sortir. Tu pourras ?

— Oui, répondit Ayla, pantelante. Je crois.

Elle avait poussé fort à chaque douleur et avait envie de pousser encore mais essayait de se retenir. Les trois femmes l'obligèrent à se lever, la menèrent à la couverture. Proleva lui indiqua la position accroupie qu'elle devait prendre puis se plaça à sa gauche pour la soutenir, Folara faisant de même à sa droite. Marthona s'installa devant et lui apporta le soutien moral de son sourire. Zelandoni se tint derrière Ayla et, l'entourant de ses bras, la pressa contre sa poitrine plantureuse.

Ayla se sentit enveloppée par la douceur et la chaleur de l'énorme femme. C'était réconfortant de se laisser aller contre elle. Zelandoni était comme la Mère, comme toutes les mères réunies en une seule, comme le sein moelleux de la Terre. Il y avait autre chose, aussi. Une force gigantesque se cachait sous les montagnes de chair. Ayla songeait que cette femme pouvait passer par toutes les humeurs de la Grande Terre Mère Elle-Même, de la douceur d'un soir d'été à la fureur du blizzard. Selon ses sentiments, elle pouvait frapper avec la puissance dévastatrice de l'orage ou réconforter et nourrir comme une bruine.

— A la prochaine douleur, je veux que tu pousses, dit-elle.

— Je la sens venir, murmura Ayla.

— Alors pousse !

Ayla prit une longue inspiration, poussa de toutes ses forces. Elle sentit la doniate l'aider, pousser le bébé avec elle. De l'eau tiède inonda la couverture.

— Bien, fit Zelandoni.

— Je me demandais quand elle allait rompre les eaux, dit Proleva. Je perds les miennes si tôt que je suis presque sèche quand vient le bébé. Là, c'est mieux.

— Encore une fois, Ayla, dit Zelandoni.

Ayla poussa de nouveau, sentit un mouvement.

— Je vois la tête, dit Marthona. Je suis prête à attraper le bébé.

Elle s'agenouilla plus près de la compagne de son fils au moment où une autre contraction commençait. Ayla inspira à fond, poussa.

— Le voilà ! dit Marthona.

Ayla sentit passer la tête et le reste fut facile. Quand le bébé glissa hors de sa mère, Marthona le recueillit dans ses mains.

Ayla baissa les yeux, vit le nouveau-né mouillé dans les bras de Marthona et sourit. Zelandoni sourit à son tour.

— Une dernière fois, pour faire sortir l'après-naissance.

Une masse spongieuse et sanguinolente tomba sur la couverture.

Zelandoni lâcha Ayla, passa devant. Proleva et Folara soutinrent l'accouchée pendant que la Première prenait le bébé, le retournait et tapotait le petit dos. Il y eut quelques bruits de hoquet. La doniate frappa sur les pieds du nouveau-né, le regarda ouvrir la bouche en réaction et aspirer sa première bouffée d'air. Il émit un petit cri, à peine plus qu'un miaulement au début, mais qui s'amplifia à mesure que les poumons prenaient leur rythme pour affronter la vie.

Marthona garda l'enfant dans ses bras tandis que la doniate lavait sommairement la mère, essuyant le sang et l'eau, puis Proleva et Folara aidèrent Ayla à retourner à sa couche. Zelandoni noua un morceau de nerf autour du cordon ombilical – à la demande d'Ayla, il avait été teint en rouge avec de l'ocre – pour empêcher que le sang coule par le tube encore engorgé. Avec une lame de silex tranchante, elle coupa le cordon entre le nœud et le placenta, séparant le nouveau-né du tissu qui l'avait nourri et abrité pendant qu'il se développait. L'enfant d'Ayla était devenu une entité distincte, un être humain unique et singulier.

Marthona et Zelandoni nettoyèrent le bébé avec une peau de lapin d'une grande douceur qu'Ayla avait préparée à cette intention. Marthona tenait prête une petite couverture, très douce elle aussi, taillée dans la peau d'un fœtus de cerf presque à terme. Zelandoni avait expliqué à Jondalar qu'afin de porter chance à l'enfant de son foyer il devait se procurer ce type de peau pour la naissance. Son frère et lui avaient quitté l'abri malgré l'âpreté de l'hiver et s'étaient mis en quête d'une biche pleine.

Ayla avait aidé son compagnon à faire de la peau du faon mort-né une couverture. Il avait toujours été étonné de la souplesse des cuirs qu'elle obtenait et savait qu'elle tenait cette technique du Clan. Zelandoni posa le bébé sur la couverture, Marthona l'en enveloppa et le porta à Ayla.

18

— Tu vas être contente, dit Marthona en donnant l'enfant à la mère. C'est une petite fille parfaite.

Ayla regarda la minuscule image d'elle-même.

— Comme elle est belle ! s'exclama-t-elle.

Elle écarta les pans de la couverture pour examiner son bébé, craignant à demi, malgré les paroles rassurantes de Marthona, de découvrir une difformité.

— Elle est magnifique. As-tu jamais vu un aussi bel enfant ?

La mère de Jondalar se contenta de sourire. Bien sûr qu'elle en avait vu d'aussi beaux : ses propres bébés. Mais celui-ci, la fille du foyer de son fils, n'avait rien à leur envier.

— L'accouchement n'a pas été difficile du tout, déclara Ayla à Zelandoni quand elle les rejoignit. Tu m'as beaucoup aidée, mais ce n'était pas vraiment dur. Je suis contente que ce soit une fille. Regarde, elle cherche mon sein.

Ayla aida le bébé à happer le mamelon – avec l'habileté d'une mère pleine d'expérience, nota Zelandoni.

— Jondalar peut venir la voir ? reprit Ayla. Je trouve qu'elle lui ressemble beaucoup. Pas toi, Marthona ?

— Il pourra venir bientôt, répondit la Première. (Elle examina l'accouchée, plaça une peau absorbante entre ses cuisses.) Il n'y a pas eu de déchirure, aucun dommage. Rien que du sang servant à nettoyer. C'était un bon accouchement. Tu as un nom pour ta fille ?

— Oui, j'y ai réfléchi depuis que tu m'as expliqué que je devrais choisir le nom de mon bébé.

— Bien. Dis-le-moi. Je dessinerai un symbole sur cette pierre et je l'échangerai contre ceci, dit la doniate en prenant la couverture de naissance qui enveloppait le placenta. Puis j'irai l'enterrer avant que l'esprit qui s'y trouve encore ne tente de s'incarner près de la vie qui vient de s'en séparer. Je dois agir vite. Ensuite, je dirai à Jondalar de venir.

— J'ai décidé de l'appeler…

— Non ! Pas à voix haute. Murmure-le à mon oreille.

Après le départ de Zelandoni, Marthona, Proleva et Folara s'assirent près de la jeune mère et bavardèrent tout en admirant le bébé. Ayla se sentait fatiguée mais heureuse : rien de comparable avec la douleur et l'épuisement qu'elle avait éprouvés après la naissance de Durc. Elle somnola un peu, s'éveilla quand Zelandoni revint et lui remit la petite pierre qui portait maintenant des marques énigmatiques peintes en rouge et noir.

— Mets-la en lieu sûr, lui recommanda la Première. Peut-être dans la niche, derrière ta donii.

Ayla acquiesça, vit une autre tête apparaître.

— Jondalar !

Il s'agenouilla près de la plate-forme.

— Comment te sens-tu ?

— Très bien. L'accouchement s'est beaucoup mieux passé que je ne m'y attendais. Tu as vu le bébé ? dit Ayla, écartant de nouveau les plis de la couverture. Elle est parfaite !

— Tu as la fille que tu désirais. Elle est si menue… Regarde, elle a même de tout petits ongles. Quel nom lui as-tu donné ?

Elle se tourna vers Zelandoni.

— Je peux le lui dire ?

— Oui, il n'y a plus de risques, maintenant.

— Je l'ai appelée Jonayla, parce qu'elle est issue de nous deux. Elle est aussi ta fille.

— Jonayla… J'aime ce nom. Jonayla, répéta-t-il.

Marthona l'aimait, elle aussi. Proleva et elle avaient eu un sourire indulgent en entendant Ayla : il n'était pas rare que les mères cherchent à convaincre leur compagnon que l'enfant venait de son esprit. Bien qu'Ayla n'eût pas prononcé le mot « esprit », elles étaient sûres d'avoir compris. Zelandoni l'était moins : Ayla avait pour habitude de s'exprimer clairement. Quant à Jondalar, il n'avait aucun doute : il savait fort bien ce que sa compagne avait voulu dire.

Ce serait tellement beau si c'était vrai, pensa-t-il en contemplant la petite fille. Exposée à l'air frais, elle commençait à s'éveiller.

— Elle est superbe. Elle sera tout à fait comme toi, Ayla. Je le vois déjà.

— Elle te ressemble aussi, Jondalar. Tu veux la prendre ?

— Je ne sais pas, répondit-il en reculant un peu. Elle a l'air si fragile…

— Pas au point que tu ne puisses la prendre dans tes bras, intervint Zelandoni. Je vais t'aider. Assieds-toi confortablement.

Elle enveloppa de nouveau le bébé dans sa couverture, le déposa dans les bras de Jondalar en lui montrant comment le tenir.

L'enfant avait les yeux ouverts et semblait le regarder. Es-tu ma fille ? se demanda-t-il. Tu es si petite, tu auras besoin de quelqu'un pour veiller sur toi jusqu'à ce que tu grandisses. Il la serra un peu plus contre lui et, à son grand étonnement, sentit monter en lui une bouffée soudaine et totalement inattendue d'amour protecteur. Jonayla, pensa-t-il. Ma fille, Jonayla.

Le lendemain, Zelandoni passa voir Ayla. Elle avait surveillé l'habitation et guetté les allées et venues pour s'assurer que la jeune femme serait seule. Installée par terre sur un coussin, Ayla donnait le sein à sa fille. La doniate s'assit à côté d'elle et s'enquit :

— Comment va Jonayla ?

— Très bien. C'est un bébé sage. Elle m'a réveillée la nuit dernière mais elle dort presque tout le temps.

— Je voulais te dire qu'elle sera acceptée après-demain comme Zelandonii née au foyer de Jondalar et que la Caverne sera informée de son nom.

— Tout sera alors en ordre.

— Es-tu au courant pour Relona ? La compagne de Shevonar, le chasseur piétiné par un bison peu après ton arrivée ? fit la Première d'un ton anodin.

— Non.

— Elle et Ranokol, le frère de Shevonar, s'uniront l'été prochain. Il lui venait en aide pour compenser la perte de son compagnon et ils ont fini par s'éprendre l'un de l'autre. Je crois que cela fera un bon couple.

— J'en suis heureuse. Ranokol était bouleversé par la mort de Shevonar, il s'en tenait presque pour responsable.

Il y eut un silence et Ayla se demanda si la doniate n'était pas venue pour une raison qu'elle n'avait pas encore révélée.

— Je voulais aussi te voir pour autre chose, avoua Zelandoni. J'aimerais en savoir plus sur ton fils. Je comprends pourquoi tu n'as pas mentionné son existence, en particulier après les problèmes soulevés par l'union d'Echozar. Si tu acceptes de parler de lui, il y a certaines choses sur lesquelles tu pourrais m'éclairer.

— Cela ne me dérange pas. En fait, j'ai parfois besoin de parler de lui.

Ayla évoqua longuement devant la doniate le fils qu'elle avait quand elle vivait avec le Clan, commença par les nausées qui avaient duré pendant presque toute sa grossesse et l'accouchement qui lui avait arraché des hurlements de douleur. Elle avait déjà oublié ce qu'elle avait éprouvé de désagréable en donnant naissance à Jonayla, mais elle se rappelait encore les souffrances du premier accouchement. Elle expliqua qu'aux yeux du Clan l'enfant était difforme, qu'elle s'était réfugiée dans une grotte pour lui sauver la vie et qu'elle avait fini par revenir tout en craignant encore de le perdre. Elle raconta sa joie quand il avait été accepté et que Creb avait choisi son nom, Durc, d'après une légende du Clan. Elle décrivit leur existence, son bonheur en découvrant que son fils pouvait rire et émettre des sons comme elle, le langage qu'ils avaient inventé rien que pour eux. Enfin, elle parla du jour où elle avait dû laisser Durc à sa sœur, quand le Clan l'avait forcée à partir. Au terme de son récit, elle avait la voix étranglée par l'émotion.

— Zelandoni, dit-elle en levant vers la doniate des yeux pleins de larmes, une idée m'est venue quand je me cachais avec lui dans la grotte, et plus j'y réfléchis, plus je la crois vraie. Je pense que ce n'est pas le mélange d'esprits qui fait naître une vie nouvelle. La vie commence quand un homme et une femme s'accouplent. Ce sont les hommes qui font germer la vie à l'intérieur des femmes.

L'hypothèse avancée par la jeune femme était sidérante, d'autant que personne n'avait jamais tenu de tels propos devant la Première, mais cela n'était pas totalement nouveau, bien que l'unique personne qui eût envisagé aussi cette possibilité ne fût autre qu'elle-même.

— J'y ai longuement pensé depuis lors, poursuivit Ayla, et je suis maintenant plus convaincue encore que la vie commence lorsqu'un homme introduit son membre à l'intérieur d'une femme, là où naissent les bébés, et y laisse son essence. C'est cela qui fait germer la vie, pas le mélange des esprits.

— Tu veux dire quand ils partagent le Don des Plaisirs de la Grande Terre Mère ?

— Oui.

— Laisse-moi te poser quelques questions. Un homme et une femme partagent souvent le Don des Plaisirs. Or il ne naît pas autant d'enfants que de fois où ils le font. Si la vie germait chaque fois qu'ils partagent les Plaisirs, il y aurait beaucoup plus d'enfants, argua Zelandoni.

— J'y ai songé. Il est évident qu'une nouvelle vie ne commence pas chaque fois qu'ils partagent le Don ; il doit donc y avoir autre chose en plus des Plaisirs. Peut-être faut-il les partager de nombreuses fois ou à des moments particuliers. Peut-être est-ce la Mère qui décide. Mais ce ne sont pas leurs esprits qu'Elle mêle, c'est l'essence de l'homme et peut-être aussi une essence spéciale de la femme. Je suis sûre que Jonayla a été créée juste après que nous sommes descendus du glacier, Jondalar et moi, le matin où nous avons partagé les Plaisirs à notre réveil.

— Tu dis que tu y as longuement pensé, mais comment l'idée t'est-elle venue au départ ?

— Elle m'est venue quand je me cachais dans la petite grotte avec Durc. Les membres du Clan m'avaient ordonné de l'abandonner dehors, parce qu'il était difforme. Mais je l'ai regardé avec attention et j'ai vu qu'il n'avait pas le corps déformé, poursuivit-elle, le regard embué. Il ne leur ressemblait pas, il ne me ressemblait pas. Il leur ressemblait et il me ressemblait. Il avait une tête allongée, épaisse derrière, des arcades sourcilières proéminentes, comme les leurs, mais un front haut, comme le mien. Plus tard, il n'est jamais devenu aussi trapu que les autres garçons du Clan. Il avait des jambes longues et droites, pas arquées comme celles d'Echozar.

— Echozar est un mélange mais sa mère appartenait au Clan. Quand aurait-elle partagé les Plaisirs avec un homme semblable à nous ? Pourquoi un homme semblable à nous aurait-il eu envie de partager les Plaisirs avec une Tête Plate ?

— Echozar m'a raconté que sa mère avait été maudite parce que son compagnon avait perdu la vie en essayant de la protéger d'un homme des Autres. Quand les membres du Clan ont découvert qu'elle était enceinte, ils l'ont autorisée à rester jusqu'à la naissance d'Echozar.

Jonayla avait rejeté le téton et geignait un peu. Ayla la mit sur son épaule et lui tapota le dos.

— Tu veux dire qu'un homme comme nous avait forcé la mère d'Echozar ? J'imagine que ces choses-là se produisent, mais je ne puis les comprendre.

— C'est arrivé à l'une des femmes que j'ai rencontrées au Rassemblement du Clan. Elle avait une fille qui était un mélange. Elle m'a confié qu'elle avait été forcée par des hommes des Autres, des hommes qui me ressemblaient, m'a-t-elle dit. Enceinte, elle avait souhaité avoir une fille, ce qui avait provoqué la colère de son compagnon : les femmes du Clan sont censées ne vouloir que des garçons mais beaucoup, en secret, préféreraient une fille. Quand l'enfant est née déformée, l'homme a obligé la mère à la garder pour lui donner une leçon.

— Quelle triste histoire ! fit la doniate. Etre traitée aussi durement par son compagnon après avoir été forcée…

— Elle m'avait demandé de parler à Brun, le chef de mon Clan, pour arranger une union entre sa fille Ura et mon Durc. Elle craignait que sa fille ne trouve jamais de compagnon, autrement. L'idée m'a plu. Durc était difforme lui aussi, pour les membres du Clan, et il aurait autant de difficultés à se choisir une compagne. Brun a accepté. Maintenant Ura est promise à Durc. Après le prochain Rassemblement, elle rejoindra le Clan de Brun… non, celui de Broud, à présent. Je ne crois pas qu'il sera très gentil avec elle.

Ayla se tut, songea aux épreuves que rencontrerait la jeune femme.

— Ce sera dur pour elle de quitter une mère qui l'aime pour s'installer dans un clan où elle ne sera peut-être pas bien accueillie, reprit-elle. J'espère que Durc est devenu un garçon capable de l'aider.

Elle soupira, secoua la tête. Entendant le bébé faire son rot, elle sourit, le laissa un moment encore sur son épaule.

— Pendant notre Voyage, Jondalar et moi avons entendu d'autres histoires de jeunes gens des Autres forçant des femmes du Clan. Je crois que c'est une sorte de défi qu'ils se lancent entre eux.

— J'ai bien peur que tu n'aies raison. Certains jeunes hommes prennent apparemment plaisir à ce qu'il ne sont pas censés faire. Mais forcer une femme, même une femme du Clan, cela me préoccupe encore plus.

— Je ne suis pas sûre que tous les mélanges soient le résultat de l'accouplement forcé d'une femme du Clan avec un homme des Autres, ou d'une femme des Autres avec un homme du Clan. Rydag était un mélange, lui aussi.

— L'enfant recueilli par la compagne du chef des Mamutoï avec qui tu as vécu.

— Oui. Sa mère appartenait au Clan et, comme les autres membres, elle ne savait pas parler, à part quelques sons que personne ne comprenait. Rydag était un enfant faible. Il en est mort. Nezzie disait que sa mère errait seule quand ils l'avaient trouvée et qu'elle les avait suivis. Cela ne ressemble pas aux femmes du Clan. Elle avait dû être maudite pour une raison quelconque, sinon elle n'aurait pas été seule, surtout avec une grossesse aussi avancée. Elle avait sans doute aussi rencontré quelqu'un des Autres qui l'avait bien traitée : cela expliquerait qu'elle ne se soit pas cachée et qu'elle ait suivi les Mamutoï. Peut-être l'homme qui avait mis en elle la vie de Rydag.

— Peut-être, fit Zelandoni. Et la mère d'Echozar ?

Elle avait été maudite elle aussi, m'as-tu dit. Je ne suis pas sûre de comprendre ce que cela signifie exactement.

— Mise à l'écart, chassée. On disait qu'elle portait malheur parce que son compagnon était mort quand elle avait été attaquée, on l'a dit plus encore après qu'elle eut donné naissance à un enfant « difforme ». Le Clan n'aime pas non plus les mélanges. Un dénommé Andovan l'a trouvée sur le point de mourir avec son enfant. D'après Echozar, c'était un homme âgé, qui vivait seul pour une raison quelconque. Il a recueilli la mère et le bébé. Je pense qu'il était un S'Armunaï, mais il habitait une grotte à la lisière du territoire des Zelandonii et il parlait leur langue. Il avait peut-être échappé à Attaroa. Il a élevé Echozar, il lui a enseigné à parler zelandonii et s'armunaï. Sa mère lui a montré les signes du Clan. Andovan a dû les apprendre, lui aussi, parce qu'elle ne pouvait pas parler. Echozar le pouvait, lui. Il était comme Durc.

Ayla s'interrompit, les larmes aux yeux.

— Durc aurait parlé s'il avait eu un S'Armunaï auprès de lui, poursuivit-elle. Il prononçait déjà certains sons avant mon départ et il savait rire. Comment les membres du Clan avaient-ils pu s'imaginer qu'il leur ressemblerait, puisqu'il était mon bébé ? Né de mon ventre… Mais il ne me ressemblait pas non plus, pas comme Jonayla. Rien d'étonnant si c'était Broud qui l'avait fait germer en moi.

— Qui est ce Broud ?

— Le fils d'Ebra, la compagne de Brun. Brun était le chef du Clan, un bon chef. Broud est celui qui m'a chassée du Clan quand il est devenu chef. J'ai grandi entourée de sa haine.

— C'est lui qui aurait fait germer Durc en toi ? Tu penses pourtant que cela vient du partage des Plaisirs. Pourquoi les aurait-il partagés avec toi s'il te haïssait ?

— Il n'y avait aucun Plaisir pour moi. Broud me forçait. Je ne sais pas pourquoi il l'a fait la première fois, mais c'était horrible. Il m'a fait mal. Je détestais ça, et je détestais Broud à cause de ça. Il a senti que cela me dégoûtait, c'est pour cette raison qu'il a continué.

— Et ton Clan le permettait !

— Les femmes du Clan doivent accepter l'accouplement chaque fois qu'un homme le souhaite, chaque fois qu'il leur fait le signal. On les a élevées comme ça.

— Je ne comprends pas. Comment un homme pourrait-il vouloir d'une femme si elle ne veut pas de lui ?

— Je crois que cela ne dérangeait pas trop les femmes du Clan. Elles connaissaient même certaines façons d'inciter un homme à leur faire le signal. Iza me les avait apprises mais je n'ai jamais voulu y avoir recours. En tout cas, pas avec Broud. Je détestais tellement ça que je n'arrivais plus à manger. Je ne voulais plus me lever le matin, je refusais de quitter le foyer de Creb. Mais, quand je me suis aperçue que j'allais avoir un bébé, j'étais tellement heureuse que je ne me souciais même plus de Broud. Je le subissais sans réagir. Du coup, il a cessé. Ce n'était plus drôle pour lui si je ne résistais pas.

— Tu dis que tu ne comptais que douze ans quand ton fils est né ? C'est très jeune. La plupart des filles ne sont pas encore des femmes à cet âge.

— Ce n'était pas jeune pour le Clan. Certaines filles du Clan deviennent femmes à sept ans, et la plupart à dix ans. Les hommes du Clan pensaient que je ne deviendrais jamais femme. Puis ils ont dit que je n'aurais jamais d'enfants, parce que mon totem était trop fort.

— Tu en as eu un, pourtant.

Ayla garda un moment le silence, l'air songeuse.

— Seules les femmes donnent le jour, dit-elle. Mais si c'est le mélange d'esprits qui les féconde, pourquoi Doni a-t-Elle créé les hommes ? Uniquement pour la compagnie ou les Plaisirs ? Je crois qu'il doit y avoir une autre raison. Les femmes peuvent se tenir compagnie, s'entraider – elles peuvent même partager les Plaisirs ensemble.

« Attaroa des S'Armunaï haïssait les hommes, elle les gardait enfermés. Elle ne leur permettait pas de partager le Don. Les femmes vivaient avec d'autres femmes. Attaroa pensait que, si elle se débarrassait des hommes, les esprits des femmes seraient contraints de se mêler et ne donneraient que des filles, mais ce n'est pas ce qui est arrivé. Si certaines femmes partageaient les Plaisirs ensemble, elles ne pouvaient pas s'accoupler et mêler leurs essences. Très peu d'enfants naissaient.

— Il en naissait quand même ?

— Quelques-uns. Ce n'étaient pas tous des filles, et Attaroa avait mutilé deux des garçons. La plupart des femmes ne pensaient pas comme elle. Certaines allaient voir leur ancien compagnon en cachette, avec l'aide de celles qu'Attaroa avait chargées de garder les hommes. Les femmes pourvues d'enfants furent celles qui eurent un homme avec qui partager leur feu le jour où ils furent libérés. C'étaient celles qui étaient unies ou souhaitaient l'être. Elles avaient des enfants parce qu'elles avaient rejoint les hommes la nuit. Ce n'était pas parce qu'elles avaient partagé un foyer assez longtemps avec l'un d'eux pour que son esprit soit choisi. Elles les voyaient rarement, et juste assez longtemps pour s'accoupler. C'était dangereux. Attaroa les aurait fait exécuter si elle l'avait appris. Je suis sûre que c'est l'accouplement qui rend les femmes enceintes.

Zelandoni hocha la tête.

— Ton raisonnement est intéressant, Ayla. Nous, on nous apprend que c'est le mélange d'esprits, et cela semble répondre à la plupart des questions sur l'origine des enfants. Les Zelandonii ne mettent pas cette explication en doute, ils l'acceptent. Toi, tu as eu une enfance différente, tu es plus encline à t'interroger, mais à ta place, je choisirais avec soin ceux à qui je parlerais de mon idée. Certains seraient atterrés. Je me suis moi-même demandé pourquoi Doni avait créé les hommes. C'est vrai que les femmes pourraient prendre soin d'elles et subvenir à leurs besoins si elles le devaient. Je me suis même demandé pourquoi la Mère avait créé des animaux mâles. Les femelles élèvent souvent seules leurs petits. Mâles et femelles ne passent pas beaucoup de temps ensemble, excepté à certaines périodes de l'année, quand ils partagent les Plaisirs.

Ayla se sentit encouragée à poursuivre son argumentation :

— Quand j'étais chez les Mamutoï, il y avait un homme du Camp du Lion appelé Ranec qui vivait au foyer de Wymez, le tailleur de silex.

— Celui dont parle souvent Jondalar ?

— Oui. Wymez était parti pour un très long Voyage quand il était jeune, il comptait dix années de plus à son retour. Il était allé au sud de la Grande Mer en la contournant par l'est. Il s'était uni à une femme qu'il avait rencontrée là-bas et avait essayé de la ramener, avec son fils, chez les Mamutoï, mais elle était morte en chemin. Seul le fils de sa compagne le suivait à son retour. Wymez m'avait raconté que cette femme et son peuple avaient la peau presque aussi noire que la nuit. Elle avait eu Ranec après leur union, et il était différent de tous les autres enfants de là-bas parce qu'il avait la peau plus claire. A moi, elle paraissait sombre, pourtant, d'un brun presque aussi foncé que le pelage de Rapide, et il avait des cheveux noirs très bouclés.

— Tu penses que cet homme était de couleur brune parce que sa mère était presque noire et que son compagnon avait la peau claire ? Cela pourrait aussi être dû à un mélange d'esprits, avança Zelandoni.

— Cela pourrait, admit Ayla. C'est ce que les Mamutoï croyaient, mais si tout le monde là-bas était noir, sauf Wymez, n'y aurait-il pas eu beaucoup plus d'esprits noirs avec lesquels l'esprit de la mère aurait pu se mêler ? Ils étaient unis, ils partageaient forcément les Plaisirs.

Ayla jeta un coup d'œil à son bébé, revint à la doniate.

— Il aurait été intéressant de voir quelle couleur auraient eue mes enfants si je m'étais unie à Ranec.

— C'est à lui que tu devais t'unir ?

— Il avait des yeux rieurs, dit Ayla en souriant. Il était intelligent, drôle, il me faisait rire, et c'était le meilleur graveur que j'aie jamais vu. Il avait sculpté une donii spéciale pour moi et gravé un dessin de Whinney. Il m'aimait. Il disait qu'il désirait vivre avec moi plus qu'il n'avait jamais désiré quoi que ce soit. Il ne ressemblait à personne, il était différent. Même ses traits étaient différents. Il me fascinait. Si je n'avais pas aimé Jondalar, j'aurais pu aimer Ranec.

— S'il était tout cela, je ne te le reproche pas, répondit Zelandoni en lui rendant son sourire. Certaines rumeurs font état d'êtres à la peau sombre qui vivraient dans une Caverne au sud, au-delà des montagnes de la côte de la Grande Mer. Un jeune homme et sa mère, dit-on. Je n'y ai jamais cru, on ne sait jamais quelle est la part de vérité dans ces histoires, et cela semblait tellement incroyable… Maintenant, je m'interroge.

— Ranec ressemble à Wymez, malgré leur couleur et leurs traits différents. Ils ont la même taille, le même corps, et ils marchent exactement de la même façon.

— Pas besoin d'aller si loin pour trouver des ressemblances, dit Zelandoni. Beaucoup d'enfants ressemblent au compagnon de leur mère, mais il y en a qui ressemblent à d'autres hommes de la Caverne, dont certains connaissent à peine la mère.

— Cela aurait pu se passer pendant une fête ou une cérémonie pour honorer Doni. Je crois savoir qu'à cette occasion de nombreuses femmes partagent les Plaisirs avec des hommes qui ne sont pas leur compagnon.

La Première réfléchit en silence.

— Ayla, ton idée mérite examen et considération. Je

ne sais si tu en saisis les implications. Si elle est juste, elle causera des changements que ni toi ni moi ne pouvons imaginer. Une révélation aussi fracassante ne peut venir que de la Zelandonia. Personne ne l'acceptera à moins qu'elle ne vienne de quelqu'un par qui parle la Grande Terre Mère. Avec qui en as-tu déjà discuté ?

— Uniquement avec Jondalar. Et toi, maintenant.

— Je suggère que tu n'en dises rien à personne d'autre pour le moment. Je parlerai à Jondalar, je lui ferai comprendre la nécessité de garder le secret.

Elles se turent, s'abîmèrent un moment dans leurs pensées.

— Zelandoni, t'es-tu jamais demandé ce que tu ressentirais si tu étais un homme ?

— C'est une étrange question.

— Je songeais à ce que Jondalar m'a répondu un jour que je voulais aller chasser, pendant la Réunion d'Eté. Il n'était pas d'accord. Je sais que c'était en partie parce qu'il projetait de revenir ici pour construire notre habitation, mais il y avait autre chose. Il a parlé de la nécessité d'avoir un but dans la vie. « A quoi sert un homme si les femmes peuvent aussi subvenir aux besoins de leurs enfants ? » C'est ainsi qu'il l'a formulé. Je n'avais jamais pensé à cela. Quel effet cela me ferait-il de savoir que ma vie n'a pas de sens ?

— Tu peux même porter l'interrogation plus loin, Ayla. Tu sais que ton rôle est en partie de faire naître la génération suivante, mais à quoi sert-il d'avoir une autre génération ? Quel est le sens de la vie ?

— Je ne sais pas. Quel est le sens de la vie ?

Zelandoni s'esclaffa.

— Si je pouvais répondre à cette question, je serais l'égale de la Grande Terre Mère. Elle seule connaît la réponse. Beaucoup pensent que nous sommes sur terre pour L'honorer. Peut-être sommes-nous là seulement pour vivre et prendre soin de la génération suivante afin qu'elle puisse vivre à son tour. C'est peut-être la meilleure façon d'honorer Doni. Le *Chant de la Mère* dit qu'Elle nous a créés parce qu'Elle se sentait seule, qu'Elle voulait qu'on La reconnaisse et qu'on se souvienne d'Elle. D'autres affirment que la vie n'a pas de sens. Je doute qu'on puisse répondre à cette question dans ce monde. Je ne suis même pas sûre qu'on puisse y répondre dans le Monde d'Après.

— Au moins, les femmes savent que, sans elles, il n'y aurait pas de génération suivante. Mais comment vivre quand on sait que l'on ne sert même pas à cela ? Comment supporter l'idée que la vie se poursuivrait de la même façon, que l'on soit là ou non ?

— Je n'ai pas eu d'enfants. Dois-je considérer que ma vie n'a pas eu de sens ?

— Ce n'est pas la même chose. Tu es quand même une femme. Tu appartiens au genre qui donne la vie.

— Nous sommes tous des êtres humains. Hommes et femmes maintiennent la vie jusqu'à la génération suivante. Les femmes ont autant de garçons que de filles.

— Justement. Ce sont les femmes qui ont autant de garçons que de filles. Qu'est-ce que les hommes ont à voir là-dedans ? Si tu pensais que toi et ton genre ne contribuez pas à créer une autre génération, te sentirais-tu aussi humaine ? Ou te sentirais-tu moins importante ? Un être inutile, ajouté au dernier moment ?

Dans le feu de la discussion, Ayla s'était penchée en avant. La Première réfléchit, regardant le visage grave de la jeune femme qui tenait le bébé endormi dans ses bras.

— Ta place est parmi les Zelandonia, déclara la doniate. Tu argumentes aussi bien que n'importe lequel d'entre eux.

Ayla se redressa.

— Je ne veux pas être Zelandoni.

— Pourquoi ? repartit la Première en la considérant d'un œil attentif.

— Je veux simplement être une mère, et la compagne de Jondalar.

— Tu ne souhaites pas continuer à être guérisseuse ? Tu as autant de capacités que les autres, moi comprise.

Ayla plissa le front.

— Si, répondit-elle. Je veux continuer.

— Tu as aidé quelquefois Mamut dans ses autres tâches, m'as-tu dit. Tu ne les as pas trouvées captivantes ?

— C'était captivant, concéda Ayla. Mais c'était effrayant, aussi.

— Cela n'aurait-il pas été plus effrayant si tu avais été seule, et pas du tout préparée ? Ayla, tu es Fille du Foyer du Mammouth. Mamut avait une bonne raison de t'adopter. Je la vois ; je crois que tu la vois aussi. Regarde en toi. As-tu déjà été effrayée par quelque chose d'étrange quand tu étais seule ?

Ayla détourna les yeux pour échapper au regard de Zelandoni mais finit par acquiescer d'un léger hochement de tête.

— Tu sais qu'il y a quelque chose de différent en toi, poursuivit la doniate. Tu essaies de l'ignorer, de le chasser de ton esprit, mais c'est quelquefois difficile, n'est-ce pas ?

Ayla leva les yeux. Zelandoni la fixait, la forçant à soutenir son regard comme lors de leur première rencontre.

— Oui, murmura-t-elle. C'est quelquefois difficile.

— Personne ne devient Zelandoni sans se sentir appelé, dit l'énorme femme avec douceur. Mais que se passerait-il si tu te sentais appelée sans avoir été préparée ? Ne crois-tu pas qu'il vaudrait mieux acquérir une certaine formation, à tout hasard ? Tu as beau la nier, cette possibilité existe.

— S'y préparer ne la rendrait-elle pas plus probable ? objecta Ayla.

— Si. Mais l'expérience pourrait être utile. Je serai

franche avec toi. J'ai besoin d'une acolyte. Je n'ai plus tellement d'années devant moi. Je souhaite que celle qui me succédera soit formée par moi. La Neuvième est ma Caverne. Je veux le meilleur pour elle. Je suis la Première parmi Ceux Qui Servent la Grande Terre Mère. Je ne le dis pas souvent mais je ne le suis pas sans raison. Personne ne peut former mieux que moi une personne douée. Tu es douée, Ayla. Peut-être plus douée que moi. Tu pourrais devenir Première.

— Et Jonokol ?

— Tu devrais connaître la réponse. Jonokol est un artiste exceptionnel. Il se satisfaisait de rester acolyte. Avant que tu lui montres cette grotte, il n'avait aucune envie d'être Zelandoni. Tu sais bien qu'il sera parti l'été prochain. Il s'installera là-bas dès qu'il aura convaincu la Zelandoni de la Dix-Neuvième Caverne de l'accepter et inventera une excuse pour me quitter. Il veut cette grotte, Ayla, et je pense qu'il doit l'avoir. Non seulement il la rendra belle, mais il y fera vivre le Monde des Esprits.

— Regarde ça, Ayla ! s'exclama Jondalar en montrant une pointe de sagaie. J'ai chauffé le silex comme le fait Wymez. J'ai su que j'avais réussi quand il s'est refroidi, parce que la pierre était brillante et lisse, presque comme si on l'avait huilée. Je l'ai ensuite retouchée sur les deux faces en utilisant les techniques de pression qu'il a mises au point. Je n'atteins pas encore la même qualité que lui mais avec de la pratique je m'en approcherai peut-être. Cela ouvre toutes sortes de possibilités. Je peux maintenant détacher de longs éclats minces et donc obtenir des pointes presque aussi fines que je le désire ou donner à un couteau un long tranchant droit, sans cette courbure qu'il a toujours quand on commence avec une lame détachée d'un rognon. Je peux même redresser les lames courbes plus facilement en retouchant le bord intérieur aux deux extrémités. Je peux tailler toutes les encoches que je veux. Je peux fabriquer des pointes avec une embase ou une soie pour les emmancher. Tu n'imagines pas la maîtrise que cela me donne ! C'est presque comme si je pliais la pierre à mon gré. Ce Wymez est un génie !

Ayla sourit.

— Wymez est peut-être un génie mais tu es aussi bon que lui, assura-t-elle.

— Si seulement c'était vrai ! Il a mis au point le procédé, je me contente de l'imiter. Dommage qu'il vive aussi loin ! En tout cas, je lui suis reconnaissant du temps que j'ai passé auprès de lui. Je regrette que Dalanar ne soit pas ici. Lui aussi devait essayer de chauffer le silex cet hiver, j'aurais aimé pouvoir en discuter avec lui.

Jondalar examina la lame d'un œil critique puis leva les yeux et sourit à sa compagne.

— J'oubliais de te dire que j'ai décidé de garder Matagan comme apprenti après cet hiver. Pendant sa visite à la Caverne, j'ai pu juger de ses capacités. J'en ai discuté avec sa mère et son compagnon, et Joharran est d'accord.

— J'aime bien Matagan. Je suis heureuse de savoir que tu le formeras. Tu as une patience infinie et tu es le meilleur tailleur de silex de la Neuvième Caverne, probablement même de tous les Zelandonii.

Le compliment le fit sourire. Une compagne fait toujours des comparaisons flatteuses, se dit-il, mais au fond de lui il pensait que c'était peut-être vrai.

— Tu crois qu'il pourrait loger chez nous ? demanda-t-il.

— J'en serais contente. Nous avons tellement de place dans la pièce principale que nous pourrions lui en réserver une partie où il installerait sa couche. J'espère que le bébé ne le dérangera pas. Jonayla se réveille encore la nuit.

— Les jeunes gens ont le sommeil profond. Je suis sûr qu'il ne l'entendra même pas.

— Je voulais te parler d'une proposition que Zelandoni m'a faite… commença Ayla.

Jondalar trouva qu'elle paraissait un peu troublée mais se dit que c'était probablement un effet de son imagination.

— Elle veut que je devienne son acolyte, débita-t-elle d'un trait.

Il releva soudain la tête.

— Je ne savais pas que tu songeais à entrer dans la Zelandonia.

— Je n'y songeais pas, et je ne suis même pas sûre d'y songer maintenant. Elle m'avait déjà dit que j'y avais ma place mais, la première fois qu'elle m'a demandé d'être son acolyte, c'était tout de suite après la naissance de Jonayla. Elle a besoin de quelqu'un et j'ai déjà des connaissances dans l'art de guérir. En tout cas, être acolyte n'implique pas nécessairement de devenir un Zelandoni. Jonokol a été acolyte longtemps…

Elle se tut, baissa les yeux vers les légumes qu'elle coupait. Jondalar s'approcha d'elle et lui releva le menton pour la regarder dans les yeux. Elle avait l'air hésitante.

— Ayla, tout le monde sait que, si Jonokol est l'acolyte de Zelandoni, c'est en raison de son talent de peintre. Il a l'art de saisir l'Esprit des animaux, Zelandoni a besoin de lui pour les cérémonies. Il ne sera jamais doniate.

— Si, peut-être. Zelandoni dit qu'il veut rejoindre la Dix-Neuvième Caverne.

— C'est à cause de cette grotte que tu as trouvée, n'est-ce pas ? S'il quelqu'un doit la décorer, c'est bien lui. Mais si tu deviens acolyte, tu deviendras aussi Zelandoni, non ?

Ayla demeurait incapable de refuser de répondre à une question directe ou de proférer un mensonge.

— Je pense qu'un jour je deviendrai Zelandoni, si j'entre dans la Zelandonia. Mais pas tout de suite...

— C'est ce que tu veux ? Ou Zelandoni a-t-elle réussi à te convaincre d'accepter parce que tu es guérisseuse ?

— Elle dit que je suis déjà Zelandoni, en un sens. Elle a peut-être raison, je ne sais pas. D'après elle, dans mon intérêt, il vaudrait mieux que je sois formée. Ce serait très dangereux pour moi si je me sentais appelée sans y avoir été préparée.

Ayla n'avait pas révélé à Jondalar les choses étranges qui lui arrivaient parfois, et cette omission lui pesait comme un mensonge. Elle ne pouvait cependant se résoudre à lui en parler.

Ce fut à lui d'avoir l'air troublé.

— Je ne peux pas dire grand-chose, dans un sens ou dans un autre. A toi de choisir, Ayla. Il vaut sans doute mieux que tu sois préparée. Tu ne soupçonnes pas à quel point j'ai eu peur quand Mamut et toi avez fait cet étrange Voyage. Je te croyais morte, j'ai imploré la Grande Mère de te ramener à la vie. Je crois que je n'avais jamais autant supplié... J'espère que tu ne recommenceras pas.

— Je me suis doutée que c'était toi. Pas tout de suite mais plus tard. Mamut a dit que quelqu'un nous avait rappelés avec une force irrésistible. J'ai cru te voir en revenant à moi et puis tu as disparu.

— Tu étais promise à Ranec. Je ne voulais pas être un obstacle entre vous, dit Jondalar, se souvenant de la terrible nuit.

— Tu m'aimais. Si tu ne m'avais pas aimée autant, mon esprit serait peut-être encore perdu dans le grand vide. (Elle s'agrippa soudain à lui.) Pourquoi moi ? Pourquoi faut-il que je devienne Zelandoni ?

Il la prit dans ses bras. Oui, pourquoi elle ? pensa-t-il. Il se rappela les propos de la Première sur les responsabilités des doniates et les dangers qu'ils couraient. Il comprenait maintenant pourquoi elle avait été aussi franche : elle s'efforçait de les préparer. Elle savait depuis le début, depuis le jour où ils étaient arrivés, tout comme Mamut avait su, lui aussi. C'était la raison pour laquelle il avait adopté Ayla dans son foyer. Puis-je être le compagnon d'une Zelandoni ? se demanda Jondalar. Il pensa à sa mère et à Dalanar. Ils s'étaient séparés parce qu'il n'avait pas supporté qu'elle fût Femme Qui Ordonne, disait-elle. Les exigences de la fonction de Zelandoni étaient encore plus grandes.

Son extraordinaire ressemblance avec Dalanar prouvait sans l'ombre d'un doute qu'il était fils de son esprit, mais selon Ayla il ne s'agissait pas seulement d'esprits. Elle affirme que Jonayla est ma fille, pensa-t-il. Si elle a raison, je dois être le fils de Dalanar ! Cette idée le sidérait. Pouvait-il être le fils de Dalanar comme il était celui de Marthona ? En ce cas, lui ressemblait-il au point de ne pouvoir supporter, lui non plus, de vivre avec une femme exerçant des responsabilités importantes ? Cette pensée le dérangeait au plus haut point.

Sentant sa compagne frémir dans ses bras, il baissa les yeux.

— Qu'y a-t-il, Ayla ?

— J'ai peur. C'est pour cela que je ne veux pas accepter. J'ai peur d'être Zelandoni, sanglota-t-elle.

Elle se calma, s'écarta de lui.

— J'ai peur parce qu'il m'est arrivé des choses dont je ne t'ai jamais parlé, avoua-t-elle.

— Quel genre de choses ? demanda-t-il, le front barré d'un pli soucieux.

— Je ne t'en ai jamais parlé parce que je ne savais pas comment te les expliquer. Je ne suis toujours pas sûre d'en être capable mais je vais essayer. Quand je vivais avec le Clan de Brun, j'ai accompagné ses membres à un Rassemblement, tu le sais. Iza était trop malade pour s'y rendre, elle est morte peu après notre retour.

Les yeux d'Ayla s'emplirent de larmes à ce souvenir.

— En sa qualité de guérisseuse, elle était censée préparer la potion destinée aux Mog-ur, continua-t-elle. Personne d'autre ne savait le faire. Uba était trop jeune, elle n'était pas encore femme et la potion devait être préparée par une femme. Iza m'a expliqué comment procéder, avant notre départ. Je ne pensais pas que les Mog-ur m'y autoriseraient – ils soutenaient que je n'appartenais pas au Clan – mais Creb est venu me voir et m'a enjoint de me tenir prête. C'est le même breuvage que j'ai préparé plus tard pour Mamut et moi quand nous avons fait notre étrange Voyage.

« Comme il en restait et que je craignais qu'on me reproche d'en avoir trop préparé, j'ai bu le reste. Je ne savais même pas où j'allais quand je suis retournée dans la grotte. La drogue était si puissante que je me trouvais peut-être déjà dans le Monde des Esprits. J'ai vu les Mog-ur, je me suis cachée pour les observer, mais Creb savait que j'étais là. C'était un puissant sorcier. Il était comme un Zelandoni, comme le Premier. Il était le Mog-ur. Il dirigeait tout et, je ne sais pour quelle raison, mon esprit s'est joint aux leurs. Ensemble, nous sommes remontés au temps des origines. Je ne puis expliquer comment, mais j'y étais. Quand nous sommes revenus dans le présent, je me suis retrouvée ici. Je sais que c'était ici, j'ai reconnu la Pierre qui Tombe. Le Clan y avait vécu pendant des générations, je ne saurais te dire combien. Il y a très longtemps, nous appartenions au même peuple, mais nous avons changé. Le Clan est resté derrière quand nous sommes allés de l'avant.

Jondalar écoutait, fasciné malgré lui.

— Si puissant qu'il fût, Creb n'arrivait pas à me suivre, mais il a vu quelque chose, reprit Ayla. Ou il a senti quelque chose. Il m'a ordonné ensuite de sortir de la grotte. C'était comme si je l'entendais en moi, dans ma tête, comme s'il me parlait. Les autres Mog-ur ignoraient ma présence, ils m'auraient tuée s'ils avaient su.

Les femmes n'avaient pas le droit de prendre part à ce genre de cérémonie.

« A partir de ce jour, Creb n'a plus été le même. Son pouvoir s'amenuisait, et je crois qu'il ne prenait plus plaisir à dominer les esprits des membres du Clan. Je ne sais comment, je lui avais fait mal, et lui aussi m'avait fait quelque chose. Depuis, je suis différente. Mes rêves sont différents et je me sens parfois étrange, comme si je me retrouvais en un autre lieu. Il m'arrive – comment dire ? – de savoir ce que les gens pensent. Non, pas exactement, plutôt ce qu'ils sentent. Ce n'est pas cela non plus. Ce qu'ils sont, peut-être. Je ne trouve pas les mots, Jondalar. De toute façon, je bloque mes visions la plupart du temps. Quelquefois, certaines réussissent à passer, en particulier quand ce sont des sentiments violents, comme ceux de Brukeval.

Jondalar la scruta avec perplexité.

— Tu sais ce que je pense en ce moment ? Ce que j'ai dans la tête ?

— Non, répondit-elle. Je ne connais pas les pensées. Mais je sais que tu m'aimes.

Voyant l'expression de son compagnon changer, elle s'alarma :

— Cela te préoccupe, n'est-ce pas ? Je n'aurais peut-être rien dû te dire.

L'inquiétude de Jondalar pesait sur elle comme un poids. Elle avait toujours été réceptive à ce qu'il éprouvait. Elle baissa la tête, laissa ses épaules s'affaisser. Devant l'abattement d'Ayla, le malaise de Jondalar s'évanouit. Il la prit dans ses bras, lui releva la tête et la regarda dans les yeux. Ils avaient cette lueur ancestrale qu'il leur avait vue quelquefois, mêlée à une tristesse ineffable.

— Je n'ai rien à te cacher, dit-il. Cela m'est égal que tu saches ce que je pense ou ce que je sens. Je t'aime. Je ne cesserai jamais de t'aimer.

Des larmes de soulagement et d'amour coulèrent des

yeux d'Ayla. Elle approcha ses lèvres de celles de Jondalar quand il se pencha pour l'embrasser. Il la serra contre lui pour la protéger de tout ce qui pourrait la blesser. Elle se blottit dans ses bras. Tant qu'elle avait Jondalar, rien d'autre ne comptait. Ce fut alors que Jonayla se mit à pleurer.

— Je désire seulement être une mère et ta compagne, dit-elle en allant prendre l'enfant. Je ne veux pas devenir Zelandoni.

Elle est effrayée, pensa-t-il, mais qui ne le serait pas ? Moi qui n'aime déjà pas longer un site mortuaire, je n'ose même pas penser à me rendre dans le Monde des Esprits. Il la regarda revenir vers lui, le bébé dans les bras, les yeux encore mouillés de larmes, et sentit une soudaine bouffée d'amour protecteur pour la femme et l'enfant. Même si elle devenait Zelandoni, elle resterait Ayla pour lui, elle aurait toujours besoin de lui.

— Tout ira bien, assura Jondalar.

Il s'empara de la petite fille, la cala au creux de son bras. Jamais il n'avait été aussi heureux que depuis qu'ils s'étaient unis, en particulier depuis que Jonayla était née. Il baissa les yeux vers l'enfant et sourit. Je crois qu'elle est aussi ma fille, pensa-t-il.

— C'est à toi de choisir, Ayla. Tu as raison : si tu acceptes d'être acolyte, cela ne t'oblige pas à devenir Zelandoni, mais si tu le décides, ce sera bien aussi. J'ai toujours su que je prenais pour compagne quelqu'un d'exceptionnel. Non seulement une femme belle, mais un être pourvu d'un don rare. Tu as été choisie par la Mère, c'est un honneur. Elle l'a montré en t'accordant un enfant avant même notre union. Maintenant, tu as une magnifique petite fille. Non, nous avons une magnifique petite fille. Tu as bien dit qu'elle est aussi de moi, n'est-ce pas ? fit-il, tâchant d'apaiser les craintes d'Ayla.

Elle recommença à pleurer mais sourit à travers ses larmes.

— Oui. Jonayla est ta fille et ma fille.

Elle éclata de nouveau en sanglots. Jondalar l'enlaça avec son autre bras, tint à la fois contre lui la mère et l'enfant.

— Si tu ne m'aimais plus, Jondalar, je ne sais pas ce que je ferais, murmura-t-elle. Je t'en supplie, aime-moi toujours.

— Je ne cesserai jamais de t'aimer. Rien ne pourra m'en empêcher, jura-t-il, sentant son amour au fond de son cœur, espérant qu'il y resterait toujours.

L'hiver s'acheva enfin. Les congères fondirent ; les fleurs violettes et blanches des premiers crocus montrèrent leur tête entre les derniers vestiges de neige. Les pointes de glace accrochées aux rochers gouttèrent jusqu'à disparaître et les premiers bourgeons verts apparurent. Ayla passait beaucoup de temps avec Whinney. Le bébé attaché dans le dos par une couverture, elle marchait auprès de la jument ou la montait à la même allure. Rapide se sentait plus fringant, et même Jondalar avait du mal à le diriger, mais c'était un défi agréable à relever.

Whinney hennit en la voyant. Ayla projetait de retrouver Jondalar et quelques autres dans un petit abri-sous-roche situé en aval. Ils voulaient recueillir de la sève de bouleau, dont une partie, réduite par ébullition, donnerait un épais sirop. Ils laisseraient fermenter le reste pour en faire une boisson alcoolisée. Le bosquet n'était pas très loin mais Ayla avait décidé de monter Whinney car elle voulait rester près de la jument. Elle était presque arrivée lorsqu'il se mit à pleuvoir. Accélérant l'allure, elle remarqua que Whinney semblait avoir peine à respirer. Au moment où elle posait une main sur le flanc de l'animal, la jument eut une contraction.

— Whinney ! s'exclama-t-elle. Ton tour est venu, n'est-ce pas ? Nous ne sommes plus très loin de l'abri où les autres nous attendent. J'espère que cela ne te gênera pas d'avoir d'autres personnes autour de toi.

En arrivant au camp, Ayla demanda à Joharran si elle pouvait mener Whinney sous le surplomb : la jument allait avoir un petit. Il acquiesça aussitôt, et une vague d'excitation parcourut le groupe. Ce serait une expérience intéressante. Aucun d'eux n'avait jamais vu une jument mettre bas.

Jondalar la rejoignit et lui demanda si elle souhaitait de l'aide.

— Je ne crois pas que Whinney ait besoin de moi mais je tiens à rester près d'elle, répondit Ayla. Si tu veux bien t'occuper de Jonayla, je viens de lui donner la tétée. Elle devrait être tranquille un moment.

Il se pencha vers la petite fille qui, découvrant son visage, lui adressa un sourire béat. Elle savait sourire depuis peu et accueillait l'homme de son foyer par ce signe de reconnaissance.

— Tu as le sourire de ta mère, Jonayla, dit-il en la prenant dans ses bras.

Le bébé le dévisagea, émit un gazouillis, sourit de nouveau. Jondalar sentit son cœur fondre. Sa fille dans les bras, il rejoignit le groupe, à l'autre bout de la corniche.

Whinney semblait contente d'être à l'abri de la pluie. Ayla la brossa, la conduisit à un endroit sec, aussi loin que possible des compagnons de Jondalar. Ils semblaient avoir compris qu'Ayla souhaitait qu'ils restent à l'écart, mais l'abri n'était pas grand et ils pouvaient facilement observer la scène. Jondalar se retourna pour regarder lui aussi. Ce n'était pas la première fois qu'il voyait Whinney pouliner mais l'événement demeurait fascinant. Si les naissances leur étaient familières, ils n'en étaient pas moins impressionnés chaque fois qu'une vie nouvelle était sur le point d'apparaître. Humaine ou animale, c'était le plus grand Don de la Mère. Ils attendirent tous en silence.

Au bout d'un moment, quand il sembla que Whinney n'était pas encore tout à fait prête mais installée aussi confortablement que possible, Ayla approcha du feu autour duquel les autres s'étaient regroupés. Ils lui proposèrent une infusion et elle retourna la boire après avoir apporté de l'eau à sa jument.

— Ayla, je ne me souviens pas de t'avoir entendue dire comment tu as trouvé ces chevaux. Qu'est-ce qui fait qu'ils n'ont pas peur des hommes ? demanda Dynoda.

Ayla sourit. Elle s'habituait à conter des histoires et parlait volontiers des chevaux. Elle expliqua comment elle avait pris au piège la mère de Whinney et sauvé son petit des hyènes, comment elle avait ramené la pouliche à sa grotte, comment elle l'avait nourrie et élevée. Ayla se prit au jeu et, sans qu'elle s'en aperçût, rendit son récit plus prenant en faisant appel à l'art, appris au Clan, d'exprimer un sentiment par une expression du visage ou un geste.

Gardant un œil sur Whinney, elle dramatisa inconsciemment sa narration, et les membres du groupe, dont plusieurs appartenaient à des Cavernes voisines, l'écoutèrent, captivés. Son accent exotique, son habileté incroyable à imiter les cris d'animaux ajoutaient encore à l'intérêt de cette histoire singulière. Même Jondalar, qui en connaissait pourtant les circonstances, était sous le charme. Jamais il n'avait entendu Ayla la raconter de cette manière. On lui posa des questions, elle décrivit sa vie dans la vallée mais, lorsqu'elle parla du bébé lion qu'elle avait recueilli et élevé, les regards se firent sceptiques. Jondalar s'empressa de confirmer. Qu'ils y crussent totalement ou non, l'histoire de la femme, de la jument et du lion qui vivaient ensemble dans une grotte perdue était agréable à entendre. Un cri de Whinney interrompit Ayla.

Elle se leva d'un bond, courut à la jument, qui était maintenant allongée sur le flanc. La tête d'un petit coiffé d'une membrane apparut. Pour la seconde fois, Ayla servit de sage-femme à Whinney. Avant même que les jambes ne fussent totalement sorties, le nouveau-né au poil mouillé essaya de se mettre debout. Whinney tourna la tête pour voir le résultat de ses efforts, hennit doucement en direction de son bébé. Allongée, la minuscule pouliche approcha en se tortillant de la tête de sa mère, s'arrêta pour essayer de téter. Quand son petit fut près d'elle, la jument commença aussitôt à le nettoyer de sa langue. Lavée, la pouliche essaya de se lever. Elle tomba sur le nez, entreprit une deuxième tentative et réussit cette fois à se tenir debout, quelques instants seulement après être sortie du ventre de sa mère. Un courageux petit cheval, pensa Ayla.

Dès que le bébé fut sur ses pattes, Whinney se leva à son tour. Aussitôt la pouliche passa la tête sous sa mère pour téter et ne trouva pas le mamelon. Au deuxième essai, Whinney mordilla doucement son rejeton pour le mettre dans la bonne direction. Cela suffit. Sans aucune aide, la jument avait donné naissance à sa pouliche.

Le groupe avait regardé en silence, témoin pour la première fois que la Grande Terre Mère avait donné à Ses créatures animales la connaissance nécessaire pour qu'elles sachent s'occuper de leur progéniture. Pour que survivent les petits du cheval, et de la plupart des autres bêtes qui passaient en grand nombre dans les steppes, il fallait qu'ils puissent se tenir sur leurs pattes et courir presque aussi vite que leur mère peu après la naissance. Sans cette capacité, ils auraient été une proie facile pour les prédateurs et l'espèce n'aurait pas survécu. Whinney semblait heureuse de sentir son bébé téter.

La naissance de la pouliche avait offert aux Zelandonii un spectacle rare, une histoire que tous les témoins raconteraient à l'envi. Plusieurs posèrent des questions et se livrèrent à des commentaires une fois que les deux bêtes furent confortablement installées.

— Je n'avais jamais remarqué que les petits des chevaux savaient marcher dès leur naissance. A nos bébés, il faut au moins un an. Est-ce qu'ils grandissent vite ?

— Oui, répondit Ayla. Rapide est né le lendemain du jour où j'ai trouvé Jondalar blessé. C'est maintenant un étalon, et il ne compte que trois années.

— Il faudra que tu donnes un nom au petit, lui rappela son compagnon.

— Je vais y réfléchir.

Jondalar comprit qu'elle voulait d'abord voir à quoi il ressemblerait. Il était vrai que la jument louvette avait déjà donné naissance à un poulain de couleur différente. Il était vrai aussi que parmi les chevaux des steppes de l'Est, près du territoire des Mamutoï, on trouvait des chevaux au pelage marron foncé, comme Rapide. Jondalar ignorait quelle serait la couleur de la pouliche, mais ce ne serait pas celle de sa mère.

Loup les découvrit peu après. Comme s'il savait qu'il devait s'approcher doucement de la nouvelle famille, il alla d'abord vers Whinney. Malgré son instinct, la jument avait appris qu'il n'était pas un carnivore à redouter. Ayla les rejoignit, et après que Whinney, rassurée par la présence de la jeune femme, se fut une nouvelle fois convaincue que ce loup était bien une exception, elle lui permit de renifler son bébé et laissa la pouliche s'habituer à son odeur.

La robe de la pouliche se révéla grise.

— Je crois que je vais l'appeler Grise, dit Ayla à Jondalar. Ce sera le cheval de Jonayla, et nous devrons apprendre à l'une à monter et à l'autre à l'accepter.

Le lendemain, quand ils regagnèrent l'abri des chevaux, sous le surplomb, Rapide accueillit sa petite sœur avec une vive curiosité, sous la stricte surveillance de Whinney. Se tournant vers la zone des habitations, Ayla vit Zelandoni approcher. Elle s'étonna de l'intérêt que manifestait la doniate envers la pouliche puisque la Première n'avait jamais pris la peine de venir voir les chevaux ; elle la présenta cependant à Grise.

— Jonokol m'a annoncé qu'il quitterait la Neuvième Caverne à la prochaine Réunion d'Eté, dit Zelandoni après un bref coup d'œil à la pouliche.

— Tu t'y attendais, fit Ayla, sur ses gardes.

— Sais-tu maintenant si tu veux devenir mon nouvel acolyte ? demanda la doniate sans tergiverser.

Ayla baissa la tête puis la releva. La Première attendit, fixa la jeune femme dans les yeux.

— Je crois que tu n'as pas le choix. Tu sais que tu entendras l'appel un jour, peut-être plus tôt que tu ne le penses. Je serais désolée de voir tes capacités détruites, à supposer que tu parviennes à survivre sans soutien et sans formation.

Ayla tenta d'échapper au regard impérieux. Puis, dans les profondeurs de son être ou les chemins de son cerveau, elle trouva des ressources nouvelles. Elle sentit une force croître en elle et sut qu'elle n'était plus dominée par la doniate, que c'était elle au contraire qui avait pouvoir sur Celle Qui Etait la Première. Elle soutint son regard avec un sentiment de puissance et d'autorité qu'elle n'avait jamais éprouvé auparavant.

Quand Ayla le lui permit, Zelandoni détourna un instant les yeux. Lorsqu'elle les ramena sur la jeune femme, l'impression d'être sous l'emprise d'une force gigantesque avait disparu, mais Ayla la regardait avec un sourire entendu. Le bébé s'agita dans ses bras comme si quelque chose le contrariait, et Ayla reporta son attention sur l'enfant.

Quoique ébranlée, Zelandoni recouvra rapidement sa maîtrise d'elle-même. Elle fit mine de partir mais revint sur ses pas et considéra de nouveau Ayla, non plus avec ce regard qui avait débouché sur un choc de deux volontés, mais d'une manière directe et pénétrante.

— Viens me dire maintenant que tu n'es pas Zelandoni, murmura la doniate.

Ayla rougit, regarda autour d'elle d'un air incertain comme si elle cherchait une échappatoire. Quand elle posa de nouveau les yeux sur la doniate, Zelandoni était redevenue la présence imposante qu'elle avait toujours connue.

— Je vais prévenir Jondalar, dit-elle avant de baisser la tête vers son bébé.

LE CHANT DE LA MÈRE

Des ténèbres, du Chaos du temps,
Le tourbillon enfanta la Mère suprême.
Elle s'éveilla à Elle-Même sachant la valeur de la [vie,
Et le néant sombre affligea la Grande Terre Mère.

La Mère était seule. La Mère était la seule.

De la poussière de Sa naissance, Elle créa l'Autre,
Un pâle ami brillant, un compagnon, un frère.
Ils grandirent ensemble, apprirent à aimer et chérir
Et quand Elle fut prête, ils décidèrent de s'unir.

Il tournait autour d'Elle constamment, son pâle [amant.

Ayla se rendit compte que le chant racontait une histoire familière que tout le monde connaissait et attendait. Captivée, elle voulut en savoir davantage et écouta avec attention tandis que Zelandoni chantait un autre couplet et que la communauté tout entière lui répondait dans le dernier vers.

De ce seul compagnon Elle se contenta d'abord
Puis devint agitée et inquiète en Son cœur.
Elle aimait Son pâle ami blond, cher complément
[d'Elle-Même
Mais Son amour sans fond demeurait inemployé

La Mère Elle était, quelque chose Lui manquait.

Elle défia le grand vide, le Chaos, les ténèbres
De trouver l'antre froid de l'étincelle source de vie.
Le tourbillon était effroyable, l'obscurité totale.
Le Chaos glacé chercha Sa chaleur.

La Mère était brave, le danger était grave.

Elle tira du Chaos froid la source créatrice
Et conçut dans ce Chaos. Elle s'enfuit avec la force
[vitale,
Grandit avec la vie qu'Elle portait en Son sein,
Et donna d'Elle-Même avec amour, avec fierté.

La Mère portait Ses fruits, Elle partageait Sa vie.

Le vide obscur et la vaste Terre nue
Attendaient la naissance.
La vie but de Son sang, respira par Ses os.
Elle fendit Sa peau et scinda Ses roches.

La Mère donnait. Un autre vivait.

Les eaux bouillonnantes de l'enfantement emplirent
[rivières et mers,
Inondèrent le sol, donnèrent naissance aux arbres.
De chaque précieuse goutte naquirent herbes et
[feuilles
Jusqu'à ce qu'un vert luxuriant renouvelle la Terre.

Ses eaux coulaient. Les plantes croissaient.

Dans la douleur du travail, crachant du feu,
Elle donna naissance à une nouvelle vie.
Son sang séché devint la terre d'ocre rouge.
Mais l'enfant radieux justifiait toute cette souffrance.

Un bonheur si grand, un garçon resplendissant.

Les roches se soulevèrent, crachant des flammes de
[leurs crêtes.
La Mère nourrit Son fils de Ses seins montagneux.
Il tétait si fort, les étincelles volaient si haut
Que le lait chaud traça un chemin dans le ciel.

La Mère allaitait, Son fils grandissait.

Il riait et jouait, devenait grand et brillant.
Il éclairait les ténèbres à la joie de la Mère.
Elle dispensa Son amour, le fils crût en force,
Mûrit bientôt et ne fut plus enfant.

Son fils grandissait, il Lui échappait.

Elle puisa à la source pour la vie qu'Elle avait
[engendrée.
Le vide froid attirait maintenant son fils.
La Mère donnait l'amour, mais le jeune avait
[d'autres désirs.
Connaître, voyager, explorer.

Le Chaos La faisait souffrir, le fils brûlait de
[partir.

Il s'enfuit de Son flanc pendant que la Mère dormait
Et que le Chaos sortait en rampant du vide tourbil-
[lonnant.
Par ses tentations aguichantes l'obscurité le séduisit.
Trompé par le tourbillon, l'enfant tomba captif.

Le noir l'enveloppa, le jeune fils plein d'éclat.

L'enfant rayonnant de la Mère, d'abord ivre de joie,
Fut bientôt englouti par le vide sinistre et glacé.
Le rejeton imprudent, consumé de remords,
Ne pouvait se libérer de la force mystérieuse.

Le Chaos refusait de lâcher le fils coupable de [témérité.

Mais au moment où les ténèbres l'aspiraient dans le [froid
La Mère se réveilla, et se ressaisit.
Pour L'aider à retrouver Son fils resplendissant,
La Mère fit appel à Son pâle ami.

Elle tenait bon, Elle ne perdait pas de vue Son [rejeton.

Elle rappela auprès d'elle Son amour d'antan.
Le cœur serré, Elle lui conta Son histoire.
L'ami cher accepta de se joindre au combat
Pour arracher l'enfant à son sort périlleux.

Elle parla de Sa douleur, et du tournoyant voleur.

La Mère était épuisée, Elle devait se reposer.
Elle relâcha Son étreinte sur Son lumineux amant
Qui, pendant Son sommeil, affronta la force froide,
Et la refoula un moment vers sa source.

Son esprit était puissant, mais trop long l'affron- [tement.

Le pâle ami lutta de toutes ses forces
Le combat était âpre, la bataille acharnée.
Sa vigilance déclina, il ferma son grand œil.

Le noir l'enveloppa, lui vola sa lumière.

Du pâle ami exténué, la lumière expirait.

Quand les ténèbres furent totales, Elle s'éveilla avec
[un cri.
Le vide obscur cachait la lumière du ciel.
Elle se jeta dans la mêlée, fit tant et si bien
Qu'elle arracha Son ami à l'obscurité.

Mais de la nuit le visage terrible gardait Son fils
[invisible.

Prisonnier du tourbillon, le fils ardent de la Mère
Ne réchauffait plus la Terre. Le Chaos froid avait
[gagné.
La vie fertile et verdoyante n'était plus que glace et
[neige.
Un vent mordant soufflait sans trêve.

La Terre était abandonnée, aucune plante ne pous-
[sait plus.

Bien que lasse et épuisée de chagrin, la Mère tenta
[encore
De reprendre la vie qu'Elle avait enfantée.
Elle ne pouvait renoncer, il fallait qu'Elle se batte
Pour que renaisse la lumière de Son fils.

Elle poursuivit Sa quête guerrière pour ramener
[la lumière.

Son lumineux ami était prêt à combattre
Le voleur qui gardait captif l'enfant de Ses entrailles.
Ensemble ils luttèrent pour le fils qu'Elle adorait.
Leurs efforts aboutirent, sa lumière fut restaurée.

Sa chaleur réchauffait, sa splendeur rayonnait.

Les lugubres ténèbres s'accrochaient à l'éclat du fils
La Mère ripostait, refusait de reculer.
Le tourbillon tirait, Elle ne lâchait pas.
Il n'y avait ni vainqueur ni vaincu.

Elle repoussait l'obscurité, mais Son fils demeurait
[prisonnier.

Quand Elle repoussait le tourbillon et faisait fuir le
[Chaos,
La lumière de Son fils brillait de plus belle.
Quand Ses forces diminuaient, le néant noir prenait
[le dessus,
Et l'obscurité revenait à la fin du jour.

Elle sentait la chaleur de Son fils, mais le combat demeurait indécis.

La Grande Mère vivait la peine au cœur
Qu'Elle et Son fils soient à jamais séparés.
Se languissant de Son enfant perdu,
Elle puisa une ardeur nouvelle dans Sa force de vie

Elle ne pouvait se résigner à la perte du fils adoré.

Quand Elle fut prête, Ses eaux d'enfantement
Ramenèrent sur la Terre nue une vie verdoyante.
Et Ses larmes, abondamment versées,
Devinrent des gouttes de rosée étincelantes.

Les eaux apportaient la vie, mais Ses pleurs n'étaient
[pas taris.

Avec un grondement de tonnerre, Ses montagnes se
[fendirent

Et par la caverne qui s'ouvrit dessous
Elle fut de nouveau mère,
Donnant vie à toutes les créatures de la Terre.

D'autres enfants étaient nés, mais la Mère était [épuisée.

Chaque enfant était différent, certains petits, d'autres [grands.
Certains marchaient, d'autres volaient, certains [nageaient, d'autres rampaient.
Mais chaque forme était parfaite, chaque esprit [complet.
Chacun était un modèle qu'on pouvait répéter.

La Mère le voulait, la Terre verte se peuplait.

Les oiseaux, les poissons, les autres animaux,
Tous restèrent cette fois auprès de l'Eplorée.
Chacun d'eux vivait là où il était né
Et partageait le domaine de la Mère.

Près d'Elle ils demeuraient, aucun ne s'enfuyait.

Ils étaient Ses enfants, ils La remplissaient de fierté
Mais ils sapaient la force de vie qu'Elle portait en [Elle.
Il Lui en restait cependant assez pour une dernière [création,
Un enfant qui se rappellerait qui l'avait créé,

Un enfant qui saurait respecter et apprendrait à [protéger.

Première Femme naquit adulte et bien formée,
Elle reçut les Dons qu'il fallait pour survivre.
La Vie fut le premier, et comme la Terre Mère,

Elle s'éveilla à elle-même en en sachant le prix.

Première Femme était née, première de sa lignée.

Vint ensuite le Don de Perception, d'apprendre,
Le désir de connaître, le Don de Discernement.
Première Femme reçut le savoir qui l'aiderait à vivre
Et qu'elle transmettrait à ses semblables.

Première Femme saurait comment apprendre, [comment croître.

La Mère avait presque épuisé Sa force vitale.
Pour transmettre l'Esprit de la Vie,
Elle fit en sorte que tous Ses enfants procréent,
Et Première Femme reçut aussi le Don d'enfanter.

Mais Première Femme était seule, elle était la [seule.

La Mère se rappela Sa propre solitude,
L'amour de Son ami, sa présence caressante.
Avec la dernière étincelle, Son travail reprit,
Et, pour partager la vie avec Femme, Elle créa Pre- [mier Homme.

La Mère à nouveau donnait, un nouvel être vivait.

Femme et Homme la Mère enfanta
Et pour demeure, elle leur donna la Terre,
Ainsi que l'eau, le sol, toute la création,
Pour qu'ils s'en servent avec discernement.

Ils pouvaient en user, jamais en abuser.

Aux Enfants de la Terre, la Mère accorda
Le Don de Survivre, puis Elle décida

De leur offrir celui des Plaisirs
Qui honore la Mère par la joie de l'union.

Les Dons sont mérités quand la Mère est honorée.

Satisfaite des deux êtres qu'Elle avait créés,
La Mère leur apprit l'amour et l'affection.
Elle insuffla en eux le désir de s'unir,
Le Don de leurs Plaisirs vint de la Mère.

Avant qu'Elle eût fini, Ses enfants L'aimaient [aussi.
Les Enfants de la Terre étaient nés, la Mère pou-[vait se reposer.

REMERCIEMENTS

Je suis plus reconnaissante que je ne saurais le dire aux nombreuses personnes qui m'ont aidée à élargir mes connaissances sur le monde des hommes et des femmes qui vivaient quand les glaciers recouvraient un quart de la surface de la Terre. Certains des éléments que j'ai utilisés dans mon livre – notamment en rapport avec diverses théories ou la datation d'événements et de sites – ne sont pas toujours acceptés par la majorité de la communauté préhistorienne à l'heure actuelle. Si quelques-uns relèvent d'éventuelles négligences, d'autres ont été délibérément choisis, souvent parce qu'ils semblaient plus justes à une romancière subjective qui doit mettre en scène ses personnages en tenant compte de la nature humaine et des mobiles logiques de leurs actes.

Je tiens à remercier tout particulièrement le Dr Jean-Philippe Rigaud, dont j'ai fait la connaissance pendant mon premier voyage de recherche en Europe sur son chantier de fouilles du Flageolet, en Dordogne, vestige d'un camp de chasse installé sur le flanc d'une colline qui dominait autrefois une vaste plaine herbeuse où vivaient des animaux migrateurs de l'ère glaciaire. A la romancière américaine inconnue que j'étais, il a pris le temps d'expliquer quelques-unes des découvertes de ce site et m'a aidée à obtenir l'autorisation de visiter la grotte de Lascaux. J'ai été émue aux larmes en découvrant ce sanctuaire de la splendeur préhistorique, peint par les premiers humains modernes de l'Europe du paléolithique supérieur, les hommes de Cro-Magnon, et qui, encore aujourd'hui, peut se comparer aux plus belles de nos œuvres d'art.

Plus tard, quand nous nous sommes revus à La Micoque, site du début de la période neandertalienne, j'ai commencé à mieux saisir ce moment unique du début de notre préhistoire, quand les premiers hommes modernes, d'un point de vue anatomique, arrivèrent en Europe et y trouvèrent les hommes de Neandertal, qui s'y étaient établis bien avant la dernière glaciation. Comme je voulais comprendre les techniques utilisées pour connaître nos lointains ancêtres, mon mari et moi avons travaillé brièvement sur le chantier le plus récent du Dr Rigaud, la Grotte Seize. M. Rigaud m'a également fourni d'abondantes informations sur le site vaste et très riche qui porte aujourd'hui le nom de Laugerie-Haute et que j'ai appelé la Neuvième Caverne des Zelandonii.

Le Dr Rigaud m'a été d'une aide précieuse pendant toute l'écriture de cette saga, mais plus particulièrement pour ce dernier livre. Avant de m'atteler à la rédaction des *Refuges de pierre*, j'ai repris toute la documentation que j'avais rassemblée sur la région et sur l'aspect qu'elle avait alors, j'ai dressé minutieusement le cadre de mon histoire en donnant aux lieux mes propres noms et en décrivant le paysage ; chaque fois que j'avais besoin d'une information, je l'avais sous la main, rédigée en des termes qui m'appartenaient. J'ai posé aux chercheurs et autres spécialistes d'innombrables questions mais je n'ai demandé à personne de vérifier mon texte avant sa publication. J'ai toujours pleinement assumé la responsabilité de mes choix quand je sélectionne les éléments utilisés dans mes livres, de la façon dont je les utilise et de la part d'imaginaire que je leur ajoute – et je continue à l'assumer. Cette fois cependant, le cadre de ce dernier livre étant si connu, non seulement des archéologues et autres chercheurs, mais aussi des nombreuses personnes qui ont visité la région, que j'ai dû, pour m'assurer que les détails de ma toile de fond étaient aussi véridiques que possible, rompre avec cette habitude : j'ai demandé au Dr Rigaud de lire les très nombreuses pages que j'avais rédigées sur le cadre de mon histoire afin d'y déceler d'éventuelles erreurs. Je ne m'étais pas bien rendu compte de l'énorme travail que cela représentait, et je le remercie de tout cœur pour son temps et ses efforts. Il m'a fait le compliment de trouver mes informations à peu près exactes, tout en attirant mon attention sur certaines choses que je ne connaissais pas ou que je n'avais pas comprises. J'ai procédé aux rectifications et aux ajouts requis. Les erreurs qui pourraient encore se trouver dans le texte me sont entièrement imputables.

J'exprime toute ma gratitude à un autre archéologue français, le Pr Jean Clottes, dont j'ai fait la connaissance grâce à son collègue, J.-P. Rigaud. A Montignac, lors de la célébration du cinquantième anniversaire de la découverte de la grotte de Lascaux, il a eu la gentillesse de me traduire à l'oreille l'essentiel de plusieurs interventions, exprimées en français, pendant la conférence organisée à cette occasion. Depuis, nous nous sommes revus des deux côtés de l'Atlantique et je ne saurais trop le remercier de la générosité avec laquelle il m'a prodigué son temps et son aide. Il m'a guidée dans de nombreuses cavernes peintes et gravées, plus spécialement dans la région proche des Pyrénées. Outre les grottes fabuleuses de la propriété du comte Bégouën, j'ai été très impressionnée par Gargas, qui offre tellement plus que les empreintes de main pour lesquelles elle est connue. J'ai aussi beaucoup apprécié la seconde visite que j'ai faite avec le Pr Clottes dans les profondeurs de la grotte de Niaux. Elle a duré six heures et a été pour moi une formidable révélation, en partie parce que j'en savais alors beaucoup plus sur les cavernes peintes que la première fois. Même si ces sites ne figurent pas encore dans l'histoire des « Enfants de la terre », les nombreuses discussions que j'ai eues avec le Pr Clottes, en particulier sur les raisons que les hommes de Cro-Magnon auraient pu avoir de décorer leurs grottes et leurs habitations, ont été éclairantes.

C'est en 1982 que j'ai visité pour la première fois la grotte de Niaux, dans les contreforts pyrénéens, et je dois en remercier le Dr Jean-Michel Belamy. Niaux m'a laissé une impression ineffaçable : les animaux peints sur les parois du Salon Noir, les empreintes de pas d'enfants, les chevaux magnifiquement représentés tout au fond de la vaste caverne, après le petit lac, et bien d'autres choses. J'ai été touchée au-delà des mots par le cadeau que le Dr Belamy m'a fait plus récemment : l'exceptionnelle première édition du premier livre sur la grotte de Niaux.

Je suis également reconnaissante au comte Robert Bégouën, qui a protégé et préservé les remarquables cavernes situées sur ses terres, l'Enlène, le Tuc d'Audoubert et les Trois-Frères, et créé un musée exceptionnel pour les objets qui en ont été délicatement exhumés. J'ai été bouleversée par les deux grottes que j'ai visitées et je lui exprime toute ma gratitude, ainsi qu'au Pr Clottes.

Je remercie aussi le Dr David Lewis-Williams, homme d'une grande amabilité aux fortes convictions, dont les travaux sur les Bochimans d'Afrique et les admirables peintures rupestres de leurs ancêtres sont à l'origine d'idées fascinantes et de plusieurs ouvrages, dont un en collaboration avec le Pr Clottes, *Les Chamanes de la Préhistoire*, qui suggère que les peintres des grottes françaises auraient pu avoir des raisons similaires d'orner les parois de leurs cavernes.

Tous mes remerciements au Dr Roy Larick pour son aide, et plus particulièrement pour avoir ouvert la porte de métal protégeant la splendide tête de cheval gravée en relief sur la paroi de la grotte inférieure de Commarque.

Merci au Dr Paul Bahn, qui m'a aidée à comprendre plusieurs allocutions prononcées à la conférence organisée pour l'anniversaire de Lascaux, en me servant de traducteur. Grâce à lui, j'ai eu l'honneur de rencontrer trois des hommes qui, enfants, ont découvert la grotte dans les années 1940. J'ai eu les larmes aux yeux en voyant ses murs blancs couverts de peintures polychromes aussi remarquables, et je ne puis qu'imaginer l'impression qu'elle a dû faire aux quatre jeunes garçons qui ont suivi un chien dans un trou et ont été les premiers à la contempler depuis que son entrée s'était effondrée, quinze mille ans plus tôt. Le Dr Bahn m'a été d'une aide précieuse, tant par les discussions que j'ai eues avec lui qu'à travers ses livres sur la captivante période préhistorique qui est le sujet de cette série de romans.

J'ai une dette particulière envers le Dr Jan Jelinek pour les longues discussions que nous avons eues sur le paléolithique supérieur. Il a des idées pénétrantes sur les êtres qui vivaient à l'époque où les hommes modernes s'établirent en Europe et y rencontrèrent les hommes de Neandertal. Je tiens également à le remercier pour l'aide qu'il a apportée aux éditeurs tchèques des traductions des précédents livres de cette série.

J'ai lu les ouvrages du Dr Alexander Marshack, qui a mis au point la technique d'examen des objets gravés au microscope, bien longtemps avant de faire sa connaissance. J'apprécie sa contribution à la compréhension des hommes de Cro-Magnon et de Neandertal, ainsi que les publications qu'il m'envoie. J'ai été impressionnée par ses théories convaincantes, reposant sur des études approfondies, et je continue à lire ses travaux, riches de vues intelligentes et fines sur les hommes qui vivaient pendant la dernière glaciation.

Au cours des trois mois que j'ai passés près des Eyzies-de-Tayac afin de mener des recherches pour ce livre, j'ai visité la grotte de Font-de-Gaume à de nombreuses reprises. Je remercie tout particulièrement Paulette Daubisse, directrice et responsable des guides de cette magnifique caverne peinte, pour sa gentillesse et pour m'avoir accordé la faveur d'une visite privée. Depuis de nombreuses années, ce site exceptionnel fait partie de sa vie, elle le connaît comme si c'était son foyer. Elle m'a montré les nombreuses formations et peintures qui ne sont pas normalement accessibles aux visiteurs – cela prendrait trop de temps – et je lui en suis infiniment reconnaissante.

Je tiens également à remercier M. Renaud Bombard, des Presses de la Cité, mon éditeur français, qui m'a aidée à trouver ce dont j'avais besoin chaque fois que je suis venue en France effectuer des recherches. Que ce soit un lieu où faire photocopier un manuscrit fort copieux, non loin de l'endroit où je logeais, avec une personne parlant anglais pour que je puisse expliquer ce que je désirais, ou un bon hôtel de la région en dehors de la saison, quand la plupart des établissements sont fermés, ou bien un fabuleux restaurant dans la vallée de la Loire où nous avons pu fêter l'anniversaire de mariage d'amis chers, ou encore des réservations de dernière minute dans une station balnéaire très fréquentée qui se trouvait sur la route d'un site que je tenais à voir. Dans tous les cas, M. Bombard s'est toujours arrangé pour me donner satisfaction et je lui en suis sincèrement reconnaissante.

Pour écrire ce livre, j'ai dû acquérir des connaissances en dehors de l'archéologie et de la paléo-anthropologie, et plusieurs autres personnes m'y ont aidée. Un grand merci à Donald Ronald Naito, docteur en médecine interne à Portland, Oregon, mon médecin personnel depuis de nombreuses années, qui a accepté de me voir après les heures de consultation et de répondre à mes questions sur les symptômes et la progression de certaines maladies et blessures. Je remercie également Brett Bolhofner, docteur en médecine orthopédique, à St Petersburg, Floride, pour ses informations sur les traumas et blessures du squelette, et plus encore pour avoir remis en place la hanche et le pelvis fracturés de mon fils après son accident d'automobile. Merci aussi à Joseph J. Pica, chirurgien orthopédique et assistant du Dr Bolhofner pour ses explications savantes sur les lésions internes et pour les excellents soins qu'il a prodigués à mon fils. J'ai également tiré grand profit de ma discussion avec Rick Frye, secouriste bénévole de l'Etat de Washington, sur les premiers soins à apporter en cas d'urgence.

Merci au Dr John Kallas, de Portland, Oregon, spécialiste des aliments collectés dans la nature, qui multiplie les expériences sur leur traitement et leur cuisson, pour m'avoir fait partager ses vastes connaissances non seulement des plantes sauvages comestibles mais aussi des clams, des moules et des végétaux marins. Je ne me doutais pas qu'il existait tant d'espèces d'algues comestibles.

Je remercie tout particulièrement Lenette Stroebel, de Prineville, Oregon, éleveuse, qui, à partir de chevaux sauvages, est remontée aux tarpans originels et a obtenu certaines caractéristiques intéressantes. Ils ont par exemple des sabots si durs qu'ils peuvent se passer de fers, même en terrain rocailleux ; ils arborent une crinière droite et des marques semblables à celles des chevaux peints sur les parois de certaines grottes, notamment les jambes et la queue noires, et parfois des raies sur les flancs. Ils ont une magnifique couleur grise appelée gruya. Non seulement Lenette Stroebel m'a laissé voir ses chevaux mais elle m'a longuement parlé d'eux, puis elle m'a envoyé une extraordinaire série de photos d'une de ses juments en train de pouliner, qui m'a fourni une base pour la naissance de la pouliche de Whinney.

Toute ma gratitude à Claudine Fisher, professeur de français à l'université d'Etat de Portland, pour ses traductions de correspondance et de matériaux de recherche en français, ainsi que pour ses conseils éclairés sur ce manuscrit et sur d'autres.

A mes premiers lecteurs, Karen Auel-Feuer, Kendall Auel, Cathy Humble, Deanna Sterett, Claudine Fisher et Ray Auel, qui ont lu une première version et proposé quelques suggestions constructives, mille mercis.

Je dois beaucoup à Betty Prashker, mon éditrice sagace et intelligente. Ses conseils sont toujours utiles, ses idées lumineuses.

Merci à mon agent littéraire, Jean Naggar, qui est venue ici en avion pour lire la première version et qui, ainsi que son mari Serge, m'a fait quelques suggestions après m'avoir assuré que l'ensemble fonctionnait. Elle participe depuis le début à cette série, pour laquelle elle accomplit des miracles. Je remercie également Jennifer Weltz, de l'agence Jean V. Naggar, qui travaille avec Jean pour faire d'autres miracles, en particulier concernant les droits à l'étranger.

C'est avec une profonde tristesse que j'exprime ma reconnaissance *in memoriam* à David Abrams, professeur d'anthropologie et d'archéologie à Sacramento, Californie. En 1982, David et Diane Kelly, son assistante et future épouse, nous ont emmenés, Ray et moi, en Europe pour mon premier voyage de recherche – France, Autriche, Tchécoslovaquie et Ukraine (alors en URSS) –, au cours duquel j'ai visité pour la première fois quelques-uns des endroits où se déroulent les livres de la saga des « Enfants de la terre », voilà trente mille ans. J'ai pu y « sentir » les lieux, ce qui m'a énormément aidée. Nous sommes devenus amis de David et Diane, nous nous sommes revus plusieurs fois au fil des années, tant ici qu'en Europe. Ce fut un terrible choc d'apprendre qu'il était gravement malade – il était si jeune – mais il a tenu bon beaucoup plus longtemps qu'on ne l'avait prédit, en gardant jusqu'au bout une attitude merveilleusement positive. Il me manque.

Je dois aussi remercier à titre posthume un autre ami cher, Richard Ausman, qui m'a aidée à écrire ces livres en créant des cadres confortables où je pouvais vivre et travailler. « Oz » avait du génie pour concevoir des maisons belles et fonctionnelles, mais surtout il a été un ami pour Ray et moi pendant des années. Pensant qu'on avait pris son cancer à temps, il avait épousé Paula dans l'espoir de passer de nombreuses années avec elle et ses enfants, mais cela lui fut refusé. Je suis triste qu'il ne soit plus parmi nous.

Il y a de nombreuses autres personnes que je devrais remercier pour leurs conseils et leur aide mais j'ai déjà été trop longue et je terminerai donc par celui qui compte le plus. Je suis infiniment reconnaissante à Ray de son amour, de son soutien et de ses encouragements. Il a contribué à me fournir le temps et l'espace nécessaire à mon travail, malgré mes horaires incongrus. Il a toujours été à mes côtés.

Imprimé en France par CPI
en mars 2021
N° d'impression : 2056520

Pocket – 92 avenue de France, 75013 PARIS

Dépôt légal : mai 2003
Suite du premier tirage : mars 2021
S29702/02